詞學

第四十二輯

華東師範大學出版社

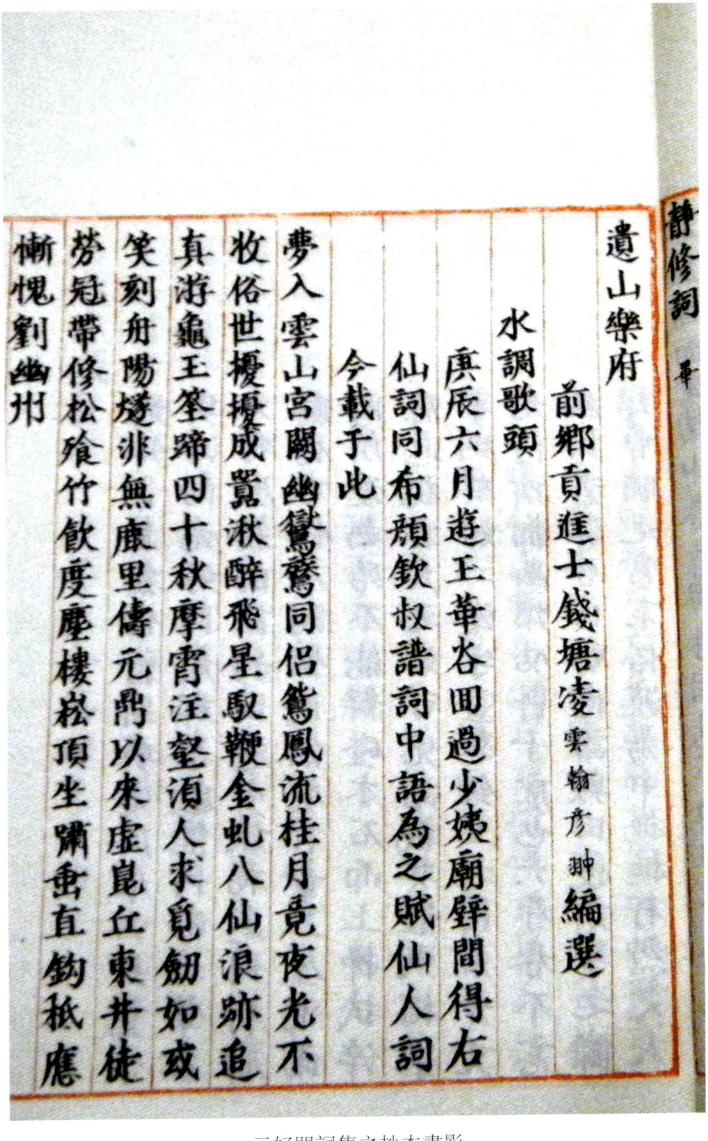
靜修詞

遺山樂府

前鄉貢進士錢塘凌雲翰彦翀編選

水調歌頭

庚辰六月遊玉華谷回過少姨廟壁間得右
仙詞同希顏欽叔譜詞中語爲之賦仙人詞
今載于此

夢入雲山宮闕幽鸞鶩同侶鸞鳳流桂月竟夜光不
收俗世擾擾成甞湫醉飛星馭鞭金虬八仙浪跡追
真遊龜玉崟蹄四十秋摩霄注壑須人求見劒如或
笑刻舟陽燧非無廉里儔元鬥以來虛崑丘東井徒
勞冠帶修松飧竹飲度塵樓崧頂生蘭垂直鈎秖應
慚愧劉幽州

元好問詞集之抄本書影

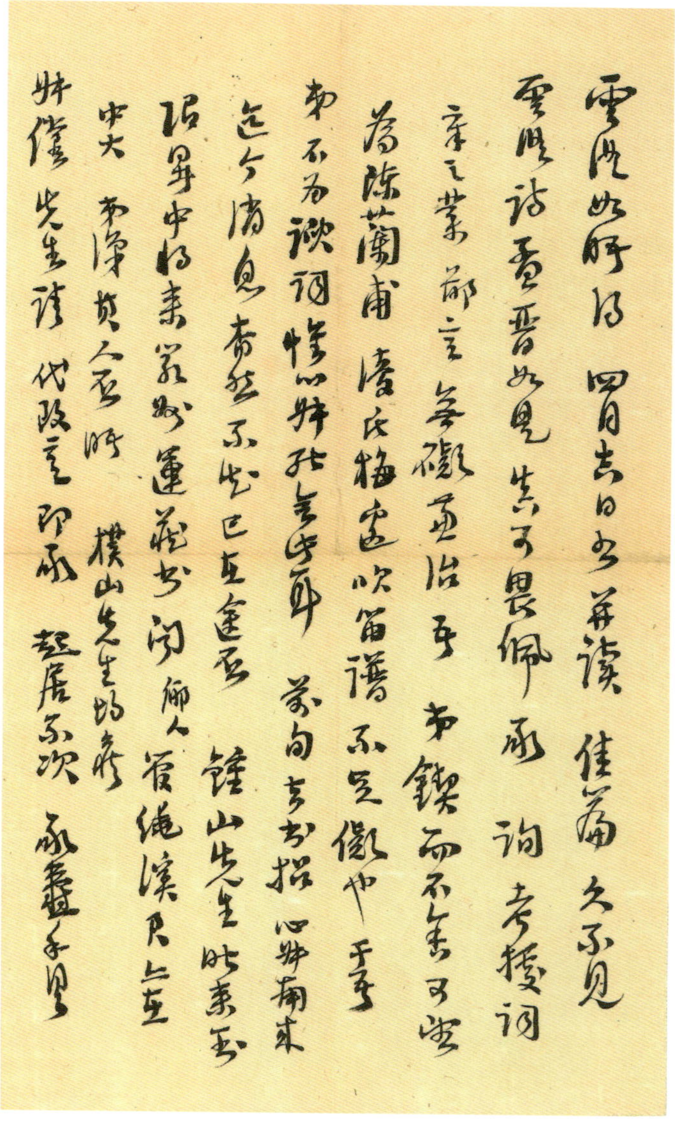
雲從如晤：四月去日曾屏讀佳篇，久不見
雲從詩，重晉如見，其可畏佩承。詢考據詞
家之業，鄙意無徵莫治，亦錄而不盡可從
為陳蘭甫、淩氏梅邊吹笛譜，不足徵也。年年
亦不為詞，惟以餅餌自娛耳。前旬寄書招心叔蒲禾
近今消息寄往不出，已在途否。鍾山先生昨來函
詢吳中諸素箋蓮花如何，鄉人管繩溪貝以在
中大，亦淨貧人為時。樸山先生均乞候
餅儂先生請代致意。即承
起居不次　承燾手上

夏承燾致蔣禮鴻書札

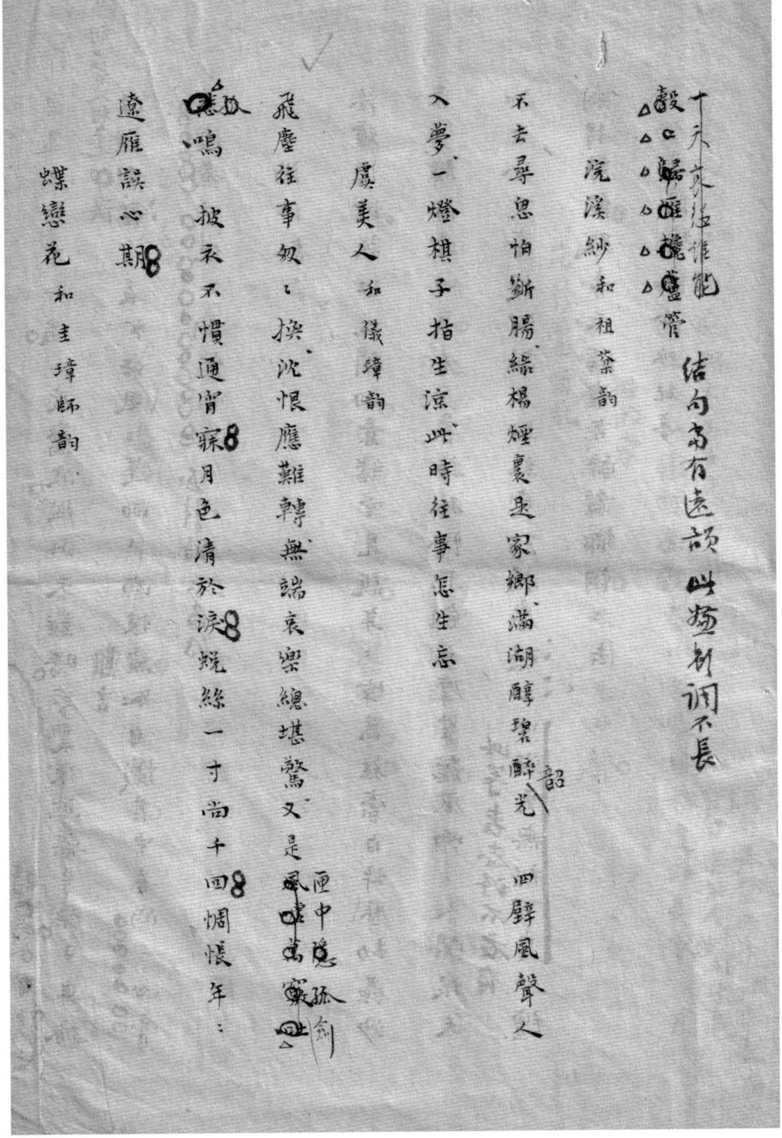

結句尚有遠韻 此為新調不長
浣溪紗 和祖棻韻
不去尋思怕斷腸，綠楊煙裏是家鄉，滿湖醇碧醉韶光
四壁風聲人入夢，一燈棋子指生涼，此時往事怎生忘
虞美人 和儀璋韻
飛塵往事匆匆換，沈恨應難轉，無端哀樂總堪驚，又是
披衣不慣通宵寐，月色清於淚，蛾絲一寸當千回，惆悵年年
遼雁誤心期
蝶戀花 和圭璋師韻

夏承燾手批盛靜霞《碧蓧詞》

玉甫先生閣下

教誨素蒙蓉齋詞已甚佩諄說及日涉書中

伊廬經平也昨晚瀟博山景鄭尽仲

知其歎得詞兩種

丁居山煙樓草 嘉慶時

湯子純著恐 道光時江鄉秀

名玉琴休頻 江陸闇秀

丁居二十四橋吹簫譜 拓宗禮著未

知此二書 另安己有人送過吾己

擬於示後以免重復此頌

譽祺

張茂炯謹啟

艮盧用箋

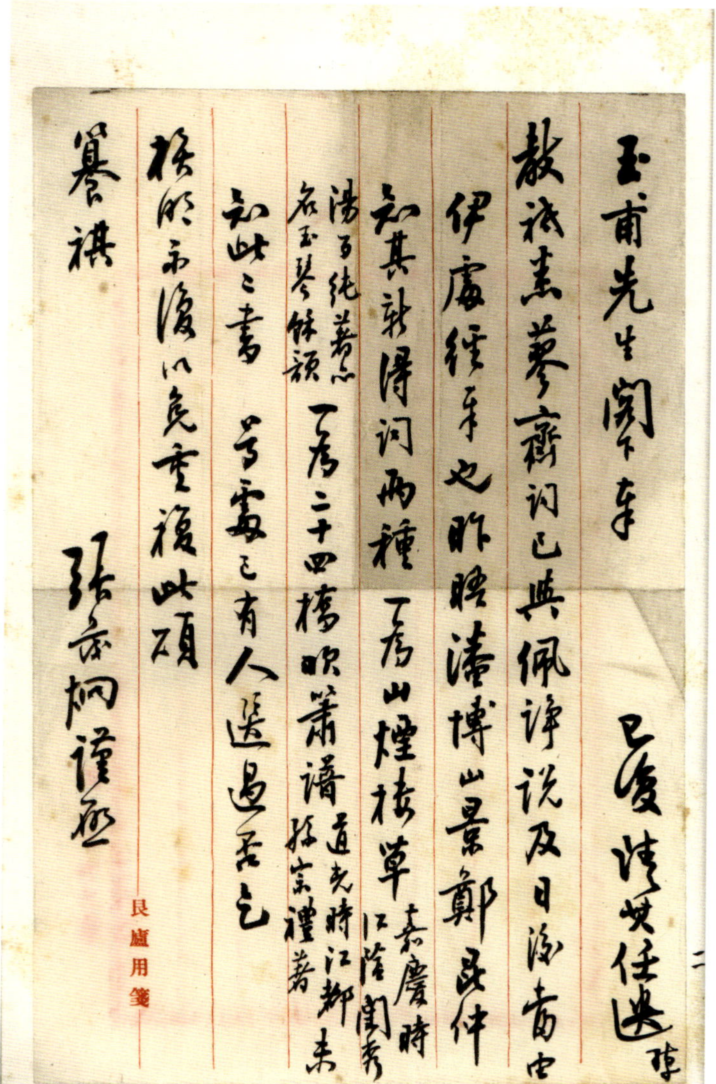

張茂炯致葉恭綽信札

劉伯端照片（1920年）

劉景堂像

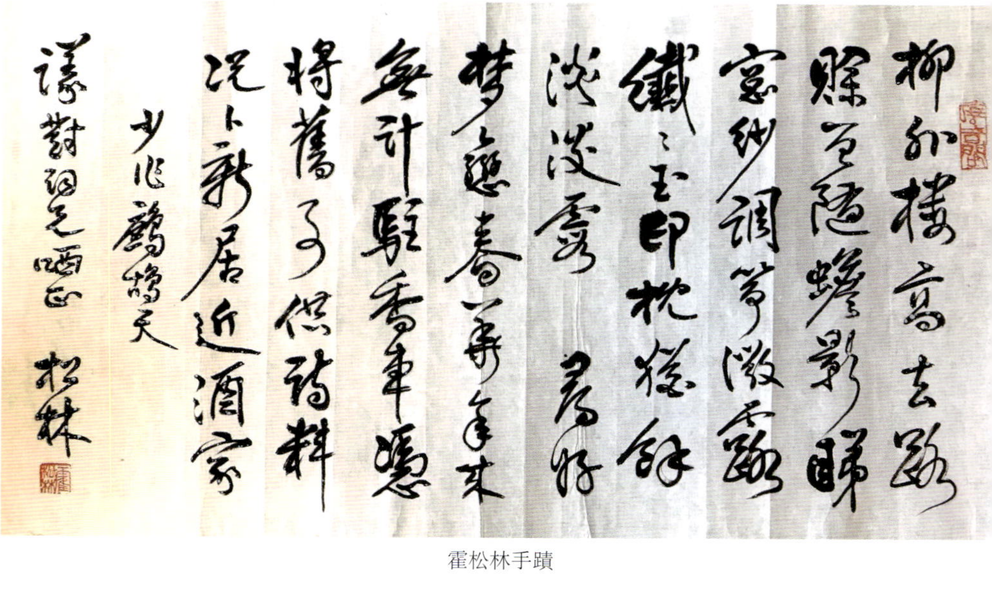

霍松林手蹟

詞學 第四十二輯篇目

論述

年　譜

論詞書札

詞　苑

叢　談

詞的本體存在及構成要素

（澳門）施議對

内容提要 詞的本體存在及構成要素，這是借用哲學文化學的方法對於詞學命題所作描述。表示詞之作爲詩歌中的一個特殊樣式，或者說一種文體，詞的本體存在，即其本尊，和一般事物一樣，乃由體現其本體存在的基礎物件及物件類型所構成。這是對於今日講題的一種理論説明。如拆開包裝，即可直截了當地説，詞的本體存在於體現其本體存在的詞調、詞調類型以及以白紙黑字表示其存在的各種文本之中。從整體上看，聲學與豔科是詞在格律形式和思想内容兩個方面的構成要素。從個體上看，詞調與詞名、篇法與片法、句式與句法、韻部與韻法、字聲與字法五個方面，分别體現詞的各種構成方法及樣式。文體與文類，其甄别與界分，固然倚重於聲音及其在格律形式上的體現，但聲情與詞情，或合或離，依時而變，所謂聲調之學仍須應合文章體制，於正與變的轉换過程推進詞體的發展與創新。

關鍵詞 本體存在　構成要素　聲調之學　文章體制

本文題稱：《詞的本體存在及構成要素》。這是借用哲學文化學的方法對於詞學命題所作描述。如曰：事物的本體由體現其本體存在的基礎物件及物件類型所構成。這是哲學文化學對於一般事物的本體存在所立義界。將其引入詞學，詞之作爲事物中的一個品類，同樣亦可作如下定義：詞的本體由體現其本體存在的基礎物件及物件類型所構成。而就詞體自身而言，所謂基礎物件及物件類型，就是詞調及詞調類型。因之，所謂《詞的本體存在及構成要素》，如拆開包裝，就成爲：《詞調及詞調類型研究》。但是，爲著立足詞的本體，使得詞與詞史以及種種有關詞與詞學的研究不至於只是在詞的外部作文章，我還是將其包裝起來，而後再一層一層地加以拆解，以期達至詞學本體研究這一目標。準備説三個問題：一曰：詞學本體研究與非本體研究；二曰：詞的本體存在及構成要素；三曰：聲調之學與文章體制。

一　詞學本體研究與非本體研究

詞學本體研究，乃相對於非本體研究而言。本體，指詞體自身；非本體，比如在詞之外，或詞體之外者也。種種現象，新舊世紀之交，在有關文章及演講視頻中，我曾以有「學」而無詞以及有「詞」而無學兩種偏向加以概括。有「學」而無詞，指相關著作當中有許多「學」，諸如社會學、文化學以及哲學、美學，應有盡有，唯獨没有詞學，因爲有關詞的事情，包括作家、作品，都被用作「學」的例證去了，故謂之爲有「學」而無詞；而有「詞」而無學，則指相關著作執著於據詞語出現次數，不斷地以數位進行類比，雖有關於詞語的學問，卻無關於歌詞的學問，故謂之爲有「詞」而無學〔一〕。前者之所謂「學」，乃一般意義上的百科之「學」而非專門意義上的詞學之「學」；後者之所謂「詞」，則詞語之「詞」而非歌詞之「詞」。這是二十世紀後半葉中國倚聲填詞所出現的問題，我曾稱之爲「詞學誤區」〔二〕。並曾指出：「詞學誤區」的出現，關鍵問題在於脱離詞的本體。那麼，何謂詞的本體？亦即詞之作爲一種特殊詩歌樣式，究竟是怎麼一種文體？諸如詞是什麼？詞存在於何處？這應是詞學本體研究首先必須回答的問題。

以下三種答案，對於詞之爲體究竟爲何物？各自所言，究竟屬於本體研究，抑或非本體研究，有必要逐一加以檢示。

其一，温庭筠曰：

詞是聲學，也是豔科，詞存在於追逐弦吹之音的文辭之上。〔三〕

其二，李清照曰：

詞是樂府，不同於詩，一般詩文分平側（仄），歌詞分五音，又分五聲，又分六律，又分清濁輕重。〔四〕

其三，王國維曰：

詞之爲體，要眇宜修。能言詩之所不能言，而不能盡言詩之所能言。詩之境闊，詞之言長。〔五〕

温庭筠的答案，據《舊唐書·温庭筠傳》推斷而出。温傳稱：「（温庭筠）能逐弦吹之音，爲側豔之詞。」弦吹之音與側豔之詞，兩句話，代表一個問題的兩個方面。既將追逐弦吹之音的歌詞定性爲詞，説明詞就是聲學，詞就是豔科；同時也説明，詞就存在於追逐弦吹之音的文辭之上。温庭筠的出現，對於詞是什麽，詞存在於何處，爲提供一個明確而完整的答案。詞史上，温庭筠儘管未曾説過，詞就是聲學、詞就是豔科，但這卻是温庭筠出現所産生的結果。詞爲聲學，這是劉熙載在《藝概》中所提出的一個概念。用現代話語表述，即爲詞是一種音樂文學。這是依據「言出於聲」所作論斷〔六〕。至於詞爲豔科，包括宋人以詞爲豔科，儘管亦並非宋人所提出，不過，我相信，這是宋人的觀念。温庭筠能逐弦吹之音，爲側豔之詞，既已成爲中國倚聲填詞的開端，亦表示聲學與豔科之作爲中國倚聲填詞在藝術形式與思想内容兩個方面的組合，可以互相偏重，不可以互相偏廢。温庭筠的創造，包括聲學創造與豔科創造兩個方面，爲詞學本體研究奠定基礎。

李清照的答案，據李清照《詞論》推導而成。《詞論》稱：「聲詩樂府並著，最盛於唐。」又稱：（詞）「别是一家，知之者少。」前者指出，聲詩與樂府，乃有唐一代最爲盛行的兩大詩歌品種。後者指出，詞之作爲聲詩與樂府兩家中的一家，其有别之處，包括協音律與主情致，而知之者仍甚少見。李清照以協音律與主情致，闡釋聲學與豔科，體現聲學與豔科，爲詞正名，並且説明詞的本體存在。李清照提出：詞的正名是樂府，詞之作爲一種有别於其他詩歌樣式的文體，見存於詞調及詞調類型當中。不同于一般詩文樣式，一般詩文分平側(仄)，詞分五音，又分五聲，又分六律，又分清濁輕重。李清照以「别是一家，知之者少」這一八字要訣爲傳統詞學本色論的確立設定標準。

王國維的答案，三句話，一説詞的形態，二説詞的功能，三説詞的特徵。有關功能及特徵，説得甚爲明白，尤其是特徵，所謂闊大與修長，均有個度，既可以科學方法加以測量，又可以現代話語加以表述。但對於形態，所謂要眇宜修，則顯得模糊不清。三句話，對於詞這一文體究竟爲何物？亦即詞是什麽？詞存在於何處？均未作正面回答。大致而言，王國維的論述，較偏向於詞之外，或者詞體之外，並非詞體自身。而且，所謂形態、功能及特徵，大都亦只是局限於豔科，有關聲學問題，則有所忽略。例如，所有關於體現詞體存在的詞調及詞調類型，均未曾涉及。對於千年詞學的兩個組成部分聲學與豔科，王國維僅僅得其小半。其所確立詞學，仍非完整的詞學。

以上三種答案，各自代表一定立場和觀點，體現一定的問題導向。千百年來，在詞學研究領域均曾發揮一定導引作用。

中國倚聲填詞，温庭筠是一位標誌性人物。温庭筠之前，歌詩與歌詞尚未有明確分野；温庭筠出現，聲學與豔科的確認，歌詞方才從歌詩中分離出來，成爲一種特殊的詩歌品種。這是夏承燾在《唐宋詞字聲之演變》一文所作論斷。其曰：

詞之初起，若劉、白之《竹枝》、《望江南》，王建之《三臺》、《調笑》，本蜕自唐絶，與詩同科。至飛卿以側豔之體，逐管弦之音，始多爲拗句，嚴於依聲。往往有同調數首，字字從同；凡在詩句中可不拘平仄者，温詞皆一律謹守不渝。〔七〕

夏承燾這段話揭示了文學史上歌詞獨立成科的奥秘，指出歌詞與歌詩從同科到不同科的標誌在於

「多爲拗句，嚴於依聲」。夏承燾指出：温庭筠《南歌子》七首五句共一百六十一字，無一字平仄不合。亦即其用拗處，七首皆同。例如：《南歌子》中的「偷眼暗形相」及「簾卷玉鉤斜」，「偷」與「簾」平聲，乃改「仄仄仄平平」順句句式爲「平仄仄平平」拗句句式而成。其餘五首亦然。另有《定西番》，凡拗處皆一一相對，三首共一百五十字，亦無一字平仄不合。說明：凡詞中一處用拗，同調詞中同一位置亦往往用拗。但是，夏承燾又指出：其所拗與順，所分僅在平仄，猶未嘗有上去之辨〔八〕。

隨之，盛配依據夏承燾「陽上作去」、「入派三聲」之說，歸納成一套四聲通變法則，對於夏承燾的論斷，予以訂正及增補。盛配《温庭筠〈菩薩蠻〉十五首前後結句皆「去平平去平」句式考》一文〔九〕指出：温庭筠《菩薩蠻》十五首兩結處，非如夏承燾所說，四聲錯出，未能一律，而是兩結皆用拗，並以「去平平去平」格式出現。盛配以爲：夏稱詞至温飛卿只辨平仄，不切實際。温庭筠《菩薩蠻》前後兩結皆用拗，指兩結將一般「平平仄仄平」句式（順句）改爲「仄平平仄平」句式（拗句），並且當中兩個仄聲字均用去聲。例如，温庭筠《菩薩蠻》：

牡丹花謝鶯聲歇。緑楊滿院中庭月。相憶夢難成。背窗燈半明。　翠鈿金靨臉。寂寞香閨掩。人遠淚闌干。燕飛春又殘。

歌詞上下兩結句「背窗燈半明」及「燕飛春又殘」，當中一、四兩個仄聲字「背」、「半」及「燕」、「又」，均爲去聲。這就是盛配所推舉「去平平去平」句式。又如，温庭筠另一《菩薩蠻》：

鳳凰相對盤金縷。牡丹一夜經微雨。明鏡照新妝。鬢輕雙臉長。　畫樓相望久。欄外垂絲柳。音信不歸來。社前雙燕回。

歌詞上下兩結句「鬢輕雙臉長」及「社前雙燕回」，當中一、四兩個仄聲字「鬢」、「臉」及「社」、「燕」，除「臉」以外皆爲去聲；而「臉」屬陽上，可以用作去聲，則此詞用拗亦符合「去平平去平」句式標準。盛配稱：温庭筠《菩薩蠻》十五首前後兩結三十句，句中一、四兩仄當用去聲者計六十字。如依四聲通變法則加以訂正，温庭筠用拗符合「去平平去平」句式標準者，約佔百分之八十五。

如上所述，夏承燾憑此「多爲拗句，嚴於依聲」八個字，爲詞學科目的創置確立標誌；盛配以「去平平去平」格式，爲「多爲拗句，嚴於依聲」提供範例。夏承燾、盛配的論斷及考辨，是爲歷史論定，堪稱千年倚聲填詞的功臣。

詞學科目的創置，既在聲學創造上確立以歌曲文辭字聲應合樂曲樂音，亦即以文學語言應合音樂語言的規則與途徑；又在豔科創造上確立以言閨情及花柳爲主，以清切婉麗爲宗的藝術標準。《花間集》的刊行，爲聲學與豔科創造樹立典型。趙宋之世，聲學與豔科兩個方面，各有偏重；倚聲填詞在正與變的發展過程中不斷向前推進。晏殊與蘇軾，繼李煜之後，將士大夫意識寫入歌詞，於詞中表現對於宇宙、人生的思考；歐陽修與秦觀，或者以意勝，或者以境勝，亦通過意境創造，對於詞的品格提升，産生一定增進作用。周邦彦於創意與創調兩個方面將倚聲填詞規範化，論者稱之爲集大成作者。李清照以知音作者身份對於唐以來樂府、聲詩創作的興盛與蜕變進行分析與批判，將協音律與主情致，作爲樂府歌詞創作的最高追尋目標，而將蘇軾等人所創作獨立抒情詩體稱之爲「句讀不葺之詩」。李清照以正與變兩個方面的經驗構建其傳統詞學本色論。這是中國詞學史上一大理論建樹。李清照之後，傳統詞學本色論，在詞學研究領域一直處於領導地位。聲學與豔科之作爲倚聲填詞在形式與内容兩個方面的構成因素，在不同作者、不同環境下，儘管有所偏重，卻無所偏廢。直到二十世紀之初，王國維發表《人間詞話》，宣導境界説，方才出現重豔科而忽略聲學的狀況。王國維於中國詩學理論中拈出境界二字，以境界之有與無作爲批評標準，判斷詞之最上與最下。其所謂境界云者，乃一具備長、寬、高，可以用來容納，或者承載「意」的容器，或者載體。這一容器，或者載體，既可以現代科學方法加以測量，又可以現代科學語言加以表述。這就是現代詞學境界說。相對於李清照的傳統詞學本色論，這是中國詞學史上另一重大理論建樹。

大致而言，温庭筠創科、立學，示人以倚聲填詞的方法與途徑，是爲詞學之正；李清照分別源流，認清正變，亦爲詞學之正；王國維標新立異，創立新學，是爲詞學之變。但詞學的正與變，並非好與壞，乃至於優與劣的區分，正與變，事物發展過程所呈現的一種狀態，而且，正與變二者既互相對立，又互爲存在的依據。上文所說本體、非本體，即詞體自身，或者在詞體之外，其辨別標準，就看其是否有關詞體之正與變，抑或在正與變之外。亦即所謂詞學本體研究，或者非本體研究，均須依此進行判斷。

二　詞的本體存在及構成要素

上文對於何謂詞的本體？亦即詞是什麼？詞存在於何處？大致已作回答。這是詞學本體研究的根本。同樣，對於詞的本體存在，如用哲學、文化學的方法進行表述，可以說，詞之作爲一般事物中的一個品類，存在於構成事物本體的基礎物件及物件類型當中，亦即存在於詞調及詞調類型當中。而說得具體一點，則可以說，詞的本體存在於體現其本體存在的詞調、詞調類型以及以白紙黑字，包括白紙黑字以外的其他附件所構成各種文本之中。至其構成要素，則須從兩個角度加以檢示。一從整體上看，謂聲學與豔科爲詞在格律形式和思想内容兩個方面的構成要素；另一從個體上看，謂詞調與詞名、篇法與片法、句式與句法、韻部與韻法、字聲與字法五個方面，分別體現詞的各種構成方法及樣式，爲詞的個體構成要素。以下試逐一加以列述：

（一）聲學與豔科：詞的整體構成要素

聲學與豔科，詞在格律形式和思想内容兩個方面的構成要素。兩個方面，自温庭筠起列歸正道，後來者由正而變，由變而正，不斷推進。體現形式格律的聲學部分伴隨著樂歌形式的發展變化而發展變化，體現思想内容的豔科部分亦伴隨著樂歌内容的發展變化而發展變化。形式格律於發展變化過程漸趨於嚴謹並且逐步規範化、程式化，思想内容於發展變化過程亦漸趨多樣並且逐步向上提升。形式格律問題，留待下文另敘，這裏著重説思想内容問題。思想内容於歌詞創作，集中體現在一個「豔」字上面。温庭筠「能逐弦吹之音，爲側豔之詞」，謂之爲側豔，側者，旁也，不正曰仄，不中曰側，説明是一種不正的豔。《花間集》序云：「鏤玉雕瓊，擬化工而迥巧；裁花剪葉，奪春豔以争鮮。」其所謂豔爲春豔，是可用以争鮮的豔。春天的豔，相對於温庭筠的豔，應當就是正豔。不過，其「側」與「正」的區分，僅僅是在某一程度上的偏向問題，並非實質上的差異。而且，同能不如獨勝，温庭筠也正憑藉著這一個「豔」字，方才奠定其「花間鼻祖」的地位〔一〇〕。這就是温庭筠所確立的詞學之正。

温庭筠之後，倚聲填詞之由正而變，其對於以「豔」爲標榜的詞體構成要素所進行的變革，主要體現在以下兩個方面：一爲敘事角色的替代及變换，另一爲敘事題材的推廣及提升。敘事角色的替代及變换，指歌詞作者及歌詞的抒情主人翁於創作過程其身份所出現的變化。例如，無名氏《望江南》：

莫攀我，攀我太心偏。我是曲江臨池柳，者人折了那人攀。恩愛一時間。

歌詞的「我」爲曲江的柳，乃主人翁的自敘，但也可以看作是作者的代言。初起之時，此類作品甚多。葉夢得《避暑録話》（卷下）載：

（柳永）爲舉子時，多遊狹邪，善爲歌詞。教坊樂工，每得新腔，必求永爲辭，始行於世，於是聲傳一時。

柳永填詞，爲合樂應歌，每多代言，如《定風波》（自春來）等，而其自敘，如《鶴沖天》則逕自登場，演説平生。此類作品亦非少數。當中，或代言，或自敘，角色變换，敘事方式也跟著變换。既爲妓女立言，亦爲自己立言。豔科創造因此而拓展空間。這是敘事角色變换所産生的變化。至於敘事題材的推廣及提升，指佈景，説情所使用原材料於創作過程所進行的充實與提高。所謂推廣及提升，包括充實與提高，意思一樣，而其所屬層面不一樣。其中，推廣與充實，指形下層面的拓展；而提升與提高，指形上層面的拓展。這是敘事題材變革所出現的層面區分。例如，柳永《滿江紅》（暮雨初收）、《安公子》（遠岸收殘雨）、《玉蝴蝶》（望處雨收雲斷）等，於言閨情與賞花柳的同時，將個人的身世之感打併入内，加多材料，增添内容，屬於形下層面的推廣。又如，蘇軾《臨江仙》：

夜飲東坡醒復醉，歸來仿佛三更。家童鼻息已雷鳴。敲門都不應，倚杖聽江聲。長恨此身非我有，何時忘卻營營。夜闌風静縠紋平。小舟從此逝，江海寄餘生。

歌詞在「我」（此身）與宇宙（江海）之間，借助小舟這一中介物所構成的二元對立關係，寄寓自己對於宇宙、人生的思考。謂人生（此身）有限，宇宙（江海）無限，何當駕一小舟，融合於大自然之中。有限、無限，瞬間、永恒，屬於形上層面的提升。柳、蘇相比，其對於文學材料的添加及變换雖有形而下與形而上的層面區分，但其對於題材的開闢，同具開拓之功。這是敘事題材推廣及提升所産生的變化。

以上所説倚聲填詞之由正而變，表示對於詞體兩大構成要素聲學與豔科所進行的變革；而由變而正，則將被變革的部分稱之爲變體或别調，並將原來被規範化的部分再加以規範化，一切似乎都重新來過。但所謂傳舊與創始，創作過程所體現正與變的輪换，無論由正而變，抑或由變而正，都是文體創造的一種推進。當中所出現正格與别體的區分，亦僅僅是表示詞體在正與變的框架下所出現與之相適應的一種樣式或範式，同樣也是文體創造的一種推進。因此，可以説，詞體的兩大構成要素，既是由温庭筠所確立的聲學與豔科，也是温庭筠之後不斷推進中的聲學與豔科。總之，這是動態中的聲學與豔科。

（二）基礎物件及物件類型：詞的個體構成要素

聲學與豔科之作爲詞在格律形式和思想内容兩個方面的構成要素，其整體體現已如上述。以下從個體角度看，作爲聲學的詞，其於格律形式所體現各種構成方法及樣式。但諸多問題，仍須從詞調説起。

㈠ 詞調與詞名，聲情與詞情

詞調，填詞所依曲調樂譜。亦稱歌腔。每一詞調均有特定名稱，並有包括平仄、句法及押韻等的格式規定。曲調名稱如《浣溪沙》、《菩薩蠻》、《蝶戀花》、《念奴嬌》等，稱作詞調或詞牌。按照曲調樂譜填制歌詞，是爲按譜填詞。由於樂譜不傳，今之作者，只是依據歌曲文辭的字聲填製歌詞，是爲依聲填詞。掌握每一詞調格律形式上所具有規定與規則，有助於掌握詞體自身在格律形式上所體現各種構成方法與途徑。而且，仍須考慮如何在意境創造上將詞中所表之情以與曲中固有之情相配合。

例如《浣溪沙》，一般譜書對其格律形式特點多作如下描述：

浣溪沙，四十二字。上片三平韻，下片二平韻。過片二句多用對偶。

這段描述包括分片、押韻及對仗，基本完備。但除此之外，這一詞調所具有特點，卻往往易受忽略。如其上下三句的排列如何構成兩個倒立的等腰三角形，則未曾引起注意。這是從俞平伯先生那裏得到的靈感。俞平伯先生《清真詞釋》有云：

嘗謂三隻脚的《浣溪沙》，兩脚一組，一脚一組，兩脚易穩故易工，一脚難穩故難工，不用氣力似收煞不住，用大氣力便軼出題外。或通體停勻，或輕重相參，要之欹側之調以停勻爲歸耳。〔一一〕

三隻脚，兩脚一組，一脚一組，上片與下片均作如此排列。俞平伯先生以爲，這樣的排列不易把握。尤其是一脚一組，做到通體停勻、輕重相參，則甚不易。不過，我發現，蘇軾《浣溪沙》於此似特別當行，上下三隻脚安排得十分穩妥。其曰：

照日深紅暖見魚。連溪緑暗晚藏烏。黄童白叟聚睢盱。　麋鹿逢人雖未慣，猿猱聞喜不須呼。歸來説與採桑姑。

下圖兩個倒立等腰三角形，右邊兩腳爲魚和烏，一在水中，一在樹梢，雖各居一方，卻有共同之處，即二者都有翅膀，離得較近，合爲一組，十分穩當；而黄童和白叟，作爲觀賞者，距魚和烏稍遠一些，獨立一腳，同樣也十分穩當。至左圖，麋鹿、猿猱以及採桑姑，其組合與右圖十分相似。其中，麋鹿與猿猱，性情雖有不同，但同是四隻腳，合爲一組，甚恰當；而採桑姑，獨立一腳，即成爲左右兩圖的主腦。既管領左圖的麋鹿與猿猱，右圖的情狀，也得向這位總管家報告。可見，蘇軾對於《浣溪沙》這一構成詞體的基礎物件所具有的格式特徵既十分瞭解，又嚴格遵守，並精心地進行創造。

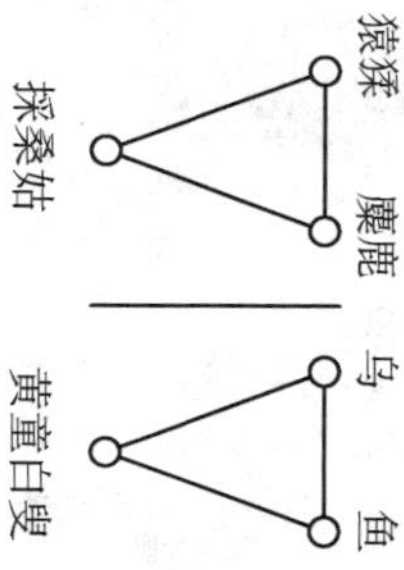

㈡ 篇法與片法，分配與組合

詞爲長短句，體式多樣，但「調有定格，字有定數，韻有定聲」，卻是在格律形式上具有嚴謹規限的一種詩歌樣式。其中篇法與片法，更有許多講究。一闋歌詞分成數片，表示幾段樂曲合成完整的一支樂歌。詞中的片，既與樂曲的遍有關，亦與文學材料的分配與組合密切牽連。片的劃分，最常見的是上下二片組合。詞中單調不分片，雙調由上下二片所組成。上片佈景，下片説情，爲宋初體的典型模式，亦爲宋詞基本結構模式。柳永以之創造屯田體，構建屯田家法，爲歌詞創作打開無數方便法門。

例如，柳永《八聲甘州》：

對瀟瀟暮雨灑江天，一番洗清秋。漸霜風淒緊，關河冷落，殘照當樓。是處紅衰翠減，苒苒物華休。惟有長江水，無語東流。　不忍登高臨遠，望故鄉渺邈，歸思難收。歎年來蹤跡，何事苦淹留。想佳人、妝樓顒望，誤幾回、天際識歸舟。爭知我，倚闌干處，正恁凝愁。

此詞名曰《八聲甘州》。八十九字。上下片各四平韻。如於上下片當中劃一直綫如下圖，即可清楚呈現歌詞各個部位所承擔的基礎物料。上片佈景，包括江天、關何、物華、江水，是爲自然物象；下片說情，包括思歸、歸思、佳人念我、我念佳人，是爲社會事相。這是宋初體的代表作品。如以數學方法，將

上片：佈景（自然物象）
江天、關河
物華、江水

下片：說情（社會事相）
思歸、歸思
佳人念我、我念佳人

八聲甘州　柳永

起拍｛
對瀟瀟暮雨灑江天，
一番洗清秋。◎
漸霜風淒緊，
關河冷落，
殘照當樓。◎
是處紅衰翠減，
苒苒物華休。◎

結拍｛
惟有長江水，
無語東流。◎

換拍｛
不忍登高臨遠，
望故鄉渺邈，
歸思難收。◎
歎年來蹤跡，
何事苦淹留。◎
想佳人妝樓顒望，
誤幾回、天際識歸舟。◎

煞拍｛
爭知我，倚闌干處，
正恁凝愁。◎

佈景、説情换作 A 和 B，即構成如下公式： 上片 A，下片 B。 這就成爲可以概括所有的宋詞基本結構模式。

上片佈景、下片説情，這是柳永經過反復實踐所創立的詞體結構模式。 這一模式，不僅可以代表所有，而且經過程式化，數位化，相信亦頗便眼下或將來的 AI 操作。

以下是辛棄疾的《賀新郎》：

緑樹聽鵜鴂。 更那堪、鷓鴣聲住，杜鵑聲切。 啼到春歸無尋處，苦恨芳菲都歇。 算未抵，人間離別。 馬上琵琶關塞黑，更長門、翠輦辭金闕。 看燕燕，送歸妾。　將軍百戰身名裂。 向河梁、回頭萬里，故人長絶。 易水蕭蕭西風冷，滿座衣冠似雪。 正壯士，悲歌未徹。 啼鳥還知如許恨，料不啼清淚長啼血。 誰共我，醉明月。

歌詞調下有題：「别茂嘉十二弟。 鵜鴂、杜鵑實兩種，見《離騷補注》。」説明是一首贈别詞。 即爲茂嘉得罪謫徙而作。 網上評論稱：「打破上下片分層的常規，事例連貫上下片，不在分片處分層。」謂其上下打成一片，有違慣例。 實際上，如將詞中所説故事加以歸類，即可發現，作者對於事例的排列，不僅符合常規，而且更加顯得紀律森嚴，無懈可擊。 如上片的「算未抵，人間離别」和下片的「正壯士，悲歌未徹」，其承上啟下的關係就安排得十分停當。 其中，「算未抵」承接上文所説啼鳥的故事，包括鵜鴂、鷓鴣及杜鵑，謂其抵不上「人間離别」，於是引出以下故事，包括馬上琵琶（昭君出塞）、長門翠輦（百金買賦）及燕燕歸妾（莊姜别妾）。 歌詞的這一「筋節」（梁啟超語）把握得很好，夏承燾先生對此頗爲讚賞。 但對於下片的「正壯士，悲歌未徹」，夏承燾先生説，只是承上，未能啟下，好得下文作了補救，將啼鳥的恨加以强調，才令上下所説取得平衡。 總的看來，歌詞所歌詠包括啼鳥的故事和人間的故事，所説都是别人的事，直到最後，才落到自己身上。 可謂大氣流貫。 但就按譜填詞的規則，故事的歸類，上片與下片，界限仍甚分明。 究竟其分片的依據爲何？即就故事自身看，上片三個故事，下片三個故事，其區分的依據，就在於上片三個故事是女性的故事，下片三個故事是男性的故事。和蘇軾《浣溪沙》上下片的劃分同出一轍。可知，作者賦此曲，於排兵佈陣，運智鋪謀，均有精心的策劃，真樂壇的經綸手。這是對於宋初體的推廣。

㈢ 句式與句法，拗句與順句

課堂上我問諸生，什麼是句式？什麼是句法？一時間很難找到一個正確的答案。再問：究竟是句式多，還是句法多？仍然「詰」不出一個正確的答案。我說句式只有兩種，句法呢？最少一百種。那麼，

蘇軾《八聲甘州》

上片：佈景（自然物象）
潮來潮歸
古人今人。

下片：説情（社會事相）
記取相得
雅志莫違

八聲甘州・寄參寥子　蘇軾

起拍　有情風、萬里卷潮來，無情送潮歸。◎
問錢塘江上，西興浦口，幾度斜暉。◎
不用思量今古，俯仰昔人非。◎
結拍　誰似東坡老，白首忘機。◎

換拍　記取西湖西畔，正暮山好處，空翠煙霏。◎
算詩人相得，如我與君稀。◎
約他年、東還海道，願謝公雅志莫相違。◎
煞拍　西州路，不應回首，為我沾衣。◎

僅有的兩種句式，究竟是怎麽樣的句子呢？ 一叫律式句，另一非律式句。 柳永《八聲甘州》「對瀟瀟暮雨灑江天」（一、二二一二）爲非律式句，蘇軾《八聲甘州》「有情風、萬里卷潮來」（二一一、二二一）爲律式句。 律式句乃順句，詩中使用，詞中亦使用； 非律式句即拗句，詞用詩不用。 詞中拗句，多用於篇中的幾個關鍵部位，諸如起調、畢曲等音樂吃緊部位。 柳永《八聲甘州》起拍的「對瀟瀟暮雨灑江天」（一、二二一二）、煞拍的「倚闌干處」（一二一）以及「漸」、「望」、「歎」等幾個領格字的安排，均需特别留意。 蘇軾以詩爲詞，大家都這麽説，但都拿不出實質性的證據來。 實際上，就是改拗爲順。 如其《八聲甘州》起拍的「有情風、萬里卷潮來」（二一一、二二一）以及煞拍的「不應回首」，即爲明證。 但其餘幾個領格字「問」、「正」、「算」，和柳詞一樣都以去聲提起。 這是律式句與非律式句的區别及運用。

以上説律式句與非律式句，這是倚聲填詞與一般詩文有别的一個重要標誌。 此外，篇中的居中句亦當引起注意。 梁啓超有云：「《賀新郎》詞，以第四韻之單句爲全篇筋節，如此句最可學。」〔一二〕所指就是篇中的居中句。 此句居中，依律論，作爲上三下四的折腰句，中間當用頓號； 依意論，則應作兩個句子看待，中間用逗號。 如辛詞上片的「算未抵，人間離别」和下片的「正壯士，悲歌未徹」，斷爲二句，其承上啓下作用，即得以呈現。 梁啓超稱其爲「全篇筋節」，謂此句最可學； 夏承燾謂其占居中位置，爲解讀全篇的鑰匙。 尤其是長詞慢調，一時把握不住，獲其導引，或可得其門而入。 例如周邦彦《六醜・薔薇謝後作》，上下兩個居中句，一爲「釵鈿墮處遺香澤」，一爲「殘英小、强簪巾幘」。 依二者所得啓示，全篇内容即可以「遺香澤」和「簪巾幘」加以概括。 前者謂薔薇謝後，猶如埋葬楚宫傾國，但遺留香澤，仍亂點桃蹊，輕翻柳陌； 後者謂殘英雖小，故惹行客，只好勉强地摘取一支，插戴在頭巾之上。 全篇意脈，因此貫通。 詳見下圖所示。

六醜　薔薇花謝後作　周邦彦

上片：遺香澤

起拍　正單衣試酒，悵客裏、光陰虚擲。△
願春暫留，春歸如過翼。△一去無跡。△
爲問花何在，△夜來風雨，葬楚宮傾國。△
居中拍　釵鈿墮處遺香澤。△
亂點桃蹊，輕翻柳陌。△多情更誰追惜。△
結拍　但蜂媒蝶使，時叩窗槅。△

下片：簪巾幘

換拍　東園岑寂。△漸蒙籠暗碧。△靜繞珍叢底，成歎息。△
長條故惹行客。△似牽衣待話，別情無極。△
居中拍　殘英小、強簪巾幘。△
終不似、一朵釵頭顫裊，向人欹側。△
煞拍　漂流處、莫趁潮汐。△恐斷紅、尚有相思字，△何由見得。△

㊃ 韻部與韻法，通叶與錯叶

詩有詩韻，詞有詞韻。詩韻最早形成於唐，宋詞興起之後才有詞韻。戈載編纂《詞林正韻》，分平、上、去三聲爲十四部，入聲爲五部，一共十九個韻部。此皆「取古人之名詞參酌而審定」。到目前爲止，仍爲一部最爲通行的詞韻書。張珍懷、龍廈材將龍榆生遺著《唐宋詞定格》整理出版，名曰：《唐宋詞格律》。全書依韻腳分類，計分平韻、仄韻、平仄韻轉换、平仄韻通叶、平仄韻錯叶等五格。書後附録張珍懷據《詞林正韻》所輯《詞韻簡編》。這是目前較爲實用的一部工具書。不過，此書亦有不足之處。例如《西江月》，編纂者以柳永詞爲正體，爲平仄通叶格確立標準，並引沈義父語加以印證，即易産生誤導作用。

柳永《西江月》云：

鳳額繡簾高卷，獸環朱户頻摇。兩竿紅日上花梢。春睡厭厭難覺。　　好夢狂隨飛絮，閑愁濃勝香醪。不成雨暮與雲朝。又是韶光過了。

龍榆生《唐宋詞格律》云：

（《西江月》）又名《步虚詞》、《江月令》。唐教坊曲，《樂章集》、《張子野詞》併入中吕宫。清季敦煌發現唐琵琶譜，猶存此調，但虚譜無詞。兹以柳永詞爲準。五十字，上下片各兩平韻，結句各叶一仄韻。沈義父《樂府指迷》：「《西江月》起頭押平聲韻，第二、第四句就平聲切去，押側聲韻，如平韻押『東』字，側聲須押『董』字、『凍』字方可。」

依沈義父所言，起頭押平聲韻，指上片頭一個韻腳「摇」（二蕭）。第二、第四句就平聲切去，押側聲韻，指第二句以平聲「摇」（二蕭）起韻，第三句以平聲「梢」（三肴）取叶，第四句就平聲切去，另押與前二平聲韻同部的側聲字「覺」（十九效）。下片亦然。即以平韻「醪」（四豪）起，以平韻「朝」（二蕭）取叶，最後就平聲切去，押側聲韻「了」（十七篠）。兩相比勘，柳詞與沈説大致相合。但沈説第四句就平聲切去，押側聲韻，曾特別提示：「如平韻押『東』字，側聲須押『董』字、『凍』字方可。」意即此側聲韻字，既可用「董」（上聲），亦可用「凍」（去聲）。沈氏此語，兩種選擇，是否適合用作平仄通叶格的檢驗標準，仍須重新加以檢驗。

先看蘇軾《西江月》（梅花）：

玉骨那愁瘴霧，冰肌自有仙風。海仙時遣探芳叢。倒掛緑毛么鳳。　素面常嫌粉涴，洗妝不褪唇紅。高情已逐曉雲空。不與梨花同夢。

再看辛棄疾《西江月》：

明月别枝驚鵲，清風半夜鳴蟬。稻花香裏説豐年。聽取蛙聲一片。　七八個星天外，兩三點雨山前。舊時茅店社林邊。路轉溪橋忽見。

以上二詞，上下第四句的「鳳」、「夢」及「片」、「見」，均以同部仄韻與前二平韻之「風」、「叢」與「紅」、

「空」以及「蟬」、「年」與「前」、「邊」取叶。這是蘇、辛所作平仄通叶格。比諸柳詞，其不同處在於：蘇、辛上下兩結均押去聲韻，而柳詞的「覺」（十九效）和「了」（十七篠），皆爲上聲。多年前，在一篇討論歌詞用韻的文章中，我曾表示：《西江月》上下兩結韻，當押去聲爲宜[一三]。以爲沈義父所説不適合用作平仄通叶格的檢驗標準，龍榆生引證有誤。當時這一論斷，既有蘇、辛的創作實踐爲憑藉，又有一定的聲音之道爲依據。因爲蘇軾所作《西江月》十三首，兩結韻全押去聲的有十首，辛棄疾十七首，兩結韻全押去聲的有十二首，均占多數。而且，還因爲「仄聲當中，上聲與入聲均可作平，上口吟唱，常易走了聲調，唯獨去聲與其餘各聲判若黑白，不易互相混淆」。以爲兩結韻押去聲，才能體現《西江月》平仄通叶格的特點[一四]。由此可見，對於歌詞用韻所進行的論斷，不能只是依憑前人成説，從本本到本本進行推測，而當以古人之名詞爲依據，精確進行參酌而審定，才不致誤入歧途。

㈤ 字聲與字法，聲律與音律

沈約《宋書》有云：

夫五色相宣，八音協暢。由乎玄黄律吕，各適物宜。欲使宫羽相變，低昂互節，若前有浮聲，後有切響。一簡之内，音韻盡殊，兩句之中，輕重悉異。妙達此旨，始可言文。[一五]

浮聲、切響，低昂互節。八個字，有低、有高，有輕、有重，相宣、協暢，概括爲文、爲詩在文辭上的字聲變化與樂曲上樂音變化相配合的基本原理。按譜填詞，審音用字，同樣體現這一原理。倚聲家在樂曲音理失傳之後，仍拘拘於字聲變化中討生活，即以此爲依據。這是由沈約聲律論所引申出來的倚聲學。對此，萬樹將其歸納爲「音理不傳，字格具在」八個字，寫入《詞律》[一六]；吴梅將萬樹八個字當作入門要訣，也寫入自己的著作《詞學通論》[一七]。説明：文辭的字格，包括字聲句法的變化及運用，與樂曲的音理密切相關；通過對於字格的體驗，仍可把握得到音理的存在及其承傳的方法與途徑。例如《八聲甘州》，其作爲一支依樂譜譜寫而成的歌曲，當樂譜失傳，其所遺留就只有一塊招牌和以之爲標榜所填製一批歌詞作品。對於這一詞調，怎麼把握其音理的存在呢？仔細揣摩上文所説柳永、蘇軾二人作品，其中消息應可探知一二。但這同時，仍須留意二事：其一，李清照對於蘇軾等人的批評，並非謂其不協聲律，而是不協音律；其二，蘇軾以詩爲詞，改拗爲順，於首尾兩個部位外，其餘幾個非律式句，並未改順。兩個方面，合而觀之，其改與不改之處，幾個關鍵部位，夏承燾先生稱其爲音樂吃緊之處，循此而入，對其音理相信必當有所領會。至其承傳問題，亦即相應的方法與途徑，有關去聲運用，也是個關鍵問題。例如詞中的領格字，用以發調定音或者轉折跌宕，一般用去聲。如柳永《八聲甘州》起拍之「對瀟瀟暮雨灑江天，一番洗清秋」，以一「對」字領起，不僅起調十二個字，貫穿一起，而且這一「對」字，由瀟瀟暮雨直接貫穿到煞拍的「愁」，説明眼下一切皆「我」於「憑闌干處」的所見、所感及所產生的憂愁。此外，去聲多用於轉折跌蕩處，萬樹、龍榆生的論述，可作參考。

三　聲調之學與文章體制

以上從整體與個體兩個不同角度對於構成詞體的基礎物件及物件類型粗略作了分析與檢討，以下擬從哲學文化學的角度，就詞學聲學中的幾個帶普遍性的問題作進一步的探研。

（一）形下與形上的層面區分問題

二十世紀三十年代，龍榆生創辦《詞學季刊》，發表《研究詞學之商榷》，提出詞學八事。曰：圖譜之學、詞樂之學、詞韻之學、詞史之學、校勘之學、聲調之學、批評之學、目録之學。八事中，之前五事爲清代諸家業績的總歸納，之後三事爲龍榆生所添加〔一八〕。與龍榆生相後先，夏承燾札詞例，探測詞中字聲的演變狀況，有《詞四聲平亭》及《四聲繹説》等著作行世〔一九〕，對於詞學聲學研究亦多所進取。龍榆生、夏承燾均以字格追尋音理，堪稱聲學行家，但二人所持見解、所進行研究，仍有層面的區分，宜細加辨析。

龍榆生於諸家圖譜之學外，別爲聲調之學。聲調之學，這是與圖譜之學相對應的一個研究項目。圖譜之學，指於每調每體注明字數，標識平仄、韻腳及句讀，並且依遵圖譜，排比平、仄之出入，斟酌字句之分合，以及上、去之區別，從而制定填製方法及規則。龍榆生論詞調，宣導聲調之學。謂「詞本倚聲而作，則詞中所表之情，必與曲中所表之情相應」，指的是詞情與聲情互相應合問題。龍榆生稱：「唐、五代乃至北宋柳永、秦觀、周邦彦諸家之作，類多本意，不復於調外標題。蓋聲詞本不相離，倚聲製詞，必相吻合故也。」但曲譜散亡之後，「若但依其句度長短，殊未足於盡曲中之情」。龍榆生以爲：不能完全依賴圖譜，而當以古之名詞爲實證，重新加以體驗。例如《千秋歲》、《浪淘沙》、《六州歌頭》、《蘭陵王》、《滿江紅》、《大酺》、《吴音子》以及《菩薩蠻》、《謁金門》、《望江南》諸調，龍榆生均逐一以具體作品爲實證，在聲（聲情）詞（詞情）配合上，揭示其協調與不協調的種種情狀〔二〇〕，並據以論斷：因圖譜而體認曲中應有之情，如指某一詞調悲抑，或者雍和，只是在聲律範圍，就其叶韻之疏與密以及聲音之厲而舉或者清而遠等等之如何安排而加以推測，即可能出現差錯。而以古之名詞爲實證，以詞中應有之情，反證曲中應有之情，對於歌詞聲調之如何與詞調聲調相配合的樂歌製作法則，則可能把握得更加嚴謹。這是龍榆生聲調之學對於圖譜之學的超越。

就詞學聲學研究而言，由圖譜之學到聲調之學，無疑是一大推進。不過，就探討問題的深廣程度看，前人的圖譜之學以及龍榆生的聲調之學，二者均有一定局限。因其論析字聲與字法，謂何者爲平，何者爲仄，既適用於樂府，亦適用於聲詩，並非填詞之所獨有。也就是説，相關探求還是在一般層面，尚未深入個別層面。而就哲學文化學的視角看，因其所論析，大多只是在「多」的層面，未是「一」的提升，仍未成其爲「學」。亦即尚未由字而句，將對於字格的考察由字聲與字法引申到句式與句法上面來。如此説字格，才能與文章體制聯繫一起。這是夏承燾所給予的啟示。夏承燾説字聲也説體制，而且説字聲也是爲著説體制。其論句式與句法，謂何處爲拗，何處爲順，乃樂府歌詞之所獨有。如上文所述，温庭筠「多爲拗句，嚴於依聲」，這一問題的揭示，涉及到詞與詩同科與不同科的問題。詞與詩同科，説明詞還不是文章中的一個獨立品種；詞與詩不同科，説明詞已經是文章中的一個獨立品種。這是具有劃時代意義的論斷。而龍榆生則未也。這就是龍榆生與夏承燾二人詞學聲學研究所呈現的層面區分。

（二）一般與個別的層面區分問題

以上所説，字聲與字法以及句式與句法，其編排規則及運用方法，大體上由兩條界限所規範，一爲語文與韻文的界限，一爲聲詩與樂府的界限。語文與韻文，從文體、文類的劃分看，二者並無一定對應關係，因語文本身不是一種文體。而就科目設置看，語文與韻文卻是兩個相對應的科目。語文以語言和文化爲内容，偏重從文獻角度研究語言文字，爲一綜合科目；韻文是有韻之文，包括詩，詞，賦，銘，乃一專門科目。就一般與個別的關係看，一般指事物在形態及性質上的共同之點；個別指單個的、特殊的事物。有如語文中的韻文以及聲詩中的歌詞，二者都是存在於一般的個别；語文與聲詩，其所具有的共同屬性，大致包括韻文與歌詞，但韻文與歌詞的個體性、獨特性，不能完全地在語文與聲詩中得到反映。先説語文與韻文，就格式規範而言，語文在字聲、句式的安排上，許多地方也許適用於韻文，但韻文仍有其個體的屬性，其個體存在不能爲語文所替代。例如《八聲甘州》，八十九字，上下片各四平韻。從語文角度看，作爲一般規則，應已有所交代。而從韻文角度看，作爲個別規則，除了字數、分片及韻腳，還有不少特別的安排未作交代。包括提攜句、領格字以及某一關鍵部位的特別安排等等，均須加以提示。又如《賀新郎》，一百十六字，上片五十七字，下片五十九字，各十句六仄韻。作爲一般規則介紹，似亦無不可，而作爲個別規則，卻未足够。這一詞調，不僅其「筋節」處須特別留意（已見上文所述），而且上下二七言句或順（仄仄平平平仄仄)或拗(仄仄平平平仄),多數亦有意爲之,未宜輕輕放過。這是語文與韻文不同角度所出現一般與個别的層面區分。至於聲詩與樂府,其規則界限很大程度體現於聲律與音律的區分上。聲律與音律,兩個不同的聲學概念。一個由歌曲文詞的平仄四聲所構成,用以規範文詞的組成,是爲文詞的律;一個由歌曲樂音的節拍旋律所構成,用以規範樂音的組成,是爲樂音的律。李清照批評晏殊、歐陽修、蘇軾等人不協音律,所指乃歌曲樂音的律,而非文字聲音的律。李清照以知音作者立場立論,將樂府歌詞從聲詩中提取出來,令其成爲一般中的個别。謂其有别於詩文,在分平側(仄)以外,分五音,又分五聲,又分六律,又分清濁輕重。李清照强調樂府歌詞在聲音上的獨特屬性。與聲詩相比較,其一般與個别的層面區分就更加明顯。因此,依據其區分,對照、檢驗,看其所謂聲學研究,究竟是語文層面,還是韻文層面?是聲詩層面,還是樂府層面?即可見其當行不當行,亦可察看其是否爲别是一家的「知之者」?這是由一般與個别層面區分所帶出的問題。

(三) 傳舊與始創,方法及途徑

中國詞學史上,萬樹以「音理不傳,字格具在」八個字,爲倚聲家之由歌詞字格追尋樂曲音理開示門徑。龍榆生據以進入詞情與聲情的檢討,將圖譜之學推進爲聲調之學;夏承燾據以進行詩與詞同源分流的考溯,將「多爲拗句,嚴於依聲」八個字,用作聲詩與歌詞同科與不同科所出現轉换的憑證。就近世詞學聲學研究的進程看,夏承燾、龍榆生均有一定開拓之功。那麼,今之倚聲家,對於詞學本體研究,應如何探取門徑,方才達至李清照所謂「知之者」行列?這應是新世紀詞學傳人所當思考的一個問題。

二十世紀四十年代,吴世昌於報刊發表讀詞文章稱:「學習或研究任何學問,總要先從讀書入手,而屬於文學方面的尤其如此。讀書的最徹底辦法是讀原料書,直接與作者辦交涉。最好少讀或不讀選集和别人對於某集的討論之類。」[二二] 讀詞讀原料書,這是吴世昌的經驗之談。讀原料書就是讀原始的文本,兩種讀法，不求甚解與求甚解兩種，吴世昌取後者。以爲須不求依傍，自己下功夫，閲讀古人原集。吴世昌並爲如何下功夫提出如下程式：第一是瞭解，第二是想像，第三欣賞與批評，第四是擬作與創造[二二]。新世紀的倚聲與倚聲之學，如何借助吴世昌讀詞四程式，對於詞的本體存在及體現其存在的基礎物件以及物件類型，亦即詞調及詞調類型，其正與變的種種狀況，能有更加深刻而全面的領會，並且通過「取古人之名詞參酌而審定」（上引戈載語），將其納入正的軌道。這是當下須要探尋的一個問題。

新舊世紀之交，我在講堂以及視頻講演，推揚吴世昌讀詞讀原料書的主張，既針對上文所説有「學」而無詞以及有「詞」而無學兩種現象，亦爲著以較爲貼近的方式，用個人讀書心得，爲詞學入門提示途徑。因此，我在吴世昌讀詞讀原料書之後加上一句讀詞讀形式。説得直接一點就是，讀詞讀詞調。記得有一回，我問饒宗頤：文學起源於什麽？饒不假思索，即刻回答：起源於文字。那麽，詞又起源於什麽呢？我問諸生，同樣也是不假思索，曰：起源於詞調。這是因討論文學起源問題所引發的話題，所説究竟能否成立，今且勿論，只説形式問題。謂讀詞讀形式，意即從詞調與詞名、篇法與片法、句式與句法、韻部與韻法、字聲與字法五個方面體現詞的各種構成方法及樣式的詞體構成要素入手，對於詞調的形式格律進行考察，以瞭解詞的本體存在及其構成問題。並且推而廣之，通過對於詞體的瞭解，探討文學史上某些懸而未決的問題。例如，有關詩與詞同源與分流問題以及詩與詞文體屬性的區分問題。夏承燾以「多爲拗句，嚴於依聲」八個字，爲詩與詞同科與不同科問題作歷史論定，只是看句式句法，而不必依賴於內容；有學者以李長吉歌詩已明顯具有詞境爲由，提出「撰寫詞史似應給長吉歌詩留有一席之地」[二三]，則只看內容而未顧及於形式。前後兩種不同的讀書方法，或者將形式擺在前，內容居後，或者將內容擺在前，形式居後，其結果大不一樣。在許多情況下，我以爲形式比內容更顯得重要，甚至可以斷言：一部中國詩歌發展史就是一部詩歌形式演變史。這是多年讀詞所得結論。謹爲拈出，以與讀者諸君共勉之。

〔一〕施議對《詞與詞學以及詞學與詞學學》，《詞學（第二十八輯）》，華東師範大學出版社，二〇一二年。

〔二〕施議對《吴世昌與詞體結構論》，《文學遺産》二〇〇二年第一期。

〔三〕《舊唐書》卷一百九十《温庭筠傳》，中華書局，一九七五年點校本，第五〇七九頁。

〔四〕據李清照《詞論》，載胡仔《苕溪漁隱叢話》後集卷三十三。

〔五〕王國維著，施議對譯注《人間詞話譯注》，上海古籍出版社，二〇一六年，第一六六頁。

〔六〕劉熙載《藝概・詞曲概》：「樂歌，古以詩，近代以詞。如《關雎》、《鹿鳴》，皆聲出於言也。詞則言出於聲矣，故詞，聲學也。」據《藝概》，上海古籍出版社，一九七八年，第一〇六頁。

〔七〕夏承燾《唐宋詞字聲之演變》，《夏承燾集》（第二册），浙江古籍出版社，一九九七年，第五三頁。

〔八〕夏承燾《唐宋詞字聲之演變》，《夏承燾集》（第二册），第五三—五四頁。

〔九〕盛配《温庭筠〈菩薩蠻〉十五首前後結句皆「去平平去平」句式考》，未刊稿。

〔一〇〕馮金伯《詞話萃編》（卷二）：「温李齊名，然温實不及李。李不作詞，而温爲花間鼻祖，豈亦同能不如獨勝之意耶。」據唐圭璋《詞話叢編》本。

〔一一〕俞平伯《清真詞釋》，上海開明書店，一九四八年。

〔一二〕梁令嫻《藝蘅館詞選》（丙卷），廣東人民出版社，一九八一年。

〔一三〕〔一四〕施議對《建國以來新刊詞籍匯評》，《文學遺産》一九八四年第三期。

〔一五〕《宋書》卷六十七《謝靈運傳論》。

〔一六〕萬樹《詞律・發凡》，上海古籍出版社，一九八四年。

〔一七〕吴梅：「昔人製腔造譜，八音克諧。今雖音理失傳，而字格具在。」《詞學通論・論平仄四聲》，商務印書館，一九三二年。

〔一八〕龍榆生《研究詞學之商榷》，原載《詞學季刊》第一卷第四號（一九三四年四月）收入《龍榆生詞學論文集》，上海古籍出版社，二〇〇九年。

〔一九〕二十世紀四十年代初，夏承燾應之江文學會之約，著《詞四聲平亭》一文。一九五六年一月二十三日整理舊稿，此文仍見存篋中

（見日記）。二月十八日，彙集《讀詞（書）叢稿》（雜説），計十四篇。不見《詞四聲平亭》，而加入《唐宋詞字聲之演變》（見日記）。十二月，上海古典文學出版社刊行《唐宋詞論叢》，此十四篇章，皆在其中。如此看來，四十年代所著《詞四聲平亭》，應當就是五十年代所刊行《唐宋詞字聲之演變》。據施議對《民國四大詞人》，中華書局，二〇一六年，第二七—二八頁。

〔二〇〕龍榆生《研究詞學之商榷》《龍榆生詞學論文集》，上海古籍出版社，二〇〇九年。

〔二一〕吴世昌《論詞的讀法》，原載一九四六年九月二十四日《中央日報》文史周刊第十九期。據吴世昌《詞學論叢》《羅音室學術論著》中國文聯出版公司，一九九一年，第一八頁。

〔二二〕吴世昌《論詞的讀法》《詞學論叢》（《羅音室學術論著》），中國文聯出版公司，一九九一年，第二〇頁。

〔二三〕袁行霈《長吉歌詩與詞的内在特質》一文稱：李賀今存二百四十餘首詩中所用二千四百九十四個不同的字，以「冷」、「凝」、「咽」、「啼」、「垂」、「寒」、「幽」、「死」、「淚」、「老」，出現頻率爲較高，「花間」之集亦然。因提出：「撰寫詞史似應給長吉歌詩留有一席之地。」「中央研究院」中國文哲研究所編《第一届詞學國際研討會論文集》。臺北「中央研究院」中國文哲研究所，一九九四年。

（二〇一九年四月八日於華南師範大學文學院演講，據施志詠記録整理）

（作者單位：澳門大學文學院）

詞作中相反相成藝術辯證法的運用

劉慶雲

内容提要　對於詞的創作方法，歷來多强調意與境的統一、情與景的交煉、事與理的融合，即相對注重其相輔相成藝術辯證法的特點。但詞作中有愈柔而愈剛、愈淺而愈深、愈輕而愈厚、愈諧而愈莊等一類作品，由於相互間對立的强化，而帶有相反相成的藝術辯證法特色，前代詞論家對此也有所關注，今尚待作較爲系統的研究，爲當代詞的創作提供有意義的參考。

關鍵詞　藝術辯證法　相反相成　强化對立

在詞的創作中，歷來多講究意與境的統一、情與景的交煉、事與理的融合，即相對注重其相輔相成的藝術辯證法的特點。如情景交融，或以樂景寫樂，或以哀景寫哀，前者如柳永《望海潮》(東南形勝)以精美富麗之筆鋪寫錢塘之繁華勝境；後者如李清照《聲聲慢》(尋尋覓覓)以淒風苦雨襯托哀傷絶望之悲愁。又或以剛勁之筆發浩蕩之情，如蘇軾的《江城子》(老夫聊發少年狂)、辛棄疾的《永遇樂》(千古江山)等，或用柔婉之法抒幽窈之思，如秦觀《滿庭芳》(山抹微雲)、周邦彦《六醜》(正單衣試酒)等。這類方法在詞的創作中的運用，更爲普遍。

在詞的創作中，也還有另外一法，即運用相反相成的藝術辯證法。這種方法通過强化情與景、物象與意蘊的矛盾與對立，來加深所要表達的情思與感受，因而顯示出愈柔而愈剛、愈淺而愈深、愈輕而愈厚、愈諧而愈莊等特點，既强烈對立，又完美統一。關於詞的創作中的這一特殊要求，清代劉熙載有很深刻的見解，他在《詞概》中曾説：「詞之妙莫妙於以不言言之，非不言也，寄言也。如寄深於淺，寄厚於輕，寄勁於婉，寄直於曲，寄實於虛，寄正於餘，皆是。」[一]劉氏所言，可説是對這種方法的簡明小結，此處僅就幾種常見的方法約略言之。

寄勁於婉

寄勁於婉，或謂摧剛爲柔。婉約，本是詞作的傳統特色，寫傷春念遠、悲秋傷逝，很難豪放，但有的詞人卻能將感時傷世的重大内容，納於幽窈委曲的體式之中。這裏所説的摧剛爲柔，不是指詞之局部，而是指一首詞的整體。如大家熟知的南宋辛棄疾的《摸魚兒》詞：

更能消、幾番風雨？匆匆春又歸去。惜花長恨花開早，何況落紅無數。春且住！見説道、天涯芳草無歸路。怨春不語。算只有殷勤，畫檐蛛網，盡日惹飛絮。長門事、準擬佳期又誤。娥眉曾有人妒。千金縱買相如賦，脈脈此情誰訴？君莫舞。君不見、玉環飛燕皆塵土。休去倚危欄，斜陽正在，煙柳斷腸處。

這首詞從表面上看，是寫漢武帝時的陳皇后眼中的暮春蕭瑟之景、惜春之意和自己遭受不公待遇的怨憤之情，但它實際上流露的是作者對國勢危殆的憂慮，是借古代美人的際遇暗示自己在政壇遭受的疑忌與排斥，並對得勢於一時的奸佞給予無情的諷刺與鞭撻。可以説，是用最不激昂的方式，表達最爲激昂的情緒。近人沈澤棠《懺庵詞話》評此詞，謂「傷心人别有懷抱」[二]。夏承燾先生則以「肝腸似火，色笑如花」八字評之。與辛棄疾大體同時的陳亮《水龍吟・春恨》（鬧花深處層樓）與此詞頗爲相似：「恨芳菲世界，游人未賞，都付與、鶯和燕。」摧剛爲柔，借大好春光，以幽秀之語，對北方地域淪於異族之手，發深沉悠遠之喟歎。故清代劉熙載在《藝概》中稱賞：「言近旨遠，直有宗（澤）留守大呼渡河之意。」

這種用最不激昂的方式，傳達最爲激昂情緒的表現手法，極具耐人尋味的藝術魅力，爲某些詞人所喜愛、所追求；而它婉曲的表現形式，往往似在可解不可解之間，因此，在某種直言易招災禍的時期，如宋元之際、明清之際、晚清之時，以及民國抗戰時期，更爲某些詞人多所採用。

如明清之際，陳子龍所寫《浪淘沙・春恨》：

閣外曉雲生，煙草初醒。一番風雨一番情。幾度魂銷猶未了，又是清明。　不嫁惜娉婷，特地飄零。落花春夢兩無憑。滿眼離愁留不住，斷送多情。

從表面上看，只是寫春的逐漸消逝，寫「不嫁」的「飄零」，寫春夢無憑、離愁滿眼，實則抒發明朝滅亡之後的深沉悲憤，不與新統治者合作的堅定態度，愈陰柔而愈顯剛烈。

在「文革」時期，趙樸初即寫有《臨江仙》詞：

不道相逢慳一語，仙舟來夢何因？彌天花雨落無聲。花痕還是淚？襟上不分明。　信是娟娟秋水隔，風吹浪湧千層。望中縹緲數峰青。抽琴旋去軫，端恐瀆湘靈。

作者解釋說：「此詞作於一九六八或六九年，是陳同生同志逝世之後事。同生之死，是作此詞誘因之一。當時相識之人不得正命而死者以百計，故作此詞以弔之，而不敢明言，只得假託夢境耳。……詞中『彌天花雨落無聲』一句，是全文主旨所在。至於『望中縹緲數峰青』、『端恐瀆湘靈』，則皆暗指江青也。」道出了採用比興寄託，以迷離夢境追念橫遭厄運的故舊之情，乃是爲避文字之禍。詞中對「文革」中的噤聲，以夢見「仙舟」載友、相逢竟默然無語加以形容；對於死於非命的衆友朋的深切哀悼，則以「彌天花雨落無聲。花痕還是淚，襟上不分明」加以暗喻，運筆可謂極爲輕靈，而哀悼則極爲沉痛，實則是對「文革」中的暴行，作出最强有力的譴責與控訴。

寄正於奇

這裏所説的「奇」，是指往往脱出尋常蹊徑，多以奇特非凡的境界，蘊含深刻正大的情懷，有的甚或伴有超越現實的想像，帶有某種浪漫主義的色彩。如李清照《漁家傲》詞：

天接雲濤連曉霧，星河欲轉千帆舞。彷佛夢魂歸帝所。聞天語，殷勤問我歸何處。　我報路長嗟日暮，學詩謾有驚人句。九萬里風鵬正舉。風休住，蓬舟吹取三山去。

如此夢境，氣象萬千，混茫遼闊，且與天帝相互問答，爲詞中少見的奇特之作。詞人是否真有其夢，不得而知，但作者營造出如此夢境，在恍惚迷離之中，流露出一個才氣非凡的女子，在男權社會中遭受壓抑的精神狀態和遠翥高飛的願望，帶有反抗封建禮教束縛和追求個性解放的意味。

又如大家熟知的毛澤東的《蝶戀花・答李淑一》：

我失驕楊君失柳，楊柳輕颺，直上重霄九。問訊吳剛何所有，吳剛捧出桂花酒。　寂寞嫦娥舒廣袖，萬里長空，且爲忠魂舞。忽報人間曾伏虎，淚飛頓作傾盆雨。

詞中第一句爲實寫，情本沉痛，但第二句即轉而運用輕靈的筆調、美妙的想象作爲過渡，由人間而天上。以下即藉有關月宫神話中的人物對他們的熱烈歡迎、盛情款待，來表達人們對革命烈士的熱愛與頌揚。而結以烈士聽聞革命勝利消息的無限歡欣，淚飛如傾盆之雨，對他們的革命情懷作進一步的讚頌，愈唱愈高，引人無限崇敬。本爲哀傷之事，作者却能落想天外，寫得如此神采飛揚，令人欣忭鼓舞。人們對這首詞有一份特殊的喜愛，用評彈、歌曲等形式廣爲傳唱，無疑與這種奇思妙想的運用，密切相關。

如果説，以上二者之奇，都帶有超現實的特點，那麽金人元好問的《邁陂塘》則是由現實中的奇事升華出特殊的高情遠致。元氏在十六歲時（一二〇六年）赴并州應試途中，遇一老者，言捕殺一雁，而另一雁哀鳴竟投於地而死。元氏買得葬於汾水之上，號曰「雁丘」，並作有《雁丘詞》。金國滅亡（一二三四年）之後，再將該作改定爲《邁陂塘》：

問世間、情是何物？直教生死相許。天南地北雙飛客，老翅幾回寒暑。歡樂趣，離別苦，就中更有癡兒女。君應有語。渺萬里層雲，千山暮雪，隻影向誰去？　横汾路，寂寞當年簫鼓，荒煙依舊平楚。招魂楚些何嗟及，山鬼暗啼風雨。天也妒，未信與，鶯兒燕子俱黄土。千秋萬古。爲留待騷人，狂歌痛飲，來訪雁丘處。

前人詠雁，或詠其長空遠度，嘹唳於天，或歎其蘆葦夜宿，霜寒淒冷；有的詩詞雖詠孤雁，或以其象喻人之孤獨，或感歎其離羣之淒苦。而元好問此詞則寫孤雁之殉情，此爲一奇；而將此「情」的内涵與力量加以提升：「問世間、情是何物？直教生死相許。」使之帶有超越雁的普適意義，其警醒、震撼人心的力度，真個不同凡響！聯繫詞人從青少年意氣風發時寫出初稿，再到三十年後經歷亡國之痛作出修訂的過程，應該是糅合進了更多世事嬗變的經歷與人生體驗，我們由詞人對「雁丘」所在處「横汾路」、「寂寞」、「荒煙」的描繪，感受到了國破家亡的黍離麥秀之悲；由妍麗的「山鬼」思公子而不可得的憾恨、哀啼，感受到了對故國破滅的悼惜。詞的發端破空而來的這個「情」的内涵，不僅僅是異性的相愛之情，那「直教人生死相許」的，更暗含有一種忠烈的殉國之情。況周頤評元好問詞：「神州陸沉之痛，銅駝荆棘之傷，往往寄託於詞。」[三]當亦含此類詞作。借孤雁之死，發此浩蕩之情，令人警醒、震驚，真乃詞作中之奇品！

寄深於淺

詞因歌唱的緣故，大多語言明淺。但這個「情」最早多限於男女之情，隨著時勢的變化和詞人的拓展，其内涵是不斷擴充與日益豐富的。

前人評詞，有「語淺情深」之説，像李後主、李清照，都是善用淺顯之語發清新之思、用尋常之語抒沉厚之感的作家。如李後主：「問君能有幾多愁，恰似一江春水向東流。」（《虞美人》）「胭脂淚，留人醉，幾時重？自是人生長恨水長東。」（《烏夜啼》），往往超出個人的遭際，而帶有普適的意義，甚或帶有某種哲理的意味。又如李清照：「舊時天氣舊時衣，只有情懷、不似舊家時。」（《南歌子》）雖只是寫個人穿著同一衣裳在不同時期的感受，卻與歷史的巨變有著密切的關係。「元宵佳節，融和天氣，次第豈無風雨？」（《永遇樂》）乍看是寫對氣候變化的敏感，眼前即使美好，誰又能料到轉眼之間不會發生難以逆料的變故呢？如果作者没有人事無常的遭歷，豈能有如此敏鋭的感受！他們所涉及的，或雖與個人遭際密切相關，卻讓人由其前後時段生活與心緒的巨大反差，能體察到社會的動盪與歷史的嬗變。

二李這種明淺的表達，都離不開一種家國情懷。家國情懷，乃至大至深之情。這種情懷，在另一些人的筆下，或觸景而生情，如明清之際的徐湘蘋《踏莎行》：

芳草才芽，梨花未雨。春魂已作天涯絮。晶簾宛轉爲誰垂？金衣飛上櫻桃樹。故國茫茫，扁舟何許。夕陽一片江流去。碧雲猶疊舊河山，月痕休到深深處。

詞之上闋，寫早春景物，本當有欣喜歡悦之情，而詞人卻言愁緒有如春絮飄飛，隱然有天涯漂泊無所依歸之感。至下闋則明言悲愁：夕陽，以喻故國，已隨江水流逝，而碧雲時或相疊帶有舊山河之影，故囑咐明月休要相照，以免引人傷感哀慟。錢仲聯先生評此詞，謂其「於念舊傷離之中，寄滄桑變革之歎。」〔四〕極爲切當。有的詞人則通過故鄉之思加以抒寫，如南北宋之交的向子諲《秦樓月》：「芳菲歇，故園目斷傷心切。傷心切，無邊煙水，無窮山色。」向氏系江西人，在這裏系借用「故園」指代「故國」，故國已被遠遠阻隔，一切美好之物都已消逝，眼中所見惟有無盡的煙水與山色，以此表達自己對故國的無限懷念與深情追憶。又如在二十世紀的中國抗日戰爭時期，沈祖棻曾作《浣溪沙》詞：

飛到楊花第五春，依然蜀道未歸人。不聽啼鴂也銷魂。　已遣閑愁還入夢，漸忘鄉語記難真。空階緑遍舊苔痕。

詞中抒寫的不僅僅是長年流落異地的鄉愁，更含有對故鄉淪陷、國難當頭的深沉喟歎與憂患。故汪東先生評曰：「淡語彌苦。」〔五〕

歷來的詞作，有對愛情的描寫，有對國事、時政的感慨，有對親情、友情的抒發，有對美好自然風光的摹寫，但少見對社會世相、人性變態的描繪。在今人的筆下，這方面有所突破，試舉當代田園詩人伍錫學所作《菩薩蠻·賣柑橘》爲例：

老翁七十賣柑橘，逢人難訴心中曲。瓣瓣橘瓤甜，奈何須變錢。　借兒八百二，欠女三千四。殘照已當樓，更添還債愁。

這位老翁曾爲培兒育女，不知付出多少錢財與心血，而到年逾古稀，不知是病痛抑或其他原因，欠了兒女債務，需要到集市通過出售柑橘償還，而柑橘卻賣不出去，故而憂心忡忡，甚至有窮途末路之感，而這種憂慮還難以向人啟齒。淺顯口語寫出賣柑橘老翁的痛苦壓抑心態，反映的是當今道德沉淪的社會風尚問題。

寄厚於輕

所謂「寄厚於輕」，乃指厚重的内容，如人生哲理、高尚道德情操等，運以輕靈之筆流瀉而出。如南宋鄭域《昭君怨》寫冬日梅花：

道是花來春未，道是雪來香異。竹外一枝斜，野人家。　冷落竹籬茅舍，富貴玉堂瓊榭。兩地不同栽，一般開。

這首小令首先用議論口吻，虛寫花開之時節，花發異香，而後出現一幅天然美麗的畫圖：鄉野人家房屋旁邊，一樹梅花綻放，一枝斜出竹外（用蘇軾《和秦太虛梅花》詩「竹外一枝斜更好」語意）。下闋除用「竹籬茅舍」補寫「野人家」的形態外，則純然發議論：不論是簡陋冷落之茅舍，還是華麗的玉堂瓊樹，只要精心栽種，梅花不擇貧窮富貴，同樣嫣然綻放，清香四溢。小詞運用輕靈的筆調，讚美梅花的孤高品質，張揚了「貧賤不能移，富貴不能淫」的難能可貴的精神。

又如南宋蔣捷的《霜天曉角》寫庭院折花情境：

人影窗紗，是誰來折花？折則從他折去，知折去、向誰家。　檐牙枝最佳，折時高折些。説與折花人道，須插向、鬢邊斜。

這首詞只寫了閨房中的主人看到庭院人影晃動，猜想是有人來折花，她不僅没有阻止，還要侍女鼓勵折花人攀折靠近屋檐高枝上的花朵（因爲下面的好花已被人折光了），折下來後再斜斜地插在鬢邊，將人裝點得更爲美麗。它寫的只是生活中的一個片段，牽涉到三個人物：女主人、侍女、折花人，有場景，還含有對話，帶有微型小説特點。輕巧、淺顯、親切，其中卻寓藴了深刻的哲理：將最美好的東西奉獻於人。這類詞作能净化人的靈魂，提升人的思想境界，故前人評説它「妙在淡而濃，俚而雅，雅而老。」〔六〕激賞其語淡情濃，俚俗中藴含高雅，高雅中顯出老到。著名的古典文學研究專家劉永濟先生，還曾以此詞教育其女兒，要她們學習其中奉獻最美之物於人的精神。

我們還可以從另外的一些看似輕淺的詞作中，感受到一種超脱個人榮辱的深沉的悲憫情懷，一種更爲高遠的人性關愛。如清代納蘭性德的《臨江仙》寫寒柳：

飛絮飛花何處是？層冰積雪摧殘。疏疏一樹五更寒。愛他明月好，憔悴也相關。　最是繁絲摇落後，轉教人憶春山。湔裙夢斷續應難。西風多少恨，吹不散眉彎。

詞人所詠非一般人所愛賞的春柳，而是冬日遭受「層冰積雪摧殘」的凋零殘柳，滿溢着愛憐、關切情懷。讀之者感受到：柳之被冰雪「摧殘」，恰如人之遭受外力的無情打擊；柳之「憔悴」，恰似人之遭受痛苦與不幸的表徵；柳之「眉彎」，正如人之含有無法排解的幽愁暗恨。字裏行間流露的是一種對凋殘之物的高貴同情心。清代陳廷焯在《白雨齋詞話》中說：「余最愛其《臨江仙・寒柳》云：『疏疏一樹五更寒。愛他明月好，憔悴也相關。』言之有物，幾令人感激涕零。」〔七〕在「文革」中，有人遭受打擊，處於極度危難的境地，讀到這首詞，感動萬分，竟至於痛哭流涕。對弱者的同情、對不幸者的關愛，體現出一種博大的胸襟，故能感人肺腑，特別是能撫慰受傷者的心靈，實乃屬於「寄厚於輕」的佳作。

寄實於虚

本寫實事實景，卻運用虛擬之筆加以描繪，往往帶有一種「似花還似非花」的特色。如南宋蔣捷的《燕歸梁》詠「風蓮」：

我夢唐宮春晝遲，正舞到、曳裾時。翠雲對仗絳霞衣，慢騰騰、手雙垂。　忽然擊鼓催將起，似彩鳳、亂驚飛。夢回不見萬瓊妃，見荷花、被風吹。

此詞通過詞人的主觀感覺，描繪視野中的風荷，以夢中之唐宮舞隊、舞女姿態的變化描摹出風蓮的神采，疾徐有致，變化萬端，既色澤繽紛，又顯雲煙縹緲。這種擬人手法，賦予物以生命、活力，使讀之者浮想聯翩。詞作在最後才點出「見荷花，被風吹。」倒敘一筆，亦見佈局之奇巧。顧隨評此詞說：「《風蓮》是純寫實題目，而竹山把它理想化了，想成舞女。此蓋源於白居易的《霓裳羽衣舞》，詩中『小垂手後柳無力，斜曳裾時雲欲生』，羽衣舞中一節，二句所寫即眼之於色，而至『柳無力』、『雲欲生』，則是理想化了。因眼之於色有相當距離，故容易把它理想化。竹山詞之『正舞到、曳裾時。翠雲隊杖絳霞衣，慢騰騰，手雙垂』，即霓裳羽衣舞。不但有形，而且有色。（詞中「絳雲隊仗」乃是荷葉。）『似彩鳳，亂鶯飛』寫『瓊妃』急舞之美。瓊妃，美女，不但形貌，而且品格也完美。……寫風蓮之形、色，因爲距離，容易理想化。……就因爲他有一點感覺——眼耳於色生之感覺，所以寫得生動鮮明。」〔八〕

這種方法，在詠物詞中往往多所採用。蔣捷此詞化實爲虛，似還偏重於形、色、姿態，另有一些詞人在描繪客觀景物時，更多地賦予了人的精神元素，因之更富於情感色彩。如蘇軾《水龍吟》之詠楊花，即融入女性的情思：「縈損柔腸，困酣嬌眼，欲開還閉。夢隨風萬里，尋郎去處，又還被、鶯呼起。」雨後之楊花，則「細看來」，「點點是離人淚」。清代的張惠言《木蘭花慢》詠楊花，在蘇軾的基礎上，更融入自己的主觀情性：

儘飄零盡了，何人解，當花看。正風避重簾，雨回深幕，雲護輕幡。尋他一春伴侶，只斷紅、相識夕陽間。未忍無聲委地，將低重又飛還。　疏狂情性，算淒涼、耐得到春闌。便月地和梅，花天伴雪，合稱清寒。收將十分春恨，做一天、愁影繞雲山。看取青青池畔，淚痕點點凝斑。

在詞中，將楊花的特點與自己不被人認可，難尋「伴侶」的孤獨情懷與無所羈勒的「疏狂情性」、「淒涼」、「清寒」的處境融合一處，其中的所謂「春恨」、「愁影」，更是自身與社會某些方面不相容的憤懣之情。同時詞中又通過「人」的感受，寫出晚春時節楊花的種種特徵與遭遇。前人對詠物之作要求虛實相生、不即不離、不黏不脫，此詞可謂得之。其超越蔣捷《燕歸梁》詞作之處，尤在於寫出了物之神韻，詞人亦於中寄託了某種幽約怨悱的難言之情。

寄莊於諧

劉永濟先生在《唐五代兩宋詞簡析》一書中，曾提出「兩宋通俗詞及滑稽詞」一派。所謂滑稽詞，即指詼諧、戲謔之作。如康與之《望江南》：「重陽日，四面雨垂垂。戲馬臺前泥拍肚，龍山路上水平臍。淹浸倒東籬。茱萸胖，黄菊濕滋滋。孟嘉尋箬笠，漉巾陶令買蓑衣。都道不如歸。」此類詞作並無深意，僅能博人一笑而已。

我們所説的寄莊於諧，是指以詼諧的筆調、戲謔的語言，表達莊重深沉的情思。在歷代詞人中，尤以辛棄疾的創作最爲突出，既善於自我調侃，又善賦予無知客觀之物如酒、杯、松、山等以生命活力。如《西江月》云：

醉裏且貪歡笑，要愁那得工夫。近來始覺古人書，信著全無是處。　昨夜松邊醉倒，問松「我醉何如」。只疑松動要來扶，以手推松曰「去！」

全詞以「醉」爲核心，在沉醉中歡笑，在沉醉中否認古人書中之微言大義，在「醉」眼朦朧中推走要來扶持自己的松樹。實則是借「醉」以求忘懷家國面臨傾覆危機之「愁」，抒發自己不能一展抱負爲國解憂的憤懣。故貌似詼諧曠放，而意實莊重沉鬱！又如其《西江月·示兒曹，以家事付之》詞云：「萬事雲煙忽過，百年蒲柳先衰。而今何事最相宜？宜醉、宜遊、宜睡。　早趁催科了納，更量出入收支。乃翁依舊管些兒：管竹、管山、管水。」調侃自己老而無能，惟可侍弄些瑣屑小事，以自嘲的口吻，抒發個人治世救亡之才不爲當世重用的牢愁，是「表面滑稽而骨子裏沉痛」。〔九〕

其後南宋劉過、蔣捷等曾受辛詞影響，有類似詞作，但涵義不及辛詞深厚。如劉過的《沁園春》（斗酒彘肩），回答因故不能應辛棄疾之約由錢塘前往紹興，而説自己被白居易、林和靖、蘇東坡各以理由拉扯，不能成行，只好等雨過天晴再去拜訪，雖亦妙趣横生，但畢竟缺乏深意。

至近代王鵬運，則以「詞」這種文體擬人，議論詞所具有的獨特情韻。如《沁園春》二首一問一答，别具風神。詞人曰：「詞汝來前！　酹汝一杯，汝静聽之！」説我百年來或歌或哭，知我者誰，長時沉溺一氣者，惟有你啊！ 有棱有角、清寒入骨之作，難道只有詩麼？ 詞答曰：「無端驚聽還疑，道詞亦窮人大類詩。」對詩詞同體之説，表示疑惑，以爲詞自有其獨特的表情功能。而對「聲偷花外，何關著作； 移情笛裏，聊寄相思」的譏笑，尤不敢苟同。希望你抛棄偏見，「論少卑之」，咱們方能「千秋沆瀣」，同氣相求，「相從未已」。通過問答，表現出一種通達的詞學觀念。寓莊於諧，讀來令人感到情趣盎然。這種構想實亦受辛棄疾《沁園春・將止酒，戒酒杯使勿近》一詞人與酒杯對話的影響。

今人亦有受辛詞影響而能得其真傳者，如劉征即多有詼諧而富深意之作，試舉其《沁園春・别詩》詞爲例，上闋言與詩作别之後，人如「古井無波，自得清心」，擬「與君别，更不約後會，永絶音塵」。然下闋陡轉：「連朝覓覓尋尋。覺飯菜不香酒不温。恰騰飛奮進，能無吶喊； 揚清激濁，待振强音。秉性如斯，我心匪石，不可一朝無此君。詩笑道： 知必有此刻，公是詩人。」寫自己作爲詩人，終有一份揮之不去的對現實社會激濁揚清的莊重責任，而結拍以擬人手法，揭示出詩人「别詩」終難别的結局，令人忍俊不禁。

上面列舉的這些詞例，從整首作品的構思而言，都帶有相反相成藝術辯證法的特色： 因這一方面的强化，而愈加凸顯相對立方面的思致與意趣，往往帶有一種出人意料的效果，因而耐人尋繹，引人深思，具有非同尋常的藝術魅力，讀者能從中領略到一種特殊的美感。

撰寫此文，意在説明，詞中有此一格，不容忽視，值得注意和探究，并在創作中加以借鑒，以使詞作的藝術表現方法更加豐富多彩。

〔一〕 見唐圭璋《詞話叢編》，中華書局，一九八六年，第三七〇九頁。
〔二〕 見《詞話叢編・續編》，人民文學出版社，二〇一〇年，第一四〇五頁。
〔三〕《蕙風詞話》，見《詞話叢編》，中華書局，一九八六年，第四四六三頁。

〔四〕《清詞三百首》，嶽麓書社，一九九二年，第三七頁。
〔五〕見《沈祖棻詩詞集》，江蘇古籍出版社，一九九四年，第一〇四頁。
〔六〕潘遊龍《古今詩餘醉》卷一三，引自楊景龍《蔣捷詞校注》，中華書局，二〇一四年，第三四二頁。
〔七〕見《詞話叢編》，中華書局，一九八六年，第三九二九頁。
〔八〕見《詞話叢編・續編》，人民文學出版社，二〇一〇年，第三三七八頁。
〔九〕朱光潛《詩論》，生活・讀書・新知三聯書店，一九八四年，第二九頁。

（作者單位：湘潭大學文學與新聞學院）

《花間集》二言句的功用、體式及指向

劉　學

内容提要　數量過百的二言詞句，在《花間集》中發揮了前所未有的豐富功用，包括押韻、延聲、引起、過渡、意象與情緒書寫等，形成了單頭二言、雙頭二言、隨韻二言等功用體式，並進一步指向了兩宋時期换頭二言功用體式的主流。二言詞句作爲詞調音樂的一個顯性表徵，其功能呈現、發展與部分消亡，也從一個角度指示了詞體演進的路向。從該角度去窺探《花間集》在詞體演進中的意義，也應具有合理性。

關鍵詞　花間集　二言句　功用　體式　隨韻

二言句在詞體研究中未受重視，主流句式如三言、五言、七言等都有專論，〔一〕而二言句式的專門研究尚未見到。王力《漢語詩律學》認爲二言句在詞中頗不多見，〔二〕故所論甚簡；馮勝利的漢語韻律句法學幾乎未涉及韻文中的二言句。〔三〕詞學領域、詩學領域以及音樂學領域可供藉鑒的研究也不太多。

其實，唐宋詞共有二言句約二千五百句，〔四〕雖然規模數量遠不及主流的句式，並非微乎其微。二言句作爲詞體最古老的句式之一，其功用隨著唐宋詞體的演進而發生演化，在詞體構成與體式演變方面的意義不容忽視。因此，本文從二言句的角度對詞體演進的里程碑《花間集》及其體式方面的意義展開考察與探討。

一 二言詞句的源流

二言詞句的源起是一個複雜的問題，然而與《花間集》相關的背景值得關注：一是比《花間集》更早的《雲謠集》尚未出現二言句；二是二言句在《花間集》同時期的詩歌中已經式微，卻在詞體中獲得了生命力。結合相關背景，以下試從源與流兩方面對二言詞句進行探討。

（一）二言詞句的源起

㈠ 詩歌來源

二言句的源頭可追溯至最早的詩歌體式二言詩，由於遠古時單純的思維，簡單的語法結構，歌唱中常有泛聲語助詞，再加上人的先天二節拍節奏感，詩歌都是二言形式。〔五〕皇帝時的《彈歌》、《呂氏春秋・音初》所載娀氏《燕歌》、《周易》中的一些早期歌謠，均爲二言詩。劉勰將二言詩的發端斷於《彈歌》。〔六〕此後，二言句疊加成爲四言句。隨著語彙、語法趨於豐富與複雜，曲調趨於多變，詩歌中的一言句、三言句也産生了。〔七〕隨著四言詩的興起，二言詩便逐漸消亡了，因此二言詩並不能對二言詞句的形成産生直接的影響，而二言詩形成的語言基礎和韻律特點，以及得以保留的二言詩句則與二言詞句的關繫更近。

二言詩消亡之後，二言句散見於樂府詩、唐代古體詩、聲詩等詩體中，不僅數量少，達意的功用也比較弱，如郭茂倩《樂府詩集》中的二言句就很少，且多「嗚呼」、「嗟嗟」等虛詞。〔八〕儘管如此，這些詩體應是詞體二言句的近源，至少對於詞體二言句有所啟發。

從形式上看，樂府詩和雜言古體詩的二言句與《花間集》的二言句頗爲相似，多居詩首、詩中，間有疊用。如這首唐元和初童謠：

打麥，麥打。三三三，舞了也。〔九〕

其與早期的轉應詞有著形似，其中二言句疊韻、頂針、轉應等用法，也見於早期的轉應詞，如唐代戴叔倫的《轉應詞》。同一時期形式相似的音樂文學樣式，雖難以判定其體式形成之先後，彼此之間的影響與生發是一定存在的。

樂府詩和雜言古體詩爲二言詞句提供了主要的形式與用法參照，而以近體詩爲主體的聲詩則在適應演唱的痕跡上提供了參考，例如和聲辭和疊句均被任中敏先生當作判定詩作可歌的依據，[一〇]即聲詩演唱痕跡的留存。《花間集》所收皇甫松的《採蓮子》和孫光憲的《竹枝》均保留了此種痕跡——和聲辭「舉棹」、「年少」、「竹枝」、「女兒」。這些和聲辭爲詞外之辭，有規律地間於詞中或隨於詞後，在同一調中有固定位置，以聲爲主，自有其聲，諧韻且兼備聲義，與唐聲詩的和聲辭没有區别。[一一]雖然這些附加之辭不屬於詞正文，也未計入本文的二言句，但詞調與聲詩的諸多相似與相通之處由此可見。唐聲詩的疊句是演唱中的詞句疊唱，常被傳寫者删去。[一二]如《渭城曲》之「三疊」，往往需要借助其他文獻的記載纔能略窺其貌。與之相參，可以討論文人詞筆下的二言疊句是否爲疊唱的文字形態。

儘管外在的形似無法掩蓋根本的差異，詞中二言句在與聲樂結合及適應演唱方面應受到樂府、聲詩等音樂文學的影響。詞體二言句式的産生是以前代二言詩句爲積累、配合音樂的要求、又與同時期其他音樂文學樣式相互生發的結果。

(二) 語言基礎

音步就是由音節組成的語言節奏單位，二言句包含兩個音節，構成了漢語的一個音步，即雙音節音步，這是二言詞句形成的語言基礎。根據馮勝利的漢語韻律學研究，漢語雙音步大約發源於春秋戰國時期，在東漢時期由於四聲俱備而確立了音步的雙音節結構，[一三]然而此時二言詩已經消亡。隨著各具特色的詩歌句式不斷發展，二言句式在詩歌中日益式微，其何以在詞體中獲得生命力？

從語言學的角度而言，二言句實現了最基本的韻律詞，而且雙音節詞是真正的「標準音步」，相對單音節詞、三音節詞而言，具有穩定性與優先實現權。四言以上的句子則是音步的疊加。〔一四〕由於二言句作爲標準音步具有承擔韻律功能的優秀能力，可以很好地通過韻律去呼應與表現音樂，因此被樂曲形式豐富多樣的詞體所吸納。而長短句的詞體形式又爲二言句在適應音樂的同時、聯合其他句式以彌補表意能力的不足提供了條件。《花間集》二言句的字聲組合有四種情況：平仄、仄平、平平、仄仄，其數量依次爲：六十四、九、十七、十二句。〔一五〕「平仄」爲其主要字聲形式，或許與唐宋樂一重一輕的搏拊拍有關繫。〔一六〕因此，二言句在詞體中的大量出現，正是二言句基於其韻律特點，密切配合詞調音樂的産物。

㈢ 詞人的有意創造

田玉琪《談詞的句中韻》一文認爲二言獨韻的形成與詞的音樂節拍密切相關，以其爲演唱中之「大頓」。〔一七〕這是對於本文上一部分的支持。在此基礎上，本文認爲二言短韻除了樂曲的豐富與變化所致，還應考慮文人的自覺創造。

由於二言句押韻的功能非常突出，因此詞人添加小韻而形成二言句的情況也較多，通過同調詞的句式比較可以察之。例如温庭筠的《訴衷情》起始有兩個二言句「鶯語。花舞。春晝午。」〔一八〕而在《花間集》其他詞人筆下，該調起句均爲七言句，如韋莊詞爲「碧沼紅芳煙雨静」，〔一九〕顧夐詞爲「永夜拋人何處去」，〔二〇〕温詞當添加了兩個句中韻而形成了二言、二言、三言數個短句。同一詞人對於同一詞調的句式也有所選擇，如孫光憲《上行杯》數首，相同位置或用三言句「帆影滅」，或用二言句「沾泣」，〔二一〕可見同樣配合樂曲，填詞所要考慮的押韻與文字也會影響到句式的使用。二言句式在《花間集》、《尊前集》的文人詞中獲得很大的發展，當有這方面的因素。

㈡ 唐宋詞二言句的流變

檢視《全唐五代詞》[二二]和《全宋詞》(含補輯)[二三],總共有一千六百八十六首詞作含有二言句,根據總體特徵與新變,二言句在唐宋詞的流變大致可分爲四個時期:

其一是《花間集》收録之前的時期。[二四]此時二言句處於發軔階段,風格樸拙,類型簡單。該階段僅有十六首含有二言句的詞,其中五首敦煌詞,[二五]其餘則是中晚唐知名詩人韋應物、白居易、杜牧等五人的作品。該階段的二言詞句明顯帶有與樂府、聲詩相似的特徵,《調笑》轉應詞和《宴桃源》(如夢令)的疊句説明其可歌性。總體而言,該時期的二言句數量少,體式未穩,全部位於詞首或詞中,但在同一詞調中的具體位置與用法常常發生變化。這也充分説明,詞中二言句並非直接繼承自詩體,而是受到詩中二言句的影響,經由詞體自身生發和展開的結果。

其二是以《花間集》爲代表的唐末五代時期,二言句作者有十二人,相關詞作共計七十一首,不僅囊括了上一個階段二言句的所有使用類型,而且發展出新的功用,奠定了後世二言詞句繼續新變的基礎。具體而言,承前一個時期,詞調中二言句平均數量較多,疊韻較多,鞏固了二言句押隨韻的形式,還出現了唯一一首以二言句換頭的詞——歐陽炯的《更漏子》。

該時期的二言句在數量上並不能與兩宋詞比肩,但在二言句演進過程中卻是關鍵的一環。在這個環節中,《花間集》所録之詞構成了作品主體,其所收詞人則構成了作者主體,僅劉瞻、李存勖和馮延巳不屬該集。當然,花間詞人的二言句創作也溢出了《花間集》的範圍,少數作品見於《尊前集》及其他文獻,因此探討二言句體式的演進也要參考花間詞人的這些「溢出」之作。

其三是北宋時期,共有二言句詞四百一十九首,詞人共計七十四人。該時期最大的特點是二言句換頭功用的發展與普及,用於換頭的二言句將近半數。同時,二言句進一步鞏固了《花間集》以來的用法,《調笑》、《如夢令》等最早的含二言句的詞調仍然被填寫,其中蘇軾的《調嘯詞》(調笑令)還發展出五個二言句的罕見體式。蘇軾是二言句的偏好者，共留下了四十三首含二言句的詞。還有晁補之、黄庭堅、秦觀、賀鑄等詞人大力創制二言句，同蘇軾一起鞏固了二言句的押韻、疊韻、隨韻等用法。

其四是南宋時期，含二言句詞創作數量大增，多達一千一百八十首，二言句近二千六百句。二言句换頭的體式繼續推進，用法也更加精微，而北宋令體樂曲的失傳導致令體詞調有所萎縮，除了少數南宋詞人的新創，含二言句的令體詞調幾乎只有《南鄉子》、《如夢令》、《定風波》等幾個仍然活躍，這説明二言句有其應運而生的音樂條件。當然，慢體詞調格律化使得二言句在文字格式中得以保存，獲得了繼續流傳的可能。

在上述流變中，《花間集》正處於由二言詞句功能原型生成向體式普及與深入發展的關鍵點上。

二　《花間集》二言句的類型與功用

那麽，二言句在《花間集》中究竟有哪些類型，具有怎樣的功用呢？本部分將展開具體考察。

（一）類型列示

據楊景龍《花間集校注》，《花間集》共有一百零二個二言句，分佈於五十一首詞作，[二六]約占全集詞的十分之一，集中於《河傳》、《荷葉杯》、《風流子》、《訴衷情》、《上行杯》等幾個詞調。這些二言句全部位於詞首與詞的中間位置，没有在詞尾的。其作者九人，爲《花間集》所收詞人的半數。以下將列表展示具體情形：

《花間集》中的二言句及其功用體式[二七]

序號	詞調	二言句	位置	功用體式	作者
一	歸國遥	香玉	詞首	單頭	温庭筠

續表

序號	詞調	二言句	位置	功用體式	作者
二	歸國遥	雙臉	詞首	單頭	温庭筠
三	訴衷情	鶯語/花舞/宫錦/依依	詞首/詞中	雙頭/隨韻	温庭筠
四	思帝鄉	花花	詞首	單頭	温庭筠
五	河傳	江畔/相唤/少年/莫知	詞首/詞中	雙頭(隨韻)	温庭筠
六	河傳	湖上/閑望/終朝/柳堤	詞首/詞中	雙頭(隨韻)	温庭筠
七	河傳	同伴/相唤/不歸/小娘	詞首/詞中	雙頭(隨韻)	温庭筠
八	荷葉杯	波影/腸斷	詞中	隨韻	温庭筠
九	荷葉杯	如雪/惆悵	詞中	隨韻	温庭筠
十	荷葉杯	朝雨/波起	詞中	隨韻	温庭筠
十一	荷葉杯	傾國/殘夢	詞中	隨韻	韋莊
十二	荷葉杯	深夜/相别	詞中	隨韻	韋莊
十三	河傳	何處/煙雨	詞首/詞中	雙頭	韋莊
十四	河傳	春晚/風暖	詞首/詞中	雙頭	韋莊
十五	河傳	錦浦/春女	詞首/詞中	雙頭	韋莊

續表

序號	詞調	二言句	位置	功用體式	作者
十六	訴衷情	深夜/輕輕	詞中	隨韻	韋莊
十七	訴衷情	交帶/迢迢	詞中	隨韻	韋莊
十八	上行杯	須勸	詞中		韋莊
十九	上行杯	須愧	詞中		韋莊
二十	南鄉子	回顧	詞中		歐陽炯
二十一	南鄉子	臨水	詞中		歐陽炯
二十二	河傳	渺莽/雲水	詞首/詞中	雙頭	張泌
二十三	河傳	紅杏/香融/神仙	詞首/詞中	單頭	張泌
二十四	中興樂	相與/絲雨	詞中	隨韻	毛文錫
二十五	河傳	燕颺/晴景/慵整/愁紅	詞首/詞中	雙頭	顧夐
二十六	河傳	曲檻/春晚/鶯囀/斷腸	詞首/詞中	雙頭	顧夐
二十七	河傳	棹舉/舟去/雨微/魂銷	詞首/詞中	雙頭	顧夐
二十八	訴衷情	雙鳳/沉沉	詞中	隨韻	顧夐
二十九	訴衷情	眉斂	詞中	隨韻	顧夐

續表

序號	詞調	二言句	位置	功用體式	作者
三十	荷葉杯	寂寞	詞中	隨韻	顧敻
三十一	荷葉杯	宴亮	詞中	隨韻	顧敻
三十二	荷葉杯	晴陌	詞中	隨韻	顧敻
三十三	荷葉杯	膽顫	詞中	隨韻	顧敻
三十四	荷葉杯	殘月	詞中	隨韻	顧敻
三十五	荷葉杯	知否	詞中	隨韻	顧敻
三十六	荷葉杯	枕膩	詞中	隨韻	顧敻
三十七	荷葉杯	春半	詞中	隨韻	顧敻
三十八	荷葉杯	春盡	詞中	隨韻	顧敻
三十九	河傳	秋雨/秋雨/妖姬/違期	詞首/詞中	雙頭(隨韻)	閻選
四十	河傳	去去/何處	詞首/詞中	雙頭	李珣
四十一	河傳	春暮/微雨	詞首/詞中	雙頭	李珣
四十二	河傳	燒空	詞中		孫光憲
四十三	河傳	妙舞/成篇	詞中		孫光憲

續表

序號	詞調	二言句	位置	功用體式	作者
四十四	河傳	花落/煙薄/沾襟/孤眠	詞首/詞中	雙頭	孫光憲
四十五	河傳	風颭/波斂/斜暉	詞首/詞中	雙頭	孫光憲
四十六	風流子	聽織/聲促	詞中		孫光憲
四十七	風流子	無語/無緒	詞中		孫光憲
四十八	風流子	歡罷/歸也	詞中		孫光憲
四十九	思帝鄉	如何	詞首	單頭	孫光憲
五十	上行杯	佇立/沾泣	詞中		孫光憲
五十一	上行杯	迴別	詞中		孫光憲

(二) 功用分析

《花間集》中不同類型的二言句，發揮的功用也有差異，歸納起來，主要有韻律、結構和書寫三方面的功用。

㈠ 押韻、延聲

在韻律方面，二言句的主要功用是押韻與延長聲音，其中以押韻功能最直接、顯著。《花間集》全部一百零二個二言句，僅二句未押韻。〔二八〕其押韻比例不僅高於五、六、七言長句，也高於同爲短句的三言句。很大程度上，二言句就是爲押韻而生成，從而增大了韻腳的密度，調節了詞調的節奏。

二言句押韻方式豐富多樣，普通方式是與前後句同韻部，强化了全詞的主體韻部，形成聲韻的重復，增强韻律感，上表中未標功用體式的十一首詞都屬於此類。但二言句最具特色的押韻方式卻是押隨韻，即僅與前句同韻部，而與後句不同韻部，如韋莊《訴衷情》：

燭燼香殘簾未卷，夢初驚。花欲謝。深夜。月朧明。何處按歌聲。輕輕。舞衣塵暗生。負春情。〔二九〕

詞中「深夜」僅隨前句「花欲謝」押韻，而區别於後句「月朧明」，即屬於隨韻。因此，「深夜」和「花欲謝」兩句構成了一個相對獨立的單元，嵌在該詞的主體韻部之中。「輕輕」一句，與前、後句的韻部都一致，則屬於普通押韻，而不屬於隨韻。

隨韻的二言句實際上成爲了一個轉韻的信號，促成「抱韻」的形成。如上詞的「花欲謝。深夜」爲前後的三言句「夢初驚」、「月朧明」所抱。二言句的存在使得詞中隨韻、交韻、抱韻、疊韻等更易獲得實現，詞調的聲情、節奏也得以調節。

三言句式也常押韻，並且多見本句換韻，從而形成新韻段的形式，卻没有押隨韻的形式。從上表不難見出，隨韻的應用在《花間集》中已成規模，並成爲了一種二言句的基本體式，爲後世所追隨。

此外，二言句往往帶來聲音的延長，詞文的頓與韻對應音樂上的敦，「表示其爲句中的延長者，或延長爲兩字、三字之長」。〔三〇〕不押韻的二言句，也具有延聲功用，不過所延長的拍值有所不同。《花間集》二言句僅兩例不押韻，張泌《河傳》之「渺莽，雲水」〔三一〕；顧敻《河傳》之「燕颺，晴景」〔三二〕，不僅押韻的二言句延長聲音，逗號前不押韻的二言句也要拖長唱腔。因此，二言句的聲律意義是非常突出的。

㈡ 引起、過渡

在結構方面，二言句的功能在於關聯上下詞句，位於詞首的二言句引起下句，位於詞中的二言句則承上啟下。需要説明的是二言句的引起與過渡功能兼具文意與韻律兩方面的結構意義。

詞首的二言單句對下句的引起，如温庭筠《思帝鄉》的首句爲「花花」，以疊韻形式唤起下句「滿枝紅似霞」，在押韻與文意上與之相配合。〔三三〕詞首連用兩個二言句，則以第一句引起第二句，如孫光憲《河傳》以「花落」引起「煙薄」，〔三四〕聲律一致，結構一致。前文所引張泌《河傳》的「渺莽，雲水」，「渺莽」在語意上不具有獨立性，引起後面的「雲水」幫助完足語意，兩句共同完成第一個意象單元「雲水渺莽」。

詞中的二言句主要功用則在於過渡。在八十一個居於詞中的二言句中，包括緊鄰詞首二言句的十七個，如果它們僅僅是普通押韻，那麼其過渡功用僅體現於詞意方面；如果它們是隨韻，則兼具聲律與詞意的雙重過渡作用。以温庭筠的《荷葉杯》爲例：

一點露珠凝冷。波影。滿池塘。緑莖紅豔兩相亂。腸斷。水風涼。〔三五〕

從聲律來看，「波影」隨前句韻，具有音韻上的順承接續關繫，而又區别於後句韻，與後句具有音韻上的轉换關繫。從詞意來看，「波影」另開一個意象，於前句是並列之中有變化；而「波影」實爲後句「滿池塘」之主語，於後句又是順承關係。二言句「腸斷」同樣押隨韻，具有音韻與文意的雙重結構意義。

由於二言句雙重的上下勾連，更加嚴密了詞調的結構。温庭筠數首《荷葉杯》中二言句的用法如出一轍，結合其使用習慣，可以更準確地把握其詞意。例如其《荷葉杯》之一：

鏡水夜來秋月。如雪。採蓮時。小娘紅粉對寒浪。惆悵。正相思。〔三六〕

對於其中「如雪」，常見理解是秋月如雪，即將「如雪」與前句「鏡水夜來秋月」進行語意的關聯。楊注《花間集》也列示此種解釋：「如雪：鏡水月華皎潔如霜雪」。〔三七〕如果我們熟悉温庭筠筆下該調二言句的隨韻用法，解讀時就應當把「如雪」與後文「採蓮時」相關聯，即「如雪」是對「採蓮」的主體——後文所謂「小娘」的描繪。梳理全詞的描寫，「秋月」實已由「鏡水」來描寫修飾，再加以「如雪」，殆無此累贅之筆。與之相對應，「小娘」由「如雪」來形容描寫，又與後文「紅粉」相呼應，當是更爲合理。實際上，該句是從李白《越女詞》化出：「鏡湖水如月，耶溪女似雪。」[三八]因此，詞中二言句「如雪」在語意上是關聯後句無疑。將二言句的功用納入考慮，或有助於辨析詞文的歧義。

由於二言句的順承和轉變作用，使得音韻結構更爲錯落有致。如單調《荷葉杯》共六個詞句，竟換韻兩次。其中第一、二句互押，第四、五句互押，而第三、六句互押，形成了以第三、六句環抱第四、五句的「抱韻」結構，靈動而精巧。

同時，二言句的順承與轉變作用也令詞作的文字結構嚴密而不失生動。回到上文《荷葉杯》（鏡水夜來秋月）詞，「如雪」是視點的第一次轉换，由水月轉到小娘；「惆悵」是第二次轉换，由敘述者的視點轉爲人物視點，由外在描摹轉爲内心描寫。短短一首小令，由景及人，由外而内，層層深入，描寫抒情堪稱摇曳生姿。而對於這樣的詞美呈現，兩個二言句功不可没。

當然，同樣承擔過渡功能，二言句在詞意上關合前句，或是在關聯前後句上無所謂偏重的情況也是存在的，由韋莊《荷葉杯》（絶代佳人難再得）、[三九]顧敻《荷葉杯》（夜久歌聲怨咽）[四〇]等詞可以見之。

㈢ 意象、情緒書寫

一個雙音節詞構成的句子，自然在書寫上較爲局限。詞的二言句不具備句子的形式，而需要擁有句子的内涵，故其書寫在兩個方面進行拓展：其一是增加書寫的密度與概括力；其二是以組句聯合完成書寫。

組句是詞中短句的常見形式，可是二言句對於組句的依賴和對於其他句式的借助卻較少。例如三言詞句的形式大多數爲組句，《花間集》中含三言句的詞作共計二百八十八首，以兩句或三句連用的三言組句爲常見，達到一百八十六首，而最多的情況是兩句連用的組句，僅第二句押韻，有一百五十八首。[四一]除了同一句式的連用、疊用，三言句還常與五、六、七言句搭配成組，共同完成書寫。相比之下，《花間集》中二言句連用的幾率較低，含有二言句的詞作五十一首，僅有十九首存在連用，二言組句最多兩句連用，且幾乎各句均押韻，在韻律與文意上相對獨立，例如「棹舉。舟去。」「無語。無緒。」[四二]皆如此。此外，二言單句與其他句式的配合也相對較少，同樣，在獨立押韻的前提下，《花間集》中與前後三、四、五、六、七言句配合使用的二言句大約有三十句，常常用於二言句表達疑問、祈使和否定等語氣時，如「何處」、「知否」、「須勸」、「莫知」、「不歸」等。相對而言，二言單句與三、五、七言句的搭配更多一些，[四三]而與四、六言句的配合極少。不同於三言句，二言句以組句形式對書寫空間的拓展有限。

《花間集》的二言句在書寫方面最大的特點卻是高度概括，以濃縮至句子核心的方式展開書寫。蔡宗齊先生提出了一個令體詞的「題評」結構，包括主體意象（題語）和針對主體意象展開的描寫與評論（評語）。[四四]其書寫特點也適用於二言句，相比同爲短句的三言句、四言句，殆可成語的二言句做了最大限度的結構省略與修辭簡化，即便如此，《花間集》中的二言句仍具有語意自足的特點，出色地完成了主體意象的呈現和對主體意象的描寫與評價。

主體意象的呈現，或者説意象式書寫是二言句主要的書寫功能，一百零二句中有六十二句屬於此類，通常以偏正結構的名詞和主謂結構的動詞來實現，偏正結構如「宫錦」、「紅杏」、「曲檻」、「雙鳳」等，偏於静態描摹；主謂結構如「鶯語」、「舟去」、「風颭」、「眉斂」等，偏於動態描寫，帶有敘事性。在中國抒情詩留白與跳躍的書寫傳統之下，二言句獨立呈現意象，且語意基本完足。

對於意象的描寫與評論，二言句主要通過動詞與形容詞來實現，如以「佇立」、「沾泣」、「孤眠」、「相喚」等詞來描繪動態；以「依依」、「迢迢」、「腸斷」、「寥亮」等詞來形容狀態與程度，表達情緒。此類書寫有點染與總結情感的作用，因而以「評語」概括之也是合理的。

二言句將一個標準音步的表意功能做了高效的發揮，其書寫效果可以與三言句略作比較。一方面，由於三言句對於句組有較大的依賴，單個句子的書寫效能並不如二言句，如同樣用於開頭的組句：

柳絲長，春雨細。花外漏聲迢遞。（温庭筠《更漏子》）[四五]

鶯語。花舞。春晝午。（温庭筠《訴衷情》）[四六]

湖上。閑望。雨蕭蕭。（温庭筠《河傳》）[四七]

第一首的三言組句寫成對偶結構，偏於静態描摹。第二首的二言組句，結構與聲韻一致，偏於動態描寫，表現力更强。第三首的二言組句卻是結構各異，首句書寫環境，次句描寫人物，兩句之間形成層次，其中第二句押隨韻，又增加了變化，因而比前兩組内容更爲豐富，可興發的空間也更大。

再從同調詞使用的不同句式來比較其書寫效果：

雙臉。小鳳戰篦金颭艷。舞衣無力風斂。藕絲秋色染。（温庭筠《歸國遥》）[四八]

金翡翠。爲我南飛傳我意。罨畫橋邊春水。幾年花下醉。（韋莊《歸國遥》）[四九]

同一詞調，温詞以二言句開頭，韋詞則選擇三言句，表達效果難分伯仲。細味之下，二言句的書寫自然不如三言句舒展，無法從容使用「翡翠」這樣的連綿詞，略少一點婉轉之度，但也更具概括力，語意更爲自足，興發之力絲毫不遜。

依據漢語韻律句法學理論，韻律可以影響甚至控制句法的構造。[五〇]一定程度上，二言句的形成及其書寫受到韻律的影響與制約。前文的押韻、過渡等功能無疑根源於詞樂的要求，然而二言句的書寫功能卻體現了詞人創作的自主性。隨著二言詞句體式化，二言句的書寫功能趨於弱化，而《花間集》所奠定的押韻、過渡功能獲得進一步發揚。值得留意的還有二言句詞尾位置的缺失。三言句常用作詞調收尾，或是一個韻段的收束，唐宋詞中的二言句卻幾乎不作結句，也與《花間集》所奠定的二言句功用特點有關。

基於上述功用，再結合二言句在詞中的位置，《花間集》的二言句主要形成與完備了單頭二言、雙頭二言和隨韻二言等體式，孕育並指向了換頭二言體式的主流方向。

三 《花間集》二言句的功用體式及指向

（一）功用體式

㈠ 單頭二言

單頭二言體式指單個二言句在詞首發揮引起功用的體式。該體最早見於《花間集》的四首詞作，《歸國謠》和《思帝鄉》兩個詞調。[五一]兩調均爲唐教坊曲，而首見於温庭筠詞，均以意象引起全詞。孫光憲《思帝鄉》的體式與温詞相同，以疑問句進一步發揮了二言句詞首的引起功能：「如何。遣情情更多。」[五二]「如何」不具備詞意獨立性，須結合下句共同表意，其主要功用在於韻律與詞意的引起。

單頭二言體式在北宋前期詞人，尤其柳永之筆下多有呈現，如《甘草子》、《河傳》，而且柳永將單頭體應用到近、慢體詞，如《過澗歇近》、《郭郎兒近拍》、《洞仙歌》、《木蘭花慢》、《浪淘沙慢》等調。大約從北宋中期開始，直到南宋末，該體式幾乎僅見於《調笑》令，一縷僅存，作品數量卻也不少。《調笑令》在北宋鄭僅、秦觀、晁補之、毛滂等許多詞人的作品中已變成了單頭二言體式，並流傳於南宋。由於《調笑》令與轉踏表演相結合，又汲取了地方戲曲元素，寄身於該調的單頭體二言句獲得較廣泛、長久的流傳。而對於單頭二言體，《花間集》的創體、存體之功不可忽視。

㈡ 雙頭二言

兩個二言句並置詞首，形成雙頭二言體式，作爲一個共同單元引起全詞，其中第二句又往往承上啟下。該體式肇始于唐代《調笑》令，而《花間集》中有該體詞作十六首，集中於《訴衷情》與《河傳》兩個詞調。

其與唐《調笑》的不同之處在於，《調笑》是疊句形式，兩個二言句相重復，通常同第三句押韻，或是全詞幾乎一韻到底，而《花間集》中的雙頭二言體式，除了一首閻選詞，兩句並不相疊，押韻的情況也複雜很多。少數雙頭二言體第一句不押韻，第二句又有隨韻與不隨韻的類型，不隨韻與唐體相似；隨韻則是對唐體的發展。

《花間集》雙頭二言體對唐代疊句形式的突破，代表了雙頭二言體式在詞文學創作中的實際確立。唐代《調笑》令的二言疊句形式，體現了樂曲的重復，也可能與前文所提聲詩的疊唱表演相類似，總之主要目的在於音樂上的修飾，而《花間集》中的雙頭二言體式在創作上已經有了許多的文字講究與細膩的文學表現。因此，雖然雙頭二言體式非發端於《花間集》，卻由《花間集》獲得了文學體式上的確立。

《花間集》雙頭二言體式首句不押韻和第二句隨韻的方式，均通過體式的確立，進一步强調了雙頭二言句作爲詞首第一個韻律與抒情單元的内在有機結構與相對獨立性，如温庭筠《河傳》上片：

同伴。相唤。杏花稀。夢裏每愁依違。仙客一去燕已飛。不歸。淚痕空滿衣。〔五三〕

雙頭二言句在音韻與詞意上都自成單元。音韻方面，「同伴」與「相唤」二句相互押韻，第二句「相唤」押隨韻，下句「杏花稀」開始换韻，轉入上片的主體韻部，因此詞首二句獨立於主體韻部之外。詞意方面，「同伴」與「相唤」二句有機連結，作爲該詞第一個意象單元，内容已經自足。隨後「杏花稀」一句雖與前句有所關涉，畢竟是新開一個意象單元，視點有所轉變。因此，首二句在詞意上也有相對獨立性。雙頭二言體式如此精妙的結構是從《花間集》才開始出現的。

柳永同樣繼承了《花間集》的雙頭二言體式，其《河傳》、《臨江仙引》皆隨花間樣式。蘇軾雖然繼承了唐《調笑》二言體，又隨《花間集》之二言體創制了雙頭二言不疊句的《醉翁操》，並且得到郭祥正、樓鑰、辛棄疾等詞人的效仿。辛棄疾也「效花間集」雙頭二言體而填寫了一首《唐河傳》。〔五四〕

或許與唐五代詞調音樂的失傳有關，雙頭二言體式在兩宋漸漸式微。儘管如此，《花間集》所反映的其時該體式的盛況，以及流傳于兩宋的情況對於詞體演進的考察頗具價值。

㊂ 隨韻二言

前文在「押韻」和「過渡」部分已對《花間集》的隨韻二言體式做了分析，是位於詞中的二言句僅隨前句押韻、後句換韻的體式，體現了二言句的過渡功能。敦煌曲子有三首《定風波》令已經初具隨韻二言體，〔五五〕此後便是《花間集》對該體式進行了充分的發揮，該體式見於《花間集》的二十四首詞，在幾種基本體式中爲最多。

兩宋《定風波》令是隨韻二言體的經典詞調，而花間詞人李珣有五首《定風波》傳世，因此通過《定風波》令的體式演變，也可推及《花間集》對於隨韻二言體式的豐富與完備。

敦煌曲子的《定風波》體式並未定型，或含一個二言句，或含兩個二言句，只能説已具後來《定風波》令隨韻二言體式的雛形。隨著《花間集》時代二言句隨韻功能的發展與鞏固，李珣筆下標準的《定風波》令隨韻二言體出現：

志在煙霞慕隱淪。功成歸看五湖春。一葉舟中吟復醉。雲水。此時方認自由身。　花島爲鄰鷗作侣。深處。經年不見市朝人。已得希夷微妙旨。潛喜。荷衣蕙帶絶纖塵。〔五六〕

該詞有三個二言句，皆隨前面的七言句而押韻，是隨韻二言體的集中體現。李珣另有四首《定風波》，歐陽炯、閻選、孫光憲各有一首《定風波》，〔五七〕與此體式一致，形成了該調穩固的隨韻二言體式。該調由此前一個、兩個二言句，發展爲三個二言句，至此達到二言句與七言句的最佳配置，成爲了該調在兩宋流傳最廣的一種體式。北宋留下的四十三首《定風波》令，僅有兩首未效該體。

《花間集》雖未收録該調，但對於隨韻二言體有相當充分的展現，足以結合李珣、歐陽炯等詞人的《定風波》一同完備誕生於唐代的二言隨韻體式。《花間集》指示了隨韻二言體式的廣闊前景，偏好隨韻二言體式的蘇軾，其所作九首《定風波》皆隨五代體，進一步固化了該體式，得到許多詞人的追隨。然而，兩宋詞調的换韻不再如《花間集》那麽頻繁，往往是一韻到底或是分片押韻，隨韻二言體式在其他詞調上就非常少見了。

以上是《花間集》對於二言句基本功用體式的奠定，還有一些二言句的使用形式，因數量極少，如叠句，或是包含於基本體式之中，如疊字，故不做歸納。

（二）體式指向

二言句在《花間集》之後又發展出新的體式——换頭二言體，即二言句位於第二片的開頭，用於詞調的换頭。〔五八〕該體式接替隨韻二言體成爲二言體式的主流。然而，《花間集》所奠定的隨韻二言體式孕育了换頭二言體並指示了二言句體式發展方向。

首先，《花間集》對於换頭二言體的孕育主要表現爲二言句過渡功能的奠定。隨韻二言體具有上下勾連的作用，聲韻與語意的雙重關照，尤其是音韻上關前而語意上關後的常見形式，都爲换頭二言體的基本功能做了鋪墊。只不過不同於隨韻二言體處於詞中的位置，主要起到關聯前後句的作用；换頭二言體處在一個特殊的位置上，承擔著連結上下片的作用，關乎整首詞的結構。故换頭二言與隨韻二言的功能形式有點相似，是基於隨韻二言體式在《花間集》的成熟而形成的重要體式。

其次，花間詞人的創作發出了二言换頭體式的預報。花間詞人歐陽炯，也是《花間集序》的作者留下一首《更漏子》，是已知最早的二言句出現在换頭位置的詞作：

玉闌干，金甃井。月照碧梧桐影。獨自個，立多時。露華濃濕衣。　一向。凝情望。待得不成模樣。雖叵耐，又尋思。怎生嗔得伊。〔五九〕

二言句「一向」在詞中承擔了換頭功能。與後世慢體詞的二言換頭不同，此爲令體詞，而且歐陽炯的其他《更漏子》詞並未依此體，也未得到後世詞人的仿效，没有形成該調定式，其意義卻在於預示了即將到來的二言句功用體式的新變。

二言換頭現象經歷了《花間集》時期的偶發狀態之後，在北宋開始規模化發展，共有一百八十三首詞以二言句換頭，除了其中一兩調是令體，如蘇軾《皂羅特髻》，都出現在慢體詞中，可見二言句換頭功能的普遍應用，是隨著慢詞體式的推進與普及而形成的，這也可以解釋爲何《花間集》中没有換頭二言體式。目前所知最早將二言句換頭應用於慢體詞調並推而廣之的是柳永，留下二十六首以二言句換頭的慢體詞作。北宋也湧現了一批以二言句換頭的高頻詞調，如《滿庭芳》、《喜遷鶯》、《玉蝴蝶》、《木蘭花慢》等，絶大部分換頭的二言句押韻。

南宋時隨著慢體詞調的大盛，二言換頭體式進一步發展，成爲了其時二言句最主要的功用體式。南宋共有八百二十八首詞以二言句换頭，占該時期含二言句詞總量的百分之七十。還可注意到，北宋時一首詞中可有二言句數個，分佈於詞首、詞中、换頭等不同位置，承擔多種功能，而南宋時期一首慢體詞往往僅保留一個二言句，單純地用於換頭。二言句的功用趨於集中、純粹，二言句的應用也越來越體式化。

《花間集》所指示的二言句體式方向，便在於强調其音樂表現，突出其結構功能，換頭二言體因此獲得普遍應用。過片是南宋詞家非常重視的環節，所謂制曲「最是過片不要斷了曲意，須要承上接下」，〔六〇〕這是對換頭在音樂與文字兩個方面的要求。爲什麽換頭會青睞二言句式？根源於音樂上的變化：換頭樂曲的下片會增加兩拍，這增加的兩拍常常就以詞樂上片結束最後兩拍稍做變化（豔拍）而成，置於下片開頭，即換頭。因而換頭重復的只是上片結束的最後兩拍。〔六一〕雙音節音步特點令二言句在拍值與節奏上都比其他句式更易於配合換頭的音樂變化，更易於實現換頭又合尾的音樂結構，而換頭二言體令換頭文字與樂曲的變化對應更爲清晰。因此詞家會傾向於選擇以二言句换頭，展現純熟的過片技法。姜夔的《徵招》、《角招》、《長亭怨慢》、《喜遷鶯慢》、《念奴嬌》、《暗香》、《霓裳中序第一》等諸調即以二言句换頭，其二言句配合著曲體結構的要求和基本法度，牽合詞的上下片，不粘不脱，過渡流暢，有助於全詞有機結構，前後照應。

相比其他句式的换頭，二言句不具有文意的鋪敘推衍之功用，在樂曲與意脈的連貫之外，不需要做過於複雜的考慮。不難發現，南宋之後二言句的表意功能漸漸弱化，句意虛化，表達程式化，相同位置的二言句重復率高，進一步突顯了二言句的體式意義。

結　語

從二言句式的演進看，《花間集》有奠基和原型意義，二言句的基本功用體式，包括單頭二言、雙頭二言、隨韻二言、换頭二言等，都可在《花間集》尋到原型。雖然《花間集》對於二言句功用體式的建構還不完備，但代表了晚唐五代時期的詞體發展狀貌，並且指向了詞體的新變。

〔一〕如白朝暉《三言句式在詞中的出現及其詞體意義》，《文學遺産》二〇一〇年第五期；蔡宗齊《小令詞牌和節奏研究——從與近體詩關繫的角度展開》，《文史哲》二〇一五年第三期。

〔二〕參王力《漢語詩律學》，中華書局，二〇一五年，第五九四頁。

〔三〕參馮勝利《漢語韻律語法研究》，北京大學出版社，二〇〇五年；馮勝利《漢語的韻律、詞法與句法》，北京大學出版社，一九九七年。

〔四〕據《全唐五代詞》和《全宋詞》（含補輯）統計。曾昭岷、曹濟平、王兆鵬、劉尊明編《全唐五代詞》，中華書局，一九九九年；唐圭璋編纂，王仲聞參訂，孔凡禮補輯《全宋詞》，中華書局，一九九九年。

〔五〕參趙逵夫《先秦文學編年史·前言》，商務印書館，二〇一〇年，第八頁。

〔六〕劉勰云：「唯祈父肇禋，以二言爲句。尋二言肇於黄世，竹彈之謡是也」。范文瀾《文心雕龍注》卷七，人民文學出版社，一九五八年，第五七一頁。

〔七〕參趙逵夫《先秦文學編年史·前言》，商務印書館，二〇一〇年，第八—九頁。

〔八〕如《襄陵操》：「嗚呼，洪水滔天，下民秋悲，上帝愈諮。」郭茂倩《樂府詩集》，中華書局，二〇一七年，第一一九三頁。《箕子操》：「嗟嗟，紂爲無道殺比干。」《樂府詩集》，第一一九五頁。

〔九〕《樂府詩集》卷八十九，第一八二五頁。

〔一〇〕「唐詞未有已帶和聲辭或疊句而依然不歌者」，見於任中敏《唐聲詩》第二章《構成條件》，《任中敏文集》，鳳凰出版社，二〇一三年，第五二頁。

〔一一〕參見《唐聲詩》第二章《構成條件》，第六六—七一頁。

〔一二〕參見任中敏《唐聲詩》第二章《構成條件》，《任中敏文集》，鳳凰出版社，二〇一三年，第七一頁。

〔一三〕參馮勝利《漢語韻律語法研究》，北京大學出版社，二〇〇五年，第六一、八一頁。

〔一四〕參馮勝利《論漢語的韻律詞》，《中國社會科學》一九九六年第一期，第一六一—一六三頁。還有馮勝利《論漢語的「自然音步」》，《中國語文》一九九八年第一期。

〔一五〕如未特别標明，本文對於《花間集》的統計皆依據楊景龍《花間集校注》而完成，中華書局，二〇一五年。

〔一六〕搏拊拍（䰍拍）參《唐宋古譜類説》，劉崇德主編《唐宋樂古譜類存》，黄山書社，二〇一六年，第四頁。

〔一七〕《湛江師範學院學報》二〇〇二年第一期，第一一〇頁。

〔一八〕楊景龍《花間集校注》，中華書局，二〇一五年，第二〇六頁。

〔一九〕《花間集校注》，第四三九頁。

〔二〇〕《花間集校注》，第一〇三九頁。

〔二一〕兩首分别見於《花間集校注》，第一二一一、一二〇八頁。

〔二二〕曾昭岷、曹濟平、王兆鵬、劉尊明編《全唐五代詞》，中華書局，一九九九年。

〔二三〕唐圭璋編纂，王仲聞參訂，孔凡禮補輯《全宋詞》，中華書局，一九九九年。

〔二四〕考慮到《花間集》的標誌性意義及其影響，儘管其中也收録了唐詞，但詞體顯然已經進入了一個全新的更成熟的詞體階段，故以此爲界。

〔二五〕作者無考，且繫於此。

〔二六〕已除去含和聲辭的《竹枝》與《採蓮子》四首詞（分别作於孫光憲和皇甫松）。

〔二七〕據楊景龍《花間集校注》，排序則依《全唐五代詞》。表中「功用體式」指二言句因其位置與功用而形成的體式，非整首詞的體式。單頭即單個二言句在詞首；雙頭是兩個二言句並置詞首；隨韻是位於詞中的二言句僅隨前句押韻。體式之間有部分交叉，如「雙頭」體的第二個二言句，兼「隨韻」體，則加括注。

〔二八〕楊景龍《花間集校注》中孫光憲《風流子》詞之「歡罷」標逗號，見《花間集校注》第一一八七頁，誤，應爲韻，全詞一韻到底，皆屬《詞林正韻》第十部韻。

〔二九〕《花間集校注》，第四三七頁。

〔三〇〕《唐宋樂古譜類説》，劉崇德主編《唐宋樂古譜類存》，黄山書社，二〇一六年，第九頁。

〔三一〕《花間集校注》，第六五四頁。

〔三二〕《花間集校注》，第九六一頁。

〔三三〕《花間集校注》，第二〇九頁。

〔三四〕《花間集校注》，第一一一〇頁。

〔三五〕《花間集校注》，第二三六頁。

〔三六〕《花間集校注》，第二三八頁。

〔三七〕《花間集校注》，第二三九頁。

〔三八〕楊注也提及這一點。參見《花間集校注》，第二三九頁。

〔三九〕《花間集校注》，第三六五頁。

〔四〇〕《花間集校注》，第一〇五一頁。

〔四一〕根據楊景龍《花間集校注》統計。

〔四二〕分别出自顧敻《河傳》與孫光憲《風流子》，《花間集校注》，第九六六、一一八五頁。

〔四三〕結合《花間集》的句式和位置來看，最常見的形式是二言單句與前面的七言句相配合，或者聯合後面的三言、五言句，相應二言句數量分别爲七句、八句和六句。

〔四四〕蔡宗齊《小令語言藝術研究：結構與詞境》，《文學評論》二〇一七年第二期，第一九二—一九四頁。

〔四五〕《花間集校注》，第八五頁。

〔四六〕《花間集校注》，第二〇六頁。

〔四七〕《花間集校注》，第二二四頁。

〔四八〕《花間集校注》，第一一三頁。

〔四九〕《花間集校注》，第三五三頁。

〔五〇〕馮勝利《漢語韻律句法學引論（上）》，《學術界》二〇〇〇年第一期，第一〇〇—一〇三頁。

〔五一〕另張泌有一首單頭二言體式的《河傳》孤調，疑詞作脱一句二言句，故不將其計入。參《花間集校注》，第六五七頁。

〔五二〕孫光憲《思帝鄉》，《花間集校注》，第一二〇六頁。

〔五三〕《花間集校注》，第二二八頁。

〔五四〕《全宋詞》，第二四七六頁。

〔五五〕分别見於《全唐五代詞》，第八九三、九二二、九二三頁。

〔五六〕《全唐五代詞》，第六一一頁。

〔五七〕分别見於《全唐五代詞》，第四六四、五七五、六四一頁。

〔五八〕後來也有二言句出現在第三疊開頭的，如《蘭陵王》，也歸入此類。

〔五九〕《全唐五代詞》，第四六三頁。

〔六〇〕參夏承燾《詞源注》，人民文學出版社，一九六三年，第一三頁。

〔六一〕吕洪静《論换頭》，《音樂研究》二〇〇二年第三期，第四〇頁。

（作者單位：中南大學文學院）

現實悲劇性體認與超越

——以北宋前期詞爲考察

楊　鑰

内容提要　北宋前期詞是表現對現實悲劇性體認與審美超越主題重要的載體之一，晏殊、歐陽修、張先詞頗爲典型的表達了對現實悲劇性體認這一主題，蘇軾詞却在現實悲劇的基礎上達到了審美超越，一洗悲劇性感傷基調，盡顯灑脱曠達之風，審美超越的本質是人格境界的提升，這也正是中國文化最根本的特征之一，它對人的心靈成長和價值建構具有重要意義。本文以北宋前期詞人晏殊、歐陽修、張先與蘇軾爲例，對他們詞所表現出的現實悲劇性體認和審美超越問題略作探討。

關鍵詞　現實悲劇性　審美超越　蘇軾　晏殊　歐陽修　張先

北宋前期詞多「以悲劇性的感傷憂患爲基調」[一]，晏殊、歐陽修、張先詞尤爲典型。「悲劇性的感傷憂患」是基於詞人對現實悲劇性的體認，現實悲劇性是指時光易逝、人生有限這一無法克服的自然規律，即晏殊詞所説的「一向年光有限身」（《浣溪沙》）。王水照先生説：「人生有限和自然永恒的矛盾，這是産生

本文爲二〇一八年度國家社科基金重大項目「曲海總目提要新編」（18ZDA256）的階段性成果；海南省哲學社會科學「蘇學」專項課題「東坡文化對培育海南公民人文精神作用研究」[HBSK（ZS）19－4]。

人生苦難意識的前提。」[二]現實悲劇性是人的主體意識與客觀限制之間的矛盾，既是人對生命的感知，也是人存在的方式。「由于現實悲劇性是人的存在方式，與人同生同在，所以它不會消失，也不會被克服，但却可以被轉化，即以人類總體意識爲依據來認同這種悲劇性，并進一步將其轉化爲價值形態，此即審美超越。」[三]審美超越并非是超越「死」這一現實，而是把富有合理性的價值融入到人的情感之中，賦予有限生命以意義，從而找到最終的心靈歸宿。這是以審美觀照的態度對待生命和現實的方式，蘇軾詞是最典型的代表，它一洗悲劇性感傷基調，盡顯灑脱曠達之風。審美超越的本質是人格境界的提升，這也正是中國文化最根本的特征之一，它對人的心靈成長和價值建構具有重要意義。本文以北宋前期詞人晏殊、歐陽修、張先與蘇軾爲例，對他們詞所表現出的現實悲劇性體認和審美超越問題略作探討。

一　晏、歐、張三家詞之現實悲劇性體認與消解

在北宋前期士人個體意識凸顯與「宋世風流」的大背景下，受詞誕生伊始就關注個人婉轉情致和幽微感受的影響，晏殊、歐陽修、張先詞在繼承晚唐五代詞風的同時更多注入了個體情感與理性觀照因素，詞作十分典型地表現出對現實悲劇性體認這一主題。這對詞壇發展有承前啟后、革故鼎新的作用，爲詞壇巨擘蘇軾詞的審美超越做好了充分準備。

晏殊、歐陽修、張先將自已看作浩渺宇宙一個無奈的匆匆過客，他們的詞哀傷、幽婉，滲透着濃濃的悲情意識。悲情意識是情感判斷，與悲劇意識的概念不同。悲劇意識從人生意義上來講，是價值判斷。這種悲情意識來自于對現實悲劇性的體認，他們透徹地體悟到生命有限這一現實悲劇，去追尋人生的價值，却無果而終，只能通過歡歌盛宴、及時行樂等方式對現實悲劇性進行淡化、消解。

（一）「夢裏浮生」之晏殊

《珠玉詞》充滿了晏殊對人生短暫的深刻感受與凝重地思考。晏殊的諸多春景詞都是對現實悲劇性的體認與表達。如《浣溪沙》(一向年光有限身),詞的開篇直接揭示現實悲劇性;又如《踏莎行》(綠樹歸鶯)中「春光一去如流電」、「人生有限情無限」(本文所引詞句,皆出自唐圭璋編《全宋詞》,不一一出注)兩句也是對時光易逝、生命有限的深切體認,「當歌對酒莫沉吟」則是以酒作爲消解途徑。《浣溪沙》(一曲新詞酒一杯)也很典型。詞人獨自在開滿鮮花的小徑中,没有賞花之心,而是對時光易逝、生命有限的悲劇真相進行思索,對人生價值進行叩問,叩問却未找到答案,因此在小園内不停地踟躕、徘徊。「落花風雨更傷春」、「無可奈何花落去」皆是晏殊在春景中感悟現實悲劇性的詞句。劉勰《文心雕龍·物色》説:「春秋代序,陰陽慘舒。物色之動,心亦摇焉。」[四]「陰陽慘舒」即冷季昏暗,暖季舒朗,也就是陸機所説:「遵四時以歎逝,瞻萬物而思紛。悲落葉於勁秋,喜柔條於芳春。」[五]但晏殊恰恰喜歡在春景融融、人間芳菲中感傷、彷徨。再如《採桑子》(陽和二月芳菲遍)以及《春風不負東君信》兩闋,亦是晏殊對自己生命缺乏價值與意義狀態的描繪,更是對人生悲劇真相的默認。《珠玉詞》有二十餘首這類借春景抒懷的詞作,除以上數首外,《採桑子》(紅英一樹春來早)、《漁家傲》(楊柳風前香百步)、《酒泉子》(三月暖風)與(春色初)、《鳳銜杯》(留花不住怨花飛)等等也頗具代表性。

春天固然美麗,但春去冬會來。晏殊看到的并不僅僅是欣欣向榮的景象,他透過這種景象看到了人生有限的本質。王夫之説:「以樂景寫哀,以哀景寫樂,一倍增其哀樂。」[六]人在美景中,更不願意老去,對短暫的人生更加留戀,對無法克服的現實悲劇更加感傷。葉嘉瑩先生曾説晏殊在寫「傷春或離別的同時傳達出一種人生富有哲理的理念和覺悟」[七],其實葉先生所説的「理念和覺悟」也就是對現實悲劇的感悟與體認。春景尚且如此,秋景更不必説。秋天草木凋零,苒苒物華休,使人觸景生情,晏殊在詞中反復咏歎「人貌老於前歲」、「人貌不應遷换」,暮年的來臨,因此更容易感懷生命的短暫和有限。

晏殊的祝壽詞也是對現實悲劇性體認的另一種表達。荀子説：「人之所欲，生甚矣；人之所惡，死甚矣。」〔八〕晏殊面對時光易逝，生命短暫的悲劇真相産生無限傷感，同時也説明了他對生的渴望，對死的懼怕，希望人能增歲、長壽，因此晏殊創作了很多祝壽題材的詞，在《珠玉詞》中，祝壽詞多達二十餘首，大都是對長生不老的渴望。這些以祝壽爲題材的詞同樣表達了對現實悲劇性的體認。

（二）「此身如柳絮」之歐陽修

歐陽修往往與晏殊并舉。清代馮煦説：「宋初大臣之爲詞者：寇萊公、晏元獻、宋景文、范蜀公與歐陽文忠并有聲藝林。然數公或一時興到之作，未爲專詣；獨文忠與元獻，學之既至，爲之亦勤，翔雙鵠於交衢，馭二龍於天路。且文忠家廬陵，而元獻家臨川，詞家遂有西江一派。其詞與元獻同出南唐，而深致則過之。」〔九〕馮煦指出歐陽修與晏殊同宗、同派，他們的詞沿襲五代花間、南唐詞人的風格，都有温婉、綺麗、細膩的特點，這也與他們相似的身份地位有關。他們官位顯達，都曾官至宰輔，富貴優游的生活更容易對人生現實悲劇性進行品味、體認。馮煦還提到晏歐詞的另外一個共同的特點是「深致」，深致即「深遠的意味」，這種深遠的意味，便是透過景物、人事對生命現實悲劇性的體認。宋代王灼《碧鷄漫志》卷二中也曾説：「晏元獻公、歐陽文忠公，風流藴藉，一時莫及。」〔一〇〕這裏所説「藴藉」與「深致」含義相似。

首先，歐陽修善於在春景中表露「閑愁」，「閑愁」是對現實悲劇性體認含蓄藴藉的表達。如《玉樓春》（酒美春濃花世界）言「閑愁一點上心來」、《浣溪沙》（青杏園林煮酒香）言「閑愁閑悶昼偏長」，這種閑愁實際上是詞人在富貴優遊的生活狀態中産生的人生「如夢如幻」的感覺，是對春光易逝、容顔易老、人生有限現實悲劇性的體認與感傷。歐陽修像這類寫「閑愁」的詞有很多，盡管很多詞没有直接寫「閑愁」二字，但基本上抒發的都是「閑愁」。

其次，歐陽修用「柳絮」之意象表現對生命悲劇真相的體認。歐陽修以「柳絮」四散飄零，茫然無依的特點比喻自己的人生，抒發對生命易逝的感傷及對人生意義的追尋。如《漁家傲》（三月芳菲看欲暮）：「安得此身如柳絮。隨風去。穿簾透幕尋朱户。」歐陽修借柳絮輕飄易飛比喻易逝、留不住的時光，發出「此身如柳絮」的感歎，這句感歎不僅蘊含人生易老、生命有限的無奈，更有人生飄忽無歸宿，缺乏價值感的哀傷。再如《定風波》（過盡韶華不可添）言「楊花繚亂拂珠簾」、《玉樓春》（蝶飛芳草花飛露）言「憶把芳條吹暖絮」，都是以柳絮喻閑愁，以柳絮喻人生。風吹柳絮，漂泊無歸處，轉眼間緑肥紅瘦，春色暮，花易落，水自流，時光易逝，人生易老，歐陽修在蒼茫宇宙間追尋着人生的價值與歸宿。再如兩首《漁家傲》（臘月年光如激浪）及（律應黄鍾寒氣苦），也都是以「柳絮」作比喻，其一是以柳絮喻雪花，實際上是以柳絮喻「一餉青春」，其二是以「柳絮」喻雲，柳絮與浮雲意蘊相似，都比喻缺乏價值又短暫的生命。

另外，較之晏殊，歐陽修對現實悲劇性體的表達更加沉着深婉。劉熙載《藝概》説：「馮正中詞，晏同叔得其俊，歐陽永叔得其深。」〔一一〕晏殊、歐陽修儘管都曾官至宰輔，但晏殊一生政治生涯太平順遂，被稱爲「太平宰相」，所以詞作多有富貴之氣，而歐陽修自幼家境貧苦，仕途蹭蹬，生活顛沛波折，晚年退居到潁州的西湖，詞作中儘管也有遺玩的豪興，但比晏殊詞更加沉着深蘊，表達對現實悲劇性體認這一主題也更加深婉。如《蝶戀花》（庭院深深深幾許），三個「深」字疊用，奠定了詞的深幽意長之基調。這首詞從表面上看是一首閨怨詩，其實是藉閨中少婦抒發自己的傷春感懷，但也不僅僅是感時傷春而已。俞陛雲《唐五代兩宋詞選釋》説：「此詞簾深樓迥及『亂紅飛過』等句，殆有寄託，不僅送春也。」〔一二〕如果不是對生命有限性的現實悲劇有深刻的體認，怎能會對春天的逝去如此感傷，深深的庭院，如煙似霧的楊柳，重重的簾幕，不只寫庭院的幽深與婦人的孤獨，更是以此表達生命的深邃，如煙似霧的人生歷經重重的坎坷，却不知歸宿，以此景致訴説作者深沉的心事與無限的哀愁。下闋便揭示這種哀愁的根本原因便是「無計留春住」，因此即便在和煦的春天裏也有了「雨横風狂」的惡劣天氣，實際是表達韶華空逝，人生易老，價值無依之痛。最后一句被諸多文人稱贊，清人毛先舒評曰：「『泪眼問花花不語，亂紅飛過秋千去。』此可謂層深而渾成。」〔一三〕「亂紅飛」比喻青春的逝去，在對這種青春逝去，人生有限的自然規律下，便去問花：青春如此易逝，人生的價值與意義何在？「泪眼問花花不語」，「花不語」即説花没有答案，喻作者未找到答案，在這種生命無情地逝去中找不到人生價值所在，便愴然涕下，且花不會因爲人的悲愴而停止凋零，依舊是「亂紅飛過秋千去」無情的肆意飄零。這是歐陽修對現實悲劇性多麽深切的體認！

最后，歐陽修的豪放詞也蘊有對現實悲劇性的體認。王國維説：「永叔『人間自是有情痴，此恨不關風與月』，『直須看盡洛城花，始與東風容易别』，於豪放之中有沉着之致。」〔一四〕歐陽修的豪放詞没有蘇軾的恢弘氣象與開闊的意境，而是思緒綿長，即是王國維所説的「沉着之致」，這種沉着綿長的思緒與似開未開的境界，恰是詞人在體認現實悲劇性后對人生價值追尋而未得的表現，没有找到價值，心靈無處栖息，何談曠達灑脱的意境與恢弘氣象？表現在詞作中就是歐陽修描繪的意象多是山水風月等，而不是家國塞外等遼闊意象。如《朝中措·送劉仲原甫出守維揚》，上闋寫晴空之下，平山堂凌然矗立，登高望遠，有欣欣向榮、格調軒昂之感，下闋「揮毫萬字，一飲千鍾」也添幾許豪氣，可結尾説「行樂直須年少，尊前看取衰翁」，在飲酒中行樂，依然是一種人生無價值無意義的姑且消解，以「衰翁」作結，流露對無法克服的現實悲劇真相的感傷。另外一些豪放詞也是如此：「當年少，狂心未已，不醉怎歸得。」「好酒能消光景，春風不染髭頻。爲公一醉花前倒，紅袖莫來扶。」看似豪飲歡歌，其中却都藴含對人生短暫的無奈感傷，儘管及時行樂的方式暫可作爲消解，但依然是「酒醒人散得愁多」。正如葉嘉瑩所説：「歐陽修在其賞愛之深情與沉重之悲慨兩種情緒相摩蕩之中，所産生出來的想以遣玩之興掙脱沉痛之悲慨的一種既豪宕又沉着的力量。」〔一五〕歐陽修的「遣玩之興」無法「掙脱沉痛」，「豪宕」被「沉着」苦苦糾纏，所以他的詞便没有真正的灑脱豪放之氣勢，這是對現實悲劇有了深切體認但却不能達到審美超越的必然狀態。

（三）「無數楊花過無影」之張先

張先詞獨具風格，這些特色也從不同維度表達了對現實悲劇性的體認。

首先，張先詞中「影」之意象表達的是對現實悲劇性的體認。張先善於寫影，而被時人譽爲「張三影」，張先自己也爲此而得意。「影」之意象與留不住、易流逝的生命及生命無價值感的茫然意蘊相通，因此張先在詞中善用「影」營造朦朧飄渺、含蓄蘊藉的意境，這種意境傳達出生命短暫，價值無解的憂傷與迷茫。如《木蘭花》（人意共憐花月滿）詞，雖用了「鷄聲斷愛」的典故，卻賦予正面意義，讓人産生了應該珍惜易逝、短暫的人生有限時光。詞曰「草樹争春紅影亂」，是詞人在優游的生活狀態下，看到春日的花草繁茂，感時傷春，歎美好時光易逝，油然而生如「影」般飄渺又淺淡的閑愁。「亂」字表達出哀傷、無奈又無法超越的情緒。再如《木蘭花》（龍頭蚱蜢吴兒競），在層層叙事中抒發對生命悲劇真相的體認，直到結句直抒胸臆：「中庭月色正清明，無數楊花過無影。」深已夜，萬籟俱寂，院中數不盡的楊花在清涼的月下飄落無影。熱鬧之后一切歸於平静，我們的生命再絢爛最終也會如楊花一樣飄逝的無影無踪，是對生命悲劇真相的深切體悟。此句是廣爲傳誦的名句，后人認爲在「三影」名句之上。評價如此之高，想必是因爲在對花影頗具神韻的描寫背后蕴含的欲説還休的生命真諦。像這樣在寫影中寓以情感的詞作還有很多，正如劉熙載《藝概・詩概》所説：「山之精神寫不出，以烟霞寫之；春之精神寫不出，以草樹寫之。故詩無氣象，則精神亦無所寓矣。」〔一六〕張先對現實悲劇真相體認和找不到人生價值之精神寫不出，以虚忽飄渺、若有似無的「影」寫之，「以淡語收濃詞」〔一七〕，在淺淡的語言中表露深刻的意藴。「影」便是詞中之氣象，以寄寓人生有限，價值難尋之精神。

其次，張先善在層層叙事中表達對現實悲劇性的體認。這種以叙事抒情的方式與晏殊、歐陽修不同。晏殊、歐陽修學習的是馮延巳，他們對想要表達的情感不直接説破，而是以景表情，寓情於景。張先學習的是花間詞人韋莊，韋莊小令的寫法是出自白居易，是以叙事表情。而且張先是在叙事后直抒胸臆，表露情感。如《天仙子》（水調數聲持酒聽），以一天的時間爲序，叙述了他的日常生活：午醉、晚鏡、月下花影、夜燈人静，層層叙寫，最后以「明日落紅應滿徑」直接抒發落花無情，時光易逝、生命有限之哀傷，是對生命悲劇真相的深刻體認。像這樣的詞還有很多，如《菩薩蠻》（憶郎還上層樓曲），叙寫主人公與情郎離别之前、離别時及離别后的情景，通過叙事直接抒發對現實悲劇性的體認——「惜恐鏡中春。不如花草新」。再如《蘇幕遮》（柳飛綿），采用叙事的手法叙寫了離别的經過，從而生起悲劇意識，感慨像潘岳那樣的美男子也會鬢發花白，一切美好都終將逝去這是無法克服的自然的規律，結尾化用李賀的「天若有情天亦老」，上天如果有感情，也會爲此悲傷而變得衰老：「天若有情，天也終須老。」另外還有叙寫「一時之遇」的《謝池春慢·玉仙觀道中逢謝媚卿》，通過對「一時之遇」的記叙，抒發「歡難偶，春過了」好景難駐的傷春之情。

因此，張先詞表達的憂傷與晏、歐也不同，張先的憂傷是淡淡的，這與他擅長在層層叙事中逐漸表達情感的抒情方式有關。而不像晏歐一樣，爲表達情感擇取所有適合表情的景物，詞中充斥着悲凉。另外還與張先善用「影」意象表達情感有關，杳渺虚幻、似有若無之「影」喻示着不濃不淺的閑愁，如上文所述，這種閑愁便是對流水落花的感慨，對時光易逝，生命有限的體認。

總之，張先有意於繪影，致力于揣摩、構思、描繪影的意境與神韻，在這種細膩的描繪與對意境的體悟中消解生命的現實悲劇。晏殊和歐陽修則是以設宴飲酒、佳人歌舞等及時行樂的方式去消解生命的現實悲劇。晏殊、歐陽修、張先在體認時光易逝，生命有限悲劇真相后對生命本體進行深思，追尋生命的價值與意義，却尋而不得，便在對景物、情感的細膩描繪中、在飲酒尋歡的及時行樂中，增强自己生命的濃度和密度，麻醉、消解現實悲劇性的存在。但是這種麻醉與消解也只能走向更加的無價值、無意義，無法超越現實悲劇，必然「酒醒人散得愁多」。

二　蘇軾詞對現實悲劇性之審美超越

晏殊、歐陽修、張先用及時行樂的方式對現實悲劇真相進行消解，而蘇軾則是在對現實悲劇性體認基礎上達到了審美超越。「超越」和「消解」不同，「消解」并未明確地指向價值層面，而「超越」則是明確的價值建構。

蘇軾一生經歷了超乎尋常的坎坷與苦難。王國維説：「彼之痛苦既深，必求所以慰藉之道。」〔一八〕烏臺詩案時具有强悍内心的蘇軾也曾有過輕生的念頭。面對生死的掙扎，蘇軾需要一處精神的歸宿，安放那顆不勝負荷的心靈。在對現實悲劇性體認的基礎上，天才與苦難交融，更多合理性價值因素，積澱到蘇軾的生命中，完善了自我精神價值的構建，達到了審美超越，找到了精神歸宿。蘇軾詞審美超越的具體表現是在體認現實悲劇的基礎上參透了生命的意義，找到了心靈的歸宿。這也正是中國歷代文人的兩大人生困惑。

（一）參透生命的意義：生命的意義在於過程

蘇軾二十六歲所作《和子由澠池懷舊》一詩，已經有對生命意義感悟的影子：「人生到處知何似，應似飛鴻踏雪泥。泥上偶然留指爪，鴻飛那復計東西。」〔一九〕生命短暫、人生飄摇不定，就如飛鴻踏雪留下的爪印，太陽出來白雪融化，爪印便蕩然無存，而飛鴻又不知飛向何方。他了悟人生行迹偶然、無定，對人世名利有淡泊之態。此詩的意蕴與《滿庭芳》（蝸角虚名）有異曲同工之妙，人有限的生命及名利、坎坷，都如雪泥鴻爪，轉瞬即逝，即《滿庭芳》中所説「算來著甚乾忙」。《和子由澠池懷舊》未直接説破這一人生真諦，而是化爲哲思，讓人回味無窮。《滿庭芳》却直抒胸臆：既然人生不定，榮辱悲喜都不留痕迹，那意義何在？

意義便是「對清風皓月，苔茵展、雲幕高張。江南好，千鍾美酒，一曲滿庭芳」。珍惜當下，在美好的自然風光裏，認真、快活地過好每一天，即生命的意義在於過程。這是兩首作品共同的旨趣所在。蘇軾在晚年達到人格境界的巔峰，這是由知識的積澱與生命的實踐融合而成，年輕時雖無老境之美，但也爲境界奠定了基調。「雪泥鴻爪」也好，「著甚乾忙」也罷，都與蘇軾晚年提出的「思亦無所思」、「吾生本無待」命題一脉相承。

蘇軾《續養生論》説：「凡有思皆邪也，而無思則土木也。孰能使有思而非邪，無思而非土木乎？蓋必有無思之思，端正莊栗，如臨君師，未嘗一念放逸，然卒無所思。」〔二〇〕人不同於動物，必須要思考，只要思考，便會產生功名利禄等欲望，陷入困惑與苦惱中，因此蘇軾提出「無思之思」的命題。《和陶雜詩十一首》其九也寫道：「虚名非我有，至味知誰餐。思我無所思，安能觀諸緣。」（《蘇軾詩集》，頁二二七七）「無思之思」即是超越生死與功利的審美態度，「端正莊栗，如臨君師，未嘗一念放逸」意思是盡管採取了以審美的態度去對待生活，但不可肆意妄爲，應該嚴肅認真的活好每一天，注重生命這一過程。「休對故人思故國，且將新火試新茶。」也是對這一思想的寫照，因此境界超脱曠達。蘇軾無論是親自耕種還是洗漱更衣、喫飯梳頭，都樂在其中：「一洗耳目明，習習萬竅通。」「誰能書此樂，獻於腰金翁。」（《蘇軾詩集》，頁二二八五）「不愁春盡絮隨風，但喜丹砂入頰紅。」（《蘇軾詩集》，頁一一一四）生命的意義在於過程，無需多思，活好當下。「不愁春盡絮隨風」與歐陽修的「强欲留春春不住。……安得此身如柳絮」境界迥異，歐陽修以柳絮自喻，歎人生之短暫，哀價值無歸宿，蘇軾用歐陽修常咏之時節與景物，却表達出與之相反的情緒——「不愁」，這正是他參透了生命意義，達到審美超越使然。

東坡惠州所作《遷居》一詩寫道：「吾生本無待，俯仰了此世。念念自成劫，塵塵各有際。」（《蘇軾詩集》，頁二一九六）「吾生本無待」是行爲方式，「思我無所思」是思維模式，「吾生本無待」與「思我無所思」共同建構起蘇軾思想與實踐的價值體系,「縱浪大化中,不喜亦不懼,應盡便須盡,無復獨多慮」〔二一〕,人生在天地之間,順應自然之道,不以物喜不以己悲,做好當下自己應該做的,無需有過多的思慮與期待,該來的總會來,不該去的也終不會去。莊子也倡言過「無待」:「若夫乘天地之正,而御六氣之辯,以遊無窮者,彼且惡乎待哉! 故曰:至人無己,神人無功,聖人無名。」〔二二〕莊子主張的「惡乎待」是指心靈的自由高蹈,精神的超脱逍遥。莊子言「無待」方可成爲至人、神人、聖人,但是蘇軾却把莊子的至人、神人、聖人轉至現實中,把「惡乎待」和「逍遥」當做普通人的人格理想與思想境界,并且付諸實踐。他把生活當作情感體驗,否棄了生活的終極目的,認爲生命意義在於過程,深刻而實用。

(二) 找到心靈歸宿:構建起精神的栖息地

「無思」、「無待」是蘇軾思想與實踐的價值標準,這種價值的歸宿其實就是精神歸宿、心靈歸宿。人面對生命終將消逝這一現實悲劇極其恐慌,哀傷,是因爲找不到人生的意義與價值,找不到心靈栖息地。如晏殊「夢裏浮生足斷腸」,心如浮萍,漂泊無依;歐陽修「此身如柳絮」,飛來逝去,身心無歸屬;張先「無數楊花過無影」,人生飄忽,如影子般把握不住。蘇軾認識到生命短暫無法克服,人生坎坷無法逃避,而他把這一切轉化爲價值態度,達到了審美超越,使心靈有了歸宿。蘇軾誦道:「此心安處是吾鄉」,「吾鄉」就是從價值層面構建起的心靈故鄉,這是精神的超脱。達到超脱,現實的悲劇、人生的坎坷,一切都將化解,煩惱與哀傷也不復存在,便是「心安」。心靈的歸宿才是真正的栖息之地,是心靈停靠的港灣,比真正意義上的「家」更有歸屬感。蘇軾甚至説:「他年誰作輿地志,海南萬里真吾鄉!」(《蘇軾詩集》,頁二二四五)蘇軾暮年被貶至蠻荒之地海南,歷盡苦難,不但没有走向消極頹廢,却找到了心靈的歸宿,達到了中國傳統士大夫人格最高境界。心靈歸宿并非是一個場所、一個地方,而是蘇軾對價值的構建。

首先,這一心靈歸宿是超功利的。蘇軾自海南歷劫歸來,途經金山寺,見壁上留有畫家李龍眠爲他繪的畫像，即興揮毫，題詩一首：「心似已灰之木，身如不繫之舟；問汝平生功業，黄州惠州儋州。」（《蘇軾詩集》，頁二六四一）蘇軾在黄州、惠州、儋州的作爲，并非稱的上爲「功業」，但蘇軾已完全超越了現實功利，他認爲在黄州、惠州、儋州平凡又多難的生命實踐，讓他的心靈找到了最終的歸宿，達到了中國士大夫精神的至高境界，這是非功利的價值構建層面的功業。蘇站在黄州城外赤壁磯上，面對滚滚東流的長江咏歎道：「大江東去，浪淘盡，千古風流人物。」再浩瀚的長江水也要東流逝去，再風流的千古英雄也終被大浪淘盡，則一己之微豈不更加可悲？人的價值與意義究竟何在？這是蘇軾對現實悲劇真相的深刻揭示，但蘇軾却未沉浸于這種茫然情緒之中，他領悟到：既然千古英雄也難逃如此，那麽一己之榮辱窮達又何足悲歎，既然人類都將如此殊途而同歸，又何苦汲汲以求於一時之功名利禄呢？蘇軾在對現實悲劇性體認基礎上完成了超越功利的價值構建。再如《采桑子》：

多情多感仍多病，多景樓中。尊酒相逢。樂事回頭一笑空。　停杯且聽琵琶語，細捻輕攏。醉臉春融。斜照江天一抹紅。

開篇「多情多感仍多病」是對現實悲劇的興起，但這種感傷却戛然而止，「尊酒相逢」儘管也用飲酒的方式進行消解，但接着説「樂事回頭一笑空」，他體悟到生命的真諦，認爲一切功名利禄都是身外之物，轉瞬成空，選擇笑對紅塵、笑對生命。在這種超功利、灑脱曠達的胸襟下，一切風光都如自己的心情一般豁然開朗，天邊的夕陽也隨之變得美麗妖嬈，「斜照江天一抹紅」情景交融，境界全出。

人守住了心，找到了心靈的歸宿，便能超越世間的一切，獲得精神的超脱、靈魂的自由，達到審美超越。王水照先生説：「人們只要把握住『心』，就能超越造物的千變萬化保持自我的意念，就能超越時空的限制而獲得最大的精神自由。」[二三]即蘇軾所説「但應此心無所住，造物雖駛如吾何。」（《蘇軾詩集》，頁二一四五）

其次，有了心靈歸宿可以超越一切困難。找到了心靈的栖息地，蘇軾便能把所有的困難轉換走向，達到審美超越。如《水調歌頭》（明月幾時有）一詞，面對現實悲劇他首先選擇「乘風歸去」。蘇軾對人生的領悟是超乎常人的，他知道人間如此，天上宫闕也并非完美去處，于是「又恐瓊樓玉宇，高處不勝寒」，還是在人間飲酒起舞高歌吧！接下來，借月傷懷，感慨月圓人缺，「人有悲歡離合，月有陰晴圓缺，此事古難全」。蘇軾看透了人生種種無奈，便不再糾結，過濾掉這種無奈之后，心靈得到升華，「但願人長久，千里共嬋娟」。是在審美視野下去看待人生與生命，洗掉一切現實悲劇，祈願人們都能健康長久的活着，而且能「千里共嬋娟」，共賞一輪明月，幸福美好詩意的活着。整首詞描述了蘇軾面對種種不如意，找尋心靈栖息地的過程，從人間到天上，從天上又到人間，最終回歸到精神的家園，在這裏一切困難都會得到化解，在這裏方能詩意的栖居。再如《臨江仙》：

夜飲東坡醒復醉，歸來仿佛三更。家童鼻息已雷鳴。敲門都不應，倚杖聽江聲。長恨此身非我有，何時忘却營營？夜闌風静縠紋平。小舟從此逝，江海寄餘生。

深夜，面對家童不開門、有家不能回的窘境，蘇軾不是氣憤焦急，而是選擇「倚杖聽江聲」，與心靈進行對話。在静謐的夜晚，蒼茫的天地之間，蘇軾覺得苦難、功名都是身外之物，因此心更加平静，宛如夜闌風静的湖水。在理性的思索后，蘇軾進行了價值重建，找到了心靈歸宿，他選擇蕩一葉扁舟在廣袤的精神家園中自由自在、無拘無束、無問西東地遨遊。詞中「江海」指的就是精神的家園，心靈的歸宿。《定風波》（莫聽穿林打葉聲）更爲典型：「莫聽穿林打葉聲，何妨吟嘯且徐行。」在雨中，同行的人都狼狽不堪，唯獨蘇軾逍遥灑脱的「吟嘯且徐行」。「一蓑烟雨任平生」是對蘇軾一生的生活寫照，「一蓑烟雨」象征着現實生活中一切人生磨難與政治上的坎坷。「任平生」是説蘇軾不懼各種苦難，一生任憑風吹雨打，自始至終從容、樂觀，它在海南依然活的灑脱，寫出了很多類似「雲散月明誰點綴，天容海色本澄清」（《蘇軾詩集》，頁二三六六—一二三六七)的清麗詩詞。「也無風雨也無晴」意思是「風雨」與「晴」在蘇軾心中都不存在了，經過所有苦難的洗禮，心靈得到了升華，找到了心靈的歸宿，超越一切悲喜、寵辱，因此一顆千瘡百孔的心依然鮮活靈動，超脱曠達。其實這正是我們探討蘇軾詞審美超越的價值與意義所在，它教給我們如何找到心靈歸宿，在困難面前從容灑脱，安之若素。

蘇軾對晏殊、歐陽修、張先體認現實悲劇性后生命無意義，價值無解的困惑給出了明確解答，一洗哀傷憂患之基調，達到了心靈的超脱、自由，這裏的超脱與自由，是「從心所欲不逾矩」[二四]。的人格境界，是不違背情理與道德，在「明明德」、「親民」、「止於至善」基礎上的隨心所欲、逍遥、灑脱。「這種心靈的解脱是傳統士大夫人格的最高境界，也是對現實悲劇性的最徹底的審美超越。」[二五]

結　語

北宋前期詞是表現對現實悲劇性體認與超越主題最重要的載體之一，本文以晏殊、歐陽修、張先、蘇軾詞爲中心，闡釋了現實悲劇性與審美超越問題。審美超越的功能「在于培養人性心理，塑造人格，在更高的境界上觀照現實悲劇性，不斷改造現實和提升現實悲劇性的品格」[二六]。因此審美超越無論對個人人格境界的提升還是對整個社會的影響等方面都有着極其重要的意義，是我們學習與探討的關鍵。對現實悲劇性體認是對生命主體的理性思索，是審美超越的基礎和前提，審美超越是在對現實悲劇性體認基礎上産生，爲現實悲劇性找到的價值歸宿。蘇軾詞的審美超越是一種價值取向，是一種人生境界，它不僅是中國封建士大夫人生境界的極致，也是中國儒、釋、道三家文化中的合理因素相互融合的必然産物。儘管蘇軾的時代已經過去，但他的詞表現出的審美超越仍然與我們當下的深層文化心理結構相通；他的詞所表現的情感狀態和人格追求，具有穿越時空的永恒性。因此，蘇軾詞表現出的審美超越對我們感悟人生、提高人格境界，將一直起着極其重要的作用。

〔一〕王兆鵬《論宋詞的發展歷程》，《暨南學報》二〇〇〇年第六期。

〔二〕〔二三〕王水照《蘇軾的人生思考和文化性格》，《文學遺産》一九八九年第五期。

〔三〕〔二五〕冷成金《蘇軾對現實悲劇性的審美超越》，《河北學刊》二〇一六年第三期。

〔四〕劉勰著，王運熙、周鋒譯注《文心雕龍譯注》，上海古籍出版社，二〇一〇年，第二二二頁。

〔五〕陸機著，張懷瑾譯注《文賦譯注》，北京出版社，一九八四年，第二〇頁。

〔六〕丁福保編《清詩話》，上海古籍出版社，一九七八年，第四頁。

〔七〕葉嘉瑩《古典詩詞講演録》，河北教育出版社，一九九七年，第一六一頁。

〔八〕張覺譯注《荀子譯注》，上海古籍出版社，二〇一二年，第三三〇頁。

〔九〕馮煦《蒿庵論詞》，人民文學出版社，一九五九年，第五九頁。

〔一〇〕唐圭璋編《詞話叢編》，中華書局，一九八六年，第八三頁。

〔一一〕劉熙載著，王氣中箋注《藝概箋注》，貴州人民出版社，一九八〇年，第三一二頁。

〔一二〕俞陛雲《唐五代兩宋詞選釋》，上海古籍出版社，一九八五年，第一六八頁。

〔一三〕《四庫全書存目叢書》集部第四二五册，齊魯書社，一九九七年，第一五八頁。

〔一四〕滕咸惠《人間詞話新注修訂本》，齊魯書社，一九八六年，第九八頁。

〔一五〕葉嘉瑩《唐宋詞名家論稿》，河北教育出版社，一九九七年，第五七頁。

〔一六〕唐圭璋主編《唐宋詞鑒賞辭典》，安徽文藝出版社，二〇〇〇年，第一一頁。

〔一七〕李漁《窺詞管見》，趙尊岳輯《明詞彙刊》，上海古籍出版社，二〇一二年，第七一四頁。

〔一八〕周錫山編《王國維文學美學論著集》，北岳文藝出版社，一九八八年，第七一頁。

〔一九〕《蘇軾詩集》，王文誥輯注，中華書局，一九八二年，第二二四四頁。下引蘇詩皆出本書，僅標頁碼，不再出注。

〔二〇〕《蘇軾文集》，中華書局，一九八六年，第一九八三頁。

〔二一〕《陶淵明詩集》，中州古籍出版社，二〇一二年，第一三六頁。

〔二三〕《莊子》，王先謙集解，上海古籍出版社，二〇〇九年，第四頁。

〔二四〕《論語》，楊伯峻、楊逢彬注譯，嶽麓書社，二〇〇〇年，第九頁。

〔二六〕冷成金《論孔子的内在親證價值建構思想》，《杭州師範大學學報》二〇一六年第二期。

（作者單位：海南師範大學文學院；海南醫學院馬克思主義學院）

蘇軾《浣溪沙》詞五首箋注之「墨蹟」説辨誤

凌天明

内容提要　蘇軾在黄州因太守徐君猷造訪而作的《浣溪沙》詞五首，一直存録在蘇詞各種版本中。清末汪康年忽稱曾於張之洞幕府見到蘇軾手書此五詞的墨蹟，並據所見墨蹟校出幾處蘇詞異文。於是朱祖謀、龍榆生等在箋注蘇詞時便引用汪氏的「墨蹟」説。一九八三年曹樹銘校編本《蘇東坡詞》的圖版頁發表了蘇軾墨蹟石刻的拓片，並説「見楊守敬序刻《景蘇園帖》第五」。其後箋注蘇詞者，多從曹説。據筆者考證，曹圖實乃吴傳棨於一九〇三年將原藏於張之洞處的蘇詞墨蹟鉤摹上石後的拓本，墨蹟原件現歸北京蕭言警所藏。但蕭藏墨蹟非蘇軾真蹟，而是臨仿明代吴寬《書東坡詞卷》的僞作。近百年來的蘇詞箋注者皆未能對「墨蹟」説進行辨誤，以訛傳訛，亟須糾正。

關鍵詞　蘇軾《浣溪沙》　「墨蹟」説　辨誤

蘇軾被貶黄州後，與太守徐君猷交往密切，頻有詩酒唱酬。元豐四年（一〇八一）〔一〕十二月二日，徐君猷攜酒過臨皋，與蘇敘飲。蘇作《浣溪沙》三首，次日酒醒見大雪，步前韻又作兩首。這五首詞歷代蘇詞版本均録之，除個别字詞略有不同外，内容並無顯著差異。

清末民初，朱祖謀校編《東坡樂府》三卷（簡稱朱本），跋語首次提及汪康年《汪穰卿筆記》有一則關於蘇軾手書《浣溪沙》五首的材料；龍榆生在其《東坡樂府箋》（簡稱龍箋）中復引汪説，稱蘇軾手書爲「墨蹟」。但朱、龍均未考證該「墨蹟」之真僞。

其後，曹樹銘[二]認定「墨蹟」是蘇軾真蹟，並在他一九八三年修訂出版的《蘇東坡詞》（簡稱曹本）圖版頁附有蘇軾墨蹟石刻的拓片共八頁，稱「見楊守敬[三]序刻《景蘇園帖》第五」[四]。曹説影響甚大，後之治蘇詞者皆沿用之。

但據筆者考證，曹圖實乃吴傳榮於一九〇三年將原藏於張之洞處的蘇詞墨蹟鉤摹上石後的拓本，並不見於《景蘇園帖》。蘇詞墨蹟原件現歸北京蕭言警所藏，在二〇一八年第三期的《藝術中國》正式發表。蕭藏墨蹟並非蘇軾真蹟，而是臨仿明代吴寬《書東坡詞卷》（現藏於香港藝術館虛白齋）的僞作，汪康年、楊守敬、吴傳榮、史樹青等名家皆誤以爲真，百年來的蘇詞箋注者亦皆未能對「墨蹟」説進行辨誤，以訛傳訛，亟須糾正。

以下具體辨析。

一　「墨蹟」説的提出

蘇詞版本衆多，據劉尚榮統計，自宋以來，蘇軾詞集可稽查者大概有二十餘種。其中編年者有三，分别是朱祖謀校編《東坡樂府》三卷本、龍榆生《東坡樂府箋》、曹樹銘校編《蘇東坡詞》。[五]本文討論的「墨蹟」問題便存於這三種蘇詞著作中。

朱本最常見的刻本爲《彊村叢書》三校本，該叢書於一九二二年付梓，第六册收《東坡樂府》三卷，一九二五年朱祖謀在卷後補刻跋記，首提汪康年《汪穰卿筆記》有關蘇軾手書《浣溪沙》五首之事：

《汪穰卿筆記》言在張文襄幕見蘇文忠手書《浣溪沙五首》……事實佚聞，胥足爲考訂坡詞之一助，姑類記之以俟他日補編焉。　乙丑殘歲孝臧記。[六]

隨後龍榆生在朱本的基礎上完成《東坡樂府箋》，他依從朱氏提供的綫索，將汪説正式引入箋注。爲論説方便，兹將五首龍箋《浣溪沙》詞全文逐録於下：

十二月二日雨後微雪，太守徐公君猷攜酒見過，坐上作《浣溪沙》三首。明日酒醒，雪大作，又作兩首。

覆塊青青麥未蘇，江南雲葉暗隨車。臨皋煙景世間無。　雨腳半收檐斷綫，雪牀初下瓦跳珠。歸來冰顆亂黏鬚。

醉夢昏昏曉未蘇，門前轣轆使君車。扶頭一琖怎生無？　廢圃寒蔬挑翠羽，小槽春酒滴真珠。清香細細嚼梅鬚。

雪裏餐氈例姓蘇，使君載酒爲回車。天寒酒色轉頭無。　薦士已聞飛鶚表，報恩應不用蛇珠。醉中還許攬桓鬚。

半夜銀山上積蘇，朝來九陌帶隨車。濤江煙渚一時無。　空腹有詩衣有結，溼薪如桂米如珠。凍吟誰伴撚髭鬚。

萬頃風濤不記蘇，雪晴江上麥千車。但令人飽我愁無。　翠袖倚風縈柳絮，絳唇得酒爛櫻珠。尊前呵手鑷霜鬚。〔七〕

詞一龍箋「雪牀」：「《汪穰卿筆記》言在張文襄幕，見蘇文忠手書《浣溪沙》五首，『雪林初下瓦跳珠』句，『林』作『牀』，注：『京師俚語，霰爲雪牀。』」〔八〕

詞二龍校：「墨蹟『挑』作『排』。」〔九〕

詞三龍校：「墨蹟『聞』作『曾』，注：『公近薦僕於朝。』」〔一〇〕

詞五龍箋「不記蘇」：「墨蹟先生自注：『公田在蘇州，今年風潮蕩盡。』傅注：舊注云：『公有薄田在蘇，今歲爲風濤蕩盡。』」〔一一〕

龍箋所反復提及的「墨蹟」即《汪穰卿筆記》所説見於張之洞幕府的蘇軾書法。但從龍榆生所引文字看，他只是轉引朱祖謀跋記所述《汪穰卿筆記》，對原文中的「壬辰、癸巳間，余在張文襄幕見蘇文忠手書《浣溪沙》五首，後有揭文安公跋，今録其與刻本異者於下」，「『徐君猷』作『徐公君猷』，『又作二首』作『復作兩首』」，「『鬚』作『須』，『醺醺』作『昏昏』，『轆轆』作『轣轆』」，「『凍冷』作『凍吟』」，「『呵手』作『訶手』」[一二]諸條或有删削，或直接不引。這可能是因爲「墨蹟」中的「徐公君猷」、「復作兩首」等文詞雖與汪康年校異文時所據「刻本」齟齬，卻與以四印齋復刻之元祐本爲底本，並用毛氏汲古閣本互參校正的朱本一致，故朱跋擇其異者而記之。龍箋則完全依據朱本，對於朱本捨棄的汪康年語亦略而不記。朱、龍二人雖引用「墨蹟」内容，但並未見過汪氏所稱「墨蹟」，更未考證其真僞。

汪康年（一八六〇—一九一一），字穰卿，晚年别號恢伯，浙江錢塘人，德宗光緒年間進士，中國近代資產階級改良派報刊出版家、政論家，曾入張之洞幕府。他獲睹「蘇文忠公手書《浣溪沙五首》」墨蹟在「壬辰、癸巳間」，關於這段時間的經歷，林紓《汪穰卿先生墓誌銘》有記：

庚寅應南皮張文襄公聘，教授其二孫；壬辰年捷南宫，甲午補應廷試，列三甲[一三]。

汪康年自庚寅（一八九〇）入張之洞幕府，並爲他的兩個孫子授課，汪、張關係可見一斑。因而壬辰（一八九二）、癸巳（一八九三）間，汪康年獲觀《浣溪沙》五首墨蹟是存在可能性的，但汪氏所見是否存世？又是否真爲蘇軾真蹟呢？且待下文考證。

二　曹樹銘之説辨誤

（一）曹樹銘之説的疑點

一九六八年八月香港萬有圖書公司出版了曹樹銘校編的《蘇東坡詞》。該書每詞之後首列「朱注」（採自朱本校注），次列「原校」（録自龍本校記），最後列「曹校」，即曹樹銘自己的校語。其中五首《浣溪沙》之第一首下將龍榆生「從墨蹟」之説載入，並在附注中解釋見於朱本跋記。一九八三年十二月臺灣商務印書社出版了《蘇東坡詞》的修訂本，在新版書中，曹確信「蘇文忠公手書《浣溪沙》五首」存在，並提供墨蹟石刻拓片圖影（簡稱曹圖，見圖一），稱「見楊守敬序刻《景蘇園帖》第五」。該書第四四至五一頁附圖，標題爲「元豐四年辛酉，東坡行書《浣溪沙》五首石刻」，並加注文特别説明與蘇詞文本「有異文」、「讀者可參玩」。五詞之下皆有「曹校注」。

詞一「曹校注」：

按：楊守敬序刻《景蘇園帖》第五，此五首《浣溪沙》墨蹟石刻，末字「鬚」俱作「須」。此首詞引「徐」字下多「公」字，「又」作「復」，「二」作「兩」，「檐」作「檐」，「牀」作「床」。雪牀句下，東坡自注：「京師俚語霰爲雪床」。〔一四〕

詞二「曹校注」：

……次句下東坡自注：「公見訪時，方醉睡未起」。「琖」作「盞」，「挑」作「排」，「滴」作「凍」。細玩下片起句内，挑字必系排字之形訛，今從墨蹟石刻改正……〔一五〕

詞三「曹校注」：

全宋詞本題作前韻。按原校墨蹟東坡自注，見《景蘇園帖》第五石刻此詞下片首句之下。〔一六〕

詞五「曹校注」：

全宋詞本題作前韻。按《景蘇園帖》第五石刻此首起句下，東坡自注『公有田在蘇州，今蕩盡』，呵作訶。〔一七〕

在此之前，蘇軾五詞書法僅載於野史筆記，而曹氏首次用圖片證實了自汪康年以來的「墨蹟」説。

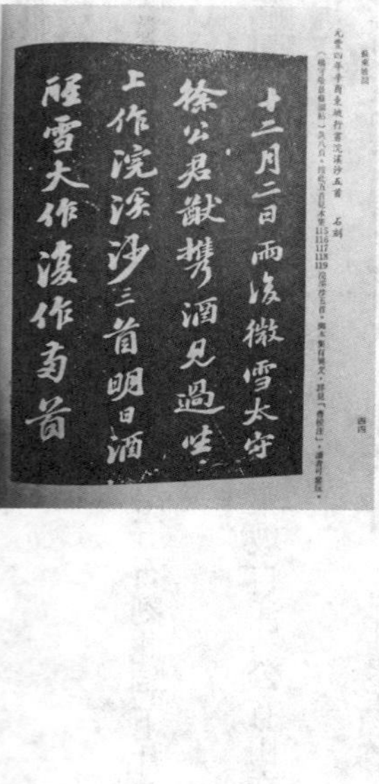

圖一　曹樹銘《蘇東坡詞》第四四頁圖版

曹說被其後多數蘇詞研究者引用，比如薛瑞生《東坡詞編年箋證》在詞一校記中逕稱「楊守敬《景蘇園帖》收此首及後四首《浣溪沙》石刻墨蹟」[一八]；鄒同慶、王宗堂《蘇軾詞編年校注》（中華書局，二〇一六年）、劉尚榮《東坡詞傅幹注校證》（上海古籍出版社，二〇一六年）等著作亦引曹說；日本當代學者保苅佳昭所著《蘇詞研究》（綫裝書局，二〇〇一年）圖版頁中亦轉引了曹樹銘書中發表的墨蹟石刻圖片，認爲是蘇軾真蹟。

然而楊守敬《景蘇園帖》根本未收「蘇文忠公手書《浣溪沙》五首」。

楊守敬（一八三九—一九一五），湖北省宜都人，晚年自號「鄰蘇老人」。博學多才，精通輿地、金石、書法、泉幣、藏書以及碑版目録之學。光緒十年（一八八四），楊守敬自東洋回國，旋任黄岡縣教諭；光緒十六年（一八九〇），蜀人楊壽昌（字葆初）出任黄岡知縣，於縣署西側辟景蘇園，乃約楊守敬選蘇書精品，經劉寶臣手摹上石，付與良匠鐫刻。越二年，刻成四卷，名《景蘇園帖》。後再補刻兩卷，至今猶嵌於湖北黄岡東坡赤壁之碑閣。其拓本爲每卷一册，共六册，第四卷末刻有楊壽昌跋文，敘述事情原委。楊守敬當時爲選校蘇帖，曾將二十多種蘇書刻帖送請楊壽昌審定，並附十七頁手書意見[一九]，内有楊守敬選刻《景蘇園帖》所採用的原帖目録，查之，並無《浣溪沙》五首。

《景蘇園帖》極爲書界珍重，現通行版本主要有三種：一是一九八六年三月湖北美術出版社據清代楊壽昌《景蘇園帖》石刻拓片的影印本，共上下兩册，該版本於一九九一年、一九九七年進行了修訂重版；二是湖北美術出版社二〇一四年十月出版的《景蘇園帖》綫裝本三卷，該版爲清光緒末年烏金初拓的影印本，採用傳統手工宣紙精印；二〇一六年廣東人民出版社出版《景蘇園帖》一函六册，宣紙綫裝，該版原爲容庚藏帖。查檢諸種《景蘇園帖》，皆無《浣溪沙》五首。

那現存的刻石是否有蘇詞呢？今黄岡市東坡赤壁風景區管理處副研究館員王琳祥先生説：「筆者反復查閲《景蘇園帖》的初拓本並逐一比對現存的全套刻石，其中並没有曹先生所説的《浣溪沙》五首墨蹟。」[二〇]這就説明，曹樹銘之説及其著作中所發表的蘇詞書法圖版是存在問題的。

（二）曹圖與吴拓本、蕭藏墨蹟

其實，曹圖即爲吴傳榮所摹拓的蘇軾《浣溪沙》五首拓本（簡稱吴拓本，見圖二）。

吴傳榮，字筱珊，漢陽人，光緒戊子舉人，曾任武昌府興國州訓導，後遷江西知縣。吴傳榮亦擅書法，喜金石。光緒癸卯（一九〇三），他將原藏於張之洞處的蘇軾《浣溪沙》五首墨蹟進行鉤摹上石，製成若干拓本，其中一部贈予了收藏家張仁芬，張氏再傳與現任湖北省作家協會理事的俞汝捷。俞先生在二〇一〇年第三期的《收藏・拍賣》雜誌上發表文章，詳細講述了事情原委：

汪康年曾於一八九〇年至一八九五年入張之洞幕……他獲睹《浣溪沙》五首墨蹟……後來曾歸漢陽吴傳榮（字筱珊）收藏……一九〇三年（光緒癸卯），吴氏將蘇軾手跡連同元代揭傒斯（一二七四—

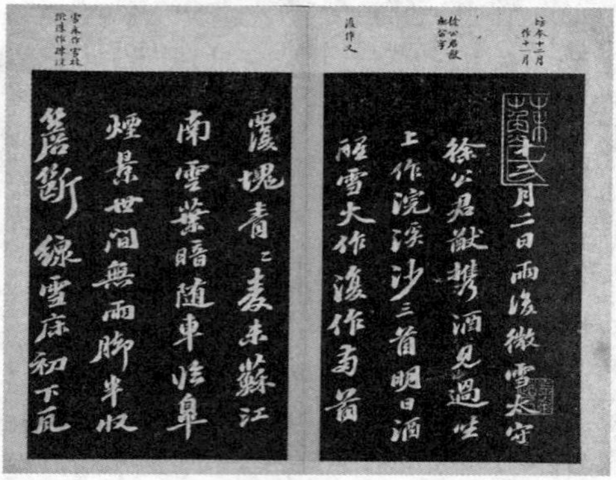

圖二　俞汝捷藏吴拓本第一、二頁

一三四四)的跋文鉤摹上石,以若干拓本分贈同好。其中一本配上樟木夾板,於一九二七年贈給我岳父的祖父、收藏家張仁芬(字桂蓀),目前由我保存。〔二一〕

俞藏吴拓本卷首有吴傳榮題簽曰:「蘇文忠公《浣溪沙》詞墨揭,桂蓀賓玩,傳榮贈。」卷末則附有吴氏小跋:

蘇文忠公《浣溪沙》詞五首,用硬黄箋所書,現藏敝廬。宜都楊惺吾先生題跋,稱爲「詩書均妙」。

光緒癸卯鉤摹上石，俾廣流傳。坊本蘇集無小注，「雪床」作「雪林」。以此證之，足征坊本之誤與詞句之妙。其他出入處亦多，用特標出，以俟鑒賞家之審定焉。民國十六年漢陽吴傳榮志。

綜合俞説與吴跋，大致可以確定汪康年在張之洞幕府所見的蘇文忠公手書墨蹟後爲吴傳榮所有。幸運的是，該墨蹟至今存世。

二〇一八年第三期的《藝術中國》刊載了一篇題爲《新春綻放第一枝——蘇東坡黄州〈浣溪沙五首〉手卷重現人間》的文章，正式發表了由北京蕭言警先生所提供的蘇軾《浣溪沙》五首墨蹟圖影（圖三、圖四）。該文稱，一九六二年蕭先生在四川眉山用二十斤糧票從一農民處换得此寶，原係農民父親在抗戰期間於重慶所購之物。蕭藏墨蹟正文三十一行，計二百八十九字，後有揭傒斯、楊守敬的跋文；全卷鈐印十數枚，能辨者有「蘇氏」（有殘缺）、「内府書畫」、「金粟道人」、「内府寶玩」、「南州武功伯家藏之寶」、「黄小園曾觀」、「吴氏傳榮」、「筱珊永寶」等印，《藝術中國》的刊文對這些印主皆有介紹，不再贅述。揭跋爲頌美之詞，對墨蹟的流傳、遞藏等情況均無介紹，本文認爲是僞跋，後面有專門論析；楊跋則曰：

圖三　蕭言警藏蘇軾《浣溪沙五首》墨蹟正文

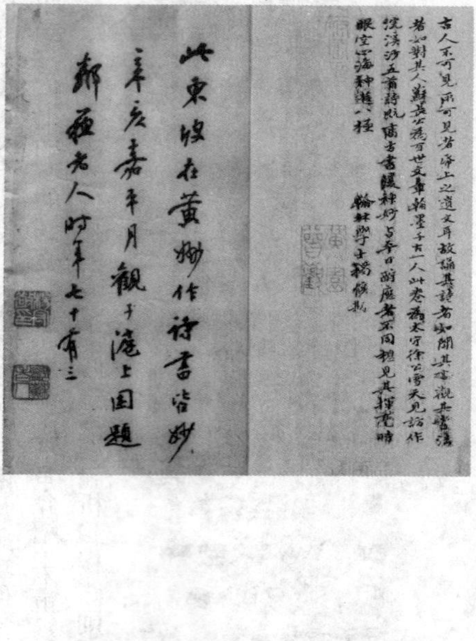

圖四　蕭藏墨蹟的揭傒斯和楊守敬跋文，揭跋書於正文後，楊跋則另附宣紙接裱

此東坡在黃州作，詩書皆妙。辛亥嘉平月觀於滬上，因題。鄰蘇老人，時年七十有三。

「辛亥嘉平月」即爲一九一一年農曆十二月，是時距楊守敬督刻《景蘇園帖》近二十年之久，之前並未見過該卷，因而也不可能將之選入《景蘇園帖》。曹樹銘所處時代圖書查考不便，很可能是他誤記出處，導致訛傳。

三　蕭藏墨蹟辨僞

汪康年逕稱「蘇文忠手書《浣溪沙》五首」，朱祖謀、龍榆生遞引其説，曹樹銘則以吴傳榮所拓《浣溪沙》

五首用於蘇詞箋注，但誤稱收於《景蘇園帖》，後之學者紛從其說。過眼、收藏、鑒定過墨蹟原件的如吴傳榮、楊守敬、史樹青等名家皆認爲是蘇軾真蹟，今人王琳祥、曹雋平等亦撰文稱是蘇軾真蹟，但本文認爲，以上所有人的判斷都是錯的，蕭藏墨蹟其實是一件僞作。

著名的古書畫鑒定家張珩提出，鑒定書畫分主要依據和輔助依據兩個方面，主要依據包括書畫的時代風格和書畫家的個人風格，輔助依據則涉及印章、紙絹、題跋、收藏印、著録、裝潢等。〔二二〕我們面對鑒定對象，首先分析其主要依據，因爲「書畫鑒定的核心證據是作品本身，作品本身的水準和風格是唯一本質的、不可復製的」〔二三〕。兹舉一例：傳統繪畫中，作者款書是作品主體的一部分，往往被視爲鑒定的主要依據，徐邦達便從蘇軾款書斷定《瀟湘竹石圖》爲僞作，他説：「其中最下劣決非蘇筆的，則爲款書一行，無論結字用筆，全異東坡面目。又所見坡書真蹟，其名款行楷書『軾』字，凡偏旁『車』字第一横劃，必短於『曰』字及下一横劃，屢試不爽。此款此字則大反其習性，是亦爲可疑之點。」〔二四〕通常而言，若憑主要依據就能確定作品的真僞，其他輔助依據則不再重要，但仍不可完全忽視。因而，爲確定蕭藏墨蹟的真僞，我們擬從它的用筆、結體等主要依據及蘇軾名章、揭傒斯題跋等輔助依據進行辨析。

（一）用筆

㈠ 蕭藏墨蹟入紙藏鋒，圓筆居多，所形成的點畫混沌含糊；而真蹟往往入紙出鋒，斬釘截鐵，點畫精致入微，剛健有力，比如三點水的寫法：

據圖表字例，從蕭藏墨蹟所擇取的四個字，其偏旁三點水的寫法完全一致，第一點皆爲橢圓狀，第二、第三點連筆作豎提處理；而蘇軾傳世真蹟的第一點無一例外皆作三角形狀，「洗」、「酒」二字左邊的後兩點也作豎提處理，但筆鋒尖鋭，神采奕奕，與蕭藏墨蹟的笨拙、含混形成鮮明對比，水準高下立判。之所以會有這種差别，根本原因是二者用筆習慣的不同。

	蘇軾傳世真蹟	蕭藏墨蹟
1	 《中山松醪賦》	
2	 《次辯才韻詩帖》	
3	 《洞庭春色賦》	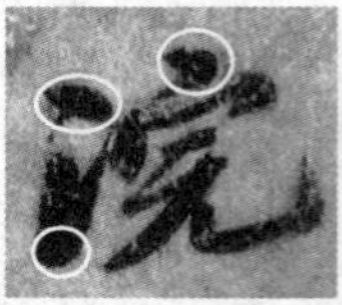
4	 《中山松醪賦》	

圖表一　字例對比

㈡ 蕭藏墨蹟用筆粗劣，提按變化、中側鋒的轉換很少，故無生氣；而細觀蘇軾真蹟，則有「一畫之間，變起伏於鋒杪；一點之內，殊衄挫於毫芒」（孫過庭《書譜》）之妙。茲以「火」字旁爲例：

如圖表二箭頭所示，蘇軾真蹟中「爛」字的左邊，第一個點露鋒入紙，形成尖角，然後重按疾提；至豎撇時，先正其筆鋒，復以側鋒掃出，順勢寫點。而蕭藏墨蹟的「火」字，則用筆「滅跡隱端」，左點笨重，豎撇肉多骨少，恰似古人所謂「墨豬」者。不惟「火」字如此，蕭藏墨蹟的大部分字的用筆都不靈活，篇幅原因，不再列舉。

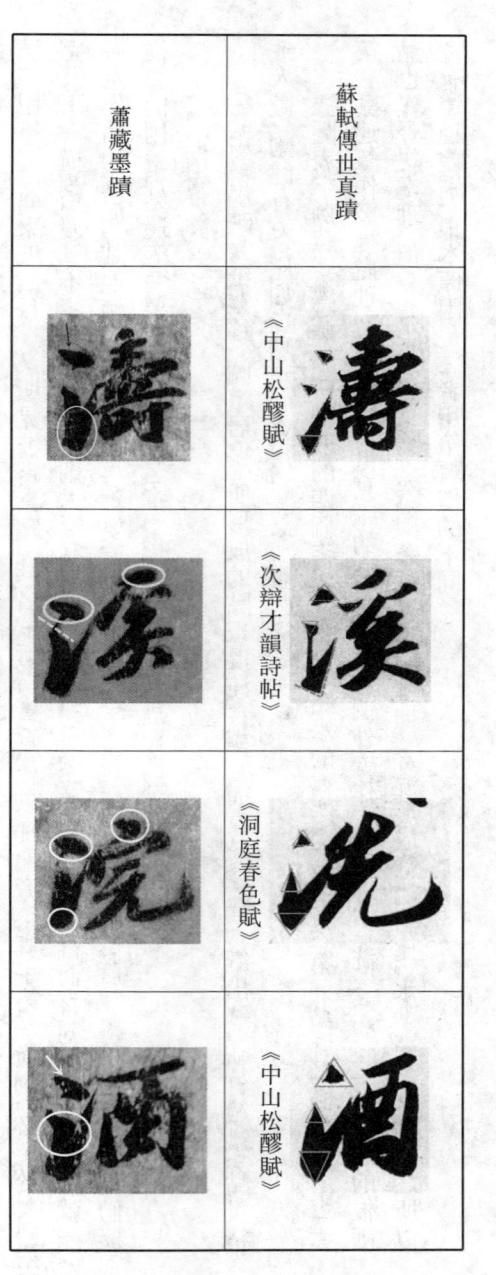

蘇軾傳世真蹟	蕭藏墨蹟
 《李太白仙詩卷》	
 《中山松醪賦》	

圖表二　字例對比

（二）結體

蘇軾《次子由論書》有「端莊雜流麗，剛健含婀娜」之語，「端莊」與「婀娜」很好地概括了蘇字體勢特點。但蕭藏墨蹟大部分字的結體並無「端莊」之感。我們以圖表三的「蘇」字爲例，蘇軾傳世真蹟的縱向虛綫是垂直或往右傾斜的，而蕭藏墨蹟則相反。前者穩健端正，而後者踉蹌欲倒，二者的縱向體勢完全不同。我們再看圖表四，左圖爲蘇軾《黄州寒食詩帖》的第二、第三行，右圖爲蕭藏墨蹟的倒數第三、第四行，虛綫所示爲該字横向體勢傾斜情况。據此，我們可以直觀地看到，左圖除左列的「惜」字外，其它例字體勢基本是平直的，而右圖除「我」、「風」等字外，其它例字統一作右聳狀，字勢傾斜嚴重。《黄州寒食詩帖》寫於一〇八二年，若此墨蹟本《浣溪沙》五首爲真蹟，那麽它的創作時間也當在一〇八二年前後，其書風是接近的。但遺憾的是，蕭藏墨蹟的書寫習慣顯然並非蘇軾所有。

蘇軾傳世真蹟	 《題王詵詩帖》	 《次辨才韻詩》
蕭藏墨蹟	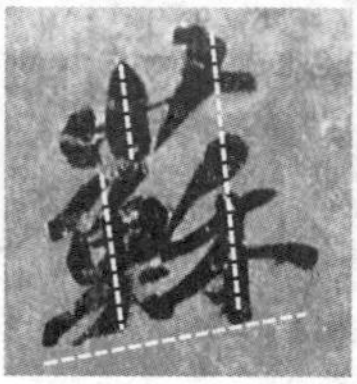	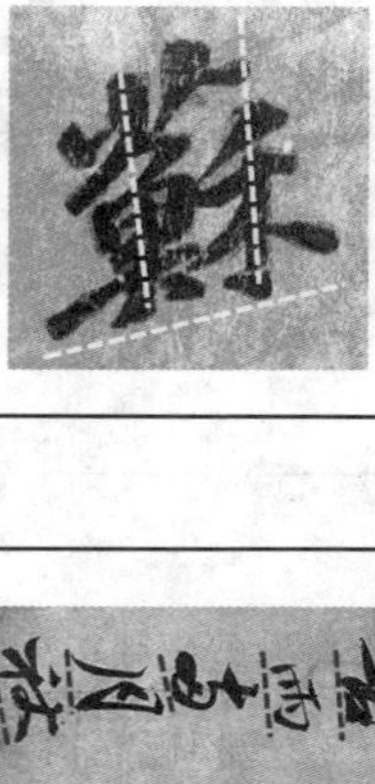

圖表三　縱向體勢對比

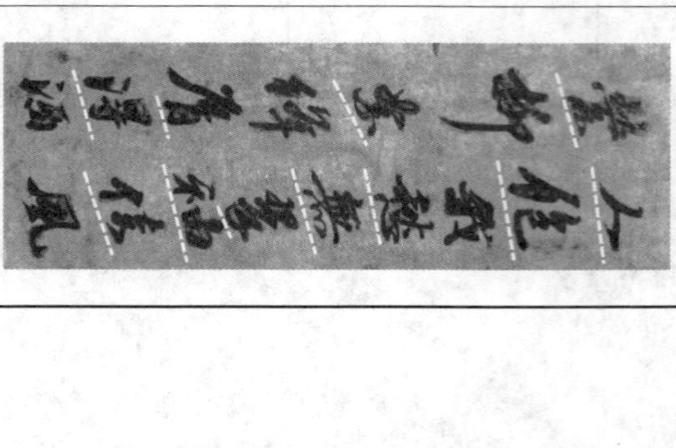

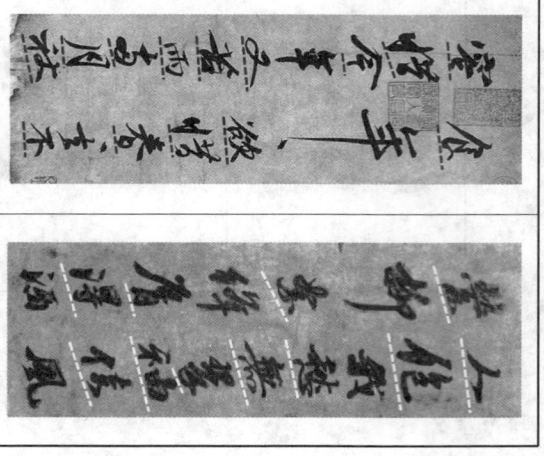

圖表四　横向體勢對比

（三）蘇軾名章

文人書畫印的出現始於北宋，但數量極少，蘇軾存世作品能見名章者僅《禱雨帖》、《南軒夢語帖》、《二疏圖贊》等數帖。蕭藏墨蹟的兩枚蘇軾名章其實就來自於《禱雨帖》。仔細看蕭藏墨蹟「蘇氏」印，其實是殘缺的，其右邊不知何故被截去，但參考《禱雨帖》，仍可推知爲「趙郡」二字。「蘇氏」二字爲仿刻，變形嚴重。箭頭所示，《禱雨帖》「氏」字綫條圓轉精細，蕭藏墨蹟「氏」字直筆爲主，二者並非同一印章。而「東坡居士」印的區別則更大，其「士」字的篆法都不同，左圖「士」字兩横一豎，右圖「士」字則增加了裝飾性的半弧綫。另外，北宋文人私印雖然有脱離實用性而逐漸成爲獨立藝術的趨向，但蕭藏墨蹟「趙郡蘇氏」鈐於卷首，其形式與明清以來的引首章幾無差異。作僞者不知宋人鈐印之法，將之置於右上角，犯了常識性的錯誤。

蕭藏墨蹟「東坡居士」印

《禱雨帖》「東坡居士」印

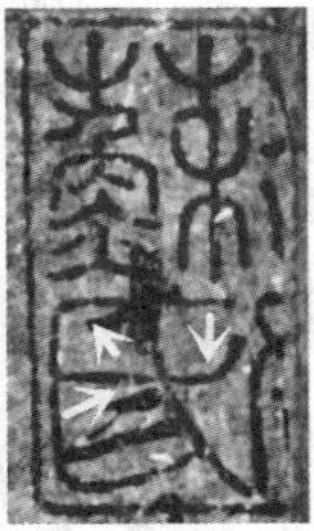

蕭藏墨蹟「蘇氏」印

《禱雨帖》「趙郡蘇氏」印

圖表五　蘇軾名章對比

（四）揭傒斯題跋

蕭藏墨蹟卷後有揭傒斯題跋（見圖四），其實也是後人作僞。揭傒斯（一二七四—一三四四），字曼碩，號貞文，龍興富州人。元朝著名文學家、史學家、書法家。揭傒斯的書法以楷行爲多，兼取晉唐，時人稱其「正行書師晉人，蒼古有力」（陶宗儀《書史會要》），從他的傳世墨蹟如《跋陸柬之〈文賦〉》（見圖五）來看，確實能感受到其書胎息晉人及「蒼古有力」的美感。按理説，同樣爲名人書法題跋，字跡應該恭敬而精美，然而，蕭藏墨蹟的「揭跋」卻劣弱無神，無論是用筆還是結體，都與存世的揭傒斯書法相去甚遠。另外，該跋的内容皆是客套的讚頌之詞，甚至連題寫時間都未提及。其曰：「古人不可見，所可見者，紙上之遺文耳。故誦其詩者，如聞其言；觀其書法者，如對其人。蘇長公爲百世文章，翰墨千古一人。此卷爲太守徐公雪天見訪作《浣溪沙》五首，詩既高古，書復神妙，與平日酬應者不同，想見其揮毫時眼空四海，神遊八極。翰

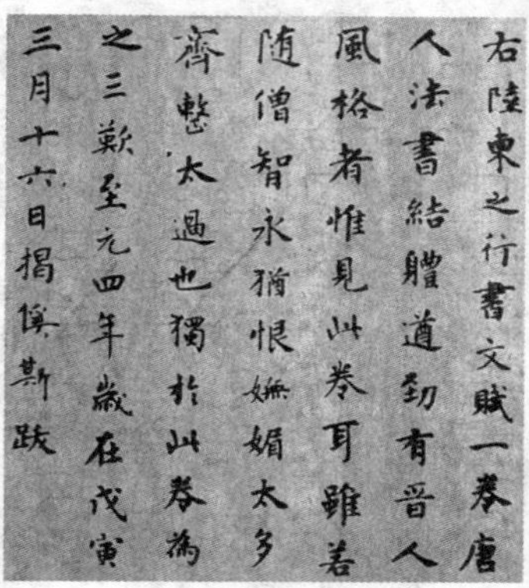
右陸柬之行書文賦一卷唐
人法書結體遒勁有晉人
風格者惟見此卷耳雖若
隨僧智永猶恨嫵媚太多
齊整太過也獨於此卷為
之三歎至元四年歲在戊寅
三月十六日揭傒斯跋

圖五　揭傒斯《跋陸柬之〈文賦〉》，臺北故宫博物院藏

林學士揭傒斯。」經核查，發現該段文字與陳復跋東坡《村醪帖》非常類似：「古人不可見，所可見者，紙上之遺文耳。故頌其詩律者，如聞其言；觀其書法者，如對其人。公所以爲百世士者，詎非此耶？惟具眼者知之。陳復。」〔二五〕除「誦」與「頌」、「詩」與「詩律」不同外，揭跋的前部分與陳跋如出一轍。由此可見，揭跋之僞，是有所本的。

綜上，蕭藏墨蹟並非蘇軾真蹟。

四　吴寬《書東坡詞卷》與蕭藏墨蹟的關係

清初著名書畫收藏家、鑒賞家安岐的《墨緣匯觀録》有一則「吴寬《書東坡詞卷》」，其曰：

白紙本行書蘇文忠公《浣溪沙五首》，共三十一行，書法亦學蘇文忠，前書蘇題「十二月二日雨後微雪，太守徐公君猷攜酒見過，坐上作浣溪沙三首。明日酒醒，雪大作，復作兩首」，詞後款題「偶閲東坡詞録一過匏翁」，前押延陵朱文長印，後押太史氏朱文印、玉延亭主白文印。〔二六〕

圖六　吴寬《行書蘇軾雪詞卷》，香港藝術館虚白齋藏

這應該是目前關於書寫蘇軾《浣溪沙》詞五首最早的文獻記載了。循此信息，筆者找到了現藏於香港藝術館虛白齋的吴寬書東坡詞卷（虛白齋命名爲「吴寬《行書蘇軾雪詞卷》」，見圖五）。該卷内容與蕭藏墨蹟毫無二致，唯獨吴書落款爲「偶閲東坡詞，録一過。匏翁」，而蕭藏墨蹟落款爲「東坡居士軾」。吴書之後有向迪琮和饒宗頤二人的題跋。向跋詳細説明了書家身份、作品遞藏流傳情況等，兹録其要者：

匏翁姓吴名寬，字原博，以文行，有聲諸生間。成化中，會試、廷試皆第一，進禮部尚書，卒謚文定……翁書法橅東坡，其秀勁處殆與相埒。此卷録東坡詞爲翁晚年極精意之筆，初爲安儀周藏物。安氏籍没，此卷遂入清宫。安氏《墨緣匯觀》、乾隆《石渠寶笈》並有著録。廢帝宣統竊號滿洲，曾攜以出關。滿亡後，俄虜廢帝北去，庋藏名跡，散落人間，得之者畏禍，多埋匿隙地，不敢出以示人。厥後故都廠肆人紛集長春，争相購置，政府不知禁，於是流轉京滬者日衆……兹於古肆忽遘斯卷，愛不忍釋……民國第一戊子冬十月廿又五日，柳溪老人呵凍識。

由是可知，吴寬善學蘇字，《書東坡詞卷》即爲其晚年精品。該卷先由安歧收藏，後入清宫，一直到一九三二年溥儀出關攜之北去，最後落到向迪琮手中的時候，已是「民國第一戊子」（一九四八）了。據溥儀《我的前半生》的回憶，一九二二年爲籌得出洋經費，他將紫禁城中最值錢的古籍和字畫，以賞賜給其弟溥傑的名義偷運出宫，存至天津租借。王文鋒《溥儀賞溥傑宫中古籍及書畫目録》的「十二月十八日」一條，便有「吴寬書蘇軾雪詞」的記録。[二七]正與向迪琮所説溥儀「曾攜以出關」的事實符合。

那麽吴寬《書東坡詞卷》與蕭藏墨蹟之間的關係是什麽呢？

筆者經過認真觀察和比對，認爲託名蘇軾的蕭藏墨蹟是對吴寬《書東坡詞卷》的臨仿之作。蕭藏墨蹟以《書東坡詞卷》爲藍本，在内容上全抄吴書，在書風上亦與吴書逼肖，最後更改其落款，補以僞章、僞跋，以求射利。因《浣溪沙》五首字數多，不宜全文比較、分析，下面擇其有代表性的字例討論，以收一臠全鼎之效：

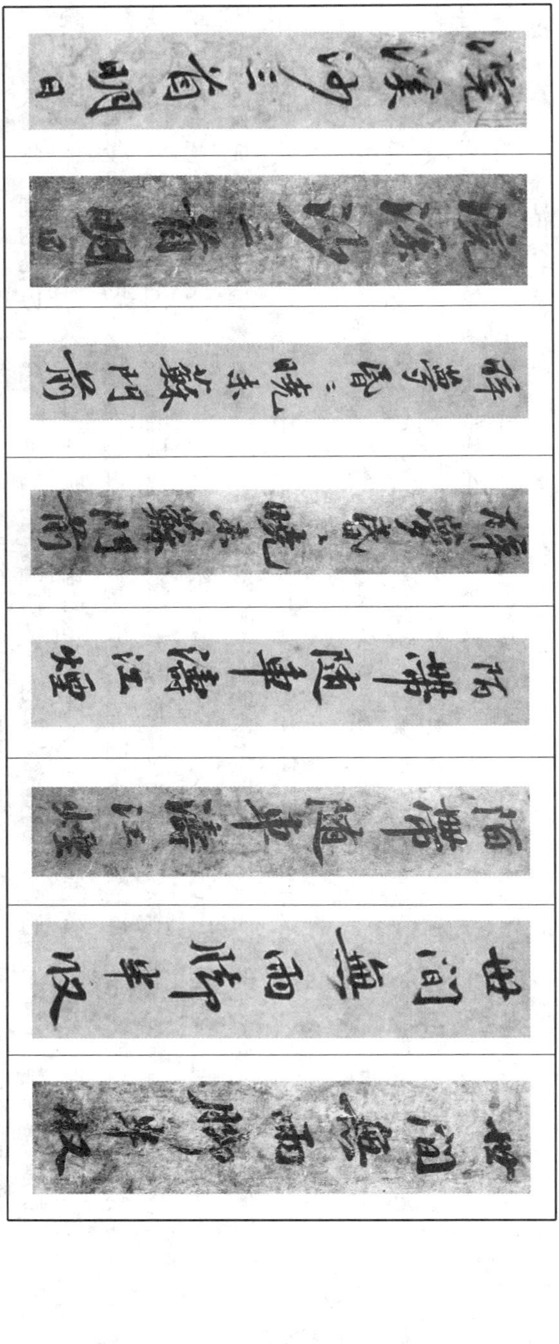

圖表六　吳寬《行書東坡詞詞卷》與蕭藏墨蹟字例對比

圖表中左起奇數列皆從吳寬《書東坡詞卷》中所截取，偶數列則從蕭藏墨蹟截取。我們可以看到，蕭藏墨蹟與吳書幾乎如出一轍：用筆都不精細，甚至粗率而不計工拙；字勢普遍左傾，似未站穩；字與字之間、筆劃與筆劃之間的大小、錯落、長短、揖讓等皆有雷同之感。有一些字，如「前」、「帶」、「濤」、「無」等相似程度極高，似同一人爲之。

但蕭藏墨蹟不是吴寬所作，因其卷尾直寫蘇軾之名、蓋蘇軾之章，作僞之意昭然。那麽，只能是蕭藏墨蹟臨仿吴書，并託名蘇軾。前面向迪琮題跋已提及吴寬「書法橅東坡，其秀勁處殆與相埒」，事實上，吴寬一生推尊蘇軾書法，對其心慕手追，這也是蕭藏墨蹟作僞者能以吴寬爲臨仿對象的重要原因。與吴寬同時代的金石學家都穆評價其書曰：「書翰之妙，識者以爲不減大蘇。」〔二八〕可見吴寬學蘇之像。但吴寬的用墨、用筆以及藝術天賦等，畢竟與蘇軾有差距，他在《所摹東坡〈楚頌帖〉》中感慨到：「惜予不善用墨，遂使坡翁風韻衰颯，乃復摹一過而歸之，庶終得其形似耳。」〔二九〕雖有自謙之意，但可以想見蘇軾之字的確難學。令人意想不到的是，以吴寬《書東坡詞卷》爲臨仿藍本的蕭藏墨蹟，居然騙過了汪康年、楊守敬、吴傳榮、史樹青等人，同時，也導致了朱祖謀、龍榆生、曹樹銘及薛瑞生、劉尚榮等蘇詞箋注者的誤會。

本文最後需要指出的是，根據吴寬《書東坡詞卷》的款書「偶閲東坡詞，録一過。匏翁」所提供的信息，我們知道吴寬是在偶然翻閲東坡詞的機緣下而抄録全文的，非憑記誦而書，其内容與其他蘇詞版本有異，説明了在吴寬所處的時代可能存在一種汪康年、朱祖謀、龍榆生等人均未見過的蘇詞版本，但該版本的具體情況已無從知曉，故而吴寬《書東坡詞卷》對於蘇詞箋注的參考價值是不言而喻的。因蕭藏墨蹟是僞作，非蘇軾所書，在今後的蘇詞研究中，亟須去僞存真，謹慎引用汪康年、曹樹銘的論説。

〔一〕傅幹《注坡詞》在題後説「時元豐五年也」。本文從傅藻《東坡紀年録》元豐四年辛酉説。

〔二〕曹樹銘，江蘇鹽城人，民前八年（一九〇四）生。上海聖約翰大學文科肄業，吴淞中國公學大學部法科畢業，英國倫敦大學政經學院國際關係研究員。曾任外交部王部長寵惠私人秘書，國防最高委員會外交專門委員會委員、專任委員兼秘書，美京喬治城大學講師，重慶中央日報駐美京特派員，南洋大學中文系講師，中國文化學院中文系教授。

〔三〕楊守敬（一八三九—一九一五），字惺吾，號鄰蘇，湖北宜都（今枝城）人。同治間舉人。清末民初著名歷史地理學家、金石學家、目録版本學家、書法家和近代大藏書家。

〔四〕〔一四〕〔一五〕〔一六〕〔一七〕 曹樹銘校編《蘇東坡詞》(修訂本),臺灣商務印書館,一九八三年,第四二、二一七、二一八、二一九、二二〇頁。

〔五〕 劉尚榮《蘇軾詞集版本綜述》,《蘇軾著作版本論叢》,巴蜀書社,一九八八年,第一七九—一八五頁。

〔六〕 朱孝臧輯校《彊村叢書》第一册,廣陵書社,二〇〇五年,第二六二頁。

〔七〕〔八〕〔九〕〔一〇〕〔一一〕 龍榆生《東坡樂府箋》,上海古籍出版社,二〇一八年,第一四二—一四七、一四三、一四四、一四五、一四七頁。

〔一二〕 汪康年《汪穰卿筆記》,上海書店出版社,一九七七年,第一八六頁。因原文與朱跋所引大體相同,故不再録出。

〔一三〕 閔爾昌《碑傳集補》卷五十二,周駿富輯《清代傳記叢刊·綜録類》第一二三册,影印民國十二年刊本,臺北明文書局,一九八五年,第三三〇頁。

〔一八〕 薛瑞生《東坡詞編年箋證》,三秦出版社,一九九八年,第二九四頁。

〔一九〕 參見陳上岷《楊守敬選刻〈景蘇園帖〉採用的原帖目録及述評》,《文物》一九八三年第一期。

〔二〇〕 王琳祥《但令人飽我愁無——喜見蘇東坡黄州〈浣溪沙〉五首墨蹟》,《黄州職業技術學院學報》二〇一六年第五期。

〔二一〕 俞汝捷《蘇跡曹碑繫我心》,《收藏·拍賣》二〇一〇年第三期,廣東教育出版社。

〔二二〕 張珩《怎樣鑒定書畫》,文物出版社,一九六六年,第二、三頁。

〔二三〕 趙華《書畫鑒定中各種證據的地位和排序——以〈功甫帖〉論辯爲例》,《中國美術》二〇一四年第三期。

〔二四〕 徐邦達《蘇軾〈竹石圖〉卷》,《故宫博物院院刊》一九九二年第四期。

〔二五〕 趙琦美《趙氏鐵網珊瑚》卷四,金沛霖主編《四庫全書·子部精要》,天津古籍出版社,一九九六年,第三六二頁。

〔二六〕 安歧《墨緣匯觀録》卷二「吴寬書東坡詞卷」條,鄭炳純校、範景中審讀,嶺南美術出版社,一九九四年,第一三九頁。

〔二七〕 王文鋒《末代皇帝溥儀與國寶》,羣衆出版社,二〇一五年,第三五〇頁。

〔二八〕 馬宗霍輯《書林藻鑒》,文物出版社,一九八四年,第三〇七頁。

〔二九〕 吴寬《家藏集》卷五十,上海古籍出版社,一九九一年,第四六二頁。

(作者單位:中山大學中文系)

稼軒詞「倒句」論

魏耕原

内容提要　辛棄疾詞有許多「倒句」，可分兩類，一是句内語詞倒置，一般稱爲「倒裝句」；一是在兩句，或一個韻拍，或更多的句子内，句子次序前後倒置，則可稱爲句羣「倒置句」。「倒裝」與「倒置」的目的，或爲了協韻，或爲了强調某詞某句的重要性而前置，或爲了避免平順而特意造成阻澀，形成頓挫起伏的變化，後二者尤爲重要。辛詞的倒句之多，爲兩宋其他詞人所無，意在發抒慷慨縱横、抑塞磊落的情感。

關鍵詞　倒裝句　倒置句羣　倒裝與倒置的結合　阻力

所謂「倒句」，包涵兩種形態：一是句内之詞序倒置，一般稱爲「倒裝句」，在一句之中，把需要突出强調者置於句首，或者出於協韻的需要，因而顛倒正常的詞序；一是在一個韻句中，或是超過韻句的更多句子的「句羣」中，句子相互顛倒，打破正常的邏輯次序，爲了追求跌宕生姿，一般在兩句中前後予以顛倒；或者爲了加大情感的强烈，在多個句子内句子前後顛倒，可以稱之爲「倒置句」。稼軒詞感情激烈，常常處於「忠憤氣填膺」狀態；再加上句中每每設置一種「阻力」，以發抑塞情懷，所以，「倒句」在辛詞中異乎尋常地增多，多到前人所未有的境地，也成爲獨具個性的一大藝術特征。梳理分析其中特徵，稼軒詞自家面貌，會更加鮮明。

一　辛詞以先的倒裝句與倒置句

倒裝句在詩中出先較早。《詩經·周南·卷耳》的「我姑酌彼金罍，維以不永懷」，是説爲了排遣思家的感傷，我就滿酌酒杯。《豳風·七月》的「七月在野，八月在宇，九月在户，十月蟋蟀入床下」，蟋蟀本應置於首句七月之後，一經倒置，便有「空寫三句，奇横」（姚際恒語）的效果。此章結尾的「嗟我婦子，曰爲改歲，入此室處」，而末句應置於前，接上「穹窒熏鼠，室向墐户」。其下再次爲第二句。意謂就住在這樣的屋子裏，這就算過個年，我們一家好可憐。屈原《離騷》「曾歔欷余鬱邑兮，哀朕時之不當」，應是哀時不當故鬱邑感傷的倒置，兩句的主語「余」「朕」則倒裝於句中。曹丕《雜詩》的「俯視清水波，仰看明月光」，按常序則應兩句倒過來，可知現在的前句是俯視月光如水，如此會增生一種「陌生感」。曹植《贈白馬王彪》的「孤魂翔故域，靈柩寄京師」，按意序是説靈柩還暫存京師，而孤魂早已飛到封地。陶淵明《乞食》的「詠諧終日夕，觴至輒傾杯」，倒過來看應當是説喝得高興，所以談了一天，一倒置興味更濃。唐詩則更多，尤以杜甫爲著。《詠懷古跡五首》其二「摇落深知宋玉悲」，則是「深知宋玉悲摇落」的倒裝。其三「畫圖省識春風面」，應是「省識畫圖春風面」的倒裝。《登樓》首聯「花近高樓傷客心，萬方多難此登臨」，一經倒置感慨更見多端〔一〕。《秋興八首》其四「香稻啄餘鸚鵡粒，碧梧棲老鳳凰枝」，就是更著名的「倒裝句」了。

詞之倒裝，從唐五代就開始了。劉長卿《謫仙怨》「惆悵孤舟解攜」，應是孤舟解攜（分手）惆悵，這是爲了突出情懷惆悵。張泌《浣溪沙》（馬上凝情）「細箏羅幕玉搔頭」爲「羅幕玉搔頭細箏」的倒裝，是爲了强調聽彈箏。孫光憲《風流子》首句「茅舍槿籬溪曲」，則是「溪曲茅舍槿籬」的倒裝。鹿虔扆《臨江仙》（金鎖重門）結拍「藕花相向野塘中，暗傷亡國，清露泣香紅」，語序應是：野塘中藕花相向，香紅泣清露，暗傷亡國。是説野塘中，芳香的紅荷清露滚動，仿佛因亡國而流淚。首尾兩句倒裝，後兩句倒置。李煜《子夜歌》（人生愁恨)「消魂獨我情何限」,意即:我獨銷魂情何限,爲了突出强調「銷魂」而倒裝。《虞美人》(春花秋月)「故國不堪回首明月中」,即不堪回首故國月明中。范仲淹《漁家傲》(塞下秋來)「燕然未勒歸無計」,順説則是未勒燕然歸無計。宋祁《玉樓春》首句「東城漸覺風光好」,即漸覺東城風光好的倒裝。以上倒裝在前者,大多意在强調。

倒置在柳永詞中更見精心,如《雨霖鈴》起拍:「寒蟬凄切,對長亭晚,驟雨初歇」,按邏輯次序應爲:對長亭晚,驟雨初歇,寒蟬凄切。實際上一字逗「對」應領三句,置其中則爲了顯示聲音效果引發的「凄切」情懷。一經倒裝,「對」字映前照後,情感愈加感傷。又《八聲甘州》起拍「對瀟瀟暮雨灑江天,一番洗清秋」,意在於明爽,故「領字」見於句首。而上詞則爲了突出氛圍。倒句在蘇軾詞則極爲自然,《念奴嬌》(大江東去)的「故壘西邊,人道是,三國周郎赤壁」,意即:人道是,西邊故壘,三國周郎赤壁。下片的「故國神遊,多情應笑我,早生華發」,意即(公瑾)神遊故國,應笑我多情,早生華發。這幾句理解分歧,其原因就因了和一般語序有别。又《祝英臺近》(掛輕帆)的「斷腸簇簇雲山,重重煙樹,回首望,孤城何處」,按正常語序「回首望」應調到前邊。又《採桑子》起首「多情多感仍多病,多景樓中,尊酒相逢。樂事回頭一笑空」,依詞題「潤州多景樓與孫巨源相遇」語序,中兩句可提前到前邊。《醉落魄》起首「分攜如昨,人生到處萍飄泊。偶然相聚還離索」,按意序應全倒過來看。《滿江紅》起首「江漢西來,高樓下,蒲萄深碧」,「高樓下」可置前。《洞仙歌》起首「冰肌玉骨,自清涼無汗。水殿風來暗香滿」,末句可置前。《減字木蘭花》(天真雅麗)結拍「重客多情,滿勸金卮玉手擎」,意即玉手擎滿金卮勸,重客多情,倒裝與倒置兼見。《浣溪沙》上片「炙手無人傍屋頭,蕭蕭晚雨脱梧楸。誰憐季子敝貂裘」,首句應置最後。《漁家傲》起首「千古龍盤並虎踞,從公一吊興亡處。渺渺斜風吹細雨」,全可倒過來。《水龍吟》(寒露煙冷)結拍:「念征衣未擣,佳人拂杵,有淚盈盈」,意即念佳人拂杵,征衣未擣,有淚盈盈。《南歌子》起句「欲執河梁手」,即河梁欲執手。

《南歌子》起首「山與歌眉斂，波同醉眼留，遊人都上十二樓」，末句應置於前。《木蘭花令》（知君仙骨）歇拍「故將別語惱佳人，要看梨花枝上雨」，兩句倒置。《南歌子》發端「雲鬢裁新綠，霞衣曳曉。待歌凝立翠筵中」，兩染一點，按意序應先點後染。

由上可見，倒裝句與倒置句，由來已久。詩中杜甫最常見，詞則以蘇軾爲多。唐五代詞及北宋初期，間或偶見。至柳永長調慢詞增多，鋪敘中除了層次清晰，再就是倒句的增加。蘇軾無論長詞短制，則間見屢用。然蘇詞以清曠自然爲宗，尚不費解。至於「故國神遊」三句，枝生歧義，亦不過偶然之間。辛詞取法蘇軾自不待言，至於倒句的運用，更是大張厥詞，有過之而無不及。前人説：「十首以前，少陵較難入；百首以後，青蓮較易厭。」〔二〕難入者在於倒句與用典多，易厭者風格不够多樣。蘇辛兩家詞亦復如是，其原因除了辛詞用典多以外，就是倒句最多，而且追求「硬語盤空」的「陌生感」。蘇詞近於李白，辛詞則神似杜詩。所以，辛詞幾乎無詞没有倒句，而且絡繹奔湊，抑塞磊落的豪氣藉此出之，就像「青山遮不住，畢竟東流去」，在阻力中激進，這些層出不窮的倒句，固然有蘇、柳詞的啟發作用，然稼軒詞倍蓰於前，必然會形成與之不同的面貌，而迥異乎前，這就很值得普查檢點一番了。

二　稼軒詞的倒裝句

句內詞序顛倒的「倒裝句」，一般説來，被倒裝在前的詞語，爲了强調突出；其次倒置在句尾的，是爲了協韻；另外是爲以了追求句子挺勁有力。再則和「倒置句」結合起來，變化就更大。

先看比較單純一句或兩句倒裝。《生查子》起拍「昨宵醉裏行，山吐三更月」，後句應爲：三更山吐月。以下便自然帶出「不見可憐人，一夜頭如雪」。同調（誰傾滄海珠）過片「人間無鳳凰，空費穿雲笛」，後句應爲：穿雲笛空費。强調與協韻則爲倒裝的目的。《八聲甘州》（故將軍）「射虎山横一騎，裂石響驚弦」，兩句應爲：山横一騎射虎，弦驚響石裂。一經倒裝，環境的空曠，弓弦聲與箭入石使之爲裂的響聲，震響人耳。《鷓鴣天》起拍「木落山高一夜霜，北風驅雁又離行」，應爲：一夜霜木落山高，北風又驅雁離行。前句一倒置，形成果前因後，秋天效果頓出；後句「又」字之前置，顯示悲感不斷增加，句子力度增强。

次言倒裝與倒置的結合。如《念奴嬌》（我來吊古）「兒輩功名都付與，長日惟消棋局」，前句非言把兒輩的功名都交給，則成無賓語的病句，因爲「付與」屬於及物動詞。前句應爲功名都付與兒輩，倒裝的目的意在突出兒輩；另外，這兩句又是「倒置句」，順著説：長日惟消棋局，功名都付與兒輩。然這樣則句子平緩無力，也缺頓挫跌宕的張力。上片的「虎踞龍盤何處是」，意謂何處是虎踞龍盤，倒裝後顯得虎虎有生氣。《菩薩蠻》「帶湖買得新風月，頭白早歸來，種花花已開」，詞序應爲：買得帶湖新風月，種花花已開，頭白早歸來。前句倒裝爲突出「帶湖」，後兩句倒置以求頓挫和協韻。《滿江紅》（點火櫻桃）「蝴蝶不傳千里夢」，此句主語非是「蝴蝶」，因由唐人崔塗《春夕旅懷》的「蝴蝶夢中家萬里」句化出反用，此句意爲蝴蝶夢不傳萬里外的家鄉，是説連做夢也飛不到家。下句的「子規叫斷三更月」，「三更月」非謂賓語。此化用崔詩下句「杜鵑枝上月三更」，順説則爲：三更月子規叫斷。而這兩句又是倒置句，意謂半夜子規啼叫打斷蝴蝶夢，所以夢中也飛不到千里外的家鄉。這裏爲了對偶的整齊與協韻，因而以倒裝句處理。

或者上下兩句的詞語前後互换，以求句意剛健而有氣勢。《念奴嬌》（晚風吹雨）「坐中豪氣，看君一飲千石」，意爲：坐中看君，豪氣一飲千石。或者把一句某詞，單方面移調到相鄰的句子。此詞發端：「晚風吹雨，戰新荷聲亂，明珠蒼璧」，其意則爲：晚風吹雨，戰新荷，聲亂明珠蒼璧。意思是：晚風急雨打新荷的聲音，猶如明珠撞擊蒼璧的聲音。因詞句有固定字數，只好改動原本的次序。《破陣子》（擲地劉郎玉斗）首句即劉郎玉斗擲地。又「千古風流今在此，萬里功名莫放休。君王三百州」，意爲：莫放萬里功名休，君王三百州，千古風流今在此。「休」爲語氣助詞，猶今之呵、啊。次句倒裝，首句又倒置於後，爲協兩韻「休」與「州」。《摸魚兒》（更能消）「算只有殷勤，畫檐蛛網，盡日惹飛絮」，正常語序應爲：算只有畫檐，蛛網殷勤，盡日惹飛絮。這是爲了突出「畫檐」，詞序移動了兩次。發端之次句「匆匆春又歸去」，即春又匆匆歸去。

或者利用「領字」短語貫下兩句，再加倒裝。《減字木蘭花》「不念英雄江左老，用之可以尊中國」，語序本爲：不念英雄用之可以尊中國，（不念英雄）老江左。一經倒裝和倒置，語句特別精煉。或者把「領字」倒置於後，而「領字」其實領起前後數句。《滿江紅》（過眼溪山）結尾：「樓觀才成人已去，旌旗未捲頭先白。歎人間、哀樂轉相尋，今猶昔。」第三句領字「歎」不僅貫下兩句，而且倒貫上兩句，也就是説「歎」字是這四句的領字。同調（笳鼓歸來）結尾：「金印明年如斗大，貂蟬卻從兜鍪出。待刻公勳業到雲霄，浯溪石。」第三句的「待」字，亦應全領此四句〔三〕。

有時爲了强調，或爲了陌生，或爲了峭拔，而予以倒裝。《臨江仙》（逗曉鶯啼）「井床聽夜雨，出蘚轆轤青」〔四〕，次句爲轆轤出青蘚，倒裝爲了强調夜雨之多而苔蘚滋生。同調（春色饒君）「翠鬟催喚出房櫳」，是「催喚翠鬟出房櫳」的倒裝，「翠鬟」並非本句主語。《醜奴兒》（晚來雲淡）「堂上風斜畫燭煙」，本是「堂上畫燭風斜煙」，倒裝爲了突出風來煙斜。《念奴嬌》（近來何處）「醉裏不知誰是我，非月非雲非鶴」，觀下句，可知上句「誰是我」，應是我是誰，以求句子的「陌生感」，且句子有些挺勁。順説如此意味缺焉。《蝶戀花》（意態憨生）結尾「今夜倩簪黄菊了，斷腸明日霜天曉」，次句順説則爲明日霜天曉斷腸，這是爲了强調「斷腸」，並求協韻，特意倒裝。《定風坡》（仄月高寒）「倚空青碧對禪房」，意謂禪房依空對青碧，是説禪房聳空面對青天。「禪房」本爲主語，倒裝後爲了協韻，也增加了句子峭直勁硬的意味。這是意在取法杜甫律句式的蒼勁效果。

倒裝有時爲了前後句對偶，如《最高樓》（長安道）「藕花雨濕前湖夜，桂枝風淡小山時」，順言：前湖夜雨濕藕花，小山桂枝風澹時。此爲强調「藕花」與「桂枝」，且求對偶整飭。同調《最高樓》「風斜畫燭天香夜，涼生翠蓋酒酣時」，前句應爲：畫燭天香夜風斜。倒裝後可與下句偶對，同時句末三字也可帶出下句。

有些句子倒裝特殊，「復原」有幾種方法，但需結合詞意與詞序，通盤把握，纔能通曉其意。《賀新郎》（把酒長亭説）「看淵明風流酷似，卧龍諸葛」，單看這兩句，似乎説陶似諸葛，只是就贊陶而言。但結合詞序可知是送陳亮後又極思念，是稱揚陳亮的意思，故有論者把此兩句看爲「看君風流酷似淵明、卧龍諸葛」〔五〕，頗有見地。陶棄官淡泊風流，諸葛亮則是鞠躬盡瘁，因而這兩句似乎應是：看（君）酷似，淵明風流，卧龍諸葛。「看（君）酷似」領下兩句，是説陳亮爲布衣似陶，論其經天緯地之才又似諸葛，似更爲恰切。

有些倒裝句，看似用經書句，但卻稍變動，若按經書句「復原」，則又是作者化用之意。如「集經句」詞《踏莎行》上片：「進退存亡，行藏用舍，小人請學樊須稼。衡門之下，日之夕矣牛羊下」，論者説：「小人請學樊須稼」，按字面理解，很難明白是哪位『小人』要學樊須的稼穡。把它换成日常語序『小人樊須請學稼』，就很好理解了。『小人』不是『請學』的主語，而是『樊須』的定語。原句是《論語》『樊遲請學稼』和『小人哉！樊須也』兩句的整合與變形。」〔六〕這話講得很明白，也頗具眼光。此詞題爲《賦稼軒，集經句》，作者罷職家居，名其帶湖居舍爲「稼軒」，還特請洪邁作《稼軒記》，後即以此爲號。他曾言「人生在勤，當以力田爲先」（《宋史》本傳），又説過「萬一朝廷舉力田，舍我其誰也」（《卜算子》「千古李將軍」）。如果單看此詞爲「集經句」，那麽上説是正確的；如果再看此句「集經句」的目的是爲了「賦稼軒」，那麽，這句語序意爲：樊須請學小人稼。孔子固然罵樊須爲小人，然辛詞不認爲樊須是「小人」，而是説稼穡是小人物幹的活兒，借樊須喻己，是説準備學稼穡了，此句既出於《論語·子路》，又有些變化。

有些倒裝句的「還原」，還需細微比較。《水龍吟》起拍「舉頭西北浮雲，倚天萬里須長劍」，論者指出：「乍讀也不甚明白，换成常規句式『須倚天萬里長劍』就好懂了。『倚天萬里』是長劍的定語，即需要一把立天萬里的長劍來一匡天下。」〔七〕此句似乎還可看爲：須倚長劍天萬里，「天萬里」是「長劍」的補充語，作狀語用，也有比喻的作用。或看爲須長劍倚天萬里，亦未嘗不可。此句語出宋玉《大言賦》「長劍耿耿倚天外」。

辛詞爲了以求凝練，包涵更多内容，且具拗勁風味，故出之倒裝。《卜算子》（欲行且起行）過片「病是近來身，懶是從前我」，意爲：近來身是病，從前我是懶。但這樣，後句則再補上一句：近來我也賴。兩句簡言之：近來有病，懶得怕動，和從前没有什麽區别。《永遇樂》起拍「千古江山，英雄無覓孫仲謀處」，次句按理應是無覓英雄，一經倒裝，隱然有英雄無覓英雄之意，下文的「想當年金戈鐵馬，氣吞萬里如虎」，是就劉裕北伐而言，也是對自己英雄壯舉的回顧，而正常語序則缺乏這樣的涵意。

追求頓挫挺勁，往往是倒裝句的重要原因，也就是倒裝所産生藝術效果，爲作者所看重。《水調歌頭》「長劍倚天誰問，夷甫諸人堪笑，西北有神州」，前兩句意爲：誰問長劍倚天，堪笑夷甫諸人。而且「西北」句應移到這兩句中間，意即誰問長劍倚天，（誰問）西北有神州。這樣倒裝加上倒置，氣勢抑折而有張力。《破陣子》（醉裏挑燈）「八百裏分麾下炙，五十弦翻塞外聲」，意爲麾下分八百裏炙，塞外翻五十弦聲，雖然順暢明白，但太平坦了，太缺乏氣勢了。《賀新郎》（路入門前柳）「更風雨東籬依舊。陡頓南山高如許，是先生拄杖歸來後」，前句意爲東籬風雨更依舊，次句爲南山陡頓高如許。且按意序末句應置於中間。但缺乏拗折抑塞之阻力與氣勢。《錦帳春》發端「春色難留，酒杯常淺。更舊恨新愁相間」，末句爲「舊恨新愁更相間」之倒裝。「更」字前置，全句生力。《玉蝴蝶》（古道行人）「春已去光景桑麻」，意即桑麻光景春已去，是説桑稀麻密，春天光景已去。《卜算子》（珠玉作泥沙）「水漫淺深檐，山壓高低瓦」，前句意爲檐漫淺深水。兩句説屋檐倒映在深淺不同的水中，羣山圍繞高低不同的房子。《神算子》（五雲高處）「且把風流、水北畫耆英」，應爲且把耆英水北風流畫。倒裝後，即押韻又顯得别致。《賀新郎》（曾與東山約）「拄杖危亭扶未到，已覺雲生兩脚」，是説扶杖未拄到危亭，已覺兩脚生雲。可謂硬語盤空。《新荷葉》（種豆南山）「問誰知騁懷遊目；無心出岫，白雲一片孤飛」，前句意爲：問誰知騁懷遊目，後兩句意爲：白雲無心，出岫一片孤飛。倒裝後自有一種拗折意味。又「千載襟期，高情想象當時」，後句意爲：想象當時高情。《生查子》（高人千丈崖）「高處掛吾瓢，不飲吾寧渴」，意爲：吾寧渴不飲，吾瓢掛高處，先倒裝又倒置，有一種勁硬意味。《夜遊宫》起首「幾個相知可喜」，即幾個可喜相知。其他如《卜算子》（萬里簫浮雲）「歎息曹瞞老驥詩，伏櫪如公者」，意爲：歎息老驥伏櫪詩，公如曹瞞者。把曹詩「老驥伏櫪」拆開嵌入兩句，各就今古而言。《滿江紅》（兩峽嶄岩）「人似秋鴻無定住，事如飛彈須圓熟」，意爲：人無定住似秋鴻，事須圓熟如飛彈。一經倒裝，言客體語多，陪襯主體自己更顯明，且較爲含蓄。

其他如《鷓鴣天》（翠蓋牙簽）「愁紅慘緑今宵看，卻似吴宫教陣圖」，前句意爲：今宵看愁紅慘緑。下句以宫女排陣練兵比擬牡丹，倒裝意在强調牡丹。《漢宫春》（秦王山頭）「亂雲急雨，被西風變滅須臾」，當爲：被西風須臾變滅。這是爲了協韻而倒裝。同調（亭上秋風）「吹不斷，斜陽依舊，茫茫禹跡都無」，意謂斜陽依舊吹不斷，禹跡茫茫都無。同調（達則青雲）「君如星斗，燦中天密密疏疏」，後句爲：密密疏疏燦中天。《念奴嬌》（妙齡秀發）「談笑風生頰」，當爲：談笑頰生風。《浣溪沙》（寸步人間）「突兀趁人山石狠，朦朧避路野花羞」，意爲：山石突兀趁人狠，野花避路朦朧羞。《賀新郎》（聽我三章約）「須信窮愁有脚。似剪盡還生僧髮」，後句是：似僧髮剪盡還生，賓語爲子句，子句的主語倒裝於後。《賀新郎》起韻「緑樹聽鵜鴂」，「緑樹」非爲主語，意爲：聽緑樹中的鵜鴂。是説聽緑樹中的鵜鴂，而非在緑樹中聽。又「馬上琵琶關塞黑，更長門翠輦辭金闕」，後句意爲：長門翠輦更辭金闕，是説還辭金闕。副詞「更」前置，愈加出跌宕悲憤的心情。《永遇樂》（列日秋霜）「更十分向人辛辣，椒桂擣殘堪吐」，當爲：向人十分更辛辣，擣殘椒桂堪吐。後句比喻前句，是説不堪過分辛辣，猶如食椒桂而欲吐。稼軒詞副詞「更」置前甚多，如《太常引》（論公耆德)「更看舞聽歌最精」,即「看舞聽歌更最精」之倒裝。乍看「更」字别扭,「復原」後覺得順當,然看原句覺得挺勁生峭。《滿江紅》(兩峽嶄岩)「更滿眼雲來鳥去,澗紅碧緑」,同調(良辰美景)「更如今不聽塵談清,愁如髮」,此兩詞「更」,均應置於下句。《哨遍》(池上主人)「更任公五十犗爲餌」,「更」在「任公」之後。

諸如此類的倒裝句,不勝枚舉。由上可見辛詞的倒裝,不僅僅是爲了協韻,此種消極的倒裝在辛詞中較少,更多的是對挺拔勁折的力度追求。造句似乎特意造成阻力。猶如書法中的以一横一豎要有「錐畫沙」或「屋漏痕」的效果;其次在兩句或一句形成頓挫跌宕的動態效果,盡量避免静態的表述方式,似乎要讓詞語或句子軒昂挺立紙上,舞動起來。其次追求有更大的容量納入一句之中,予人以尋思的層次與空間,或者爲了語句簡潔洗練。總之他的倒裝句,似乎預設了一種氣場,使之鼓得漲漲的,不僅充斥張力,而且富有活力與彈性。而與輕松自然適意地表達絶不相同,所以讀辛詞並不輕松,總覺得繃得緊,分量重,而且又是那麼充滿熱力,又能極强烈地迸發出來。

三 倒置句的氣勢張揚與盤旋沖折

如果説倒裝句,在辛詞裏以最小單位呈現勁折的特色,那麼包括幾個句子的錯位式的顛倒所構成的倒置句,更能顯示氣勢蹶張與沖折抵進的奔騰風格。

倒置可在兩句之間,也可在一個韻句之間,還可以在更多的句子,甚至擴展一片,並且又和倒裝結合起來。先看兩句倒置。《漢宫春》(春已歸來)「清愁不斷,問何人會解連環」,這實際是把一個長句分作兩句,使賓語前置,意則爲:問何人會解連環不斷清愁,把「清愁不斷」獨立出來且置於前,在於使之獨立「亮相」,給人留下更深印象。《千秋歲》(塞垣秋草)「莫惜金樽倒,鳳詔看看到」,意爲:看看鳳詔到,莫惜金樽倒。一經因果倒置,氣勢更爲張揚,情感痛快淋灕。《滿江紅》(落日蒼茫)「笑江州司馬太多情,青衫濕」,

意即：笑江州司馬青衫濕，太多情。截取後三字，與下句倒置，構成果前因後，氣氛更濃。《鷓鴣天》（聚散匆匆）「但將痛飲酬風月，莫放離歌入管弦」，同樣爲果前因後，如順説情感就不那麼飽滿了。《滿江紅》起拍「照影梅溪，悵絶代佳人獨立」，意爲：絶代佳人悵獨立，照影梅溪。如此倒置，猶先起拍水中倒影，然後再拍溪邊之人，顯得靈動而引人入勝。《水調歌頭》起拍「落日塞塵起，胡騎獵清秋」，如順説就得把兩句再倒回來，如此倒置亦屬果前因後，在表現乎法上屬於先染後點，先描寫而後説明，容易出彩。《西江月》起拍「千張懸崖削翠，一川落日鎔金」，後句描寫中順便交待景物所處的時間，本應在前，而一經倒置，不僅更有氣勢，而且前句懸崖也披上落日餘暉。。《阮郎歸》（山前燈火）「如今憔悴賦《招魂》，儒冠多誤身」，意爲：如今儒冠多誤身，憔悴賦《招魂》。把由一般到個別倒置爲從個別到一般，屬於歸納推理，似乎更有説服力。《減字木蘭花》起拍「盈盈淚眼，往日青樓天樣遠」，淚盈眼的原因，先前青樓難歸。把順説倒置成逆説，亦爲果前因後。《滿江紅》起拍「敲碎離愁，紗窗外風摇翠竹」，順説則爲窗外風摇竹聲打斷離愁。倒置後，有劈空而來氣勢。《蝶戀花》（何物能令）「老眼狂花空虚起，銀鉤未見心先醉」，兩句意思一樣，前隱而後顯，順説後句應倒過來，現在的後句爲了説明前句，是説雖未見到來書佳作，先已沉醉其中。《滿江紅》起拍「瘴雨蠻煙，十年夢樽前休説」，順説應爲：樽前休説十年夢，瘴雨蠻煙。《菩薩蠻》起拍「錦書誰寄相思語？天邊數遍飛鴻」，這是把結果先用反問出之，然後再説明失望的原因。發端如此可以使人神動。《水調歌頭》起拍「萬事到白髮，日月幾西東」，順説意爲只覺時間快，不覺已入老境。《出塞》（鶯未老）歇拍「秋千人倦彩繩閑，又被清明過了」，意爲：清明又被過了，人倦秋千彩繩閑。秋千爲寒食節遊戲，清明一過便停止了。倒置後則爲果前因後句。《醜奴兒》起拍「此生自斷天休問，獨倚危樓」，意爲：獨倚危樓，自斷此生休問天。這是先上樓後而引起思考，前句倒裝了兩處。

有些倒置句，用意細微，不易覺察。《臨江仙》（金谷無煙）「別浦鯉魚何日到，錦書封恨重重」，意謂信裏說了許多遺憾的話，不知你何日纔能收到。倒過來先說期盼，再說原因，感情就更爲濃鬱。《菩薩蠻》（紅牙簽上）「和雨淚闌干，沉香亭北看」，前句本爲後句的「看」的賓語，倒裝前置，先染後點，比先點後染效果要好。《滿江紅》（宿酒醒時）「明月何妨千里隔，顧君與我如何耳」，是說：顧（看）君與我如何耳，何妨明月千里隔。倒置與倒裝兼用。《浣溪沙》起拍「父老争言雨水匀，眉頭不似去年顰」，意謂父老眉頭比去年舒寬，争著說今年雨水好。

它如《賀新郎》（把酒長亭說）「鑄就而今相思錯，料當初費盡人間鐵」，倒置顯明，意在强調後悔莫及。同調（老大那堪說）「硬語盤空誰來聽？記當初只有西窗月」，是說當初只有月照西窗，而無人聽。《西江月》（貪數明朝）「城鴉唤我醉歸休，細雨斜風時候」，意爲：細雨斜風時候，我醉城鴉唤歸休。《蘭陵王》起拍「一丘壑，老子風流占卻」，意即：老子占卻風流，一丘壑。《水龍吟》（昔時曾有）「堂上更闌燭滅，記主人留髡送客」，增加一「記」字，則表明此句倒置。《玉樓春》起拍「無心雲自來還去，元共青山相爾汝」，意即：元共青山相爾汝，雲無心自來還去。同調起拍「風前欲勸春光住，春在城南芳草路」，如此倒置，表明後句是前句的補充説明。順説則爲散文手法。《新荷葉》（曲水流暢）「明眸皓齒，看江頭有女如雲」，倒置後則成先染後點。《婆羅門引》（落花時節）「争如不見，才相見便有别離時」，意謂乍見即别，還不如不見。倒過來，很有些「錯位」感，見前句莫名其妙，見後句才知原來如此。《賀新郎》（聽我三章約）「老我山中誰來伴，須信窮愁還有腳」，意謂窮愁有腳跟我一起來了，誰來山中伴我。《鷓鴣天》起拍「壯歲旌旗擁萬夫，錦襜突騎渡江初」，意謂當我武裝率騎兵南渡之時，當時年輕率衆即有萬人。一倒置氣勢更爲雄健。《新荷葉》（人已歸來）「看風半面，記當年初識崔徽」，意謂記當年初識歌妓，還藉春風吹袖遮半面。

以上爲兩句倒置。至於三句，加以倒置，更能表達複雜的情感。《漢宮春》起拍「春已歸來，看美人頭上，嫋嫋春幡」，順看則首句應置於末了，意謂看到了什麽，才覺得「春已歸來」，這也正是以下所說「渾未辦黄柑薦酒」的原因。《浣溪沙》起拍「儂是嶔崎可笑人，不妨開口笑時頻。有人一笑坐生春」，據詞題《贈子文侍人，名笑笑》，首句稱美主人嚴子文，以下就其侍女而言。故末句應調至前兩句中間。這三句説：你是磊落可羨之人，(你)有一人一笑可使滿坐生春，不妨請她陪坐説笑。「開口笑」不是「儂」而是指「有人」。《青玉案》(東風夜放)「鳳簫聲動，玉壺光轉，一夜魚龍舞」，次句言月夜流動，應置於前。然倒置後，風簫聲與魚龍舞包前裹後，更能顯出整夜沸騰。《水龍吟》(楚天千裏)「遥岑遠目，獻愁供恨，玉簪螺髻」，中間句的主語應是後句，此意爲：遠目遥岑，玉簪螺髻，獻愁供恨。或謂皆用「倒卷之筆」(唐圭璋《唐宋詞簡釋》)，當指首句倒裝與後兩句倒置。《八聲甘州》(把江山)「看取黄金横帶，是明年準擬，丞相封侯」，首句本屬末句，倒過來，是把最出彩的話放在前邊，在祝壽詞中頗爲得體。《水調歌頭》(折盡武昌柳)「莫把離歌頻唱，可惜南樓佳處，風月已淒涼」，首句本應置於後，倒置後更顯出頓挫跌宕。

有些倒置亦很細微，語氣輕淡在毫厘之間。《水調歌頭》(千古老蟾口)「此會明年誰健，後日猶今視昔，歌舞只空臺」，中句應置於後，是説時光流逝，明年誰來相會，歌舞只空臺，後者視今猶今之視昔。倒置後，中爲議論，前後爲敘寫，感慨更多。《賀新郎·賦水仙》起拍「雲卧衣裳冷。看蕭然風前月下，水邊幽影」，首句置後方才文通字順。因是描寫句，且帶關切感情，前置後，月夜之水仙神態更爲突出。《賀新郎·賦琵琶》(鳳尾龍香撥)「記出塞黄雲堆雪。馬上離愁三萬里，望昭陽宫殿孤鴻没」，中句本應置後，前置於中以見愁之濃重。《洞仙歌·開南溪初成賦》起拍「婆娑欲舞，怪青山歡喜。分得清溪半篙水」，意爲：怪青山歡喜，分得清溪半篙水，欲婆娑舞。首句倒裝，且本置於末，倒置於前者，這是爲了發抒「南溪初成」的歡心。《臨江仙》(小靨人憐)「夕陽依舊倚窗塵。葉紅苔蘚碧，深院斷無人」，末句應置前，「依舊」才又著落。而倒裝於後則成補充説明，更能增加「依舊」的慨然，《江神子》起拍「梅梅柳柳鬥纖穠。亂山中，爲誰容，」「亂山中」本置於前，才見平順，「梅柳」句倒置於前，則見春意盎然。

有些倒置非僅一次，精心多次錯位，以見複雜或特殊意緒。《烏夜啼》上片：「江頭醉倒山公。月明中。記得昨夜歸路笑兒童。」這是醉醒後的回憶，景況在隱耀之間，按意序則爲：記得昨夜江頭醉倒山公，歸路月明中，兒童笑。幾番倒置又加倒裝，把惺忪語寫得撲朔迷離。《清平樂·村居》上片：「茅檐低小，溪上青青草。醉裏吴音相媚好，白髮誰家翁媪」，這是由遠至近的所見所聞，景物應先見大而後小，先見人而後聽聲。所以兩偶數句分别應置於相鄰之前句，才合乎行走時的見聞。倒裝之目的，是爲了把中心景況置前，愈見詞人之欣然。《水調歌頭》起拍「萬事到白發，日月幾西東。羊腸九折岐路，老我慣經從」，兩偶數句亦置於相鄰的前句之前。倒過看，前兩句更感慨，後兩句逆折中透出人生「行路難」。又「竹樹前溪風月，雞酒東家父老，一笑偶相逢」，意爲：東家父老雞酒，前溪竹樹風月，偶相逢一笑。句各倒裝，又加倒置。更能突現人之關系密切的鄉間「田園樂」。《清平樂》（繞床饑鼠）下片：「平生塞北江南，歸來蒼髮華顔。布被秋宵夢覺，眼前萬里江山。」如把前兩句看作入睡前的感慨，未嘗不可；若果視爲「夢覺」後話，似更佳。那這幾句就須把「布被」句置於前兩句之前，感慨似乎更爲深沉。

有些層次分明，氣勢飽酣的名作，以氣運詞，感情慷慨淋灕，倒置與倒裝結合，由於顛倒次數多，引發不盡感慨。如《永遇樂》（千古江山）「斜陽草樹，尋常巷陌，人道寄奴曾住」，按意序應爲：人道尋常巷陌，寄奴曾住，斜陽草樹。一經倒置，興廢變遷之感更爲强烈，此可能取法蘇軾「故壘西邊，人道是，周郎赤壁」。下片「四十三年，望中猶記，烽火揚州路」，則中句應前置，因「四十三年」是由「望中猶記」引發的。倒置於前，則見四十三年已過而國恥未涮之痛憾。《水龍吟·登建康賞心亭》（楚天千里）「遥岑遠目」三句，已見上論。緊接其下則爲：

落日樓頭，斷鴻聲裏，江南遊子。把吴鈎看了，欄杆拍遍，無人會，登臨意。

這七句是全詞的中心，其中的焦點集中在「江南遊子」，而其本身又是「遊子江南」之倒裝，而且按理應置於最前，領出以下六句，最爲明晰。然偏置於其中，一來「落日」兩句置前，既點明一日之時與地點，又繳明一年之秋，回映起首「清秋」。而且時空特殊之氛圍所帶來濃厚情感，就全壓在了「遊子」身上，使人物置於情感的氛圍之中。並且第四、五句的一系列動作緊隨主語「遊子」之後，又是那麼緊湊而富有張力。第三句若順置於六句之前，就會松弛這種沖擊力。前兩句爲狀語，第四句「把」字又領下兩句。冰冷的「無人會」又隨在激烈的一系列大動作之後，而末了的「登臨意」再作剔透點明，真能爆發出不盡的穿透力，散發出不盡的大感慨！而「登臨意」又帶出下片，下片密集排列有序的三典，又與上片疏朗形成疏密對照，如此結構，真是一氣團成，緊密之極。再如《賀新郎》（把酒長亭説）「看淵明，風流酷似，卧龍諸葛」，「鑄就而今相思錯，料當初，費盡人間鐵」，均爲倒置，已見於上論。《破陣子》「八百裏分麾下炙」兩句，《賀新郎》「硬語盤空」三句，《清平樂·村居》之上片，《摸魚兒》「算只有，殷勤畫檐」三句，《青玉案·元夕》「鳳簫聲動」三句，《賀新郎》「馬上琵琶」三句，均見上論。至於《南鄉子》（何處望神州）下片，亦很别致：

年少萬兜鍪，坐斷東南戰未休。天下英雄誰敵手？曹劉，生子當如孫仲謀。

前兩句無主語，換個想法，末句正可以提前，使其賓語作「年少」兩句主語。現在卻硬把無頭無主的兩句先推出，而且耐住性之，至最後方作交待，這種作派，要拉得硬弓，須有絶大力氣者方沉得住氣。而今此句置後，既呼應此片開頭兩句，又與「曹劉」打成一團，不知要省去多少筆墨！

我們不厭其煩地例舉，而不過是辛詞中的重要者，然而僅就這些，似可下一斷語，辛詞的倒裝句與倒置句，數量之多不僅前所無有，亦後無來者。辛詞尚氣，力可穿石，透達七札；經歷又是「歸正人」的「另類」出身，在戰火中呼嘯過來。本想有一大作爲，而且以恢復故土爲終生的唯一大事業，然三次罷職，南渡後的二十多年，處於投閑置散，這對於自命爲英雄的壯士，不知需要多少不平發泄。而兩宋文字獄尤甚，而且缺乏南方仕人的優越，還不能直説。所以辛詞多比興，還把豪放百煉而化爲婉約，而且登高詞極多，都是爲了一發鬱悶的憤慨。所以詞中倒裝與倒置最基礎的手法，就成了「陶寫之具」的看家本領之一，顯示獨特的藝術個性。「要看稼軒用筆」，「不平、不緩、不弱，不塌挺拔軒昂之氣」〔八〕，正是由此極多的倒句所形成。或謂：「曠者能擺脱，故蘇詞寫情感每從窄處轉向寬處。豪者能負擔，故辛詞每從寬處轉向窄處。」〔九〕如果説蘇詞對此在有意無意之間，而辛詞則執意一氣奔蕩，但用之過多，猶如他喜用典故一樣，未免泥沙俱下，生硬甚或病句亦在所難免。

劉盼遂先生曾在五十多年前討論過辛詞中的「語病」〔一〇〕，使我們不由地想起明清學者對杜甫詩中的拙句、病句、生硬句的批評。辛詞數量爲兩宋詞人之冠，他的這類「病句」也可能不少。這裏只就爲了打造倒裝句，而有些「欠火」的地方稍作提示。在他雖是負面，也不難看出對此追求的熱衷與不遺餘力，甚至生硬亦在此所不避。

《蝶戀花》（檢點笙歌）上片敘寫春景，過片「可惜看殘風雨又，收拾情懷，長把詩僝僽」，换頭句其意當爲：可惜春殘又風雨。因牽於諧韻，使「又」字煞句，就極生硬，而成爲「病句」〔一一〕。同調（洗盡機心）過片「歲月何須溪上記，千古黄花，自有淵明比」，首句爲什麽要在溪上記歲月，而又認爲没有必要。是否有甚出處，似乎也看不出來。且與上片又無具體聯繫。至於這句究竟説什麽，也弄不明白。果真見不出用意，則跡近「病句」，或許還是筆者愚陋。順便提及，接着這幾句的是「高卧石龍呼不起，微風不動天如醉」，後句用黄庭堅成句：「微風不動天如醉，潤物無聲春有力」，詩題爲《二月丁卯喜雨，吴體爲北門留守文潞公作》，據此這兩句説：風一點兒不動，老天像喝醉了一樣，春雨無聲，潤物有功。辛詞這兩句説：喝醉了酒卧在石龍上，誰也叫不醒，而套用的黄句原本是説天像喝醉了，而辛詞是説自己醉，就像天醉了一樣，那麽不能説「天如醉」，而應説「如天醉」，所以套用句於此，也成了「病句」。

〔一〕蕭滌非：「起勢突兀峻聳，這和用倒裝手法有關，即用第二句注釋第一句，如果順過來説，就無氣勢了。」見《杜甫詩選注》，人民文學出版社，一九八五年，第二一九頁。

〔二〕王世貞《藝苑卮言》卷四，丁福保輯《曆代詩話續編》，中華書局，一九八三年，中册，第一〇〇六頁。

〔三〕以上兩詞領字倒置，參見洛地《詞體構成》，中華書局，二〇〇九年，第一二二一—一二三頁。

〔四〕「井床」兩句，或謂「寫入夜後的遊園活動。言倚在井欄之上，諦聽淅淅瀝瀝的夜雨聲，看到井上轆轤長生出青乎乎的苔蘚，顯見久無人到，心裏不覺頓生涼意。」説見朱德才、薛祥生、鄧紅梅《辛棄疾詞新釋集評》，中國書店，二〇〇六年，第三六一頁。「聽」當爲聽憑、任憑義，兩句意謂井床任憑夜雨，轆轤長出青苔。

〔五〕參見王兆鵬《辛棄疾詞序・前言》，商務印書館，二〇一七年，第三五頁。

〔六〕〔七〕王兆鵬《辛棄疾詞選》，商務印書館，二〇一七年，第三六頁。

〔八〕周汝昌《千秋一寸心・周汝昌講唐詩宋詞》，中華書局，二〇一七年，第一八二頁。

〔九〕鄭騫《成府談詞》，《詞學（第十輯）》，華東師範大學出版社，一九九二年，第一五二頁。

〔一〇〕劉盼遂《辛稼軒詞集中的語病》，《北京師範大學學報》一九六二年第四期。指出對辛的兩首詞中，把固定名詞或顛倒用之，或是記錯了地名。

〔一一〕又有《感皇恩》（富貴不須論）「人言金殿上，他年又」，本是「人言他年又上金殿」，爲趁韻，即成病句。

（作者單位：西安培華學院人文與國際教育學院）

元好問詞集之抄本文獻考述

鄧子勉

元好問(一一九〇—一二五七),字裕之,號遺山,秀容(今山西忻州)人。金宣宗興定五年(一二二一)進士及第,不就選。哀宗正大元年(一二二四)中宏詞科,授儒林郎,充國史編修。入翰林,知制誥。編著有《遺山文集》、《遺山樂府》、《中州集》等。

元氏詞生前已結集,《遺山自題樂府引》云:

歲甲午,予所録《遺山新樂府》成,客有謂予者云:「子故言宋人詩大概不及唐,而樂府歌詞過之,此論殊然。樂府以來,東坡爲第一,以後便到辛稼軒,此論亦然。東坡、稼軒即不論,且問遺山得意時,自視秦、晁、賀、晏諸人爲何如?」予大笑,拊客背云:「那知許事,且噉蛤蜊。」客亦笑而去。十月五日,太原元好問裕之題。〔一〕

甲午爲金哀宗天興三年(一二三四),知是年《遺山新樂府》已結集,當爲手稿,尚未刊印。又元許有壬《至正集》卷二十六《題遺山樂府墨蹟》:「銀蟾渝魄景星微,閑殺天孫織錦機。回首蓬萊三萬里,綵鸞猶傍五雲飛。」〔二〕或爲手蹟。

元氏詞集有刻本,也有抄本;有別集本,也有單行本。對其詞集版本的考論,現今已見於相關的著作

本文係國家社科基金年度項目「詞籍文獻通考」(批準文號: 14BZW083)的成果。

或論文中[三]，其詞集流傳於後世者卷數歧出，一卷、二卷、三卷、四卷、五卷均有，一卷者多源自明淩雲翰選本。其詞集的刊刻主要是清以後的事，而且多是附在詩文集後，至於單行者，主要是以抄本的形式出現的，多見於明清以來藏家的著録，這些抄本，有少數保存了下來，多數已失傳了。對此，今人的相關文章或多或少雖已涉及，有辨析，有發明，但仍有未盡善的方面，如抄本詞集著録的不全、藏家傳抄的情貌有待補充、抄本易手變異的説明等。基於此，排比考核歷來藏家著録的元氏詞集之抄本，可較深入地瞭解傳承原委、批校增删、刻印源流、佚存皮藏等情況，有助於强化對元氏詞集文獻的研究，這也是本文的努力處。

今存抄本詞集叢編中收有元氏詞集的有：

㈠ 明吴訥編《唐宋名賢百家詞》本，明抄本，梁啟超跋，藏天津圖書館，其中有《遺山樂府》一卷，明淩雲翰輯。

㈡《宋金元名家詞抄》本，清抄本，藏上海圖書館，其中有《遺山樂府》一卷，明淩雲翰輯。

㈢《宋金元明十六家詞》本，清抄本，佚名録清勞權校跋，清丁丙跋，藏南京圖書館，其中有《遺山樂府》一卷。

以上都是一卷本，均是源自淩雲翰選本。此外見於明清藏家著録的所藏所見的抄本詞集卻有不少，敘録如下：

㈠ 明葉氏緑竹堂藏抄本

葉盛（一四二〇—一四七四），字與中，號蜕庵，昆山（今屬江蘇）人。明英宗正統十三年（一四四八）進士，授兵科給事中，遷山西右參政。天順改元召擢都察院，憲宗成化三年進禮部右侍郎，尋改吏部左侍郎。卒謚文莊。性喜聚書、抄書，築緑竹堂儲之。著有《菉竹堂稿》、《水東日記》、《菉竹堂書目》等。

《菉竹堂書目》著録有《遺山樂府》一册[四]。未言卷數和版本。檢清王聞遠《孝慈堂書目》著録有《遺山新樂府》五卷，云：「葉文莊藏，有關防印，一册，抄，白六十八番。」〔五〕知《菉竹堂書目》著録的即抄本《遺山新樂府》五卷者，書名或脱一「新」字。按：王聞遠（一六六三—一七四一），字聲宏，號蓮涇居士，又號灌稼村翁，清吴縣（今江蘇蘇州）人。家多藏書，藏書樓有孝慈堂，編著有《孝慈堂書目》、《金石契言》等。

㈡ 明范氏天一閣藏抄本

范欽（一五〇五—一五八五），字堯卿，鄞（今浙江寧波）人。明嘉靖十一年（一五三二）進士，知隨州。累任副都御史，升兵部右侍郎。好古聚書，藏書處初曰東明草堂，嘉靖四十年始建天一閣，藏書至七萬餘卷。編著有《天一閣集》、《范氏東明書目》、《天一閣藏書目》等。所編《天一閣藏書目》不存，今所見多爲後人編輯者〔六〕。

范懋柱編《天一閣藏書目》卷四之四著録有《遺山樂府》一卷，云綿紙，抄本，韓彦州編次〔七〕。「韓彦州」當爲「淩雲翰彦翀」之誤。

㈢ 明趙琦美抄本

邵瑞彭《重刊陽泉山莊本〈遺山樂府〉跋》云：

遺山先生新樂府，向與詩文集別行，自明以來，傳世者計有三本：一爲一卷本，明淩雲翰彦翀編，趙清常從焦漪園借抄，復就選本類書搜得五十首，録爲補遺一卷，故竹垞《詞綜》「發凡」總之曰二卷。此本有毛斧季舊藏，何義門全見之……〔八〕

跋作於民國二十二年（一九三三）。按：趙琦美（一五六三—一六二四），字元度，號清常道人，明直隸常熟（今屬江蘇）人，編著有《脈望館書目》等。檢《脈望館書目》，不見載有元氏詞集。趙氏抄自明焦竑家藏，焦竑（一五四一—一六二〇），字弱侯，號澹園，又號漪園、漪南生，日照（今屬山東）人，一云上元（今江蘇南京）人。明萬曆十七年（一五八九）狀元，官翰林院修撰。性喜藏書，著有《焦氏藏書目》、《國史經籍志》等。

趙氏抄本後歸毛氏汲古閣庋藏，毛扆（一六四〇—一七一三），字斧季，號省庵，毛晉第五子。能繼承父業，終身從事藏書、訪書、抄書、校書等。編有《汲古閣秘本書目》。

㈣ 清陸氏佳趣堂藏抄本

陸漻（一六四四—？），字其清，號聽雲，吴縣（今江蘇蘇州）人。終身不仕。家貧失學，喜借書抄寫。藏書處爲佳趣堂、聽雲室。編有《佳趣堂書目》。

《佳趣堂書目》著録有《遺山先生新樂府》五卷，壬辰。又云「葉文莊公藏本録出」〔九〕。知是據葉盛藏本傳抄的。按：壬辰爲清康熙五十一年（一七一二），蓋爲得書的時間。另《佳趣堂書目》還著録有《元遺山樂府》一卷，云淩雲翰選。未言版本，或指抄本。

㈤ 清汪氏裘杼樓抄本

清盧文弨《抱經堂文集》卷七《遺山樂府選題辭》有「是書本出裘杼樓，蓋桐鄉汪氏之寫本也」云云〔一〇〕，知裘杼樓汪氏有抄本，所據爲明淩雲翰選本。參見盧氏文（詳後）。按：汪森（一六五三—一七二六），字晉賢，號碧巢，桐鄉（今屬浙江）人，原籍安徽休寧。清康熙拔貢，官廣西桂林府通判、户部江西司郎中等。建裘杼樓以藏典籍。編著有《小方壺存稿》、《桐扣詞》、《裘杼樓藏書目》等。又袁榮法《剛伐邑齋藏書記》著録有《遺山樂府》，云：

選本一卷，即前淩雲翰所選編者。有乾隆四十年文弨序，謂是書本出自桐鄉汪氏裘杼樓寫本，而文弨從知不足齋鮑氏假抄者。後有「乾隆乙未五月晦東里盧弓父閲」朱筆細字一行，文弨手書也。〔一一〕

盧氏傳抄本是含有一卷本和五卷本的（詳後）。汪氏抄一卷本後歸藏鮑氏知不足齋，盧氏是自鮑氏借抄的。又吴庠有《舊抄鮑渌飲校本〈遺山樂府〉跋》一文，作於民國二十九年（一九四〇），知鮑氏有校〔一二〕。

按：鮑廷博（一七二八—一八一四），字以文，號渌飲。本安徽歙人，寓居浙江杭州、桐鄉等。補歙縣庠生，參加省試未中，遂絶意仕進。因刻叢書，受朝廷嘉獎，恩賞爲舉人。著有《花韻軒小稿》等，刻有《知不足齋叢書》，藏書處爲知不足齋。

㊅ 清何焯藏抄本

清盧文弨《抱經堂文集》卷七《遺山樂府題辭》有「今此五卷者，出於義門何氏」云云，又張文虎《舒藝室雜著·甲編》下《書遺山樂府後》云：

昔歲華亭張梅生嘗校刊《遺山樂府》五卷，所據抄本題爲何義門校，然譌脱百出，誤者未盡校，校者又未必然，因别爲訂誤一卷。而卷一諸長題原本脱去，僅䴡邱詞、雙蕖怨、遇仙樓三題，從《詞綜》、《歷代詩餘》、《詞苑叢談》録出，附訂誤中，又採其漏載爲補遺一卷，刊甫竟，而梅生病没，予爲作序印行。〔一三〕

知何氏藏有抄本且有校。按：何焯（一六六一—一七二二），字潤千，改字屺瞻，號茶仙、蓼穀、憩閑老人，學者稱義門先生，長洲（今江蘇蘇州）人。清康熙四十二年（一七〇三）進士，官翰林院編修，著有《義門讀書記》等。又邵瑞彭《重刊陽泉山莊本〈遺山樂府〉跋》云：「康熙癸巳何義門取淩、趙二家本，與此本對勘，淩、趙有而此本無者二十三首，亦録爲補遺一卷，並系跋語。」康熙癸巳爲康熙五十二年（一七一三），淩、趙二家本當指明淩雲翰選本（一卷）和明趙琦美抄本（五卷）。

㊆ 清陳臯抄本

張鴻卓《遺山先生新樂府跋》云：

遺山先生詞世無刊本，乾隆初錢唐陳君臯録於邗上，卷面記云何義門校本，而跋中不及，或係僞託。然審字蹟與跋似出一手，何歟？道光庚寅春，金山姚君古然以此見贈，如獲至寶，忽忽二十年矣。長夏無事，偶檢行篋，簡墨依然，而古然墓草已宿。爲怊悵久之。己酉六月，張鴻卓識於丹陽學

舍之東齋。[一四]

跋作於清道光二十九年(一八四九)。又吴庠《書邵次公重刊陽泉山莊本〈遺山樂府〉跋後》云:「乃乾隆八年錢塘陳臯借吴門薄自昆舊藏何義門校本而手録者,此本後歸金山姚古然,道光庚寅轉贈張筱峰鴻卓。」知陳臯據何焯藏抄本傳録,按:陳臯,字對鷗,錢塘(今浙江杭州)人,陳章之弟。生卒年不詳,清雍正、乾隆時在世。工詩,兄弟有「陳氏二難」之目,又曾同寓揚州。著有《吾盡吾意齋集》、《對鷗漫語》。張鴻卓道光十年得到陳氏抄本,爲姚進樞(古然)所贈。

㈧ 清盧文弨抄本

傅增湘《藏園羣書經眼録》卷十九著録有《遺山先生新樂府》五卷,云:

舊寫本,十三行二十一字。盧文弨朱筆校,有盧氏序,趙曦明跋,稱原本出何義門家。(同古堂見。丁巳)[一五]

同卷又著録有《遺山樂府》一卷,云題前鄉貢進士錢唐淩雲翰彦翀編選,又云:「舊寫本。有盧文弨序。」(同古堂見。丁巳)丁巳爲民國六年(一九一七)。按:盧文弨(一七一七—一七九五),字召弓,一作紹弓,號磯漁,又號檠齋、抱經,晚年更號弓父,仁和(今浙江杭州)人。清乾隆十七年(一七五二)進士,授翰林院編修,爲侍讀學士,提舉湖南學政等。歷主江浙各地書院講席二十餘年。富藏書,藏書處名抱經堂,貯書數萬卷,著有《抱經堂文集》等。由《藏園羣書經眼録》知盧氏傳抄有五卷本和一卷本二種,盧氏均有跋文,見《抱經堂文集》卷七,《遺山樂府題辭乙未》云:

遺山生當易代,其詩不勝故國故君之思,今樂府中亦時時遇之。朱竹垞、黄俞邰所見本俱只二卷。今此五卷者,出於義門何氏,卷帙過倍。而竹垞《詞綜》所選,顧尚有出於是本之外者,則亦未得爲全書也。繼從友人鮑氏所借得明初錢塘淩雲翰彦翀編選之本,則凡《詞綜》所選皆在焉,比是本增多十三首。又附見李冶仁卿之辭四首及玉華谷古仙人詞一首。後又有雷淵題語，今皆補録，以係於後。至如雁丘詞、雙蕖怨之類，亦得淩本始著其事焉。淩本詞之屬遺山者，只一百二十首，固不及是本之多。然是本第五卷「清曉千門開壽宴」以下八十二首皆酬應之作，而其中「春垣秋草」一首注見辛稼軒集，疑有他人之作誤闌入焉者矣。第二卷中附閑閑公趙秉文《促拍醜奴兒》一首，余因疑第一卷《滿庭芳》前首亦閑閑公作也，以其詞推之，所賦是十月牡丹。次首題云「同座主閑閑公賦」，則前者爲趙作明甚，既不著其題，又不別其人，疑皆轉寫脱去。其他不及考者尚多，倘有好事者爲之剞劂，余當更整比以授之。

又同卷《遺山樂府選題辭乙未》云：

元遺山詞五卷，余既以盡抄之矣。此爲明初錢塘淩彦翀氏所編選，不分卷，雖甚簡約，然亦有出於五卷之外者，余又録於五卷之後爲補遺矣，而復抄此，何也？此遺山辭之精華也。有五卷，以萃其全。有此選，以標其雋。……是書本出裘杼樓，蓋桐鄉汪氏之寫本也。汪氏多藏書，有《詞綜》之選，其所得宋、金、元以來諸詞人之作必大備，而今散失者已多矣。……

一卷本和五卷本題辭均作於清乾隆四十年（一七七五），據題辭知五卷本抄自何焯藏書，一卷本是汪森裘杼樓抄本，爲明淩雲翰選本，盧氏據此輯爲五卷本不載的爲補遺一卷。又袁榮法《剛伐邑齋藏書記》云：

《遺山樂府選》一卷、《遺山新樂府》五卷外録一卷，金元好問撰。此錢塘盧文弨精抄本，選本一卷，即前淩雲翰所選編者。有乾隆四十年文弨序，謂是書本出自桐鄉汪氏裘杼樓寫本，而文弨從知不足齋鮑氏假抄者。後有「乾隆乙未五月晦東里盧弓父閲」朱筆細字一行，文弨手書也。集中有文弨校字，又經先世父以星鳳閣本校過。《新樂府》五卷，乃好問詞全集，朱竹垞、黄俞邰所見本俱只二卷。此本出於義門何氏，亦文弨精抄並選本合存之者。首有乾隆四十年文弨序，有目録，目録後有文弨題字，後有乾隆己卯趙曦明跋，乃其師車質齋傳自何義門，而曦明更從校録者。補録一卷，則文弨從湊選本補五卷本之闕者，並有文弨校字，亦有先世父校，皆朱筆。二集書衣並有先世父題書名，每半頁十一行，行二十一字，乾隆乙未盧文弨寫校本。四册，一木夾。

五卷本有趙曦明乾隆二十四年（一七五九）跋，按：趙曦明，字敬夫，清江陰（今屬江蘇）人。諸生。盧文弨校讎諸籍，得趙氏之力爲多。著有《讀書一得》、《桑梓見聞録》、《中隱集》等。至於車質齋，《抱經堂文集》卷二十九《暾江山人傳》丁未有「山人始就外傳，便知好古學，少長，就老儒車質齋學，其家多藏書」云云。丁未爲乾隆五十二年。知何焯藏本後歸車質齋，趙曦明得以校録，盧氏據以傳抄。此本又有袁思亮朱筆校，按：袁思亮（一八七九—一九三九），字伯夔，號蘉庵、莽安，湘潭（今屬湖南）人。清光緒二十九年（一九〇三）舉人，試禮部未中，遂絶意科舉。民國初年曾任國務院秘書、印鑄局長等職。袁世凱復辟，棄官歸隱上海，終日以著述購書爲事。藏書處曰雪松書屋、剛伐邑齋等。著有《蘉庵文集》、《蘉庵詞集》、《蘉庵詩集》等。所藏後被其侄袁榮法攜至香港。

㊈ 清彭氏知聖道齋藏抄本

彭元瑞（一七三二？—一八〇三），字掌仍，又字輯五，號芸楣，别署身雲居士，南昌（今屬江西）人。清乾隆二十二（一七五七）年進士，歷官禮兵吏工四部尚書、太子太保。捐俸購書，藏書處名知聖道齋。著有《恩餘堂輯稿》、《知聖道齋書目》、《知聖道齋讀書跋》。

《知聖道齋讀書跋》卷二著録有《遺山樂府》，云：

嘉慶戊午立夏曝書，閱之終卷。此公於此事全無解處，第五卷全是壽詞，逾形塵坌，固宜集中不入此體也。抄手多譌脱，亦無庸再校矣。〔一六〕

作於清嘉慶三年（一七九八），未標明卷數，據文知爲五卷本。此書後歸朱氏結一廬，見清朱學勤《結一廬書目》卷四著録，有《遺山新樂府》五卷，云計一本，南昌彭氏藏書[一七]。又《别本結一廬書目》「抄本」著録有《遺山新樂府》五卷，云彭氏抄，一册[一八]。此書又爲莫氏五十萬卷樓所得，莫伯驥《五十萬卷樓藏書目録初編》卷二十二著録有《元遺山新樂府》五卷，提要有「前有彭氏識語，此略之」云云，又云：

近人威遠周岸登以陽泉山莊本《遺山集》校彊村朱氏覆弘治高麗本《遺山樂府》，得增添詞五十四首，據《輟耕録》録出一首，次爲補遺一卷。又以《石蓮盦九金人集》本補刊《新樂府》第五卷校之，除去緟復，得詞爲百十四首，什九壽人之作，次爲外集一卷。合之朱刊三卷詞二百十九首，共得詞三百八十八首，遺山樂府之傳於今者具是矣。[一九]

又見莫伯驥《五十萬卷樓羣書跋文》，著録有《元遺山新樂府》五卷，云南昌彭氏知聖道齋寫本[二〇]，有提要，略同《五十萬卷樓藏書目録初編》。至於提及周岸登的輯校，或有手抄本，俟考[二一]。

⑽ 清趙氏竹崦庵藏抄本

趙魏（一七四六—一八二五），字晉齋，號菉森，一號恪生，仁和（今浙江杭州）人。歲貢生，究心於金石之學。喜藏書，嘗手抄秘書數千百卷，以之换米，困苦終身。藏書處爲竹崦庵。編著有《竹崦庵金石目》、《竹崦庵傳抄書目》等。

《竹崦庵傳抄書目》著録有《遺山新樂府》五卷，百十九。又著録有《遺山樂府》一卷，四十[二二]。知趙氏五卷和一卷均藏有抄本。

⑾ 清阮元抄本

阮元（一七六四—一八四九），字伯元，號雲臺，儀徵（今屬江蘇）人。清乾隆五十四年（一七八九）進士，選庶起士，入直南書房。歷官浙江、福建、河南等巡撫，任兩廣、雲貴總督，拜體仁閣大學士，晉太傅，卒謚文達。在浙創詁經精舍，在粤創學海堂。撰《經籍纂詁》、《皇清經解》等，刻有《文選樓叢書》、《十三經注疏》等。富於藏書，建文選樓，又有琅嬛仙館、揅經室、積古齋等，著有《揅經室集》、《四庫未收書提要》、《文選樓藏書記》等。

阮氏輯有《宛委别藏》，清抄本，今藏臺北故宫博物院，其中有《遺山樂府》五卷。《揅經室外集》卷五《遺山樂府》五卷提要云：

金元好問撰，好問有《續夷堅志》，《四庫全書》已著録。伏讀《御定歷代詩餘》載詞人姓氏，云《遺山樂府》錢唐淩雲翰編輯，是編從舊抄本依樣過録，無雲翰姓氏，疑轉寫者誤脱耳。案：《錦機集》云僧李菩薩灑酒作花開牡丹二株，遺山爲賦《滿庭芳》，傳誦一時。是作今載集中，張炎偁其詞深於用事，精於煉句，風流藴藉，不減周、秦，合觀諸作，良非虚美也。[二三]

知是據舊抄本傳寫的。又見《故宫善本書目·宛委别藏書目》著録，有《遺山樂府》五卷，二册，云録舊抄本[二四]。按：雖然名作《遺山樂府》，卻是源自五卷本，與名《遺山樂府》多作一卷者不同。

㈡ 清姚氏抄本

上海圖書館藏有《遺山先生新樂府》五卷，爲姚椿抄本，卷首有姚氏清道光七年（一八二七）序，鈐有「華亭封氏簣進齋藏書印」[二五]。按：姚椿（一七七七—一八五三），字春木，一字子壽，自號樗寮生、蹇道人，上海婁縣人。國子監生，清道光元年舉孝廉方正，不就。曾掌教開封夷山書院、湖北荆南書院、松江景賢書院。於書無不窺，喜抄書，藏書處名通藝閣、晚學齋，著有《樗寮先生全集》、《姚氏家藏書目》。又：封文權（一八六八—一九四三），字衡甫，號庸庵，江蘇松江（今屬上海）人。淡泊名利，不事舉業。自其高祖起，三代藏書至數十萬卷，築簣進齋藏之。編有《簣進齋書目》、《簣進齋書畫録》等。知姚氏抄本歸封氏收藏，一九五〇年，所藏書分别被收藏於上海圖書館和南京博物院。

㈢ 清葉氏平安館藏抄本

張穆《月齋文集》卷三《重刻元遺山先生集序》(清道光三十年)云:

遺山先生集,中統嚴氏初刻本不可見,今行世者,惟宏治中李淑淵本及康熙中華希閔本,而華本即從李本翻出,猶一本也。……樂府五卷,阮太傅《揅經室外集》載有提要,而《文選樓書目》初無其名。聞漢陽葉氏有寫本,數從相假,檢未獲也。嘗擬都爲一集繡梓,版存冠山書院。[二六]

中統是元世祖忽必烈的年號(一二六〇—一二六四),知元好問去逝五年左右,其詩文集就已刊刻,不知附載有詞否? 邵瑞彭《重刊陽泉山莊本〈遺山樂府〉跋》云:「五卷本之可考者,尚有愛日精廬藏抄本,見張《志》及莫《目》。平安館藏抄本,見月齋序。」月齋即張穆,知平安館藏抄本即指漢陽葉氏寫本。張《志》莫《目》分别指張金吾和莫伯驥編撰的藏書志,參見後文。按: 葉志詵(一七七九—一八六三),字東卿,湖北漢陽人。貢生,任内閣典籍、兵部郎中等,後辭官歸。長於金石文字。著有《簡學齋文集》、《平安館詩文集》、《金山鼎考》等。

㈣ 清莊仲芳藏抄本

莊仲芳(一七八〇—一八五七),字興寄,號芝階,秀水(今浙江嘉興)人。清嘉慶十五年(一八一〇)舉順天鄉試,以恩蔭授中書舍人。有書癖,積五十年得書幾五萬卷,藏書處爲映雪樓。編著有《映雪樓古文》、《映雪樓雜著》、《映雪樓藏書目考》等。

《映雪樓藏書目考》卷十著録有《遺山樂府》五卷,云抄本[二七]。

㈤ 清張氏愛日精廬藏抄本

張金吾(一七八七—一八二九),字慎旃,號月霄,昭文(今江蘇常熟)人。少時父母見背,由叔父張海鵬撫養。補博士員弟子,省試不中,即棄去舉業,一生從事藏書、校書、編纂等工作。藏書處爲詒經堂,凡三楹,其西曰愛日精廬,爲讀書之所,編著有《金文最》、《詒經堂續經解》、《愛日精廬藏書志》等。

《愛日精廬藏書志》卷三十六著録有《遺山先生新樂府》五卷，舊抄本，云：

金元好問撰。遺山之詩，人無間然，而詞則不甚顯於世。今讀此集，風流藴藉，和易不流，蓋亦金元間一大作家。是書《文淵閣書目》著録，前後無序跋，未知係何人所編。明淩雲翰有《遺山樂府選》，朱氏竹垞據以録入《詞綜》，雖間有出此本外者，然究不及是本之備也。〔二八〕

又見《愛日精廬藏書簡目》著録。此本後爲瞿氏鐵琴銅劍樓收藏，清瞿鏞《恬裕齋藏書記》卷四著録有《遺山新樂府》五卷，抄本，云：

金元好問撰。是書惟見《文淵閣書目》，世無刊本。朱竹垞輯《詞綜》，取諸明人選本，未見是編也。舊爲愛日精廬張氏藏書，中多訛脱，近於張子謙處借得王蓮涇藏舊本校勘一過。〔二九〕

又有眉批：「淩雲翰所選。」又：「淩所據新、舊樂府合選，多出十餘闋，乃舊樂府也。抱經集跋未明析。」此又見瞿氏《鐵琴銅劍樓藏書目録》著録，又瞿良士輯《鐵琴銅劍樓藏書題跋集録》著録有《遺山新樂府》五卷，抄本，題識云：

《遺山新樂府》五卷，十年前得之四美堂書鋪，即《愛日精廬書目》第一次著録之本，因彼處更得一舊抄本，故棄之也。舊抄本係王蓮涇藏書，後歸諸子謙處。去秋余假得之，置大案頭，未遑一校，近子謙欲刻詞數種，將歸是書，爰盡兩日功對勘一過。卷四抄補三葉，卷五抄補一葉，至牌兒名下諸題，舊抄本反不及此本之備，訛字亦不少，甚矣！善本之難言也。時丁亥孟秋下浣校訖記。甲案：下有先祖子雍印。〔三〇〕

按：張益齡，字子謙，吴江（今江蘇蘇州）人。諸生，喜畫蝴蝶花鳥，善彈琵琶、吹洞簫。早卒，年三十一。王蓮涇指王聞遠，王氏藏有《遺山新樂府》五卷本，原爲明葉氏菉竹堂藏書，詳前。知王聞遠藏本歸張益齡所有。又王聞遠《孝慈堂書目》還著録有《遺山樂府》一卷，云淩雲翰編選。瞿氏是借王氏藏本校勘的，不知是指五卷本，還是一卷本，或二者兼有。又按：瞿鏞字子雍，丁亥爲清道光七年（一八二七），知校勘在是年。《中國古籍善本書目》載《遺山先生新樂府》五卷，清抄本，清瞿鏞校並跋。藏國家圖書館。

㈠六 清張鴻卓抄本

張家鼒《遺山先生新樂府跋》云：

《遺山先生新樂府》五卷，從叔篠峯先生藏本，予近學填詞，因假讀之，錯亂譌脱，觸目皆是，行間眉上雖間有黄筆校正處，不及百中之一，或有反失之者。蓋輾轉傳寫，既無刻本，而選家及遺山詞者寥寥，且有此本不誤而選本妄改致誤者，亂絲頗不易理也。秋冬杜門養疴，以校讎自遣，正譌補脱，別繕清本，復於卷尾附識所疑，待質博雅。……既而質之張君嘯山，君以爲可，遂繡諸梓，凡題目編次及過變連接處，悉仍原本，以存其舊云。咸豐甲寅醉司命日華亭張家鼒調甫識。[三一]

跋作於清咸豐四年（一八五四）。又邵瑞彭《重刊陽泉山莊本〈遺山樂府〉跋》有「咸豐間華亭張家鼒梅生一字調甫得傳抄五卷本刻之，亦無補遺」云云。按：張鴻卓（一八〇三—一八七六），字偉甫，號筱峰，又作小峰、嘯峰，清華亭（今屬上海）人。增貢生。官訓導。著有《緑雪館詞抄》、《百和詞》等。知張鴻卓有抄本，且有批校。張家鼒據此謄録繕寫，付之刻印。

㈠七 清張穆抄本

邵瑞彭《重刊陽泉山莊本〈遺山樂府〉跋》云：

道光末，大興劉位坦寬夫藏有華本，補遺跋尾具在。肙齋刊《遺山全集》，從劉氏借抄付槧，版心有「陽泉山莊」四字，工未竣而肙齋殁。海豐吴子苾彙刻《九金人集》，取肙齋版片充數。其樂府版片，據彊翁説，僅第五卷爲吴氏續刊，今未由明辨。但補遺及何跋，刊本無之。……何氏補遺，天壤間止存二本，北有劉藏華刻，南有華藏舊抄，今皆不審飄零何處矣。

月齋即張穆，檢張氏《月齋文集》，卷三有《重刻元遺山先生集序》一文，後附有其門人吳履敬按語云：「又《遺山新樂府》，師已續於劉寬夫太守處假得康熙間華氏刻本手校付梓，未獲畢工，今樣本僅存，所假刻本不知歸何所矣。」知是據清康熙間華氏刻詩文集本録出，未及付梓而歿。按：張穆（一八〇五—一八四九），字誦風，一字石洲、石舟、碩洲，號月齋，别號靖陽亭長，平定州（今屬山西）人。清道光十一年（一八三一）貢生，候選知縣，不事舉子業，一意著述。富於藏書，著有《月齋詩文集》等。又：劉位坦（一八〇二—一八六一），字寬夫，號後園，順天大興（今屬北京）人。清道光五年拔貢生，咸豐初以御史出守辰州府，後乞歸。家富藏碑帖拓本、典籍書畫，藏書樓有杞樂軒、疊書龕、竹坳春雨樓、校經堂等。近代吳重憙輯有《石蓮盦彙刻九金人集》本《元遺山先生全集》，後附有《遺山先生新樂府》五卷補遺一卷，其中用到了張氏傳抄本。

㈥　清張文虎藏抄本

張文虎《舒藝室雜著·甲編》下《書遺山樂府後》云：

昔歲華亭張梅生嘗校刊《遺山樂府》五卷，所據抄本題爲何義門校，然譌脱百出，誤者未盡校，校者又未必然，因别爲訂誤一卷，而卷一諸長題原本脱去，僅鴈邱詞、雙蕖怨、遇仙樓三題，從《詞綜》、《歷代詩餘》、《詞苑叢談》録出，附訂誤中，又採其漏載爲補遺一卷，刊甫竟，而梅生病没，予爲作序印行。其後復從友人轉借得一抄本，譌脱及校語與前本無異，而諸長題具在，乃悟前本乃抄者苦繁删卻耳，因亟爲補録。又從《錦機集》、《花草粹編》、《敬齋古今黈》、《山堂肆考》諸書搜採異同，彙入訂誤，付梅生後人重刊之，未印行而遭流冦之禍，板片悉燬，予所存本亦失去矣。今年來皖，於李壬叔處檢得印本，即予所轉贈者，愴然如對故人，吟玩不盡。頃華君若汀出舊藏抄本見視，亦題何義門校，與予後所借得者大略相同。惟多補遺一卷，然弟五卷末朱筆跋語尾已剥落，不知其姓名。又據所稱趙清常自記，從各書採録補遺如其數，當有四十首，而今只二十三首。又復出其二祇二十一首，則此又非跋者所見本也。卷中校訂殊鹵莽，竊意義門即疏於詞，亦不至如此，恐是託名，又憶盧學士《抱經堂集》遺山詞跋言五卷本爲錢唐淩雲翰所編，而此跋謂趙清常所藏淩本僅數十闋，以爲淩未見五卷本，則更謬矣。抄本脱爛不可讀，爲依刊本補全，别有訂正處及可疑者揭於眉上，他日有重刻者，宜知所審擇云。

提及的抄本有三：何焯藏抄本，華蘅芳藏抄本，友人藏抄本。三種同源，後二種傳抄自何氏本。梅生即張家鼒，詳前。邵瑞彭《重刊陽泉山莊本〈遺山樂府〉跋》云：

其後嘯山得一抄本，與前本無異，而長題較多，遂付梅生後人再刊，版毁於寇。彊翁校記所標南塘本，即張氏第一次刻本。嘯山又見華若汀藏傳抄五卷附補遺本，相承爲何校。跋尾用朱筆書之，末行剥落，不知出義門手。其爲義門原本，抑從華刻轉寫。

又吴庠《書邵次公重刊陽泉山莊本〈遺山樂府〉跋後》云：「此本爲嘯山别據一抄本，補録詞題及校訂異文，付梅生後人重刊之本，刊成，尚未印行，版毁於辛酉洪楊兵火之劫。」知張氏所藏抄本，是自友人轉借得，爲五卷本，有校補。按：張文虎（一八〇八—一八八五），字孟彪，一字嘯山，别號天目山樵，江蘇南匯（今上海）人。家貧，靠友人資助入學，成年後至金山錢家坐館，歷三十年，出任南菁書院院長。著作甚豐，主要有《舒藝室詩存》、《舒藝室雜著》、《索笑詞》、《舒藝室隨筆》、《古今樂律考》等。

㊈ 清趙氏星鳳閣抄本

《勞氏碎金》卷中於《遺山樂府》有「復遇趙氏星鳳閣抄本校補」云云（詳見後文），知趙氏有抄本。按：趙箕，字典承，號素門，又號輯寧，錢塘（今浙江杭州）人。喜藏書，藏書處爲古歡書屋和星鳳閣。著有《閩遊雜詩》。又袁榮法《剛伐邑齋藏書記》著録有《遺山樂府》，云：

此乃明初錢塘淩雲翰所編選本，出自淺山趙氏梅泉星鳳閣手抄，有朱筆原校，當亦出趙氏手。首有趙輯寧印，輯寧當即梅泉之名。又有浮簽，題淺山趙氏，淺山不知何地也。仁和吴昌綬刻《遺山樂府》，始從丁氏善本書室假傳抄勞校本，頗有寫誤，後即以此本覆勘者。有宣統己酉一箋記其事，謂是本即勞氏所曾見者。書眉並卷中間有朱校，則昌綬據他本勘正者。板心下鐫「星鳳閣正本，趙楳泉手校」小字兩行。有「湘潭袁氏伯子藏書之印」朱文方印。每半頁十行，行二十一字。有朱筆圈點，似亦趙氏筆。二册。

知清趙氏星鳳閣傳抄的爲一卷本，有吴昌綬校，今藏臺北「國家圖書館」。按：輯寧有長子名之玉，號楳泉（一作某泉）居士，清嘉慶時在世。喜抄書，星鳳閣抄本多屬其所爲。提要中云「輯寧當即梅泉之名」，這是不確切的。又袁榮法（一九〇七—一九七六），字帥南，號滄州，一號玄冰，一署晤歌庵主人，晚署玄冰老人，袁思亮從子，湘潭（今屬湖南）人。著有《玄冰詞》。

㈢ 清勞格抄本

勞權（一八一八—一八六一？），字平甫，號巽卿，顨卿，又號蟫盦，丹鉛生，飲香生，飲香詞隱等，清仁和（今浙江杭州）人。藏書處曰丹鉛精舍，漚喜亭等。弟勞格（一八二〇—一八六四）字季言，有《丹鉛精舍書目》。二人髫年俱以治經補弟子員，後遂不與試，丹鉛雜陳，專攻羣史，時人有「二勞」之稱。吴昌綬輯有《勞氏碎金》三卷，載二人藏書題識。

《勞氏碎金》卷中著録有《遺山樂府》一卷，舊抄本，勞氏題識云：

《遺山先生新樂府》五卷，此淩柘軒編選一卷本，今秋抄於王吉甫，復遇趙氏星鳳閣抄本校補，缺一闋，此本雖不如《新樂府》本之全，顧有出於其外者，《抱經堂文集》有題辭行附録之。道光甲辰十二月初九日鐙下，巽卿記。

咸豐丁巳八月二十日《新樂府》本校於秋井草堂。

《詞綜》「發凡」作兩卷，即此本也。凡選廿有一闋，隨勘一過，漏三下，飲香生識。[三二]

分別作於清道光二十四年（一八四四）和咸豐七年（一八五七）。知有五卷和一卷抄本，有校。王吉甫其人俟考。又繆荃孫《藝風藏書續記》卷七著録有《遺山樂府》一卷，云：

傳抄本，首行「遺山樂府」，次行「前鄉貢進士錢唐淩雲翰彦翀編選」。按：遺山新、舊樂府，舊樂府久佚，《新樂府》五卷，《四庫》未收，阮文達録以進呈。此樂府一卷，爲明時淩彦翀所編，蓋合新、舊樂府選之，故出《新樂府》外十八首。按：雲翰著《柘軒集》，《四庫》著録，元至正十九年舉浙江鄉試，洪武年，本是元末明初人，有仁和勞巽卿跋。[三三]

另迻録勞氏題識文三則。按：《八千卷樓書目》卷二十著録有《遺山樂府》一卷，云勞氏抄本[三四]，知此本曾歸丁氏八千卷樓庋藏。又吴昌綬《宋金元詞集見存卷目》附《雙照樓續輯宋金元百家詞目》著録有《遺山樂府》一卷，云：「淩雲翰編，仁和勞氏丹鉛精舍抄本。」又云：「《遺山新樂府》五卷，華亭張氏鉏月山房本，互有多寡，蓋此較近古。張石洲刻《遺山全集·新樂府》，補前四卷未足。」[三五]張石洲即張穆，詳前。

㈡ 清丁氏遲雲樓抄本

《中國古籍善本書目》載有《遺山先生新樂府》五卷，云清丁氏遲雲樓抄本[三六]，藏南京圖書館。按：丁白（一八二一—一八九〇），字芮樸，號寶書，歸安（今浙江湖州）人。布衣終生，精於目録之學，曾手抄書達萬卷，藏書處有寶書閣、月河精舍、遲雲樓。編著有《寶書閣著録》、《古書刊斠聞見録》（一名《讀書識餘》），刻印有《月河精舍叢抄》等。《寶書閣著録》一卷，著録所藏善本，檢其書，不載元氏詞集。

㈢ 清瞿氏清吟閣藏抄本

瞿世瑛，字良玉，號穎山，錢塘（今浙江杭州）人。清咸豐中在世。家素貧寒，手抄罕見古書以爲日課，積數十年，共得千餘册，藏書處爲清吟閣。著有《清吟閣詩抄》、《清吟閣書目》。《清吟閣書目》卷二「名人批校抄本」著録有《元遺山樂府》，一本〔三七〕。

㊂ 清趙氏舊山樓藏抄本

趙宗建（一八二八—一九〇〇），字次公、次侯，號非昔居士，常熟（今屬江蘇）人。以太常寺博士就試京兆，罷歸。藏書處爲舊山樓，著有《舊山樓詩録》、《舊山樓書目》等。

《舊山樓書目》「戊」著録有《遺山樂府》，云抄本，三本〔三八〕。

㊃ 清丁氏八千卷樓藏抄本

丁丙（一八三二—一八九九），字嘉魚，又字松生，號松存等，清錢塘（今浙江杭州）人。曾入杭州府學，撰有《善本書室藏書志》，刊有《武林掌故叢編》等。兄丁申（？—一八八七），諸生，官六部主事，輯有《武林藏書録》。兄弟二人好聚書，構建嘉惠堂、八千卷樓藏之。所藏之書見《八千卷樓書目》、《善本書室藏書志》等著録。丁丙卒後，所藏歸江南圖書館。

所藏元氏詞集抄本有二：

其一，《八千卷樓書目》卷二十著録有《遺山新樂府》五卷，云舊抄本。又《善本書室藏書志》卷四十著録有《遺山先生新樂府》五卷，舊抄本。云：

遺山先生詩集，人無間然，詞則不甚顯於世，惟著録於《文淵閣書目》，前後無序跋，未知何人所編。阮氏元撫浙時，嘗録以進御，《揅經室外集》提要云：按《錦機集》云僧李菩薩灑酒作花開牡丹二株，遺山爲賦《滿庭芳》，傳誦一時，是作今載集中。張炎稱其詞深於用事，精於練句，風流蘊藉，不減周、秦，合觀諸作，良非虛美也。〔三九〕

此書後歸江南圖書館收藏，見《江南圖書館善本書目》著録，有《遺山新樂府》五卷，云舊抄本〔四〇〕。此書今存南京圖書館，見《中國古籍善本書目》著録，有《遺山先生新樂府》五卷，清抄本，清丁丙跋。

其二，《八千卷樓書目》卷二十著録有《遺山樂府》一卷，明淩雲翰編，明抄本。又《善本書室藏書志》卷四十著録有《遺山樂府》一卷，明抄本，云：

前鄉貢進士錢塘淩雲翰彦翀編選。

此則淩雲翰所選遺山之詞也，《歷代詩餘》及朱彝尊《詞綜》所選皆據此編，雲翰當時殆合新、舊兩本選而成此，故有出於《新樂府》五卷之外者，舊樂府不知若干卷，久已佚去耳。

此書後歸江南圖書館收藏，見《江南圖書館善本書目》著録，有《遺山樂府》一卷，云錢塘淩雲翰，明抄本，與元劉因《静修詞》合册。此書今存南京圖書館，見《中國古籍善本書目》著録，有《遺山樂府》一卷，云明抄本，清丁丙跋。

㉖ 清華蘅芳藏抄本

張文虎《舒藝室雜著·甲編》下《書遺山樂府後》云：

頃華君若汀出舊藏抄本見視，亦題何義門校，與予後所借得者大略相同。惟多補遺一卷，然弟五卷末朱筆跋語尾已剥落，不知其姓名。又據所稱趙清常自記，從各書採録補遺如其數，當有四十首，而今只二十三首。又復出其二，祇二十一首，則此又非跋者所見本也。

知是傳抄自何焯藏本，趙清常即明趙琦美，其人及藏書詳前。知補遺原有四十首，殘存二十三首，去其重複二詞，實二十一首。邵瑞彭《重刊陽泉山莊本〈遺山樂府〉跋》云：「何氏補遺，天壤間止存二本，北有劉藏華刻，南有華藏舊抄，今皆不審飄零何處矣。」又《石蓮盦彙刻九金人集》本《元遺山先生全集》，後附《遺山先生新樂府》五卷補遺一卷，繆荃孫跋有「又見華若汀藏舊抄，有補遺二十二首，方知梅生刻本亦未盡善也」云云，爲五卷本，有補遺，數目與張文虎所言略有有出入。按：華蘅芳（一八三三—一九〇二），字若汀，無錫（今屬江蘇）人。出生於世宦門第，在數學領域頗有造詣。清光緒時曾在天津武備學堂任教習，又在湖北武昌主講兩湖書院，先後擔任常州龍城書院和江陰南箐書院院長。編著有《行素軒算稿》等。

⑯ 清陸氏皕宋樓藏抄本

陸心源（一八三四—一八九四），字剛父，號存齋，晚號潛園老人，歸安（今屬浙江）人。清咸豐九年（一八五九）舉人，任廣東南韶兵備道，調高廉道。同治時赴閩，署糧鹽道，旋乞養歸里。所著有《潛園總集》，凡九百餘卷。酷嗜異書，藏書處有潛園、皕宋樓、儀顧堂、十萬卷樓等。著有《十萬卷樓書目》、《皕宋樓藏書志》、《儀顧堂題跋》等，刻有《十萬卷樓叢書》等。

所藏元氏詞集抄本有二：其一，《皕宋樓藏書志》卷一百二十著録有《遺山先生新樂府》五卷，云舊抄本[四一]。又見河田羆編《靜嘉堂秘笈志》卷五十「陸氏十萬卷樓舊藏·詞曲類」著録，有《遺山先生新樂府》，抄，一本[四二]。其二，《皕宋樓藏書志》卷一百二十著録有《遺山樂府》一卷，云舊抄本。並録勞氏道光題識。

⑰ 清蔣氏藏抄本

王國維編《大雲書庫藏書題記》卷四著録有《遺山新樂府》五卷，舊抄本。云：

> 此書向無刻本，愛日精廬、鐵琴銅劍樓所藏並是抄本。此本得之蘇州，前有「蔣維培印」、「季卿」二朱記，後有朱書二行，曰：「己酉秋從林屋葉氏明抄本校繕，元愷。」《孝慈堂書目》所載所藏有葉文莊藏本，洞庭葉氏本，或即據文莊本傳抄者耶？元愷不知何許人。[四三]

大雲書庫爲羅振玉所有，知原爲蔣氏求是齋藏書，據明抄本校。按：蔣壑（？—一八六〇），原名蔣維培，字季卿，南潯（今浙江湖州）人。諸生，聚書萬卷，藏書樓爲求是齋，著有《求是齋雜著》等。此本後爲羅氏收藏，羅振玉輯有《殷禮在斯堂叢書》，其中有《遺山先生新樂府》五卷，跋云：

> 《遺山新樂府》舊刻不傳，惟張石州先生校刊遺山全集有之，凡四卷。此本及愛日精廬、鐵琴銅劍

樓所藏抄本並是五卷，蓋張本佚末卷也。予往歲得此本於吴中，前有「蔣維培印」、「季卿」二朱記，後有朱書二行，曰：「己酉秋從林屋葉氏明抄本校繕，元愷。」《孝慈堂書目》載所藏有葉文莊藏本，稱元愷者，不知何人。至所云林屋葉氏本，殆即傳抄葉文莊本也。戊辰九月上虞羅振玉記。〔四四〕跋作於民國十七年（一九二八），與《大雲書庫藏書題記》提要云云略同。元愷，辛德魁《遺山詞集版本源流考》一文以爲是趙元愷，爲趙宗建的祖父，趙氏藏書詳見前「趙氏舊山樓藏抄本」條。

㊅ 清林屋葉氏藏抄本

王國維編《大雲書庫藏書題記》卷四於《遺山新樂府》云：「後有朱書二行，曰：『己酉秋從林屋葉氏明抄本校繕，元愷。』《孝慈堂書目》所載所藏有葉文莊藏本，洞庭葉氏本，或即據文莊本傳抄者耶？元愷不知何許人。」又見羅振玉於《殷禮在斯堂叢書》本《遺山先生新樂府》跋云云，均詳前條。按：葉闇，字豈僧、隱僧，號林屋山人，清吴縣（今江蘇蘇州）人。善畫。林屋葉氏即洞庭葉氏，當指葉闇，洞庭當是就太湖中的洞庭山而言。

㊆ 沈氏抱經樓藏抄本

沈德壽，字藥庵，慈溪（今屬浙江）人。生活於清末民國間，經商致富。性好聚書，聞有善本，不惜重貲，積書五萬餘卷，其藏書處爲抱經樓，以其多得盧址藏書，仍其舊名。編有《抱經樓藏書志》。《抱經樓藏書志》卷六十四著録有《遺山樂府》一卷，云抄本，前鄉貢進士錢塘淩雲翰彦椒編選〔四五〕，「彦椒」當作「彦翀」。

㊇ 繆荃孫藏抄本

繆荃孫（一八四四—一九一五），字炎之，號筱珊，又作筱山、小山、小珊等，晚號藝風老人，清道光末生於江陰官宦人家。年二十舉家遷居成都。清光緒二年（一八七六）進士，授翰林院編修。後充清史館總纂、提調，歷主江陰南菁、山東濼源、湖北經心、南京鐘山等書院講席等。繆氏爲中國近代圖書館的奠基人，創辦江南圖書館和京師圖書館。辛亥革命後，辭歸南返，僑寓上海，以遺老自居。從事圖書的收藏與出版，藏書處有藝風堂（北京）、對雨樓（南京）、雲自在龕（北京）、藕香簃等。著述頗豐，著有《藝風堂文集》、《藝風堂讀書記》、《藝風堂藏書記》，以及《清學部圖書館善本目録》、《盛氏愚齋圖書館藏書目録》、《目録詞小説譜録目》等。

《目録詞小説譜録目》著録有《遺山樂府》一卷，云傳寫明抄本。又《石蓮盦彙刻九金人集》本《元遺山先生全集》附有《遺山先生新樂府》五卷補遺一卷，繆荃孫跋有「荃孫有明抄本，只一卷」云云。

㈢ 李氏木犀軒藏抄本

李盛鐸（一八五九—一九三七），字椒微，號木齋、師庵居士等，九江（今屬江西）人。清光緒十五年（一八八九）榜眼，授翰林院編修。任京師大學堂總辦，駐日本、比利時大使，又爲布政使等。民國時任山西民政長、參議院議長等。喜藏書，木犀軒爲其藏書總稱，藏書萬餘種，編有《木犀軒收藏舊本書目録》、《麐嘉館行篋書目》、《天津延古堂李氏舊藏書目》等。

李氏《木犀軒收藏舊本書目》著録有《遺山樂府》一卷，云淩雲翰編選，抄本，繆藝風手校，一册〔四六〕。

㈢ 張氏適園藏抄本

張鈞衡（一八七二—一九二七），字石銘，號適園主人，吴興（今屬浙江）人。清光緒二十年（一八九四）舉人，曾任兵部車駕司郎中。其家以鹽業致富，喜聚書，於故鄉南潯建適園，中有六宜閣和擇是居，爲藏書之所，積書十餘萬卷。刊有《擇是居叢書》和《適園叢書》，編著有《適園藏書志》等。

《適園藏書志》卷十六著録有《遺山樂府》一卷，舊抄本。云：

金元好問撰，前鄉貢進士錢塘淩雲翰彦翀編選。遺山詞，張玉田稱其深於用事，精於煉事，風流藴藉，不減周、秦。此選此一卷，然《歷代詩餘》及《詞綜》所選皆據此編，當時合新、舊兩樂府選成，故有出於《新樂府》五卷之外者。〔四七〕是源自淩雲翰選本。

㉓ 傅增湘藏抄本

傅增湘（一八七二—一九四九），字沅叔，又字淑和，號藏園，别署雙鑒樓主人、清泉逸叟、長春室主人等，江安（今屬四川）人。清光緒二十四年（一八九八）進士，爲翰林院庶吉士。民國時曾任教育總長，又任故宫博物院圖書館館長。喜藏書，藏書處有雙鑒樓，多達二十餘萬卷。編著有《雙鑒樓善本書目》、《藏園羣書經眼録》、《藏園羣書題記》等。

前文知盧文弨傳抄的元氏詞集五卷本和一卷本均歸傅氏，另《藏園羣書經眼録》卷十九著録有《遺山樂府》一卷，云：「舊寫本。過録清勞格校。」（古書流通處送閲。壬戌）壬戌爲民國十一年（一九二二）。

㉔ 王國維藏抄本

王國維（一八七七—一九二七），字静安，號觀堂、永觀，海寧（今屬浙江）人。早年赴日本留學，不久因病歸國。辛亥革命後隨羅振玉赴日本，留居五年，以清朝遺老自居。回國後曾任清華大學研究院教授。所著頗豐，後人輯有《王忠慤公遺書》等。編著有《人間詞》、《人間詞話》、《唐五代二十一家詞輯》、《詞録》等。

《詞録》著録有《遺山樂府》一卷，又《新樂府》五卷，云：「錢唐丁氏舊抄本，全集本僅前四卷。」〔四八〕按：錢唐丁氏指丁氏八千卷樓，詳前。

㉕ 張宗祥藏抄本

張宗祥（一八八二—一九六五），譜名思曾，慕文天祥爲人，改名宗祥，字閬聲，號冷僧，别署鐵如意館主，海寧（今屬浙江）人。清光緒二十八年（一八九二）舉人。民國時任浙江教育廳廳長，一九四九年後歷任浙江圖書館館長、浙江省文史研究館副館長、西泠印社社長等，著有《鐵如意館雜記》、《鐵如意館手抄書目》等。

《鐵如意館手抄書目》著録有《遺山樂府》三卷，一册。云：

此爲所撰樂府單行本。高麗刊後有弘治紀元之五年壬子重陽後一日都事月城李宗準仲鈞跋，前有遺山自序，小黑口，半頁十行，行十七字，字體古拙可愛，蓋泥模活字之外，此爲高麗善本矣。〔四九〕知係抄本，或是據明弘治高麗刊本傳抄者。

以上知明清以來藏家著録的元氏詞集之抄本，以一卷本和五卷本居多，其中有的是三種均藏有，如陸漻、王聞遠、盧文弨、趙魏、丁丙、陸心源、傅增湘等，此外天津圖書館藏有《遺山先生新樂府》五卷，清抄本，《續修四庫全書》據以影印。又上海圖書館藏《遺山樂府》一卷，抄本，有箋注。以上可知元氏詞集抄本至少有四十多種。另見於著録而未言版本的有以下十種：

明晁瑮《晁氏寶文堂書目》著録有《元遺山樂府》〔五〇〕。

明楊士奇等《文淵閣書目》卷十「詩詞・月字型大小第二廚書目」著録有《遺山樂府》，一部一册，闕〔五一〕。按：「闕」字意指曾爲文淵閣藏書而後不存者。

清黃虞稷《千頃堂書目》卷三十二著録有《遺山樂府》二卷〔五二〕。

清倪燦撰、盧文弨補《補遼金元史藝文志》著録有《遺山樂府》二卷〔五三〕。

清朱彝尊《詞綜》「發凡」云《遺山樂府》三卷〔五四〕。

《御選歷代詩餘》一百八「詞人姓氏」云所自著者，錢塘淩雲翰編集之爲《遺山樂府》〔五五〕。

清錢大昕《補元史藝文志》卷四著録有《遺山樂府》二卷〔五六〕。

清王聞遠《孝慈堂書目》著録有《遺山樂府》一卷，淩雲翰編選。

清許宗彦《鑒止水齋藏書目》著録有《元遺山樂府》一本[五七]。

王祖畬《書籍簿記》著録有《遺山樂府》一册[五八]。

以上均版本不詳，當以抄本居多，其中有四家著録的爲二卷本，前引盧文弨《遺山樂府題辭》有「朱竹垞、黄俞邰所見本俱只二卷」云云，朱竹垞、黄俞邰即朱彝尊、黄虞稷，又邵瑞彭《重刊陽泉山莊本〈遺山樂府〉跋》云：「一卷本，明淩雲翰彦翀編，趙清常從焦漪園借抄，復就選本類書搜得五十首，録爲補遺一卷，故竹垞《詞綜》『發凡』總之曰二卷。」認爲二卷本是淩雲翰選本一卷，外加趙琦美另輯補遺的一卷，不知邵氏所言確否？

〔一〕見《彊村遺書》本《遺山樂府》，上海古籍出版社，一九八九年影印本。

〔二〕許有壬《至正集》，《北京圖書館古籍珍本叢刊》本。

〔三〕如：任德魁《遺山詞集版本源流考》，見任德魁《詞文獻研究》第三章，南開大學出版社，二〇一〇年。趙永源《遺山詞集版本考》，見趙永源《遺山樂府校注》附録四，鳳凰出版社，二〇〇六年；另見趙永源、秦冬梅《遺山詞集版本考略》，載《忻州師範學院學報》二〇〇二年第四期。顔慶餘《元好問詞集的版本問題》，載《書目季刊》二〇〇八年第四期。

〔四〕葉盛《菉竹堂書目》，《四庫全書存目叢書》本。

〔五〕王聞遠《孝慈堂書目》，《郎園先生全書》本。

〔六〕如清代有林佶題名《天一閣書目》、佚名編《四明天一閣藏書目録》、范懋柱編《天一閣藏書目》、薛福成編《天一閣見存書目》等，民國時有馮貞羣編《鄞范氏天一閣書目内編》、林集虚編《目睹天一閣書録》等。

〔七〕范懋柱《天一閣藏書目》，清文選樓刊本。

〔八〕見《詞學季刊》第一卷第三號，下同。

〔九〕陸漻《佳趣堂書目》，《郎園先生全書》本。

〔一〇〕盧文弨《抱經堂文集》,《四部叢刊》本,下同。
〔一一〕袁榮法《剛伐邑齋藏書記》,臺灣「國立中央圖書館」,一九八八年,下同。
〔一二〕見趙永源《遺山樂府校注》附録四,鳳凰出版社,二〇〇六年。下同。
〔一三〕張文虎《舒藝室雜著》,《續修四庫全書叢書》本,下同。
〔一四〕見孔凡禮《元好問資料彙編》,學苑出版社,二〇〇八年。
〔一五〕傅增湘《藏園羣書經眼録》,中華書局,一九八三年,下同。
〔一六〕彭元瑞《知聖道齋讀書跋》,《叢書集成初編》本。
〔一七〕朱學勤《結一廬書目》,《郎園先生全書》本。
〔一八〕朱學勤《别本結一廬書目》,《郎園先生全書》本。
〔一九〕莫伯驥《五十萬卷樓藏書目録初編》,上海商務印書館,民國二十五年鉛印本。
〔二〇〕莫伯驥《五十萬卷樓羣書跋文》,民國鉛印本。
〔二一〕按:周岸登(一八七二—一九四二),字道援,號癸叔,威遠(今屬山東)人。以詞風初尚吴夢窗、周草窗,别號二窗詞客。清光緒十八年(一八九二)舉人。知陽朔、蒼梧兩縣,爲全州知州。辛亥革命後,又知寧都、吉安等縣,爲廬陵道尹。民國時曾在厦門大學、安徽大學、重慶大學、四川大學等執教。工於詞曲,編著有《唐五代詞》、《北宋慢詞》、《曲學講稿》等。周氏以張氏陽泉山莊刊《元遺山先生集》附《新樂府》四卷,校《彊村叢書》本(覆刻明弘治高麗本《遺山樂府》三卷)和《石蓮盦彙刻九金人集》本《元遺山先生全集》之《遺山先生新樂府》五卷補遺一卷。
〔二二〕趙魏《竹崦庵傳抄書目》,《郎園先生全書》本。
〔二三〕阮元《揅經室外集》,《四部叢刊》本。
〔二四〕張允亮編《故宫善本書目》,故宫博物院民國二十三年排印本。
〔二五〕參見顔慶餘《元好問詞集的版本問題》一文。
〔二六〕張穆《㞦齋文集》,《續修四庫全書叢書》本,下同。
〔二七〕莊仲芳《映雪樓藏書目考》,稿本。
〔二八〕張金吾《愛日精廬藏書志》,《續修四庫全書叢書》本。

〔二九〕瞿鏞《恬裕齋藏書記》，抄本。

〔三〇〕瞿良士輯《鐵琴銅劍樓藏書題跋集録》，上海古籍出版社，二〇〇五年。

〔三一〕見孔凡禮《元好問資料彙編》，學苑出版社，二〇〇八年。

〔三二〕吴昌綬輯《勞氏碎金》，《叢書集成續編》本。

〔三三〕繆荃孫《藝風藏書續記》，中華書局《清人書目叢刊》影印本。

〔三四〕丁仁《八千卷樓書目》，《續修四庫全書》本，下同。

〔三五〕吴昌綬《宋金元詞集見存卷目》附《雙照樓續輯宋金元百家詞目》，上海鴻文書局，丁未（一九〇七）石印本。

〔三六〕見《中國古籍善本書目》，上海古籍出版社，一九九八年。下同。

〔三七〕瞿世瑛《清吟閣書目》，《松鄰叢書乙編》本。

〔三八〕趙宗建《舊山樓書目》，稿本。

〔三九〕丁丙《善本書室藏書志》，清光緒辛丑錢唐丁氏開雕。下同。

〔四〇〕《江南圖書館善本書目》，民國鉛印本。下同。

〔四一〕陸心源《皕宋樓藏書志》，清光緒八年十萬卷樓刻本。下同。

〔四二〕河田羆編《静嘉堂秘笈志》，北京圖書館出版社，二〇〇三年影印《日本藏漢籍善本書志書目集成》本。

〔四三〕王國維編《大雲書庫藏書題記》，遼寧教育出版社，二〇〇三年《雪堂類稿》本。

〔四四〕見《遺山先生新樂府》，東方學會，民國十七年排印《殷禮在斯堂叢書》本。

〔四五〕沈德壽《抱經樓藏書志》，美大印局，甲子（一九二四）排印本。

〔四六〕李盛鐸《木犀軒收藏舊本書目》，商務印書館，二〇〇五年《中國著名藏書家書目彙刊》影印本。

〔四七〕張鈞衡《適園藏書志》，民國刊本。

〔四八〕王國維《詞録》，浙江教育出版社、廣東教育出版社，二〇一〇年《王國維全集》本。

〔四九〕張宗祥《鐵如意館手抄書目》，油印本。

〔五〇〕晁瑮《晁氏寶文堂書目》，《四庫全書存目叢書》本。

〔五一〕楊士奇等《文淵閣書目》，《讀畫齋叢書》本。

〔五二〕黄虞稷《千頃堂書目》,《叢書集成續編》本。

〔五三〕倪燦撰、盧文弨補《補遼金元史藝文志》,《廣雅書局》本。

〔五四〕朱彝尊、汪森編《詞綜》,上海古籍出版社,一九七八年。

〔五五〕清王奕清等編《御選歷代詩餘》,浙江古籍出版社,一九九八年影印本。

〔五六〕錢大昕《補元史藝文志》,《廣雅書局》本。

〔五七〕許宗彦《鑒止水齋藏書目》,商務印書館,二〇〇五年《中國著名藏書家書目彙刊》影印本。

〔五八〕王祖畬《書籍簿記》,稿本。

(作者單位:江蘇第二師範學院文學院)

明疑難詞人詞作考二則

周明初

内容提要　本文二則，一則是對五首無名氏詞作的寫作時代、贈送對象進行考定，并對其中第一首詞作的作者進行推定；另一則是對生平資料極有限而且又存在舛誤的詞作者，進行生平履歷和生卒年的考定。

關鍵詞　疑難詞作　詞作者　考證

在採輯明詞的過程中，有時會遇到一些無名氏之作，既不著撰人，也無詞題、詞序之類可供探究的有效信息，對於這些詞作，又該如何判斷和確定它們是否明代詞作？根據詞作的内容，如何考定這些詞作的贈送對象和作者？另有一些詞作雖署作者名，但作者聲名不彰，有關的傳記資料極其有限，而且還存在舛誤，在這樣的情況下，又該如何有效地利用這些資料，來確定作者的大致履歷和生卒年？在當今時代，由於古籍的數字化，在文獻資料的蒐集方面給我們帶來了極大的便利。因此，如何充分利用這些文獻資料，進行更深層次的挖掘和研究，特别是解決一些以往難以解決的複雜而疑難的問題，這是我們需要著重思考的。因爲在數字化時代，在蒐集資料方面，專業人士和初學者其實處於同一個平臺上，但對蒐集到的文獻資料，如何進行解讀、加工和利用，能够進行到什麽程度，則還是能够體現出專業的程度的。本文所作的二則疑難詞人詞作考證，就是利用文本中所顯示出的職官制度等信息，結合通過電子數據庫所蒐集到的文獻資料所作的嘗試。

一　五首無名氏詞作的贈送對象和作者考

在《金華叢書》之「蘭溪宗譜二」中收有《金華章氏世譜》，據宗譜中所收諸譜序，可知此譜實爲金華、永康、蘭溪諸縣章氏之通譜，並不限於蘭溪一地，叢書中將它列入蘭溪宗譜其實并不正確。而據諸譜序文可知，此譜多次續修，而最近的一次續修時間是在清道光年間。其「藝文編」所收詩文，排序混亂，漫無體例，當是雜採了多種支譜拼湊而成。該「藝文編」中依次收有以下五首詞作：

滿庭芳

膠漆情親，金蘭義氣，九年愈見綢繆。丹山彩鳳，枳棘怎能留。報導趨裝去也，正秋深、雨霽雲收。西風裏，黄花採採，天淡水悠悠。　金臺指日到，天官考最，偉績無儔。擬金甌，名覆榮擢恩優。八桂黄童白叟，長街上、遮擁歌謳。明年約，榴花綻錦，顒首迓蘭舟。

木蘭花令

雄才蚤歲登科第。簪笏垂紳侍丹陛。邊鎮肅，百僚清。西廣提刑民樂易。　只今晝錦榮鄉里。正值嚴親增壽祉。佇看考績赴銓曹，奏最龍顏應大喜。

失調名

迎誥命，感皇恩，世德流芳篤。生人傑，曾向金門春對策。職司彈劾，遠近奸邪震懾。師表憲臺，再陞方伯。　夙夜勤勞，忠誠報國。榮沐聖君頒寵澤。褒封祖考，今古誠爲難得。汗簡千年，聲名煊赫。

玉樓春

列職烏臺才倜儻。簡拔超陞按西廣。九年繩糾見殊功，三代褒封承懋賞。　鳳誥龍章五色晃。赫赫榮光耀閭黨。填門賀客擁雲街，□歸歡動春雷響。

滿庭芳

玉潔豐姿，冰清懷抱，蚤年烏府名揚。超居方嶽，保釐福遐荒。宣化能持平恕，人都道、德懋春陽。賢勞著，帝心簡在，錫誥顯忠良。　想人生能有幾，推恩三代，豈謂尋常。報功崇德，忠孝允昭彰。争看紛紛冠蓋，畫堂滿、瑞靄祥光。秉精忠，風雲九萬，自此更高翔。[一]

此五首詞中的第二首「失調名」原接排在第一首《木蘭花令》後，係筆者整理時析出。此五首佚名詞作，因爲既無詞題又無詞序，作者爲誰，是否爲同一人所作，是宋元時人還是明清時人，我們一無所知。然細讀這五首詞，可以得到幾點初步認識：

（一）這五首詞均爲贈人之詞。第一首中言「金臺指日到，天官考最，偉績無儔」、第二首中言「佇看考績赴銓曹，奏最龍顔應大喜」，「金臺」指京城，「天官」、「銓曹」均指吏部，顯然這兩首都是送人入京赴吏部考績，並且祝願取得第一等好成績的贈詞；第三首寫「榮沐聖君頒寵澤。褒封祖考」，第四首寫「三代褒封承懋賞」、「填門賀客」，第五首寫「推恩三代」、「争看紛紛冠蓋，畫堂滿、瑞靄祥光」，顯然是受贈人在考績中取得好成績、祖宗三代受到褒封後朋友們所作的慶賀之詞。

（二）五首詞的受贈人應當爲同一人。第一首中言「八桂」，第二首中言「西廣提刑」，第三首中言「按西廣」，說明受贈人任職於廣西。第四首言「列職烏臺才倜儻，簡拔超陞按西廣」，第五首言「蚤年烏府名揚。超居方嶽」，第三首言「師表憲臺，再陞方伯」，說明此人先任職於御史臺，後來任職於廣西的「憲臺」，後來又陞至「方伯」。結合第一點，可知這五首詩中所提供的信息，互相勾連，互相映證，雖然贈送者不一定是同一人，但受贈人顯然是同一個人。

（三）從詞中涉及的官員考核制度來看，這五首詞應當是明人或清前期之人所作。第一首言「九年愈見綢繆」、「金臺指日到，天官考最」，第二首言「考績赴銓曹」，第四首言「九年繩糾見殊功，三代褒封承懋賞」，可見這官員是任滿九年後入京城接受吏部考績的。任職九年，接受吏部考績，這分明與明代及清前期所實行的官員考滿制度有關。依明代的官員考核之法，考滿與考察並行。其中考滿之法：任職官員三年初考，六年再考，九年通考。九年任滿，要赴吏部接受考核，根據考核結果，決定陞降。〔二〕清前期基本沿襲明制，康熙以後，考滿制度基本廢棄。從詞中所寫的九年滿考來看，這是明詞或清前期的詞作。

（四）受贈人的任職經歷大致清楚。第五首言「蚤年烏府名揚」，第四首言「列職烏臺才倜儻」，「烏府」、「烏臺」指御史臺，在明清時則指都察院，可知受贈人早年在都察院擔任監察御史之職；第二首中言「西廣提刑民樂易」，第四首言「列職烏臺才倜儻，簡拔超陞按西廣」，可知受贈人由監察御史簡撥超陞爲廣西提刑按察司官員；第三首「師表憲臺，再陞方伯」，第五首「超居方嶽」，「憲臺」在明清時指稱都察院都御史或提刑按察司按察使，而「方伯」、「方嶽」指承宣佈政司布政使，可知受贈人先任廣西按察使，後來又超陞爲布政使。

那麼這個受贈人是誰呢？既然做過布政使這一級别的高官，在章氏宗譜中應當是有綫索可追尋的。查《金華章氏世譜》之「藝文編」，此組詞前面相隔好幾頁有一組十一首《送任廣西》詩，贈送者有楊榮、胡濙等多人〔三〕，雖缺失受贈者信息，但其中楊榮所作之詩又見於《楊文敏公集》卷七中，詩題作《送按察使章聰之廣西》〔四〕，可知這十一首組詩的受贈人是章聰，時任廣西按察使；又「藝文編」中另有一組七首《廣西布政使章公挽詩》，其中一首署名「廬陵劉廣衡」，詩後有跋云：「章君聰俊民同予登永樂甲辰科邢寬榜進士第。君由御史，歷官廣西右布政使，綽有聲稱。年方五十三而没。」〔五〕可知所挽的對象也是章聰。由楊榮之詩可知章聰曾任廣西按察使，由劉廣衡詩後跋語可知章聰曾任都察院監察御史，後官至廣西右布政使。

據過庭訓《本朝分省人物考》卷五二《章聰傳》：「章聰，字俊民。金華縣人。登永樂甲辰進士。宣德二年，拜監察御史。彈劾不避權貴，銓曹稱爲御史甲乙。嘗奉敕撫諭南夷及監軍討罪西戎，規畫得宜，戎夷歸化。朝廷嘉其能，陞廣西按察使。奏徙南丹衛於賓州、奉議衛於貴縣，士卒免煙瘴之患。議置巡司於潯、梧、柳、慶要害之地，民免團軍之擾。陞右布政使。尋丁内外艱，卒於家。」〔六〕《（萬曆）金華府志》卷十七《人物傳三》所收傳記與此同。由此傳可知章聰的情況，與前面五首詞中所透露的信息無一不合，而且《木蘭花令》中所説「邊鎮肅，百僚清」、「失調名」中「職司彈劾，遠近奸邪震懾」等等情況，均可在此傳中得到落實，可知《金華章氏世譜》中所收録的這五首詞的受贈人即是章聰。

據《明實録》，可知章聰在宣德三年（一四二八）十一月授行在廣西道監察御史〔七〕，在正統四年（一四三九）六月由監察御史陞爲廣西按察使〔八〕，正統十四年（一四四九）七月由廣西按察使陞爲廣西右布政使〔九〕，上任後不久因父喪而解官丁憂，景泰三年八月（一四五二）卒於家〔一〇〕。又由《金華章氏世譜》「藝文編」中劉廣衡詩後跋語稱章聰「年方五十三而没」，可推知章聰生於建文二年（一四〇〇）。詞作受贈人章聰是明代建文至景泰年間人，則詞作者也一定是這一時期的人，此五首詞爲明詞自然可以確定。更進一步説，這五首詞之第一、第二首，當是爲章聰任廣西按察使滿九年而卸任，入京赴吏部進行考滿而作。第一首爲離開廣西時，當地官員的送别之作，當作於正統十三年（一四四八）秋天。第二首應當是他赴京途中順道回鄉爲父親作壽時受贈之作，當作於該年秋天以後。而第三至五首，應當是章聰在吏部考滿結束後，因考核成績優異而褒封三代，自己又被提陞爲廣西布政使後的受贈之詞，應當作於正統十四年七月後。按照明代的情狀，這五首受贈之詞原本都是帳詞，應當有詞題及詞序，還有贈送人，但在輾轉收入宗譜後不知何故這些信息丢失了。本來《送任廣西》、《廣西布政使章公挽詩》這兩組詩與這組没有總題名的五首詞作，所贈所挽者爲同一個人章聰，原本應當是編排在相鄰之處的，但因年代久遠，在後世所編的宗譜中不僅分散在三處，而且丢失了有關的信息，以致需要花費較多精力纔能查考清楚。

上文五首詞的詞作者大多已不可考。因爲明代以贈人考績、赴任、受封、祝壽等爲内容的帳詞，贈送人往往不是以一個人的名義，而是以多個人甚至幾十個、上百個人的名義贈送的，而且寫作者與贈送人有時候還不是同一人。但第一首《滿庭芳》則是個例外。這首詞開頭説「膠漆情親，金蘭義氣，九年愈見綢繆」，顯然有着非常私人化的感情色彩，這與多個人所贈的帳詞往往寫得空泛而且不具有私人感情的寫作策略明顯不一樣，可以推知這一首詞應當是與章聰關係密切的某位官員所贈之作。

從詞中開頭所言「膠漆情親，金蘭義氣，九年愈見綢繆」，可知詞作者在章聰任職廣西按察使的九年時間裏一直在廣西任職，他應當是在章聰來到廣西前就任職於此了，而且此人與章聰在來到廣西之前就認識，並且已經有了很好的交情，在共同任職廣西的九年中友情更加深厚。又從「明年約，榴花綻錦，顒首迓蘭舟」來看，章聰離開廣西赴京之時，此人仍在廣西任職，因此希望章聰在考核結束後明年仍然回到廣西來共事。此作者早年就與章聰認識，在廣西任職的時間比章聰還長，而且兩人交情很深。從整首詞的行文語氣來看，顯然這是一位與章聰官位級别相當的友人。因此，這位作者如果不是總督、巡撫的話，也會是廣西布政司或按察司中的高級别官員。

明朝時地方官員實行流官制度，通常情況下一個地方官員在同一個省份（布政司）任職的時間不會太長，大多數官員在三年滿一任後會改調至别的省份或赴京任職。但在西南、西北的某些少數民族聚居較多的省份，因爲改土歸流的時間不長，需要熟悉邊務、富有處理複雜事務特别是涉及到少數民族事務的經驗的官員來管理，因此少部分地方官員會在同一個地方任職較長時間。通過對《（嘉靖）廣西通志》卷六《秩官》，結合《（雍正）廣西通志》卷五十二《秩官》，對正統年間及前後廣西督撫，布政司布政使、參政、參議，按察司按察使、副使、僉事任職時間的普查，調查所得有揭稽、孫曰良和胡智三人在廣西任職時間較長，大致與詞作者的條件相符。經過進一步篩選考辨，筆者認爲該詞作者是胡智的可能性最大。

先看揭稽。揭稽爲永樂十九年(一四二一)進士,宣德三年(一四二八)十一月授行在湖廣道監察御史[一一],宣德十年(一四三五)九月陞廬州知府[一二],正統三年(一四三八)十二月陞廣西左布政使[一三],正統十三年(一四四八)三月,調廣東布政使[一四],景泰二年(一四五一)八月調户部侍郎[一五],同年九月調兵部侍郎、巡撫廣東[一六]。揭稽與章聰是在同一時間裏擔任當時在北京的行在都察院監察御史的,監察御史分屬不同的道,平時在京糾劾百官,不定期承擔巡按外地的任務。因此揭稽和章聰在都察院共事的時間是較多的,他們之間建立私人情誼的可能性也是比較大的。後來他們又先後來到廣西,又長期共事,私人情誼應該有更進一步的發展。不過,朝廷已在正統三年三月發出任命調揭稽爲廣東布政使,因此在該年秋天章聰離開廣西赴北京滿考時,揭稽應當已經離開廣西前往廣東上任了。即使揭稽當時還在廣西尚未赴任廣東,也不會再寫「明年約,榴花綻錦,顋首迓蘭舟」這樣的句子了,因爲明年揭稽肯定已經不在廣西了。所以揭稽此人可以排除。

再看孫曰良。孫曰良爲永樂九年(一四一一)進士,先後做過監察御史和交州知府[一七],正統二年(一四三七)九月由重慶知府陞廣西右布政使[一八],正統五年(一四四〇)十月因父喪守制[一九],後又因母喪而守制[二〇],正統十四年十一月,由廣西右布政使陞都察院右副都御史、鎮守臨清[二一]。孫曰良在廣西任職的時間早於章聰,在正統十四年十一月前還在廣西任職,寫作此詞的可能性也較大。但《明憲宗實録》中稱孫曰良「永樂辛卯進士,授監察御史。時朝廷初復安南地,欲得老成有風力者,安集其民。陞知交州府。居藩,服下民夷雜處,尤爲難治。曰良治,甚有聲。」[二二]永樂四年安南發生内亂,並殺害明朝使者,永樂帝派兵征討,平定後,於永樂五年在原安南地設置交趾布政司、按察司和都指揮司,並設交州等十七個府,進行直接管理,但此後一直叛亂不斷,宣德二年冬即告廢棄,仍恢復安南國。[二三]因此孫曰良任監察御史,是在永樂年間,而擔任交州知府,應當是在永樂年間至宣德三年前。章聰於永樂二十二年成進士,宣德三年才擔任監察御史。因此兩人在任職廣西之前，幾乎没有交集。又孫曰良在正統五年因父喪離職回家守制，後又遭母喪在家守制，之後才回到廣西繼續任職右布政使，雖然何時回到廣西續任的具體時間不詳，但他在廣西與章聰共事的時間實際只有三四年，遠遠不到九年，則是可以肯定的。孫曰良的情況與詞中所言「膠漆情親，金蘭義氣，九年愈見綢繆」的情狀不合，也可以排除。

最後看胡智。胡智爲永樂十九年（一四二一）進士，浙江會稽（今紹興市）人。宣德元年（一四二六）十月授行在湖廣道監察御史〔二四〕。宣德六年十一月，因六科給事中年富等劾奏都察院右都御史顧佐等冤抑平人罪，上派監察御史胡智往湖廣作調查〔二五〕。宣德年間先任福建按察副使，後改廣西副使，具體時間已不可考〔二六〕。據《明實録》，正統五年（一四四〇）三月甲子，「廣西按察司副使胡智言懷集守禦千户所逼近賊巢，請甃其土城，從之」〔二七〕。可知在正統五年三月前，胡智已任廣西副使之職。正統十三年（一四四八）正月，陞廣西左布政使〔二八〕，景泰元年七月致仕〔二九〕。胡智比章聰中進士早三年，擔任監察御史早兩年，從宣德六年十一月胡智仍任監察御史來看，他們在都察院中共事至少也有三年之久，因爲同是浙江人，由於同鄉的緣故，更是很容易建立起私人情誼的。而且，他們在都察院任監察御史期間，都深受當時的掌院都御史顧佐的賞識：胡智「拜監察御史，掌院顧佐深器之，謂可囑大事」〔三〇〕，章聰「初授廣西道監察御史，嘗坐累未雪，用都御史顧佐薦，假行人職，如雲南、廣西、四川諭諸蠻之争地相殘戮者。既還，復舊任」〔三一〕。他們兩個都能得到顧佐的賞識，除了富有才幹外，意氣也可能比較相投。後來兩人又前後來到廣西，又同任職於按察司，再次成爲同僚。原來在都察院時結下的友情應當有了進一步的發展。而胡智在正統十三年的正月因九載任滿，已由廣西按察副使遷陞爲廣西左布政使，在該年秋天章聰按察使九載任滿，離開廣西赴京考滿時，胡智應當已在左布政使的任上，因此寫下《滿庭芳》這首贈詞，祝願章聰考滿取得好成績，並且希望明年章聰仍然能够回到廣西任職，也就是順理成章的事了。而事實上，章聰在完成考績後，在第二年確實又回到了廣西擔任右布政使，再次成了胡智的同僚。

二　宋澄之履歷及生卒年考

《（康熙）建德縣志》卷八《藝文志》收有明宋澄《滿江紅・雙臺垂釣》詞一首，卷七《人物志・鄉達列傳第二》有宋澄小傳曰：

宋澄，字源潔。性清介，除夕偶拾遺金，候失者，還之。中成化癸卯鄉試，授高淳知縣，有冰蘗聲。以艱補龍陽，改永定。所至諏求民瘼，多實心惠政。年六十遂乞休。講學於鄉，從遊者甚衆，學者稱爲惺齋先生。與賓筵者三十年，九十六卒。中丞賢，其曾孫也。〔三二〕

此則小傳，於宋澄之履歷大致是清楚的。其任高淳、龍陽、永定三地知縣的具體時間，據各自的縣志也應當是可以考知的。

查《（嘉靖）高淳縣志》卷二《秩官志》「知縣」中的第一人即爲宋澄，有注云：「浙江臨海人。由舉人，弘治六年任。」第二人爲劉傑，「山東潞縣人。由舉人，弘治十年任。」〔三三〕據該志卷一《建置志》：「高淳本溧水鄉鎮，古《禹貢》揚州之域。弘治辛亥，應天府丞冀綺以地遠民難牽制，奏請割西南七鄉即鎮爲縣，仍屬應天府。」〔三四〕可知高淳縣是弘治四年辛亥（一四九一）之後才設立的新縣，故宋澄是該縣第一位知縣。不過，此縣志將宋澄的籍貫錯成了浙江臨海，查諸種《台州府志》、《臨海縣志》，均無宋澄爲臨海人之説。而《（嘉靖）浙江通志》卷五十一《選舉志》七之二「成化十三年」鄉試中式舉人中「嚴州府八人」之第二人即爲宋澄〔三五〕，《（弘治）嚴州府志》卷十四《科貢・建德縣鄉舉》〔三六〕、《（萬曆）嚴州府志》卷十二《選舉志二・鄉舉》等均謂宋澄爲建德人〔三七〕，且爲成化十三年舉人。又據《（康熙）建德縣志》卷二《營建志・街坊》可知該縣城正東街有「祖孫科甲坊」，「爲舉人宋顯、宋澄，貢生宋應奎、宋邦相，進士宋賢立」〔三八〕，又同卷《廟墓》有

「高淳知縣宋澄墓」，「在拱辰門外」[三九]。可知《（嘉靖）高淳縣志》所載宋澄的籍貫是錯誤的，這個錯誤爲後來的諸種《高淳縣志》所沿襲，並且影響到了《應天府志》，如《（萬曆）應天府志》卷七《歷官表下》所載弘治高淳知縣宋澄即爲「浙江臨海舉人」[四〇]，特糾正於此。

查《（康熙）龍陽縣志》卷二《官守志・歷官表》，可知宋澄是弘治十三年（一五〇〇）任該縣知縣的，宋澄名下並有小注「建德人」。而宋澄的前任是呂亮，「山東人，監生」，弘治十二年任；宋澄的後任是韋瑛，「貴州人」，弘治十七年任[四一]。

又查《（乾隆）永定縣志》卷八《職官志・治官》所載明知縣中宋澄，「浙江建德縣，舉人，宏治九年任，有傳」。「宏治」之「宏」當作「弘」，爲避乾隆帝名諱弘曆而改，下同。其前任是陳悦，「南京吴縣，歲貢，宏治六年任」；後任是聞璿，「浙江海鹽，舉人，宏治十年任」[四二]。同卷《職官志・名宦》有傳云：「宋澄，建德舉人，宏治九年莅永。是時永始築城，澄稽查物料，董督工役，不辭勞瘁。歷今二百七十年而崇墉屹屹，澄之力也。」[四三]

方志中所記載的官員任職年份，是指官員實際到任的年份。明代官員所任官職，三年爲一個任期。由以上的三種縣志中可知宋澄先是在弘治六年（一四九三）任南直隸高淳（今屬江蘇）知縣，繼而在弘治九年（一四九六）轉任福建永定知縣，然後又在弘治十三年（一五〇〇）轉任湖南龍陽知縣。這與《（康熙）建德縣志》上所説的「授高淳知縣……以艱補龍陽，改永定」的先後次序不同；而且據《建德縣志》所載，宋澄在任高淳知縣期間，曾經因爲丁艱而回家守制，服闋後補官爲龍陽知縣，然後又改官爲永定知縣，但從宋澄的實際任職時間來看，宋澄在弘治六年任高淳知縣，在弘治九年轉任爲永定知縣，這之間正好爲三年，他應當是做滿了一任高淳知縣後才離任的，否則他的繼任者高傑不會遲至弘治十年才接任高淳知縣。高傑之所以遲至宋澄離任後的第二年弘治十年才接任高淳知縣，是因爲弘治九年丙辰是明代規定的大計之年，他應當是由於上計及進京覲見皇帝等諸種原因而延遲了上任的時間。據《明史》卷七十一《選舉志三》及卷七十二《職官志一》可知，明代每隔三年，要對地方官員進行一次考核，各級官員將自己三年中的業績呈報給自己的上級接受考核，再由各省的巡撫、巡按進行綜合評定後，造册匯送吏部，作爲官員陞黜的依據，這稱爲「上計」，在上計之後，地方官員還要進京朝覲皇帝。弘治年間將大計及進覲之年固定在辰、戌、丑、未之年。〔四四〕

宋澄在弘治九年轉任爲永定知縣，但在弘治十年即爲海鹽人聞璿取代了。也就是説宋澄在做永定知縣一年左右就離任了。古代官員提前離任的原因不外乎陞遷、罷黜、丁艱等幾種原因。他的提前離任應當就是因爲丁憂。古人官員遭遇父母之喪，要離職回家服喪三年（實際服喪時間爲二十七個月），稱爲「丁憂」或「丁艱」，服闋即服喪期滿後纔能繼續爲官。宋澄在弘治十年提前離任永定知縣，又在弘治十三年出任龍陽知縣，期間相隔三年。從時間上來説，正好與古代官員丁憂的期限相合，而且《（康熙）建德縣志》中明確説他「以艱補龍陽」，可見他確實是因丁憂才離任永定知縣，又在服闋後補官爲龍陽知縣的。

不過，《（康熙）建德縣志》中記載宋澄「授高淳知縣……以艱補龍陽，改永定」在時間順序上搞錯了，宋澄不是在任高淳知縣時離任丁憂，服闋後補龍陽知縣，又改任永定知縣的，而是在任滿高淳知縣後，轉任永定知縣，在任永定知縣期間離任丁憂，服闋後補龍陽知縣的，因此正確的説法應當是「授高淳知縣……改永定，以艱補龍陽」或者説「授高淳知縣……改永定。丁艱服闋，補龍陽」。

又《（康熙）建德縣志》謂宋澄爲成化癸卯即成化十九年（一四八三）舉人，而上文已經説過《（弘治）嚴州府志》卷十四《科貢·建德縣鄉舉》、《（嘉靖）浙江通志》卷五十一《選舉志》七之二、《（萬曆）嚴州府志》卷十二《選舉志二·鄉舉》等，均記載宋澄爲成化十三年（一四七七）舉人。《（弘治）嚴州府志》爲弘治六年（一四九三）刻、嘉靖年間增補刻本，弘治六年距成化十九年只有十年，距成化十三年也只有十六年，而同屬明代的嘉靖、萬曆年間距成化年間也均不遠，當時修史時所能見到的各種資料遠比清康熙年間更完整，而通志記載的是一省之史，府志記載的是一府之史，一般來説通志、府志纂修的力量、條件均比縣志纂修的要更强些，而鄉試又是全省範圍内所舉行的科舉考試，通志中所記載的科舉資料也是全省範圍的資料，所以綜合起來看，幾種通志、府志所載的宋澄中舉時間應當比遲至清代康熙年間才開始纂修的縣志更可靠。

又《（道光）建德縣志》卷十二《人物志·儒林》之本傳云：

宋澄，字源潔。成化丁酉舉人，除高淳知縣。多實心惠政，年六十二乞休。生平究心理學，負笈從遊者甚衆。性清介，曾於除夕拾遺金，立候失者，還之。屢與賓筵，壽九十六。[四五]

文末注曰：「參舊志。」道光以前的「舊志」，有康熙志和乾隆志兩種，而康熙志是建德歷史上第一部縣志，這從該志卷首主持修志的知縣戚延裔和縣學教諭李用勤的兩篇序中可知。戚序謂：「建爲嚴郡首邑，歷唐、宋、元，圖志有無，未遑暇論。獨有明二百餘年，從無專志。所謂疆圉、民物之類，悉附見於郡書。」[四六]而李序更是直截了當地説：「建德爲嚴首邑，向無專志。」[四七]又查《（乾隆）建德縣志》卷八《人物志·儒林》，所載宋澄小傳與康熙志全同。由此可見其言「參舊志」，只是參考了舊志的材料，但没有完全沿用舊志。此志中所説「成化丁酉」即成化十三年，這與《（嘉靖）浙江通志》、《（萬曆）嚴州府志》所載宋澄中舉人時間相合而與康熙、乾隆兩種《建德縣志》所載不合，可知道光志的修纂，是在舊志的基礎上，利用了别的材料加以修正的。不過，此志記宋澄之任職履歷，「除高淳知縣」後缺載任永定、龍陽知縣之狀況，比起康熙志來並不完整，康熙志雖有誤，但較完整。可能是因爲此志發現康熙志記載宋澄任高淳知縣之後的履歷，與當時所見的别的材料有異，但又不能判斷何者所載更準確，所以乾脆付之闕如了。

此志載宋澄「壽九十六」，與康熙志同；但載宋澄「年六十二乞休」，與康熙志「年六十遂乞休」相差兩年。一般説來，古書中以十、百這樣的整數計數的，除了一部分爲確數外，相當多的時候是舉其成數。因此康熙志中所説宋澄「年六十遂乞休」，很可能也是因爲不清楚宋澄乞休時確切的年紀而「舉其成數」，而道光志因爲利用了别的材料而明確了宋澄是在六十二歲時乞休的。

至此，我們就以「年六十二乞休」和「壽九十六」作爲座標來考證宋澄的生卒年了。據上文的查證已知，宋澄所任的最後一任官職是龍陽知縣，他是在弘治十三年（一五〇〇）到任的，而他的後任貴州人韋瑛是在弘治十七年接任（一五〇四）的。可知宋澄是在做滿了三年一任的知縣後才卸任並提出乞休的。按理宋澄卸任龍陽知縣的時間應當是在弘治十六年（一五〇三），爲何韋瑛直到弘治十七年才接任？這裏應當有多種可能性，如宋澄在做滿三年龍陽知縣後繼續留任，直到弘治十七年提出乞休後，朝廷才派來新的知縣；也有可能宋澄在弘治十六年已經卸任並提出乞休，韋瑛因爲别的事情耽擱了上任的時間。

我們姑且以弘治十六年（一五〇三）宋澄六十二歲時做滿三年一任的龍陽知縣後卸任並乞休爲基準，可推知宋澄約生於正統七年（一四四二），約卒於嘉靖十六年（一五三七）。之所以用「約」字，是因爲如果宋澄直到弘治十七年（一五〇四）才卸任並乞休的話，則其生卒年分别得往後推一年；如果他乞休的年齡是六十歲而不是六十二歲，則其生卒年又得往前推一至二年。

也許有人要問：將宋澄乞休的時間定在他做滿龍陽知縣後是否可靠，你又如何確定他在卸任龍陽知縣後没有出任新的官職？首先，各種方志包括最詳細的《（康熙）建德縣志》均没有提到宋澄出任有新的官職，如果有新的官職，通常情況下是會被記載的。其次，宋澄是以舉人的身份而不是以進士的身份出任知縣之職的，而舉人出身的人能够出任知縣，在明清兩朝處於承平的時期差不多已經是最好的結局了，通常情況下很難能够陞遷到更高品級的官職。第三，古代士人在考中舉人後往往還想考中進士，所以在通常情況下，舉人是不太願意放棄考進士的機會而謀取官職的，只有考中舉人時年紀偏大的人，幾次會試失利後覺得自己中進士的希望渺茫，才會以舉人身份參加吏部的詮選從而謀得一官半職。宋澄約生於正統七年（一四四二），在成化十三年（一四七七）成爲舉人，他中舉時已經三十六虚歲，而明清時期士子中舉的平均年齡是三十歲左右，考中進士的平均年齡是三十五歲左右，因此宋澄中舉時年齡已經偏大了，作爲年齡偏大的舉人，在弘治六年（一四九三）出任高淳知縣時已經五十二虚歲了，可見他應當是在中舉後又參加了幾次會試，覺得自己考中進士的希望不大，才參加吏部的詮選謀得知縣一職的。在他六十二歲卸任龍陽知縣時，應當是覺得自己陞遷的希望已不大，從而提出乞休的。

〔一〕《金華章氏世譜》，黄靈庚主編《重修金華叢書》第一九三册，上海古籍出版社，二〇一三年，第六六九—六七〇頁。
〔二〕參《明史》卷七一《選舉志三》，中華書局，一九七五年，第六册，第一七二一—一七二二頁。
〔三〕《金華章氏世譜》，《重修金華叢書》第一九三册，第六六二—六六三頁。
〔四〕楊榮《楊文敏公集》，《四庫提要著録叢書》集部第三五〇册，北京出版社，二〇一〇年，第八四頁。
〔五〕《金華章氏世譜》，《重修金華叢書》第一九三册，第六六五—六六六頁。
〔六〕過庭訓《本朝分省人物考》，《續修四庫全書》第五三四册，上海古籍出版社，二〇〇三年，第四四一頁。
〔七〕《明宣宗實録》卷四八，《明實録》第一一册，上海書店出版社，一九八二年影印臺灣「中央研究院」歷史語言研究所校印本，第一一七九頁。
〔八〕《明英宗實録》卷五六，《明實録》第一四册，第一〇八二頁。
〔九〕《明英宗實録》卷一八〇，《明實録》第一七册，第三四八三—三四八四頁。
〔一〇〕《明英宗實録》卷二一九，《明實録》第一八册，第四七四二—四七四三頁。
〔一一〕《明宣宗實録》卷四八，《明實録》第一一册，第一一七九頁。
〔一二〕《明英宗實録》卷九，《明實録》第一三册，第一六八頁。
〔一三〕《明英宗實録》卷四九，《明實録》第一四册，第九四二頁。

〔一四〕《明英宗實録》卷一六四：「（三月癸巳）廣西左布政使揭稽九載滿考，未到京。廣東布政司奏缺布政使，上命調稽補之。」（《明實録》第一七册，第三一七七頁。）

〔一五〕《明英宗實録》卷二〇七，《明實録》第一八册，第四四四五頁。

〔一六〕《明英宗實録》卷二〇八，《明實録》第一八册，第四四七一頁。

〔一七〕《明憲宗實録》卷一三二，《明實録》第二五册，第二四八九—二四五〇頁。

〔一八〕《明英宗實録》卷三四，《明實録》第一三册，第六七〇頁。

〔一九〕《明英宗實録》卷七十二：「（十月癸巳）廣西右布政使孫曰良聞父喪，適命總督廣西諸郡預備倉糧水利之政。曰良自陳：臣已離職守制，若釋服蒞事，非惟有虧人子報親之心，抑且有負朝廷孝理之道。上以民務方急，命曰良奔喪畢，即赴任理事。」（《明實録》第一四册，第一四〇二頁。）

〔二〇〕《明憲宗實録》卷一三三謂孫曰良「正統初，超陞廣西右布政使。後丁外艱。詔起復總督廣西兵部。未幾，丁内艱。以北虜入寇起復，陞右副都御史、鎮守臨清。」（《明實録》第二五册，第二四五〇頁。）

〔二一〕《明英宗實録》卷一八五，《明實録》第一七册，第三七〇一頁。

〔二二〕《明憲宗實録》卷一三三，《明實録》第二五册，第二四八九—二四五〇頁。

〔二三〕《明史紀事本末》卷二二《安南叛服》，中華書局，一九七七年，第三四六—三六一頁。

〔二四〕《明宣宗實録》卷二二，《明實録》第一〇册，第五八四頁。

〔二五〕《明宣宗實録》卷八四，《明實録》第一二册，第一九五六頁。

〔二六〕《（雍正）浙江通志》卷一六九《人物傳》三引《（弘治）紹興府志》稱胡智「宣德中，陞福建按察副使，調廣西。龍州與安南思郎州累年交兵，智往諭之，爲定約，遂俱罷兵。」（影印文淵閣《四庫全書》第五二三册，臺灣商務印書館，一九八六年，第四六四頁。）弘治志今已不復見，《（萬曆）紹興府志》卷四十一《人物志七》不記胡智遷福建副使在何年，而謂胡智「遷廣西按察使」（《四庫全書存目叢書》史部二〇一册，齊魯書社，一九九七年，第二八四頁），顯誤。

〔二七〕《明英宗實録》卷六五，《明實録》第一四册，第一二五七頁。《（嘉靖）廣西通志》卷六《秩官表四》「按察司」表中稱胡智爲正統九年任廣西副使，顯誤，「九年」可能爲「元年」之誤。

〔二八〕《明英宗實録》卷一六二：「（正月）癸丑，陞廣西按察司副使胡智爲布政司左布政使。智九載任滿，以總兵官安遠侯柳溥等奏保，故陞之。」（《明實録》第一七册，第三一五一頁。）由此條看，胡智至遲也應當在正統三年底或四年初已到任廣西副使。

〔二九〕《明英宗實録》卷一九四，《明實録》第一八册，第四一〇一頁。

〔三〇〕施沛《南京都察院志》卷三九《人物三》，《四庫全書存目叢書補編》第七四册，齊魯書社，二〇〇二年，第四五〇頁。

〔三一〕《明英宗實録》卷二一九，《明實録》第一八册，第四七四三頁。又據《明宣宗實録》卷八九，章聰「坐累未雪」而「假行人職」，是在宣德七年四月：「乙巳，監察御史章聰坐奏事不實及因疾低價買蜜，準例納米贖罪，仍降四等用。」（《明實録》第一二册，第二〇四五頁。）

〔三二〕《（康熙）建德縣志》，《稀見中國地方志彙刊》第一四册，中國書店，一九九二年，第一一六六頁。

〔三三〕《（嘉靖）高淳縣志》，《天一閣藏明代方志選刊》第一四册，上海古籍出版社，一九八一年，卷二第五頁。

〔三四〕同上書，卷一第一頁。

〔三五〕《（嘉靖）浙江通志》，《天一閣藏明代方志選刊續編》第二六册，上海古籍出版社，一九九〇年，第三七二頁。

〔三六〕《（弘治）嚴州府志》，《上海圖書館藏稀見方志叢刊》第八二册，國家圖書館出版社，二〇一一年，第三〇〇頁。

〔三七〕《（萬曆）嚴州府志》，《日本藏中國罕見地方志叢刊》，書目文獻出版社，一九九一年，第二八九頁。

〔三八〕《（康熙）建德縣志》，《稀見中國地方志彙刊》第一四册，第一〇八四頁。

〔三九〕同上書，第一〇九七頁。

〔四〇〕《（萬曆）應天府志》，《稀見中國地方志彙刊》第一〇册，第一二八頁。

〔四一〕《（康熙）龍陽縣志》，《中國方志叢書》華中地方第一一八四號，臺北成文出版社，一九九四年，第一七〇——一七一頁。

〔四二〕《（乾隆）永定縣志》，清乾隆二十二年（一七五七）刻本，卷八第三頁。

〔四三〕同上書，卷八第二九頁。

〔四四〕參《明史》（第六册），中華書局，一九七四年，第一七二三、一七三八頁。

〔四五〕《（道光）建德縣志》（三），《中國方志叢書》華中地方第五四七號，臺北成文出版社，一九八三年，第九四一——九四二頁。

〔四六〕《（康熙）建德縣志》，《稀見中國地方志彙刊》第一四册，第一〇五九頁。

〔四七〕同上書，第一〇六一頁。

（作者單位：浙江大學中文系）

《詞林正韻》的文獻來源及語音史價值

倪博洋

内容提要　戈載《詞林正韻》在詞學界享有崇高地位，但其是否具有語音史價值卻少受關注。《詞林正韻》切語的主體内容來源於顧廣圻修訂本《集韻》與《嘯餘譜》本《中州音韻》，在詞韻分部上完全因襲沈謙《詞韻略》。其書音系爲《集韻》與《中州音韻》的雜糅，在音系上并没有獨特的價值。但是戈載在書中體現的求正、崇古、從嚴的編纂原則，以及由口語與書面語、詩韻與詞韻之間産生的編纂矛盾可以成爲我們窺視整個韻書史發展的一個個案。

關鍵詞　《詞林正韻》　音系　音韻價值　戈載　韻書

《詞林正韻》被認爲是詞韻之學的重要著作，儘管此書在音韻學上的地位并不顯赫，但也有學者或者視其爲論述宋代語音的依據，或者專文討論其音系。[一] 一部韻書是否具有語音史價值，除了其涉及的語言學本體内容，還和其編纂體例、文獻來源、作者學養都息息相關。當代學者對戈氏之書的研究，主要涉及戈氏詞學思想、戈書尊體功能等詞學方面，至於《詞林正韻》一書本身的文獻體例及其與漢語語音史關係却是個薄弱環節。

本文爲中央高校基本科研業務費專項資助（批准號 63192411）。

一　《詞林正韻》的切語來源

學界向來都視戈載爲「清代詞韻研究的一個集大成者」〔二〕，認爲其工作有總括前人之性質。但這種總括有何體現，其書又有何創新，都需要考察其文獻來源及編纂體例以作爲突破口。

戈載在自作的《詞林正韻·發凡》（下文簡稱「發凡」）裏一方面集中抨擊沈謙《詞韻略》、李漁《笠翁詞韻》、許昂霄《詞韻考略》、吴烺等《學宋齋詞韻》、鄭春波《緑漪亭詞韻》等書「種種疏謬，其病百出」，另一方面稱《詞林正韻》「是書切音，俱從《集韻》」〔三〕一部分則「從《中原音韻》改……其餘有或從避或從便者，間亦參用《廣韻》」〔四〕。其編纂底本與創作過程看上去很清楚，即其書反切主要來源於《集韻》，而以《中原音韻》、《廣韻》作參校，同時在詞韻分部上儘量避免前人「其病百出」的疏失。但隱藏在其後的是一些需要解決的問題，比如戈氏對《集韻》究竟做了多少改動；其詞韻分部情況又如何；最關鍵的，我們知道《中原音韻》中的小韻没有切語，那麽戈氏所云其切語「從《中原音韻》改」就失去了文獻依據。〔五〕而這些與音韻文獻的糾纏又使《詞林正韻》與音韻學在學者眼中發生了密切的聯繫，比如其書中對《集韻》切語的改動是否體現了時音特點，其所分詞韻韻部與宋代語音是否相符。爲了理清這些問題，首先就要確定《詞林正韻》切語的文獻來源。

《詞林正韻》的小韻據高淑清統計「共有小韻 3192 個，反切 3468 個……與《集韻》相同的有 2827 個〔六〕，占 81.52%。剩下的五分之一左右的切語戈載多依《廣韻》修改，這大體有五種情況：

一是部分脣音音和切改爲類隔切。《廣韻》中的脣音反切有輕重脣互切之例，如卑，「府移切」；鈹，「敷羈切」光切等。輕重脣的分化在宋代已基本完成，所以《集韻》在韻例中明言修改這種混切現象。〔七〕而《詞林正韻》却將《集韻》中的部分音和切重新改爲《廣韻》中的類隔切，如「名」，《集韻》「彌并切」，戈氏從

《廣韻》作「武并切」。「眉」,《集韻》「旻悲切」,戈氏從《廣韻》作「武悲切」。但并非《集韻》所有改制反切皆如此處理,如「篇」,《廣韻》「芳連切」,《詞林正韻》同《集韻》作「紕延切」。

二是某些避諱字或據《廣韻》或以己意改。如第六部震韻下「(允)」字《集韻》作「胤」,戈氏避雍正諱改。第十四部⿰足炎韻,韻目《集韻》作「琰」,此避嘉慶諱,故小韻内凡以「琰」爲切下字者,《正韻》皆避作「⿰足炎」。

三是據《廣韻》修訂《集韻》的某些錯訛之處,這類情況不多,如末韻字「末」,《集韻》切下字爲曷韻字「葛」,戈氏即從《廣韻》等。

四是《集韻》本爲一部,戈氏分爲兩部而自造切語,如第五部去聲「派」小韻,切語《集韻》作「普卦切」,《廣韻》作「匹卦切」。由於《詞林正韻》以「卦」字屬第十部,兩部字不能互切,所以别創切語「滂賣切」,這類改動並不多見。

五是《集韻》與《廣韻》切語雖異,但音韻地位并無區别,戈載改從《廣韻》未知何據。如第十四部「⿰鬲兼」小韻切上字《集韻》作「馨」,此從《廣韻》作「許」。「馨」、「許」都是曉母字。第十六部「邈」小韻,切上字《集韻》作「墨」,此從《廣韻》作「莫」,「莫」「墨」皆爲明母字。此類皆無改動之需要,可能體現了戈氏審音上存在問題,見下文。

尤爲複雜的是戈氏稱「其入聲作三聲之字,亦俱從《中原音韻》」,這裏涉及兩個問題:一是爲什麽在已經獨立列出入聲五部的前提下(第十四至十九部),又列出「入聲作三聲」。一般的詞曲韻書,或者入聲獨立,或者入派三聲,這裏兩存之,是很特殊的情況,見下文討論。二是學界周知,《中原音韻》一書没有切語,戈氏依《中原》改訂切語無從談起。

所謂「入聲作三聲之字」,指的是曲韻書中入聲歸入陰聲韻者,周德清《中原音韻》首創其例,而戈氏仍之,使《詞林正韻》成爲兼顧曲韻入聲情況之書。王力先生誤以爲「菉斐軒《詞林韻釋》和戈載《詞林正韻》

所談的韻其實是曲韻」〔八〕，正是爲其體例所蔽。實際上戈載明確指出其書爲填詞而作，和曲并没有關係，詞韻的入聲一定要獨立：「詞韻與曲韻亦不同制，曲用韻可以平上去通叶，且無入聲。……而詞則明明有必須用入之調，斷不能缺。故曲韻不可爲詞韻也。」這與《菉斐軒詞韻》（《詞林韻釋》）名爲「詞韻」，實際繼承了《中原音韻》的曲韻格局情況不同。

高淑清認爲「《中原音韻》『入派三聲』的韻字明顯少於《詞林正韻》，而《詞林韻釋》入作三聲的韻字與《詞林正韻》相當」〔九〕，進而認爲此類字主要取材於《詞林韻釋》。但該結論不能解決兩個問題，一是即使是《詞林韻釋》，收字亦遠遠少於《詞林正韻》。如據高氏統計，《詞林韻釋》的「車夫部」的「入聲作平聲」有韻字72個，與其相對應的《詞林正韻》此部收字100個，但重見字只有61個，亦即《詞林正韻》約有40％的字不見於《詞林韻釋》。二是《詞林韻釋》小韻下依然没有切語。比例既懸殊，體例又不同，《詞林韻釋》是《詞林正韻》的主要文獻來源的説法無法令人信服。

通讀「發凡」會發現如下論述：「實則宋時已有中州韻之書，載《嘯餘譜》中，不著撰人姓氏，而凡例謂爲宋太祖時所編，毛馳黄亦從其説，是高安已有所本。」〔一〇〕所謂「宋時已有中州韻之書」只是程明善在「凡例」裏自重其書的障眼法，實際上此書正是明吳興人王文璧的《中州音韻》。〔一一〕但戈氏以「尚古」爲編纂宗旨，又誤以之爲宋本，那麽審音訂字極有可能以是書爲依歸。而恰恰王書小韻下是有切語的。兩相對照可知，戈書所收切語正來自《中州音韻》。兩書相較之下，有三種情況：

（一）戈氏沿襲王書切語，未加改動。如「斡，蛙果切」，「朔，聲卯切」，「室，繩知切」等，此類最多見。

（二）王書用直音法，戈氏用相應小韻切語。王書部分入派三聲小韻注以相對應的舒聲，如入作上的「一」小韻，王書注音作「叶以」，「以」正是「一」相對應的上聲。而戈氏則直接用王書「以」小韻的切語「銀幾切」，此類也相當普遍。

（三）王書用直音法，戈氏修改了切下字以求協和。王書中有些直音法用他調字，并加聲調提示，如入作上的「速」，王書注音作「叶蘇上」，即音蘇字之上聲。而王書「蘇」小韻切語作「僧租切」，戈氏便沿用其切上字「僧」，切下字改爲上聲的「祖」合爲「僧祖切」以作爲「速」的切語。又如入作上的「拆」，王書注音作「叶釵上」，同書「釵」字「初柴切」，戈氏改爲「初改切」作爲「拆」的切語。

這三種情況的共同點是，戈氏的反切都吸收了王書原有的反切用字，并都統一爲反切注音法。還有一些不成規律的極少改動，或正王書或戈氏自誤，例見下文。但《中州音韻》并非《詞林正韻》唯一的文獻來源，戈氏在設立小韻及韻字歸屬時可能也參考了《詞林韻釋》。如第四部入聲作上聲的「粟」小韻，王書與「肅」小韻合，此從《詞林韻釋》分，切語亦爲戈氏自造。又第八部入聲作平聲「剥」小韻，韻下「剥」、「駁」二字王書唯收入「入聲作上聲」，此從《詞林韻釋》兩存之等。這類情況極其少見。

綜上可見，戈載對於這些韻書切語，就音系而言并没有創新的修改方式及一貫的修改原則，其所修改之處依然大體符合原書的音系系統。

二 《詞林正韻》的分部來源

那麽，作爲該書的主幹，《詞林正韻》所分詞韻十九部是否具有一定的語音價值呢？這個問題實際還得分兩重論述，討論「《詞林正韻》十九部」的語音價值之前，還得先論證這「十九部」是否是戈載自己的發明。實際上，號稱「集大成」的《詞林正韻》是一部在詞韻分部上毫無獨見的因襲之作。

戈載之《詞林正韻》歷來享譽極高，張爾田將之與《詞律》、《詞選》、《彊村叢書》並舉，視爲清詞發展四大盛期之代表，「是詞學之再盛」〔一二〕，可謂名聳一代。而戈氏在「發凡」裏指摘前人之書，梳理詞韻之史，委實有總結一代詞韻學之氣象。但戈載的一個嚴重問題是隱瞞了自己對他人成果的借鑒。前面考證出的諸種文獻來源暫且不論，從詞韻本身的分部來看，其也有因襲之處。較早指出這點的是清人謝章鋌《賭棋山莊詞話》：〔一三〕

> 近見竇士所著《詞林正韻》，與吴子安《榕園詞韻》大體相同。子安宗《廣韻》，竇士宗《集韻》，然韻書以《廣韻》爲最古，《集韻》亦出於《廣韻》耳。

王易先生沿襲此説：「及戈載作《詞林正韻》，本吴氏書參酌審定，視以前諸家皆較精當，遂立詞韻之準。」〔一四〕而魯國堯先生却指出：「戈書是繼承了仲恒的《詞韻》及《晚翠軒詞韻》的十九部，而於《發凡》中未明言。」〔一五〕可見諸家都認識到戈載有所承襲，但承襲源頭還需討論。

謝章鋌認爲《詞林正韻》與《榕園詞韻》相同，實際上并非如此，《榕園》無「離析唐韻」之舉，亦即没有「佳半」之類的半韻。另外差别最大的是入聲韻，《榕園》共分七部，是諸家分韻最多的，其韻部下屬各韻也頗參差，如第三十一部包括「質術櫛物迄没」，這些韻分屬《正韻》十七、十八兩部，兩者没有事實上的因襲關係。而從魯先生的意見看，究竟戈氏是把其他兩書的分部完全「借鑒」，還是三書只有分部的數目一時偶同，而内容實質不一，這關係到學者獨創性的問題。表面上戈氏與他書互有參差，但我們知道戈書分部用的是《集韻》韻目，而他書用平水韻或《廣韻》，這樣就導致一個名異實同的問題。比如《晚翠軒詞韻》在第九部下寫著「歌獨用」，《詞林正韻》第九部則是「七歌八戈通用」，看似《正韻》通用兩部，押韻規則稍寬，但實質是相同的，因爲平水韻的歌部正包括《集韻》的「七歌」和「八戈」。透過這層「障礙」，我們就會發現，《詞林正韻》完全因襲《晚翠軒詞韻》的分部，連分部的順序都一致，見下表：〔一六〕

表一　《詞林正韻》、《晚翠軒詞韻》分部比較表：

韻類	集	平	正	晚
陰聲韻	支	支	三	三
	脂			
	之			
	微	微		
	齊	齊		
	灰	灰		
	咍		五	五
	皆	佳		
	佳		十	十
	麻	麻		
	魚	魚	四	四
	虞	虞		
	模			
陽聲韻	東	東	一	一
	冬	冬		
	鍾			
	江	江	二	二
	陽	陽		
	唐			
	真	真	六	六
	諄			
	臻			
	文	文		
	欣			
	魂	元		
	痕			
入聲韻	屋	屋	十五	十五
	沃	沃		
	燭			
	覺	覺	十六	十六
	藥	藥		
	鐸			
	質	質	十七	十七
	術			
	櫛			
	陌	陌		
	麥			
	昔			
	錫	錫		

續表

陰聲韻	蕭	宵	肴	豪	歌	戈	尤	侯	幽					
	蕭		肴	豪	歌		尤							
	八				九		十二							
	八				九		十二							
陽聲韻	元	寒	桓	删	山	先	仙	庚	耕	清	青	蒸	登	侵
	元	寒		删		先		庚			青	蒸		侵
	七							十一						十三
	七							十一						十三
入聲韻	職	德	緝	勿	迄	月	没	曷	末	黠	鎋	屑	薛	葉
	職		緝	物		月		曷		黠		屑		葉
	十七			十八										
	十七			十八										

續表

陰聲韻								
陽聲韻	覃	談	鹽	沾	咸	銜	嚴	凡
	覃		鹽		咸			
	十四		十四					
	十四		十四					
入聲韻	帖	合	盍	業	乏	洽	狎	
	葉	合			洽			
	十八		十九					
	十八		十九					

（表中漢字序號表示書中第某部，如「一」即「第一部」；「集」、「平」、「正」、「晚」依次是《集韻》、《平水韻》、《詞林正韻》、《晚翠軒詞韻》四書的省稱）

這樣《晚翠軒詞韻》中的「灰半」、「元半」等半部韻，幾乎全能用《集韻》中的一整部韻來標識〔一七〕，如兩個「元半」就是《詞林正韻》中的「元」和「魂」、「痕」兩部分。《晚翠軒詞韻》最早見於嘉慶三年（一七九八）刻本《白香詞譜》的附録，早於戈載《詞林正韻》。其韻部名稱與收字之次大體依《廣韻》，而小韻下不加切語，收字又以常用爲主，遠遠少於《詞林正韻》，這是兩書僅有的「區別」。説「《詞林正韻》完全因襲《晚翠軒詞韻》」也不十分確切，因爲進一步追溯，則會發現《晚翠軒詞韻》的分部及編纂體例均與《記紅集》附録的《詞韻簡》相同。而《詞韻簡》的分部亦非原創，其承襲的正是《詞韻略》。《詞韻略》標明麻韻獨用，實際上「佳半」與麻同用的字幾乎都有麻韻兩讀，《榕園詞韻·發凡》對此做過討論。我們甚至可以説戈載的工作只是利用《詞韻略》《詞韻簡》《晚翠軒詞韻》的框架來照抄《集韻》。這是一個相當嚴重的問題，因爲前文已經叙及，戈書内容大部分從《集韻》、《中州音韻》二書抄來，其獨見之處就是專門作爲詞韻韻書的分部，而這一部分也是因襲前人，可見其書在音系上并没有任何不可替代的語音史價值。

最後再簡論《詞韻略》的「十九部」，從語音史上説，這「十九部」的地位相當尷尬：作爲記録宋代詞韻的韻書來説，魯國堯先生已經指出清代詞韻家音韻學素養不高，所分詞韻也不完全符合宋詞實際情況，《詞韻略》也不例外。這一點通過比較其與魯國堯、魏慧斌等學者對宋詞詞韻的歸納就可證實〔一八〕。而就體現時音特點而言，詞韻十九部又遠遠比不上明清時代專門反應時音的韻書、韻圖，這就大大減少了其音系價值。

三　戈載的音韻學修養

判斷《詞林正韻》的語音史價值，一個側面的評價標準就是作者戈載的音韻學水平。戈載在「發凡」裏稱自己的音韻學知識一是來自其父戈宙襄與錢大昕的「講論」，「予於末座時竊餘緒」；二則承蒙顧廣圻「談讌之餘，指示不逮」〔一九〕。事實上戈宙襄與顧廣圻均未以音韻專門名家。戈宙襄音學著作不顯，顧廣圻雖曾校勘《集韻》，但其主要依靠的還是版本與訓詁的學養。那麼對戈載影響最大的或許就是錢大昕。但一是錢氏音學的成就主要在於聲母，而非與詞韻相關之韻部，王力先生即指出「錢氏只在古聲紐方面有貢獻；至於古韻方面，其説多不足取」〔二〇〕；二是我們考查錢氏文集，却没有發現他與戈載專門交往論學的文字。另外，我們知道錢大昕的主要貢獻在於提出上古聲母「古無舌上音」、「古無輕唇音」兩大結論。《集韻》根據中古唇音分化後的語音格局，將《廣韻》唇音類隔切更爲音和切，正好可以作爲「古無輕唇音」之一證。前文我們説過戈氏《詞林正韻》在唇音切語的取捨上頗無定則，既將部分音和切依《廣韻》改爲類隔切，又保留了《集韻》一部分的音和切語，顯示了相當的混亂性。倘若戈載一心求合於古，就會將其全部更爲《廣韻》面貌，若依宋代時音則不應竄易《集韻》原文。錢大昕病逝於一八〇四年，尚先於《詞林正韻》刊行十七年。可見戈載可能并未用心於錢氏之學，若其認真讀過錢氏之書，那麼也不會面對這一批唇音切語殊無定則了。

再從《詞林正韻》内容本身來看，前文提及戈載在書中增加了一些爲數不多的自造切語，這正是我們進行考察的窗口：

第五部去聲「粺」小韻，切語戈氏作「邦賣切」。按「粺」《集韻》作「旁卦切」，《廣韻》作「傍卦切」。「旁」、「傍」皆並母字，邦爲幫母字，戈氏誤。

第九部入作上「渴」小韻爲開口，切下字戈氏用合口字「火」，誤。

同部「活」小韻爲合口，切下字戈氏用開口字「我」，誤。

第十六部「蠖」小韻，《集韻》未獨立，戈氏作「屋郭切」。按，「屋」爲影母字，當與同部「臒」小韻「烏郭切」合併，「屋」、「烏」聲母相同。《集韻》「臒」小韻正作「屋郭切」。

通過以上數例就可看出，戈氏自造反切（儘管數量很少）時，常會産生一些問題。又戈載往往將底本的明顯訛誤直接抄録。如《詞林正韻》第三部「絳」韻「幢，文降切」切上字當作「丈」，此誤來自其底本——顧廣圻修補的楝亭本《集韻》。又如第七部「綫」韻「饌」小韻切上字《集韻》作「雛」，此從《廣韻》改作「七」。但「七」實爲「士」訛字，余迺永指出：「七字南宋祖本及楝亭本同。王二，唐韻，廣韻餘本作『士』，全王作『仕』。」[二二]可見戈載此處徑録了楝亭本《廣韻》的訛字。再如第九部入聲作平聲「濁」小韻切上字《嘯餘譜》

本《中州音韻》與《詞林正韻》同作「之」，他本皆作「直」〔二二〕。「之」爲章母，「直」、「濁」均爲澄母，《嘯餘譜》本誤。又第十部入聲作上聲「蹇」小韻切上字「殺」爲「桑」訛，《嘯餘譜》本與《詞林正韻》同，他本皆不誤。以上都是明顯的訛誤，稍具音韻學知識的人即可察知其中不妥，而戈載一仍其舊，這就證明其疏於音理倉促成書。戈氏這些疏失，當時人即已看出。杜文瀾《憩園詞話》記載潘鍾瑞曾指出：「余友劉辰孫，嘗言《詞林正韻》所注反切多誤，面叩之，知其於韻學實淺，然則其中可議者，正非一端，惟其正定各韻，實勝舊書。」〔二三〕當時人「面叩之」，是有説服力的證據，結合我們的梳理可知，戈氏音學修養并不深厚。

四 《詞林正韻》的音系性質

一本韻書的音韻價值體現在該書通過分韻部、定反切的方法記録或古音，或時音的音系格局。那麼《詞林正韻》代表了什麽音系呢？從文獻來源上看，一是與《集韻》音系完全一致，個別據《廣韻》更動之處不影響全局。比如高淑清認爲《集韻》有俟母而《詞林正韻》無〔二四〕，事實上《詞林正韻》中俟母字的兩個小韻：「俟，牀史切」與「漦，俟甾切」，其切語完全録自《集韻》，兩者在音系上的處理應該「共進退」，不能一書有而一書獨無。二是《詞林正韻》由《集韻》的中古音系和《中州音韻》的近代音系雜糅出了一個音系格局，如果没有事先理清其文獻來源，在總結該書音系時就容易産生混亂。高淑清指出《詞林正韻》存在全濁聲母清音化的現象，并列出二十八種情況，舉出六十五例例證，似乎此説已成定論。〔二五〕但細繹其例，我們會發現有幾種情況是其忽視了《詞林正韻》的文獻來源而致誤。

（一）切語來源不同導致了音系雜糅。《詞林正韻》的入聲作三聲的切語取自王文璧《中州音韻》，高文并没有發現這個來源，所以把這一類切語全部與《集韻》系切語一併進行分析。將以曲韻爲代表的近代音系和以《切韻》系韻書爲代表的中古音系雜糅起來視爲同一個語音系統，自然會出問題。近代音聲母最重要的特點就是全濁清化。入聲的全濁聲母依語音規律應該變爲全清聲母。如高氏指出的「怭，兵迷切」出自《中州音韻》，以清切濁即是規律變化。可見不同的文獻來源代表了不同層次的語音現象，不能混爲一談。

（二）《集韻》中有大量多音字，戈氏只收一音，高文産生誤會。如第十二部「瀌，平幽切」，高氏認爲「鑣」爲幫母，與並母字「平」混切，實際上「瀌」在《集韻》中有「悲（幫）嬌切」「平（並）幽切」等異讀，這裏取並母音。又第十七部「檗，蒲革切」，高氏認爲「檗」幫母，「蒲」並母，混切。「檗」同樣有「博（幫）厄」「蒲（並）革」諸音。

（三）底本有誤，戈氏沿之。如第七部「饌，七戀切」，高氏謂以清切崇，實則「七」爲「士」訛，前文已證。又如第二部「沆，中朗切」，高氏謂以精切匣，考「中」字原爲顧本《集韻》的訛字，明州本、金州本《集韻》皆作「下」〔二六〕，正爲匣母字。

（四）戈氏或高氏辨音失誤。第五部「稗」，上文已證。又第四部「護，胡故切」。高氏謂以見切匣，按，「胡」正爲匣母，高氏誤稱爲見母。

（五）戈氏筆誤。第三部「被，反彼切」，高氏謂以非切並，實際上此切語乃戈氏録自《廣韻》「被，皮彼切」，「皮」、「反」形近而訛，「皮」正爲並母。

五條相加正好是六十五例，無一例外。可見如果先能理清《詞林正韻》的文獻來源就能避免類似疏誤。

由此來看，《詞林正韻》無論是小韻切語，還是詞韻分部，都不能爲語音史研究提供更具價值的新材料。我們理清了其文獻來源，發現《詞林正韻》小韻切語的主體爲《集韻》與《中州音韻》的雜糅，詞韻分部沿襲《詞韻略》之後纔能進一步探討其語音性質。如果將其書的不同文獻來源混合起來，人爲總結出某種音變規則或者構擬出某種音系格局，則無疑是郢書燕説、南轅北轍。這也提醒我們，傳統的文獻分析方法在語音史研究中仍有用武之地。

五　從《詞林正韻》的編纂原則看古人的正音觀念

儘管《詞林正韻》本身的音韻學成就不高，但是其採用的編纂原則却可以成爲反映古人正音觀念的一個窗口。平田昌司〔二七〕的新著提到了文化制度與韻書互動的問題，而與之相關的就是文人在傳統文化的影響下，如何編纂韻書。最近一些學者從新的視角展開了討論。〔二八〕詞韻的一個特點是「上不似詩，下不類曲」，而詞韻的編纂就既不能像明清詩韻一樣完全照抄平水韻的框架，又不能像元代曲韻一樣依靠當時口語來審音。理論上説，清人詞韻的編纂應該如當代詞韻研究一樣，通過繫聯宋人詞作得出宋人押韻的大體韻部。而儘管詞韻作者尊重宋詞的主體資料地位，但同時也有人提出「宋人誤處」這一概念。如戈載在「發凡」裏説「《學宋齋詞韻》其書以學宋爲名，宜其是矣，乃所學者皆宋人誤處」〔二九〕。杜文瀾的説法則更可玩味：「宋詞用韻有三病：一則通轉太寬，二則雜用方音，三則率意借協。故今之作詞者不可以宋詞爲定。……惟戈順卿手定《詞林正韻》，考訂精詳，洵可傳世。」〔三〇〕比較《四庫全書總目》在仲恒《詞韻》提要中稱：「考填詞莫勝於宋，而二百餘載，作者雲興，但有製調之文，絶無撰韻之事。核其所作，或竟用詩韻，或各雜方言，亦絶無一定之律。」〔三一〕爲何宋詞「絶無撰韻之事」的觀點漸漸不顯，而宋詞用韻有誤甚至詞韻「不可以宋詞爲定」的觀點盛行一時呢？這種「寧言周孔誤，莫道鄭服非」的態度也應聯繫到韻書編纂與詞作創作進行解讀。

曾曉渝教授指出：「古代韻書基本上都是規範字音的工具書，而韻書作者規範字音的標準是他們心目中的『正音』。」〔三二〕就韻文類韻書而言，這裏的「正音」則應該理解爲某種文體用韻的規範。戈載對於「正音」的追求貫穿於《詞林正韻》的編纂過程中，而這一追求也使其在編纂觀念上充滿了矛盾。

戈載第一個明確的編纂原則就是將詞韻與詩韻相聯繫。詞韻的編纂體例最初本無定法，如李漁《笠翁詞韻》就是類似《中原音韻》，舉多字爲韻部標目（如「東董棟韻」），每部以同音相從爲原則列出下屬小韻。而後來的《學宋齋詞韻》、《詞林正韻》等不列代表字，而以「第某部」標目，下設以《廣韻》（或《集韻》）爲單位的二級韻部。所謂「二級韻部」，如《詞林正韻》「第一部」平聲下又分「東」、「冬」、「鍾」三個子韻部，其下收字又以《集韻》小韻爲單位，順次亦一依《集韻》。這可以看成作者在編書時只將《廣韻》（《集韻》）或「平水韻」以韻部爲單位整體進行位移。這樣在一部之内就必然會出現音韻地位完全相同的小韻。比如《詞林正韻》的「第一部」既有「東」小韻，又有「冬」小韻，這與《中原音韻》中的「東鍾韻」東、冬位於同一小韻的做法明顯不同，其「第一部」反倒近似韻圖中「攝」這個單位。這種編纂方式的出現與清人詞體觀有關，詞作的尊體思潮使詞學家們紛紛將詞韻與詩韻聯繫起來。從文學史來看，所謂「尊體」，簡單來説就是將詞從唱詞、「詩餘」的附庸地位提升爲一種獨立文體。爲了達到這一目的，清人在詞的格律、主題、批評等領域多有嘗試。而就詩詞曲的關係而言，由於傳統文人觀念中詩體尊於詞體，詞體尊於曲體，故以詩爲詞的創作手法并没有受到太多排斥，而援曲入詞則多受譏議。這一情況在詞韻編纂上也有所體現，如戈載一方面宣稱「詞韻與詩韻有别」，一方面又承認「然其源即出於詩韻，乃以詩韻分合之耳」。吴衡照《蓮子居詞話》也稱：「錢塘沈謙取劉淵、陰時夫，而參之周德清韻，併其所分，分其所併，甚至割裂數字，并失《廣韻》二百六部所屬，誠多可議。……全椒吴烺學宋齋本小變其面目，終亦沿沈氏誤處。近日海鹽吴應和榕園韻，遵《廣韻》部目，斟酌分併，平聲從沈氏，上、去以平爲準，入以平、上、去爲準，最確。」〔三三〕《榕園詞韻》能得到「最確」的褒語，就是因爲「遵《廣韻》部目」，而沈謙則因參考了周德清《中原音韻》「失《廣韻》二百六部所屬」被人批評。在這種氛圍下，戈載自然也沿襲了這一以詩韻爲詞韻編纂單位的原則。

戈載的第二個編纂原則就是據韻書以求正音。這使他在詞韻編纂上甚至出現矛盾。戈載之所以要用《集韻》作爲自己編韻的主要參考文獻，據他在「發凡」裏交代是因爲「以詞盛於宋，用宋代之書。《廣韻》、《集韻》稍有異同，而《集韻》纂輯較後，字最該廣……因以《集韻》爲本，而字之次、字之音俱從焉」〔三四〕。這裏實際也體現了戈載追求「正音」的思想，其邏輯是詞在宋代最盛，而《集韻》又是宋代之書，雙方時代相符，故而具有規範性。當然從語音史的觀點來看，書成於宋不一定就代表宋代語音。但我們前面提過戈載的音韻學水平并不高，他以宋書編宋韻實際反映的是將自己的詞韻聯繫到宋代的一種追求正統的編纂態度。那麼爲什麼用《集韻》不用《廣韻》呢？戈載列出兩點理由，一是「纂輯較後」，一是「字最該廣」。但是後面戈載又説自己的詞韻只是取填詞習用之字，《集韻》的生僻字則加以删汰。這裏就産生了矛盾，既然選擇《集韻》是因其「字最該廣」，又因其卷帙浩繁加以精簡，那麼爲何不直接選擇體量適中的《廣韻》呢？除非有些常用字《廣韻》失收而只收於《集韻》，實際上這種情況堪稱僅見。所以更重要的理由就是第一條「纂輯較後」，在戈載心中《集韻》更能代表宋代「正音」的面貌，《廣韻》則或許稍涉前代之音。戈載編纂詞韻上的另一個突出的矛盾也源於此。戈載强調過宋詞用韻也有「誤處」，并著力抨擊《學宋齋詞韻》合併了-m、-n、-ŋ三個鼻音尾。-m、-n、-ŋ尾通押時見於南宋詞人之中。但有趣的是，什麼是「宋人誤處」，什麼是合韻，戈載并没有給出自己的判斷標準。而在入聲韻能否與舒聲通押這一問題上，戈載的處理則很有意味。前面説過他認爲詞韻、曲韻一大區别就是詞韻入聲須獨立用韻，而且還以入配陽：「就詞韻而論，莫如以屋沃燭爲東鍾之入聲，勿覺藥鐸爲江陽之入聲，質術櫛爲真文之入聲，勿迄月没曷末黠牽屑薛葉帖爲寒删之入聲，陌麥昔職德爲庚青之入聲，緝爲侵尋之入聲，合盍業洽狎乏爲覃鹽之入聲，其餘七部（指陰聲韻，引者注）皆無，則至當不易。」〔三五〕這種沿襲了詩韻的做法就取消了入聲與陰聲韻通押的合理性。然而戈載又説「惟入聲作三聲詞家亦多承用……故用其以入作三聲之例，而末仍列入聲五部，則入聲既不缺，而以入作三聲者，皆有切音，人亦知有限度，不能濫施以自便矣」〔三六〕。既承認詞韻入聲獨立，以入配陽自成五部，又因爲宋詞詞韻有陰入通叶的例子，列出了「入聲作三聲」。這種矛盾使其詞韻成爲一部體例上既將入聲獨立成五部，又另外收録了「入聲作三聲」的著作。陰入通叶在宋詞中并不多見，爲何不能像鼻音尾通押一樣看做「宋人誤處」呢？有趣的是戈載在「發凡」中提到：「夫古人所作，豈無偶誤？然名家雅製，正復不少，誤者居其一，不誤者居其九。不解學古之人，何以不學其多者，而必學其少者；且不學其是者，而學其非者乎？」〔三七〕陰入通押，據魏慧斌《宋詞用韻研究》〔三八〕統計，要少於十分之一，爲何被戈載視爲「居其九」的「不誤者」，如果不通過與《中州音韻》的聯繫來看，也不好解釋。戈載可能誤信了《嘯餘譜》之言，將《中州音韻》視爲「宋時已有」的韻書，這樣「入聲作三聲」就成了宋代形諸書面的「正音」，自然不好視爲「宋人誤處」（口語俗音）。所以戈載不僅在詞韻中設立「入聲作三聲」，還抄録了《中州音韻》的切語。總之一切安排都是「實不敢蔑古耳」〔三九〕。由此來看，「求正」的觀念往往與「崇古」相聯繫，韻書編纂史上也不乏因「崇古」，拘泥於過去韻書，而使自己的音系屢見矛盾的例子。

戈載在編韻時的第三個原則是用韻從嚴。戈載分别批評了宋人「以土音叶韻，究屬不可爲法」以方言入韻的「誤處」，及當時人「詞韻之合用即本古韻之通轉」的錯誤觀點。最激烈的是他批評毛奇齡：「毛奇齡之言曰：詞韻可任意取押，支可通魚，魚可通尤，真文元庚青蒸侵無不可通。其他歌之與麻，寒之與鹽，無不可轉，入聲則一十七韻，輾轉雜通，無有定紀。毛氏論韻，穿鑿附會，本多自我作古，不料喪心病狂，敗壞詞學至於此極。」〔四〇〕這也與他通過嚴格規範詞韻以提升詞體地位的意識有關。如果如毛奇齡一樣認爲詞韻可以隨意通押，「無不可通」、「無不可轉」，那麽詞韻就既没有編纂的必要，詞體也成爲與以口語押韻的散曲、民歌等相似的「俗文學」了。杜文瀾著重强調「惟宋詞用韻太寬，往往不分四呼七音，而以鄉音意爲通轉」〔四一〕，抨擊的也是方言押韻、韻部通轉這類「韻寬」的行爲。從嚴與求正，在韻書編纂上往往是體用關係，即通過嚴分韻部以達到正音的目的。

六　結語

以上所論戈書編韻原則可以總結爲求取、崇古、從嚴，這種以古（宋）代韻書爲依歸，極力排斥方言的情況，在古代音韻學家的著作中并不鮮見，甚至可以説是通行的編纂原則。也由此《詞林正韻》產生了後人費解的不少矛盾。究其源頭，戈載在編韻時受到兩個層面的影響，一是詩韻與詞韻的矛盾；二是讀書音與口語音的矛盾。從第一個層面來看，戈載等人努力將詞與詩相聯繫以達到「尊體」的效果，但詞自有體，不完全是詩，詞韻也當然不能完全遵照詩韻。這樣儘管詞學家們樹立了以詩韻爲詞韻編纂單位的認識，但仍然需考慮如何將詩韻剪裁。從第二個層面來看，「二十世紀之前，漢民族共同語的『正音』具有讀書音與口語音複綫交織發展的特點。」〔四二〕戈載理想中的詞韻是一種從宋人作品中抽象出來，有古代韻書理據而摒棄了方言成分，具有從嚴的實踐品格與尊體的實踐效果的一種雅正音系。但是詞在宋代本就具有較强的口語性，宋人没有求嚴從雅的詞韻追求〔四三〕；戈載自己所操口語也對其編纂產生了一定影響。後者表現爲前文提及的戈載對韻書切語的錯誤改動。前者則較爲複雜。所謂「宋人誤處」當然不是真的「誤」，-m、-n、-ŋ合韻與舒促通押一樣，都反映了宋人口語中的新變。但前者因爲没有文獻依據而遭到擯棄；後者因爲被「宋時已有」的《中州音韻》記載，而被照録進《正韻》一書。這就導致戈載入聲觀極爲矛盾。這兩個層面另有内在聯繫。詩韻自唐以降，已大大脱離口語，「無疑是讀書音系」〔四四〕。詞韻就宋詞用韻而言，口語性極强。戈載則是以讀書音來規範口語音，這樣讀書音與口語音的矛盾就通過詩韻與詞韻這一層面起作用，其具體影響見上述。在清代不少學者眼中，《詞林正韻》比起宋詞實際用韻更嚴格、更精審，其實反映的就是這些學者更重視《詞林正韻》所具有的「正音」性，而非宋詞實際用韻的口語性。從這點來説，清代以來的詞學家眼中的「詞韻」與宋人使用的「詞韻」也就是兩個層面的概念了。

〔一〕如史存直《漢語語音史綱要》（商務印書館，一九八一年）、葛毅卿《隋唐音研究》（南京師範大學出版社，二〇〇三年）、高淑清《〈詞林正韻〉研究》（吉林大學博士學位論文，二〇〇八年）、張中典《戈載〈詞林正韻〉收字歸音問題初探》（《輔大中研所學刊》二〇〇七年第十八期）等。

〔二〕鮑恒《清代詞體學論稿》，人民文學出版社，二〇〇七年，第三二四頁。

〔三〕〔四〕〔一〇〕〔一九〕〔二九〕〔三四〕〔三五〕〔三六〕〔三七〕〔三九〕〔四〇〕戈載《詞林正韻》，上海古籍出版社影印翠薇花館初刻本，二〇一〇年，第四一頁，第五四—五六頁，第四十六頁，第八八—八九頁，第四十頁，第四五頁，第七七—七八頁，第四七—五一頁，第八六頁，第八二頁，第八五頁。

〔五〕這裏主要談的是切語來源問題。那麼「入聲作三聲」的小韻分部是否與《中原》有關呢？從下文看，《詞林正韻》這部分的來源主要來自《中州音韻》，而「《中州音韻》是《中原音韻》的增補改編」（甯忌浮《漢語韻書史・明代卷》，上海人民出版社，二〇〇九年，第四一四頁。），可以説《中原》是後代詞曲類韻書都繞不過去的一部著作。《中原》對詞韻編纂的影響體現在：各家在編纂詞韻時，要麼參考了《中原》的編纂體例或曲韻分部，見下文所引《蓮子居詞話》；要麼努力在序言中聲明詞韻與《中原》的聯繫與區别，如《詞林正韻》。

〔六〕〔九〕〔二四〕〔二五〕高淑清《〈詞林正韻〉研究》，吉林大學博士學位論文，二〇〇八年，第七二—七三頁，第一二八頁，第一八三頁，第一八三頁。

〔七〕《集韻・韻例》：「凡字之翻切，舊以武代某，以亡代茫，謂之類隔，今皆用本字。」

〔八〕王力《漢語詩律學》，上海教育出版社，二〇〇二年，第七三〇頁。王先生以《詞林韻釋》爲曲韻並無問題，本文不贅。

〔一一〕關於此書作者與時代之考證，參考趙蔭棠《中原音韻研究》（商務印書館，一九五七年，第四三—四六頁）。依《中州音韻》一書的內容來看，其説基本可從。

〔一二〕張爾田《彊村遺書序》，朱祖謀《彊村叢書附遺書》第九册，上海古籍出版社，一九八九年，第七一二〇—七一二一頁。

〔一三〕〔二三〕〔三〇〕〔三二〕〔四一〕唐圭璋編《詞話叢編》，中華書局，一九八六年，第三五五九頁，第二八五八頁，第二八五八頁，第二四〇一頁，第二八五八頁。

〔一四〕王易《詞曲史》，嶽麓書社，二〇一一年，第二〇五頁。

〔一五〕魯國堯《魯國堯自選集》，河南教育出版社，一九九四年，第一三六頁。

〔一六〕《晚翠軒詞韻》用中國圖書館藏嘉慶三年（一七九八）刻《白香詞譜》附録本。

〔一七〕《詞林正韻》中只有一個「佳半」是將《集韻》「佳」韻析分爲二，（若論去聲則加上一個「泰半」，但也和《晚翠軒》相同）一小部分混入第五部與「皆」、「哈」通押，表中未表現出。但這批字如「崖」、「釵」、「柴」等同樣見於《晚翠軒詞韻》的第五部，二者没有差别。

〔一八〕見魯國堯《論宋詞韻及其與金元詞韻的比較》（載《魯國堯自選集》，河南教育出版社，一九九四年）、魏慧斌《宋詞用韻研究》（陝西人民教育出版社，二〇〇九年）。

〔二〇〕王力《清代古音學》，中華書局，二〇一三年，第一六七頁。

〔二一〕余迺永《新校互注宋本廣韻（定稿本）》，上海人民出版社，二〇〇八年，第四一一頁。

〔二三〕《中州音韻》諸本情况見張竹梅《〈中州音韻〉研究》（中華書局，二〇〇八年）。

〔二六〕《集韻》相關版本情况見趙振鐸《〈集韻〉研究》（語文出版社，二〇〇六年）、《〈集韻〉校本》（上海辭書出版社，二〇一三年）。

〔二七〕平田昌司《文化制度和漢語史》，北京大學出版社，二〇一六年。

〔二八〕〔三二〕〔四二〕〔四四〕曾曉渝《中國傳統「正音」觀念與正音標準問題》，《古漢語研究》二〇一九年第一期。

〔三一〕《四庫全書總目》，中華書局，一九六五年，第一八三五頁。

〔三八〕魏慧斌《宋詞用韻研究》，陝西人民教育出版社，二〇〇九年。

〔四三〕倪博洋《沈雄「朱敦儒擬韻説」辨僞》（《文獻》二〇一九年第二期）一文對宋人的詞韻觀做了初步梳理，可參考。

（作者單位：南開大學文學院）

詞體樂教觀的傳衍與晚清詞學的進境

——以常州派爲言説中心

昝聖騫

内容提要　在晚清詞壇復詞於樂的思潮中，針對律辭相争的現實問題，常州派詞學家依據儒家樂教理論，結合詞體特性，創造性地闡發了詞體樂教觀，强調詞出於樂，樂譜人情，情聲交映，觀政化人。詞體樂教觀爲常州派詞學補充了「聲」和「情」的要素，前者爲「意」的感發和詮釋提供了高效、合理而廣闊的審美空間，后者圓融了詞中「志」的寄托，支持了詞體長於抒情的傳統。能够集詞藝之大成而出之以渾化，又代表了詞的「樂教時代」大晟時代的清真詞成爲常州派乃至整個晚清詞壇的最高典範。在日益動蕩的時代環境中，詞體樂教觀提倡詞通於樂，具有古近體詩所不能及的觀政化人、移風易俗的功能，將詞體推尊到前所未有的高度，並且帶動了晚清詞學思想的大融合，增添了「聲學」的新光彩。

關鍵詞　詞體　樂教　常州派　聲律　尊體　寄托

一般認爲常州詞派以意内言外、比興寄托之論樹幟於晚清詞壇，「以立意爲本，以叶律爲末」〔一〕，與同

基金項目：國家社科基金重大項目「詞體聲律研究與詞譜重修」(15ZDB072)；江蘇師範大學博士學位教師科研基金項目「詞體聲律學史研究」(17XLW013)。

時代吴中派精研詞律形成鮮明對比。此説似可商榷。乾嘉以降，詞壇上有關詞體音律的探討蔚然成風，引動復詞於樂的思潮，與意内言外之説發生互滲。常州派論詞，以「立意」爲根本的同時，非但不輕視「協律」，而且着眼於詞體的音樂文學特性，援引儒家樂教理念，提倡樂寫人心、聲情相映、觀政化人，實際上形成了系統的詞體樂教觀，參與到常州詞學的建構中，並深刻影響了晚清詞學的走勢。本文擬對常州派詞體樂教觀的發生、内涵和影響作一初步探討，以期引起學界對常州派和中國詞學「聲學」一面的關注。

一 學理背景：晚清詞體聲律研究的熱潮及反思

乾嘉以降，在經學整體發達的學術環境中，在元抄本姜夔詞等珍稀文獻面世的催動下，詞體聲律研究特别是音律研究出現了一股熱潮。清人視治樂爲治經之補完、治禮之輔助，「研究古樂成爲經生副業」〔二〕，在詞樂方面有《香研居詞麈》、《燕樂考原》、《律話》等一係列名著問世。方成培《香研居詞麈》的核心思想是「工尺即律吕，樂器無古今」〔三〕，俗樂之工尺能通古樂之律吕，后世之樂器能演古代之音律。凌廷堪《燕樂考原》儘管論證出燕樂體系來自蘇祇婆琵琶樂，與中國古樂是不同的體系，但並未否認會通古今樂的可能，而且他還提出詞體的音樂性應當用人之口耳來檢驗，從原理上論證了以聲韻通音律的可行性與必要性〔四〕。而元抄本《白石道人歌曲》和《詞源》在乾嘉間重新面世，並經過厲鶚、鮑廷博、戈載、秦恩復等人校勘成爲善本流傳開來，更是鼓舞了有志於通過破譯姜詞旁譜上考詞體音律者的信心。如宋翔鳳説：「揚州陸氏重刻宋本白石詞集，旁注譜，近人罕解。后秦編修刻張叔夏《詞源》足本，其説俱在，可以通白石之譜矣。」〔五〕實代表了當時詞壇的普遍心理。編寫《詞林正韻》、希望從格律的字聲韻叶觀照音律的起調畢曲的戈載順理成章得成爲詞壇領袖，一時同人「及辨析陰陽清濁、九宫八十一調之變，皆嘿以聽」〔六〕。總而言之，通曉音律樂器者自可考釋詞樂文獻，止論四聲韻叶也可以摸索樂律的凝痕。似乎詞體的韻律音節已觸手可及，淪亡數百年的詞樂很快就能再度流轉於管弦歌喉，「北里知名，禁廷傾耳」〔七〕的風流風雅將重現人間。

當「音律熱」興起之際，四聲五音愈辨愈繁，宮調之論不易實踐，引發了詞壇上的一連串質疑。其中最有力的是這樣兩種看法：一是認爲在字聲句韻上斤斤計較，模擬古人，實屬膠柱鼓瑟，有窒澀性靈之弊。像黄曾、戈載那樣「胸襟凡近，詞多死句」〔八〕，又不能實踐其聲律論，引起詞壇的普遍不滿，甚至連帶聲律之學本身也遭到質疑。如謝章鋌指出填詞首先應精思詞章，再參究聲律，張炎《詞源》已作此説；若「轉因其守律之嚴，反恕其臨文之劣，則律者真藏拙分謗之具也」〔九〕。二是認爲詞已久不可歌，文辭格律能在多大程度上對應詞樂音律是一個大問題，且詞家大多不通音樂，持律不應過於嚴苛。如李慈銘激烈批評「吴中七子」視姜夔詞爲金科玉律，「斤斤於一字半字之辨」，以爲可以被之管弦，追復大晟風雅，其實「大晟久亡，宫音不正，諸人生千百年后，徒墨守其去上之字，咀含其重墆之音，不計工拙清濁」〔一〇〕，並不能協律合樂。進而有學者指出音律是樂工而不是填詞者該考慮的事，所謂「讀者賞意匠之工，歌者審音律之細，兹二者本不相爲謀」〔一一〕，「彈者自按譜而彈，如笛家按板而吹，初不問詞之何如也」〔一二〕。以辨證的眼光來看，這兩種質疑都有合理之處，但並不能因此簡單否定詞體聲律研究的價值和恢復詞體音樂屬性的思路。就前者而言，可以認爲填詞當以性情的發抒爲主，可以認爲黄、戈等人精於律而拙於詞，但不能將詞之不工歸咎於律之太細，何況這也不符合清代詞學求實、返正的總體趨勢；就后者而言，詞家之律和樂工之律的確存在鮮明分野，詞家（不包括個别精通音律的詞家）依律填詞和聲黨融字行腔是兩個過程，但不能就此認爲詞家只須照顧字數和平仄、不必理會四聲韻叶，更不能認爲詞體格律和音律毫無關係，否則會造成文體音樂性被遮蔽，「文人多啞曲，而樂部尤多盲工，雖有妙製，輒遭其荼毒」〔一三〕的不良后果。

可見，儘管古樂學的發展和姜詞旁譜的流傳助推了復詞於樂的思潮及詞體聲律研究，后者仍需要在一個更高的層面充分證明自身的合理性和必要性，同時需要保持正確的導向性，避免以律害辭、束縛性情的錯誤傾向。從技術層面説，聲律的持守需要和情志的抒發、意趣的暢達結合起來，如宋志沂主張調和戈載重聲律和孫麟趾重性情的詞學觀，認爲「守戈丈之界，可以峻詞體；遊孫丈之宇，可以暢詞趣。二者皆是，不可執一」〔一四〕；從思想層面説，詞體聲律需要注入精神内核，從而與有關詞體性質和品格的觀念溝通起來，如張鴻卓所云「苟無律，無異長短句之詩。然徒守律，亦不見詞之真際」〔一五〕。不僅如此，宋、張二人所屬的吴中派以提倡聲律説著稱，同時顯示出包容别派學説的開放性姿態，特别是吸收常州派意内言外説，主張立意和守律的結合。但真正將復詞於樂的思想系統化、將詞體聲律研究作技進於道的升華的是常州派，這與該派詞學强調寄托和感發是密切相關的。

二　常州派詞體樂教觀：從萌發到成形

常州派〔一六〕詞體聲律觀的發生是自身詞學發展的必然結果，也是與其他詞派思想碰撞下的産物。其從萌發到成形大約經歷了四個階段：以張惠言爲代表的萌發期，以宋翔鳳、董士錫爲代表的成長期，以周濟爲代表的充實期和以譚獻爲代表的形成期。

常州派開山祖師張惠言留下來的詞論話語比較零散，但寥寥數語已啟后人門徑；他以儒家詩教規範詞「意」之表達的同時，已暗含以儒家樂教衡量詞「聲」之表現的思想。首先張惠言認爲詞是「採樂府之音以制新律」〔一七〕，應與「詩賦之流同類而諷誦之」，就是説詞是以協律合樂的「歌詞」形式發生的，應當講求韻律節奏。「諷」和「誦」源出《周禮》，本就是上古時代用以宣揚「樂德」的兩種「樂語」〔一八〕。其次，張氏指出詞體微言興感的特點與它「其文小，其聲哀」的特點分不開。詞體之聲感人而哀音尤足動人，若不加以規範，容易失去節度，「雜以俳優譎蕩之音，間以灌夫叫囂之氣」，不足以當「清廟明堂之奏」〔一九〕。詞體音節有着巨大感染力，所以須符合儒家樂論清正和雅的要求，甚至承擔和天順物、觀政化人的功能。所以他提出「詞律宜嚴」，「率爾操觚者乃詩人之餘事，非詞家之正聲」[二〇]。「『正聲』是張惠言文學觀的最高境界。」[二一]若僅視詞爲詩餘，不妨疏於聲律；若視詞爲「正聲」，則必須協律合樂，合乎樂教的要求。溯詞於樂，强調聲音感人，要求合乎雅正之樂教，常州派詞體聲律觀的體系在張惠言這裏已具備雛形。附録於《詞選》的幾位常州派詞家大多不以詞名，有關聲律的看法更少；只有陸繼輅詞曲兼擅，留心於聲律之道，《全清詞鈔》稱其有《詞律訂》若干卷。這説明常州派詞體聲律研究在這一階段還處於引而未發的狀態。

隨着道光初年吴中詞派崛起詞壇，宋翔鳳、董士錫等第二代常州派詞學家與吴派及浙派詞人來往愈發密切，常州派的詞體聲律研討迎來快速發展的良機。宋翔鳳與浙派著名詞人鄧廷楨、「吴中七子」之一王嘉禄等關係甚篤，深受晚近詞壇聲律學思潮熏染。宋翔鳳明確視詞爲音樂文學，是「意」與「聲」的融合：若「茫昧於宫商」，則不成其音節，若「滅裂於文理」，則不足稱文辭。他進一步强調，二者是互相滲透、職能相通的，「文章通絲竹之微，歌曲會比興之旨」[二二]，歌詩一體，不可分離。這實際上説明缺少了樂學思想而徒然以詩教觀規範詞體是不完整的。宋翔鳳的貢獻還在於從主體表達的角度闡發了填詞協律這一過程具有的調情適性的教化作用。他在《香草詞序》中提出「平氣以和其疾」的看法，認爲一方面詞體和古近體詩相比句式長短變化更多，音節抑揚開合也更復雜，有利於表現婉轉、細膩、幽微的感情；另一方面，正因爲受體式所限，填詞時不得不斂才就範，將種種「鬱氣」、「亂慮」、「碎詞」[二三]都融化成諧暢的音節，使主體情感得到充分而有節度的疏導，歸於中正和平的境界。和宋翔鳳類似，董士錫論詞主情，但不同意作者徑直將「生平悲喜怨慕之情，發而爲文，以見其志」，因爲「君子之道，不引乎情不可以率乎禮」，當「治心澤身之學既大成，其幾微過中之情，固可以漸而化之」[二四]。這種看法與「君子反情以和其志」波瀾莫二，還是要將感情引向發而皆中節的中和境界。

常州派詞體聲律之學在周濟手中發揚光大并非偶然。在學術理路的自然延伸之外，周濟父周仁曾傳其樂律密率之學；晚年遷居金陵春水園，金陵詞壇名家包世臣、陳方海、陳方瀾皆曾助力周濟研究詞律。周濟從知樂明禮，到辨調適情，再到審音協律三個層面，從宏觀到微觀，從理論溯源到研究實踐，大大充實了常州派的詞體聲律觀。他在《樂論》一文中，以古代詩、禮、樂三位一體的思想觀照詞體，認爲樂即聲調韻律，詩即詞之文本，禮則體現於詞人之性情，三者也是一個統一體。緊接着，他秉承宫商本於人聲的理論，先將五音（加上變宫、變徵是七音）與五聲連接起來，再將聲調與人情聯係起來，「辨調以情」，「諧情以調」，從詞調這一維度，展開詞體聲調研究。周濟選取兩百餘調，通過「反覆吟諷」，品味聲情的不同，分成婉、澀、高、平四品，編成《詞調選雋》這部在詞體聲調研究史上具有里程碑意義的著作。而且聲律之道既精且微，爲了提高「感發善心、懲創逸志」（《詞調選雋序》）的教化效果，必須深入到字聲句度層面展開研究。周濟先考訂詞調[二五]，再論韻辨聲（成果見《宋四家詞選目録序論》[二六]，下文省稱《序論》），論及詞韻（韻字、韻上字）、字聲（陰陽、四聲、雙聲、叠韻、换頭、煞尾）、句法（領字、詩病）三個領域多個方面，論斷精審[二七]，體系隱然，落實了祖師張惠言「詞律宜嚴」之説。

譚獻是常州派張、周之學的隔代繼承者，也是詞體樂教觀的實際提出者。與常州派前輩不同，譚獻身處清王朝内憂外患、江河日下又「垂死挣扎」、試圖「中興」的時代，意内言外之説流行於詞壇，名家許宗衡、蔣春霖、張景祁等推出一大批批判現實、抒發幽憤的有力之作。譚獻順應時代呼聲，要求詞體增强觀政匡世、移風化人的社會功能，具體做法就是溯詞至樂，引入儒家樂教。在自許晚年定論的《復堂詞録序》中，譚獻從源同樂府、義傳樂經、旨歸比興、合樂協律、觀政化人等幾個方面集中而系統地表達了詞的樂教觀[二八]。其基本思路是：樂有移風易俗和羽翼詩教兩大功能，而今日之詞即古樂之遺，所以詞也應具有上述功能。這一看法是張、周諸説的提煉，也是詞體樂教觀的正式提出。譚獻詞體樂教觀的闡發在繼承前人的同時也有新變：一是反復强調盡管詞以立意爲主，詞之樂教以詩教爲内核，但詞體的音樂性和感染力遠强於詩，所以詞體比興寄托、感發志意的作用也强於詩，成爲李兆洛「詞深於詩」説的隔代呼應；二是和周濟等相比，譚獻的看法中風雅比興之旨、觀政化人之用相對增强，聲情相映之美、含蓄不盡之致相對減弱了。

自張惠言指出詞之聲哀易感，宋翔鳳認爲詞可平氣和疾，到周濟爲詞注入樂德、進而辨調論聲，最終譚獻將詞直承樂經、揭櫫樂教，基本完成了學理建設過程。在常州派諸家之前，也不斷有清代學者將詞體源生上溯至上古歌詩。如宋犖《瑶華集序》稱「夫填詞非小物也……后之欲知樂者，必於此求之。……何則？古詩與樂一也，今詩與樂二也」〔二九〕，王昶《國朝詞綜自序》言：「蓋詞實繼古詩而作，而詩本於樂，樂本乎音……詞可入樂即與詩之入樂無異也，是詞乃詩之苗裔，且以補詩之窮。」〔三〇〕然綜核其旨，基本仍是一種以詩和詩教爲目標的尊體策略，還談不上「樂教」。常州詞派的樂教觀則取消了「由詞以溯之詩，由詩以溯之樂」（康熙帝《歷代詩餘序》）的中間環節，直接將詞上繼古代歌詩一體的傳統，與詩一起接受樂教的熏陶，並且初步形成了以儒家樂論對詞體音節的内核、表現、功能、審美等方面進行規範的理論體系。值得一提的是，常州派諸家對詞體之聲的重視並未停留在理論層面，在創作中也有成功實踐。張惠言的名作如《木蘭花慢·楊花》、《水調歌頭·春日示楊生子掞》組詞，用律精嚴而出之自然，特别是上去聲運用十分精妙，得聲律和諧之美〔三一〕。董士錫《齊物論齋詞》嚴於持律，受到沈曾植「應徽按柱，斂氣循聲」〔三二〕的高度評價。這使得常州派達到意律兼重，理論與實踐並行的層面，面向和影響力進一步擴大。

三 常州派詞體樂教觀的内涵和體系

從上述縱向梳理不難看出，與清初詞壇要求峻潔詞體、規範創作，嘉道以降辨明詞體、董理詞學都有所不同，常州派詞體聲律觀的發生與旨歸是其比興寄托、感發志意的詞學内核與聲音感人、中正和雅的儒家樂論相結合。具體而言，常州派詞體聲律觀有哪些内涵，借鑒了儒家樂教的哪些思想，又是針對怎樣的詞學問題和詞壇現象而發的呢？試析論如下。

（一）以詞爲「樂府之餘」，遠紹上古樂歌。這是詞體樂教觀的理論前提，即着眼詞體的音樂文學屬性，直言詞是樂章，類比樂府，如張惠言稱詞是「採樂府之音以製新律」（《詞選序》），李兆洛稱「詞之源，出於樂」，並且認爲張惠言《詞選》的主旨就是以詞復合於漢樂府的傳統（李兆洛《朱橘亭詞稿序》），譚獻稱「古樂之似在樂府，樂府之餘在詞」，「生今日而求樂之似，不得不有取於詞」（譚獻《復堂詞録序》）。開啟了詞通於樂的學術理路，對詞體音樂特性的强調和聲律法則的探求才具有了來自儒家經典的强大合理性，樂教觀纔能得以形成。

（二）樂以德爲基，聲以意爲本。這是詞體樂教觀的理論根基。周濟《樂論》云「語不離德而可與言樂」，「德」是「樂德」，「語」是樂語，「樂德者，禮也，樂語者，詩也」〔三三〕。禮、詩、樂是三位一體的整體，詩要不離乎德，符合禮教的要求，樂則是以詩和禮爲内涵的聲容表現，即《樂記》所謂「知樂則幾於禮矣」。詞樂亦然。詞「寫作者之胸臆而動觀者之志意」，以立意爲本；立意是樂教的核心，協律合樂是樂教的完成方式。所立之意即意内言外之意，是君子之志，「四始六義之遺」（譚獻《復堂詞録序》）。這一看法一方面明確指出協律應爲達意服務，所謂「上之言志，永言次之」（譚獻《復堂詞録序》）；另一方面强調了填詞協律合樂的必要性和重要性，因爲樂與禮、德，樂教與詩教密不可分，無樂則不成其爲（歌）詩，更不成其爲教，即《樂記》所言「樂者，通倫理者也。……唯君子爲能知樂」。這一思想有很强的現實針對性。前文已經提到，當時詞壇上有兩種不良創作傾向。一是陷入宫調之考求、聲韻之辨析不能自拔，影響了主體情志的表達，連累聲律研究本身也遭到質疑；二是認爲樂學就是聲律之學，協律是樂工之事，士人「稍欲知之，則求曲師歌工，尊奉而效法之」。周濟認爲兩者都是昧於原、「不思其反」的表現。《樂記》言：「樂者心之動也，聲者樂之象也，文採節奏聲之飾也。君子動其本。」樂之原在人心，樂學的根基是儒家修齊治平的精神，樂工應反過來爲士大夫抒寫志意服務。

（三）樂音本於人音，聲調抒寫人情。這一條着眼於詞中聲與情的關係，是詞體樂教觀的主幹內容，可析爲三層。一是宫商本於人聲。中國古代樂論素有樂聲模仿人聲的觀念，認爲樂聲和人聲存在天然的對應關係，「五音者，人所得於天，以寫其喜怒哀樂之情者也」〔三四〕。本乎此，周濟直接將五音和五聲一一對應起來，稱宫商角徵羽即「喉、腭、舌、齒、唇也。唇齒合爲變徵，唇外爲變宫。此自然之音也」。既然人聲合乎自然，自成宫商高下之不同，那麽詞中字聲的不同組合，自有抑揚頓挫的音節美。這就爲樂音通於人情的論點做了邏輯鋪墊。二是音由心起，樂表人情。《樂記》開宗明義闡述音樂原生時説：「凡音之起，由人心生也。人心之動，物使之然也。感於物而動，故形於聲。聲相應，故生變。變成方，謂之音。比音而樂之，及干戚羽旄，謂之樂。」又指出因爲樂出於人心的自然感動，所以樂是「情之不可變者」，這就明確了詞體（聲）反映作者真情實感的必然性和必要性。那麽不僅蘇軾「銅琵鐵板」之音、辛棄疾「大聲鞺鞳」之詞等所謂詞史「别宗」、「别派」的經典之作理當進入學詞者的視野，舉凡「言思擬議之窮，而喜怒哀樂之相發」（譚獻《復堂詞録序》），甚至是「窮老抑鬱無聊不平之慨」（張琦《與吴仲倫書》）在詞中都具有表達上的合理性。三是「辨調以情」，「諧情以調」。人心感物而動情，情有喜怒哀樂之異，聲有清濁抑揚之别，形之於樂，自然有音節韻律上的不同，如《樂記》所言「其哀心感者，其聲噍以殺；其樂心感者，其聲嘽以緩」，等等。形之於詞體，則如譚獻所言「音有抗墜，故句有長短，聲有抑揚，故韻有緩促」（譚獻《復堂詞録序》）；結之於詞調，則如周濟所云「喜則其調婉，怒則其調高，哀則其調澀，樂則其調平」。所以填詞應選擇與要表達的感情色彩相適應的詞調，聲情交映，相得益彰，達到「感發善心，懲創逸志」的教化效果。據此，周濟反對以詞已不能歌爲借口，或摒聲律不講，「放棄之以自便」，或一字一句復刻古人，「尺寸而步趨之以求冥合」的兩種錯誤傾向。

（四）觀政化人，歸於平和雅正。這是詞體樂教觀的功能論。儒家樂論認爲音由心起，樂通人情，由音樂可以觀照風俗好惡、人心正佚，士大夫對此應善加體會運用，對内「反情以和其志」，對外「廣樂以成其教」（《樂記》），達到涵情養性，觀政化人，歸於雅正。詞既爲樂之后裔，理當承擔起上述職能。所以譚獻視詞爲「雅之變者」，認爲詞人「言志永言」、「志潔行芳」則「會於風、雅」，認爲「上薦郊廟，拓大厥宇」的大晟樂府時代是詞「正變日備」的全盛時代（《復堂詞録序》）。而且針對詞體體制的特殊性，常州派詞家特別强調在填詞過程中通過揣摩詞體音節律動來調適作者的心理，化解心中鬱結，「平其氣以和其疾」（宋翔鳳《香草詞序》），達到「平矜釋躁、懲忿窒欲、敦薄寬鄙」（周濟《詞辨自序》）的效果。

（五）詞體音節應當藴蓄悠遠，不盡其聲。這是詞體樂教觀的風格論。要達到調適心理和教化讀者的效果，詞體音節應當和諧美聽，不能轉折怪異成不祥之音。常州派詞家尤其推崇含蓄藴借、流連往復、有唱歎之妙的音節美感。如張惠言以薦於「清廟明堂」要求詞體之聲，反對「跌蕩靡麗」，類於「昌狂俳優」（《詞選序》）；周濟認爲「古之歌者一倡而三歎，一倡者宣其詞，三歎者咏其聲，是以詞可知而聲可感」（《詞調選雋序》），《詩》三百、古樂府和唐宋詞皆如此。二人所論皆可溯源至《樂記》「清廟之瑟，朱弦而疏越，一倡而三歎，有遺音者矣」的話語。常州派詞人對詞中的哀音澀調再三致意，畢竟哀聲最足動人。如張惠言謂詞「其文小，其聲哀」，金應珪稱歌詩「古愈遠則愈殺，聲彌近則彌悲」〔三五〕，宋翔鳳特論「氣鬱」、「志哀」的「窮詞」（《香草詞序》），周濟指出詞之情「哀則其調澀」（《詞調選雋序》），頗有《樂記》「亂世之音怨以怒」、「亡國之音哀以思」的意味。

常州派詞家以儒家樂經《樂記》爲指南，以詞出於樂爲前提，以修德立意爲根基，以情聲交映的理念爲主干，以觀政化人爲功用，提倡含蓄藴借、一唱三歎的聲情美。這就是常州派詞體樂教觀的基本内涵和體系。《樂記》在宋代就是詞學批評的綱領〔三六〕。和宋人相比，一者常州詞派的樂教觀中聲與政通、詞關治體的聲音較弱，這恐怕與晚清時代詞早已不再流行於大衆，甚至不再譜之管弦，觀政的資格已弱化有關；二者也少了很多内容須雅正、語辭須高雅的要求，這可能要歸功於浙西詞派以醇雅詞風主盟詞壇的長期浸潤之功。

四　詞體樂教觀對常州派寄托論的補完

常州派視詞爲樂、講究聲情交映以暢教化的詞體樂教觀，是其思想核心意内言外、比興寄托理論的重要補完："意"的寄托與感發有賴於"聲"的熏陶，"情"對"志"的擴容來自樂教理論的支持，清真詞作爲新的詞史最高典範的樹立也與樂教觀的提出密切相關。

先看"聲"對"意"的表達。一方面，"聲"是傳達作者之"意"的基本媒介之一，也是感染讀者的重要手段之一。"感人之速莫如聲"〔三七〕，"感動"是在"意"的理解接受的同時，借助"聲"的感染熏陶而實現的。如周濟指出"古之歌者一倡而三歎，一倡者宣其詞，三歎者咏其聲，是以詞可知而聲可感"（《詞調選雋序》）。另一方面，更深一層論，"聲"的欣賞熏陶是感發讀者之"意"的審美空間。由於"聲"的感染效果直接、明顯，且不落言筌、不以文本含義的理解爲前提，所以在很大程度上釋放了詞中"意"的表達空間和闡釋空間。這實際上是周濟、譚獻等人得以從解釋學層面不斷修正寄托理論、愈發强調讀者本位的一個隱含的理論前提，即拋開具體事件、言語、含義和思想，倡導在音樂的審美體驗中，感發欣賞者心中情質與音色相近、同屬一"類"的感情。這源於《樂記》"萬物之理，各以類相動也"的思想。《樂記》反復强調"樂也者，動於内者也"，是"人情之所不能免者也"，"致樂以治心者也"，音樂對人的影響是直達内心、無法抗拒的，樂教是春風化雨式的無形之教；不同樣式、不同風格的音樂會激發起人心相對應的感應，如「志微、噍殺之音作而民思憂，嘽諧、慢易、繁文、簡節之音作而民康樂，……流辟、邪散、狄成、滌濫之音作而民淫亂」等。所以周濟的「寄托出入」説要詞「非寄托不入，專寄托不出。一物一事，引而申之，觸類多通」，「入」也就是作者立意時「意感偶生，假類畢達」，不必有所特指；「出」也就是讀者感發時如「赤子隨母笑啼，鄉人緣劇喜怒」（《序論》），隨境興感，不必坐實本事，更不應穿鑿附會。譚獻則認爲讀詞者不妨「側出其言，旁通其情，觸類以感，充類以盡」，不必問作者動機和作品大旨是什麽，盡可以觸景生情、緣物興感；甚至「作者之用心未必然，而讀者之用心何必不然」（《復堂詞録序》），獲得更自由更廣闊的感發和闡釋的空間，所謂「其言之所至，而情至焉；其言之所不至，而情亦至焉」〔三八〕。周、譚能有此論，是與他們深知詞中志意的感發是在「聲」的審美體驗中、以樂教的方式完成分不開的。再者，如譚獻所言，詞能在「言思擬議之窮」處，有「喜怒哀樂之相發」，正是音樂的作用、樂教的功能使然。這與「無寄托之詞」所造就的玲瓏的興象、圓融的意境所帶來的喻指的多重性和闡釋的自由性是相輔相成的。所以后來劉熙載、張德瀛等詞學家進而引用徐楷《説文解字通論》的「音内言外」説改造傳統的意内言外説，提出「詞也者，言有盡而音、意無窮也」〔三九〕。

再看「情」對「志」的擴容。「情」指的是詞人之情，是主體自然的、真實的、個人化的、日常的喜怒哀樂；「志」指的是君子之志，是合乎儒家道德規範的忠愛之忱和出處之道。用比興寄托詩教觀來衡量，「情」往往溢出了「志」的範圍；如若逸蕩不返，無疑會偏離雅正的準則。如宋人張炎已經看到詞中「志」與「情」的衝突問題：「詞欲雅而正，志之所之，一爲情所役，則失其雅正之音。」〔四〇〕如果在衝突中一味以言志相要求，則既不符合也浪費了詞體擅長書寫「輕塵若草之情」（沈曾植語）的傳統和優勢。那麽如何在賦予詞中「情」的抒發以合理空間的同時，又保障不「爲情所役」、實現由「情」到「志」的復歸呢？這就體現出詞體樂教觀的作用。最初張惠言提出詞要寄托的「賢人君子幽約怨悱不能自言之情」，實屬於「志」的範圍；

其后董士錫、宋翔鳳、周濟等人不斷補入「情」的内容，强調抒發不遇之悲和怨憤之意的合理性。他們首先援引《樂記》中樂是「情之不可變者」，「唯樂不可以爲僞」的論斷，明確了詞中表達真情實感的必然性和必要性；然后根據君子「反情以和其志」，要求作者利用詞體音節的美聽，在選聲辨韻、一唱三歎中澄懷静慮，平氣和疾；再者詞以聲爲用，這就比一味强調言志要圓融得多，適用範圍也大得多。在嘉道間一片「白、雲世界」[四一]中，周濟從前期「服膺白石，而以稼軒爲外道」，到后期認識到「辛寬姜窄」，黜落白石而將辛稼軒推爲「宋四家」之一，當正是着眼於稼軒「沉着痛快」的詞情，是「斂雄心，抗高調」的鬱勃與「真豪邁」（周濟《序論》）。

在强調「聲」和「情」的詞體樂教觀念的影響下，常州派有關學詞取徑和詞史典範的選擇上也起了變化，最突出的表現便是周邦彦詞史地位的急劇上升。衆所周知，最初張惠言編《詞選》推崇温庭筠的深美閎約，是爲了比附微言大義；董士錫、董毅父子篤好張炎，后者輯《續詞選》，補入張炎詞二十三闋居全書之首，看重的是清雅的詞品；周濟在《序論》中提出「問途碧山，歷夢窗、稼軒，以還清真之渾化」的「宋四家」説暨學詞路徑，許周邦彦爲「集大成者」和最高典範，個中緣由却比較複雜[四二]。在調和兩宋、融合南北、寄托出入諸説之外，不妨聯繫周濟的詞體樂教觀念來考察這一問題。首先，清真詞在聲律上的高度成就爲周濟所矚目。一開始周濟受知於董士錫開始「篤好清真」，就認識到清真詞有「沉著拗怒，比之少陵」[四三]的特色。杜詩之沉鬱頓挫與其聲調之抑揚開合有關，清真詞的「拗怒」也是就音節而言。后來周濟提出「宋四家」説，認爲碧山詞在「聲容調度」上頗可取法，堪作初學第一關；而清真詞作爲終極形態，聲律高妙自不待言。其次，清真詞的「渾化」完美契合詞體樂教觀的審美標準。周濟以「渾化」或「渾厚」稱許清真却未加以詮釋，根據今人的研究，大致包括寄興深微、含蓄藴借、回環往復、清妍和雅等方面。結合上文對詞體樂教觀内涵的分析可見，這正是注重出意雅正、一唱三歎的樂教理念所追求的美學風格，所以姜、張詞盡管長期被清代詞家奉爲圭臬，且素來以聲律精嫻著稱，但被認爲意淺情淡、雕琢弄筆而爲周濟所黜落。第三，清真詞一直被視作大晟樂府的代表，而大晟時代不僅是北宋詞的最盛期，更是按月用律，薦之郊廟，施於朝廷，頒布天下，普諸人倫的「樂教」時代〔四四〕。所以清真詞就成了樂教的「化身」。這一點最容易被忽視。周濟《宋四家詞筏序》稱「宣和之時，泰窮將否，危機已動，外榮而内瘁。鳴其盛者，雖極鋪張粉飾，而幽憂之思潛動於不自知。過此以往……用情益專，立言益峭，故軌迹亦益彰。此文章自然之運也。」〔四五〕宣和指北宋末年，亦屬於大晟樂府時代，此時的大詞人非清真莫屬；周濟通過描述詞運由盛轉衰的種種詞藝上由渾化到發露的表現，實際上説明了清真詞寄托幽微、渾化無痕、集詞史大成的地位。譚獻在《復堂詞録序》中也認爲大晟樂府時期詞調可以「上薦郊廟，拓大厥宇」，是爲詞體與「樂」結合最好的時代。他選清真詞三十二首爲全書之冠，顯然有以清真詞爲盛世雅音、樂教典範，希望能恢復詞體觀政化人之功能的意味。總而言之，綜觀唐宋詞史，能融意、情、辭、聲、韻而以渾化出之者，清真詞首屈一指；能以清和之製，「集樂府之大成，爲詞林之韶、濩」，達到「北里知名，禁廷傾耳」的，非清真莫屬。因此，拋開樂教觀念，僅從寄托論和風格論的角度追問常州派推尊清真的緣由，可能還不够全面。

從以上三個方面已不難看出，詞體樂教觀念參與了常州派詞學的深層構建，支撑並圓融了寄托理論。從樂教的理論源頭上看，《詩》大序云：「詩者，志之所之也。在心爲志，發言爲詩，情動於中而形於言。」又云：「情發於聲，聲成文謂之音。」宋代詞學家王灼對此評論道：「有心則有詩，有詩則有歌，有歌則有聲律，有聲律則有樂。」〔四六〕可知在歌詩一體的傳統中，詩與樂、詩教與樂教本就是相輔相成不可分割的。那麽「意」和「聲」，立意和協律在常州派詞學中不是「主」與「末」而是「主」與「輔」的關係。特别是「聲」的引入，回答了志意的感發如何發生、無寄托的境界何以能實現的問題，釋放了作者立意和讀者接受的闡釋空間。這是我們今天研究常州派詞學所不應忽視的一個視角。缺少了這一點，就難以完整把握常州派詞學聲律有如此專詣之研究。

五　詞體樂教觀與晚清詞學的進境

在詞樂研討的熱潮中，詞體樂教觀以「詞通於樂」的思想將「辨體」和「破體」兩種尊體路徑合二爲一，將詞之地位推到前所未有的高度，達到清代詞學尊體理論發展的新階段。關於這兩種路徑各自的源流、貢獻和缺陷，以及常州派如何通過强調音節的感化效果和藝術形象自身的多義性，把辨體論中的形式特質和破體論中的詩教精神組合在一起，成爲一種更圓融的尊體理論，學界已有不少研究成果〔四七〕。然而學界未遑論及的是，這種組合的完成方式和深層學理依據是詞體樂教觀。它不僅僅着眼於詞的長短句的體制，更從協律合樂的角度將詞體的發生上溯到古代歌詩傳統，歸根於儒家六藝，這樣就使詞體體制特性的存在意義、研討價值和文化及社會職能獲得了經典的加持，實現「技進於道」的升華。所以晚清詞家纔能充滿自信地說「律愈細而道愈尊」〔四八〕，認爲「意内言外之精義」要通過「述造淵微，洞明音呂」〔四九〕來實現。這樣一來，詞就不僅僅是與詩同源，而是要與詩比肩、並列，取長補短；甚至有學者據此指出詞才是詩史嫡傳正宗，近體不過是庶出枝幹而已，詞的地位應等而上之。如江順詒《詞學集成》卷一開宗明義：「溯詞於樂府，則詞爲大宗。而古近體詩，乃樂府之變調，不能叶律之樂府耳。……古近體詩，黄奪淮也，謂之黄而不謂之淮。詞則碣石黄河之故道，其踪迹知之者鮮矣。」〔五〇〕

進一步論，因爲與音樂關係更緊密，詞甚至比詩（特别是近體詩）更具備觀政化人的資格和功能，是以在世變日深、國運日外的晚清民國時代特受推崇。常州派詞家特倡此論，却常常被今人以詩教觀念蔽之。如李兆洛稱「詞深於詩」（《朱橘亭詞稿序》），譚獻説「比興之義，升降之故，（詞）視詩較著」（《復堂詞録序》），陳廷焯指出「詞可按節尋聲，詩不能盡被管弦……感於詩不若感於詞」（《白雨齋詞話自序》）。所以晚清蔣春霖、文廷式、王鵬運、鄭文焯、朱祖謀等人感時寄意、律辭兼美的作品受到詞壇的極大推重，甚至出現風氣所匯、晚清詩不及晚清詞的看法。如徐沅《詞綜補遺序》言：「辛亥變後，詩道亦窮。樵風、彊村諸家，尤工變徵，乃以扈芷握荃之致，寓苕華離黍之悲，蓋世於是爲陸沉，詞於是爲后勁焉……是則詞雖小道，托體並尊，光宣以降，非常變局，賴長短句以紀之，尋微索引，差於世運有關。」〔五一〕朱庸齋《分春館詞話》也指出：「鹿潭、半塘、芸閣、彊村、樵風之作……其風骨神致足與子尹、弢叔、散原、伯子、海藏諸家相頡頏。」〔五二〕當詞的社會職能被大力强調，與政治的關係也變得緊密起來，文化地位進一步提高。「同光中興」時期，在思想輿論方面，曾國藩等人大力提倡正學理學，開辦書局，以正人心、挽世俗爲要務，詞因爲樂教載體的身份受到格外青睞。如張之洞云：「詞非小技，樂之遺也。先王立教，節之以禮，和之以樂。……是古人之發舒天籟，涵泳聖涯者，詞猶有其遺意焉。」〔五三〕到了社會危機和民族矛盾更加激烈的二十世紀三十年代，楊恩元在爲姚華所作的《弗堂詞跋》中高呼：「文藝一日不泯滅，即中國一日能存在。昔人稱言者心之聲，又稱聲音之道與政通，安得曰雕蟲小技壯夫不爲也？然則中華民族復興之樞紐，黔省人文蔚起之關鍵，將以先生之詞卜之，識者當不以余言爲河漢焉。」以詞深於樂理，通於樂教，當生死存亡之際，甚至有存文保種的意義。推尊詞體，至此已極。這樣看來，乾嘉以來恢復詞樂的努力雖没有取得實質性成果，但是詞學尊體論在樂教觀念的助推下邁向了一個新的階段和新的高度，晚清詞壇也由此注入了一針强心劑，奏響了有清一代的最强音。

在詞體樂教觀的推動下，不僅尊體論趨於圓融和統一，晚清詞學在整體上也呈現出融合的趨勢，呈現出新的形態和色彩。一般認爲，道光中常州派取代浙派主盟詞壇，在主推立意、倡言寄托的同時汲取了浙派重格調、尚清雅的觀念，和吴中派精研詞體聲律的思想，后兩派詞家也漸漸向常州派靠攏，接受意内言外之學。一時間「詞之爲道，意内言外，選音考律，務在精研」〔五四〕的觀念回蕩於大江南北。「周濟的『無寄托』説和『宋四家詞筏』論，是這種融合趨向於成熟階段的標志。」〔五五〕這類看法主要是從詞學理論和批評的角度立言，暫未揭示融合背后的詞學思想；主要是總結融合后的産物，未暇發掘造成各派詞學達成融合而不是分層的那個相同的化學成分；主要是從常州派的既有觀念和立場出發，未能揭示融合后晚清詞學所呈現的鮮明的新色彩。一方面，吴中派的詞體聲律研究以音律爲主導，大旨在於恢復詞樂，追慕大晟風雅。如戈載的《詞林正韻》雖然是一部韻書，但他的目的是探考「聲音之道」和「宫調之理」（《詞林正韻・發凡》）。「吴中七子」也是以此相號召的，如朱綬爲王嘉禄《桐月修簫譜》作序云：「自九宫八十一調之譜不傳，而世所爲詞，類皆長短歌謡耳。吾友戈順卿氏始力尋古人之秘奥，……雖謂大晟雅樂至今而復興可矣。」〔五六〕另一方面，如前文所論，常州派要發揚詞體比興寄托、感發志意的詩教功能，保障主體情感抒發的相對自由，又要避免穿鑿附會式的解説，不得不借助於樂教理念關於「聲」與「情」的闡釋和具體而微的聲調研究。兩派正是在詞通於樂這個層面上發生了融合，而不僅僅是立意與協律的裏外配合而已。這也是后來鄭文焯、朱祖謀等「清末四大家」既標榜意内言外，又精於聲律之學的深層動因。在詞史最高典範的選擇上，兩派也達成了一致，詞的「樂教時代」大晟樂府的代表清真詞成爲共同的偶像；戈載「其意淡遠，其氣渾厚，其音節又復清妍和雅，最爲詞家之正宗」〔五七〕的極高評價，實可作爲周濟渾化説的注解。再者由浙派浸潤多年、早已成爲詞壇共識的醇雅的詞品觀念，也自然地涵容在了樂教清和雅正、一唱三歎的審美標準中。前文提到的宋翔鳳《香草詞序》關於詞體含蓄不盡、平氣和疾的論説，就來自於浙派詞人汪全德。融合之后，「聲」的意識和「樂」的理念貫穿了詞學的方方面面，晚清詞學呈現出新的「聲學」的形態和色彩。陳澧、俞樾、鄭文焯等著名詞人兼學者加入到詞樂及古今樂律的研究中來，强調詞樂對於考見古樂原理、維繫樂學不墜的重要性，《樂記》「唯君子爲能知樂」的思想被反復申説，鄭文焯在《詞源斠律》自序中甚至提出將燕樂上溯至雅樂以「尊詞樂」。這對於清末民初詞壇學人之詞增多和嚴於持律氛圍的形成是有一定推波助瀾的作用的。最具有代表性的，是劉熙載的「詞爲聲學」説。在他看來，詞體的發生是「言出於聲」，體制上包括「創調」和「倚聲」，審美上追求「音意無窮」，以詩教之六義爲精神内核，以樂教之「中正和雅」爲風格標準〔五八〕。其中最重要的，也是《詞概》所開宗明義的，是强調詞的發生過程是「言出於聲」，而非「聲出於言」，「聲」的重要性是第一位的。劉熙載的詞學體系就是以聲爲主綫串聯起來的，可以説是常州派詞體樂教觀的學科實踐。

作爲晚清詞學發展的主要推力，詞體樂教觀自身的衍變也在深刻影響着詞學的走勢。周濟在道光十二年（一八三二）編成《宋四家詞選》七年后即下世，有關詞體樂教觀的兩篇重要文獻《樂論》和《詞調選雋序》見於武進盛氏刻《止庵遺集》中，宣統元年（一九〇九）才正式流傳。所以雖然周濟做了大部分的詞體樂教觀的理論闡釋工作，但在傳播上實不得不歸功於同、光間的詞學宗師譚獻。和周濟相比，譚獻的看法中風雅比興之旨、觀政化人之用增强了，聲情相映之美、含蓄不盡之致減弱了。這對晚清詞體聲律研究和詞學批評是有深刻影響的。如前所論，詞體樂教觀以追復古樂遺意、增强感發效果爲宗旨，强調審韻辨音、聲情相映、律出自然的重要性。按照這樣的設計繼續建設下去，近代詞體聲律學特别是聲調之學或許可以更快地打破唯音律論的籠罩，走上剖析文本「格律」、辨别詞調聲情的大路。畢竟周濟已經在這麼做了。遺憾的是時代「暫停」了這一進程。不僅周濟的《詞調選雋》一書很快失傳，清末社會的加速崩潰和對正聲强音的呼唤也「逼得」詞學家們將更多精力放在了「意」的强調上。比如常州派詞家心折哀音澀調，「澀」這一範疇在包世臣、許宗衡、譚獻等人的闡揚下，成爲包含意、筆、聲三方面内容的重要審美範疇，間接帶動了吴文英詞史地位的上升〔五九〕。但是隨着譚獻等人對「澀」意——憂生念亂之感和「澀」筆——委曲頓挫之辭的强調，「聲」相對被忽視，這就偏離了周濟、包世臣從音節角度闡揚「澀」體「聲哀調澀」的初衷，對清末民初學夢窗者半天下却僅學字面，從而「隸事僻奥，摛詞窒塞」[六〇]，僞體横行是有影響的。當研討音律的熱潮在清末退燒，「談宫調已與絶學無殊」[六一]，詞「在今日止可作文字觀」[六二]，「詞樂終於不復」[六三]，詞體樂教觀雖已深入人心，但其中「聲」的比重越來越弱，「意」的寄托越來越凸出，教化的職能越來越强，審美的感發逐漸讓位給本事的索解、觀念的認知；詞成了「無聲之樂」，甚至成了「不可見之《易》，莫贊之《春秋》」[六四]，成了言志載道的工具，其地位在急遽上升，其活力却在急遽流失。后人據此推定常州派詞學以立意爲本，以協律爲末，實偏離了張惠言、周濟、譚獻諸家的初衷。要打破這個困局，一方面需要發展現代詞體聲律學，從新體樂歌和漢語聲律的角度使詞體之「聲」重焕生機；一方面需要刷新乃至重構「樂教」的精神内核，以適應新的時代。這就有待於民國時代詞體聲律學的現代轉型了。

結語

民國學者張爾田在《彊村遺書序》中總結清代詞學有「守律」、「審音」、「尊體」、「校勘」四盛，前三者分别以萬樹、戈載和張惠言爲代表；蔡嵩雲歸納清詞發展三期，以常州派「振北宋名家之緒，以立意爲本，以叶律爲末」爲第二期[六五]。他們在高屋建瓴地勾勒出清代詞學格局與走勢的同時，也一定程度上遮蔽了詞學内在理路發展的復雜和曲折，掩蓋了具體詞家詞派詞學思想的多面性。常州派的詞體樂教觀就是一直以來被「遮蔽」的部分之一。

從張惠言到周濟再到譚獻，常州派詞學家圍繞着温柔敦厚、比興寄托之「意」進行立論的同時，並没有忽視詞體還有「聲」的存在和要求。他們依據儒家樂教理論，結合詞體特性和本派詩教觀，針對詞壇上律辭相争的現實問題，創造性地闡發了詞體樂教觀，强調詞出於樂，禮爲樂本，樂譜人情，情聲交映，不盡其聲，觀政化人。向内，詞體樂教觀爲常州派詞學補充了「聲」和「情」的要素，前者爲「意」的感發和詮釋提供了高效、合理而廣闊的審美空間，后者圓融了詞中「志」的寄託，支持了詞體長於抒情的傳統。所以，能够集詞藝之大成而出之以渾化，又代表了詞的樂教時代大晟時代的清真詞成爲常州派詞學的最高典範。向外，在動蕩的時代中，乘着晚清詞樂研究的熱潮，詞體樂教觀提倡詞通於樂，具有古近體詩所不能及的觀政化人、移風易俗的功能，將詞體推尊到前所未有的高度，並且帶動了晚清詞學思想的大融合，呈現出「詞爲聲學」的新光彩。然而動蕩迷惘的時代產生的對文學感化人心、統和上下的功能的訴求，加上詞體音律研究始終未見付諸演奏實踐，使得詞中之「意」徹底壓倒了「聲」，詞加冕爲「無聲之樂」，却面臨陷入僵化的危險。「聲」是詞體不可或缺之美，也是無可擺脱之「累」。怎樣協調「意」與「聲」之間的關係，是中國古代詞學思想的主綫之一。常州派詞體樂教觀的形成與發展或許能帶給我們一點啟示。從「聲」的角度考察詞學思想和批評的演進歷程，還有很大的研究空間。

〔一〕蔡嵩雲《柯亭詞論》，唐圭璋編《詞話叢編》，中華書局，二〇〇五年，第四九〇八頁。
〔二〕梁啟超《中國近三百年學術史》，東方出版社，二〇一二年，第四二三頁。
〔三〕方成培《香研居詞麈》，中華書局，一九八五年，第六五頁。
〔四〕凌廷堪《梅邊吹笛譜》卷下《湘月》詞序曰：「宜興萬氏，專以四聲論詞，畏其嚴者多詆之。瀘州先著尤甚，以爲宋詞宫調必有秘傳，不在乎四聲。……然則宋人皆以四聲定宫調，而萬氏之説，與古暗合也。余恒謂推步必驗諸天行，律吕必驗諸人聲，淺求之樵歌牧唱，亦有律吕。若舍人聲而別尋所謂宫調者，則雖美言可市，終成郢書燕説而已。」（凌廷堪《梅邊吹笛譜》，《叢書集成初編》本）
〔五〕王偉勇《清代論詞絶句初編》，臺北里仁書局，二〇一〇年，第一七六頁。
〔六〕朱綬《翠薇花館詞序》，戈載《翠薇花館詞》二十九卷，嘉慶二十三年（一八一八）刻本。
〔七〕樊增祥《東溪草堂詞選自叙》，《樊山集》卷二十三，《清代詩文集彙編》第七六二册，上海古籍出版社，二〇一〇年。
〔八〕譚獻《復堂詞話》，《詞話叢編》第四〇一二頁。
〔九〕謝章鋌《賭棋山莊詞話續編》卷五，《詞話叢編》第三五五八頁。

〔一〇〕李慈銘《越縵堂詩話》卷上，民國刊本。

〔一一〕黄宗起《舒嘯樓詞稿序》，李曾裕《舒嘯樓詞稿》，《清代詩文集彙編》第六三七册。

〔一二〕汪士鐸《姜白石集跋》，《汪梅村先生集》卷九，光緒七年(一八八一)刻本。

〔一三〕謝章鋌《賭棋山莊詞話》卷九，謝章鋌著，陳慶元主編《謝章鋌集》，吉林文史出版社，二〇〇九年，第五八六頁。

〔一四〕潘鍾瑞《梅笛庵詞賸稿序》，宋志沂《梅笛庵詞賸稿》，馮乾編《清詞序跋彙編》，鳳凰出版社，二〇一三年，第一五四〇頁。

〔一五〕張鴻卓《緑雪軒論詞》，屈興國編《詞話叢編二編》，浙江古籍出版社，二〇一三年，第一一五七頁。

〔一六〕關於常州詞派的活躍時間和成員範圍，學界一直存在不同看法。本文參考龍榆生《論常州詞派》、嚴迪昌《清詞史》、侯雅文《中國文學流派學初論——以常州詞派爲例》，以選本、家族和師承爲主要判斷依據，從嚴去取，認爲常州詞派發軔於嘉慶初，活躍於道光時期，主要成員包括入選《詞選》的張惠言、張琦等「宛鄰詞人」，張惠言甥董士錫和弟子宋翔鳳，士錫子董毅和弟子周濟。譚獻雖然年輩較晚，不能算作嚴格意義上的常州派中人，但他歷來被視作常州詞學的繼承者，又是詞體樂教觀念的實際提出者，故而也將他列入，以完足學理發展過程。

〔一七〕張惠言《詞選序》，《詞話叢編》，第一六一七頁。本節引文未標出處者皆出自《詞選序》。

〔一八〕《周禮·春官宗伯》：「以樂德教國子：中、和、只、庸、孝、友。以樂語教國子：興、道、諷、誦、言、語。」鄭注曰：「倍文曰諷，以聲節之曰誦」，可知至少「誦」原有講求韻律節奏之意在内。

〔一九〕蔣學沂《藕湖詞自序》引張惠言語，《藕湖詞》，光緒二年(一八七六)木活字本。

〔二〇〕陳文述《葛蓬山蕉夢詞叙》引張惠言語，見陳文述《頤道堂文鈔》卷八，《清代詩文集彙編》第五〇五册。

〔二一〕朱惠國《中國近世詞學思想研究》，上海古籍出版社，二〇〇五年，第五五頁。

〔二二〕宋翔鳳《樂府餘論》，《詞話叢編》，第二四九八頁。

〔二三〕宋翔鳳《香草詞序》，《樸學齋文録》卷二，浮溪精舍叢書本。

〔二四〕董士錫《周保緒詞叙》，《齊物論齋文集》卷二，《清代詩文集彙編》第五三七册。

〔二五〕如其《止庵遺集》中《西平樂》詞注曰：「此調本於難道，分段只兩叠，今審定爲三叠。」《宋四家詞選》中周邦彦《木蘭花》、王沂孫《掃花游》詞下皆有考訂體制之文字，可見一斑。

〔二六〕周濟《宋四家詞選目録序論》，《詞話叢編》，第一六四五—一六四六頁。按，《宋四家詞選》目録之后的「論曰」部分内容混雜，很可能是后人纂輯而成。《止庵遺集》中有《宋四家詞筏序》一文，當爲作者原撰。參見朱惠國《中國近世詞學思想研究》相關考證。

〔二七〕龍榆生曾評價周濟的字聲研究：「無紅友、順卿之拘泥，而深識音律、要言不煩，尤足爲學者之準則。」（《龍榆生詞學論文集》，上海古籍出版社，一九九七年，第四〇〇頁）

〔二八〕譚獻《復堂詞録序》，《詞話叢編》，第三九八七—三九八八頁。

〔二九〕宋犖《瑶華集序》，《清詞序跋彙編》，第二六九頁。

〔三〇〕王昶《國朝詞綜序》，施蟄存編《詞籍序跋萃編》，中國社會科學出版社，一九九四年，第七七四—七七五頁。

〔三一〕邱世友《詞論史論稿》，人民文學出版社，二〇〇二年，第一六九—一七〇頁。

〔三二〕沈曾植《菌閣瑣談》，《詞話叢編》，第三六〇七頁。此處沈曾植還以「疏節闊調，猶有曲子中縛不住者」來評價張惠言詞，是説明一種疏通朗健、近乎蘇詞的風格，所謂「張臯文具子瞻之心，而才思未逮」（冒廣生《小三吾亭詞話》卷一引文廷式語）。

〔三三〕周濟《樂論》，《止庵遺集》，「常州先哲遺書后編」，南京大學出版社，二〇一〇年。本節引文未標出處者皆出於《樂論》。

〔三四〕周濟《詞調選雋序》，《止庵遺集》。本節引文未標出處者皆出於《詞調選雋序》。

〔三五〕金應珪《詞選后序》，《詞話叢編》，第一六一八頁。

〔三六〕參考彭國忠《〈樂記〉：宋代詞學批評的綱領》，《文學遺産》二〇一四年第五期。

〔三七〕包世臣《爲朱震伯序月底修簫譜》，《藝舟雙楫》卷三，安吴四種本。

〔三八〕吴廷燮《小梅花館詞集自序》，《小梅花館詞集》，《清代詩文集彙編》第六八一册。

〔三九〕劉熙載《詞概》，《詞話叢編》，第三六八七—三六八八頁。

〔四〇〕張炎《詞源》，《詞話叢編》，第二六六頁。

〔四一〕于右任《騷心叢談》（《民立報》一九一〇年一〇月一九日）：「前百年詞壇，白、雲世界也；近數十年詞壇，二窗世界也。」「白、雲」即姜夔、張炎，「二窗」即吴文英、周密。

〔四二〕如朱惠國認爲周濟推尊周邦彦等四家，「與他由南到北的思想完全一致」，是其「南北融合説」和「渾厚」的審美追求的體現（《中國近世詞學思想研究》，第一〇四—一〇五頁）；陳水雲先生認爲清真詞的渾化符合常州派的審美理想，「清晰地反映出周濟試圖融合浙、常兩派、兼取南、北兩宋，使意格達到高度統一境界的詞學思想」（《清代詞學發展史論》，學苑出版社，二〇〇五年，第一七〇—一七一頁）；楊柏嶺先生認爲周濟在「衆多北宋詞人中，選中周邦彦，確實與合乎『無寄托出』這個詞學最高旨趣有關」（《晚清民初詞學思想建構》，安徽大學出版社，二〇〇四年，第二五三頁）。諸家各有精見，皆能自圓其説，但周邦彦地位的「急遽」提升似仍有解釋的空間。因爲不論是兼取兩宋、追求渾化還是無寄托説，在周濟前期《詞辨》和《介存齋論詞雜著》都已肇端，而在《詞辨》中周邦彦不過是與温、韋、歐、秦、張、吴等人並列爲各占勝場的名家而已。

〔四三〕周濟《詞辨自序》，《詞話叢編》，第一六三七頁。

〔四四〕這裏有兩個問題需要解釋。其一，據薛瑞生先生《清真事跡新證》考證，周邦彦生平與大晟樂府無涉，也並未製作過雅樂、燕樂曲調。後來出版的《清真集校注》、《周邦彦詞新釋輯評》等皆採其説。不過自王灼《碧鷄漫志》首倡、張炎《詞源》增飾之后，清真曾提舉大晟府並討論古音、增演新曲之説就成爲長期以來學界和讀者的常識，清真也就長期被視作大晟詞的代表。其二，據《宋史》卷一二九《樂志》四，大晟府所製音樂既有雅樂也有燕樂，適用範圍上至宗廟下及宴飲，其中確有很多流傳甚廣的詞調如《徵招》、《角招》等。所以在后世詞家心目中大晟詞帶有政治的色彩，樂教的榮光就不奇怪了。

〔四五〕周濟《宋四家詞筏序》，《止庵遺集》。

〔四六〕王灼著，岳珍校正《碧鷄漫志校正》，巴蜀書社，二〇〇〇年，第一頁。

〔四七〕如曹明升《清代詞學中的破體、辨體與推尊詞體》（《中國文學研究》二〇〇五年〇三期）、黄雅莉《「辨體」與「破體」異流同歸於「尊體」——論清代詞體觀的建構歷程》（《桃園《中央大學人文學報》第四十期，二〇〇九年一〇月），皆爲本文的重要參考，特此致謝。

〔四八〕徐士佳《迦厂詞序》，左運奎《迦厂詞》，光緒刻本。

〔四九〕鄭文焯《與張爾田書·六》，鄭文焯著，孫克强、楊傳慶輯《大鶴山人詞話》，南開大學出版社，二〇〇九年，第二三〇頁。

〔五〇〕江順詒《詞學集成》卷一，《詞話叢編》，第三二一七頁。

〔五一〕徐沅《詞綜補遺序》，孫克强、楊傳慶輯《清人詞話》，南開大學出版社，二〇一二年，第一九二一頁。

〔五二〕朱庸齋《分春館詞話》卷一，劉夢芙編校《近現代詞話叢編》，黄山書社，二〇〇九年，第三五七頁。

〔五三〕易順鼎《摩圍閣詞自序》引，《摩圍閣詞》，《清代詩文集彙編》第七八五册。

〔五四〕沈傳桂《清夢庵二白詞自序》，《清夢盦二白詞》，道光二十五年刻本。

〔五五〕陳水雲《中國古典詩學的還原與闡釋》，中國社會科學出版社，二〇一三年，第四七〇頁。

〔五六〕朱綬《桐月修簫譜序》，王嘉禄《桐月修簫譜》，民國石印本。

〔五七〕戈載編選，杜文瀾校評《宋七家詞選》卷一，光緒乙酉（一八八五）曼陀羅華閣重刊本。

〔五八〕劉熙載《詞概》,《詞話叢編》,第三六八七—三六八八頁。
〔五九〕陳水雲《晚清常州詞派的「尚澀」》,《中國古典詩學的還原與闡釋》,第三四三—三五七頁。
〔六〇〕陳去病《病倩詞話》,《中國公報》一九一〇年一月一日。
〔六一〕況周頤《蕙風詞話》卷五,況周頤著,孫克强輯考《蕙風詞話　廣蕙風詞話》,中州古籍出版社,二〇〇三年,第八八頁。
〔六二〕沈曾植《菌閣瑣談》,《詞話叢編》,第三六二四頁。
〔六三〕任二北《詞曲通義》,商務印書館,一九三一年,第一九頁。
〔六四〕沈曾植《彊村校詞圖序》,龍沐勛輯《彊村校詞圖題咏》,《清代詩文集彙編》第七八三册。
〔六五〕蔡嵩雲《柯亭詞論》,《詞話叢編》,第四九〇八頁。

(作者單位:江蘇師範大學文學院)

論譚獻對常州詞派「學究」之弊的撥正

高明祥

内容提要　流派建立既久，所宗便會嚴苛，由是固化狹隘而走向終結。常州詞派自張惠言創派始，至譚獻時弊病已彰顯。譚獻認識到此派的「學究」之弊，並從解詞、選詞、寫詞三個方面進行弊病的清理與撥正。在解詞方面，他提出「作者未必然，讀者何必不然」的理論來化解前人解詞牽强附會的缺陷。在選詞方面，他選録《復堂詞録》與《篋中詞》，取徑廣闊，標舉「詞人之詞」，批判了學者選詞的狹隘與「學人之詞」的不足。在寫詞方面，他以《復堂詞》的創作實績來踐行「詞人之詞」的理想，形「深婉」之風格，而成學者爲詞的别調。由是，譚獻完成了對常州詞派「學究」之弊各方面的清理撥正。

關鍵詞　譚獻　學究　常州詞派　《復堂詞》

凡一宗派，建立既久，便會愈來愈恪守規則，取徑仄狹，弊病隨之而生。這時，如不能有所補救，便會一步步走向終結，被新生的流派代替。常州詞派本是在反思陽羨與浙西詞派之弊的基礎上發展起來的，提倡比興，注重内涵，綿延百年，蔚爲大觀。但歷程並非一帆風順，也是在「出現衰病、補救撥正、獲得活力」的模式中曲折前行的。同光年間，譚獻認識到常州詞派流於「學究」之弊，於是提出一些理論來批評補救，並在詞的創作中踐行著對這一弊病的清理與撥正。

一 學究：本義與外延

在談及一個概念之前，首先需要做的便是明晰其本義與外延，這乃是邏輯思考的前提。因此，我們必須首先去論述這樣一個問題，即何爲「學究」之弊。譚獻在其《復堂詞話》中提出了常州詞派流於「學究」的問題：

閲黄燮清韻珊選《詞綜續編》。填詞至嘉慶，俳諧之病已淨。即蔓衍闡緩，貌似南宋之習，明者亦漸知其非。常州派興，雖不無皮傅，而比興漸盛。故以浙派洗明代淫曼之陋，而流爲江湖。以常派挽朱、厲、吴、郭，佻染餖飣之失，而流爲學究。近時頗有人講南唐、北宋，清真、夢窗、中仙之緒既昌，玉田、石帚漸爲已陳之芻狗。周介存有「從有寄託入，以無寄託出」之論，然後體益尊，學益大。近世經師惠定宇、江艮庭、段懋堂、焦里堂、宋于庭、張皋文、龔定庵多工小詞，其理可悟。〔一〕

這段話高屋建瓴地論述清代詞學流派之得失，尤其指出了常州詞派的貢獻，但也批判其弊端。填詞至嘉慶年間，所謂「俳諧之病」與「南宋之習」都已得到清算，這是指明末詞的側豔之風與浙派詞的清疏空洞之弊的消除。而這不能全歸爲常州詞派之功，浙派雖衰，其弊端必須認清，但其貢獻亦不能否認，譚獻對此有清醒認識。他説浙派的貢獻是洗清了明末淫曼的側豔之風氣，但弊端是「流爲江湖」。所謂「江湖」是批判浙派詞的淺薄空洞，堆砌辭藻，玩弄技法，没有真實的感情，即所謂「佻染餖飣之失」。譚獻還説：「南宋詞敝，瑣屑餖飣。朱、厲二家，學之者流爲寒乞。」〔二〕與上述觀點是一致的。正是認識浙派的弊病，才突出了常州詞派的貢獻，才有「近時頗有人講南唐、北宋，清真、夢窗、中仙之緒既昌，玉田、石帚漸爲已陳之芻狗」這樣的局面。但是常州詞派也由於矯枉過正而流於「學究」。何爲「學究」？譚獻並没有給這個「概念」下一個明確的定義，但從他批判浙派的宗尚與詞風的思考方式上，我們可以發現，「學究」之弊起碼包含著兩個最基本的層面，即詞學之理論與實踐。

我們先從詞源的角度，去探求「學究」二字的本義。「學究」本爲唐宋時考試的科目之一。《新唐書·選舉志上》：「明經之别，有五經，有三經，有二經，有學究一經。」[三]後用以泛稱讀書人，亦用於諷刺迂腐淺陋之輩。如袁枚《隨園詩話》：「老學究論詩，必有一副門面語。」[四]正是諷刺一本正經、冥頑不化之人。這個貶義應用於我們所考察的範圍中，「學究」即是指研究經學而不知變通的迂腐之人。常州詞派的大多數的詞人，正是經學家。其宗主張惠言研究虞氏《易》，尚「微言大義」，因而其詞學也宣導「意内言外」。但是張惠言解詞經常牽强附會，如把温庭筠的詞都與政治風騷相牽連，而爲後世所詬病。誠然，常州詞派内部也曾對此理論作過修正，如周濟的「寄託説」正是針對此弊而發。因此，「學究」之弊的第一層意思，便是指論詞牽强附會而不知變通，硬把自己的深文周納附會成作者的意圖。

從經學家的身份出發，「學究」一詞還包含另外一種涵義，即批判經學家或者學者作詞的態度。前文所引譚獻的那段話中，最後兩句没有解釋，而這兩句也被廣爲誤解。即「周介存有『從有寄託入，以無寄託出』之論，然後體益尊，學益大。近世經師惠定宇、江艮庭、段懋堂、焦里堂、宋于庭、張皋文、龔定庵多工小詞，其理可悟。」幾乎所有的引者都説這兩句話是爲了讚揚常州詞派的貢獻，但是如果我們聯繫上下文就會發現，這裏其實是上承常州詞派流於「學究」這層意思的。所謂「學益大」「其理可悟」，這都隱隱透露出對經學家爲詞的不滿。譚獻並非對作詞所需的學問和學力持否定態度，但他所提倡的最高層次的詞不是以學問爲詞，不是「學人之詞」，而是「詞人之詞」，筆者後面會詳細論述。譚獻將「詞人之詞」的理念於兩種實踐活動中來踐行。一是選詞活動，另一是創作活動。

常州詞派的選詞活動很盛行，但在譚獻之前，選詞規模較小，選詞眼光較狹隘。這也可以看出學者選詞的眼光過於苛刻，這其實也是「學究」之弊的表現。在創作方面，常州詞派是以理論名世的，譚獻之前此派的創作雖有可圈可點之處，但總體成就並不高；而且大部分都是「學人之詞」，這與譚獻詞之創作的最高理想也是不符的。因此，「學究」之弊的另一層涵義，即理論的光大與文學實踐的脱離，並且以學人的態度去作詞。

綜上，譚獻所言常州詞派的「學究」之弊，有著理論與實踐的兩方面的考量：在理論上，他批判常州詞派解詞的牽强附會。在選詞實踐上，他批評學者選詞的狹隘。在創作實踐上，他批判「學人之詞」與創作不景氣的局面。因此，譚獻針對性地展開了自己的詞學活動。首先，他直接提出「作者未必然，讀者何必不然」的理論來化解常州詞派解詞牽强附會的弊病；其次，譚獻完成了詞選《復堂詞録》與《篋中詞》，用廣闊的取徑代替了「學究式」的狹隘眼光，並且標舉「詞人之詞」以批判「學人之詞」；再次，他以《復堂詞》的創作實績來踐行對學究詞的批判，而向「詞人之詞」的理想靠攏。下面分言之。

二　解詞：作者未必然，讀者何必不然

針對「學究」之弊第一層涵義，即解詞者的牽强附會，譚獻提出了「作者之用心未必然，讀者之用心何必不然」的理論來修正。其實，這既是對常州詞派開創者張惠言理論的批判，又是對它的繼承。當然，其中也有對周濟詞學理論的吸收。

自張惠言始，常州詞派便注重讀者的主動性。張氏雖没有提出讀者二次創造的理論，但是已經有所萌芽。我們雖站在譚獻的角度來批駁張惠言，但對張氏的貢獻不能視而不見，而且譚獻自己就很是推崇張惠言。張惠言的學術背景與他的詞學活動密不可分。張惠言專治漢末經學家虞翻的《易注》，著有《周易虞氏義》。他概括虞翻治學的特點是「以陰陽消息六爻，發揮旁通」[五]，「依物取類，貫穿比附」[六]。這種注重「比附」與「象數」的學術基礎，體現出學者對闡釋與聯想的重視，也給其詞學觀點打上深深的「闡釋

學」烙印。於是，他提出「意内而言外，謂之詞」，把原本只是文辭的「詞」，解釋成文體的「詞」。其《詞選序》主要從創作的角度提出了比興寄託的觀點，但是其中的比興寄託之意卻是要靠讀者闡發的。張惠言的闡發體現在他對《詞選》的評點上，而這也是他最爲後世所詬病的。

張惠言解釋詞的弊病就在於以經國大事爲綱，進行穿鑿附會的解説，而且「存在著對作品的過度詮釋」〔七〕。他雖然賦予了解詞者的主動性，但是他把自己的意願標示爲解詞的唯一性，實際又扼殺了讀者的創造性。如他解釋蘇軾《卜算子》引鮦陽居士云：「『缺月』，刺微明也。『漏斷』，暗時也。『幽人』，不得志也。『獨往來』，無助也。『驚鴻』，賢人不安也。『回頭』，愛君不忘也。『無人省』，君不察也。『揀盡寒枝不肯棲』，不偷安於高位也。『寂寞沙洲冷』，非所安也。」〔八〕蘇軾的這首詞其實並没有什麼政治隱喻，張氏的解説很大程度上都是自己附會的。他並不是以「具體問題具體分析」的態度靈活地看待每一首詞，而是以一種「經國大業」的尺規去衡量詞作是否符合這種標準。因此王國維諷刺他説：「固哉，皋文之爲詞也！飛卿《菩薩蠻》、永叔《蝶戀花》、子瞻《卜算子》，皆興到之作，有何命意？皆被皋文深文羅織。」〔九〕由是，所謂讀者的主動性形同虚設，詞的豐富性也遭到閹割。「張惠言這種説詞法的主要錯誤是忽略了不同歷史時期的社會心理、審美經驗等因素對人的影響，也没有看到讀者在閲讀活動中的再創造作用，其結果必然是一種牽强附會的解詞方法：將讀者的觀點强加在原作者的頭上，並自以爲這就是作者真實意圖，是文本本身所含有的客觀意義。」〔一〇〕這也是譚獻提出自己的理論來補救的出發點。

當然，對譚獻詞學理論影響最大的人還是周濟。譚氏的「讀者之用心未必然」就是對周濟「寄託説」的發展；而周氏的「寄託説」則是對張惠言「比興説」的修正。周濟首先言「寄託」對於詞之創作的重要性：「夫詞，非寄託不入，專寄託不出。」〔一一〕在此，周濟是從作者角度言詞之寄託的，即作者是需要帶有寄託之意的，但是寄託之意又不是把寄託的意念專門表露出來，而是依靠「假類畢達」的方式表現，最後所呈現的詞就像無寄託的樣子，而引起讀者豐富的聯想，即：「讀其篇者，臨淵窺魚，意爲魴鯉，中宵驚電，罔識東西。赤子隨母笑啼，鄉人緣劇喜怒。」〔一二〕周濟更加明確了讀者多角度理解詞的條件，「初學詞求有寄託，有寄託則表裏相宣，斐然成章。既成格調，求無寄託，無寄託則指事類情，仁者見仁，智者見智」〔一三〕，即有寄託的詞，讀者固然可循，但「無寄託」的詞，就是上述所言作者詞藝臻至妙境，寄意興微而似無寄託，這就需要讀者展開聯想進行闡釋。

但是，如果讓讀者尋求文本的寄託之意，那麽這種尋求的「寄託之意」會受到讀者個人身份、學識等因素的限制。周濟所提倡的寄託，實際與張惠言没有什麽兩樣，都是要關乎經國大事的，即：「感慨所寄，不過盛衰，或綢繆未雨，或太息厝薪，或已溺已饑，或獨清獨醒，隨其人之性情學問境地，莫不有由衷之言。見事多，識理透，可爲後人論世之資。詩有史，詞亦有史，庶乎自樹一幟矣。若乃離别懷思，感世不遇，陳陳相因，唾瀋互拾，便思高揖温、韋，不亦恥乎。」〔一四〕他提出「詞史」的概念要求作者要關心現實，可見其經世之心比張惠言有過之而無不及。正因如此，他在《詞辨》、《宋四家詞選》中所注重與發掘的詞義都是有濃重的政治色彩。可以説，周濟的解詞「作爲解釋詞義的一家之説，有其一定道理，可是其影響所及，將人們欣賞作品的注意力過於往這邊引導，容易忽略對作品其他旨義的探求和重構，因此在自由閲讀作品中又包含著不自由的因素」〔一五〕。這種士大夫身份的認同與學養限制了他去探求政治以外的涵義，這與張惠言的偏頗也是相似的。

譚獻在繼承張惠言與周濟的「讀者闡釋説」的合理因素的基礎上，提出了自己的見解。譚獻在《復堂詞録序》中言：

獻十有五而學詩，二十二旅病會稽，乃始爲詞，未嘗深觀之也。然喜尋其指於人事，論作者之世，思作者之人。

又其爲體，固不必與莊語也，而後側出其言，旁通其情，觸類以感，充類以盡。甚且作者之用心未必然，而讀者之用心何必不然。言思擬議之窮，而喜怒哀樂之相發，嚮之未有得於詩者，今遂有得於詞。〔一六〕

昔者在論及譚獻讀者接受説之時，只是引用「作者之用心未必然，而讀者之用心何必不然」這句著名的話來論述，但是忽略了兩點。第一，譚獻此説是一個變化的過程，他開始爲詞的時候，「喜尋其旨於人事，論作者之世，思作者之人」，這説明他年輕時是信奉孟子主張的「知人論世」觀點的，由是我們可以推測，譚獻有受孟子文論的影響，而且「讀者之用心何必不然」很可能是對孟子「以意逆志」的反思。第二，譚獻此説所適用的條件仍然是建立在比興的基礎上，與詞體的特性密切相關，因此他才説「嚮之未有得於詩者，今遂有得於詞」。了解這兩個盲點，我們再探求譚獻此説的三層意蘊。

首先，讀者的閱讀體驗可以不受作者之意的限制。這一層意思既是對張惠言和周濟有關讀者能動性的繼承，又是對孟子「以意逆志」的反思。在中國古代，雖然漢代就提倡「詩無達詁」，但是尋求作者之意的「以意逆志」的方法是幾乎貫穿於整個中國古代社會的。直至譚獻，才明確提出讀者的意願可以不受作者之意的限制，從而突出了讀者的重要性。這已經接近於西方的接受主義論調了，「接受主義的宗旨就是要考察文學作品被讀者接受的過程，揭示讀者及其閱讀行動在整個文學活動中的重要作用」〔一七〕。譚獻把讀者的地位提高至前所未有的層次，作者沒有想到的，而讀者通過作品所想到，這也是合理的。所以，無論是張惠言還是周濟解詞所附會的經國大事，在此觀照下都成了合情合理。因爲這是讀者自身通過作品所想到的，已經與作者原本的意圖不相干繫。「現在譚獻將作者之意和讀者之意脱鉤，充分肯定讀者對作品的再創造作用，明確了這種再創造是讀者之意，和原作者無關，這樣既維護了常州詞派比興寄託作爲核心理論的地位，又不至於解詞時顯得牽强附會。」〔一八〕由是，尋求作者的意圖不再是文學研究的中心任務，讀者可以根據自身的處境、學識和理解來進行解讀。所以，譚獻自信地爲張惠言評蘇軾《卜算子》（缺月掛疏桐）辯護説：「皋文《詞選》以《考槃》爲比，其言非《河漢》也。此亦鄙人所謂『作者未必然，讀者何必不然』。」〔一九〕這樣便豐富了文學作品的闡釋，以往被忽視的内容得以發掘。

其次，讀者所探求的寄託不必是經國大事。張惠言、周濟雖然同樣重視讀者的作用，但是在評詞的實際操作中都將詞義引向了政治層面，實際又扼殺了讀者積極闡釋的作用。而譚獻則是對此進行靈活處理，「又其爲體，固不必與莊語也」，即作者爲詞都不必一本正經地作莊重的語言，那作爲讀者更不必尋求或許本來就不存在的「寄託」。這樣就消解了動輒爲詞作附會經國大業的解詞方法，學者解詞的思維定勢被打破。

再次，讀者之意要受文本的限制。雖然作者之意已退居次要，但讀者的闡釋並非不受任何限制。因爲讀者水準不一，可能豐富作品的闡釋，也可能對作品産生許多誤讀。由是，讀者的闡釋是要依據文本的，也就是要從作者所設置的比興中進行合理的想像與推演。而正是因爲如此，雖然在作品研究的過程中作者退居次要，但是在創造過程中，卻對作者提出了更高的要求，作者要「側出其言，旁通其情，觸類以感，充類以盡」〔二〇〕。譚獻還説「是故比興之義，升降之故，視詩較著，夫亦在於爲之者矣」〔二一〕，「麗淫麗則，辨於用心」〔二二〕，都是强調詞人對於創作的重要性。可以説，作者的用心決定了作品的層次與高度。

正是「作者之用心未必然，讀者之用心何必不然」的提出，化解了牽强附會的「學究」之弊。值得注意的是，譚獻並不認爲張惠言解詞是錯誤的，他是换了一個新的角度來看待這件事情，使其合乎情理。但這也是對常州詞派讀者闡釋理論發展的最高峰，後世無能過之者。正如遲寶東先生所説：「譚獻在繼承前人理論成果基礎上，所總結出的這一與現代接受美學理論要義相通的重要詞學主張，確實將常州詞派的鑒賞思想推進到一個新階段。」〔二三〕

三　選詞：取徑廣闊的眼光與「詞人之詞」的推崇

譚獻有兩部重要的詞選，一爲《復堂詞録》，選録唐至明代的詞作；一爲《篋中詞》，選録清代詞作。兩部詞選都爲大型詞選，各選録詞千餘首。選詞是其詞學理論的直觀實踐，因爲相比於創作來説，選詞是比較容易甄别和把握的，而不像創作的情况那麽複雜。從譚獻的兩部詞選中，我們可以看到譚獻對常州詞派「學究」之弊糾正的理論實踐，下面分言之。

（一）《復堂詞録》：取徑廣闊、綜合前人的選擇

既然我們要談及譚獻對常州詞派「學究」之弊的撥正，那麽就不能只局限於譚獻而言，而應著眼於整個常州詞派的歷時性的脈絡。因此，我們加入兩部詞選的考察，一爲張惠言的《詞選》，一爲周濟的《宋四家詞選》。這大致代表了譚獻以前的常州詞派的選詞觀念，而譚獻對這兩部詞選也是推崇備至。由是，我們更能發現譚獻的繼承和創新。

在張惠言《詞選》[二四]中，根據所選詞數（四首及以上）依次排列詞人如下：温庭筠十八首，秦觀十首，李煜七首，辛棄疾六首，馮延巳五首，韋應物、蘇軾、李清照、王沂孫各四首。

在周濟《宋四家詞選》[二五]中，根據所選詞數（三首及以上）依次排列詞人如下：周邦彦二十六首，辛棄疾二十三首，吴文英二十二首，王沂孫二十首，晏幾道、姜夔各十一首，柳永、秦觀各十首，晏殊、歐陽修各九首，張炎、周密各八首，賀鑄七首，張先、蔣捷各五首，晁補之、方岳、毛滂、陳亮各四首，范仲淹、蘇軾、史達祖各三首。

在《復堂詞録》[二六]中，根據所選詞數（十首及以上）依次排列詞人如下：周邦彦三十二首，温庭筠二十九首，馮延巳、秦觀各二十七首，辛棄疾二十六首，陳子龍二十五首，歐陽修、吴文英、張炎各二十首，晏幾

道、周密、王沂孫各十九首，蘇軾、姜夔各十七首，陳允平十六首，韋莊十四首，賀鑄、李清照各十二首、李煜、晏殊、柳永、史達祖各十一首，張先十首。

由以上統計資料，我們可以大致發現譚獻在這部詞選中所體現的理論眼光。

一是取徑廣泛，眼界闊達。張惠言《詞選》選詞太過狹隘，陳廷焯就曾批評説：「唐五代兩宋詞，僅取百十六首，未免太隘。」〔二七〕而譚獻選詞達千餘首，取徑之廣，由此可見。而且從張惠言到周濟，再到譚獻，選詞的規模是不斷擴大的。譚獻對選入的詞人有極大的包容性。對於很多小家，譚獻也選録了他們的詞，這與張惠言選詞的苛刻是不相同的。由是可觀，譚獻並非只是站在學問家的角度進行選詞，而是衝破「學究式」的狹隘眼光。而且《復堂詞録》不僅選取了唐宋詞人，對於元明的詞人也予以選録，並且極力推崇具有家國情懷的陳子龍詞，由是也可以看出譚獻選詞「存史」的長遠意識。

二是譚獻的《復堂詞録》是綜合了《詞選》與《宋四家詞選》作出的選擇，顯現了他對前輩詞學的反思。譚獻選詞最多的詞人是周邦彦，這是繼承周濟的觀點，而且在選録姜、張的包容性方面，也是繼承了周濟詞學。而譚獻選録温庭筠詞居於第二，明顯又是繼承了張惠言的觀點。對於豪放詞派代表的蘇辛，辛棄疾是一以貫之地被常州詞派所重視，然而蘇軾的地位在張惠言和周濟看來，卻並不那麽重要。張惠言和周濟選録蘇詞分別是四首和三首，在他們的詞選中居於後列；而譚獻給了蘇詞足够的肯定和重視，這又體現了他自己獨特的思考。對於柳永詞的重視，尤其體現了譚獻的卓識，他説：「耆卿正鋒，以當杜詩。」〔二八〕他認識到柳永詞非俚俗的一面，進而將之與杜詩相提並論，給予柳詞恰當的詞史地位。而且，他打破了原先周濟所設定的「四家」學詞的方法，即「問塗碧山，歷夢窗、稼軒，以還清真之渾化」〔二九〕這樣苛刻的設定，使得學詞路徑不那麽程式化和定勢化，而是更加的寬容。

由是可以看出，譚獻在《復堂詞録》中所表現出的包容性和反思性，糾正了前人的偏頗和不足，並在綜合考量下，以選詞的方法來踐行著自己的詞學理論。這些都可以看出譚獻詞學思想方面眼界之廣闊。沙先一先生言：「譚獻一方面通過《詞録》推衍常州詞學，另一方面又不爲宗派觀念所限，兼採南北兩宋詞，進而客觀呈現詞史創作的狀貌。」〔三〇〕這種觀念已經突破了前人「學究」眼光的藩籬，表現出一個理論家突破學術宗派的卓識。

（二）《篋中詞》：「詞人之詞」的推崇

譚獻選録《篋中詞》的眼光亦是闊達，不僅對常州詞派予以發揚，而且對於陽羨詞派和浙西詞派也給予了足够的重視。但是，最爲重要的是他超出了流派的眼光來標舉「清詞三大家」，推崇「詞人之詞」。《篋中詞》選録前三的爲：納蘭性德二十五首，蔣春霖二十三首，項鴻祚二十一首。這三家詞被譚獻稱爲「詞人之詞」，給予了極大的推崇。

常州詞派詞人以學者居多，譚獻本人就是一個通曉經史的學者。他並不反對爲詞者要有學力，但是他也認爲這種「學人之詞」並不是最上乘的詞。他所認爲最上乘的詞乃是「詞人之詞」，他在《篋中詞》中評蔣春霖《水雲樓詞》提出這一概念：

文字無大小，必有正變，必有家數。《水雲樓詞》固清商變徵之聲，而流别甚正，家數頗大，與成容若、項蓮生二百年中，分鼎三足。咸豐兵事，天挺此才，爲倚聲家杜老；而晚唐、兩宋一唱三歎之意，則已微矣。或曰：「何以與成、項並論？」應之曰：「阮亭、葆馚一流，爲才人之詞。宛鄰、止庵一派，爲學人之詞。惟三家是詞人之詞，與朱、厲同工異曲，其他則旁流羽翼而已。」〔三一〕

這段材料譚獻標舉了納蘭性德、項鴻祚、蔣春霖三者爲清詞三足鼎分，並隨之提出了三類詞家：一爲「才人之詞」，如王士禛、錢芳標；一爲「學人之詞」，如張琦、周濟；一爲「詞人之詞」，如納蘭性德、項鴻祚、蔣春霖，其他朱彝尊、厲鶚同工異曲，亦可算作「詞人之詞」系列。這種以詞人的身份作爲劃分詞類的標準，最著名的是王士禛所言：「有詩人之詞，唐蜀五代諸人是也。有文人之詞，晏歐秦李諸君子是也。有詞人之詞，柳永、周美成、康與之之屬是也。有英雄之詞，蘇陸辛劉是也。」〔三二〕譚獻的三類詞家的劃分，可能受其影響。下面我們須先明晰這三類詞家的涵義。

所謂「才人之詞」，從他所舉的詞人的例子，我們可以看出，這裏的「才」指的是詩才，也就是詩人之詞的意思。此種之詞，尚非最上層，其原因並不是「以詩爲詞」的手法，而是詞人以作詩爲主，詞乃餘事的意思。但是，譚獻捨棄了王士禛的「詩人之詞」説法，而冠以「才人之詞」的名目，也是包含了對以才氣爲詞的批判。陳廷焯説：「無論作詩作詞，不可有腐儒氣，不可有俗人氣，亦不可有才子氣。人第知腐儒氣俗人氣之不可有，而不知才子氣亦不可有也。尖巧新穎，病在輕薄，發揚暴露，病在淺盡。」〔三三〕其實，這裏説出了譚獻未曾説出的話。譚獻論詞提倡「柔厚之旨」，以才氣爲詞，則流於輕薄，這與其詞學觀念是相悖的。

所謂「學人之詞」，指的是經史學者所爲詞的態度，有學問氣，必言寄託與政治，然而又對詞的創作不盡全力。譚獻所言的常州派「流於學究」就包含著此等層面。但是，這裏尤須明辨的一點，譚獻言及「學人之詞」，並不是一味批判的態度，他評張惠言、張琦兄弟的詞言：「其所自爲，大雅遒逸，振北宋名家之緒。其子仲遠序同聲集有云：『嘉慶以來，名家均從此出。』信非虚語。」〔三四〕又言周濟的詞：「止庵自爲詞，精密純正，與茗柯把臂入林。」〔三五〕由此可見，譚獻對「學人之詞」中包含的詞人的學養持贊同的意見。後來的況周頤所言「填詞要天資，要學力。平日之閲歷，目前之境界，亦與之有關係」〔三六〕，與譚獻此觀點是一脈相承的。

所謂「詞人之詞」，指的是以全力爲詞的詞人所創作的詞，詞人的身份就是「詞人」。但是，「詞人之詞」其實是一個頗爲複雜的概念，這其中既包含著譚獻對才人之詞和學人之詞的批判，又寄託著他對理想中詞作的美好希冀。换句話説，譚獻詞學理論的金字塔的塔尖就是「詞人之詞」，而這個概念不能只局限在以上材料的分析，而是要結合譚獻詞學的整個金字塔來進行考察。

一者，詞人的第一身份是詞人，而不是詩人和學者。中國古代的讀書人身份不可能只作爲單方面存在，作爲「詞人之詞」的詞人，也可能並非純粹的詞人，也可能爲詩和做學問，但是其詞作的貢獻一定是最突出的，這樣才符合所謂的「詞人之詞」。比如譚獻所標舉的納蘭性德不僅寫詩，而且還對經史有所研究，著有《通志堂集》等，然而其詞名蓋於一切，詞的成就大於其他，故而視爲「詞人之詞」。這也從側面說明爲詞須無才子氣和學者氣。才子氣易流於輕薄，上文已言。而學究氣則易流於平鈍。正如譚獻所言：「常州詞派，不善學之，入於平鈍廓落，當求其用意深雋處。」〔三七〕學者爲詞亦如治經，謹小慎微，考其字句，不敢越雷池一步，因而不善爲詞之人，作品就會笨拙平淡。這也是「學究」之弊的表現。更爲重要的是，詞人須全力爲詞，而不能視詞爲餘事。譚獻批判「才子之詞」與「學人之詞」的原因，很大程度上是因爲詩人與學者是以詩歌創作和治學爲首要目標的，而作詞只是餘事爲之。就連被視爲「詞人之詞」的項鴻祚，譚獻也批判他消遣爲詞的態度：「鄉人項生以爲『不爲無益之事，何以遣有涯之生』，其言危苦，然而知二五而未知十也。」〔三八〕所謂「無益之事」就是指的填詞，譚獻雖然看出項生心中的苦悶，但是仍然不滿他這種作詞的態度，譚獻所言的「知二五而未知十也」就是言項生雖然全力爲詞，也就是「知二五」，但是不知道「詞亦有史」，也可以寫經國大事，並不是消遣的工具，更不是小道，所以言項生「未知十」。這既表明譚獻推尊詞體的態度，又表明詞人爲詞不能以餘事視之。

二者，「詞人之詞」包含對現實的關注，並要求「虛渾」的詞境。「詞人之詞」並不是要求詞人只寫一己私情，其中包含了常州詞派一以貫之的對現實關注的理念。如譚獻評蔣春霖《水雲樓詞》：「咸豐兵事，天挺此才，爲倚聲家杜老。」〔三九〕把蔣春霖詞同杜甫詩相媲美，體現譚獻對蔣詞中現實關懷的重視。他在評蔣春霖《踏莎行・癸丑三月賦》中直言：「詠金陵淪陷事，此謂詞史。」〔四〇〕又評其《東風第一枝・春雪》言：

「憂時盼捷，何減杜陵。」〔四一〕可見「詞人之詞」中包含著經世的因素。但是這種表現現實的詞作又不能直露，這就要求詞作應該達到「虛渾」的境界。譚獻言「閲蔣鹿潭《水雲樓詞》，婉約深至，時造虛渾，要爲第一流矣」〔四二〕，正是言此。

三者，「詞人之詞」須有真氣，感情自然。所謂「真氣」就是要求詞人的感情必須真摯，而且這種感情的發出並不是無病呻吟、矯揉造作的，而是自然的。譚獻評項鴻祚詞：「百年來，屈指惟項蓮生有真氣耳。」〔四三〕正是言「詞人之詞」必須是發自內心的自然創作。後來的王國維雖然不贊同譚獻的三家之説，但亦同意譚獻對納蘭性德的標舉；而王國維所認爲納蘭詞最重要的品質便是真切與自然：「納蘭容若以自然之眼觀物，以自然之筆寫情。此由初入中原，未染漢人風氣，故能真切如此。」〔四四〕這與譚獻所言「有明以來，詞家斷推湘真第一，飲水次之」對納蘭詞的推崇是大體一致的。

四者，「詞人之詞」總體風格是「幽豔哀斷」。納蘭容若、項鴻祚、蔣春霖三家詞雖被推爲清詞之極，然實際也是各有特色的。納蘭容若工於小令，善寫悼亡與愁緒，情真自然；項鴻祚善寫一己之傷心懷抱，有感身世；蔣春霖善寫歷史之大事，境界闊達。但是譚獻從他們詞中卻看到了一致的風格，即「幽豔哀斷」。譚獻言：「蓮生古之傷心人也。又丁稿序云：『不爲無益之事，何以遣有涯之生。』亦可以哀其志矣。以成容若之貴，項蓮生之富，而填詞皆幽豔哀斷，異曲同工，所謂別有懷抱者也。」〔四五〕所謂「幽豔」，即要求詞體不是豪放叫囂的，而是婉約含蓄式的，但是「幽豔」不同於「香豔」，要求詞風不能夠綺靡，而是要引而不發、意內言外；所謂「哀斷」，即要求詞人要寫自己的真實感情，有上面所言的「真氣」的意味，但是這裏所要求的詞不僅是真實的感情，而且是真實的傷心的哀歎的感情，這也就要求詞人要有悲天憫人的情懷。

五者，「詞人之詞」也是要分等級的，並不是「詞人之詞」就一定好。譚獻認爲「詞人之詞」也有高低之分，他在上述材料中言「惟三家是詞人之詞，與朱、厲同工異曲」，説明朱彝尊與厲鶚詞也是「詞人之詞」，但是他卻對學朱、厲有嚴厲的批評，他說：「南宋詞敝，瑣屑餖飣。朱、厲二家，學之者流爲寒乞。」〔四六〕正是批評浙派末流共通的毛病。這也看出，譚獻評論詞作，不僅僅只是著眼於作者的身份，而是真正的從詞作本身來評判。

由是，通過「詞人之詞」的提出與標榜，譚獻完成對「學究」之弊的肅清。這種「詞人之詞」，成爲譚獻理想中的詞作。譚獻以這種理想去化解學人爲詞的特殊的身份與特定的態度，選詞只是這種理想實踐的第一步。更爲困難的是，他要在創作中也要踐行這種理念。下面試論之。

四　寫詞：「學人之詞」的別調

「詞人之詞」不僅僅是一個選詞的理念，更是一個創作的指導。譚獻雖極力推崇這種詞作，但是他本人的詞作卻被目爲「學人之詞」。其後王國維在論及「學人之詞」時稱：「《衍波詞》之佳者，頗似賀方回，雖不及容若，要在浙中諸子之上。近人詞如《復堂詞》之深婉，《彊村詞》之隱秀，皆在吾家半塘翁上。彊村學夢窗，而情味較夢窗反勝。蓋有臨川、廬陵之高華，而濟以白石之疏越者。學人之詞，斯爲極則。然古人自然神妙處，尚未夢見。」〔四七〕從這一段話中可以看出，王國維肯定了譚獻詞深婉的特質，然而又從總體上批判「學人之詞」未能達到自然神妙的境界。但是，「自然神妙」其實也是譚獻所推崇的「詞人之詞」的境界。他不僅推崇這種理論，也在創作中自覺或者不自覺地實踐著這種理念。因而其《復堂詞》多帶有一些「詞人之詞」的特質，從創作層面踐行了他對常州詞派「學究」之弊的撥正。不過我們先看一下譚獻之前的常州詞派爲詞的狀態。

張惠言爲詞雖然境界極佳，然而透露的仍然是學者的心胸與學識，仍然沒有超脫出學者爲詞的局限。葉嘉瑩先生評説張氏五首詞説：「其《水調歌頭》五首組詞，則更是把他自己作爲一個經師的儒學的修養，與詞之富於潛能的美感的特質，在寫作實踐中所做出的一次美妙的結合。」〔四八〕嚴迪昌先生評説張氏五首詞説：「整組詞表現的是恬然怡然而又不夾雜一絲頹唐意味的境界。這是學問家潛心自處、慎獨以待的處世態度，温文爾雅、温柔敦厚、温良恭儉讓，全部得到了融會。」〔四九〕這雖都是溢美之詞，然而從另一方面表現了張惠言詞中明顯的學問痕跡，所以譚獻才會説張氏之詞「胸衿學問，醖釀噴薄而出」〔五〇〕。

周濟爲詞向來被人批判與其詞學理論的成就不相稱。周濟詞的成就的確不甚高，他的創作並不能踐行他的詞學理論。可以説，周濟是多理性之思，而少創作之才。尤其周濟提倡「寄託説」，但是才氣不逮，寄託隱晦，詞之主旨不明。吴梅先生言：「止庵自作諸詞，亦有寄旨，惟能入而不能出耳。如《夜飛鵲》之『海棠』、《金明池》之『荷花』，雖各有寓意，而詞涉隱晦，如索枯謎，亦是一蔽。」〔五一〕黄拔荆先生更是直接批評：「他的詠物篇什，普遍存在詞意隱晦、寄託的指向不明的問題。」〔五二〕所以周濟詞的創作，一般來講，是難以與其詞學理論相提並論的。正所謂「手不及眼」〔五三〕，「難副其理論」〔五四〕。

直至譚獻，常州詞派的創作才真正光大起來，《復堂詞》的創作實績受到時人與後輩的推崇。陳廷焯稱讚《復堂詞》：「品骨甚高，源委悉達。」〔五五〕徐珂亦言：「讀其詞者，則云幼眇而沉鬱，義隱而旨遠，腷臆而若有不可名言。蓋斯人胸中别有事在，而官止於令，犖然不能行其志，爲可太息也。」〔五六〕尤其嚴迪昌先生説得中肯：「以論詞稱大師的譚獻的《復堂詞》尚不失名家風貌。」〔五七〕這都表達了對譚獻詞創作的極大肯定。譚獻雖爲學者，然而一生沉浮波動，生活閱歷豐富，對詞的創作深有研究，這些促使他的詞作能踐行其「詞人之詞」的最高理想，使得《復堂詞》具有「詞人之詞」的特質，成爲「學人之詞」的别調。

首先，譚獻詞閨房背景的設定和柔情風格的書寫對「學究氣」的消解。如果説張惠言的詞中還能看到學問，那麼在譚獻詞中這種學問的影子已經一點看不見了。而且，譚獻詞中不僅看不見學問和學者的影子，甚至看不見譚獻自己的蹤跡。他相當一部分的詞作只是寫閨情，把詞作的背景設定在閨房中。當然，這種形式的詞必然也是柔情的風格。如其《菩薩蠻》四首之句,「紅袖倚花枝,亭亭三五時」,「夫婿是浮雲,愁風愁水頻」,「殘醉醒還迷,門前聞馬嘶」,「花老鬱金堂,閑熏沈水香」,都是描寫閨情思婦,風格也不出《花間》一類。

不過譚獻的閨情詞有一個最大的突出特點,那便是「怨」。有女子恨時光流逝、容顏老去之怨:「一從春色去。玉貌渾非故。」(《菩薩蠻》)有思婦獨守空房之怨:「夢到高樓星欲墜。零露無聲,冷入空閨裏。」(《蘇幕遮》)有恨別思念之怨:「朱弦掩抑聲如訴。鈿蟬金雁飛無數。人去幾時回。行雲何處來。」(《菩薩蠻》)有憶往追昔之怨:「記得華年是鏡中。背燈人面隔花風。天涯只在桂堂東。不語任他瑶瑟冷,回頭已是畫屏空。十年影事忒匆匆。」〔五八〕(《浣溪沙》)這些閨怨詞中凝注著濃鬱的感情,譚獻用極其細膩的筆法將外物與内心相結合。這種「怨」或許有經國大業的「刺怨」,或許又只是單純的閨怨,這種對背景的模糊處理,使得動輒附會世事的「學究氣」得以消解。

而且,譚獻的閨情詞特别善於設色。如「朱弦掩抑聲如訴」(《菩薩蠻》),「眼底朱闌千里遠」(《蝶戀花》),「燕子來時,緑窗朱户」(《長亭怨》),「緑酒紅燈漏點遲」(《鷓鴣天》),「遠山眉翠薄」(《菩薩蠻》),「白馬歸來,絮飛滿院」(《解連環》),「黄月如冰冷」(《南歌子》),色彩的運用使得這些閨情詞在視覺上給人以衝擊,而且這種顔色背景的突出,與閨情的壓抑相得益彰。這種大膽的設色,也是「學人之詞」所不爲的。

其次,譚獻對「詞史」的提倡與書寫的矛盾。譚獻一再提倡「詞史」之説,並且十分讚賞被譽爲「詞人之詞」的蔣春霖的《水雲樓詞》,看重其對現實的關懷。由此可見,譚獻的詞學理論繼承了常州詞派關心現實的傳統。但在其《復堂詞》的中,很少有描寫現實之作,即使有一兩首,也看不出來所指何事。這表現了譚獻的矛盾心理。因爲如果他在詞的書寫中加入大量的政治因素,那麽詞作就可能成爲「學人之詞」,更甚者會「流於學究」。這與譚獻「詞人之詞」的理想是不相符合的。

但是，在譚獻詞中可以看出一種對身世的哀歎，這與他的一生沉浮有極大關係。這種對個人懷抱的抒發其實是對現實的間接表達。所以，譚獻不僅讚譽對現實有著沉重感慨的蔣春霖詞，而且也對寫一己傷心之懷抱的項鴻祚詞也給予了極高的評價。譚獻詞常表現一種功業未成、年華已去的悵惘。他在《最高樓》(煙雨裏)寫道：「春去也，倡條和冶葉。人去也，斷雲還缺月。」表現了對這種節序驚換、時光流逝的無奈。此種格調在譚獻詞中俯拾即是，如「江南芳草又逢春，只覺一般春色不宜人」(《虞美人》)，「我是近來消瘦，最憀慄、傷別復傷春」(《南浦》)等，都是這種虛度光陰的感慨。而對身世最强烈的表達，則是譚獻詞中一些訴説自己不得志、沉淪下僚的慨歎。如「而今依舊，青衫中酒，落照西泠」(《醜奴兒慢》)，「青衫濕處，看來卻似，點點啼痕」(《青衫濕》)，以「青衫」這個意象與被貶爲江州司馬的白居易《琵琶行》「座中泣下誰最多，江州司馬青衫濕」互文相生，表達才人失意之情。這種個人的微觀史，其實折射著時代的光影。既與譚獻所提倡的「詞史」相契合，又不至於落入經國大業書寫的「學究式」套路。

再次，譚獻詞「深婉」的風格符合「詞人之詞」的標準。上面已言王國維對譚獻詞「深婉」的評價，這正是譚獻詞對「詞人之詞」「幽豔哀斷」風格的實踐。其寫閨情，如《菩薩蠻》四首，仿佛唐五代的花間小令，風格婉麗；其寫一己情懷，如「不分中年到時，直恁荒寒」(《一萼紅》)，亦是「哀斷」。其寫風景，如「正瀟瀟風雨，漠漠城闉，如此重陽」(《憶舊遊》)，亦是别有傷心懷抱。這些詞都是風格婉約，情調哀傷，而且又傷而不露，節制中和，用意深沉。正是譚獻拋卻學者的身份，以「詞人之詞」來要求自己的書寫。因此，譚獻詞特别注重技法運用與意境的營造。朱祖謀評《復堂詞》：「感遇霜飛憐鏡子，會心衣潤費爐煙。妙不著言詮。」〔五九〕這其實説的是譚獻詞柔厚忠貞的寄意與「透過一層想」的技法。所謂柔厚，則不流於輕薄；所謂「透過一層想」，則是程千帆先生總結的譚獻詞的一個突出特點，即透過「未發生」而預見「發生」的寫法〔六〇〕。舉例説明就是，衣還没有潤，如果「衣潤」的話，則會「廢爐煙」。這種技法在譚獻詞中的運用也是頗多的，如「繡綫怯衣單，鶗啼風雨寒」（《菩薩蠻》），「怕雙淚，濕青衫，人歸後」（《角招》），「離亭薄酒終須醒，落日羅衣冷」（《青門引》）等等，皆如是。

其實，在「深婉」風格的背後，譚獻並未完全拋卻「學人之詞」的特點，常州詞派所提倡的比興寄託説在他的詞中仍有體現。所以譚獻詞又有不同於「詞人之詞」的地方，而不同就在於「深婉」之「深」，在婉約與閨情背後，他也隱約地寄託著一種品格。王國維以「深婉」二字目之，可謂老辣辛語。如譚獻最著名的一首《蝶戀花》：「庭院深深人悄悄。埋怨鸚哥，錯報韋郎到。壓鬢釵梁金鳳小。低頭只是閑煩惱。花發江南年正少。紅袖高樓，争抵還鄉好？遮斷行人西去道。輕軀願化車前草。」正是在閨情背後表達了一種堅貞不屈的品格。這種品格或許是比喻士大夫的氣節，又或許不是，但這種品格使得他的閨情詞別有一番深意與玩味。

所以，譚獻並非主張填詞不要學問，而是不能有學究氣。他説：「國朝二百餘年，問學之業絶盛，固陋之習蓋寡。自六書、九數、經訓、文辭、纂隸之字，開方之圖，推究於漢以後、唐以前者備矣。」「昔人之論賦曰『懲一而勸百』。又曰『曲終而奏雅』，麗淫麗則，辨於用心。無小非大，皆曰立言。惟詞亦有然矣。」〔六一〕他肯定了學問對掃除「固陋之習」的重要性，但又要求詞須「辨於用心」，要有詞之特質的美感。因爲譚獻本人就是學問家，他要完全拋卻學問爲詞是不可能的。他盡力去向「詞人之詞」的創作理想去踐行，但是與「詞人之詞」還是有所不同。這也促成了譚獻詞獨特的成就，使其兼擅「學人之詞」與「詞人之詞」兩家之長。

總之，譚獻詞的創作成就，不僅是對其詞學理想的踐行，更是第一次使常州詞派在創作方面發揮了重要影響。雖然譚獻是學者，所爲之詞也被稱爲「學人之詞」，但是《復堂詞》深婉的風格，卻極似他所標榜的「詞人之詞」的風格。創作對理論的完全踐行是困難的，因爲創作並不是理想中是什麼樣子寫出來就會是什麽樣子，這是一個關於天才、學力、見識、膽魄等多方面複雜的問題。譚獻詞的創作並不是一時興起，這與他的詞學密切相關，由是觀之，譚獻詞的創作更是難能可貴。而譚獻所批判的「學究」之弊，很大程度上也是針對創作而發。他的創作從實踐上完成了對「學人之詞」的批判，當然批判本身就意味著繼承與撥正，並不是一味的否定，譚獻詞中也隱含著「學人之詞」用意深厚的長處。自譚獻始，常州詞派才完成它們對詞之創作的真正統攝，而在清季四大家之時達到最高峰。

結語

綜上，譚獻對常州詞派的「學究」之弊的認識與批判是多方面的，他以認識分析弊病爲基礎，在解詞、選詞、寫詞等詞學活動上完成了對這種「學究」之弊的清理和撥正。而這三個方面，其實也是層層深入，互相聯繫，不可割裂的，並且可以統攝於他的詞學理論。所謂解詞，是理論的直接表達；所謂選詞，是理論較爲直觀的實踐；所謂寫詞，則是理論更深一步的踐行。當然，這種詞學的批判也是在繼承前人的基礎上完成的。譚獻的解詞、選詞、寫詞都與常州詞派的傳統密不可分。正是基於這種批判繼承的態度，譚獻詞學既延續了常州詞派的詞學主旨，又撥正了「流於學究」的弊病，使得常州詞學焕發出新的生機與活力。然而，譚獻並没有力排學力，這使得之後清季學人之詞昌盛，尤其「夢窗熱」更是學力爲詞的極致，對詞壇造成一些扭曲的影響。這也是一種遺憾。

〔一〕譚獻《復堂詞話》，唐圭璋編《詞話叢編》，中華書局，二〇一二年，第三九九九頁。
〔二〕譚獻《復堂詞話》，唐圭璋編《詞話叢編》，中華書局，二〇一二年，第四〇〇九頁。
〔三〕歐陽修、宋祁《新唐書·選舉志上》第四册，中華書局，一九七五年，第一一五九頁。

〔四〕袁枚《隨園詩話》卷七，人民文學出版社，一九八二年，第二三六頁。
〔五〕〔六〕張惠言《周易虞氏義序》，《茗柯文編》，上海古籍出版社，一九八四年，第三八頁。
〔七〕沙先一、張暉《清詞的傳承與開拓》，上海古籍出版社，二〇〇八年，第七〇頁。
〔八〕張惠言《張惠言論詞》，唐圭璋編《詞話叢編》，中華書局，二〇一二年，第一六一四頁。
〔九〕王國維著，彭玉平疏證《人間詞話疏證》，中華書局，二〇一四年，第二三二頁。
〔一〇〕朱惠國《中國近世詞學思想研究》，華東師範大學二〇〇三年博士學位論文，第八二頁。
〔一一〕〔一二〕〔二九〕周濟《宋四家詞選目録序論》，唐圭璋編《詞話叢編》，中華書局，二〇一二年，第一六四三頁。
〔一三〕〔一四〕周濟《介存齋論詞雜著》，唐圭璋編《詞話叢編》，中華書局，二〇一二年，第一六三〇頁。
〔一五〕鄔國平《常州詞派關於詞與讀者接受的思考》，《文學遺産》一九九二年第五期。
〔一六〕〔二〇〕〔二一〕譚獻《復堂詞話》，唐圭璋編《詞話叢編》，中華書局，二〇一二年，第三九八七頁。
〔一七〕楊冬《文學理論：從柏拉圖到德里達》，北京大學出版社，二〇一五年，第四〇六頁。
〔一八〕朱惠國《論清代學人之詞與詞人之詞的離合關係》，《文學遺産》二〇一一年第六期。
〔一九〕譚獻《復堂詞話》，唐圭璋編《詞話叢編》，中華書局，二〇一二年，第三九九三頁。
〔二二〕〔六一〕譚獻《復堂詞話》，唐圭璋編《詞話叢編》，中華書局，二〇一二年，第三九八八頁。
〔二三〕遲寶東《常州詞派與晚清詞風》，南開大學出版社，二〇〇八年，第一八九頁。
〔二四〕此據清道光十年宛鄰書屋刻本統計。
〔二五〕此據古典文學出版社一九五八年版統計。
〔二六〕此據整理本所統計。即譚獻著，羅仲鼎、俞浣萍整理《復堂詞録》，浙江古籍出版社，二〇一六年。
〔二七〕陳廷焯著，屈興國校注《白雨齋詞話足本校注》，齊魯書社，一九八三年，第一一頁。
〔二八〕譚獻《復堂詞話》，唐圭璋編《詞話叢編》，中華書局，二〇一二年，第三九九〇頁。
〔三〇〕沙先一《譚獻〈復堂詞録〉選詞學價值論略》，《詞學（第二十五輯）》，華東師範大學出版社，二〇一一年，第一四九頁。
〔三一〕〔三九〕譚獻著，羅仲鼎、俞浣萍點校《篋中詞》，人民文學出版社，二〇一五年，第二六四頁。
〔三二〕王士禛《帶經堂集》卷四十一《倚聲集序》，清康熙五十年程哲七略書堂刻本。

〔三三〕 陳廷焯著，屈興國校注《白雨齋詞話足本校注》卷七，齊魯書社，一九八三年，第五六一頁。
〔三四〕〔三七〕〔四六〕 譚獻《復堂詞話》，唐圭璋主編《詞話叢編》，中華書局，二〇一二年，第四〇〇九頁。
〔三五〕 譚獻《復堂詞話》，唐圭璋編《詞話叢編》，中華書局，二〇一二年，第四〇一〇頁。
〔三六〕 況周頤《蕙風詞話》卷一，上海古籍出版社，二〇〇九年，第五頁。
〔三八〕 譚獻《復堂詞話》，唐圭璋編《詞話叢編》，中華書局，二〇一二年，第三九八九頁。
〔四〇〕 譚獻著，羅仲鼎、俞浣萍點校《篋中詞》，人民文學出版社，二〇一五年，第二五六頁。
〔四一〕 譚獻著，羅仲鼎、俞浣萍點校《篋中詞》，人民文學出版社，二〇一五年，第二六一頁。
〔四二〕 譚獻《復堂詞話》，唐圭璋編《詞話叢編》，中華書局，二〇一二年，第三九九六頁。
〔四三〕 譚獻《復堂詞話》，唐圭璋編《詞話叢編》，中華書局，二〇一二年，第三九九五頁。
〔四四〕 王國維著，彭玉平疏證《人間詞話疏證》，中華書局，二〇一四年，第三一六頁。
〔四五〕 譚獻《復堂詞話》，唐圭璋編《詞話叢編》，中華書局，二〇一二年，第四〇一一頁。
〔四七〕 王國維著，彭玉平疏證《人間詞話疏證》，中華書局，二〇一四年，第二一七頁。
〔四八〕 葉嘉瑩《清詞叢論》，北京大學出版社，二〇一五年，第二〇四頁。
〔四九〕 嚴迪昌《清詞史》，人民文學出版社，二〇一一年，第四五四頁。
〔五〇〕 譚獻著，羅仲鼎、俞浣萍點校《篋中詞》，人民文學出版社，二〇一五年，第一四六頁。
〔五一〕 吴梅《詞學通論》卷九，上海古籍出版社，二〇一〇年，第一七九頁。
〔五二〕 黄拔荆《中國詞史(下)》，福建人民出版社，二〇〇三年，第三八二頁。
〔五三〕 王易《詞曲史·振衰第九》，東方出版社，二〇一二年，第三九四頁。
〔五四〕 嚴迪昌《清詞史》，人民文學出版社，二〇一一年，第四七〇頁。
〔五五〕 陳廷焯著，屈興國校注《白雨齋詞話足本校注》卷五，齊魯書社，一九八三年，第四七二頁。
〔五六〕 徐珂《近詞叢話》，唐圭璋編《詞話叢編》，中華書局，二〇一二年，第四二二六頁。
〔五七〕 嚴迪昌《清詞史》，人民文學出版社，二〇一一年，第五三二頁。
〔五八〕 本文所引譚獻詞皆引自譚獻《復堂詞》，譚獻著，羅仲鼎、俞浣萍點校《篋中詞》附録，人民文學出版社，二〇一五年，第五一二—

五四四頁。不贅述。

〔五九〕嚴迪昌編著《近現代詞紀事會評》，黄山書社，一九九五年，第二四九頁。

〔六〇〕程千帆《〈復堂詞序〉試釋》，《申報·文史週刊》一九四八年六月一二日，第二十七期。

（作者單位：清華大學中文系）

《鶯啼序》的創作與晚清民國的「夢窗熱」

（香港）徐　瑋

内容提要　自周濟以吴文英爲一代領袖，其地位驟然提升，此後更一躍而爲詞壇之圭臬，所謂「學夢窗者半天下」。「學夢窗」的一個具體途徑就是大量地採用吴文英所使用的詞牌，從其獨特的結構、表達方法，揣摩玩味，再創出己作。晚清、民國時期大量《鶯啼序》詞就是在這股「夢窗熱」的潮流下誕生。《鶯啼序》調長韻雜，結構龐大，向稱難寫，因此此調存詞極少。自宋迄清，選填此調者不超過十家。吴文英留下的三首《鶯啼序》乃是該調之典範，後人無論是評論還是創作此調，都難以繞過夢窗。此調在晚清民國大受歡迎，幾乎所有名家都要來挑戰一下這首最長調，有些甚至一再填寫，如況周頤有九首之多，周岸登更達十餘首。詞家如此情有獨鍾，除了是向夢窗致敬之外，更是因難見巧，因巧見意，目的還是在於突過前人，表現自我而已。夢窗的三首《鶯啼序》題材、内容、作法不相同，所以摹擬、和應之作也呈形多種姿態。其中既有對夢窗心嚮往之而亦步亦趨者，亦有在摹仿之餘加以延申、轉化、豐富，亦有打破成法，自出新意，别樹一格，皆能舊曲翻新，寫出時代之音。

關鍵詞　鶯啼序　吴文英　晚清民國　摹擬　回應　經典

本文爲香港中文大學文學院直接資助研究項目之部分成果。項目名稱爲「挪用典範，以爲新聲：晚清民國詞之書寫策略」。

一　引言

在詞學史上，吳文英詞的起伏升沉是一個值得研究的議題。南宋之時，吳文英雖有詞名，但整體評價不高。元明時期，夢窗詞幾乎無人提及。清初的重要選本中雖然保存了夢窗詞，但其詞名不彰，直到清代中後期才出現變化。[一]其後，周濟《宋四家詞選》以吳文英爲一代領袖，且爲由南追北之關鍵，欲以吳文英之深澀力矯姜白石之浮滑，夢窗詞之地位驟然提高，廣受詞家注意。[二]晚清王鵬運、鄭文焯、朱祖謀、況周頤多次校勘夢窗詞，使其面貌日趨完善，又通過創作、選詞、評論等大力揄揚，夢窗詞一躍以爲詞壇之圭臬，形成所謂「夢窗熱」之潮流。夢窗詞經典化過程背後由許多因素互動而成，探討這些因素有助了解複雜的文學現象。前賢多從詞論入手，已有頗多成果。然而，這些評論家往往兼有詞人的身分，他們在評論之餘，在創作中如何吸收、融化、延續夢窗詞的特點，繼而加以發揚、新變？學夢窗者衆，但夢窗詞又是否可學？這些學夢窗者創作實踐的成績如何？凡此，固然屬於夢窗詞經典化所須探討的問題，而將之置於晚清民國文學的大背景中加以探討，更有助加深對這段時期詞壇發展的理解。

晚清、民國之時，雖一直不乏對夢窗詞的激烈批評，但無庸置疑，學夢窗詞者半天下。[三]夢窗詞外表芬鏗麗密，内挾真氣流轉，結構特殊，修辭別出心裁，其實並不易學。學夢窗首先要讀懂夢窗，於是晚清以來箋釋夢窗詞的著作如雨後春筍，或考證本事，或分析筆法。[四]吳文英詞的題材内容不算廣泛，所以解讀夢窗詞的重點也往往集中於其修辭（rhetoric）。通過研讀揣摩，涵泳玩味，詞人掌握夢窗詞的特點，進而在填詞時規模典範，甚或回應原作。

吳文英詞中有一首長調——《鶯啼序》——調長韻多，結構複雜，在諸調中最爲難寫。蔡嵩雲曾概括其難處，云：

《鶯啼序》爲序文之一體，全章二百四十字，乃詞調中最長者。填此詞，意須層出不窮，否則滿紙敷辭，細按終鮮是處。又全章多至四遍，若不講脈絡貫串，必病散漫，則結構尚矣。此外更須致力於用筆行氣，非然者，不失之拖沓，即失之板重。〔五〕

或因如此，現存《鶯啼序》數量極少。吴文英僅存三詞，《全宋詞》中所録《鶯啼序》只有十四首。由宋迄清，填此調而存者亦不足十人。後學之作，從數量和質量來説都遠不如吴文英；蔡嵩雲謂「此調自夢窗後，佳構絶鮮」，非誇張之詞。〔六〕因此，吴文英留下的三首《鶯啼序》遂成爲該調典範。〔七〕後人無論是評論還是創作此調，都難以繞過夢窗。

在晚清、民國的「夢窗熱」潮流之下，向來少人採用的《鶯啼序》大受青睞，詞壇上一時湧現了不少《鶯啼序》，大大超出宋、元、明。幾乎每位詞家都要挑戰一下這首最長調，有些甚至一再填寫，如況周頤集中竟有九首之多、周岸登甚至達十首。詞家如此情有獨鍾，除了是向夢窗致敬之外，更是因難見巧，因巧見意，目的還是在於突過前人，表現自我而已。本文擬分析晚清以來諸名家的《鶯啼序》，討論他們如何借鑒夢窗。其中既有對夢窗心嚮往之而亦步亦趨者，亦有在摹仿之餘加以延伸、轉化、豐富，亦有打破成法，自出新意，別樹一格，皆能舊曲翻新，寫出時代之音。

文學創作的手法千變萬化，但最少有語詞、結構和主題三個層面。而三個層面互爲關係，其分野有時並不那麼明顯，如在書寫相似主題時，其結構、用詞亦時有重合。吴文英留下的三首《鶯啼序》，題材内容不同，一爲登樓感賦，一爲感舊寫情，一爲詠物；主題相異，寫法自然也不盡相同。如果粗略讀一讀晚清以來的《鶯啼序》，不難發現不少作品都與原作有著互文的關係，或依循原作的題材或主題；或借鑒原作的一個片段加以發展；或主題相似而取徑構思卻不同；或稱和韻卻寫出完全不同取意和風格的作品等。不論是無意的契合，還是有意的迴避，這些互文關係都顯示了夢窗三首作品深入人心，其題旨、寫法已成爲《鶯啼序》一詞的範式。本文擬以主題爲綫索，分析後人如何在夢窗範式中離合遊走，寫出屬於自己的作品。而部分作品雖然注明「和夢窗」或「用夢窗韻」，但從内容到風格都與夢窗迥然不同，明顯是在借鑒前人之後别樹一格，這類作品將另闢一節討論。

二 登樓感賦：從潤色鴻業到撫時感懷

吴文英詞向稱難解，除了吴詞寫法與衆不同外，亦與其行事不顯，作品難以繫年相關。三首《鶯啼序》惟「豐樂樓」一詞，寫作背景頗爲明晰，乃是於宋理宗淳祐十一年（一二五一），爲臨安豐樂樓之重建而寫。關於豐樂樓之修建與周邊景致，周密《武林舊事》卷五云：

舊爲衆樂亭，又改聳翠樓，政和中改今名。淳祐間，趙京尹與㫖重建，宏麗爲湖山冠。又甃月池，立鞦韆梭門，植花木，構數亭，春時遊人繁盛。舊爲酒肆，後以學館致争，但爲朝紳同年會拜鄉會之地。……吴夢窗嘗大書所賦《鶯啼序》於壁，一時爲人傳誦。〔八〕

所謂「豐樂」，其出處大抵是歐陽修的《豐樂亭記》，取其「民樂其歲物之豐成」、「民知所以安此豐年之樂者」的意思而命名，可見包含歌頌盛世之意。〔九〕詞中之「麟翁」即重修豐樂亭主事人趙節齋。歷來對這首詞的評論不多，大抵是視之爲「望幸」之作，以爲有近諛之嫌。現先引詞如下：

天吴駕雲閬海，凝春空燦綺。倒銀海、蘸影西城，四碧天鏡無際。彩翼曳、扶摇宛轉，雩龍降尾交新霽。近玉虚高處，天風笑語吹墜。清濯緇塵，快展曠眼，傍危闌醉倚。面屏障、一一鶯花，薜蘿浮動金翠。慣朝昏、晴光雨色，燕泥動、紅香流水。步新梯，藐視年華，頓非塵世。

麟翁衮舄，領客登臨，座有誦魚美。翁笑起、離席而語，敢詑京兆，以役爲功，落成奇事。明良慶會，賡歌熙載，隆都觀國多閑暇，遺丹青、雅飾繁華地。平瞻太極，天街潤納璇題，露牀夜沈秋緯。清風觀闕，麗日罘罳，正午長漏遲。爲洗盡、脂痕茸唾，浄捲麴塵，永晝低垂，繡簾十二。高軒駟馬，峨冠鳴佩，班回花底修禊飲，御鑪香、分惹朝衣袂。碧桃數點飛花，湧出宮溝，遡春萬里。〔一〇〕

全詞從四個角度去寫鋪寫豐樂樓。第一片想像奇特，破空而來，從天吴水神傾海水入西湖寫起。詞人從俯視全城倒影、樓檐翼然、人語彷如天風三方面極寫豐樂樓高聳入雲。第二片從豐樂樓望向四周，只見風景幽雅，人物優美，春意盎然。登樓觀之，頓生「藐視年華，頓非塵世」之感，從而暗暗回應了第一片的神話。此至，對豐樂樓之外貌與四周景色所敘已足，第三片轉寫人事，通過頌揚麟翁修葺豐樂樓，且不矜功，突顯人事的和諧，一派承平氣象，緊扣「豐樂」之旨。第四片豐樂樓薈萃賢達，一時流風所及，傳於萬里之外。詞人充分利用了《鶯啼序》的「洋洋大篇」，以賦法入詞，鋪彩摛文，由樓及人，從建築物的宏麗雄偉，襯托當時人才濟濟，政通人和，民豐物阜，天下太平，可謂是一篇頌歌。

這首詞無論在題材還是寫法都頗爲獨特，與其視之爲詞，不如説是一篇藉詞調寫成的豐樂樓賦。詞人筆力矯健，想像豐富，有條不紊地鋪寫了與豐樂樓相關的景色和人事。全詞不以時間爲綫索，而以四幅畫面組合而成，四片没有先後次序，而是以空間分隔，互相補充，與賦的寫法相似。再者，賦的功能在於「體國經野，義尚光大」。〔一一〕所謂「體國經野」，出自《周禮》。許結指出「《周禮》是周朝的官制，要管理整個的天下」，由之引伸，體現到賦中就是要宏大全面地描寫鋪陳國家城鄉之事物，以示其壯觀盛大，如此方能達到「義尚光大」的效果。〔一二〕《文心》之論不單總結了此前的賦作，也成爲後世文人學者認知賦的重要框架，同時也啟發此後賦的寫作範式。從漢唐，乃至明清，整個古典時期的大賦，即使焦點不盡相同，時代風貌各異，但基本上都是依循《詮賦》所提出的審美價值，正面歌頌國家的繁榮强盛。從賦潤色鴻業的傳統來看吴文英的《鶯啼序》，則能更妥貼地理解這首詞的主題和寫法。

夢窗原作以重建豐樂樓起興，後人規模原作，亦多藉建樓、登樓寫其所見之感。此詞因是頌美盛世之作，在晚清、民國的時代背景難免不甚諧協，所以和、擬之者較少。像王鵬運、鄭文焯、張祥齡在一八九四年至一八九五年寫的幾首登樓之作，就與夢窗原作截然不同。〔一三〕不過，在芸芸詞家中，仍有借鑒夢窗原作，摹擬其寫法而又能傳達自家心聲的佳作，以下略述幾種不同情況的摹仿。

廖恩燾，字鳳書，號懺盦，是晚清、民國時期著名的外交官，也是一位活躍的詩人、詞人。他曾以《鶯啼序》寫古巴總統於新建之國會就任，注明用夢窗「豐樂樓韻」一詞，可見乃是受到夢窗原作的啟發。茲先引詞如下：

賀古巴總統在新建國會行蟬聯就任禮。是夕，赴國宴。用夢窗豐樂樓韻紀之。

泱泱大風表海，從藍天曳綺。向螭棟、引起飛雲，瑞鰐狂舞波際。驟日午、銅笳放煗，吹開鏡裏瑤顏霽。擁六州元首（古巴分省爲六），香飄萬卉車墜。　温玉崇階，軟幔廣坐，背笙屏乍倚。馬聲近、疊疊人山，雪毛遙颺冠翠。衒軍容、金麾畫纛，鬢蟬沁，釵光如水。俯層闌，染眼鶯花，紺塵何世。　仙滉履舄，上國賓僚，頌獻奐輪美。誰省記、初闢鴻昧，問鸞鯨手，仗劍何年，莫談前事。（謂哥倫布）樓臺形勝，川原改換，沈戈銷戟通文軌，賴丹青、粉飾炎荒地。高瞻遠矚，雄圖聳立新基，繡旗顯分纖緯。　鐃歌鬧夕，警蹕清塵，正輦迴户遲。勸旨酒、琉璃杯盞，鼎俎錯珍，扇映氍毹，麗鬟十二。奩鸞笑臉，檀蛾羞黛，玄宗休聽宫女道，淚痕雙、沾透羅衣袂。白頭早苦低垂，蠹墨題詩，謝娘舊里。

古巴脱西班牙羈軛三十年，庫藏充實。邇者蔗糖爲美利堅箝制，菸業受歐戰掊擊，負債漸重，顧猶糜帑千四百萬金幣建築國會，議者以爲過也。古巴總統近又傾心以事西班牙，訂定條約，豈未忘舊君歟？抑別有作用？弗可解已。懺盦附注。〔一四〕

廖恩燾從晚清到民國時期曾多次任職駐古巴領事。〔一五〕此詞作於一九二九年，時值古巴總統赫拉爾多・馬查多（Gerardo Machado 一八七一—一九三九）連任，設宴款待賓客，詞人以領事身分參加，並作詞以紀。

廖氏注明用夢窗韻，所寫又是盛大歡宴的場面，自然是對原作的題旨了然於心，所以前三片都是用

「義尚光大」的筆觸來落墨，盡力鋪寫新建國會大樓之宏偉及國宴之熱鬧。第一片寫古巴總統蒞臨國宴。詞人落筆先點明古巴處於海外，又從海想到龍飛雲起，以喻新建之國會氣勢不凡，繼而寫古巴總統在衆人的簇擁之下來到國宴。第二片寫國宴之盛況，現場車水馬龍，衣香鬢影，士女雲集，總統的儀仗隊軍容整肅。第三片先寫賓主共歡，繼而想到古巴在立國之初只是一片荒蕪，現在卻形勝處處，煥然一新，尤其是新建之國會，高聳入雲，是當時哈瓦那（Havana）最高的建築物。詞人遂以之暗示該國之雄圖大略。此至，寫國會國宴之熱鬧可謂備矣。第四片開首兩韻進一步微觀描寫宴會中觥籌交錯的情況，直到最後兩韻才借宮女憶述玄宗故事，隱隱透露出驕侈足以亡國，盛極不免中衰的憂慮。詞後有一段補注，頗堪玩味。詞用的是賦法，縱横捭闔，極鋪張之能事，補注則用平實客觀之筆把古巴近來之困境娓娓道來，對古巴總統的外交策略亦表示不解，婉轉地表達了詞人不以爲然的態度。〔一六〕把詞與補注合而觀之，兩種不協調的聲音躍然紙上，如此一來，詞中著力誇耀之處就不免包含了一絲諷刺的意味，加强了結拍樂極生悲的思考。只是詞人寫來含蓄，不易覺察，然而有此一筆，則顛覆了頌揚的主旨而轉爲深刻的諷喻。

此詞用賦法，以不同的畫面展現古巴國宴此一盛事，表面上亦與原作一樣頌揚盛世。然而，廖氏久在南美，見多識廣，對當時局勢有敏鋭而獨到的觀察，頌揚之筆中暗藏諷刺，仿夢窗之筆法卻作反向之發展，寫出屬於自己此時此地的《鶯啼序》。按廖氏《懺盦詞》一集，頗多摹擬夢窗之作，朱祖謀曾評其詞：「胎息夢窗，潛氣内轉，專於順逆伸縮處求索消息，故非貌似七寶樓臺者所可同年而語。至其驚采奇豔，則又得於尋常聽覩之外，江山文藻，助其縱横，幾爲倚聲家别開世界矣。」〔一七〕以之形容這首《鶯啼序》可謂恰到好處。

又如吕碧城《鶯啼序》寫上海法寶圖書館一詞，雖没注明是摹仿夢窗，但與吴詞對讀，亦可作互文觀之。其詞如下：

海上法寶圖書館落成，賦此爲頌，柬遐庵館長。

禎光夜騰蜃市，敞驪宮近水。蔚錦軸、密籀㛹嬛，字痕齊炳金燧。似偈録、華嚴十萬，攜來猶帶龍波翠。漫衡量、鄴架書城，莫比瓌異。　像刻旃檀，蜕護鎖骨，話優填盛事。闢震旦、竹舍祇園，溯芳千古能繼。照鬘天、蓮華貝葉，採三界，衆香繁滙。算維摩、費盡禪心，不辭憔悴。　海源長往，皕宋飄零，尚劫灰餘幾。悵四庫、叢殘漸少，鉛槧誰理，日薄虞淵，夕陽未墜。傷心秦火，斯文先毁。雲岡不返招魂賦，載胡艭、石劖花綱碎。舡棱獨秀，從今法寶琳瑯，幸存魯靈光裏。　金仙東漸，玉馬西來，早風雲換世。記景運、圓輿肇啟，麗日中天，轉碧回黄，萬流都靡。龍蛇起陸，烽煙揭地，銷殘萇血窮則變。挽銀河、終見兵塵洗。梵音説與羣倫，象教宏傳，大悲妙諦。〔一八〕

上海法寶館位於上海赫德路簡照南之南園，簡氏身後，此園改爲聚而論佛之地。一九三七年三月，由葉恭綽統籌，在南園中建法寶館，專儲佛教文物。吕碧城沈潛佛理，晚年又以弘揚佛教爲己任，故撰詞爲頌。

此詞首三片圍繞法寶館展開，第一片先點明法寶館之所在，喻之㛹嬛福地，誇讚館藏豐富。第二、三片都是頌揚法寶館保存、傳承佛教的功德。第二片借用佛尊典故，第三片則用中國事典，以倖免於秦火的壁中書比喻佛典，稱頌法寶館在戰亂之中保存佛典，殊爲不易。第四片則關及時事，寫到風雲變色，烽煙遍地。表面上這片似乎脱離了題意，但其實佛家慈悲爲懷，關顧蒼生之苦，故此法寶館的千秋之功在於使佛法得以廣傳，衆生方能解脱於苦難，故云「梵音説與羣倫，象教宏傳，大悲妙諦」。

此篇既用《鶯啼序》，復爲頌辭，吕氏博學强記，其早期詞作中已有學步夢窗的痕跡，〔一九〕雖然没有注明是摹擬夢窗之作，但詞人下筆之際恐怕很難没有想起夢窗之作。夢窗填詞以賀豐樂樓之重建，碧城則以同調頌法寶館之建成，兩詞之寫作緣起相似。其次，吕詞用典繁密，語言精深，詞境幽邃，亦類夢窗風格。然而兩詞的寫作背景畢竟不同，詞人的感受亦有差别。吕碧城此詞作爲一九三七年，當時詞人雖然身在香港，遠離戰場，但對於國内嚴峻的情況並非不知，所以此詞在頌美圖書館落成之餘，重在藉佛音慈悲，冀望甲兵浄洗，天下太平。詞人全無夢窗原作中的樂觀情緒，而是撫事感事，心存天下，傳達出悲憫情懷，其心胸、境界或在夢窗之上。

至於特別鍾情《鶯啼序》一調的周岸登，也有藉建樓起興、「和夢窗豐樂樓韻」的詞，應該是受到夢窗啟發的作品。此詞寫於一九二一年，當時周氏在江西寧都任職。詞有題注，提及寫作的緣由乃是爲紀念明初的清官莊濟翁（生卒年不詳）的思莊樓而作。其中提及樓與世道之關係，有「邦人咸謂此樓圮後，政教陵替，僉謀恢復，乃於辛酉仲冬朔日興工重建」云云。可見作爲地方官的詞人重建此樓乃是對政教復興有所期盼。由圮樓之重建推而及之於治世之復興，其用心亦與夢窗相同。所不同者，思莊樓是由詞人重建，所以詞中略去了誇讚主事者的部分，而代之詞人對古人的追懷。詞云：

飛梁駕鰲瞰鬥，俯川原繡綺。左雲石、右揖蓮花，錦標高建霞際。敞八牖、璇穹鏡海，春城畫本開新霽。幻參旗天外，軍封鳳翎遥墜。孤塔干霄，萬瓦卧雨，更名山四倚。易堂近、泉甃金精，翠微霏潤嵐翠。訪雙魚、仙洲信息，正三月、梅江春水。傍雲風，臺畔弦歌，暫忘身世。　泉烹麝月，酒酌嬴尊，具主賓四美。同記省、文山墨淚，晦叟詩板，雪竹荒坪，古今人事。陽都舊治，莊翁遺愛，爲臺爲沼徵民樂，剩千秋、小劫華嚴地。中階旦覆，翬飛秀發江山，露沈象移星緯。凌雲蓋日，佩玉鳴鸞，尚賦才共遲。待染翰、離家王粲，倦旅蘭成，吐鳳千言，卧虹十二。危闌自憑，烏紗重岸，春朝秋夕同望遠，御泠然、風引仙衣袂。回頭蜀道青天，滿目關河，夢歸萬里。〔二〇〕

此詞重在描寫思莊樓四周的景色。第一片從思莊樓遠眺雲石寨、蓮花山、軍封山，這是就自然風景著墨。第二片寫思莊樓所見之亭臺樓閣，如易堂、雲風臺等，這是寫人文風景。第三片轉入人事，發思古之幽情，寫及曾經在當地逗留的名臣文天祥、朱熹、莊濟翁，並藉《卿雲曲》「旦復旦兮」，期望江山代有賢才出，寫出此詞的題旨。第四片則轉寫自身，感慨仕宦生涯飄泊四方，當此憑闌之際，乃欲飛仙而去，歸至萬里之外故鄉。

這首詞在寫作緣起和取意方面雖與夢窗原作有契合之處，詞人亦在寫景部分用賦筆敷衍，但整體效果卻與夢窗詞相去甚遠。其一是寫景雖用賦筆，但寫來平實，近於白描，不似夢窗運以想像奇筆，因此並無夢窗幽杳深邃的風格。其次，此詞所寫之景並不能聯繫頌揚盛世之意，大抵基於當時之局勢，詞人亦只能有所期盼而已。再者，此詞最後轉寫自己，與一般的因景生情之作相似，而並非如夢窗作賦體寫法。可見，周詞只是把夢窗詞視爲一個引子，作爲興發的起始，而隨之發展自己的構思，寫出截然不同的作品。

三　暮春感舊：從紀情、悼亡到感秋

吴文英《鶯啼序》「殘寒正欺病酒」一詞是三首《鶯啼序》中最著名的，也是最複雜、最難解讀的，同時也是最多詞家回應的。關於這首詞的解讀，向來衆説紛紜，各家側重不一，大抵可以歸納爲兩點，一是追繹其主題，認爲是紀念情人。〔二一〕二是分析其筆法，從反復勾勒，時空離合，穿插敘事入手。〔二二〕

就主題而言，筆者認爲劉永濟「不出悲歡離合四字」的總結最能把握全詞；就筆法而言，若以時間邏輯牽合全詞，總有不能連貫之處，縱然多方解釋其呼應之處，難免治絲益棼。其關鍵在於以前的評論家認定《鶯啼序》旨在敘事，所以要把事件的來龍去脈弄清楚。事實上，《鶯啼序》雖然有敘事的筆觸，但人物、事件、時間、地點全部都含混不清。葉嘉瑩曾提及吴文英詞不同於周邦彦詞，在於「周邦彦詞裏邊還有一個故事，可是吴文英、王沂孫這些詞人，故事没有了，就是感覺」。〔二三〕這首《鶯啼序》的特殊之處並不在於這首詞敘述了詞人與亡姬、去妾，還是楚妓的情事，而是詞人根本無意告訴讀者一個完整的故事。我們惟一可以從詞中得到的訊息只限於主人公用不同的片段來摹寫「悲歡離合」。以下先引吴詞，略加説明。

殘寒正欺病酒，掩沈香繡户。燕來晚、飛入西城，似説春事遲暮。畫船載、清明過卻，晴煙冉冉吴宮樹。念羈情、遊蕩隨風，化爲輕絮。　十載西湖，傍柳繫馬，趁嬌塵軟霧。遡紅漸、招入仙溪，錦兒偷寄幽素。倚銀屏、春寬夢窄，斷紅濕、歌紈金縷。暝堤空、輕把斜陽，總還鷗鷺。　幽蘭旋老，杜若還生，水鄉尚寄旅。別後訪、六橋無信，事往花委，瘞玉埋香，幾番風雨。長波妒盼，遥山羞黛，漁燈分影春江宿，記當時、短楫桃根渡。青樓彷彿，臨分敗壁題詩，淚墨慘澹塵土。　危亭望極，草色天涯，歎鬢侵半苧。暗點檢、離痕歡唾，尚染鮫綃，嚲鳳迷歸，破鸞慵舞。殷勤待寫，書中長恨，藍霞遼海沈過雁，漫相思、彈入哀箏柱。傷心千里江南，怨曲重招，斷魂在否。〔二四〕

林順夫曾以「空間邏輯」入手，提出此詞之結構類似「把許多不同的觀念與感情混合起來並同時分佈在一平面空間上的大圖案(design)」，頗有啟發之功。〔二五〕原因是詞由不同的片段組成，這些片段並非以時間相連，既不是順敘，也不是倒敘，似乎是隨著詞人的意念而呈現。〔二六〕而同一句詞呈現的，也不一定是某個時空，甚至可以多重時空的交疊，頗似所謂「平行時空」。傳統詞評家按照段落次序去尋繹詞意，往往會陷入困境，以致覺得此詞跳躍太多，難以串解，因此轉而以筆法的勾連來解釋吴詞，殊不知吴詞之特徵正在於無法做有次序之勾連。詞人把腦海中浮現的片段拼貼起來。因此之故，吴詞不但在修辭是感性的，在章法上也是感性的。

這首《鶯啼序》的時空可以分爲最少四個層次。第一層是詞人感懷舊事，以第一片與第四片爲主，詞人呈現了三個場景。其一是沈香繡户之内，再來是湖畔，其三是危亭之上。在這三個場景中，詞人所寫無非是春來無聊，感舊生愁。第一片只是輕輕點出愁緒，以「念羈情遊蕩，隨風化爲輕絮」作爲引子。其中提及「西城」與「吴宮」，其實都不必區分何者是回憶，何者是詞人身處之處，而可以是同時存在於詞人感舊的時空之中。也就是説詞人所寫的三個場景既可以存在於西城，也可以存於吴宮，詞人曾經來往兩地，其情其事關乎兩地，其感懷之思緒自然也可以穿梭兩地。第四片則用筆較實，暗示舊情已逝，只能點檢啼痕，「迷歸」、「慵舞」都是象徵詞人的心境。然而此恨難以傳達，故謂「藍霞遼海沈過雁」，只能從雁想到雁柱，把恨托付給哀箏。結拍以招魂曲强調舊日的人與事已經無法追回，「傷心千里江南」極寫其沈痛心境。

第二層時空寫舊日的歡聚，第三層時空寫歡聚後的分離，第四層時空寫分離後詞人重尋舊處。這三層時空交疊出現在第二、三片之中。如「十載西湖……遡紅漸、招入仙溪，錦兒偷寄幽素」兩韻寫相聚，借天臺仙緣比喻歡情。而「倚銀屏、春寬夢窄，斷紅濕、歌紈金縷」既是寫分離，也可以是分離後回憶分別的時刻。歡聚、分離這兩層空間也可以並置在同一韻，如「長波妒盼，遥山羞黛，漁燈分影春江宿，記當時，短楫桃根渡」，既是寫歡聚，也是是分離。第三片首兩韻寫的是重尋舊處，而「幾番風雨」則可見「重尋」並非一次，然則第二片所謂「十載西湖」云云之場景自然也可以存在於「重尋」的時空層次之中。同樣，分離的場景也可以存於「重尋」的時空，如「青樓彷彿，臨分敗壁題詩，淚墨慘澹塵土」，就是把兩者並置在同一韻中。如此，則可見此詞之時空並不是尋常交錯、轉變，而是有重疊、並行之處，詞人所寫之片段並非單一時空，而可能是揉合了多層的時空。從情感綫索來説，也就説詞人在同一片段中既是懷念相聚之歡，也在追憶離别之苦，亦可以是在感懷自己重尋舊地追憶種種。詞人無意以各個片段串成一個完整的故事，而是用不同的片段來同時呈現人生的悲歡離合，使到同一片段悲歡交雜，五味紛陳，這種特殊的手法實是緣自詞人獨特的人生體會。

然而，晚清以來，詞人回應這首《鶯啼序》卻多是從敘事入手，而且傾向實寫其事，在題目或小序中把事情交代明白。〔二七〕這種做法的優點固然是方便讀者理解，但缺點則是把作品固定在某一時空框架，失去了夢窗原作的迷離惝恍。他們在敘事時雖然也會運用時空交錯的寫法，但一般來説時間綫索清晰，與夢窗的寫法可謂是貌合神離。例如況周頤多首《鶯啼序》都是以敘事爲主，寫來井井有序。如其集中最早的

《鶯啼序》作於光緒十五年（一八八九）寫他與王鵬運遊葦灣觀荷之事。〔二八〕全詞四片，第一、二片，鋪敘景色，由湖至柳，而至荷花，而至蓮子，視點由大而小，其間以遊湖的綫索穿插，用筆細致。第三片又從側面烘托，寫菱花、葦葉、錦鱗等。「芳塵去後」以下等句隱隱逗出愁緒。第四片既寫了葦灣景色，又承接上片，及於惜花惜春之情。結拍云「蹋摇細槳」，從遊湖寫起，收束也歸於遊湖，首尾相應。全詞伏應緊密，層次分明，情感亦十分明顯，與夢窗詞曲折、零碎、幽深大異其趣。

況周頤後期亦多次填寫《鶯啼序》，亦有通過變换時空令作品的層次更豐富，但始終不類夢窗。詞人《餐櫻詞》中的《鶯啼序》，以圖畫、回憶、現在三種時空入詞，抒發滄海桑田之感，已算是況周頤《鶯啼序》中最類近於夢窗的一首。〔二九〕此詞有小序云：「爲徐積餘題定林訪碑第二圖。訪碑五人，其一余也。距今十七年矣。」可知是一首題圖詞。圖中所畫是詞人與朋友訪碑舊事，所以這又是一首憶昔感舊之作。此詞精採之處在於把圖畫和回憶糅合在一起，或從回憶著筆，帶寫圖景，或從圖景下筆，暗點舊遊。詞的開首與結拍則是寫當下感舊之時空，以「夢影」、「承平幽想惟畫裏」點明。此詞在結構上的確有摹仿夢窗之處，所不似者乃在於詞人旨在敘事，以寓家國變幻之感，難免過於寫實，且其情感單純，亦無如夢窗原作之複雜。

由於晚清、民國詞家認爲《鶯啼序》主要是紀述夢窗與姬妾之情事，所以以此調寫女性之作品亦多，尤其是具傳奇色彩之女性。〔三〇〕如陳洵以《鶯啼序》寫自己與李雪娘之間的情誼。李雪娘即廣東著名女班「羣芳豔影」之花旦李雪芳。李雪芳與梅蘭芳齊名，有「北梅南雪」之譽，陳洵醉心李氏之表演藝術，爲雪娘寫過多首詩詞。《鶯啼序》爲李氏退隱適人而寫，兼懷已逝之友人戴翰風。〔三一〕詞云：

歌紈恨輕易染，歎清尊未洗。醉魂醒、吹入江風，洞簫凝望雲際。鏡華潤、流塵暗澀，鶯鸞冉冉仙衣委。想霓裳天上，如今散落人世。　往日旗亭，載酒俊侣，爲深情慣繫。第一是、愁極桓伊，曲中抛盡鉛淚。睨崦嵫、香蘭賦筆，伴櫻唱、春嬌紅蕊。向良宵，燭底牽縈，夢雲奇麗。　芳韶草緑，素約茸紅，燕識舊遊裏。憑細語、南陌燈倦，夜雨人去，屬引鄰牆，笛聲淒異。西風又怨，離鴻分後，黃壚陳跡山河感。對茫茫、滿眼浮生事。當時記得，無端豔冶銷磨，歲華暖回鴛綺。閑情類璧，綺語泥犁，道懺除尚未。漫幾度、鶯邊花外，泥寫無題，錦段須酬，玉璫誰寄。真知者少，相憐何計。雙煙鑪倚桐爨冷，更同心、松柏休輕比。江湖縱有扁舟，似此星辰，故鄉信美。〔三二〕

陳洵對夢窗詞涵泳甚深，此詞除多有化用吳詞外，〔三三〕其基本結構接近原詞：第一片與第四片寫當下的時空，第二、三片寫過去的歡聚、追憶。第一片用筆飄渺，以神仙之姿比喻雪娘，結句「如今散落人間」暗示雪娘退隱，回歸人間。第二段寫自己與雪娘曾有一段心心相印情誼，第三段則寫分離與追憶。第四段剖析當下之心情，寫自己心如松柏，對雪娘一往情深。夢窗詞中的幾個時空層次同樣出現在陳洵的作品中，然而比起夢窗，海綃仍然是用時間邏輯牽引全詞，時空層次依次出現，無大跳躍，且並無交疊並置，因此其情感的變化亦趨於簡單直接。

此外，由於夢窗原作中有「事往花萎，瘞玉埋香」、「傷心千里江南，怨曲重招，斷魂在否」之句，詞家多認爲夢窗所記之情人已然去世，因此也有一批《鶯啼序》是悼念之作。〔三四〕如丁寧《還軒詞》中的四首《鶯啼序》，三首都是悼亡詞，可見詞人對《鶯啼序》的題材有特殊理解。下以其懷念亡女之作爲例。詞云：

癸酉除夕，燈光如夢，往事縈心，文兒殁已十稔矣。

疏更暗催灩蠟，颭輕虹萬轉。絳心苦，微語浮煙，似說身世如繭。峭寒重、繁聲漸息，前塵冉冉春雲亂。趁低迷遙盪，沈宵倦懷重喚。綺户春深，麝幌夜永，正茶消醉淺。繡荷罨。瑩雪牕間，鬧蛾初試金綫。記牽衣、霜柑笑索，映柔靨、宮梅紅展。鏡帷寒，一覺華胥，賺人恩怨。輕因迅羽，碎景澄波，絮萍歎過眼。遙夜起、驚颸不定，暗雨飄蕊，片霎吹愁。摘葹長偃，圓菱罥霧，幽絃咽恨，淒禽啼黯青林月。悵歸來，無力優曇綰。哀吟漫觸，還尋賸墨零箋，斷腸翠匳塵滿。心摧逝玦，分薄鷩漚，看歲華又晚。對此際、依依清影，㾬寐時縈，不信真常，聚離都幻。音塵倦數，殘宵難繫，蓮枝零落紅淚冷，顫晨風，如解華年換。飆光回首全非，慢擲冰綃，蜕煤更翦。〔三五〕

丁寧與丈夫不諧，一九一九年誕下女兒文兒，本來給她的生活帶來一絲希望，可惜一九二四年文兒夭折，丁寧對婚姻生活再無留戀，遂與丈夫離婚。〔三六〕《鶯啼序》作於一九三三年，當時文兒已逝世近十年。在一片急景殘年之際，詞人撫今感舊，寫下悼亡之辭。全詞主要分爲追憶與感慨兩個部分。第一、二片寫自己獨對孤燭，遂想起女兒在生，新年時兩人笑語融融的和樂情景。可惜，這些歡樂時光猶如一場大夢，故以「一覺華胥，賺人恩怨」結束。第三、四片轉寫女兒亡故後的悲愴心情。詞人以「輕因迅羽，碎景澄波，絮萍歎過眼」總括女兒短暫的生命，而留給自己的則是慢慢長夜的悲痛和無力。她雖然極力以緣分淺薄、生死無常來安慰自己，然而「依依清影，㾬寐時縈」，失女之痛難以隨著時光飛逝而減輕。此詞在章法上綫索分明，固然完全不似夢窗原作，但是詞人重在摹寫心境，修辭感性，而全不以敘事爲意，卻也與夢窗有相通之處。〔三七〕

由於對夢窗原作的理解深淺不一，後學之作大都只能就題材、敘事、化用詞句方面下功夫，真正對夢窗以碎片化、空間化的方法寫心境有所了解的，已在少數，若謂實踐到創作中，就更是吉光片羽了。〔三八〕吕碧城晚年所寫之《鶯啼序》，或可與夢窗原作相較。詞云：

秋深，衆芳摇落，感予行邁，惜别成詞，不自知其銜哀累欷也。

殘霞尚依繡島，散餘輝蒨綺。忍重照、如此人間，夢醒知是何世。早辭漢、銅仙淚盡，行雲冉冉無歸意。但淒迷望裏，滄洲罨畫橫麗。屈指浮生，窄隙迅羽，送華年逝水。檢芳句，欲託微波，楚魂流怨無際。費靈均、纍秋小筆，恨難補、秋痕叢碎。任從他、舊圃繁霜，獵蘭麈蕙。霓裳同詠，桂斧閑揮，廣寒話影事。纔幾度、冰輪消長，又對菱鏡，鬥畫愁蛾，倦妝重理。壺投玉女，窗開金母，源翻星海今真見，迸驪珠，隔座飛寒燧。宵深爇盡温犀，掩袂當筵，臨歧不成回睇。仙都絳蕊，客路青山，已乘風近矣。正極目、孤鴻天末，一往心期，紫靄濃蒸，入西佳氣。寒烏繞樹，哀蟬啼葉，飄零身世同我汝。縱相憐相守難爲計，幾回欲去仍遲。慘澹斜陽，自沈翠嶋。〔三九〕

此詞作於一九四〇年，吕碧城從瑞士經南洋回香港，路途遥遠，詞人頗多感懷。詞序提及「秋深」、「滄洲」，或在香港時作。此詞俯仰流年，感懷身世，寫來迷離惝怳，意象飄渺，雖無標明和夢窗，但頗有夢窗神味。第一片點明人生仿如夢境，既云「夢醒知是何世」，則詞人自知未能如聖人般大覺，而是遊離於不知何時是夢，何時夢覺時空，由此引發虚幻與真實交錯的人生回憶。第二、三片以不同的片段組成，詞人没有落實於任何現實中的場景，全以神話綴成。其中有熱鬧歡聚（「壺投玉女，窗開金母，源翻星海今真見，迸驪珠，隔座飛寒燧」）、有淒涼分離（「宵深爇盡温犀，掩袂當筵，臨歧不成回睇」）、有重聚話舊（「霓裳同詠，桂斧閑揮，廣寒話影事」），有空自追憶（「檢芳句，欲託微波，楚魂流怨無際」）。詞人把這些片段並列在一起，使人生的經歷紛至沓來，一時間湧現於讀者眼前。吕詞以虚實真幻來表現人生況味，雖不是以夢窗般以時空重疊、交錯來展現人生悲歡離合，而其效果卻不輸與夢窗。第四片下筆最實，以寒鴉無依、寒蟬孤苦比喻一己之飄零，照應篇首「行雲冉冉」之意；篇首餘霞散綺，罨畫橫麗，結拍則紫靄濃蒸，斜陽慘澹，遥遥相應，而籠罩其中的則是詞人一生的悲慨感悟。

四　體物抒懷：從季節更替到家國之思

吴文英的第三首《鶯啼序》「荷，和趙修全韻」，前人多認爲是借物懷人之作。如俞陛雲指爲懷人之作，且「敘事多而詠花少」，而陳洵則更具體認爲是「當爲去姬作」，現當代學者多承其説。〔四〇〕近有孫虹、胡慧聰則提出用詞家詠花「要入閨房之意」的傳統，指出此詞未必與去姬本事有關，頗有見地。〔四一〕以本事論詞，雖然在一定程度上幫助讀者理解作品，但往往只限於提供背景資料，而且夢窗詞的本事並非毫無争議，我們實在也不必要把每一首涉及蘇州、杭州及女子的詞都繫連於這個本事。再者，就寫法而言，此詞並非如俞陛雲所説「敘事多而詠花少」，詠花的確是一篇的中心，敘事只是背景而已。詞人要寫的恰恰不是事情，而是借敘事構築不同時間和空間的荷花，以詠其形相、姿態、精神，寄寓詞人的情感。以下先略述夢窗原作，再討論晚清以來幾首借鑑夢窗的詠物之作。吴詞云：

橫塘棹穿豔錦，引鴛鴦弄水。斷霞晚、笑折花歸，紺紗低護燈蕊。潤玉瘦、冰輕倦浴，斜拕鳳股盤雲墜。聽銀牀聲細。梧桐漸攪涼思。　窗隙流光，冉冉迅羽，訴空梁燕子。誤驚起、風竹敲門，故人還又不至。記琅玕、新詩細掐，早陳跡、香痕纖指。怕因循，羅扇恩疏，又生秋意。　西湖舊日，畫舸頻移，歎幾縈夢寐。霞佩冷、疊瀾不定，麝靄飛雨，乍濕鮫綃，暗盛紅淚。綀單夜共，波心宿處，瓊簫吹月霓裳舞，向明朝、未覺花容悴。嫣香易落，回頭澹碧銷煙，鏡空畫羅屏裏。　殘蟬度曲，唱徹西園，也感紅怨翠。念省慣、吴宫幽憩。暗柳追涼，曉岸參斜，露零漚起。絲縈寸藕，留連歡事。桃笙平展湘浪影，有昭華、穠李冰相倚。如今鬢點淒霜，半篋秋詞，恨盈蠹紙。

南宋詠物詞自姜夔開始，形成一種與前人不同的寫法，林順夫稱之爲南宋詠物的「新美典」。此前的詠物之作，如蘇軾的《卜算子》詠孤鴻、《水龍吟》詠楊花、《賀新郎》詠榴花等，都是把重心放在抒情主體的聲音，而林順夫指出隨著南宋文化的轉變，姜夔的詠物詞卻展現出對物的關注，以物爲主導，抒情主體退居幕後，所詠之物既是激起微妙情感的媒介，本身也就是這種情感的體現。這種方式打破以往以抒情主體瞬間感覺爲中心的表現方式，以物的鋪寫爲結構，形成了將不同時空並置在一首詞中的可能。〔四二〕如姜夔的《疏影》，圍繞梅花，以多種典故平並列，各各象徵不同的情感，是「情感的物化」最佳的例子。〔四三〕

學者討論吴文英詞亦喜以空間變化、空間邏輯等角度入手，那麽，這首《鶯啼序》詠物詞是否也如姜夔一樣捨棄了傳統以抒情主體爲重心、以「時間邏輯」爲主綫的寫法，而採用「情感的物化」、「空間化」的寫作模式？筆者認爲這首詞模糊了兩種模式的界綫。與姜夔的《疏影》不同，詞人没有大量堆垛典故，而是敘述情境來描寫荷花。第一片寫了横塘的荷花、被折下帶走的荷花及插在瓶中的荷花。第三片寫西湖中的荷花，寫其在風中、霧中、雨下、月下的姿態。這兩片在描寫了荷花後，都點出了季節，暗示花隨著夏去秋來，將要零落。第四片則把西園和吴宫的荷花合起來寫，然而不直接寫花，而寫花下的蓮藕，絲絲相連。所連者爲何？乃是荷花全盛時之歡事。「桃笙平展」一韻用典，以竹簟之花紋比喻水波，昭華、穠李喻荷花。結拍冷冷一收，從浮想中返回紙上，一切回憶、幻象只存在於秋詞蠹紙之上。

這首詞的基本架構的是依照空間來組織的，各片之間的關係並不是依綫性的時間邏輯，而以由平行、並列、對等的不同情景中的荷花構成。在這片圖案式的文字中，抒情主體基本消退，以物爲主導，直至結拍方隱隱透露。然而，此詞最出奇的是第二片。第二片與他片之關係既非不同空間的荷花，甚至無寫荷之筆，而又置於一詞之中間位置，突如其來，令讀者感到訝異非常。趙修全的原唱没有保存下來，我們無法得知這個特殊的寫法是不是在回應原唱。如果僅就詞論詞，這片的寫法與其餘三片大異其趣，回復到以抒情主體爲主軸，表現其瞬間之情感。詞人用了四個比喻來摹寫時間流逝，舊歡成塵。這種追懷、感慨無疑籠罩全篇，詞中的荷花正是處於盛極而衰的命運之中。詞人在第二片插入抒情筆法，極容易令讀者將物、我合而爲一，猜想三片所寫荷花其實是那位不至的「故人」，荷花的衰敗象徵恩情的逐漸淡薄。然而詞人在第三、四片卻没有再沿著這條情感綫索寫下去，抒情主體再一次退隱，回到「空間」的寫法。筆法的轉换，正是造成這首詞釋義紛紜的原因，這也或許正是詞人故意模糊詞意，令作品朦朧恍惚。陳洵說《鶯啼序》的第二片「空際盤旋，是全篇精神血脈貫注處」，確能把握全篇主旨，别具隻眼，只是他爲本事所拘，才把題旨坐實爲懷念去姬而已。〔四四〕

晚清、民國詞人雖然頗喜以《鶯啼序》寫景、詠物，亦常步詠荷一詞之韻字，但在章法上卻極少採用原作特别的寫法，大多是襲用其修辭。[四五] 夢窗原作用典不多，而多以擬人法，以女性喻花，且喜用感官感受突顯物情，亦爲諸家所採用。如易順鼎、周岸登、胡先驌等都有詠秋荷之詞，且用夢窗原韻，當有步武之意。易順鼎之小序中謂「爰拈夢窗體，並用原韻賦之，以悼秋魂」。其格律、題材是依循夢窗，「拈夢窗體」則更關及風格。細讀其詞，大抵是修辭多有化用夢窗原作。[四六] 以下羅列一些化用之例。

燭花低顫涼蕊（易）
紺紗低護燈蕊（吴）

暗盛紅淚（吴）
瓊娘暗泣（易）

瓊簫吹月霓裳舞（吴）
霓裳舞破（易）聽風聽水霓裳舞（周）

如今鬢點淒霜，半篋秋詞，恨盈蠹紙（吴）
等閑寫盡秋詞，淼淼横波，相思一紙（易）、更續秋詞，恨題鳳紙（周）、斷闋殘詞，累書鳳紙（胡）

殘蟬度曲（吴）
哀蟬怨葉（周）

橫塘棹穿豔錦，引鴛鴦弄水（吴）

棹扁舟，驚散棲鴛（胡）

聽銀牀聲細。梧桐漸攪涼思（吴）

壞井鳴風，屢和疏桐，共牽愁起（胡）

絲縈寸藕（吴）

情縈絲藕心更苦（胡）

易、周、胡在修辭層面上多有因襲夢窗。更值得注意的是，他們雖然同樣寫秋天的殘荷，但主題卻與夢窗不同。三詞都是借殘荷寫國家衰落，繼而生發秋士之悲，所以三詞之間倒有不少互文之處，尤其是銅仙鉛淚及宫事之典故。金人捧露盤並非寫荷花的典故，三位詞人卻不約而同地用上，除了以露盤比喻荷花，應與感慨時局艱難有關。易順鼎之作又有：「霓裳舞破，自别珠宫，料怨紅顰翠。」霓裳舞雖取自夢窗原作，但此處語氣決絶，後又喻之「真妃舊襪，化作行雲，又被西風，夢中吹起」，可見荷花殘敗不堪。詞人以「正金莖捧露，和盤托出秋思」總結第一片，第四片又連用楊妃之典，似乎别有用心。而其小序中更有「青女晨妒，素妃夜愁，翠芰紅蓮，飄零欲盡矣」，大抵我們以比興來解讀詞，是不違作者的原意的。至於周岸登之作，除了也用露盤、真妃之典外，還用了不少與宫廷相關的語詞，如「太液」、「宫衣」、「帝子」、「昆明」、「穆滿」、「璇宫」等，而「縱灰冷，猶憶昆明，泛槎人遠莫至」、「怕牽愁、機絲月夜」更化用杜甫《秋興》「昆明池水漢時功」、「奉使虚隨八月槎」、「織女機絲虚夜月」等詩句。[四七]凡此，可見詞人表面詠荷，其實是心繫家國，可惜大勢已去，「報君無淚」，荷花隨西風殘敗便如國勢凌夷，不可挽回。簡言之，三家雖和夢窗韻、用夢窗語句，也與原作一樣寫是秋荷，但融入了强烈的時代感。至於夢窗原作特殊的章法也没有被採用，三詞皆回歸以抒情主體爲主、以時間邏輯貫串詠物的傳統寫法。

五　拋開經典，自成一格

在晚清以來的《鶯啼序》中，也有一類作品完全避開夢窗原作，而自寫新聲別具一格的。這類作品，多有標明「和夢窗」，但所寫卻截然不同，無論在主題、修辭和風格上都與夢窗有明顯的區別。仿擬與原作固然存在互文的關係，但故意的規避也未始不是標示著另一種面相的互文關係。〔四八〕詞人既承認對典範的認知，又故意拋開典範，其中也必然有其考量。以下略舉數例。

《鶯啼序》一詞自吴文英以來，或描寫世情物態，或感舊寫情，風格一直是趨於含蓄婉約的。晚清以來的仿擬作品也大多如是。然而，也有詞人大膽突破成法，用此調直寫時事，表達激烈的情感。如趙熙（一八六七—一九四八）之作，可謂是芸芸《鶯啼序》中的別調。詞云：

聞成都川滇軍警，用夢窗韻紀痛。

何辜錦江萬户，漲滔天禍水。戰塵起，腥色斑斑，濺血紅綻花蕊。遍郭外、衰楊挂肉，驚風亂颭城烏墜。歎無邊空際冤雲，盡疊愁思。　三月春濃，正好載酒，泛花潭艇子。二更後，芒角天狼，萬千珠彈齊至。自皇城鱗鱗破屋，火龍挾金蛇束指。放修羅，刀雨横飛，問天何意。　奇哉去日，被甲川南，共枕戈不寐。應記取、納溪力戰，誓死前往，唳鶴聲中，路人揮淚。妖烽蕩淨，刀瘢合縫，回頭啼鴂千山響，唤同袍，互酌軍容悴。如何自伐，中宵畫角頻吹，亂屍武擔山裏。　西南大局，化作蕪城，賸鬼燈照翠。問此世花卿知否，豆煮萁然，海外鯨牙，怒濤方起。迂辛更苦，今應無恙，崍山遥數春樹影，忍雙親、懷遠門閭倚。千秋認此殘灰，大劫昆明，萬魂在紙。〔四九〕

王仲鏞有按語記此詞所寫之事，云：「一九一七年三月，川軍第二師劉存厚與督軍滇軍羅佩金，在成都巷戰，半月後，羅敗走川南。」〔五〇〕這是指川軍劉存厚與當時兼任四川督軍的羅佩金及署理四川省長戴戡之間的矛盾。〔五一〕當時詞人雖然不在成都，但他對成都有深厚情感，因此想像其慘狀，直呼「何辜錦江萬户，漲滔天禍水」。詞人利用《鶯啼序》作了多層次描繪和記敘，並夾敘夾議，闡發議論。

第一片描寫成都戰後一片狼藉，血濺紅花，屍骸滿城，繁華一時的萬户錦江，現在已經變成一座死城。詞人又以戰塵、亂風、烏鴉、冤雲，營造出壓抑的氣氛。詞人先寫戰後慘狀，觸目驚心，第二段方始敘述戰爭的經過。當時正值春天，生意盎然，本是載酒泛舟的好時候，然而戰火突然燃起，炮彈破空而來。天狼、火龍、金蛇、修羅都象徵戰鬥。在他們蹂躪之下，皇城破敗不堪。對於這場飛來橫禍，詞人借用神魔意象，表面上「問天何意」，其實是暗示此乃人禍，故第三片轉而寫人，把矛頭指向挑起戰爭的軍閥。羅劉二人本同屬中國同盟會。羅佩金跟隨蔡鍔，曾任職於雲南軍政府，後袁世凱稱帝，羅支持蔡組織護國軍。劉存厚則是於一九一六年在納溪通電蔡鍔，加入護國軍，共同討伐袁世凱。可見兩人曾是同盟。〔五二〕然而，蔡鍔死後，兩人爭權奪利，既不顧念當日的同袍之誼，更不理四川人民的生死。昔日的川南大戰大家同仇敵愾，今日卻反目成仇，詞人乃以「奇哉」的感歎語氣加以諷刺。第四段議論當時局勢，以蕪城比喻成都這次毀滅性的災難，又借杜甫筆下的花卿針砭當時軍閥的殘酷無道。詞人以豆箕煮豆比喻中國內有軍閥混戰，以鯨魚翻浪比喻外有列强窺伺，兩相對舉，旨在責備軍閥昧於形勢，只顧内鬥，愚蠢至極。最後詞人想到在戰亂中的朋友辛聖傳，希望他平安回家，然而中國當時内憂外患，廣大人民的劫難又甚麽時候能結束？結拍由此及彼，由小見大，寫出他對成都亂事乃至整個中國的思考。

趙熙本以詩名家，光緒十八年（一八九二）中進士，宣統初官至御史，清亡後家居不出。他五十歲後才開始填詞，而且時間很短，自一九一六年至一九一八年，得三百餘首，此後填詞甚少。趙熙曾概括這片填詞的經歷，云：

余於詞，誠所謂不知而作之者。顧嘗讀史矣……迄朱温、黄巢之世，天道人事，茫乎未晰……《詩》曰：「蟋蟀在堂」，彼自鳴其秋爾。以亡國之音當之，則哀以思矣。〔五三〕

他以蟋蟀悲鳴自比，又以亡國之音哀以思自許，在其詞中確有體現之處。〔五四〕然而這首《鶯啼序》並非蟋蟀的微弱之聲，而是情感激越，大聲鞺鞳。詞人激於義憤，一腔悲痛，借此最長調，傾吐情感，闡發議論，寄寓諷喻，不僅在《香宋詞》中是别調，在《鶯啼序》創作中也極爲少見。

至於寫情方面，黄人《鶯啼序》雖謂和夢窗韻，但其表達手法卻與夢窗迥異。黄人，是南社重要的成員，其個性獨特，歌哭無端，論者多以「奇人」評之。黄人曾自評其詞「寸心萬古情魔宅」，「情」、「魔」二字正是其詞的關鍵所在。〔五五〕黄人的《摩西詞》八卷主要是和龔自珍、張惠言及蔣敦復，和夢窗的只是少數，但似乎都與他的一段戀情有關。〔五六〕黄人在蘇州有一位戀人吴雅儂，可惜兩人最終未能結合，程雅儂幽憂而死，黄人有詩、對聯挽之。〔五七〕《鶯啼序》所寫的，似乎就是這段往事。詞云：

書生本非崔護，卻桃花對户。問從古、多少朱顔，幾個無傷遲暮。未消受、紅驕紫寵，東風已緑成蔭樹。更何人珍惜，從前頌椒吟絮。　暗憶年時，陌上一顧，恍看花隔霧。正無賴、攜酒狂吟，蕙心便吐芳素。勝旗亭、雙鬟賭唱，恍油壁、西陵金縷。似雙鸞，賡和桐陰，任驚鷗鷺。　黄昏風定，絳蠟花開，遲紅拂入旅。只互訴、斷腸身世，落魄生涯，静對林風，不霑花雨。情長夜短，心留身去，淩波來往偏跳脱，要無須，打槳浮槎渡。人天會暫，驚鴻一霎翩飛，爪印尚在茎土。　蛾眉況瘁，雁足浮沈，但補蘿衣苧。歎我亦、青袍如草，飽受風霜，伏驥空悲，聽雞慵舞。鏡潮休説，杜郎薄倖，知音萬劫難重遇，儘牢騷、休碎瑤琴柱。天然名士傾城，福命難修，問卿悟否。〔五八〕

詞人雖謂「本非崔護」，實際上卻是以崔護自況，暗示與情人陰差陽錯，緣慳一面，情人早已嫁作人婦。

第二、三片回憶兩人初遇、知心及分離的經過。兩人相逢陌上，風光旖旎，一見傾心。及後，詞人又以紅拂爲喻，暗示情人爲他人侍妾的身分，雖然兩人心意相通，但最終「心留身去」。情人如洛神一般，來去無端，兩人未能結合。此處既可指生離，亦可指死别，即第四片「衣紵」、「知音萬劫難重遇」之意。第四片寫失去情人後，詞人的種種苦楚傾頽之態。結拍悲憤不已，以爲名士、美人盡皆命薄，此處既是爲自己，也是早逝的情人反詰命運之不公。黄人此作除了用夢窗詞的韻字外，在風格上完全不類夢窗，詞人寓情於事，語氣質拙，毫不忸怩，把一段戀情的起始和盤托出，使最後的質問憤慨有力。

此外，張伯駒《鶯啼序》「武漢長江大橋，和夢窗」一詞也很獨特。詞人以《鶯啼序》寫景懷古，意態昂揚，完全不像夢窗詞追幽鑿險，含蓄迷離。詞人直抒胸懷，雖有用典，但一點也不晦澀，疏雋明快，雖謂「和夢窗」，讀來卻頗有稼軒詞味。晚清以來的《鶯啼序》多寫幽怨愁情，筆法多盤旋鬱勃，張氏此詞别開生面。詞云：

東流大江日夜，下吴門楚户。浮雲渺、千載悠悠，幻盡人世朝暮。兩岸迴，武昌夏口，遥遮歷歷晴川樹。看風濤，險惡來帆，去舟如絮。　神禹全功，舊痕疏鑿，尚龜蛇石露。今朝更、羣力人謀，勝天籌運平素。供觀光、衣裳萬國，綰樞紐、緯經千縷。瞬當年，兒戲鏖兵，早隨鷗鷺。　少年慷慨，輕别辭家，憶漢陽寄旅。卻甚事、從戎提劍，悔覓封侯，破浪穿濤，波摇風雨。奔雷翻滾，長虹横駕，中流妄語投鞭斷，喜今時，砥路憑飛渡。無邊圻宇，同文同軌車書，混一盡屬吾土。　時調律吕，地接寒温，换北裘南苧。笑巧匠、公輸餘唾，囊橐征途，筆墨羈游，色飛眉舞。桃林放馬，干戈長息，金湯永固金甌滿，挽狂瀾、仗有傾流柱。含羞應是曹瞞，鐵索連環，問猶在否。〔五九〕

此詞寫於一九六一年，當時張伯駒離開北京，遠赴長春，任吉林省博物館長。張伯駒在之前的反右運動中被打爲右派，幸而赴長春時得以「摘帽」，雖然他赴遼非其所願，但暫得解脱仍然是可喜的。〔六〇〕這首詞應是他初到長春時寫成的，頗能代表他當時豁然開朗的心境。〔六一〕此詞首兩片從景色與人事鋪敘武漢長江大橋的建成，筆力矯健，氣象不凡。第三片轉入自身，回憶自己少年時在長江的軍旅生涯，當時年華正茂，心存壯志，看到滾滾長江即生投鞭斷流之豪語，如今大橋建成，故云「砥路憑飛渡」。第四片從大橋地處中樞，貫通南北寫起，想像大橋的砥柱堅固，能抵擋狂瀾，由此象徵當時國家一統，干戈長息。結拍由今而古，蕩開一筆，語帶幽默，同時也回應了篇首「千載悠悠，幻盡人世朝暮」。這首詞雖然撫今追昔，但情調並不低沈，詞人回憶少年豪情，而老來亦絲毫不見頹喪，這自然是對生活充滿了樂觀情緒的緣故了。

六　結語

晚清以還的「夢窗熱」不僅體現在詞學的範疇，對當時的詞家而言，創作才是最終目的，「夢窗熱」要體會到實踐之中才算是成功。然而，文學創作的精採之處不在於不能複製，其效果固然因個人之境地、學問、心思而有高低大小之別，但每一個詞人每一次的創作都是獨一無二的經驗，因此詞人即使依著經典範式的軌跡下筆，所寫即已與經典不同。《鶯啼序》在夢窗諸調中的代表，最能呈現夢窗的筆法和風格，因此，晚清以來，學夢窗者無不爭相仿作、和應。《鶯啼序》本身容量特大，富於彈性，也成就了詞人能溢出原作，喊出屬於自己的聲音。這些作品的可貴之處並不在模規原作，亦步亦趨，而是在吴文英的經典範式中遊離觀照，對經典作出深情的致敬之餘，也以鐫刻自身的時代、境遇、情感來回應原作，使《鶯啼序》的創作呈現出豐富多姿的變化。

〔一〕先著《詞潔》、萬樹《詞律》對吴文英詞都有讚賞之辭，但未爲普遍的看法。如《四庫全書總目提要》中對吴詞的評價就不高。參普義南《〈四庫全書總目提要〉對夢窗詞的接受》，《文學新論》二〇一三年，第二二七—二四〇頁。

〔二〕周濟《宋四詞家選目録敘論》，載唐圭璋編《詞話叢編》，中華書局，一九八六年，第一六四三頁。

〔三〕批評激烈的主要有王國維和胡適。王國維素來不喜南宋詞，除稼軒之外，南宋詞家一律受批評，夢窗詞在其「最惡」之列。見王國維《人間詞話》，唐圭璋編《詞話叢編》，第四二七四頁。胡適則認爲夢窗詞是「詞匠之詞」，是死文學，並認爲「近年的詞人多中夢窗之毒，没有情感，没有意境，只在套語和古典中討生活。」其《詞選》針對朱祖謀的《宋詞三百首》只録一首（或云兩首）夢窗詞，爲宋代詞家選録最少者。

〔四〕此處略舉重要的著作，考證類有夏承燾《吴夢窗繫年》、楊鐵夫《吴夢窗事跡考》影響最大；而分析筆法的則推陳洵《海綃翁説詞稿》、陳匪石《宋詞舉》、楊鐵夫《吴夢窗詞箋釋》、劉永濟《微睇詞説詞》最爲具體入微。

〔五〕蔡嵩雲《柯亭詞論》，載唐圭璋編《詞話叢編》，第四九一六—四九一七頁。其後，劉永濟亦有類似説法，云：「作此調者，非有極豐富之情事，不易充實，非有極矯健之筆力，不能流轉。」見《微睇室説詞》，上海古籍出版社，一九八七年，第五七頁。

〔六〕蔡嵩雲《柯亭詞論》，載唐圭璋《詞話叢編》，第四九一七頁。

〔七〕《鶯啼序》是否爲吴文英之自度曲，學術界有不同看法。傳統説法多認爲此詞爲夢窗創調，但亦有學者舉出反證，如《全宋詞》所收高似孫、徐寶之均有同調之作，而年期早於吴文英。詳參田玉琪《徘徊於七寶樓臺——吴文英詞研究》，中華書局，二〇〇四年，第一二五—一二六頁。

〔八〕周密《武林舊事》，浙江人民出版社，一九八四年，第六七頁。

〔九〕歐陽修著，李逸安點校《歐陽修全集》，中華書局，二〇〇一年，卷三十九，第五七五頁。

〔一〇〕吴文英著，吴蓓箋校《夢窗詞彙校箋釋集評》，浙江古藉出版社，二〇一四年，第四六八—四七四頁。

〔一一〕劉勰著，詹鍈義證《文心雕龍義證》，上海古籍出版社，一九八九年，第一八三頁。

〔一二〕許結《賦學講演録》，北京大學出版社，二〇〇九年，第一八頁。

〔一三〕鄭文焯與張祥齡於一八九四年（甲午）聯句，有《登北固樓感事再和夢窗》。此詞雖爲登樓之作，但卻是和夢窗詠荷詞之韻，可見詞人取逕不同。北固樓位於鎮江，又名北顧亭。詞家中寫北固樓，名最著者當爲辛棄疾，其《南鄉子》「登京口北固亭有懷」，從三國故事感慨南宋局勢，呼喚英雄。鄭、張二人當時身在江淮一帶，聽聞中日甲午戰事失利，兩人聯句寫詞。其中「西風又鶴唳」、「關塞音書，數馳急羽」即指戰事爆發，而「登臨罷酒，北顧倉皇，念枕戈不寐」則是寫二人登上北固亭，想到戰事失利，心焦難眠。結拍「傷心大樹飄零，更戀遺弓，恨題滿紙」更是對人才凋零感到無力。翌年春天，身在京師的王鵬運讀得此詞，依原韻奉答。其詞慷慨悲涼，尤其是第三片，以新亭名士暗諷當權者的無能，他們對於「飆輪電卷，驚濤夜湧」的嚴峻局勢渾然不覺，仍然過著「承平簫鼓渾如夢」的生活。這兩首詞緣事而發，雖爲登樓之作，但因立意不同，風格迥異，詞人亦刻意不用「豐樂樓」韻。鄭詞見鄭文焯著《樵風樂府》，載陳乃乾編《清名家詞》，香港太平書局，一九六三年。王詞見王鵬運《半塘定稿》，載《清代詩文集彙編》編纂委員會編《清代詩文集彙編》第七七一册，上海古籍出版社二〇一〇年影印清光緒三十二年刻本，卷一，第十上至十下頁。

〔一四〕廖恩燾著，卜永堅、錢念民主編《廖恩燾詞箋注》，廣東人民出版社，二〇一六年，卷四，第七八頁。

〔一五〕關於廖恩燾之生平經歷，參朱志龍《廖恩燾生平事迹考》，中山大學歷史系碩士學位論文，二〇一四年。

〔一六〕補注所提糖業、菸業的衰落是當時古巴面對的經濟困境，同時由於經濟衰退，國内排華風氣日熾，廖恩燾一九二六年到任後爲此四出奔走加争，因此對於其中的關竅自然有感於心。此外，古巴總統馬查多是次的連任，其實也充滿争議。馬查多於一九二五年首次當選總統，曾承諾不再連任，然而他上任卻通過修憲來改變連任的條件，於一九二八年連任總統，國内亦陸續有反對聲音，局勢動盪。廖氏詞中多次以皇帝比喻馬查多，未必不是暗含諷刺其專制。

〔一七〕朱祖謀《序》，廖恩燾著，卜永堅、錢念民主編《懺盦詞》，《廖恩燾詞箋注》，第三頁。

〔一八〕吕碧城著，李保民箋注《吕碧城詞箋注》，上海古籍出版社，二〇〇一年，第四四二—四四八頁。

〔一九〕劉納《吕碧城》，中國文史出版社，一九九八年，第二八頁。

〔二〇〕周岸登《蜀雅》卷九《二窗庚稿》，擇堪校印，一九三一年，第一〇—一二頁。此詞後尚有補注，詳細交代詞中所提到的景色乃是實景。

〔二一〕相關分析主要以夏承燾、楊鐵夫、謝桃坊爲代表，現代學者多承夏、楊之説。

〔二二〕相關分析主要以陳洵、劉永濟、陳匪石爲代表。

〔二三〕葉嘉瑩《唐宋詞十七講·周邦彦》，嶽麓書社，一九八九年，第三二五頁。

〔二四〕吴文英著，吴蓓校箋《夢窗詞彙校箋釋集評》，第四七四—四八三頁。

〔二五〕林順夫《南宋長調詞中的空間邏輯：試讀吴文英的〈鶯啼序〉》，《透過夢之窗口》，新竹清華大學出版社，二〇〇九年，第二五八頁。

〔二六〕宇文所安（Stephen Owen）曾以回憶切入此詞，以敘事、時間順序的觀來分析，但筆者更認同林順夫「空間邏輯」的讀法。見Stephen Owen, *Remembrances: The Uses of the Past in Classical Chinese Literature*, Cambridge MA: Harvard University Press, 1986, p. 114.

〔二七〕如俞樾《鶯啼序》「昔蘧大夫行年五十而知四十九年之非，余今年四十九矣，非則有之，知猶未也。粗述生平，用資自鏡。」見《春在堂全書》（鳳凰出版社，二〇一〇年）第五册，《春在堂詞録》卷二，第二一三頁，總第三七八一三八八頁。樊增祥《鶯啼序》：「十餘年來，愛師、子珍寄余詩札多至盈尺。暇日展視，春明舊事恍在目前。於是子珍怛化忽已三載，愛師浮沈郎署，音訊亦疏。余薄宦秦中，了無佳興。以疇昔親愛之人，一旦有死生離别之感，徒持其生平手跡，慨想前塵，亦可悲矣。爰製此闋寄愛師都門，並告子珍之靈，使知故人之心不隔幽顯也。光緒十三年五月八日。」樊增祥著，涂曉馬、陳宇俊校點《樊山集》《樊樊山詩集》，上海古籍出版社，二〇〇四年，卷二一，第五〇八一五〇九頁。張仲炘《鶯啼序》：「七月京師報陷，郵遞不通，聞有附夷舶北行者，偶填此解，以倭楮細書柬鶩翁、漚尹，俾知天涯逐客猶在人間也。」見《瞻園詞》，朱惠國、吴平主編《民國詞集叢刊》，國家圖書館出版社，二〇一六年，第一九册影印清光緒三十一年刻本，卷二，第六b一七b頁，總第四六〇一四六二頁。陳鋭《鶯啼序》：「辛丑之歲，余在京口防幕，懷歸未歸，適寧鄉洪未聃刑部來寓北固山寺，時相過從。一日，偕飲酒樓，洪忽不樂，因述曩於邗江舟中聽鄰婦歌曲，極酣豔纏感之致。十年以來，東西蓬轉，重有家國之難，久不再聞此聲，吾儕老大，故可想已。余聞言方有所觸，相與增感。酒罷，洪用夢窗韻填此視余，聊復沘筆和之。」《袌碧齋詞》，載陳乃乾編輯《清名家詞》，香港太平書局，一九六三年，第八一九頁。而懷人、悼亡之作亦多爲敘事。見下文討論。

〔二八〕詞有序云：「葦灣之遊與半塘老人一再酬和，意仍未盡。復拈此解，清游難得，不覺言之鄭重也。」詞云：「輕陰半湖翠罨，想臨妝媚嫵。鏡奩遠、一抹愁痕，鬧紅誰在深處。謾幽憩、銀箋按拍，涼蟬喚入花閑去。甚香風，别樣温柔，澹搖洲渚。　故故來遲，傍柳畫舸，似淩波未許。翠隄外、人各天涯，曲闌應向凝佇。只娉婷、紅衣倒影，記愁絶、中仙説與。露房擎，青子離離，爲誰心苦。　菱花自小，葦葉長愁，紫萍是墜絮。問併作、幾多紅怨，畫裏回首。卻又盈盈，未開剛吐。芳塵去後，蘅皋悽斷，非花非霧情何極。錦鱗多、恨字難分付。涼雲十里，鴛鴦不是催歸，有人玉轆愁駐。　逢花最惜，見説爲花，便有花暗妒。向此際，揭天絲管，踠地簾櫳，一任微波，鑑人幽愫。風裳水佩，羅衣紈扇。年年花好人暗老，望蓬山、腸斷花知否。蹋搖細槳聲中，路入疏煙，似聞怨語。」況周頤《蕙風詞》二卷本，載《續修四庫全書》影印遼寧省圖書館藏民國刻惜陰堂叢書本，上海古籍出版社，一九九五年，第二頁。

〔二九〕《鶯啼序》題云：「爲徐積餘題定林訪碑第二圖。訪碑五人，其一余也。距今十七年矣」。詞云：「吴雲澹搖夢影，掩臺城倦柳。悵天末，隨分飄萍，幻輿邱壑孤負。忍重問、年時蠟屐。清遊幾誤滄桑後。只山靈，壁上龍蛇，總然呵守。　十七華年，逝水迅羽，膹披圖感舊。共清暇、乘興登臨，記曾危蹬攜手。儻巖陰、重來剔蘚，定猶識、題名誰某。渺人天，乾道偏安，劍南詩叟。　新亭燕麥，故國鶯花，破愁但仗酒。莫慣倚、緑蘿紅樹，更與僧語。六代興衰，幾回搔首。江關倦旅，氈椎陳跡，銷魂金粉傷心字，便秋山、也説新來瘦。荒苔一抹，依稀片石韓陵，是墨是淚知否。　遥情孝穆，韻事堯章，紀昔遊句秀。爲説與、留痕鴻雪，也付榛蕪，近拂溪藤，别開林岫。滄煙恨滿，鍾雲愁絶，承平幽賞惟畫裏，要憑君、珍重逾瓊玖。松扃無復龍泉，嶄壁斜陽，半沈翠黝。」（《餐櫻詞》，《弟一生修梅花館詞》，中國書店，一九二六年，第一頁）

〔三〇〕如況周頤與程頌萬皆用《鶯啼序》寫傅彩雲（即賽金花）的傳奇故事。見況周頤《二雲詞》、《鶯啼序》「擬贈彩雲」，第一頁。程頌萬《鶯啼序》「壬寅夏，見彩雲於都門，今重逢海上。夔笙擬贈，余亦繼聲。」《定巢詞集》，朱惠國、吴平主編《民國名家詞集選刊》，國家圖書館出版社，二〇一五年，第五册影印民國十八年刻本，卷七，第九 a—b 頁，總第三五五—三五六頁。周岸登《鶯啼序》「爲楊韻芳賦」所寫之楊韻芳則爲傅彩雲手下之妓女，「其致敗皆由傅彩雲也」。周詞乃是爲回應況、程之詞而作。見周岸登《蜀雅》，卷四，第八頁。

〔三一〕序云：「橘公、文叔皆喜聽雪娘曲，而余與翰風爲最。余《戊午雜詩》所謂「兩家同調」者也。今翰風没逾一年，余亦端憂閉門，無復曩時遊賞。客有道雪娘事者，感音思舊，不覺長言。」

〔三二〕陳洵著，劉斯翰箋注《海綃詞箋注》（上海古籍出版社，二〇〇二年），第三五—三六頁。

〔三三〕劉斯翰注此詞用夢窗詞句已甚詳盡，本文不贅。

〔三四〕如陳匪石《鶯啼序》：「聞人話瞻園師軼事，棖觸心悲，同遺集中韻。」陳匪石著，劉夢芙校《倦鶴近體樂府》，《陳匪石先生遺稿》，黄山書社，二〇一二年，第五六—五七頁。詹安泰《鶯啼序》：「冰若客死渝中，余既爲詩哭之，忽忽近半年矣。頃者整比舊稾，觸撥前塵，歎逝傷離，益難自已。因復倚覺翁此曲以永餘哀。庚辰天穿節後五日。」《鷦鷯巢詩集·無盦詞》，何氏至樂樓叢書，香港，一九八二年，第四〇七—四〇八頁。丁寧《鶯啼序》「輓碎玉詞人」、「元莊詞友挽詞」，《還軒詞》，安徽文藝出版社，一九八五年，第四九—五〇、一三二—一三三頁。龍榆生《鶯啼序》：「壬申春盡日倚覺翁此曲，追悼彊村先生。」《忍寒詩詞歌詞集》，第二一頁。

〔三五〕丁寧《還軒詞》，第二四—二六頁。

〔三六〕蔡文錦《著名女詞人丁寧年譜》，《文教資料》一九九四年第五期，第三—一一頁。丁寧之離婚過程十分艱辛，離婚後生活亦甚孤苦。詞中「絳心苦，微語浮煙，似説身世如繭」即就自已對人生不幸的無力感而發。

〔三七〕丁寧其餘兩首以《鶯啼序》寫成的悼亡詞，率多敘事。

〔三八〕例如趙尊嶽《鶯啼序》「紅芳倦晚，結想難勝，托意行吟，聊申幽愫」一詞（《珍重閣詞集》，第三一頁），況周頤認爲「叔雍近作《鶯啼序》似乎微會斯旨，雖不能至，庶幾近道」。見況周頤著，屈興國輯注《蕙風詞話輯注》，江西人民出版社，二〇〇〇年，第五六三頁。但筆者認爲這大抵只是就是詞中修辭而言，其詞的題材、章法、情感其實都不類原作。

〔三九〕吕碧城著，李保民箋注《吕碧城詞箋注》，第四八六—四八八頁。

〔四〇〕如謝桃坊（夏承燾等《宋詞鑒賞辭典》，上海辭書出版社，二〇〇三年，第一七一二頁）、吴蓓（《夢窗詞彙校箋釋集評》，第四八三—四八七頁）、趙文慧、徐育文（《吴文英詞新釋輯評》，中國書店，二〇〇七年，第五三四—五三七頁）。

〔四一〕孫虹、胡慧聰《論夢窗〈鶯啼序〉敘事抒情的藝術創新》，《詞學（第三十五輯）》，華東師範大學出版社，二〇一六年，第七八—九八頁。

〔四二〕林順夫《論南宋詞所展現的「物趣」、「夢境」與「空間邏輯」的文化意義》，《嶺南學報》二〇一五年復刊號（第一、二輯合輯），第三三—八三頁。此文不少篇幅是總結林氏之前的研究，包括 *The Transformation of the Chinese Lyrical Tradition: Chiang K'uei and Southern Sung T'zu Poetry*（Princeton NJ: Princeton University Press 1978）《透過夢之窗口》中的《南宋長調詞中的空間邏輯：試讀吴文英的〈鶯啼序〉》（第二五五—二七二頁）、《我思故我夢：試論晏幾道、蘇軾及吴文英詞裏的夢》（新竹清華大學出版社，二〇〇九年，第二七三—三〇八頁）。這種傾向也與南宋「内斂」的文化特質相關。參劉子健著，趙冬梅譯《中國轉向内在——兩宋之際的文化内向》，江蘇人民出版社，二〇〇二年。

〔四三〕「感情的物化」（reification of emotions）出於林順夫，見孫康宜、宇文所安主編，劉倩等譯《劍橋中國文學史・上卷：一三七五年之前》，生活・讀書・新知三聯書店，二〇一三年，第五八〇、五九九頁。

〔四四〕陳洵《海綃説詞》，載唐圭璋編《詞話叢編》，第四八五七頁。

〔四五〕如況周頤《新鶯詞》中有兩首《鶯啼序》都是葦灣之遊，亦寫及荷花，但因以敘事爲主，並非詠物，所以與吴文英原作並不相同。

〔四六〕易順鼎《鬘天影事譜》卷三，《清代詩文集彙編》，上海古籍出版社，二〇一〇年，第七八五册影印清光緒丙申刻本，第三a—四a頁，總第二七一頁上—下。周岸登《蜀雅》卷四，第二—四頁。胡先驌著，張大爲等編《胡先驌文存》上卷，江西高校出版社，一九九五年，第六五六頁。

〔四七〕杜甫著，仇少鰲注《杜詩詳注》第三册，中華書局，一九七九年，卷十七，第一四八五、一四九四頁。

〔四八〕蔣寅《擬與避：古典詩歌文本的互文性問題》，《文史哲》二〇一二年第一期，第二二—三三頁。

〔四九〕〔五〇〕趙熙著，王仲鏞編《趙熙集・香宋詞》，巴蜀書社，一九九六年，第一〇七八—一〇七九頁。

〔五一〕詳參蕭波、馬宣偉《四川軍閥混戰：一九一七—一九二六》（四川省社會科學院出版社，一九八六年）及匡珊吉、楊光彦《四川軍閥史》（四川人民出版社，一九九一年）。

〔五二〕參顧在全《護國戰爭與貴州》（貴州人民出版社，一九八五年）第十節「護國軍大戰川南」，第六八—七五頁。

〔五三〕趙熙《〈香宋詞〉敘》，《香宋文録》，《趙熙集》，第一二二一頁。

〔五四〕《香宋詞》有不少作品是感時撫事之作，尤其是一九一七年後四川軍閥混戰，四川局勢動盪，人民陷於苦難，趙詞多有反映。如《婆羅門令》是另一著名的作品，序中即提及「兩月來蜀中化爲戰場」云云。（見《香宋詞》，第一〇九六頁）然而，在風格上稱得上大聲鞺鞳的，則首推《鶯啼序》。

〔五五〕黄人《鳳棲梧》「自題詞集後」，載嚴迪昌編《近代詞鈔》第三册，江蘇古籍出版社，一九九六年，第一九三一頁。

〔五六〕除《鶯啼序》外，如《霜花腴·重過安定君宅，和夢窗自度曲》也是寫這段戀情。

〔五七〕柳亞子《南社詞集》第二册，上海開華書局，一九三六年，第二〇一—二〇二頁。鄭逸梅《南社叢談：歷史與人物》，上海人民出版社，一九八一年，第二五三—二五五頁。

〔五八〕黄人《摩西詞》，載朱惠國、吴平主編《民國名家詞集選刊》第六册，影印民國九年鉛印本，第一九一—一九二頁。

〔五九〕張伯駒《張伯駒詞集》，中華書局，一九八五年，第九七—九八頁。

〔六〇〕參謝燕《張伯駒詞研究》，華東師範大學碩士學位論文，二〇〇九年，第一三—一四及六一—六二頁。

〔六一〕謝燕在分析張伯駒出關以後的作品時，提到其詞「有當下的寂寞，有對過去的追憶，但很少消沉淒涼的色彩」，能準確把握《春遊詞》的特色。謝燕《張伯駒詞研究》，第三四—三六頁。

（作者單位：香港中文大學中國語言及文學系）

夢邊尋夢更何人〔一〕：張伯駒與現當代詞壇

馬大勇

内容提要　張伯駒是近百年詞壇的一大作手，他以傳奇的身世、富豔的才華、高貴的人格穩執京華詞界之牛耳，將京津兩地統聯矗立爲近百年詞史的中心區域之一，功勳至偉。在他身邊麇集著衆多重要詞人，和而不同，日夕酬和，以飽歷創痛的心靈相互摩蕩，聯袂鼓揚起了現當代詞壇的一道絢麗虹彩。本文即勾畫這一批圍繞在張伯駒身邊的「夢邊尋夢人」如袁寒雲、「江夏二黄」、周采泉、胡蘋秋、陳機峰、張牧石、孫正剛、周汝昌、周篤文等，從而凸顯現當代詞壇之重要一隅。

關鍵詞　張伯駒　京津詞壇　現當代詞壇

在拙著《近百年詞史》中，張伯駒被置於《詞史的毛澤東時代：一九四九—一九七六》一編，與馬一浮、劉鳳梧並峙爲這一時期的「詞苑三奇峰」。如此安排的主要原因是張伯駒存詞自三十歲開始，當然可被視爲「民國詞人」，然而其首個詞集《叢碧詞》凡二百餘，作於民國者一百七八十而已，不僅數量上只占平生的五分之一上下，傑作也不多。換句話説，張伯駒在民國的詞創作至多贏得小有才慧的名家席位，他之所以昂然廁入近百年詞壇大家之列，主要得力於共和國時期的獨特心跡與卓絶成就。根據《近百年詞史》代際劃定的「活躍期」原則，置於毛澤東時代論述之無疑更吻合其實際狀況。

另一個重要原因則是張伯駒以他傳奇的身世、富豔的才華、高貴的人格穩執京華詞界之牛耳，將京津兩地統聯矗立爲近百年詞史的中心區域之一，功勳至偉。在他身邊麇集著衆多重要詞人，和而不同，日夕酬和，以飽歷創痛的心靈相互摩蕩，聯袂鼓揚起了現當代詞壇的一道絢麗虹彩。

數年之前，我已發表張伯駒詞之專論，一定程度上解決了相關問題〔二〕。由於篇幅限制，於張伯駒與現當代詞壇之關係尚無清晰梳理。本文即勾畫這一批圍繞在張伯駒身邊的「夢邊尋夢人」，從而凸顯現當代詞壇之重要一隅。

一　「歌哭王孫」袁寒雲

張伯駒《金縷曲・題寒雲詞後》哀涼頑豔，是其早期佳作：「一刹成塵土。忍回頭、紅毹白雪，同場歌舞。明月不堪思故國，滿眼風花無主。聽哀笛、聲聲悽楚。銅雀春深銷霸氣，算空餘、入洛陳王賦。憶舉酒，對眉嫵。　江山依舊無今古。看當日、君家廝養，盡成龍虎。歌哭王孫尋常事，芳草天涯歧路。漫托意、過船商賈。何遜揚州飄零久，問韓陵、片石誰堪語。爭禁得，淚如雨。」寒雲，即與伯駒並佇「民國四公子」之列、又與其「凍雲主人」之號並稱「中州二雲」的袁克文〔三〕。

克文（一八九〇—一九三一）字豹岑，袁世凱次子，少從名士方地山等問學〔四〕，富文采而乏政治野心，洪憲復辟時有「絶憐高處多風雨，莫到瓊樓最上層」詩諷諫其父，因遭軟禁。又因兄克定疑忌，遂入青幫爲大龍頭，期於遠禍，世以曹植擬之，故伯駒詞中有「陳王」語。撰有《辛丙秘苑》《洹上私乘》等，頗多獨特史料，爲後人寶重，詞則有《洹上詞》二百首左右。

寒雲早爲貴公子，旋爲「皇二子」，入中年則「湛隱放廢、飲醇近婦如信陵」，故其詞「多惻豔瑣碎、燕私兒女之語」〔五〕，但清亮哀感，並不甚穠豔雕繪。如《浪淘沙》：

臨去轉秋波，蹙損眉蛾。屏風六曲軟煙羅。便是回頭人已遠，好在情多。　夜半復經過，意態阿那。笑看白髮醉顏酡。説與梅花同不睡，睡又如何。

又如《秋波媚》：

蘭湯一掬試輕柔，微雨正新秋。羅衣乍解，綺香初度，欲睡還休。不留手處明肌雪，歡意十分稠。

三分眼底，二分眉上，一半心頭。

皆大有花間、北宋意趣。

至於《念奴嬌・代柬》雖無勝義，以詞代書，亦自饒工巧之致，很能代表其流連風月的倜儻氣質：

妍華妝次，自初春小別，時時縈思。惟祝韶華今勝昔，更問秋來芳意。珍重尊前，思量夢後，莫使成憔悴。此情如昨，夢魂長是千里。　今又一度相逢，幾回重看，圖畫盈盈裹。淚眼揮彈凝望久，只是江流迢遞。點點行行，還應笑我，遍寫相思字。怨愁重疊，阿文沽上緘寄。

《金縷曲・示七泉》則又是一副筆墨：

眼底無餘子。任峨峨、雄冠劍佩，望之非似。虎帳銷沈英雄氣，胠篋穿窬流耳。遍鼙鼓、哀鴻千里。天下都無干浄土，笑雞蟲、蠻觸紛如此。榮與辱，一彈指。　中原立馬情何止。且休論、重瞳項羽，斬蛇劉季。縱有丹青千秋在，敗賊成王而已。又幾度、沖冠裂眥。無限江山休別去，待回頭、收拾君須記。長嘯也，叱龍起。

寒雲自極貴盛而流寓四方，晚年鬻筆墨爲生計，不能無江山滄桑之感，故「眼底無餘子」、「無限江山休別去」云云在他並非事不關己的憑空嘶吼。張伯駒《紅毹紀夢詩・一一九》即寫寒雲票唱《八陽》、《審頭刺湯》事，注云：「寒雲……飾建文帝維肖，悲壯蒼涼，似作先皇之哭……又善演《審頭刺湯》一劇，自飾湯勤。回看龍虎英雄，門下廝養，多少忘恩負義之事，不啻現身説法矣」〔六〕，其言亦可爲此篇注腳。這位年僅中壽的貴公子説到底也是個夾縫中的悲劇人物〔七〕，夏仁虎稱其詞「獨能任天而動，交交若鳥，淒淒若蛩，謖謖若松風，泠泠若泉石」或有些過譽，但説他「詞家本色」、「天事之勝」是對的，能自然流露，不故作悲切豪宕就已足見名士風流，不愧「公子」二字。今世之所謂「公子」，尚有之乎？

二　江夏二黄

張伯駒的兩項重要詞學貢獻中，與黄君坦合作的《清詞選》價值要遠在《叢碧詞話》之上。君坦（一九〇二—一九八六）與其兄公渚（一九〇〇—一九六四）、弟公孟雖福建閩侯人，以早年僑寓青島，築袖海樓讀書，因有「江夏三黄」之目。公孟亦有詞名，但早逝〔八〕，兹依序附談公渚、君坦「二黄」。

公渚名孝紓，又字頵士，號匑庵，早年曾主劉承幹嘉業堂十年，遍讀所藏書，四方執贄請業者接踵而至，「隱然爲東南大師」〔九〕，與朱祖謀、況周頤、夏敬觀、潘飛聲等老輩遊處，頗多請益，後歷任北大、北京師大、山東大學等校教職，並爲民國諸詞社中堅力量。公渚多才，特精文物鑒定，未料「四清運動」中被誣「真假不辨」、「政治錯誤」等罪名，被迫從青島前往濟南接受批判，會後憤而自縊。同日家中三位女眷亦服毒自盡，此真千古罕見、慘絶人寰之悲劇！

公渚有《匑庵詞乙稿》，又名《碧慮簃詞乙稿》、《碧慮商歌》，凡六十餘篇，刊行於二十世紀三十年代末。另有《東海勞歌》百餘首，爲記寫二勞風物之作，葉恭綽以爲「山川有靈，定驚知己」、「不得不推此爲蒼頭異軍」〔一〇〕，其實無多可采。公渚詞大抵走「時尚」的清真、夢窗一路，而能不大密晦，精妙峭拔者多。錢仲聯著眼其性情，以「語精思邃，鬱勃蒼涼……哀樂過人」數語論定之〔一一〕，最爲巨眼。《滿江紅·過孟嘗君淘米澗故址》可謂典型：

長鋏歸來，拼埋向、斜陽荒陌。歎是處，殘杯冷炙，如何消得。五百頭顱今入海，三千雞犬誰之客。便操琴、痛苦過雍門，何人識。　散窟兔，藏幽魄；淘米澗，餘沙礫。只神鴉隊隊，墦間掠食。生死榜門人大去，孤寒焚券灰猶熱。笑而今，一飯曰嗟來，余奚適。

淘米澗傳説爲孟嘗君豢養食客淘米處，故詞開篇即用馮諼典故，以下「五百頭顱」以田横事映襯之，煞拍則帶入自己一飯嗟來、無所適從之感，確乎奇崛之甚，内蘊孤憤。此爲匑庵傑作，如夏敬觀贊其「懷抱珠玉，胎息騷雅」，陳聲聰贊其「温婉芳馨」，豈真知其佳處者〔一二〕？ 匑庵小令似較長調更勝，如《鷓鴣天》（聘月高樓）一首大抵自小晏翻出而語意峭拔，煞拍「高丘終古哀無女，淒訴回風一往情」二句大筆提振，境界頓開。《南鄉子》、《風入松》二首語意稍圓轉流宕，而沉鬱不減，值得一讀：

落葉下如潮，風雨連宵意已銷。何況重陽時節近，憑高，恨水顰山見六朝。 哀雁答長謡，歡計因循負酒瓢。心事瞢騰殘照外，蕭蕭，留得寒蟬是柳條。

虚堂睡起日三竿，小極得偷閑。了知除酒無忙事，春風駐、鏡裏朱顔。四壁蕭然長物，半生渺爾中年。向人不乞賣碑錢，一角馬家山。廢吟誰識無聲苦，傷心處、點筆都難。海嶠幾回夢斷，天涯且住心安。

與長兄相比，晚年任《詞學》編委、中國韻文學會顧問的黄君坦（一九〇二—一九八六）與詞壇過往更密，影響也更大，而其《紅躑躅庵詞》流連光景者多，「哀樂過人」者少，並不能較勝乃兄。劉夢芙之好評——「有耆卿之清暢，東坡之豪宕，復兼後村之雄健，碧山之幽咽，有極研煉者，亦有極自然者，手段因題而施，神明變化」云云過譽太甚，惟肯定其「文革」中所作諸篇「蒼涼沉痛，洵反映時代現實之詞史也」頗允洽〔一三〕。兹録《滿江紅·地震室毁，老病不勝露宿之苦，避地去邢臺小住。驚魂甫定，歌以曼聲，答瞿禪洛陽、叢碧西安》一首以見其概：

環堵青山，襯小市、鋒車驛場。逃虚谷、足音蘿徑，樓幌幢幢。病葉久拚溝壑委，蓬萊又恐海塵揚。漫提攜、黄絹外孫來，依婿鄉。 冰篁静，宵夢長； 天宇闊，影形忘。念六街塵哄，露宿彷徨。蟻磨百年勞轉轉，鳳城萬瓦仰蒼蒼。待露車、父子賦歸歟，修我牆。

三　張伯駒八秩唱和

黄君坦創作中最值一提者厥爲伯駒八十壽辰時所作《賀新郎》「塏」字韻詞，經由他的首倡，夏承燾、劉海粟、周汝昌、徐行恭、陳聲聰、周采泉、忻燾、彭靖、王焕墉等推波助瀾，再加張伯駒自己的賡和，最終形成了七十年代後期一次罕見的聯吟格局。

賀壽詩詞自古難有佳作，一般都只是發揮了「可以羣」的公關功能而已，然而「壽星」張伯駒的身份與經歷實在並不尋常，而八十壽辰又值方度浩劫之年，這些聯吟聲中必定藴蓄了諸多陡峭心跡與弦外餘音。可先看黄君坦的首唱：

放浪形骸外。慨平生、逍遥狂客，歸奇顧怪。金谷墨林過眼盡，破甑不嗔撞壞。算贏得、豪情湖海。八十光陰駒過隙，伴詞人、老去鷗波在。閑寫幅，青山賣。　春燈燕子風流改。憶華年、調弦錦瑟，芳辰初届。一曲空城驚四座，白首梨園羅拜。剩對酒、當歌慷慨。好好先生家四壁，譜紅牙、了卻煙花債。休錯認，今龐塏[一四]。

自首句破空而來的「放浪形骸」至結末處「好好先生」二句，通篇都呈顯出了張伯駒的風神笑貌，詞人老去，對酒慷慨，那「慷慨」中包涵著多少「金谷墨林過眼盡」的蒼涼，而「閑寫幅，青山賣」又何嘗不隱寓著「不使人間造孽錢」的鬱憤！這誠然是「神明變化」、不徒「知人」而且「論世」的上佳之作。相比之下，忻燾（一九〇〇—一九八四）[一五]、徐行恭、劉海粟、夏承燾幾位的和作雖也有「青埂峰前奇石古，曆劫巍然不壞」、「旋過眼、雲煙若海」的感觸[一六]，總體則頌禱而已，不及陳聲聰詞來得貼切。陳詞上片云：「白日蒼江外。話當時、商丘公子，中州一怪。苦辣甘酸都嘗遍，真個金剛不壞。更賺得、名高詞海。平復豈隨黄鶴渺，算君家、好好今還在。還有幾，癡堪賣」，「怪」、「癡」二字很能點出伯駒心事。唱和諸君中，周采泉以四首稱多，詞亦頗佳。

周采泉（一九一一—一九九九）原名湜，筆名是水、稀翁，鄞縣人，民國時任職滬上工商業，一九四九年後入杭州大學圖書館擔任古籍編目工作，並任《漢語大詞典》編輯，著有《杜集書録》、《柳如是雜論》等多種。采泉素不填詞，有之則始於此一唱和，時伯駒徵和，見末韻「塏」字不易討巧，遂再三疊之，深得激賞，自是而放筆爲此，成《金縷百詠》行世〔一七〕。專填某調而竟成集者，古今罕見，是亦近百年詞史新意之一端也。采泉四壽詞之二云：

躍馬榆關外。記春遊、風塵説劍，虞初志怪。按視楊賓行歷處，深覺柳邊不壞。得飽看、林原雪海。重向京華休倦翮，認舊居、燕壘依然在。挑虎刺，街頭賣。　遥知張緒應無改。慶元宵、壽星伴月，文星同届。才與寒雲相伯仲，甫罷祭詩深拜。按紅牙、黄壚興慨。揮斥銅山如糞土，勇收藏、不避高臺債。天籟閣，媲光塏。

十餘首唱和詞中，這是唯一「瞄準」了「春遊」經歷的作品，從而也就瞄準了張伯駒跌宕人生的第一轉捩點，上片結末「挑虎刺」三字用謝肇淛《五雜組》中笑話〔一八〕，實則悲憤無已，精神氣力不同凡響。在周氏百篇《金縷曲》中，這篇濫觴之作亦是翹楚。

還應該補讀張伯駒四首和作，這既是集外詞，文獻可貴〔一九〕，又是伯駒人生最後階段給自己的定位與解讀，故不惜篇幅徵引之：

蒼狗浮雲外。幾經看、紛紜擾攘，離奇古怪。百歲光陰餘廿歲，身豈金剛不壞。登彼岸、回頭觀海。粉墨逢場歌舞夢，算還留、好好先生在。猶老去，風流賣。　江山依舊朱顔改。待明年、元宵人月，雙圓同届。白首糟糠堂上坐，兒女燈前下拜。追往事、只多感慨。鐵網珊瑚空一夢，藉虛名、欠了鴻詞債。今叢碧，昔龐塏。

回首氍毹外。浪贏名、四家公子，中州一怪。往事盡多還多恨，欲把唾壺擊壞。算夢醒、花開孽海。春草榮枯燒難盡，尚餘生、幾換滄桑在。紅土作，朱砂賣。休教老夫風流改。願長逢、團圓月夕，百年同屆。有女河陽丹青手，且向石榴裙拜。莫對此、江山增慨。五嶽登觀天下小，早歸來、了卻煙霞債。身猶似，峰高塏。

過眼雲煙外。溯平生、多聞多見，司空不怪。紈絝儒冠皆誤我，披上袈裟衣壞。任幻化、紅桑碧海。世事百年如弈局，看興亡、幾換山河在。藥依樣，葫蘆賣。韶華無限隨時改。又南窗、梅花積雪，春光重屆。獺祭一廛書畫滿，燃燭焚香下拜。莫對酒、悲歌慷慨。福分風流都占盡，算今生、還了前生債。催夢醒，天明塏。

世路崎嶇外。幾經過、翻雲覆雨，搜神志怪。沉陸也曾陵谷變，惟有虛空不壞。算只可、皈依佛海。自笑先生窮措大，問銅山、金穴今何在。蠹相吊，殘書賣。新來舊去年年改，憶當時、兒童竹馬，八旬忽屆。明月圓從元夕始，白首雙雙對拜。還共與、回頭一慨。因果他生休更蔔，待華胥、夢醒身無債。地蒼莽，天高塏。〔二〇〕

四 「亦弁亦釵」胡蘋秋

寇夢碧詞集《鬘天剩譜》中有《沁園春》一首，所述乃張伯駒晚年一樁韻事，不可不讀。其序云：「甲辰秋，張伯駒丈於福建樂安詞壇得見胡蘋秋女史詞，清新婉麗，曾投函於胡，倍致傾慕，雙方遂相唱和，情意纏綿，積稿四巨册，名之《秋碧詞》。實則胡固一丈夫，早歲工爲荀派青衫，博學多通，其易弁爲釵者，特詞人跌宕不羈，故弄狡獪而已。陳宗樞兄曾爲編昆戲《秋碧詞傳奇》，余爲之序，結語云：『霓裳此日，舉世驚鼙鼓之聲；粉墨他年，一笑墮滄桑之淚。』孰意時逢河清，丈遽而下世，此戲遂亦成廣陵散絶矣。」序文已佳，詞更跌宕可喜：

三千世界，十二辰蟲，作如是觀。甚忽南忽北，兔能營窟；時釵時弁，狐竟通天。宛轉秋心，瞢騰春思，蘋末風生井底瀾。千秋恨，枉惠齋才調，一例蒙冤。　也曾爨演梨園，奈生旦、相逢各暮年。笑優孟場中，虚調琴瑟；叔虞祠畔，浪配姻緣。紙上嬌花，床頭病骨，打碎葫蘆定爽然。憑誰力，待唤醒癡夢，勘破情關。[二一]

有此妙人妙事妙詞，則這位行跡奇特的詞人胡蘋秋（一九〇七—一九八三）不可不談。蘋秋原名邵，合肥人，其父嘗棲身軍政兩界，以此家誼早年即從軍，自吳佩孚麾下至東北軍何柱國部，年未而立已官至少將秘書處長，以樞密位親歷「九一八事變」、「西安事變」等重大軍政活動。蘋秋少習京戲，以王瑶卿私淑弟子稱民國軍界名票之首，最擅旦角，世人因有「亦弁亦釵」之謔語。以此「特長」，一九四九年後先任西北軍區平劇院研究員，其後屢因「詩禍」遭囚降級，至山西晉劇院任編導以終[二二]。

蘋秋酷好詩詞，用力特勤，現存手稿自五十至八十年代即存詩近三千，詞逾兩千，數量極巨，惜未刊刻，知者極少。其詩喜韓昌黎、李義山、黄山谷與龔定庵，詞取徑夢窗而兼及白石、美成、飛卿、大鶴諸家，路數較寬，廣通聲氣、交遊遍天下或亦因此。蘋秋以擅旦角故，詩壇交往中亦曾數度「變身」女性詩家，製造諸多誤會，也留下不少美談，與張伯駒者即爲最顯赫之一例，而先於此以「芸娘」之名與周采泉、莊觀澄門詩，引至「西子湖上幾於家蘋秋而人芸娘」之盛況也嘗膾炙人口[二三]。如此遊戲人間，變幻色相，當代詞人中亦僅見矣[二四]！

蘋秋詞未多見，姑録有關伯駒者《浣溪沙・和叢碧回京》數首，存人而已：

猶勝翟公羅雀門，爲君争洗渡遼塵。夕陽款款欲黄昏。　只爲鍾情沉綺業，非關病酒怯金樽。不堪把玩百年身。

鮑老郎當酒座邊，巢由那可外堯天。而今文壘亦烽煙。大冶能教胎骨換，羣生奚赴鼎爐前。烹鮮誰復恤悠然。

寥落詞壇幾過從，一年容易又秋風。邊塵涴袖感遼東。小住爲佳休鉥腎，大難來日欲蒿瞳。天涯一例作飄蓬。

諸篇皆佳，而以「鮑老」一首悲憤欲絶，最著識地，宜其傾倒老宿名家者如此。

五　「藕孔藏憂，槐根續夢」的陳機峰詞

津門詞壇三大家寇夢碧、陳機峰、張牧石皆與張伯駒聲氣相通，交遊繁密，也應視爲其所織詞壇網路的核心陣容。寇夢碧乃二十世紀詞壇一大宗師，筆者另有專文述之，此處僅簡談陳機峰、張牧石等。

陳機峰（一九一七—二〇〇六）名宗樞，多以字行，畢業於河北省立法商學院後雖長期從事會計工作，而性近風雅，特愛詞曲，嘗師從昆曲名伶王益友、童曼秋等，能戲甚多，行當亦全，所謂「文武昆亂不擋」者也。又擅戲劇創作，有《秋碧詞傳奇》、《秋笳怨雜劇》，詩詞曲集則有《琴雪齋韻語》行世。

陳機峰罕見論詞語。在晚年爲劉夢芙《二十世紀中華詞選》所作駢體《序》中，我們可以窺見其詞學見地的吉光片羽。《序》中，機峰首揭「辭緣情發，情以物遷。心聲染於世情，體性繫乎風會。史事足徵，詞林有紀」之大旨，可見既重「情」，又重「世」與「史」，與寇夢碧總體趨近而又微有不同。以下即從「史」的角度盤點二十世紀詞史，在各歷史階段舉出譚獻、王鵬運、朱祖謀（以上二十世紀開端）、陳洵、況周頤、沈曾植、張爾田、劉永濟、黃侃、顧隨、俞平伯（以上民國前中期）、胡士瑩、吳梅、夏敬觀、龍榆生（以上抗戰時期）、柳亞子、陳毅（以上共和國前期）、沈祖棻、寇夢碧、趙樸初、夏承燾、張伯駒、陳聲聰（以上十年浩劫時期）以立言。駢體序文不易立論，其中褒貶也微妙，但也可大略覘見陳機峰對近百年詞的深切關注與精闢判斷。

陳機峰詞早年走蘇辛一路，自一九六〇年與夢碧相識交好後，改宗夢窗、碧山[二五]，然而豪邁遺韻，未盡消磨，集中如《滿江紅・和夏瞿禪先生柴市口弔文天祥詞原韻》即激楚之甚，上片「慷慨捐生，怎抵得、從容就死。赴國難、臯亭雨黑，重圍孤騎。一片丹心堅鐵石，三年奇節羞朱紫。論忠貞，合併漢之蘇，明之史」云云，可謂愈轉愈烈，直可作史論讀。《定風波・戊申除夕》則另走一路，取法東坡、荆公之詩，多用家常白描語，而下片云：「兒女燈前前歲話，今夜，茫茫如夢又如真。燭淚成灰同劫燼，隨分，此身原是劫中人」，輕描淡寫中實寓大悲慨。《風入松・叢碧翁得蛇尾馬頭一聯，正剛兄采入風入松詞，書來索和，予亦繼聲，時戊午正月二日也》一篇亦絶多辛老子氣味。這是彼時張伯駒與夢碧詞羣的一次集體酬唱，機峰雄深雅健，似可掄元：

十年禮佛守心齋，髭雪忽盈腮。孤燈淡酒柴門閉，望前路、渺渺予懷。蛇尾杯弓影過，馬頭雲霧山開。

著微醺後倚窗才，隨意撥殘煤。瓦棱新雪生春豔，放千花、佇聽驚雷。垂老心情難識，人間往事堪哀。

兼具吴王之「麗」、「豔」以及蘇辛之「則」、「骨」者先可看《木蘭花慢・壬子重陽前後無風雨》：

又重陽過也，正秋氣，入蕭森。對斜雁書空，高雲斂色，滿目霜侵。商音萬方一概，好江山、何意唤登臨。望斷絲片風雨，迢迢永夜須禁。　　寒衾坐擁到更深，舊夢費沉吟。記酒泛紅萸，歌翻白苧，淚鑄黄金。何心銜碑噤口，更千秋、癡絶笑冤禽。悟得蜉蝣況味，新來只惜多陰。

題中「壬子」係一九七二年，「運動」方殷，曙光未吐，詞人有意化用杜甫《秋興》詩意顯然不只是因爲節令的關係，更有著「萬方多難」的憂患在，若「何心銜碑噤口，更千秋、癡絶笑冤禽」等語已經説得相當明白。同樣作於此際而手法更加紆曲隱軫者當推《鷓鴣天・擬元裕之宫詞八首》[二六]。讀其一、三、五、七、八數篇：

已是華鬘劫後身，合離又傍楚臺雲。臨窗嬌語濃如酒，撲帳楊花巧作春。　　囚髻整，淚妝新，妖嬈可似内家人。買絲枉繡平原像，薄暮依然倚市門。
妝罷攀鉤卷細簾，故留春色與人看。華堂重聚三千履，錦瑟新調五十弦。　湔素手，駐朱顔，當筵
枉説斷纏綿。翻新別有霓裳譜，留待宫牆取次傳。
人面悠悠去不還，春風猶繞畫圖間。入宫出塞承新命，下地升天本舊緣。　言似鼎，筆如椽，墨池
雪嶺兩無端。昭陽車與章臺馬，一樣逡巡選色難。
劫到恒沙夢已殘，偏教金屋貯嬋娟。牆花次第都辭樹，春色無端又滿園。　空蹀躞，枉纏綿，當時
應悔系連環。七弦作意呈新巧，只是人前出手難。
學語籠鸚又一時，不知何處著相思。漫教宫裏歌都護，且聽人間唱叛兒。　嗟後約，誤前期，溝頭
流水各東西。憑闌莫問秋深淺，只看空林落葉飛。

對於這一組詞，寇夢碧不僅明言「寫劫中諸事」，而且濃墨重彩稱道其「於濃豔中見淒黯，於諧笑中寓涕淚，盪氣迴腸，色飛魂絶，開倚聲未有之境，歎爲觀止」〔二七〕，評價極高，以爲陳氏首屈一指的代表作。組詞末篇係寫林彪叛國者，故有「叛兒」、「空林落葉」字樣，其餘則空際轉身，難以字句指實，然而也絶非解不開的謎語。諸如「囚髻整，淚妝新，妖嬈可似内家人」、「翻新別有霓裳譜，留待宫牆取次傳」、「昭陽車與章臺馬，一樣逡巡選色難」、「牆花次第都辭樹，春色無端又滿園」等句的背後蘊含著些什麽，稍微熟悉那段歷史的人自然是不難想見其底裏的。如此膽識，可謂卓絶〔二八〕。

機峰集中抒寫三家情誼者頗多，殷勤沉鬱，令人動容。若《木蘭花慢・辛亥重九前一日贈夢碧》「怪天胡此醉，任魔蠍、厄清才」、「天涯歲晚識君才，蛩駏若爲懷」、「新哀舊狂待理，誤身邊、魑魅幾驚猜」云云皆是能解夢碧深心的知己語。《祝英臺近・庚申除夜立春，和夢窗韻，夢碧兄囑作》已作於一九八〇年，劫波度盡，而驚悸猶存，那些雞鳴風雨的歲月確乎難忘，也不應忘懷：

悵前塵，懷遠道，潮思蕩千股。年換今宵，漏帶剩寒去。不勞笳管吹灰，金泥添勝，且消受、燈唇低語。脱刀俎，誰與相沫相濡，相憐共心素。哀樂縱横，氤氳大河路。任他曼衍魚龍，煙雲變幻，總難忘、雞鳴風雨。

夢窗原作係集中名篇，其上片鋪陳「除夜立春」題面，全爲换頭處三句追攝遠神，其耐心、筆力皆令人詫異。唐圭璋《唐宋詞簡釋》稱此篇「筆力之重大，足以媲美清真……迴腸盪氣，一往情深，玉田輕詆，殊非公論」。機峰和作亦具夢窗原唱之特點，换頭「脱刀俎」三字極爲精警，如此刻寫出時代傷痕的擬和自然富有震撼力，也與一味學古之庸才劃開了界限。還是寇夢碧説得恰切：「機峰以深沉之哀閲世，以赤子之心體物，故凡一山一水一花一草，胥爲劫中悲懼笑怒所蒙染，閲者於賞其芬馨悱惻之外，往往覺有一大幻彌天之世相在焉。」〔二九〕在《百字令・題機峰夜坐讀書圖》中，夢碧如此勾描機峰的面相：

困人夜色，對甕天無罅，一燈紅補。誰擲小樓圖畫裏，悄把古春支住。漢戟須招，湘累莫問，坐對花蟲語。霓裳驚破，鬢絲空織愁譜。　回念内庫燒殘，天街踏遍，金粉都塵土。邊腹縱教留一笥，能貯燔灰幾許。藕孔藏憂，槐根續夢，那便從容去。窗曦漸上，淡紅遮斷魂路。

是啊，「藕孔藏憂，槐根續夢」，那「淡紅遮斷魂路」的字裏行間自有一種悲涼的罷？

六　「心光作作」的張牧石詞

寇夢碧《八聲甘州・餞夢邊詞人》句云：「回首夢邊小駐，共心光作作，夜氣漫漫。幾精靈摩蕩，呼唤杳冥間」，又題寫張牧石《夢邊詞》絶句云：「金碧徒誇七寶臺，可知肝肺鬱風雷。燭邊淚盡存心史，十萬鮫珠是劫灰」〔三〇〕。這位「心光作作」、「燭邊淚盡存心史」的張牧石（一九二八—二〇一一）年齒雖較輕，角色則更微妙，作用似更重要。陳機峰結識寇夢碧乃由牧石之介，而張伯駒稱賞牧石篆刻，以爲可與陳巨來南北並峙。與之爲忘年交，情誼最深，多年來津看花，皆下榻牧石家，並推介其與章士釗、龍榆生、吴則虞、黄君坦、夏承燾、俞平伯、蕭勞、葉恭綽、唐圭璋、周采泉等名輩定交。凡此皆足見牧石風雅當行，堪爲北地文苑藝苑增一異彩。

牧石原名洪濤，因學篆刻崇黄牧甫，師從壽石工（璽），遂改今名，字介庵，號邱園，別署月樓外史等。少年遊侍津門名士王新銘、馮璞門下，攻詩文書畫，又因馮璞推介拜識壽璽，從學詩詞篆刻，研習夢窗詞即自此始〔三一〕。一九四九年畢業於天津法商大學法律系後任教於中學，數年後被牽入「胡風案」停職審查，「文革」中則因張伯駒「春遊社案」再遭調查數年〔三二〕。這兩次雖均平安度劫，而心生戒惕、遠離政治必不可免，所謂「逍遥派」者也。晚任茂林書法學院等校教職，並任《中國書畫報》編審。著有《繭夢廬詩詞》、《篆刻經緯》、《張牧石印譜》、《張牧石藝略》等《繭夢廬叢書》八種，所刊詞合計近二百首〔三三〕。

牧石才華多端，色色精工，而必以詞章爲第一。在《詩詞集自序》中他有這樣一段妙語：「至於我寫詩詞又是爲了什麽，簡單的兩個字——遣興……當今某些創新派的詞章家們……他們説這種創新是爲了祖國傳統文藝，爲了普及詩詞……總之一句話，他們認爲搞詩詞是要『爲人』，這種宏偉壯志對我這個專門『爲己』的頑固派來説，卻（是）永遠視爲畏途而不敢問津的。」〔三四〕話説得相當平和，内裏則很斬截有鋒芒，將這種「頑固」的「遣興」上提一層其實更可以看出「詩言志」、「以詩詞托命」的意思來。事實上，牧石也確是苦心孤詣於詩詞的，因而得老輩詩詞家好評不少。僅以詞言，如張伯駒云：「夢邊詞能入於情境，出於情境，學夢窗而又能自樹。」龍榆生云：「婉曲厚麗，四明法乳，讀夢邊詞可知七寶樓臺不容碎拆也。」至於陳聲聰所謂「夢邊詞蒼鬱勃窣，在詩家爲韓昌黎、樊宗師之流亞也〔三五〕」，其實也意指夢窗一派，那麽可見牧石爲詞路數較爲「純粹」，不似夢碧、機峰之兼收並蓄。如此「從一而終」數十年，牧石詞亦駸駸然直入夢窗之室。寇夢碧評曰：「牧石詞師法覺翁，衍彊邨、大鶴之餘緒，情真意新，辭美律嚴，允爲當代巨手。」〔三六〕

「情真」等八字是夢碧標舉的填詞最高標準，以之許牧石詞，可見激賞。

所謂「衍彊邨、大鶴之餘緒」者可先舉《高陽臺・芍藥爲溥儀作》與《霜花腴・碧丈客長春所爲詞集成一卷，名之春遊，將付剞劂，書來索題》二首：

欹檻呈憨，翻階弄彩，風流占斷殘春。婪尾韶光，淒涼忍自逡巡。餘芳一任金鈴護，甚匆匆、也付斜曛。更休提，夢轉扶桑，幾幻朝雲。　花農縱折豐臺去，問栽紅植翠，可有伊人。催劫華鬘，劇憐金谷空塵。檀心便解東君意，總還須、巧説承恩。謾思量，後日荒園，誰與招魂。

玉關歲月，繫舊緣餘生，也在春遊。回浪驚鷗，別巢迷燕，孤懷糾纏繁憂。自行自留，任等閑、歸計難酬。悵天涯，白袷風塵，眼中何物不成秋。　回眄故園芳事，奈池臺拆繡，翠歇紅收。邊柝愁寬，燈窗吟瘦，爭禁夜色悠悠。蜃噓幻樓，誤幾番、沙際凝眸。寄騷情，密織鮫綃，綴珠和淚流。

《高陽臺》一首是詠物詞，而題旨即點名爲溥儀作。當年君臨天下的「花王」牡丹已經「淪爲」平民化的芍藥花，這誠然是文學藝術的好題材，然而詩詞中似罕有反映。牧石這一首不僅可補空白，詞也很見情思，其「夢轉扶桑，幾幻朝雲」、「催劫華鬘，劇憐金谷空塵」云云將那種滄桑感寫得異常濃足。牧石當然不是站在「遺老遺少」角度爲末代皇帝「招魂」的，但「陋室空堂，當年笏滿床」的「好了」之事何代無之？無論見地、筆墨，這首早年之作是足以窺見牧石的不凡才調的。後一首題張伯駒《春遊詞》者亦堪玩味。張伯駒以慷慨恢宏的貴公子遭打右派，遠謫東北。雖然心胸廣袤，出語平淡，但内裏不能毫無芥蒂，且不乏「驚鷗」、「迷燕」之感。牧石詞中的「孤懷糾纏繁憂」、「悵天涯，白袷風塵」、「爭禁夜色悠悠」、「綴珠和淚流」云云就是讀懂了這位「好好先生」心事的知音語。張伯駒對這位小自己三十歲的晚輩「情有獨鍾」，視若家人，這一層因緣誠然是不能忽視的。

劉夢芙評牧石詞，以爲「小令出入五代北宋，長調則純是南宋家數，度音審律，細入毫芒，功力之深，今人罕及」〔三七〕，其「心光作作」之篇似以「出入五代北宋」的小令爲多。如《鷓鴣天・醉中成此，不知爲何題也，世有醒者，定許知音》詞題即頗爲沉鬱：「醉中」所作而以爲「醒者定許知音」，這顯然是有屈子澤畔行吟的味道了，那麽這是怎樣的世道就不難想見：「著酒閑愁不厭多，醒時可奈醉時何。無春夢裏空花曆，有樂人間盡鳥歌。　將悱憤，付蹉跎，虚窗一任覺星過。殘燭莫笑投膏計，紅炫初燈又聚蛾」。「將悱憤，付蹉跎」這樣六個字隱現於「聚蛾」紅燈之下，那種「心光」誠也是擲地有聲的。這一時期牧石的幾首同調詞如《除夜》、《如晦書問近況，詞以答之》皆大旨相通，「輕貴賤，少悲歡，孤懷敢許味人間」、「聲似絮，命如絲，飄茵墮溷定何時」等語亦極沉鬱，《自題小影》則出語最爲敏鋭：

尚有風流認夢邊，悠悠往事已雲煙。脱胎幸未成新骨，對影何須感舊顔。　羞逐惡，怯從賢，自應隨分軟紅間。詞人與世原相棄，相棄於今也大難。

詞人在這裏明白宣稱「羞逐惡，怯從賢」，既不能泯滅良知，更無法競逐時好，那也只能「與世相棄」了，關鍵是如今「與世相棄」也沒有了自由！這樣的感知和認識確乎道出了那個時代的一種底藴的。當年一代知識份子選擇留在父母之邦，其内心或也不無狐疑的罷？但他們總以爲「與世相棄」、隱逸草野是一條可以掌控的底綫，可是「相棄於今也大難」，全部的悲哀可能就在於他們早就失去了這條底綫！身在局中的張牧石能够冷眼旁觀，以「幸未」、「羞」、「怯」數字寫出自己的傲骨，這當然是其平生傑作，應該認真讀懂，也格外珍視的。

大凡有傲骨者也有深情。牧石與妻静怡少年結髮，相守一甲子從未分離。静怡工畫，始學陳少梅，後習寫意，夫婦聯手甚愜，夢碧《鷓鴣天・題夢邊雙棲圖》所謂「夢邊詞共湘中草，各占人間一段春」、「無量劫，有情天，未妨磨折是纏綿」是也。静怡晚年謝世後，牧石傷痛不已，因改室名曰「石怡」，並書韓偓「此生當獨宿，到死誓相尋」句立於遺像之側〔三八〕。《青衫濕遍・此調譜律不載，或爲納蘭自度，戊子春暮，余亦繼聲悼亡》一首即是此種鶼鰈之情的感人表達，玆録之以爲牧石作結：

嬌雲掩霽，斜陽似睡，淺紺迷煙。解惜妍韶狼藉，數番風、取次花殘。甚陰晴，幻遍小屏山。憶年時、並影雙雙燕，伴傷春、轉在春前。拚絶紅凋緑隕，而今待共誰憐。欲問後期心事，流光彈指，感悟人天。檢點殘簫倦笛，牽情事、商略吟箋。證心盟、容易苦緣慳。縱追尋、石上三生夢，也應無、剩淚偷彈。翠幕從教獨倚，鴛衾直恁孤寒。

七　孫正剛、周汝昌、周篤文

一九五〇年八月，張伯駒在北京西郊展春園創立庚寅詞社，成員有章士釗、葉恭綽、夏仁虎、龍榆生、王冷齋、黄君坦、蕭勞、黄侌、汪曾武、許季湘、陳宗藩、關賡麟、溥儒、夏緯明等，可謂極一時之盛。寇夢碧偕孫正剛，周汝昌敬陪末座，號爲「津門三君」，其後正剛與汝昌常客展春園，有張伯駒「左膀右臂」之稱，故附此簡説。

孫正剛（一九一九—一九八〇）原名錚，號晉齋，天津人，畢業於燕京大學，爲鄧之誠得意弟子，歷任天津師範學院、天津教育學院教職。著有《天上舊曲》、《人間新詞》二集，又有《詞學新探》行世。正剛早年曾從顧隨學詞，故風格時近蘇辛，多雄傑氣，惜詞集罕傳，面貌辨認不易，僅可舉《金縷曲・題齋毁石存圖》一首：

掩卷追陳跡。恍年時、深摇地脈，猛翻天極。小築行窩曾棲鳳，乍可將雛比翼。甚慘澹、經營朝夕。巢覆卵完知多幸，怕千章、去我嫌孤寂。拼性命，葆魂魄。哀鴻只恁從抛擲。寫流民、丹青鄭俠，枉矜才力。崛起琅玡傳宗派，逸少還兼摩詰。照肝膽、臣心如石。〔三九〕瓦甓堆中存吾道，便一身、萬死寧須惜。三載血，半城碧。

正剛藏名家印章逾千方，因有號曰「千印長」，亦以名其室。一九七六年大地震中，齋毀石存，正剛遂繪圖並倚聲徵題。小詞語勢奇險，能與其事相配，而「拼性命，葆魂魄」、「瓦甓堆中存吾道，便一身、萬死寧須惜」之句亦堪稱精光四射，透顯出對於文化命脈的重若泰山的珍愛。其時寇夢碧等三家皆有和作，在夢碧詞羣中形成了一次别有意味與寄託的聯吟格局，而前文所引陳機峰《風入松》那一首的唱和，也是正剛充當了張伯駒與寇、陳、張數家之聯絡人。由此可見，孫正剛在津沽詞壇之地位也是不能小覷的。

論名氣，周汝昌（一九一八—二〇一二）自然要遠超「津門三大家」，更無論孫正剛矣。這位紅學泰斗同時也是頗具造詣的詩詞專家，《詩詞賞會》、《千秋一寸心》等著别有心裁，能成一家之言，影響不小，至其自作則雖出顧隨、張伯駒兩大家指授薰陶，畢竟出色者不多，尤以晚年爲然，賢者固不必全能也。兹録《風入松·一九七四年聞三六橋本紅樓夢爲賦》之二，爲其有關紅學重要史事也：

翻書時歷點脂紅，名姓托空空。筆濤墨陣何人事，是英雄、霜雨前蹤。經濟憑他孔孟，文章怕見頑蒙。黄車赤縣佇高楓，魂夢一相逢。遺詩零落誰能補，似曾題、月荻江楓。更把新詞歌闋，也知遺韻難窮。

張伯駒晚年發起中國韻文學會，周篤文受命聯絡，頗多奔走之勞，這位「小弟子」也應附此。周篤文（一九三四— ）字曉川，湖南汨羅人，一九五〇年代初高中畢業未久即參軍入朝，回國後入北京師大中文系學習，「及『文革』變生，萬喙噤聲。橫禍儻來，悲恨莫名，乃賦詩以寄憤」〔四〇〕。後任教中國新聞學院，參與發起中國韻文學會、中華詩詞學會，獎倡風雅，與有功焉。著有《全宋詞評注》、《影珠書屋吟稿》及詞選多種。

篤文密邇廟堂，接應八方，故不能免「應制」、「應社」之套，然集中少量激越反思之作甚應珍視。如一九六六年所作《金縷曲·感事》上片云：「霹靂當空擊。卷狂飆、昏天墨日，海翻山坼。浩浩乾坤驚劫换，鬼火燐燐青碧。縱横是、豺狼狐蜮。萬里長城真自毁，向高天、百問偏岑寂。騷楚慟，此何極。」浩劫初起，紅火漫天，詞人居然已有如此痛切的感觸，這份膽識誠然是罕見、而且驚人的。《八聲甘州·讀〈彭德懷自述〉感賦》與《鷓鴣天·勃蘭特謝世作》均已作於八九十年代，前者悲慨彭德懷「是元戎、蒙難黑牢時，瀝血述文章」，後者感歎勃蘭特「能干四兆冤魂淚，别啟千鈞手足情」，皆沿遞了早年那種犀利靈鋭的歷史感。身在熱鬧而能偶持冷眼，即可貴。

〔一〕本句係出自張牧石《臨江仙·壬子九月廿一日偕内子同碧丈、匑丈香山看紅葉，匑丈有作命和》。
〔二〕《天荒地老一真人：論張伯駒詞》，《玉溪師範學院學報》二〇一六年第七期。
〔三〕克文得宋王晉卿之《蜀道寒雲圖》，因以自號。鄭逸梅《藝林散葉》，中華書局，二〇〇五年，第九頁。
〔四〕方地山（一八七三—一九三六）名爾謙，自署大方，江都（今揚州）人，與其弟澤山有「二方」之目，擅書法、楹聯，有「聯聖」之號。周一良輯有《大方聯語輯存》。
〔五〕夏仁虎《洹上詞序》。
〔六〕《張伯駒集》，第四八頁。
〔七〕秦燕春《論近代二公子詞：袁寒雲與張伯駒》論袁氏心事頗精詳，可以參看，載《中國文化》二十七期。
〔八〕有云卒於一九四九年者，俟考。
〔九〕李宣龔《匑庵文稿序》。
〔一〇〕《東海勞歌題詞》。
〔一一〕《近百年詞壇點將録》。
〔一二〕夏氏《忍古樓詞話》、陳氏《讀詞枝語》。
〔一三〕《冷翠軒詞話》。
〔一四〕清代龐塏晚號叢碧山人，故末句云云。
〔一五〕忻燾字魯存，號笠漁，浙江鄞縣人，精書法篆刻。
〔一六〕劉海粟、周汝昌詞。

〔一七〕《金縷百詠自序》，澳門九九學社，一九九七年。

〔一八〕《五雜俎・事部四・二技致富》云：有以釘鉸爲業者，道逢駕幸郊外，平天冠偶壞，召令修補訖，厚加賞齎。歸至山中，遇一虎卧地呻吟，見人舉爪示之，乃一大竹刺。其人爲拔去。虎銜一鹿以報。至家語婦曰：「吾有二技，可立致富矣」，乃大署其門曰：「專修補平天冠，兼拔虎刺。」

〔一九〕《張伯駒詞集》、《張伯駒詞》均未收此四篇，見周采泉《金縷百詠》，第一〇八—一一〇頁。

〔二〇〕此又據張伯駒手書贈蔣風白者（網路圖片）校勘，次序文字與周書所載稍有不同。

〔二一〕本篇張牧石手鈔《沽上聯吟集》（《張牧石詩詞集三種》附録一，北京聯合出版公司，二〇一八年版）另有一版，題爲《琴雪齋聯句，夢碧、機鋒、牧石留贈叢碧》，字句有異，大約聯句時夢碧爲主，後改易機鋒、牧石之句，乃收入自作《夕秀詞》。

〔二二〕羅星昊《胡蘋秋傳略》云：「（胡）歷『詩禍』者凡四：先釀『土改詩案』而遭十月軍囚（一九五二重慶），又因『社教右傾詩』而連降三級（一九五七成都），復結『汾流詩社』而受隔離審查（一九六四太原），繼以『反動詩詞』而致『文革』抄家（一九六六太原）。然重厄之下，竟依舊日吟不輟，不爲時移」，網文。按：胡蘋秋經歷以此文最詳盡，本文亦採擷頗多，致謝。

〔二三〕周采泉語，轉引自羅星昊《胡蘋秋傳略》。

〔二四〕劉夢芙《五四以來詞壇點將録》點胡蘋秋爲「地全星鬼臉兒杜興」，即取其色相變幻之意。我門下弟子趙鬱飛《近百年女性詞壇點將録》點胡氏爲同一位置，是乃入「女性」點將録之唯一男士也。

〔二五〕寇夢碧《琴雪齋韻語序》，轉引自《二十世紀中華詞選》，黄山書社，二〇〇八年，第一〇八八頁。

〔二六〕〔二七〕寇夢碧稱機峰詞「麗而有則，豔而有骨」，出處同上。

〔二八〕劉夢芙語，見《冷翠軒詞話》，《二十世紀中華詞選》，第一〇八九頁。

〔二九〕《琴雪齋韻語序》。

〔三〇〕張牧石《夢邊詞》前《題辭》即此篇，署名「番禺解先通」，「誇」作「驚」，「可」作「豈」，僅兩字不同，未知何故。或有意諱之耶？

〔三一〕《張牧石詩詞集自序》，自印本，一九九七年，第一頁。

〔三二〕張恩嶺《張伯駒傳》第八章，花城出版社，二〇一三年。

〔三三〕據《張牧石詩詞集》及《張牧石詩詞集外》（約二〇〇三年自印本）統計。

〔三四〕《張牧石詩詞集自序》，第二頁。

〔三五〕〔三六〕 轉引自施議對《當代詞綜》，海峽文藝出版社，二〇〇二年，第一九七六頁。

〔三七〕《泠翠軒詞話》，《二十世紀中華詞選》，第一三〇〇頁。

〔三八〕 張秀穎《石怡室夫婦書畫合集序》，網絡文章。

〔三九〕 施議對《當代詞綜》編入本篇，「臣心」作「百心」，應爲誤植。

〔四〇〕 周篤文《影珠書屋吟稿自序》，北京圖書館出版社，二〇〇四年，第六頁。

（作者單位：吉林大學文學院）

論謝玉岑詞及其在現代詞史之意義

鍾　錦

内容提要　謝玉岑身處清代詞學極盛之後，詞體的各種美感法則在理論和實踐上均發展至極致，欲求綜合熔鑄以成新拓，必然面對極限的挑戰。謝玉岑具有良好的詞才天賦，加以有意識地從清代詞學深入汲取，對詞學美感諸多方面的認知、訓練都達到極爲專業的程度。以此爲基礎，原本可以期待他開拓出詞學之新域。却不幸中道早逝，兼之時代風氣急速轉變，終爲一未成就之詞人。這是謝玉岑自己的悲劇，也是時代的不幸。通過詳細論述清代詞學對謝玉岑的影響，以及他自身積極開拓的取徑，我們並非僅僅關注其詞未成就之成就，而期望更進一步反思其在現代詞史上的意義。

關鍵詞　謝玉岑　詞　未成就之詞人

謝覲虞，字子楠，號玉岑。其他自署别號甚多，有曼頎、佛痴、茄暗、蔿暗、藕庵、藕龕、謝大、懶僧、懶尊者、懶香尊者、蓮花侍者、藕花龕主、竹如意齋主、白菡萏香室主、青山草堂室主、周頌秦權室主、求寡過齋主、孤鸞室主等。但謝玉岑成爲最通行的名字。清光緒二十五年七月二十七日（一八九九年九月一日），生於常州城區東官保巷。一九一四至一九一七年，在上海商校就讀。一九一七年加入武進苔岑社，先任書記員，兩年後成爲社董。一九二三年，應無錫戴溪橋朱氏之聘，教授私塾。一九二五年，任教於永嘉省立浙江十中。一九二七年赴上海，先後任職於上海南洋中學、財政部蘇浙皖區統税局上海第三管理處、愛羣女中、中國文藝學院、國立上海商學院等。民國二十四年三月十八日(一九三五年四月二〇日),卒於常州城區觀子巷十九號謝氏寓所,享年僅有三十七歲。

謝玉岑家學淵源。曾祖父謝璜,字玉階,太平天國時殉難,有《吉羊止止室詩稿》。伯曾祖謝秉文,字夢階,亦作夢葭,有《剪紅軒詩稿》。叔曾祖謝秉彝,字香谷,有《運甓小館吟稿》。祖父謝以知,字景熙,一字養田,號祖芳,有《寄雲閣詩鈔》。以知娶陽湖錢鈞次女錢蕙蓀,亦能詩,有《雙存書屋詩草》。父謝泳,譜名仁湛,字柳湖,有《瓶軒詩鈔》、《瓶軒詞鈔》。嗣父謝仁,泳之胞兄,譜名仁慶,字莼卿,一作仁卿,有《青山草堂詩鈔》、《青山草堂詞鈔》。這些著作由其表伯錢振鍠編爲《謝氏家集》,民國元年刊刻。兼之幼年聰慧,謝玉岑在民國時期頗有聲望。他長於詩文,尤以填詞著名。精於書法,繪畫篆刻也頗有造詣,藝術評論更是得到一時的推重。所交遊多爲東南名流。他十四歲受業於錢振鍠,後來成爲錢氏門婿。與高吹萬、金松岑、葉恭綽、林思進、周企言等前輩來往,還曾向朱祖謀請益。他和同門王春渠、唐玉虬相交終始,和夏承燾更是莫逆知己。從書畫界前輩曾熙、王一亭、黄賓虹等游,與張大千之誼尤不尋常。生前詩文先後編有《茄暗詩鈔》、《春暮懷人詩本》、《白菡萏香室詩文集》等,因爲未刊,今天已不可見。一九四九年,王春渠在他身後編輯刊行的《玉岑遺稿》四卷,包括文一卷,詩一卷,《白菡萏香室詞》一卷,《孤鸞詞》一卷。他曾在《金剛鑽報》刊發《墨林新語》、《清詞話》,現在也只能找到前者了。未竟著作《清詞斷代史》、《清詞通論》、《清詞三百首》,也已不復存於天壤。其孫謝建紅新輯《謝玉岑集》,華東師範大學出版社二〇一九年出版,是現在最完備的謝氏著作集。集中除《玉岑遺稿》中詞二卷凡八十四闋外,又有後來陸續補輯所得四十四闋,共一百二十八闋。

謝玉岑在聲望日隆之際,忽以三十七歲之英年早逝。盡管他的胞弟謝稚柳,長子謝伯子,日後都在藝術界享得大名,他的江南詞人之名却漸漸湮没無聞。短壽固然是重要的影響,否則他很可能像夏承燾一樣，在詞學的學術研究方面有所建樹。但更爲關鍵的是，他的時代已經不允許一個年輕的詞人擁有大名。這不是謝玉岑自己的問題，毋寧説，是詞這種古典文學體裁的問題。在這個問題視域下，思考謝玉岑的詞作，或許更能凸顯某種深遠的詞學意義。

一　謝玉岑面臨的詞學處境

謝玉岑爲人所知，應該有賴於葉恭綽和錢仲聯。一九三五年葉氏家刻《廣篋中詞》刊行，很快成爲清詞選本的名著，流行甚廣。該書卷三録有謝覲虞詞二首：《疏影》「河樑杏葉」、《木蘭花慢・感事》。《疏影》詞下有「幽咽」二字評語。作者下注：「玉岑，《孤鸞詞》。」《廣篋中詞》刊行的這一年，玉岑辭世，但王春渠編輯的《玉岑遺稿》尚未印行，所録詞與遺稿本頗有異同。一九七五年，香港中華書局出版葉氏《全清詞鈔》，第三十九卷依樣收録玉岑這兩首詞，只是删去了那兩個字的評語。作者小傳寫作：「謝覲虞，字玉岑，江蘇武進人，有《孤鸞詞》。」這時《玉岑遺稿》已經印行，但葉氏仍然僅著録未聞流傳的《孤鸞詞》，不知何故。大多數研究者，理解玉岑詞都是始於葉氏這兩個選本。錢氏有《近百年詞壇點將録》，其中點玉岑爲「地速星中箭虎丁得孫」，贊語説：「玉岑多才藝，常州詞人後勁！不幸短命，未能大成。其詞蓋《金樑夢月》之遺，悼亡之作，如『人天長恨，便化圓冰，夜深伴汝』。可謂斷盡猿腸者。《疏影》、《木蘭花慢・感事》二闋，遼海楊塵時之詞史，後一首本事，即余《胡蝶曲》所咏者。」[二]錢氏是近代文學研究巨擘，他對玉岑地位的斷定，産生了重要影響。

但是在詞學上，與玉岑交往最深，也最了解玉岑的，還是夏承燾。玉岑卒後，夏承燾寫信給龍榆生，對玉岑詞有個十分肯定的評價：「玉岑之詞，必傳無疑。」不過夏氏並没有私阿故友，他仍然有個限定的説法：「昔蕙風論樊榭、容若，一成就，一未成就，而成就者非必較優於未成就。玉岑困於疾疢，限於年齡，學力容不如朱、厲。若其吐屬之佳，冰朗玉瑛，無論弟輩當在門墻衿佩之列，即凌次仲、陳蘭甫亦將變色却步，此尹梅津所謂非煥之言，四海之公言也。」〔二〕這無異於説，玉岑詞之天分雖高不可及，但仍有學力的缺陷。玉岑的早逝，使他未能得到學力的完善，僅成一未成就之詞人。但在文學創作上，天分過於學力，所以「成就者非必較優於未成就」。似乎也講得順理成章。但稍一思考，我們就會發現問題。夏氏提到的納蘭容若，去世的年紀比玉岑還小七歲。還有夏氏也曾用來和玉岑相比的項廷紀，去世的年紀僅比玉岑大一歲。同爲早逝未及成就的詞人，爲何另外兩位享有了長久的大名？把原因歸諸玉岑所處時代的特殊性，即白話完全取代了文言，固然也不能算錯，但顯然把問題看得過於簡單了。

清代在詞學發展中是一個獨特的時期，前人稱爲「中興」尚不足以表明。就詞自身的創作來看，清代不能逾越宋代有其多方面的原因，但就對詞本身的認識來説，清代無疑遠遠超越了宋代。經過近三百年的不斷探索，清人對詞學各個方面的認知都達到了相當深刻的程度。而這種深刻的認知，又不可能不影響到詞自身的創作。理論和實踐之間的良性互動，是清代詞學一個顯著的特徵。到了晚清四大家之時，可以説，詞學發展到了一個極限。這個極限，一方面表明詞體的各種美感法則在理論和實踐上均臻於完美，一方面也給後來爲繼者造成了突破的瓶頸。所以不難理解的是，晚清諸老的創作成熟期多在中年之後，畢竟，達到美感法則的完美，需要時間的歷練。像納蘭容若、項廷紀那樣少年即享大名的情況，幾乎看不到了。而且在他們之後，不要説超越，就是能够並駕齊驅的人物，也忽然之間沉寂了。所以，夏承燾在《瞿髯論詞絶句》裏感慨彊村：「一輪黯淡胡塵裏，誰畫虞淵落照紅？」〔三〕

謝玉岑恰好遇到這樣的極限。對這極限的正負面，他或許比一般人感知得更真切。這從他對清詞的深入鑽研中可以窺見消息。玉岑自己明確説：「小時多讀清詞，至今不能脱其面目，近年疾疢，益成蕪廢，何敢與於作者之林哉？」〔四〕而就我們現在所知，玉岑所有的詞學著作都是有關清詞的，但不論已完成、還是未完成的，我們都看不到了。鄭逸梅曾記述説：「既而我饑驅海上，主《金剛鑽報》筆政，玉岑爲撰《墨林新語》及《清詩話》連篇累牘，報刊爲之生色。」〔五〕經謝建紅查對刊載在一九三二年八月五日《金剛鑽報》鄭逸梅寫的預告，實爲「謝玉岑著《清詞話》」，《請詩話》係訛誤。謝建紅在上海圖書館查找《金剛鑽報》，《墨林新語》全部二十二期連載具在，但因上圖收藏該報並不完全，《清詞話》没有發現。未完成的《清詞斷代史》、《清詞通論》、《清詞三百首》，就更無緣得見了。這是非常可惜的事情。我們無法明確了解玉岑對清詞的具體看法，不過，既然他懷着如此執着地對清詞的學術熱情，可以肯定地説，他一定會注意到清詞的獨特價值。夏承燾也注意到了這一點，説玉岑「好論列清詞，必於此有深造」。〔六〕既然遺憾已成，我們能够做的，就是對玉岑留下的詞作進行考察，從中尋覓他和清詞之間的共鳴，以窺見清詞對他可能産生的影響。

二　清代詞學對謝玉岑的影響

詞學經歷了清代，對自身的美感法則逐漸梳理清晰。浙西派、常州派和王國維的理論興替過程，呈現了這一歷史走向。每種理論的興衰自有其不同的特殊境遇，但經過足够的時間歷程，各種理論逐漸拼合成一個完整的美感體系。我們如果抛開那些特殊的境遇，集中在普遍的美感法則上，也許更容易看到玉岑詞與清詞的淵源關係。

（一）浙西派的影響

浙西派是清代對詞體美感法則最早的有意識反思，他們的特殊境遇固然是元明以來詞受到曲之影響而有俗化的傾向，但在他們推尊「雅詞」的過程中，將詞體的藝術美法則鑽研到了極致。從表面上看，他們似乎没有實質性的理論突破，僅僅恢復了人們對「雅詞」的關注，甚至他們關注的「雅詞」還僅僅是姜夔、張炎一脈。但對比宋代雅詞論者，我們看到，浙西派顯然在理論和實踐的良性互動上做得更爲出色。宋代雅詞之實踐自以姜夔和吴文英最爲出色，姜之以法則超越情感而形成的清空，吴之以情感提撕法則而形成的眩麗，其實都非法則所能範圍。但理論在對實踐的追摹中，往往偏於易於把握者，也就自然而然地集中在對法則的講求之上了。初期的理論表達顯得頗爲笨拙。比如，張炎在講詞體的結構時，説：「作慢詞，看是甚題目，先擇曲名，然後命意。命意既了，思量頭如何起，尾如何結，方始選韻，而後述曲。最是過片，不要斷了曲意，須要承上接下。」〔七〕誠然提出了大體可循的規範，但比起姜夔和吴文英的創作實踐來，就顯得局促偏狹。而沈義父在講字面時，迂執一如三家村學究，簡直成了笑柄：「如説桃，不可直説破桃，須用『紅雨』、『劉郎』等字。如咏柳，不可直説破柳，須用『章臺』、『灞岸』等字。」〔八〕他們對詞體藝術法則的認識，也很初步，只是看到字面和結構。講求字面，是爲了典雅氣息；講求結構，是爲了通過一種牽制的力度造就要眇曲折的姿態。浙西派的理論固然和姜、吴的實踐存在不小的差距，那是因爲姜、吴之佳處本非法則所能概括，但就對法則自身的認識來説比宋人精確多了。他們更深刻地看到，藝術法則在詞體中首要的作用，在於通過某種共同的規範使詞體遠離世俗，所以謂之「雅」。「雅言」就是指超越了地方風土的語言差異，具有一定空間範圍的共同規範性。隨着語言被記録成文字，空間範圍和時間範圍的共同規範性就都有了需求。語言最終超越了地方風土和歷史世代，在達致共同規範性的同時，還以法則的秩序性形成一套封閉的審美程式，這就是「文言」。「文」和「雅」意思相近。浙西派從不瑣碎與拘泥如宋人，而是以他們更爲淵博的修養，更好地貫徹了「雅」的原則。並不偶然的是，朱彝尊和厲鶚都以博學著稱。夏承燾講玉岑「學力容不如朱、厲」，學力指的就是這個意思。其實，陽羨派也遵循着同樣的原則，不同的只是：浙西派運其法於抒情，陽羨派運其法於使氣。朱、陳並稱，根本不會讓我們覺得意外。經過浙西派理論和實踐的互相促進，詞體在藝術法則上逼近了極致。這樣講當然不是説浙西派超越了姜、吴，姜、吴的美似乎是渾無罅隙的，浙西派就有了具體的方向。事情是兩面的：在這個方向上推到極致不免水至清而無魚，但趨於極致畢竟是發展。

玉岑詞受浙西派的影響是顯而易見的。《玉岑遺稿》編次的第一首詞《陌上花》：

繆貞女，江陰西石橋人。咸豐庚申之變，轉徙至姬山，詈賊而死。後六十年，客有過姬山太子之廟以扶鸞爲戲者，女忽降乩，自言其事如此，並賦詩若干章。詩多雅音，楚楚哀思，其鄉之人將彙付梨棗，以光梓乘，彰潛德焉。

紅桑枯後，青山猶護，貞魂凝處。埋血年年，聞有土花堪據。叢鈴碎佩風前泪，吹下紺塵如雨。是人天、不了煩冤心事，鶴歸愁訴。　詩篇誰解惜？江陵腸斷，一樣木蘭歌句（用唐人事）。寒蝶荒磷（詩中語），可抵銅駝塵土。蟲沙浩劫今番又，算也空王難度。寫椒漿、還乞莊嚴永閟，青溪祠宇。

我們一讀之下，很自然地會想到《曝書亭詞》編次的第二首《高陽臺》。那是朱彝尊的名作，《篋中詞》等選本都選此爲朱氏的第一首。玉岑這首之於此，簡直如唐臨晉楷，惟妙惟肖。以詞叙事，姜夔不過以賦筆叙寫自身經歷，如《揚州慢》；朱彝尊的《高陽臺》却是叙寫他的友人葉元禮的一段情事。這是一個明顯的發展。畢竟以詞體篇幅之小、風格之要眇，給叙事帶來了極大的不便。如何在叙寫中不失詞體的風致，就看如何把一套封閉的審美程式運用到極致，朱彝尊淵博的修養起到了至關重要的作用。一樁獨特的情事，居然在共同規範性下，流暢地表達了出來。朱詞的内容先由小序明白寫出，對着詞序，詞意就十分顯豁了。詞序曰：「吴江葉元禮，少日過流虹橋，有女子在樓上，見而慕之，竟至病死。」詞曰：「橋影流虹，湖光映雪，翠簾不卷春深。一寸横波，斷腸人在樓陰。遊絲不繫羊車住，倩何人傳語青禽？最難禁，倚遍雕闌，夢遍羅衾。」周濟批評姜夔：「白石好爲小序，序即是詞，詞仍是序，反復再觀，如同嚼蠟矣。詞序，序作詞緣起，以此意詞中未備也。今人論院本，尚知曲白相生，不許複沓，而獨津津於白石序，一何可笑！」〔九〕

其實，朱彝尊正是在詞序和詞意之間構建一種若即若離的聯係，以完成用詞叙事，詞、序看似重複，實際共同承擔着叙事的任務。没有了詞序的指示，詞意的理解就很可能泛化。

玉岑此詞寫於一九二五年，時年二十七歲，對朱彝尊的寫法自是亦步亦趨。詞序叙繆貞女事梗概，規範了我們對詞意的理解。首句，「紅桑」字似比繆貞女，又似喻隔世茫茫之感，或兼指之。則此貞魂能得青山之護，逾見可珍如此。「埋血」二句，寫死之確。「叢鈴」二句，寫生死疑幻之感。「是人天」二句，寫魂之來歸。過片三句，用唐人小説臧夏兇宅聞木蘭歌事，寫歸魂降乩。「寒蝶」二句，關合繆貞女之詈賊，引入興亡之感。「蟲沙」二句，歎今，或指當時軍閥之戰争。「寫椒漿」二句，歸本題，致奠繆貞女。事本荒誕，詞亦詭幻。兼以憂生歎世，懷抱别具。不過，叙事性還是最顯著的特色，與《大世界》一九二五年五月七日載月影廬主《紅羊軼聞・繆貞女》比觀，可存一時掌故。玉岑當時雖僅二十七歲，學力修養可見一斑。

看到玉岑如此詞作，也就不難明白如下的評説。他的友人方子川説：「詞尤擅長，出入清真、夢窗間。」（《藝苑九友——憶南洋中學教師謝玉岑先生》）他的學生蘇淵雷説：「工倚聲，出入玉田、白石。」（《鉢水齋外集》）〔一〇〕大概這種説法是時人最一般的評價。其實，無論説出入周邦彦、吴文英，還是出入姜夔、張炎，都不是嚴格的詞風評判，僅僅泛指「雅詞」。而用這樣的泛指，對於稍具遺詞修養的人來説，一般是不會有什麽大問題的。但同時，也就很難看到玉岑詞的真實特色，不追溯到朱彝尊的浙派，對於認識謝玉岑的詞風確是不够的。

（二）常州派的影響

隨着對美感法則的刻意講求，以及由之得來的典雅與諧和，往往使作者自足於此，從而缺少對詞之内涵的真實關注，作品也就不免容易流於空洞。從朱彝尊開始，浙西派不但未免於此，甚且安於此。常州派所針對的正是這一點。金應珪指此爲詞中「三蔽」之一的「遊詞」：「規模物類，依托歌舞，哀樂不衷其性，慮歎無與乎情，連章累篇，義不出乎花鳥，感物指事，理不外乎酬應。雖既雅而不艷，斯有句而無章，是謂遊詞。」浙西派甚至在自足於美感法則的同時，流於更加的惡俗——「淫詞」：「揣摩床笫，污穢中冓，是謂淫詞。」〔一一〕朱彝尊自己就寫了一系列的《沁園春》詞，來咏美人身體的各個部位，甚至寫到了肩、臂、乳、背、膝。董以寧則有一組《蘇幕遮》，只看標題就足够撩撥人了：「簾外聽墮釵聲」、「回廊聽鞋底聲」、「屏邊聽浴聲」、「隔帷聽夢魘聲」。可見浙西派實不免只滿足於法則自身之完美，而忽略了詞之内涵。這自然是推尋極致過程中的「過猶不及」。明白這一點，也就不難明白張惠言爲什麽强調：「傳曰：意内而言外謂之詞。其緣情造端，興於微言，以相感動。……然要其至者，莫不惻隱盱愉，感物而發，觸類條鬯，各有所歸，非苟爲雕琢曼辭而已。」〔一二〕周濟延續張惠言，更深刻地指出：「隨其人之性情學問境地，莫不有由衷之言。見事多，識理透，可爲後人論世之資。」〔一三〕嚴格要求作者之情志超越感官之愉悦、世俗之利益，從而將詞提升至儒學道德之高度。常州派獨特的「尊體」説，正是抗拒浙西派將詞之美感法則推尋到極致過程中所出現的弊端。

不過，常州派陳義太高，真正能够達到標準的作者很難一遇。但也確有真能寫出者，張惠言自己就是一個典範。他的《水調歌頭・春日賦示楊生子掞》，竟然「寫出了學道之儒士的一種心靈品質方面的文化修養」。〔一四〕這五首《水調歌頭》受到常州派詞學家的極力稱許，譚獻説：「胸襟學問，醞釀噴薄而出。賦手文心，開倚聲家未有之境。」〔一五〕陳廷焯也説：「皋文《水調歌頭》五章，既沉鬱又疏快，最是高境，陳朱雖工詞，究曾到此地步否？不得以其非專門名家少之。」〔一六〕但後繼實在太難，可以説，這五首詞已經到了一個極限。甚至常州派大家和晚清諸老，都没能跟上張惠言的境界。玉岑英年早逝，加之他那個時代對儒家道德的鄙薄，想要上追張惠言，幾乎不再可能。但他畢竟生長在常州，又精於清詞之研究，不可能不熟悉常州派。《玉岑遺稿》卷三有一組《菩薩蠻》，詞序曰：「江陰蔣鹿潭《水雲樓詞》有此調《子夜歌》若干闋，類情指事，怨騷之遺也。詞客不作，人間何世，感爲繼聲。」蔣春霖的原作，玉岑是以常州派的眼光來看的，「類情指事，怨騷之遺也」，當然是常州派的口吻。詞作也很顯然步趨常州派。不過，這一組七首托意太刻，不够渾成，倒是之後的另一首，更有格調：

盤龍寶帶空箱疊，鬧妝猶鬥長安陌。翠額本清妍，君心自不憐。　試裁明月扇，倘念寒灰怨。日暮賣珠回，塵奩掩泪開。

「盤龍寶帶」，見其高貴。鬧妝花，則假花也。此高貴者疊在空箱，而彼假飾虛僞者，猶長見鬥其姿態於京華之陌，則此高貴何有乎此世？「翠額」二句，不待言矣。劉禹錫《秋扇詞》曰：「當時初入君懷袖，豈念寒爐有死灰。」然而縱然已先念之，豈便不裁？豈便裁而不使如明月之皎潔？所以「試裁明月扇」，字字珍重矣。「賣珠回」，用杜甫《佳人》詩：「侍婢賣珠回，牽蘿補茅屋。」是如此珍重，竟至如此苦況，能不怨耶？「塵奩」，見棄之久，「掩泪開」，見怨而自珍如此也。

對比常州派所推崇的「溫韋宗風」，玉岑此詞可謂形神兼備。「興於微言，以相感動」，玉岑體會得準確恰當，不能以其不及張惠言五首《水調歌頭》就輕視之。玉岑詞和常州派的淵源一直未被論者具體述及，恐怕不是因爲輕視玉岑，而是輕視常州派。輕視常州派最主要的原因，其實還是常州派陳義太高，非一般人所能企及。

（三）清季詞壇的影響

有鑒於此，譚獻甚至期望在經師中尋找合格的作者，他說：「近世經師惠定宇、江艮庭、段懋堂、焦里堂、宋於庭、張皋文、龔定庵多工小詞，其理可悟。」〔一七〕然而事與願違，他所舉的經師中，除了張惠言和龔自珍，恐怕没有可以説「工小詞」的。强求於其中，大概只能找到「語録講義之押韻者」〔一八〕吧。過分追尋内容，竟和過分追尋形式一樣，也將成爲詞之一「蔽」，這大概是金應珪想不到的。也許爲了降格以求，周濟提出：「詩有史，詞亦有史，庶乎自樹一幟矣。」[一九]給常州派的作者一個方便法門。葉嘉瑩先生以「雙重語境」説解釋了「詞史」的内在理路：「其詞作之佳者，往往在其表面所寫的相思怨别之情以外，還同時蕴含有大時代之世變的一種憂懼與哀傷之感。」[二〇]於是，愛情變成了歷史，我們看到常州派又一個發展趨向。所謂「黍離麥秀之悲，暗説則深，明説則淺」[二一]，在對時代世變的敘寫中，浙西派的藝術法則就顯得頗有用處，常州派就和浙西派不期而然地結合起來。假如我們想到浙西派的肇因在於《樂府補題》的發現，而其重要作者王沂孫，既被看作姜派詞人，又被常州派所極力推尊，也就容易理解了。經過蔣春霖，再到臨桂詞派，浙派和常派慢慢趨於結合可謂最自然的事情了。晚清四大詞人儘管各具面貌，但大家一致公認，都是臨桂一脈的法乳。因此也可以説，都是在浙派與常派的結合中，更突出一些常派。不僅創作如此，理論也一樣。陳廷焯的《白雨齋詞話》是一個顯著的代表，在那裏浙派和常派趨於結合的思路清晰極了，常派的主導也十分明顯。但也正因爲這樣的清晰和明顯，旁觀者總有「水至清而無魚」的遺憾。其實，理論和創作是不同的，理論越清晰越明顯越好，創作則越渾成越好。大概頗有論者習慣於創作似的寫作思路，更推崇况周頤的《蕙風詞話》。其實况周頤的勝處，也仍在以常派爲主導，不過將之深藏在「拙重大」的背後；也仍在能够判别出不同的美學法則，不過講得渾成。陳、况的思路是相近的，王國維《人間詞話》却是個異數，我們下面會談到。因此，我一直認爲，《白雨齋詞話》代表了清代詞學理論的高峰。

清季正是抒寫大時代之世變的憂懼與哀傷最恰當的時機，也正是兩種詞學理論得以結合的時機，各有特色的「詞史」之作紛涌而出。儘管民國以來，世事發生了更大的格局變動，但清季詞壇的直接影響力不容小視。玉岑一九二六年後在上海結識了清季四家之首的朱祖謀，且以「師」相稱[二二]，親炙之機，必然帶給玉岑更爲直接的影響。晚清諸老面目各異，就如朱祖謀以先學夢窗再熔東坡聞名，但他們合浙派與常派的路徑却都趨於一致。詞學在這個時代，法度超越了風格，成爲劃分的標尺。玉岑挾其天賦，延續了他們的路徑，慢慢再從學力中求發展。朱祖謀給他的實際幫助有多大，現在已經難以確知，但以玉岑對清詞的研習來看，必然會傾心向朱祖謀學習。他的學習是成功的，也得到内行的肯定。葉恭綽選録他的兩首詞，均爲晚清體格。《木蘭花慢·感事》一首尤爲顯著，其詞曰：

顫清歌玉樹，亂星爛，最高樓。任曙誤銅龍，雲迷錦雁，歌罷還留。綢繆。鈞天殘夢，擲東風帝子自無愁。衫影初低蛺蝶，胡塵漸迸箜篌。　神州。春事百分休。天意付悠悠。只巢燕飄零，黄昏闌角，銀鑰誰收？應羞。辭林紅萼，逐錦帆自在又東流。草木本無情思，年年悔望枝頭。

錢仲聯説爲「遼海揚塵時之詞史」，即感直奉戰争而發者，又言「本事，即余《胡蝶曲》所咏者」，應寫當時權貴與影星之事。首二句，寫歌舞無休，以「玉樹」見興亡之慨。「曙誤銅龍」，夜以繼日也；「雲迷錦雁」，軍機遂不顧也。「鈞天殘夢」諸句，寫當時醉生夢死之狀。「衫影初低蛺蝶」，殆即指影后耶？過片以下，叔世之慨。「應羞」三句，用「錦帆應是到天涯」，以隋宫事影射。結二句，以草木之無情，見時事之莫挽，最爲沉痛。

雖然和《陌上花》相較，這首詞已有了更爲深厚的内涵和學力，但其技法、托意，可言嫻熟，不可言極詣。也並未表現與人迥異的獨特面貌，只能説是晚清以來的常見風格而已。甚至托意也未能直造《蝶戀花》那樣的常州派理想境界，反而自囿在晚清詞人走向極致時表現出的晦澀。因爲錢仲聯和他的朋友之誼，我們相信這首詞或與影后胡蝶相關，否則僅憑「衫影初低蛺蝶」一句猜測，與射覆何異？

(四)王國維的影響

當然這不是玉岑一人的窘境，晚清體推至極致，無一例外地走向托意晦澀，詞法艱深。甚至作者還以此自負。這引起王國維極大的反對。他對納蘭容若的推崇，其實包含了對晚清詞法艱深的自覺排拒，故而盛稱自然而斥浙西派之法造成了「隔」。他説：「詞忌用替代字。美成《解語花》之『桂華流瓦』，境界極妙。惜以『桂華』二字代月耳。夢窗以下，則用代字更多。其所以然者，非意不足，則語不妙也。蓋意足則不暇代，語妙則不必代。」[二三]簡直和雅詞論者針鋒相對。他對常州派的嚴厲批評，其實質也是指向晚清詞人托意之晦澀。他說：「固哉，皋文之爲詞也。飛卿《菩薩蠻》、永叔《蝶戀花》、子瞻《卜算子》，皆興到之作，有何命意？皆被皋文深文羅織。」[二四]我們看到，王國維對清季四家的評價均不够高，尤其不喜朱祖謀。他「彊村雖富麗精工，猶遜其真摯」[二五]的説法，意思已經很明白了。

如果不是在晚清體托意晦澀、詞法艱深的特殊語境下，王國維的這些説法原本都是詞學上的倒退。與雅詞論者的針鋒相對，實際完全無視詞體自身藝術法則的進步。對常州派的批評，基本完全無視譚獻已經揭示過的闡釋學原則：「皋文《詞選》以《考槃》爲比，言非河漢也。此亦鄙人所謂作者未必然，讀者何必不然。」[二六]而且簡直忘了他自己也曾遵守這樣的原則去評價：「南唐中主詞：『菡萏香銷翠葉殘，西風愁起緑波閑。』大有衆芳蕪穢、美人遲暮之感。」[二七]甚至他的「境界説」中相當重要的一個部分，恰恰是對常州派這一闡釋學原則的延續。進行如此攻擊，未免顯得意氣用事。王國維自己創作的法則，是以「自然」和「哲理」相結合，力避艱深晦澀，而希望在自然地叙寫中寄意遥深。所以他推崇北宋詞，貶低南宋詞；推崇納蘭容若，貶低常州派、晚清體。

然而，王國維如此偏激的論調，在新文化風氣的衝擊下，居然大行其道。他從西方哲學中歷練出的對哲理的敏感，不是一般人所能具有，於是只有「自然」一點被接受了。玉岑的老師、岳父錢振鍠，正是接受王國維論調的一位作者。他在其《羞語》裏説：「偶見王静安《人間詞話》，於不佞有同心焉，喜可知也。」[二八]而其論詞，就是拈出「自然」二字，其《謫星説詩》云：「詞要極自然，極爽朗，方是上品，安用所謂填者？」卷二：「詞要極靈活，極自然，烏有填詞之云乎？」[二九]錢振鍠自作，如《減字木蘭花》：

一般情韻，山要遠看花要近。春水無天涯佳境，個個村莊皆畫景。疑是仙家，没數紅桃没數花。

涯，更愛波紋似碧紗。

就是典型的自然之作。這樣的自然之作，看似最容易，但却須憑借天賦才情，幾乎無法由學而致。玉岑作爲詞人最爲人所稱道的一點，恰是天賦才情之美。人人皆以詞人目之，都應該是對此的真切感受。玉岑詞中對此表現得最純粹的作品，多在寫給妻子錢素渠的詞中，而確實頗似納蘭。比如這首《南樓令》：

虬箭響初殘，歸橈驚夜闌。理殘妝、還啟屏山。縱道有情春樣暖，也涼了、藕花衫。　薄暈起渦圓，偎肩恣意看。更關心、泥問加餐。指點天邊蟾月說：今日可、放眉彎？

玉岑長日在外謀生，家中全賴夫人料理，夫妻相濡以沫，深情備至。這首詞寫玉岑深夜歸來，夫妻久別重逢之情景。語極質樸，却搖曳生姿。「虬箭」三句，純是叙事。歸人夜深乘舟還家，居人驚起開門相迎，平平寫起。却陡接「縱道有情春樣暖，也涼了藕花衫」，則今日相逢之欣喜，往日度日之艱辛，互相映帶，所謂以哀寫樂一倍增其樂也。用語則旖旎灑落，詞人風致之絶佳者。「薄暈」三句，寫閨中密意，雖温柔敦厚，不免稍近瑣屑。即以「指點天邊蟾月說：今日可、放眉彎？」蕩出遠韻。全首收放自如，濃淡相宜。所異於納蘭者，納蘭以富貴語寫傷心，玉岑則以尋常語叙深情，彌近常人情境也。

不過，要以如此清淺的詞作，改變晚清諸老在推尋詞體極致中所陷入的困境，對於熟悉清詞流變的玉岑來說，肯定是不屑一顧的。所以，以天賦見長的謝玉岑很快放棄了自然一路，走向王國維論調的反面。錢振鍠對這一點應該深有體會，他自己說到：「爲詞不以示我，或問之，曰派不同。」〔三〇〕「派不同」大概是玉岑的一個托辭，實際上，他開始追尋更爲宏闊的詞學世界。

三　謝玉岑未成就之成就

清詞從朱彝尊到王國維，完成了對詞體完整美感體系的拼合，這個過程中每個重要詞論家都有其不可取代的歷史作用。即使像王國維那麽清淺、偏激，都有其沉重的歷史意義，使我們不敢輕視。經過清代諸家的探索，詞體在自然、藝術法則、托意三個方面，經過理論和實踐的良性互動，各各達到了極致。而這三種主要的美學特徵，最終熔鑄在晚清諸老那裏。但是，這個過程始終受到有意識的理論引導，不僅每一種的發展都在達到極致之後有所過度，就是三種熔鑄爲一時也未能避免這個弊病。但是，因爲每一種都已走到極致，想要超越弊病，任何一種似乎都無能爲力，只有靠着三種相互之間的抵消。王國維之清淺，抵消了晚清諸老的深澀，大概是詞學不可無一、不能有二的理論倒退，在倒退中起到了其抵消性的歷史作用。

詞體的這三種美學特徵，都有其不易完成之處。所謂「以自然之眼觀物，以自然之舌言情」〔三一〕，看似最容易，但要求超絶的天賦和才情，學力在此幾乎無措手處。隨着藝術法則之鍛煉已臻於極致，晚清諸老之以詞名世者，無一不具備特殊之天才，稍有天才之缺憾就根本不可能再有成就之日。藝術法則固然可以由學而致，如王國維所説（王國維在這篇論文裏，認識到古雅的真實價值，但似乎並不清楚，這種古雅恰恰依靠藝術法則來成就）：「至論其實踐之方面，則以古雅之能力能由修養得之，故可爲美育普及之津梁。雖中智以下之人，不能創造優美及宏壯之物者，亦得由修養而有古雅之創造力。」〔三二〕但真正做到爐火純青，也須在學力方面付出極大的努力，甚至還要輔以天才。托意之難，則在涵養之不易，不得求之天賦，亦不得期之學力。涵養絶非易於企及者，僅被高懸爲鵠的，期能有幸遇之合。常州派因此不得不降格以求，從涵養降至世變之「史」的關注，提出「詞史」一説，而爲晚清體所順承。玉岑聰明之處，正在善於把握三種美學特徵，雖未必一一造極致，但由路徑之正漸趨熔鑄之途。更爲難得的是，在此基礎之上，求更進一步的拓展。雖然其努力終未成就，但其方向已經顯露出來。

玉岑承擔的這個任務實在並不容易。對於一個具有相當高天才和勤勉的人來説，不僅要有超越極限所需的鍛煉之時間，换句話説，要求如同晚清諸老那樣中年以上的壽數；而且還要面對歷史設置的與前輩不同的境况之羈絆。這種羈絆主要有兩點。第一種是白話文的勃興及其所帶來的淺薄文化風氣，使得古典傳統暫時隱退。有一種説法必須予以澄清。很多人誤以爲新文化的主角們，都具有極好的傳統文化修養，其實這種好是和更差的當代作家比較得來的。如果和以玉岑這樣水準的傳統文化學者比較，可就慘不忍睹了。可是一旦有這種比較，論調又會以另外的角度指責傳統文化學者保守。新文化的主角們就這樣永遠立於不敗之地。甚至很多天資學力都極爲優秀的學者也爲此形勢所迷惑，這實在是一件非常可惜的事情。筆者的太老師顧隨先生，眼力魄力，都是一流的。然而表現在創作中，其眼力魄力，居然在新文化和王國維的雙層夾縫裏完全消磨殆盡。顧隨先生在創作中，一方面極力跟隨王國維的哲理思維，一方面跟隨新文化運動不避使用白話表達。但我國詩古文辭之精妙，兼乎文字内外，一偏於文字之不典雅而通俗，必致内外俱廢。詞曲尚能以參差之句法别饒姿態，所以顧隨先生的詞曲乍視之覺得勝乎其詩，熟視之其實有着同樣的失敗。他的詞每每學王國維「人間總是堪疑處，唯有兹疑不可疑」這樣反復的句法，雖有倔强之態，但少入微之思。顧隨先生可以説是：在擺脱第一種羈絆時，採取了並不完善的策略，辜負了他天賦的美好，没有能够造成更爲出色的成就。第二種是知識分子逐漸脱離政治生活而逐步走入學術的象牙塔内，使得他們不再負有修齊治平的責任，於是常州派所要求的涵養便缺少了博大與深厚。雖然譚獻説的近世經師多工小詞並不可信，可是五代、北宋宰輔多工小詞却是歷史的事實。也正因此，常州派主要在五代、北宋的小詞中看到了最深遠的寄托。隨着知識分子身份的改變，玉岑已無法回到舊時小詞面臨的語境，不僅寄托的深遠變得艱難，即使面對世變的抱負也不再相同。在這種處境中，試圖拓展詞體的領域，幾乎等於天方夜譚了。

玉岑以其天姿、學力，再加上對詞的酷愛，没有回避這種艱難，他的努力在兩個方面展現出來。先看形式方面。玉岑在詞的韻律方面突破性很大，這是學者們都發現的問題。如《憶舊遊》詞牌，六個領字並宜用去聲字,晚清諸老多數遵循,玉岑的一首不但没有完全遵循,甚至第一個領字用了平聲(「才寒深幾日」)。而且用韻非常之寬,不僅相鄰韻部通用,相隔較遠的也照樣通用。比如,依《詞林正韻》,第六部與第十一部通用,第十一部與第十三部通用,有時甚至幾部混用。由於玉岑詞風度格調之美顯示出詞學修養甚深,我們根本不用懷疑玉岑不曉韻律。我想他很可能受到錢振鍠的影響,錢氏説過:「我輩但憂文字不逮古人,無憂其不合律也。」[三三]之所以在韻律方面如此之疏,我想是别有原因的。首先,晚清諸老嚴求詞律,使之成爲專門之學,也是詞學轉入艱深晦澀的一個原因。隨着詞樂失傳,過度講求詞律也顯得没有任何必要。至於用韻,《詞林正韻》本就和前人創作的實際用韻情況並不完全一致。玉岑對此的突破,或可説,是有意識使詞體擺脱艱澀窘境的一個策略。同時,也增强一些現代性的因素。其次,就常州派的傳統來説,其實並不太講求韻律。比如張惠言那有名的五首《水調歌頭》,「便了却韶華」、「又斷送流年」數句,按律都應是上二下三句式,但張惠言徑直作上一下四,龍榆生説:「殊爲不合。」[三四]可以看出常州派和晚清諸老的差異。(龍榆生是朱祖謀弟子,對詞律要求就嚴格得多。)這一點至少給玉岑以支持。

再看内容方面。我們前面已經舉過玉岑在詞體不同美學特徵的例子,應該説,對清代詞學進行了很好的繼承,但並没有超越前人,或者,没有形成獨特的面貌。但這是玉岑開拓的基礎。儘管他在各個方面還有拓展的餘地,但已經開始熔鑄爲自己的風格了。當然,在經過極限之後,較之前人形成自己的風格,他所需要進行的開拓更廣,難度也更大,臻於成熟也就需要更多的時間。從玉岑後期詞作,我們看到他並未急於和新文化抗争,刻意去表現現代特色,而是根柢於自己的修養,在時代的變化中潛移默轉。漸漸轉出前人所未有的境界。比較明顯的,在他臨終前的詞裏,有着納蘭之「自然」和常派之「寄托」相結合的新特色,隱約有着對詞學新理論的回應。比如他的一首悼亡詞《玉樓春·夜夢素蕖,泣而醒,復於故紙中得其舊簡,不能無詞。癸酉七月十七日》:

羅衾不耐秋風起，夜夜芙蓉江上悴。苦憑飄忽夢中雲，賺取殷勤衣上泪。　起來檢點珍珠字，月在墻頭煙在紙。當年離別各魂銷，今日銷魂成獨自。

本來只是如詞題，所寫乃悼亡之一小事，在別人或許深情，或許自然。而玉岑用情之專，所謂「欲報妻恩惟有不娶」，竟成一九死不悔之境界。又飾以芙蓉之美好（玉岑妻名素蕖），珍珠之可貴，月之明，煙之渺，則所望遂成一可爲殞身之珍物。情境已極佳，又以秋風之起，江上之悴點染，見珍物之難留，世間之可哀，守深摯於憂患間，彌覺沉至。玉岑晚期悼亡詞作，有着普遍的特色，一如周濟論秦觀「將身世之感打並入艷情」〔三五〕，合個人之感與家國之慨，內涵極爲豐蘊。葉恭綽選録他的《疏影》詞就是如此，評語「幽咽」二字，大概也指向個人情感之外。但這一首，除了個人之感與家國之慨，還有文人之精神：對美好的執著，對苦難的堅忍。在玉岑的詞裏，寫到此種境界的實在不多，即使在詞史上，也算不常見的佳作了。

然而非常可惜的是，玉岑對詞體的拓展才剛起步，甚至還没有自覺意識，他短暫的生命就中止了今後可能完成的理論與實踐的良性互動。所以，玉岑真是一未完成之詞人。未完成還不在於他没有完全形成自己的風格，這反而使得詞之多方面的美學特徵在他身上得到充分體現。不然，玉岑之獨擅也許反而掩蓋了這種豐富性。對於這種豐富性的認知，自是得自詞學自身之發展歷程。反過來，思考玉岑詞之豐富，也應該同樣引起詞學自身的深入反思。玉岑因而成爲詞學發展歷程的活化石。這是未完成的優勝。真正的未完成，是以玉岑之才學，本足以在晚清諸老之後，與同時才彥一起推動詞學的進一步拓展。這個要求，就和我們求之於納蘭容若、項廷紀的大有不同。王國維很能了解納蘭容若之得盛名，他説：「納蘭容若以自然之眼觀物，以自然之舌言情，此初入中原未染漢人風氣，故能真切如此。北宋以來，一人而已。」〔三六〕納蘭容若在浙西派盛行之日，不步趨於法則，就是所謂的「未染漢人風氣」。但趨法則而流爲「游詞」之弊，並不可以簡單地以否棄法則來對治。常州派的方法就遠較納蘭容若爲深刻，也更符合詞學發展的要求。但以當時詞學的認知水準，所求之於納蘭容若的，並未見出如此重大之責任，有一「自然」已經足够耳目一新了。故雖未成就，不難享大名。譚獻論項廷紀曰：「蓮生古之傷心人也。蕩氣回腸，一波三折，有白石之幽澀而去其俗，有玉田之秀折而無其率，有夢窗之深細而化其滯，殆欲前無古人。……以成容若之貴，項蓮生之富，而填詞皆幽艷哀斷，異曲同工，所謂别有懷抱者也。」〔三七〕從論述中可以看出，項廷紀比納蘭容若更能協調自然和法則的衝突，在詞學那個時期這一點有其意義。就是常州派在「詞史」的拓展之時，爲了比興不失於膠着，需要既有委曲技法又有濃烈情感之作者，項廷紀無疑成爲一個完美的選擇。由於没有經過晚清諸老的發展，詞學賦予項廷紀的責任也没有更多，同樣未成就，也享有了盛名。玉岑的時代，詞學要求的責任遠爲重大，他之未成就竟致逐漸湮没無聞，對於個人和時代，都是悲劇。這是「未完成」的悲哀。

四　謝玉岑詞的論定

通過清代詞學進步之歷程，我們對謝玉岑詞做了一個鳥瞰式的概觀，也對他未成就的價值和原因進行了反思。我們的看法，還可以和前輩學者的論斷相互印證。

謝玉岑自詞名外，還以書畫、鑒定名世，結交均一時名流，這自然更助其詞名的遠播。贊譽玉岑詞名者固然不乏，但很多人其實並不真正清楚玉岑詞的風格特色，一般都泛泛説出入清真、夢窗，或是白石、玉田，其實都不是嚴格的詞風評判，僅是泛指。

大家都能看到的玉岑詞特色，則在悼亡之深摯。謝玉岑夫婦伉儷情深，其詞集名《白菡萏香室詞》即因其妻名素蕖，名《孤鸞詞》即因喪妻後不再娶。連夏承燾開始對玉岑的評價，也是從悼亡詞着眼的。在玉岑夫人去世時，夏氏挽聯有云：「萬口誦情文，得婿如君，應不數《飲水》、《憶雲》、《夢月》。」玉岑卒後，夏氏寫信給龍榆生，又説：「弟甚愛其悼亡諸什，大似《夢月》、《飲水》，彼謙讓不遑。」〔三八〕納蘭容若的《飲水詞》，悼亡之作久傳衆口。項廷紀的《憶雲詞》，悼亡之作亦多。《夢月詞》作者周之琦被視爲常州後勁，玉岑也是常州人，喪妻時曾效納蘭作悼亡詞《青山濕遍》，一時聞名，夏氏提及應該是一種自然的聯想。《詞學季刊》第二卷第四號所發「謝玉岑之死」的消息，就沿用了夏氏這個評判：「其精詣之作，論者謂其冰朗玉映，在《夢月》、《飲水》之間。」〔三九〕

不過夏承燾還注意到玉岑和清人的關係。《玉岑遺稿》有夏氏序言，論其詞「纏綿沉至，周之琦、項廷紀無以過」。〔四〇〕這表面上看是很具體的風格評判，但却出自夏氏對玉岑詞深入的思考，在評判風格的同時認真估量其詞所造之成就。首先，玉岑詞具有相當的聯想潛能，與納蘭的清淺異趣，納蘭不再被提及。同時，夏氏對時人泛以「雅詞」視玉岑，並不贊同，專門提及周、項。黄燮清《詞綜續編》論周之琦：「《夢月詞》渾融深厚，語語藏鋒，北宋瓣香，於斯未墜。」〔四一〕這個評語被譚獻引到《篋中詞》裏，可視爲常州派之定論。玉岑詞確有與周之琦相近的「渾融深厚，語語藏鋒」特色。納蘭容若的優點在項廷紀那裏基本都有，但其缺乏的雅詞派修養項廷紀也同樣有。玉岑詞又正是時人一致認爲具有雅詞傾向者，那麽用項廷紀來相比要比納蘭更爲恰當。夏氏對玉岑詞的認知，大概從揚棄其雅詞傾向開始，陸續看到其聯想潛能、幽艷情致，最終肯定其遺詞修養。可以説，夏氏「纏綿沉至，周之琦、項廷紀無以過」的評價，第一次從詞學的高度論述了玉岑詞的成就。錢仲聯《近百年詞壇點將録》的贊語，就是在夏氏評價的基礎上作了更精煉的概括。錢氏更看重玉岑的常州派背景，於是只留下周之琦。同時指出玉岑詞悼亡與詞史的兩個特點，這也與周之琦相吻合。在我們熟悉了夏承燾的論斷後，如此精簡固然未爲不妥。只是在精簡的同時，也將反映在夏氏思索過程中的種種豐富因素失落了。

夏承燾最終提出了玉岑詞未成就之論述，已見前引。「昔蕙風論樊榭、容若，一成就，一未成就，而成就者非必較優於未成就。玉岑困於疾疢，限於年齡，學力容不如朱、厲。若其吐屬之佳，冰朗玉瑛，無論弟輩當在門墻衿佩之列，即凌次仲、陳蘭甫亦將變色却步，此尹梅津所謂非焕之言，四海之公言也。」〔四二〕他舉了況周頤論厲鶚和納蘭容若的例子，説明浙西派所看重的藝術法則，並不是玉岑詞主要的成就。朱彝尊、厲鶚自然是大家，夏氏未便輕議，却舉出了兩個稍遜的名家：凌廷堪和陳澧。夏氏認爲，以玉岑的早卒，藝術法則固然不及朱、厲，但以其天分，吐屬之佳可使凌廷堪、陳澧却步。這對玉岑，實在有着更大的期待。

未成就論並非夏承燾的一家之言，金松岑也有相近的看法。一九三九年，他寫《謝玉岑遺詞序》，不知何故未收入《玉岑遺稿》，原載《羣雅》創刊號，即一九四〇年八月第一集卷一，後收入作者《天放樓文言遺集》卷二。裏面説：「能爲是者（指填詞）其才遍至，其用力恒出乎詞之外，其成名焉不速。不速之謂晚成，晚成者假年於天而成其業也。」這就是前文所言的，詞體在晚清諸老之後面臨的實際境況，因發展到極致而難於早成。又云：「玉岑具獨至之才，博覽羣籍，而獨致力於長短言，其爲藝幾於成矣。懶不自珍惜，中年徂謝，幸諸友好爲之緝綜。」這是對玉岑的惋惜。「玉岑之藝雖未底於大成，要其過人之哀樂，凝爲靈芝瑞露，而吐爲仙音者，雖有兵火之劫，烏從而爍之哉？」這是對玉岑的肯定。

可以説，通過清代詞學進步歷程的回顧，得出的對謝玉岑詞的判定，和前輩學者逐漸形成的認識，是極爲吻合的。要之，謝玉岑具有全面的詞才，對詞學美感諸多方面的認知、訓練都達到極爲專業的程度，正當他想要以此爲基礎進行熔鑄，從而開拓出詞學新域之時，却中道而逝，終爲一未成就之詞人。這是他自己的悲劇，也是時代的不幸。

〔一〕錢仲聯《夢苕盦論集》，中華書局，一九九三年，第四〇〇、四〇一頁。

〔二〕《詞學季刊》第二卷第四號「通訊」，一九三五年七月。

〔三〕夏承燾《瞿髯論詞絶句》，中華書局，一九八三年，第七六頁。

〔四〕《謝玉岑致龍榆生札》五通其三，見張壽平編《近代詞人手札墨迹》，臺北「中央研究院」中國文哲研究所二〇〇五年一一月版。

〔五〕鄭逸梅《近代名人叢話》，中華書局，二〇〇五年，第一二五頁。

〔六〕《詞學季刊》第二卷第四號「通訊」，一九三五年七月。

〔七〕張炎《詞源》，唐圭璋編《詞話叢編》第一册，中華書局，一九九〇年，第二五八頁。

〔八〕沈義父《樂府指迷》，《詞話叢編》第一册，第二八〇頁。

〔九〕周濟《介存齋論詞雜著》，人民文學出版社，一九九八年，第九頁。

〔一〇〕轉見謝建紅《玉樹臨風：謝玉岑傳》，上海書店出版社，二〇一七年，第二〇八、二〇三頁。

〔一一〕金應珪《詞選後序》，《詞話叢編》第二册，第一六一九頁。

〔一二〕張惠言《詞選序》，《詞話叢編》第二册，第一六一七頁。

〔一三〕周濟《介存齋論詞雜著》，人民文學出版社，一九九八年，第四頁。

〔一四〕葉嘉瑩《説張惠言〈水調歌頭〉五首》，見《清詞叢論》，北京大學出版社，二〇〇八年，第二〇〇頁。

〔一五〕譚獻《篋中詞》，見《御選歷代詩餘　附篋中詞、廣篋中詞》，浙江古籍出版社，一九九八年，第五五二頁。

〔一六〕陳廷焯《詞則·大雅集》卷六，上海古籍出版社，一九八四年，上册，第二四九、二五〇頁。

〔一七〕譚獻《復堂詞話》，人民文學出版社，一九九八年，第三二頁。

〔一八〕劉克莊《恕齋詩存稿跋》，見《後村先生大全集》卷一一一，《四部叢刊初編》本，商務印書館，一九三六年。

〔一九〕周濟《介存齋論詞雜著》，第四頁。

〔二〇〕葉嘉瑩《論詞之美感特質之形成及詞學家對此種特質之反思與世變之關係》，見《詞學新詮》，北京大學出版社，二〇〇八年，第二〇〇、二〇一頁。

〔二一〕陳廷焯《白雨齋詞話》，上海古籍出版社，一九八二年，第二九一頁。

〔二二〕《申報》一九三〇年一二月二三日刊謝玉岑《魏塘賓筵小記》一文中，有「聯語雅多可誦，彊村師曰：『宣文絳帷，女宗矜式；郗母緑鬢，上壽期頤』」之語。

〔二三〕《蕙風詞話　人間詞話》，人民文學出版社，一九九八年，第二〇六頁。
〔二四〕《蕙風詞話　人間詞話》，第二三三頁。
〔二五〕《蕙風詞話　人間詞話》，第二四四頁。
〔二六〕譚獻評《詞辨》，見《清人選評詞集三種》，齊魯書社，一九八八年，第一七八頁。
〔二七〕《蕙風詞話　人間詞話》，第一九六頁。
〔二八〕屈興國編《詞話叢編二編》，浙江古籍出版社，二〇一三年，第一八四九頁。
〔二九〕《民國詩話叢編》第二册，張寅彭輯，上海書店出版社，二〇〇二年，第六〇四頁。
〔三〇〕錢振鍠《謝二姑傳》，轉見《謝玉岑百年紀念集》，京華出版社，二〇〇一年，第四七頁。
〔三一〕《蕙風詞話　人間詞話》，第二一七頁。
〔三二〕王國維《静庵文集續編·古雅之在美學上之位置》，見《王國維遺書》，上海書店出版社，一九九六年，第三册第六二三頁。
〔三三〕錢振鍠《名山文約》三編。
〔三四〕龍榆生《近三百年名家詞選》，上海古籍出版社，一九八二年，第九〇頁。
〔三五〕周濟《宋四家詞選》，《清人選評詞集三種》，齊魯書社，一九八八年，第二三六頁。
〔三六〕《蕙風詞話　人間詞話》，第二一七頁。
〔三七〕譚獻《篋中詞》，人民文學出版社，二〇一五年，第二〇四頁。
〔三八〕〔三九〕《詞學季刊》第二卷第四號「通訊」，一九三五年七月。
〔四〇〕《玉岑遺稿》，王春渠印本，一九四九年，第二頁。
〔四一〕龍榆生《近三百年名家詞選》，上海古籍出版社，一九八二年，第一〇九頁。
〔四二〕《詞學季刊》第二卷第四號「通訊」，一九三五年七月。

（作者單位：華東師範大學哲學系）

劉景堂年譜

謝永芳

傳略

劉景堂，或作景棠，譜名春融，字韶生，號伯端，别署璞翁、守璞、傖公。廣東番禺（今廣州）人。番禺劉氏始祖焕，字凝之，號西澗居士。筠州（今江西高安）人。宋仁宗天聖八年進士，以太子中允致仕。卒謚文莊。焕子恕，字道原。皇祐元年進士。曾協修《資治通鑑》。著有《十國紀年》、《通鑑外紀》等。《宋史》有傳。恕長子義仲，字仲輿。次子和仲，早卒。宋劉元高曾輯焕、恕、義仲詩文，以及司馬光、歐陽脩、蘇軾、黄庭堅、朱熹等名家題詠的詩文尺牘，爲《三劉家集》一卷。其後，翠山公自江西徙居寧化縣。明朝遷居福建上杭（今龍巖）。清代入粤，著籍番禺。景堂，乃福龍公第十四世孫。榮海公有三子。華東，字子旭，號三山。嘉慶六年舉人。弟華杲、華果。華果生曜長。曜長生名遠、紹遠、静遠、懷遠、來遠。景堂父名遠，又名兆榕，字子蕃，號補之。任兩廣總督、兩江總督張人駿幕僚。與陳望曾爲摯友。母陶氏。又，二叔紹遠子伯華，曾任職香港皇家天文臺。生子天錫，女允中。又，三叔静遠妻陶秀蓀，曾任廣州女子師範學校校長。生四女嘉蕙、蘅静、紫瑛、蕙纕。嘉蕙適姜劍秋，生女爲德。蘅静適郭威白，生女白蘅。蕙纕適劉石心。又，五叔庸，字子平，號桐薪。曾任香港副華民政務司。著有《桑苧哀翁集》。庸有兩妹：四妹文貞、六妹少珊。景堂，光緒十三年十一月初三日生。少時，與五叔庸、三弟璣在端州（今廣東肇慶）官廨讀書，後與胡毅、朱執信、汪兆鋐、兆銘昆仲等共學於廣州城北教忠學堂(今教忠中學)。繼而供職廣東提學司署之學務公所,隸總務科。每當公餘,輒與一時名宿,如丘逢甲、況仕任、陳濤、覃孝方、沈養源、許少白、譚鑣及俞安鼎等,相邀爲文酒之會。宣統元年,隨父還南京。稍後,扶柩回粤。廣州黄花崗起義後,避居香港。初佐俞安鼎設塾教讀,後入香港政府華民署,任職文案。始學爲詞,與張學華、俞安鳳、汪兆銓、陳步墀等唱酬交遊,並加入南社。香港淪陷前移居澳門,後遠走潯州(今廣西桂平)。抗戰勝利後,返港終老。其間多與黎國廉、廖恩燾、葉恭綽、陳融、詹安泰、胡熊鍔、張成桂、馮平、黄肇沂、朱庸齋、張樹棠、張紉詩、冼玉清、章士釗等唱酬。一九六三年九月三十日逝世。原配范菱碧。范公詒女,能詩畫。景堂二弟春和,早卒。三弟璣,譜名春明,號叔莊。陶邵學婿。曾任香港教育署視學官。著有《潛室詩稿》。幺妹漢媛。璣長子陸爵,就讀上海聖約翰大學,早卒。次子仁爵。六子敬爵。七女玲君。仁爵生二女高琳、高琪。敬爵生子高珮、高華,女高文、高和、高原、高琮。景堂子四,德爵、壽爵、天澤、殿爵。德爵,曾任教香港灣仔書院。著有《劉德爵詩稿》。天澤,曾任職香港教育司署。六子早夭。殿爵,曾任倫敦大學中文講座教授、香港中文大學講座教授。女二,夢來、圓爵。圓爵,曾任庇理羅士女校、何東女子職業學校校長。

劉景堂所著中已結集版行者凡四種:《心影詞》、《影樹亭詞滄海樓詞合刻》(《影樹亭詞》爲廖恩燾詞集)、《滄海樓詞鈔》、《滄海樓詞》,均爲詞集,皆在香港出版。香港中文大學黄坤堯教授另據劉氏家藏遺稿等及輯佚所得,彙編爲《劉伯端滄海樓集》,含《滄海樓詞》、《滄海樓詞補編》、《滄海樓詩鈔》、《滄海樓文鈔》、《滄海樓摘録》、《詞意偶釋》等六種,由商務印書館香港有限公司印行。又,據黄賓虹、張谷雛與李啟隆分别所繪《松林高士圖》、《歌樂山圖》、《雨屋深鐙填詞圖》,可輯得劉景堂佚詩二首與佚詞一首。

清德宗光緒十三年丁亥（一八八七）　一歲

《中葡和好通商條約》簽訂，清政府同意葡萄牙永駐管理澳門。

十一月初三日（十二月十七日），生於曲江（今廣東韶關）。時乃父二十六歲。

《絶塵想室詩草序》：「今君年届七十，余亦六十有五。……辛卯冬月，劉景堂。」又《莫京書來問訊賦此答之兼寄公續》「我輩能逢七六春」句下自注：「余與公續、莫京均丁亥年生。」

陳望曾（省三）三十六歲。沈曾桐（子封、同叔）三十五歲。朱祖謀（孝臧、彊村）三十一歲。易順鼎（實甫）三十歲。范公詒（伯言、潔庵）三十歲。汪兆銓（莘伯、惺默）二十九歲。汪兆鏞（憬吾、伯序）二十七歲。周長齡（壽臣）二十七歲。張學華（漢三、闇齋）二十五歲。譚鑣（康齋、仲鸞）二十五歲。廖恩燾（懺庵、鳳舒）二十四歲。丘逢甲（仙根、蟄仙）二十四歲。何星儔二十四歲。江孔殷（少泉、霞公）二十四歲。陳濤（伯瀾）二十二歲。楊玉銜（鐵夫、季良）十九歲。陳慶森（荃階）十九歲。陳步墀（子丹、雲僧）十八歲。陳洵（海綃）十八歲。冒廣生（鶴亭、疚齋）十五歲。黎國廉（季裴、六禾）十四歲。俞安鼎（叔文）十四歲。馮漢（師韓、鄧齋）十三歲。葉佩瑜（次周）十三歲。陳融（協之、顒庵）十二歲。温肅（毅夫）十歲。姚禮修（粟若、叔約）十歲。汪兆鋐（仲器）十歲。胡漢民（展堂、不匱室主）九歲。胡熊鍔（伯孝）八歲。覃孝方（壽堃）八歲。關賡麟（稊園）八歲。李尹桑（茗柯、壺父、璽齋）八歲。馬復（孝武、武仲、鉏經）八歲。馬孝讓（賓甫）七歲。葉恭綽（譽虎、裕甫、遐庵）七歲。廖景曾（伯魯）七歲。章士釗（孤桐、行嚴）七歲。陳沅（梅湖、光烈）七歲。汪兆銘（季新、精衛、雙照樓）五歲。胡毅（毅生、隋齋）五歲。鄧萬歲（溥、季雨、爾雅）五歲。劉峻（筱雲）四歲。劉庸四歲。朱執信（大符）三歲。盤珠祁（斗寅）三歲。范菱碧三歲。熊公續一歲。陳一峰一歲。

光緒十四年戊子（一八八八）　二歲

黄强（莫京）生。

光緒十五年己丑（一八八九）　三歲

慈禧歸政，德宗載湉親政。

正月初一日，二弟春和生。

與五叔庸、三弟璣讀書端州官廨應不早於是年。

劉庸《伯端和春日晚飲次答》「有味清燈迴夢寐」句下自注：「兒時與端姪共讀端州官廨，每至中夜，青燈熒然，忽忽五十餘年矣。」《嶺雅》第三十期所載，題作《依韻答伯端和春日晚飲並柬叔莊》，注作「兒時偕伯端共讀端州，每至中夜，一燈熒然，回首五十餘年矣」。又《叔莊忌日寄伯端》四首其一「曾共清燈祇一人」句下自注：「兒時與姪輩共讀端州官舍，秋夜窗竹蕭然。伯端雖幼，亦知感秋。今存者伯端與我耳。」

光緒十六年庚寅（一八九〇）　四歲

任援道（良才、豁庵、友安）生。

光緒十七年辛卯（一八九一）　五歲

康有爲創設萬木草堂。

光緒十八年壬辰（一八九二）　六歲

馮平（秋雪、西谷）、吕燦銘（智帷）、李景康（銘琛、鳳坡）生。

光緒十九年癸巳（一八九三）　七歲

當不晚於是年，作《余童時侍外祖母乩壇所得長句忽忽七十年》。

光緒二十年甲午（一八九四）　八歲

中日甲午戰争爆發。

十一月二十七日，三弟璣生。

俞安鳳（伯陽、伯歟）中舉。先生曾作《高陽臺・春雨和伯陽》、《生查子・和伯陽韻》、《夜飛鵲・春寒和伯陽》、《霜天曉角・折花和伯陽》、《秋宵吟・和六禾伯陽》、《霜葉飛・重九登高和六禾用夢窗韻兼寄伯陽》、《秋宵吟・用六禾韻寄伯陽》、《蝶戀花・春愁正深伯陽書來有人與詩俱老之慨黯然傷懷賦此寄答》、《江城子・月夜高歌贈六禾詞客兼寄伯陽》、《蕙蘭芳引・伯陽庭前秋蘭兼並蒂同心之異爲賦此解》、《金縷曲・伯陽北上賦此贈行》。俞氏曾作《月中桂・中秋懷三弟並寄伯端季裴》。三弟，當即俞季延。

梅蘭芳（畹華）、鄧芬（曇殊、從心、誦先）、冼玉清（瑯玕館主、西樵山人）生。

光緒二十一年乙未（一八九五）　九歲

中日簽訂《馬關條約》，甲午戰争結束。

光緒二十二年丙申（一八九六）　十歲

吴肇鍾（唯庵）、陸丹林、何焯賢（竹孫）生。

光緒二十三年丁酉（一八九七）　十一歲

况仕任（晴皋）中舉。

張成桂（叔儔、粟秋。張德瀛子）、易劍泉生。

光緒二十四年戊戌（一八九八）　十二歲

中英簽訂《展拓香港界址專條》。

光緒宣布變法維新。

趙尊嶽（叔雍）、李耀辰（居端、研山）生。

光緒二十五年己亥（一八九九）　十三歲

中法簽定《中法互訂廣州灣租界條約》。

光緒二十六年庚子（一九〇〇）　十四歲

八國聯軍陷北京。

妹蘅静生。

陳寂（午堂、寂園、枕秋）、曾克耑（履川）、鄭天健（水心）生。

光緒二十七年辛丑（一九〇一）　十五歲

清政府與英、美、法、德、俄、日、意、奥、西、荷、比等十一國政府簽定《辛丑合約》。

光緒二十八年壬寅（一九〇二）　十六歲

詹安泰（祝南、無庵）、甄陶（伯俊、禮儒、陶庵）、黄肇沂（詠雩、芋園、天蠁）生。

光緒二十九年癸卯（一九〇三）　十七歲

曾希穎（廣雋、了庵）、區少幹（四近樓。區權弟）、余祖明（少颿、百駕）、黄繩曾生。

汪兆鋐（朱執信從舅）逝世。先生《絶塵想室詩草序》中有云：「余年十六，在汪仲器、季新兄弟家，始識毅生。」

光緒三十年甲辰（一九〇四）　十八歲

岳父范公詒（范如松孫）逝世。

王韶生（懷冰）、盧鼎（鼎公、燮坤）生。

光緒三十一年乙巳（一九〇五）　十九歲

中國同盟會在日本東京成立，孫中山被舉爲總理。

停科舉，興學校。

光緒三十二年丙午（一九〇六）　二十歲

革命派與君主立憲派展開大論戰。

香港發生風災。

光緒三十三年丁未（一九〇七）　二十一歲

供職廣東提學使司署之學務公所，隸總務科。

《滄海樓摘録》：「前清光緒丁未年，余供職廣東學務公所，與新會譚仲鸞君同事。」又「仲鸞學甚淵博，云梁任公乃其中表。戊戌政變之初，康南海電邀任公北上，共商大政。譚偕流輩同餞任公之行。」陳望曾《秋暑敬步元韻》二首其二「白駒維縶記當年」句下自注：「昔任提學時，曾引君爲助。」

林汝珩（碧城）、夏緯明（慧遠。夏孫桐子）生。

光緒三十四年戊申（一九〇八）　二十二歲

光緒、慈禧相繼去世。溥儀入繼帝位，改明年爲宣統元年。

與丘逢甲、俞安鳳、安鼐昆仲等爲學務諸子之會。

《三十六溪花萼集序》：「有清光緒末年，予年二十二，供職廣東提學使司署之學務公所，始交伯陽。非惟共事，兼同隸總務科。一時名宿，如邱仙根、沉晴皋、陳伯瀾、覃孝方、沈養源、許少白諸公，……每當公餘，輒相邀爲文酒會，尤好作詩鐘之戲。伯陽寓小北都府街，門榜三十六溪俞。予休沐日輒訪劇談，因而得交叔文。叔文供職警務處，繼亦參加學務諸子之會。」沈養源、許少白，均未詳。又《滄海樓摘録》：

「廣州學務公所在廣雅書局舊址，内有抗風軒、十峰軒、東校書堂、西校書堂，並三君祠、十先生祠。每當公餘之暇，輒與邱仙根、況晴皋、覃孝方、陳伯瀾、俞伯陽諸公作詩鐘之戲。如分詠格白髮石頭記，邱仙根一聯云：『暮年情況雙蓬鬢，收局文章一草庵。』如晦明格上晦詠後字，下明嵌目字，況晴皋一聯云：『側身天地無來者，舉目河山異昔時。』如嵌字格温老第二唱，覃壽堃一聯云：『不温石骨貂何補，垂老邊心馬漸知。』又嵌字格里衣第二唱，陳伯瀾一聯云：『窮里雪天難覓酒，破衣雲路似裝綿。』又嵌字格路翻第二唱，俞伯陽一聯云：『無路可通情似海，任翻不動案如山。』皆佳句也。猶記當時提學使司爲沈曾桐，亦浙東名士。曾於暇日邀幕僚作詩鐘會，嵌字格春利第二唱，余得一聯云：『殘春鳥亦呼歸去，不利騅應喚奈何。』竟獲首選。忽忽五十年，余今年七十三，追念前塵，真如昨夢也。」案：金武祥《粟香三筆》卷四：「近人雅集，分舉不類兩物撰詩一聯，名九宫格，又名無情搭，又名詩鐘。」

與范菱碧成婚。丘逢甲有《題劉伯端德配范菱碧所畫帳額二十四番花信圖》二首贈之。《滄海樓摘録》：「余内子范菱碧爲范伯言先生之女，能詩畫。是時余新婚，菱碧寫二十四番花信風圖爲帳額，猶記邱仙根題二絶句云：『廿四番風轉畫叉，天教徐淑配秦嘉。可憐一管生春筆，寫遍人間稱意花。』『玉爐香畔錦燈前，六角流蘇寶帳懸。門掩東風春似海，劉綱夫婦是神仙。』邱淙刊其先人詩稿，竟遺收入，殊可惜也。」

容啟東生。

溥儀宣統元年己酉（一九〇九）　二十三歲

南社在虎丘成立，陳去病、高旭和柳亞子爲發起人。

三月初七日，長子德爵生。

五月以後，隨父名遠遷江南。時兩廣總督張人駿（千里，一八四六—一九二七。張佩綸從子）調任兩江總督，名遠作爲幕僚，遂舉家宦遊江南。

宣統二年庚戌（一九一〇）　二十四歲

父名遠在兩江總督幕任内病逝。先生扶柩歸粤。

巢章（章甫、鳳初）、王季友生。

宣統三年辛亥（一九一一）　二十五歲

廣州起義。

武昌起義。

次子壽爵生。

移居香港。

《心影詞序》：「余少喜倚聲，困於簿書，未能致力。辛亥移家海嶠，與六禾昕夕過從，復親韻事，故余詞與六禾唱和爲多。」

中華民國元年壬子（一九一二）　二十六歲

孫中山在南京就任臨時大總統。稍後辭任。

清帝退位。

十月十九日，香港《華字日報·精華録》刊載先生所作《水龍吟·和易實甫並次原韻》：「誰填壹闋新詞，筆花難寫深深意。九霄路迥，佩環風嫋，夜寒如水。銷損華年，幾番重數，酒酸愁滯。算於今依舊，白頭勳業，都附與、金樽裏。脱盡朝衣耽睡。負年年、團圓蟾桂。同是天涯，勸君休問，人間何世。我愛嬋娟，嬋娟愛我，兩情相倩。念相思千里，秋風紈扇，爲郎憔悴。」此詞，未及收入《劉伯端滄海樓集》。

十一月初六日，《華字日報·精華録》刊載先生《貂裘换酒·子丹先生以詞寄示依韻和之》。此詞，後附載於陳步墀《十萬金鈴館詞》。陳氏原唱題作「同抱香、又農拍照，題送抱香之行」。抱香，或即謝英伯（華國，抱香，一八八二—一九三九）；又農，即梁淯（一八六二—一九一九）。案：先生之後又曾在《華字日報》上發表了至少一首詞，還作有《奉題華字日報七十一週年紀念刊》。

張紉詩（宜、轉換）生。

丘逢甲逝世。丘氏曾作《劉郎歌贈伯端》。

中華民國二年癸丑（一九一三）　二十七歲

三子天澤生。

居港期間，黎國廉導先生爲詞。

《玉縈樓詞鈔跋》：「余癸丑、甲寅間，旅居香港，與六禾丈比鄰。丈導余爲詞，析四聲，辨雅俗，春秋佳日，唱酬無間。忽忽三十餘年，雖無所成，然得稍窺詞之窔奥而不致歧趨者，皆丈力也。」

中華民國三年甲寅（一九一四）　二十八歲

四女夢來生。

陳步墀《十萬金鈴館詞》出版。先生有《雲僧四十五歲之象》二首題於該編卷首，又作有《題十萬金鈴館詞》二首：「桃花開盡蕙花開，花事今番第幾回。莫道閑情抛棄久，不辭風露立蒼苔。」「尋春休怨杜郎遲，猶是相逢未嫁時。那得紅顏爲君駐，鏡中華髮已絲絲。」陳氏自題有《買陂塘》，其中「蕭劉應算同侶」句「蕭、劉」二字下自注「伯瑶、伯端」。

陳步墀輯《卅家尺素》出版。該編載先生不晚於本年所作致陳氏函三通，其一：「子丹先生足下：承示《繡詩樓二集》，拜讀後再奉上題詞，以誌欣佩。並承惠柑珍並謝。暇當趨叩。此復。敬頌吟安。劉伯端頓首。」其二：「拜讀和章，佩慰無似，慷慨淋漓，自是後山嫡派。當已另録交《華字日報》刊登，俾有目共賞。如尚有新作，並望多示一二，以慰寂寥。此致雲僧大詞壇。守璞拜柬。」其三：「佳什迴環婉轉，大有柳屯田曉風殘月之意。茲上和章，狂奴故態，君勿詫也。此上雲僧大詞壇。守璞合十，十三日。」第一函中「題詞」，即先生作於本年的《題繡詩樓二集》一首：「珍珠閑挂小簾鉤，海燕歸來憶舊遊。仙女散花成五色，天風吹入繡詩樓。」陳氏《繡詩樓詩二集》於一九一二年出版。

潘小磐（餘庵）生。

中華民國四年乙卯（一九一五）　二十九歲

陳步墀《茅茨集》出版。其中，《茅茨雜詠》十首其五自注：「劉伯端題聯云：『仗酒祓清愁，花消英氣；在燈前欹枕，雨外熏鑪。』」又《師韓伯端錦澤諸君連日以詩見貽喜而答之》四首其二自注：「伯端夫婦皆能畫，邱仙根題句云：『劉綱夫婦是神仙。』」

劉秉衡（平之）生。

中華民國五年丙辰（一九一六）　三十歲

五女圓爵生。

作《木芙蓉十二韻和季農少筠》。季農，《劉伯端滄海樓集》編者黃坤堯疑乃「季裴」之誤。少筠，乃許應騤（一八三二—一九〇三）子秉璋，光緒二年舉人。先生本年又作有《踏莎行·少筠丈贈詩賦此答之》。又，與此篇同輯自《南社叢刻·第二十四集未刊稿》的先生詩作，尚有四首：《山居寄俞伯陽》（二首）、《早起山行》、《秋興》。

作《英國詩人莎士比亞歿後三百載開會紀念》：「偶因天籟發長吟，海外流傳咳唾音。當日陽春難屬和，衹今黄絹費追尋。語多諷世能移俗，曲妙登場見苦心。三百年來成絕調，五洲人共仰高岑。」此詩，稍後被英國漢學家翟理斯譯爲英文，載其《古詩選珍》。

陳步墀輯《尺素續編》出版。該編載先生不晚於本年所作致陳氏函四通，其一，略云：「弟抗塵走俗，學業日荒。近者同人等組織一書塾，以保全國粹爲宗旨。膺講席者悉皆通才之士，決非本港塾師囿於一隅風氣者可比。心力幾瘁，始克成立。素知貴郡人士，夙重國學。兹特將招生簡章呈閲，倘有欲訪求師資者，尚希指引入校肄業，以符執事提倡文學、培育人才之盛心。在該校一經品題，亦當身價十倍也。專此奉懇，敬請台安。弟守璞頓首。」其三：「拙作如網絲，如絮果，隨處黏滯，無一是處。尊集如維摩説偈，釋迦演法，解脱一切。古人云：情之不同，發於聲也故異，其或然歟。附上四絶，用知近懷，公或不厭其言之煩也。此上雲僧詩壇，守璞合十。」餘不具録。

據《心影詞・丙辰詞稿》，先生本年作詞凡四十八首。不具録。

陳湛銓（青萍。詹安泰門生）、吴天任（鬱照，荔莊）生。

中華民國六年丁巳（一九一七）　三十一歲

據《心影詞・丁巳詞稿》，先生本年作詞凡一百二首。不具録。

鄭棟材、勞天庇（仲晃、墨齋）、饒宗頤（固庵、伯子、選堂）生。

中華民國七年戊午（一九一八）　三十二歲

據《心影詞・戊午詞稿》，先生本年作詞凡七十一首。不具録。

温中行（必復。温肅子）、羅忼烈（慷烈）、湯定華（啟亮、文冰）生。先生曾作《鷓鴣天・紉詩定華寄讀滄海樓詞感賦之作倚此以答其意》：「飽飯東坡百不能。慚君寄語慰平生。花開故國空回睇，日暮途窮任倒行。　心自醉，眼長醒。江湖杜牧舊知名。十年未了傷春淚，换得伊涼變徵聲。」

中華民國八年己未（一九一九）　三十三歲

「五四」運動爆發。

陳步墀輯《尺素三編》出版。該編載先生不晚於本年所作致陳氏函一通，略云：「讀公詠蓮四章，尤覺香盈齒頰。弟適作《採蓮曲》四首，順呈粲正。《詩集二》尚未暇展讀。」

八月，作《恭祝子丹先生五十大慶》。案：據一九二〇年出版之陳步墀編《歲寒堂壽言》，姚筠（俊卿、嶰雪，一八四五—一九二二）、羅錦澤、潘飛聲、林其芳、陳仰于等均有賀詩。遜帝溥儀亦有「寒木春華」匾額等賀禮。陳步墀乃將所住繡詩樓易名爲歲寒堂，並新輯《寒木春華齋詩》一冊，以表丹心。

中華民國九年庚申（一九二〇）　三十四歲

春，自序《心影詞》：「余少喜倚聲……故余詞與六禾唱和爲多。六禾嚴於格律，凡一調必依某家某闋，五聲不紊。余苦其束縛，且力有未逮。然又病近代詞家之漫不叶律者，故一調之中，如古人平仄互用，則寬其限制；至若孤調之無可假借，亦不敢稍有出入。此余之志也。然或意眩目迷，不自知某舛誤。深望大雅君子，摘某瑕而告之。又余詞寓懷十之八九，即景詠物十之一二，已事迷離，都成心影，故以名詞。要之言與過俱，罪隨心滅，亦何待人之相諒哉！庚申春夜，守璞自識。」另曾作《壽樓春・自題心影詞舊稿》：「尋哀蘭歧蹤。似驚絃鎩羽，黏壁枯蟲。卅載江湖詞客，白頭成翁。心斂素，情銷紅。問少年、疏狂誰同。記短燭探書，深杯引劍，人事水長東。　窺梁月，當襟風。任清歌一闋，歸夢千重。不信蓬萊飆阻，翠禽能通。歡易盡，愁無窮。度軟紅、霜天初鐘。正灰冷昆池，人間未應傷爨桐。」本年出版的《繡詩樓叢書》第二十九種，所收即先生《心影詞》一卷。扉頁爲梁湛枝題字。温肅爲題《讀伯端詞丈大集》一首：「可是龍洲劉改之，風流儒雅足吾師。娵隅卻抱鑾參恨，有井能歌柳七詞。誰識瓣香宗白石，生憎時論比烏絲。當今作者稱陳（椿軒）許（守白），王後盧前恐未宜。」又玉照一頁，陳步墀題曰：「伯璣殊愧我，三影最憐君。玉樹臨風貌，金荃絶世交。無人歌古調，有汝抹微雲。安得天台去，重談到夜分。」此詩，一九三二年出版之陳氏《寒木春華齋詩》題作《題劉伯端先生玉照》。又，方寬烈（一九二三—二〇一三）藏先生手稿一卷，上題：「智帷姨丈正拍，景堂呈稿。」選録《心影詞》四十六首，另《天仙子》（曉起捲帷寒意淺）一首。蓋因此首《天仙子》原刊於《心影詞》，後乃移入《海客詞》中。

易順鼎、朱執信（朱啟連子）逝世。先生作有《徵招・輓朱執信兄》：「白楊摇落西風早，秋原薄陰催暝。薤露起悲歌，奈沈魂難醒。舊懷傷夢影。念緗帷、夜寒燈凝。萬劫滄洲，十里塵事，這回驚省。何事不歸來，蕭蕭意、易水爲君淒冷。死别已吞聲，有雙眥淚迸。故人今老境。向花外、獨參禪乘。漫回首、如此江山，問有誰能整。」

中華民國十年辛酉（一九二一）　三十五歲

幼子殿爵生。

朱庸齋（奐、涣之）生。

沈曾桐（沈曾植弟）逝世。

中華民國十一年壬戌（一九二二）　三十六歲

冬，朱孝臧自書《摸魚子・龍華看桃花》、《鷓鴣天・越翼日重遊遂訪石芝居士》二詞，尾署：「少沅先生屬録近詞，即請正律。壬戌冬中，孝臧。」少沅，即譚頤年，陳洵詞友。先生爲題《鷓鴣天・題彊村翁龍華看桃花自寫摸魚兒鷓鴣天詞卷》：「换世尋芳跡已陳。龍華回首幾番春。桃花未了東風債，甘化年年陌上塵。詞客謝，墨痕新。聲聲長短總傷神。要知諸色原無相，莫問華鬘劫後身。」

本年，梅蘭芳赴香港演出。先生作《芳草・和六禾詞客贈畹華》，今存本年手書詞稿。

中華民國十二年癸亥（一九二三）　三十七歲

賴際熙、俞安鼐等創建香港學海書樓。初名崇聖書堂，後仿廣州學海堂建制，更名爲學海書樓。

十二月，《南社叢刻》第二十二集出版。該集收録先生詞作二首：《蝶戀花・三月三日恰是清明春光如客春懷如酒因憶梅溪詞今歲清明逢上巳用作首句足成是闋》、《金縷曲・春夜聞蟲和汪莘白兆銓原韻》。前一首，稍後又收入《南社湘集》第二期。

南社解體。之後又有新南社和南社湘集、閩集等，前後延續達三十餘年。先生爲南社湘集成員。

柳亞子《南社紀略》：「南社的活動，到一九二三年十二月，二十二集出版後完全停止。」又《南社紀略・南社社友姓氏録》：「劉伯端，字伯端，福建閩侯人。」《南社叢刻》亦如是。又，陳去病《南社雜佩・待訪録》：「劉伯端，伯端，福建閩侯。香港華民政務司署。」

鄭逸梅《南社叢談・南社湘集姓氏録》：「劉伯端，字守璞，廣東番禺人。」

陳濤（吴宓姑丈）逝世。

中華民國十三年甲子（一九二四）　三十八歲

夏，香港「北山詩社」創設。社員主要有先生與何藻翔、崔師貫（百越）、蔡守（哲夫）、莫漢（鶴鳴、養雲）、楊玉銜、陳兆年（菊衣）、鄧萬歲、何冰甫等。至次年夏，因港地大罷工而停歇。（據吴天任編《何翽高先生年譜》）第一會徵詩啟事，載於本年八月二十日香港《華字日報》：「愚公簃詩社第一會詩題：甲子中元後一夜愚公簃玩月（不拘題韻）。歡迎投卷，由本報彙收，限七月廿叁日星期六截止，函面請註明『愚公類字。』」查何藻翔集中有《瑶臺月》、《賀新涼》二詞，分注北山亭中秋、重九，亦屬詩社雅集之作。據程中山《開島百年無此會：二十年代香港北山詩社研究》、汪夢川《南社詞人研究》，何氏《瑶臺月》出於南社湘集之非正式雅集，《南社湘集》收録參與者二十四人的二十六首詞作（分拈詞牌，詞牌名皆含「月」字。另陳兆年《月底修簫譜・中秋北山堂賞月分賦》一首）；《賀新涼》出於南社湘集之第二集（另一雅集地點在長沙賜閑園），《南社湘集》收録參與者二十五人的二十八首詞作（限調《賀新郎》）。北山堂的存詞雅集還有另外三次：本年十月之非正式雅集，《南社湘集》收録參與者十九人的二十三首詞作(限調《霜花腴》，限題「詠菊」)；本年十二月之非正式雅集，《南社湘集》收録參與者不詳、存詞十九首中的五人的五首詞作(限調《步月》，限題「雪孃度曲」，限韻「用史梅溪韻」)；本年冬之非正式雅集，《南社湘集》收録參與者十人的十首詞作(限題「詠雨」)。案：曾希穎曾作有和先生《高陽臺·春去多時更無人惜酒邊成拍以當驪歌》的同調之作「利園山移，端陽節近，中情邑邑，排遣無從，偶讀璞翁惜春詞，愈增棖觸，次韻和之」，可參。利園山，乃北山詩社所在地，原稱東角山，位於香港島銅鑼灣西南部。「一九二四年，歲甲子，渣甸洋行以渣甸山及樓宇轉售於本港殷商利希慎氏，自是而後，遂名爲利園山。中山莫鶴鳴，請於利氏，借其原日之渣甸洋行副經理室所謂二班行者，設北山詩杜，名曰北山堂，又名愚公簃，爲詞壇儔侶雅集之所，社友數十人，每週均有雅集。」(勞緯孟《五十年人海滄桑録》)

十一月，《南社湘集》創刊於湖南長沙。首載傅熊湘(君劍、鈍安，一八八三—一九三〇)《導言》，凡出八期而止，收録先生詞作共計五十二首。

梁羽生(陳文統)生。

陳慶森逝世。徐紹楨(固卿，一八六一—一九三六)集中《呈孫中山請褒恤陳慶森文》一文云：陳慶森卒於本年四月二十六日。此「陳慶森」當即其人。又，先生《丙辰詞稿》、《戊午詞稿》詞題中之「鳳喈」(《摸魚兒·七夕同辛伯季裴鳳喈諸公》、《摸魚子·丙辰七夕曾賦摸魚子辛伯季裴鳳喈諸公均有和作今滯跡天涯又逢佳節仍倚是調寄辛鳳二丈兼呈季裴漢三叔文》)與《丁巳詞稿》詞題中之「莘階」(《惜紅衣·春日懷辛伯莘階二丈》)或爲一人。又，陳澧高弟、著有《漢官答問》等書的陳慶笙(樹鏞，一八五九—一八八八)，與此陳慶森非爲一人。又，徐氏曾作《劉伯端有詩寄懷次韻答之》、《秋感和劉伯端原韻》，未審此「劉伯端」是否即指先生。

中華民國十四年乙丑(一九二五)　三十九歲

二月，黄賓虹(懋質、質，樸存，一八六五—一九五五)繪《松林高士圖》，題識尾署：「濱甫先生寄張藥房《逃虚閣詩集》見貺，因寫其題梁石癡畫句博笑。乙丑二月，黄賓虹。」李耀辰爲題簽。題跋者有先生與葉恭綽、馮彊、胡毅、李耀辰、陳融等八家。先生所題爲：「『松風謖謖水潺潺，日暮孤吟興未闌。我願買山塵外住，意中先作畫圖看。』賓甫三兄屬題，伯端。」鈐印：「伯端詞翰。」(此印爲胡毅所贈)此詩《劉伯端滄海樓集》未收，當係佚作。

九月，《南社湘集》第二期出版，其《詞録》中收先生之作四十首：《眼兒媚・答季裴丈》、《蝶戀花・三月三日恰是清明憶梅溪詞今歲清明逢上巳用作首句足成此闋》、《踏莎行》(柳嫩顰眉)、《虞美人》(少年心似花含露)、《虞美人・秋夜》、《虞美人・秋寺》、《虞美人・秋葉》、《虞美人・秋蟲》、《氐州第一・和六禾韻》、《山亭宴・和六禾用張子野韻》、《鷓鴣天》(碧草如煙罥蝶衣)、《臨江仙》(芳草遠遮行路)、《減字木蘭花》(荒雞四動)、《醜奴兒》(樓臺昨夜笙歌散)、《相見懽》(暗香初度玫瑰)、《河傳》(春去)、《蝶戀花》(一抹斜陽花弄影)(昨夜雙燈紅似豆)、《人月圓・雲林諸公屢邀不赴賦此寄之》、《浣溪紗・山居六月已有秋意豈今年逢閏時序較早耶》(四首)、《踏莎行・贈行》、《定風波・秋日過廣雅書局感懷》、《鷓鴣天》(香篆燒心百轉灰)、《碧牡丹・秋聲》、《木蘭花慢・醉卧江頭萬緣過心如雲度太虚渺無留跡戲賦此解》、《臨江仙・送人之南洋》、《鷓鴣天》(風雨挑燈共一幃)、《唐多令・江上聞歌》、《浣溪紗》(人海風波不可航)、《減字木蘭花》(天涯明月)、《秋宵吟・和六禾伯陽》、《秋宵吟・用六禾韻寄伯陽》、《三姝媚・紀夢》、《臨江仙・夜聞箏聲感賦》、《慶宫春・歲窮日暮倚此攄臆》、《千秋歲・賦折枝梅用淮海韻》、《玉樓春》(當時不合消魂誤)。又，第二期《附録二》之《甲子中秋月夜香港雅集北山亭詞二十六首》中收一首：《憶漢月》(縹緲樓臺天際)。此部分詞録前有莫漢引首語：「七十八甲子秋，八月望夜，漢爲酒約南社社友，集北山亭，命姬人馮孔嘉剪出月字詞牌，匄諸子分拈一闋，請抽綺思，各申雅懷，祇談風月，毋負良夜。顧開島百年，眇兹高會，藏山千古，庶繼清尊。香山莫漢。」這些文字，曾載於一九二四年九月十六日香港《華字日報》，尾署：「養雲山人莫漢謹啟。」因而可稱詩社徵詞啟事。余祖明《近代粵詞蒐逸續編》去掉尾署四字，徑以之爲莫氏詞序。其餘二十三人是：何冰甫、楊苦山、楊玉銜、崔師貫、鄧萬歲、胡麟閣、陳兆年、勞世選、盧卓民、傅韻雄、羅賽雲、葉敬常、陳文俊、吕紹莘、沈厚龢、區月恒、張傾城（二首）、談溶溶（二首）、蔡守、鄧小蘇、張光蕙、馮玉、莫漢。又《甲子重九香港雅集北山堂詞補録十首》中收一首：《賀新郎》（昔日同年少）。此詞，又曾載一九二四年十月九日香港《華字日報》，題作「甲子重九用後村韻」。所謂「補録」，是補、正第一期《附録二・廣州北山堂甲子重九雅集詞》所收：「北山堂，在香港查甸山，前集誤編爲廣州，附正於此。」其餘二十四人（後九人爲補録）是：崔師貫（二首）、沈厚龢、鄧爾雅、陳兆年（二首）、莫漢、鄧慧史、羅賽雲、傅韻雄、盧卓民、吕紹莘（劍三）、胡麟閣、張雲飛（二首）、談溶溶、張傾城、蔡守、鄒浚明、區月恒、陳文俊、何冰甫、楊玉銜、朱蘭英、李式金、吕敏蘇、崔秉炎。又《甲子十月夜香港雅集北山堂賞菊詞二十三首》中收一首：《霜花腴・用夢窗匀》。其餘十八人是：崔師貫、蔡守（二首）、陳兆年、鄧萬歲（二首）、楊玉銜、張光蕙、張傾城（二首）、談溶溶、林桂馨、朱蘭英、莫漢、何冰甫、葉敬常、羅賽雲、李式金、胡麟閣、吕紹莘、吕敏蘇。據《近代粵詞蒐逸續編》之詞人小傳及《南社叢談・南社廣東分社社員姓氏録》等，以上參與者絶大多數爲南社廣東分社社員。

本年，胡毅作《題劉伯端心影詞後》：「暮雲千里悵釵鈿，斜月三星欲曙天。解道詞人腸斷語，可能意境寂如禪。」此詩，亦載胡氏贈先生「心影詞人」印：「讀心影詞，刻似伯端先生兩正。隋齋。」案：據黄坤堯《滄海樓藏名家刻印》，贈先生印者，尚有師實、虞民、鄧萬歲、馮漢、李尹桑、彭侶、馮彊（康侯，一九〇一—一九八三）、盧鼎、林千石（印禪。盧鼎弟子）等九人。

雷基磐生。

譚鑣逝世。

中華民國十五年丙寅（一九二六）　四十歲

本年五月，《南社湘集》第三期出版，其《詞録》中收先生之作九首：《鶯啼序・感懷用夢窗韻》、《浣溪紗・春日郊行》、《八聲甘州》（甚淒淒夢雨送芳晨）、《天仙子》（曉起捲帷寒意淺）、《漢宮春》（纔度花朝）、《一萼紅》（送春歸）、《惜餘春慢・草色和六禾》、《滿庭芳》（春澀多除）、《浣溪紗・夏日車過石龍就眼前景物點綴小詞》。

芳艷芬（梁燕芳）生。

中華民國十六年丁卯（一九二七）　四十一歲

中華民國政府在南京成立。

中華民國十七年戊辰（一九二八）　四十二歲

《中葡和好通商條約》期滿，中葡簽訂《中葡友好通商條約》。

汪兆銓（汪瑔子）逝世。汪氏曾作《水調歌頭・香港贈劉伯端景棠》、《金縷曲・季裴伯端和余前詞讀之有感再疊前韻寄之》。案：廣西臨桂有一諸生劉景棠，亦字伯端，與桂平崔肇琳（天畸，一八七七—一九二九）相唱酬。崔氏所著《扶荔詞》一卷，附於乃父崔瑛《瓊笙吟館詩餘》，集中有《踏莎行・香江和伯端》、《高陽臺・春事闌珊盡矣伯端由海上寄示近作有遍天涯總是傷春之句余懷棖觸讀之黯然倚聲卻寄》。

中華民國十八年己巳（一九二九）　四十三歲

葉恭綽提議並約集滬上詞流朱祖謀諸人，議決設立《全清詞鈔》編纂處，公推朱氏爲總纂。

陳望曾逝世。陳氏與先生父名遠交厚，所作《秋暑敬步元韻》二首其一「紀羣交誼兼桑梓」句下自注：

「與尊甫交最久且摯。」又「軾轍才名有後先」句下自注：「介弟叔莊世兄亦有清才。」又曾作《一昨奉邀純然鄉味春盤雜俎葷膩爲多方惴惴以滯食爲慮迺承手翰並誦佳章知饜陳羹幸能消納用以爲慰敬和正吟》。

中華民國十九年庚午（一九三〇）　四十四歲

中國左翼作家聯盟成立。

中華民國二十年辛未（一九三一）　四十五歲

正聲吟社成立於香港，次年終止。社員有朱汝珍與譚汝儉、温肅、賴際熙、江孔殷等六十餘人。有社集《正聲吟社詩鐘集》、《詩選》。

春，胡漢民爲《海客詞》作序：「詞相將名以詩餘久矣！傳言始於《碧雞漫志》，至沈雄、宋翔鳳輩，尤列證以實之。近人特尊其體，曰非五七言之餘、三百篇之餘。是言雖盛，類微過於儗議，獨稱其爲漢魏六朝樂府之遺，則誠不破之論。吾少亦好誦，而作不能工，遂並不潛心於是。出事交游，抱微尚，聞緒論。還而繙帑，彌弗能備，略知大凡而已。大氐詞肇於唐，昌於兩宋，蹶於元明，復振於有清初中葉，而有整齊創革修進於最近之前。嗣今以後之盛，殆無疑焉。舊友劉子伯端近以寫定所爲《海客詞》一卷寄示，命爲之敘。余固自明不知詞者也，然讀伯端詞而甘之，覺有若吴子律所述，言情之詞，景色映托，具深宛流美之致。亦張臯文微言感動，極命風謡；周止庵馳喻比類，翼聲容實之説。悉見於斯矣！集中諸作，如《鷓鴣天》之『東風吹斷江南夢，知是相思第幾回』、又一首『都將十載伶俜意，一語酸辛寄雁南』、《臨江仙》之『曉風殘月後，都是可憐時』諸句，及《琵琶仙》『鼉鼓聲中』一首、《摸魚子》之賦孤雁一首、《惜餘春慢》一首等，盡能使人低徊。第吾又聞詞以能歌爲主，漢志載周歌詩周謡，仍附聲曲折，是有譜也。譜亡而樂亡，詞亦如之。元曲行，詞之歌法即無自理董。詞人徒矜藻繢，直至邇時，駸駸起撢討之機，審宫律，鏤旁譜，歸本於恪守四聲清濁。海内翕然景從者，似亦越十餘霜矣。吾夙知東坡《渭城曲》『濟南春好』一首，與王摩詰

『渭城朝雨』之一疊陽關，以清濁論，殆十得八九，是殆顯證，不能肆雌黄長公矣。公豪邁者尚爾如此，況號知律如耆卿、美成、夢窗、白石者耶？今日甚而倡比櫛字句，於語文虚實，亦踐故跡云，以俟能歌者復生而善之，閎偉極矣。吾拙，益語不及此，未知伯端之詣如何？然素信調聲，以吾粤省會北城爲至墑，矢口不訛，習亦良易。吾故交中通是者，大有其人。若所爲詞，故斤斤然，不肯爽銖累，世嗤以迂拙，不之顧，彼謂待其人而後行也。伯端藻績既成，昕合意内之詁，則於聲律，亦必刻苦求之，無待諛於余矣。深居無俚，漫然書以歸之，不盡所懷。二十年春，胡漢民。」冒廣生《海客詞》題辭，亦當作於其時：「海客詞婉若微至，繼軌姜、張，倚聲家正宗也。數十年來，嶺以南爲此學者，端推隨山館（指汪瑔）及此而已。世小弟冒廣生。」案：《海客詞》中有《臨江仙・和沈伯棠》一首，「沈伯棠」未詳何人。先生另曾作《鷓鴣天・山居暮春伯棠丈贈詞賦此答之》。

朱祖謀逝世。先生曾作《聲聲慢・彊村詞有爲夢窗雨聲樓閣寂寞收燈之句而感賦者同是傷心人語讀之悽然小雨霏春薄寒如酒聊拈此解以寫幽悰》。

中華民國二十一年壬申（一九三二）　四十六歲

僞「滿洲國」成立。

中日簽訂《淞滬停戰協定》。

中華民國二十二年癸酉（一九三三）　四十七歲

龍榆生主編之《詞學季刊》創刊於上海。共出三卷十一期（第十二期已排出部分清樣），一九三七年停刊。

中華民國二十三年甲戌（一九三四）　四十八歲

陳步墀逝世。先生曾作《聞雲僧結茅山畔賦此寄之》、《雲僧招飲茅茨席間口占》、《謝雲僧贈葫蘆（進退格)》、《寄陳子丹》、《浣溪沙·題子丹立照》(二首)。陳氏曾作《和劉伯端懷金陵韻》、《和劉伯端紅葉韻》、《連日讀伯端師韓送史海嘯詩不能無和并寄葳園星洲》、《浣紗溪·自題立照用伯端韻》、《滿江紅·答劉伯端原韻》、《大江東去·伯端以詞見示原韻和之》(二首)、《蝶戀花·和伯端韻》、《菩薩蠻·答伯端香江春日雜詠四闋》。余祖明一九七二年序所輯《近代粵詞蒐逸補編續編》有云:「百年以來,中原迭經變亂。香江爲遷客騷人避地之所,其扢揚風雅有足述者,如繡詩樓主饒平陳步墀子丹,以端木長才,致陶朱偉業。民初在港島別闢賓館,禮招賢士。時則有陳子礪(伯陶)、張漢三(學華)、吴玉臣(道鎔)、温毅夫(肅)、賴焕文(際熙)諸太史,梁杭雪(于渭)禮部,蕭伯瑶(頙常)廣文,黄日坡(映奎)明經,與潘蘭史(飛聲)、劉伯端(景堂)諸公,冠蓋雲集,一時稱盛。」

中華民國二十四年乙亥(一九三五)　四十九歲

本年,葉恭綽所輯選《廣篋中詞》刊行。該編卷四收先生詞四首:《瑞龍吟》(年光誤)、《惜餘春慢》(戀梗霜花)、《水龍吟·秋懷》、《天仙子》(曉起捲帷寒意淺);於其第一、三、四首分别有評曰:「深思密藻」、「深美閎約」、「似小山」;均出自《海客詞》,其第一首中「斷縷」、「淒杼」,第二首中「愁鬢衰顔」、「誰見」、「空見説」,與《海客詞》分别作「淚滿」、「淒杵」、「玄鬢朱顔」、「難見」、「誰解念」微異。

中華民國二十五年丙子(一九三六)　五十歲

春,冼玉清繪《水仙圖卷》,自題《水仙花圖詠》一首,尾署:「丙子春日,案頭清供水仙。愛其逸韻幽香,飄然欲仙也。仿古法試寫三幀,並繫以詩。西樵冼玉清。」先生爲題詞一首:「『配食吴儂骨亦清。意中風貌想娉婷。故園歲晚羣芳盡,留取孤根劫後生。　瑶佩冷,羽衣輕。天風吹水夜泠泠。詞人老去傷遲暮,一曲湘靈不忍聽。』調寄《鷓鴣天》。玉清教授屬題《水仙畫卷》,而未示所作,意賦此解。劉景堂。」此首,黄坤堯所輯《滄海樓詞補編》題作「冼玉清女士屬題《水仙圖卷》,而未以圖相示,爲賦此解」,「想娉婷」作「寫娉婷」。題跋《水仙圖卷》者尚有江孔殷、黎國廉、楊玉銜、張樹棠、汪東、陳融、商衍鎏、汪辟疆、羅球、廖恩燾、鄧之誠、瞿兑之、龍榆生等十數家，如張學華即依先生調題曰：「『百寶石欄空(暗)愴神。歸來羅襪未沾塵。孤芳衹有花能語，占取寒香自寫真。　霜信换，歲華新。天涯同是劫餘身。成連舊譜銷沈久，不按紅牙二十春。』《鷓鴣天》。久未倚聲，曩與六禾、守璞唱和，逾廿年矣。玉清女士出視《水仙畫卷》，二君並有題詞，依守璞調爲演此闋。闇道士張學華。」

因爲體弱，先生約在本年退休。

胡漢民逝世。先生曾作《鷓鴣天・題不匱室雙照樓手寫詩詞合册》：「世論紛紛有異同。從知蛇影易猜弓。興亡淚共千秋灑，離合情隨一夢空。　披秀句，酹瓊鍾。西窗啼燭黯消紅。故人寂寞歸何處，袖手殘棋劫未終。」其致林汝珩函所載初稿手稿題作「題汪胡手寫詩詞合册」。案：任援道之友將汪精衛手書於民國三十年後所作《朝中措・重九日登北極閣讀元遺山詞至故國江山如畫醉來忘卻興亡悲不絕於心亦作一首》詞一首及胡漢民手書於民國十三年所作《香江風雨登樓輒憶汪季子集曹全碑字爲長句寄之》詩一首合裝成小册。同人同調(或作《思佳客》)題賦酬和之作尚有：任援道「題汪胡手書詩詞小簡三首」「奉答劉伯端先生賜和題汪胡手寫詩詞合册，即呈鳳老、碧兄及孝威學長正拍」「奉答廖鳳舒先生及林碧城賜和題汪胡手寫詩詞小册，即呈伯端先生」，林汝珩「題汪胡手書小簡」「和震澤長題汪胡手寫詩詞小簡」，廖恩燾「奉和震澤長題汪胡手寫詩詞小册，並寄伯端、碧城兩先生正拍」「意有未盡，再賦一首，録呈震澤長」，曾希穎「敬和震澤長題汪胡手寫詩詞小簡，録呈陳孝威將軍、廖鳳舒先生、劉伯端先生」，張成桂(首句「一代文章孰比肩」)。

中華民國二十六年丁丑(一九三七)　五十一歲

日軍進攻盧溝橋，中國全民族抗戰爆發。

中秋，吳湖帆（萬、丑簃，一八九四—一九六八。吳大澂孫）繪《娟秋堂尋詩圖》，題款尾署：「丁丑中秋，略師六如筆法，爲武仲先生雅正。吳湖帆。」卷末有李宣龔題引首，先生與夏敬觀、冒廣生、吳用威、汪兆鏞、勞天庇、馮印雪等七家題後紙。先生所題爲《朝中措》，尾署：「武仲二兄屬題即正，禺山劉景堂。」此詞，《劉伯端滄海樓集》題作「馬武仲屬題吳湖帆所作《娟秋堂尋詩圖》」。

中華民國二十七年戊寅（一九三八）　五十二歲

本年，葉恭綽在香港擬復刊《詞學季刊》，終未成事。

中華民國二十八年己卯（一九三九）　五十三歲

朱汝珍與江孔殷於香港孔教學院組千春社。成員另有俞安鼐、黎國廉、楊玉銜、胡熊鍔、葉恭綽、李景康等十數人。

温肅、汪兆鏞、姚禮修逝世。先生曾作《題姚俊卿爲温毅夫所作香江送別圖》、《姚粟若自製美人攬鏡圖》（二首）。

中華民國二十九年庚辰（一九四〇）　五十四歲

南京成立僞國民政府，汪精衛任主席。

龍榆生主編之《同聲月刊》創刊於南京。共出四卷三十九期，一九四五年停刊。

本年，遷居澳門厚望街，與五叔庸、三弟璣同住。

中華民國三十年辛巳（一九四一）　五十五歲

香港淪陷。

中華民國三十一年壬午（一九四二）　五十六歲

陳洵逝世。先生曾作《臨江仙・余卅年前曾隨六禾海綃賦傷去燕詞今老矣忍見天涯寥落秋入雕梁非惟去燕可傷抑亦自傷也》。黎國廉與陳洵於民國八至十二年間唱和，所作結集爲《秫音集》。先生與陳洵唱和亦當在其時。

中華民國三十二年癸未（一九四三）　五十七歲

本年，避走廣西潯州（桂平）。

《滄海樓詞序》：「謹選自癸未客潯州始，以迄今歲所賦長短調，共六十四闋，並綴數言於卷首，聊識合刊之由。」又《滄海樓摘録》：「余以避寇，赴廣西桂平縣縣。縣治西十里，高峰插雲，名曰思靈山，又名西山，山脈跨武宣、平南三縣，氣勢雄偉，山巔觀音閣香火甚盛。樓前楹聯首嵌藏、經二字，一虛一實，不易著筆。聯云：『藏修息遊其間，別有天地；經史子集而外，自具淵源。』又赴桂林，過唐景崧舊居，唐自臺灣抗日失敗，歸居故鄉，優游山水之間，以卒餘年。其所居有戲臺，自撰聯云：『眼前燈火笙歌，及至收場猶炫爛；背後湖光山色，偶然退步覺清涼。』二聯皆可誦，桂云多才，信然。」案：先生自撰聯亦佳。如《滄海樓摘録》又載：「四十年前，余友閩人鄭文波屬撰天后廟聯，余應之，上聯云：『雙鳳來儀，似聞環佩。』下聯云：『六龍命駕，夜握風雲。』皆用姜白石平調《滿江紅》迎送湖神姥詞云云。余友不明聯句出處，以似聞環佩爲佻，卒不敢用，殊可笑也。」鄭文波，未詳。又，馮玉祥曾於一九三九年撰隸書七言聯：「要想着收咱失地，別忘了還我河山。」上款所題「伯端先生」，未審是否即指先生。

《憶江南》四首詞題：「潯州春感。」又《齊天樂》詞題：「詠白菊花，自潯州寄和闇公、六禾。」又《臨江仙》詞序：「思靈山在桂平縣治西，葱鬱嵚崎。余甲申、乙酉避亂是邦，朝夕登臨，有埋骨青山之意。及今追憶，未能忘懷也。」又《鷓鴣天》詞題：「夜夢潯州舊事，憭慄無歡，醒以短調寫之。」

劉庸《三疊韻答伯端》：「八桂林深病早寒，三年行腳走西山。蒹葭霜老瓊莩瘁，衹撫秋陽惜舊顏。」自注：「違難桂平，日逢警訊，伯端即走西山，晨出暮歸。余貽以詩，有句云：『晨昏曳杖如行腳，聊補當年獨掩關。』」

楊玉銜逝世。

中華民國三十三年甲申（一九四四）　五十八歲

日軍第二次入侵廣西。

中秋（十月一日），耀村，與五叔庸、三弟璣分食食潰卒。

劉庸《憶甲申年耀村中秋》「舉家湯餌分殘竹」句下自注：「是時桂平、江口均陷，鄧龍光潰卒入村投門乞餌，雲已數日絶食。余與端、莊二侄分食食之。」

秋，登眺白石峰。

贈鄭棟材聯題記：「潯州白石峰，平地崛起，舊傳爲三十六洞天之一。余居潯三年，未果遊賞。甲申秋，寇陷潯城，余竄身山中，遂獲登眺。當時曾集古句爲聯，欲題寺壁，向僧索筆墨不得。及今追想，清景難摹，補録之以應棟材仁兄雅令。」

汪兆銘（曾與先生姑母文貞訂婚）逝世。先生曾作《南鄉子·夜讀小休集感賦》：「銀燭暈虚堂。風雨淒其夜未央。花外一鈴閑自語，郎當。酒壓愁城不肯降。　世短恨偏長。塞草黄時鬢亦蒼（用集中詩句）。身後是非誰管得，茫茫。一卷新詩淚幾行。」又曾作《慶宫春·春日偕季新丈登太平山晚眺歸飲酒家與季丈别十六年矣明日季丈復有遠行倚此相贈》。後一首今存手稿，詞序作：「與季新丈别十六年矣，今喜來晤，偕登赤柱峰，坐盤石上相對竟日，情話殷殷，謂明朝復有海上之行。歸餞市樓，倚此贈别。」

中華民國三十四年乙酉（一九四五）　五十九歲

抗日戰争勝利。

香港光復。

黄棣華(偉伯)、伍憲子、謝焜彝與馮漸逵等創立碩果社。作品首次結集在一九四七年(扉頁署「碩果詩社第一集」),由黄棣華作序; 至一九六三年第九集,累計輯録逾七十人之作。黄棣華又輯有《雞鳴集》。《金縷曲・避地西來又逢春暮懷人感事不盡依回》當作於本年春。

由廣西回粤,同人設宴歡迎,下榻迎賓館。作《望海潮・登越秀山懷古》。其後在澳門小住,返港。

李尹桑逝世。先生曾作《念奴嬌・題李茗柯寒夜聽琴圖》。謝英伯也作有《高陽臺・題茗柯先生寒夜聽琴圖》。

中華民國三十五年丙戌(一九四六)　六十歲

四月初一日,張學華致函先生,略云:「奉示知前函得達左右,就諗履祉安穌爲慰! 承示落花詞,振觸舊遊,可勝感慨。時局日下,比廿年前更多傷心之事。和作藉抒悲憤,久不倚聲,勉强爲之,以副雅意。六禾已有作,想寄達矣!」據函中「奉示」云云,知張氏此前尚有一函寄先生。又,先生「落花詞」爲《高陽臺・憶卅年前曾同闇公六禾賦落花今亂後歸來尋芳無地黯然歌此仍以落花爲題呈二公索和》,張氏所和爲《高陽臺・曩歲和伯端落花詞二十餘年矣頃伯端復以落花詞索和感傷時事唯有悲憤爲填一闋》。張氏「曩歲」所和先生之作爲《滿庭芳・落花和劉伯端》。

秋,鄭春霆(春和,一九〇六—一九九〇)、馬小進(駿聲,一八八八—一九五〇)、馮小舟、胡景蘋(應鍾,兆鳴,一九〇四—一九六五)、吴紉秋(? —一九六二)、張紉詩、許菊初、黄獨峰(山,榕園,一九一三—一九九八)、麥漢永(一九〇二—一九七八)、黎葛民(慶瀛,一八九三—一九七八)、方人定(欽,一九〇一—一九七五)、杜少牧(一九〇九—?)、莫鐵(一八九九—一九七七)等重組越社。朱庸齋與先生等亦先後加盟。(據李文約編《朱庸齋先生年譜》)越社盛時社友達二百八十餘人。如《嶺雅》第六期即載有胡熊鍔《殘春日食影如新月越社以蛾眉日命題》。

本年，王韶生得晤先生。

王韶生《紀香港兩大詞人》：「余於抗戰勝利後第二年因事赴港，獲晤伯端先生於西南之得朋樓，睹其精神奕奕，相貌清癯，雖青松白石，不足喻其高潔。」

《虞美人·上闋乃卅年前舊作也有女郎愛誦斯句並笑問我如今便怎麼遂足成下闋爲贈》當作於本年。以序中所謂「卅年前舊作」，即收入《心影詞·丙辰詞稿》之《虞美人》（少年心似花含露）。

何星儔逝世。先生曾作《踏莎行·星儔贈石山秀透有致賦此戲答》。

中華民國三十六年丁亥（一九四七）　六十一歲

六月，林葆恒（子有、訒庵，一八七二—一九五一。林則徐侄孫）識所輯《詞綜補遺·例言》，尾署：「丁亥六月，瀼溪七十六叟訒庵並識。」該編卷六〇收先生詞三首，分别是：《天仙子》（曉起捲帷寒意淺）、《水龍吟·秋懷》、《瑞龍吟》（年光誤），標示取自葉恭綽編《廣篋中詞》，且均爲《廣篋中詞》所選四首中之有評點者。

本年，陳融作《夏雨新晴木棉作絮狂飛詞家云南方風物聲詠所遺不遇可惜蓋爲詞以彰之繼有稱詩者余得一律》。詩後附先生所作《水龍吟·陌上木棉作絮狂飛此乃南方風物聲詠所遺陳顒庵惜其不遇屬爲詞以彰之》與張學華《玉漏遲·木棉絮和六禾伯端芋園》、張樹棠《水龍吟·木棉絮》、黄肇沂《梅子黄時雨·丁亥詠木棉絮闇公六禾顒庵伯孝叔儔秋雪紉詩同作》、黎國廉《留春令》等詞，及張北海、佟少弼（紹弼）、曾酌霞三家所賦詩。

本年，爲余祖明（歌樂山人）題張谷雛（虹、申齋，一八九四—一九六五）一九四五年秋所繪《歌樂山圖》：「『樂生不淺蜀山川，此日披圖思渺然。兵氣漸銷萬木在，勝情留取契他年。』少帆仁兄雅屬。劉景堂。」此詩《劉伯端滄海樓集》未收，當係佚作。該卷由鄒魯題引首，題後紙者另有陳融、胡毅、李景康、黎國廉、黄肇沂、張紉詩、傅子餘等十九家。

中華民國三十七年戊子(一九四八)　六十二歲

元月初九日,五叔庸作《戊子元月九日伯端過談晚飲用懽瀾韻》。

五月四日,葉恭綽致函先生:「不見十餘年,奉書正慰。愚比來萬端灰冷,文字之習,矣已漸銷,故談藝亦偶然事。加以精神衰憊,眼高手生,不能達其所見,遂恒廢然而止,過譽雖無取謙遜,然實無以副期許也。詞至今日,已無新境可闢。但思想襟抱,及一切事物,亦儘有驅遣發揮餘地,患人不肯致力耳!愚心餘力拙,殆止於是,彌天大劫,已逼目前,此等小技,並自怡亦不易也。大作似得力於中仙、叔夏,若意境再求開闊,骨力加以堅凝,進窺北宋,可如玉溪學杜。聞大集已刊出,何不以見賜耶?省垣諸詞流,似意興尚豪,亦六禾提挈之力。愚在省時,本擬標一社名,以資維繫。嗣意見不一中止。鄙意非在標榜,亦以月泉、汐社,轉眼邱墟,留一餘痕,供人憑弔,庶稍慰蟄唱鵑啼之苦。本傷心人語,非應求事也。執事以爲何如?專覆祇頌夏安!伯端足下,恭綽,五月四日。尊體近日何如?尊庚今年似亦將七十,否則六十九矣。」

自本年五月十日第二期起,至次年六月六日第五十四期止,《廣東日報·嶺雅》陸續發表先生詞作,共計四十三首。本期爲《水龍吟·歲暮感懷擬稼軒》、《聲聲慢·彊村詞有爲夢窗雨聲樓閣寂寞收燈之句而感賦者同是傷心人語讀之悽然小雨霏春薄寒如酒聊拈此辭以寫沈鬱》。五月十七日第三期爲《三姝媚·傷春和夢窗》。五月廿四日第四期爲《探芳信·去年曾賦送春詞今歲春光又將別我舊情依黯復倚此以繼離聲》。六月十四日第七期爲《踏莎行》《舞影鸞孤》。六月廿一日第八期爲《鷓鴣天·暮春即事》。六月廿八日第九期爲《高陽臺·落花》。七月十二日第十一期爲《醉蓬萊·六禾丈以北園宴集詞相示别後追和並次無庵原韻》。七月廿六日第十三期爲《玉樓春·和彊村擬小山》(三首)。八月二日第十四期爲《金縷曲·三月將盡讀夢窗送人猶未苦苦送春隨人去天涯之句黯然神傷遂賦送春詞以寫鬱結》。此首,《劉伯端滄海樓集》所收無詞序。又,先生曾以此首(首句「燕燕差池羽」)並《鷓鴣天》(欲贈將離淚滿枝)二詞寫贈鄧瑞人(?——一九五八),尾署:「風雨離苦,每多感事懷人之作。瑞人先生深於言情,非但知音。書此以贈,豈所謂傷心人别有懷抱者非耶。劉伯端。」後一首,《劉伯端滄海樓集》所録與之小有異文,如首句即作「開罷將離淚滿枝」。鄧瑞人曾於一九四八年爲劉庸《空桑吟草》作跋。先生又曾作《攤破浣溪紗·鄧瑞人同客廿年今挈帑言歸賦此贈行》。八月九日第十五期爲《水龍吟·木棉絮》、《河傳·夏夜苦熱讀六禾丈聽雨之作冷然生感依調寄和》。八月十六日第十六期爲《踏莎行》(舞影鸞孤)。此詞已見第七期。八月廿三日第十七期爲《鷓鴣天》(露滴高梧夜氣清)。九月六日第十九期爲《鷓鴣天》(夢裏青春可得追)。九月二十日第二十一期爲《浣溪紗》(樓外青山路幾重)、《蝶戀花》(驚起棲烏黄葉戰)。十月二十五日第二十五期爲《定風波·禾丈書約宴集北園爲漢老壽余以事未與嘉會賦此將意》。十一月一日第二十六期爲《踏莎行·夜聞角聲讀蕙風蘇武慢詞别有所感》。十一月八日第二十七期爲《鷓鴣天·秋雁》。十一月十五日第二十八期爲《醉花陰·重九日過六禾丈以詞相示賦此和之》。十一月廿二日第二十九期爲《採桑子·詠雁來紅奉和六禾》。十二月廿七日第三十三期爲《摸魚兒·余以悼亡情懷正惡偶讀天蠁六禾和元遺山雁丘之作有感於中悽然賦此》、《木蘭花慢·中秋夕對月歌坡公水調歌頭感賦》。

十月十一日,妻范菱碧逝世。張學華一九四九年致先生第二函有云:「去歲聞嫂夫人仙逝,以遠道過時,未及奉唁,尤爲抱歉。」

本年,黎國廉作有致先生函二通,其一:「環示敬悉。大作清空可愛,諸友皆以爲較刻劃者尤高。第二次即以前中秋大作爲題。此次第三期題雁來紅,成績甚優,計張叔儔、馮秋雪(二人和拙作韻)、黄詠雩、朱庸齋、詹無庵(二人尚未抄來)均用原調,張蔭庭兩首,亦均原調,胡伯孝則三首(《蝶戀花》,兩《水調歌頭》），連同大作及拙作共十二首，可謂盛矣。昨與詠雩等五人同游漱珠岡訪楊議郎祠，即以爲第四期題。弟已草草交卷，録後呈，此題公可賜和。伯端詞長拍正，六禾。」其二：「復示暨大作《點絳唇》拜讀，佩甚。迴環雒誦，愛不釋手。欲和以珠玉在前，未敢動筆，已先將尊稿先交《嶺雅》，而以弟舊年和公作爲塞責可笑也。叔儔《百字令》亦所心醉，祇以局處市廛，無環境以開發心思，故亦未就。十日前葉裕甫邀同叔儔、伯孝、寂園、庸齋、詠雩、秋雪，在伊寓茗談，擬結詞社，並力囑弟首唱。弟歸後適感冒數天，經伊屢催，勉成一首，應酬之作，絶無佳句。然近作祇此，祇可抄呈録下，不足供一盼也。伯端詞長正拍，六禾。公宴漢老，極盼大駕一臨助興。」案：第一函，黎國廉訂出四期社課題目，緣起於廣州北園雅集，如首唱詹安泰《醉蓬萊》詞序所云：「戊子四月廿二日，張北海（一八九九—一九七七）宴同人於廣州之北園。黎六禾季裴、陳顒庵融、胡隋齋毅生諸老宿咸與焉。觥籌交錯，行輩渾忘，莊謔雜宣，昔今在抱，爰賦此曲，以誌勝緣。生不百年，清歡能幾，刻此古音，殆不勝江山零落之感矣。」先生有《醉蓬萊·六禾以宴集北園詞相示別後追和並次詹無庵韻》，《嶺雅》第十二、十三、十六期另載其他同調和作：黎國廉「北園燕集無庵寄詞次韻和之」、張成桂「北園宴集次六禾韻」、胡熊鍔「北園追和無庵六禾蔭亭伯端秋雪諸公原韻」、馮平「六禾丈示北園宴集詞屬依韻繼聲」、張樹棠「北園宴集詹君首唱六禾先生繼聲並命和作」。據黄坤堯《天蠁詞與粵港詞壇的盛世》考證，第二期社課，即以先生《木蘭花慢·中秋夕對月歌坡公水調歌頭感賦》爲首唱，和作有黎國廉《瑶臺第一層·中秋和伯端》、黄肇沂《瑶臺第一層·戊子中秋對月和六禾伯端》、張樹棠《虞美人·戊子中秋》、張成桂《百字令·和伯端兄中秋對月感賦戲效蓉渡詞體卻寄》、黄耀棠（廣廈，少癡，一九〇九—一九七六）《月華清·戊子中秋》、朱庸齋《三姝媚·中秋對月和劉伯端兼柬遐翁》。末一首，《嶺雅》第二十五期所載題作「中秋寄懷兼和伯端」。第三期社課，以黎國廉《霜花腴·雁來紅》爲首唱，同調和作有馮平「和六禾丈元韻」、黄肇沂「詠雁來紅」、張成桂「雁來紅次和六禾丈韻」、張樹棠「雁來紅和六禾」「雁來紅」二首、詹安泰「雁來紅一名老來嬌。禾丈詞來，命同作。品草描花，非所夙嗜，即其名而寫所感，必非工於體物矣。戊子杪秋」；其他詞調，尚有先生《採桑子・詠雁來紅奉和六禾》、胡熊鍔《花犯念奴・和六禾丈詠雁來紅用紅字韻》、《蝶戀花・和六禾丈詠雁來紅用雁字韻》、《花犯念奴・再和前題用來字韻》三首、朱庸齋《瑣窗寒・雁來紅》、黄耀棨《愁春未醒・雁來紅》、張君華（一九〇一—一九六二）《惜紅衣・雁來紅》、杜如明（少牧）《越溪春・雁來紅》、許伯幹（菊初，一九〇一—一九七六）《玉京秋・雁來紅》、區權（季謀、季子，半園，一八九六—一九八八）《洞庭春色・雁來紅》、鄧圻同（奇桐，一九二六—）。鄧華熙孫）《清平樂・雁來紅》、陳璇珍（一九一四—一九六七）《清平樂・雁來紅》、張紉詩《瑣窗寒・雁來紅》等。王珩（楚賓，一九二四—一九九八）《紅情》詞序可參：「黎六禾丈賦雁來紅詞，粤中勝流，如葉遐庵、詹祝南、黄詠雩、朱庸齋、劉伯端、胡伯孝、張叔儔、張蔭庭、馮秋雪、黄廣廈、張紉詩、許菊初、張君華、杜少牧、鄧圻同、陳璇珍等，均有和作。謹步諸公之後，賦此呈正。」第四期社課，以黎國廉《少年遊・漱珠橋訪楊議郎祠用姜白石韻》爲首唱，和作有胡熊鍔《少年遊・和六禾丈遊漱珠岡同用白石韻》、張成桂《少年遊・漱珠岡訪楊議郎祠次和六禾》、馮平《少年遊・和六禾丈同用白石韻》。其他各期之與先生相關涉者，如以黄肇沂《摸魚兒・和元遺山雁丘詞》爲首唱者，和作有先生《摸魚兒・余以悼亡情懷正惡天蠁六禾示和元遺山雁丘之作有感於中悽然賦此》與黎國廉《摸魚子・天蠁以和元遺山雁丘詞見示爲步元韻》、黄耀棨《摸魚子・和芋園雁丘詞》、朱庸齋《摸魚子・和詠齋雁邱》、馮平《摸魚子・和詠齋雁邱》、張成桂《摸魚子・和詠齋雁邱》、胡熊鍔《摸魚子・和詠齋雁邱》、許伯幹《摸魚子・次韻和天蠁雁丘詞》。劉庸所作《伯端和元遺山雁邱詞意旨悲涼洵爲性情至語伯端時適悼亡哀之深言之痛也》可參。又如以黎國廉《碧芙蓉・春陰》爲首唱者，和作有先生《壺中天慢・春陰》與詹安泰《碧芙蓉・春陰和六禾韻》、張成桂《碧芙蓉・春陰和六禾韻》、胡熊鍔《碧芙蓉・春陰和六禾韻》、黄肇沂《南鄉子・春陰和六禾丈擬放翁雙調》。又如以黎國廉《無悶・寒夕》爲首唱者，和作有先生《減字木蘭花・春夜獨坐讀六禾丈寒夕詞至欲醉都無醉意之句不禁掩卷三歎倚此奉和》與馮平《無悶・寒夕和六禾丈元韻》、張成桂《無悶・寒夕和六禾伯》、胡熊鍔《無悶・和六禾寒夕體韻》、張紉詩《無悶・敬和六禾詞翁元韻》。第二函，結合本年葉恭綽致先生函中所云，葉齋雅集亦係擬結詞社，以葉恭綽《瑣窗寒・歸里經年杜門不出初秋黎四丈暨伯孝叔儔秋雪詠雩庸齋寂園諸君見過東園讀畫品茶亦云雅集因成此解》爲首期社課，和作有黎國廉《滿庭芳・葉齋雅集效東坡用三江韻》、胡熊鍔《翠樓吟・戊子七夕後三日葉遐翁招集東園適值日敵投降紀念日感賦》、張成桂《聲聲慢・葉遐翁約六禾伯孝秋雪庸齋詠雩寂園諸公東園雅集率成一闋再疊前韻》、朱庸齋《燭影搖紅・遐丈寓齋小集各賦》、馮平《八聲甘州・葉遐翁召集詞社感賦》、黄肇沂《高山流水・過遐庵論詞曲因題其仿夏仲昭畫竹》諸闋，載《嶺雅》第二十、二十一期。末一首，《嶺雅》第十期所載葉恭綽《余在滬賣畫竹以種竹曾有詩紀之今還鄉寄寓東園輒又種竹亦時畫竹易米再賦此律》可參。

一九四九年（己丑）　六十三歲

錢穆、唐君毅、張丕介等創立香港新亞書院。初名亞洲文商學院，次年改組並易名爲新亞書院。

中華人民共和國成立。

一月三日《嶺雅》第三十四期發表先生《採桑子・歲暮天涯不免淪落之感賦此寄穗垣諸子》。一月廿四日第三十七期爲《鷓鴣天》（狼藉金杯賤換貂）。二月七日第三十八期爲《朝中措・武仲以舊日吳風帆所作媚秋堂尋詩圖相示賦此題後》。二月十四日第三十九期爲《鷓鴣天・戊子除夕（一月二十八日）不寐達旦》。三月十四日第四十三期爲《憶江南・曩者劉伯崇先生過香港戲以此間地名爲憶江南詞雲油麻地鎮日競相呼深水步前雲黯淡筲箕灣下雨模糊還到九龍無想見當時冷落呼渡之情態忽忽四十餘年間一經兵燹盛衰陵谷多異舊觀玆擇其名之較雅而具歷史興廢之跡者追步伯崇先生各賦一闋》（四首）。三月廿一日第四十四期爲《鷓鴣天·春感》。四月四日《中央日報·嶺雅》第四十六期爲《浣溪紗·馬賓甫屬題門茶圖》。上年五月，廣州《中山日報》、《和平日報》、《廣州日報》、《嶺南日報》、《華南日報》聯合出版，更名爲《廣東日報》，張北海任社長兼發行人。本年四月初，《廣東日報》合併於《中央日報》，「嶺雅」副刊主編由之前的陳寂改爲傅子餘（静庵，一九一四—一九九七）。四月十一日第四十七期爲《浣溪沙·蘅静姝歸自秣陵別五年矣相見黯然聞於遇從公尚未已也》。四月十八日第四十八期爲《清平樂·答友人招隱之章》。同期載胡熊鍔、黎國廉和作《清平樂·和伯端》。四月廿五日第四十九期爲《減字木蘭花·春夜獨坐讀六禾丈寒夕詞至欲醉都無醉意之句不禁掩卷三歎倚此奉和》。五月九日第五十期爲《踏莎行》（鏡暗分釵）。五月十六日第五十一期爲《壺中天慢·春陰》。五月三十日第五十三期爲《清平樂·再答六禾並次元均》。六月六日第五十四期爲《清平樂·六禾賜和詞婉情深再倚相答》。總案：先生詞作之刊載於「嶺雅」者，與《劉伯端滄海樓集》所録時有異文，不具録。又，《嶺雅》詩刊後於一九八三年在香港創刊，由傅子餘與香港文壇中人商討創印，不定期，一九八八年刊至第九期後停刊。一九八九年在至樂樓主何耀光資助下復刊，作品擴展至粤籍人士移居海外者及非粤籍人士而曾久居粤地者，内容有文録、詩録、詞録、談藝録、詩課、遺音、簡訊及嶺外之音等。初期每年出版二至三期，後來半年及每年一期。傅氏故去後，朱庸齋門人李國明繼續主持編刊工作，直至二〇一六年去世而止。

春杪，廖恩燾至港，經黎國廉介紹，始識先生。廖恩燾《捫蝨談室詞》末附《影樹亭和詞摘存》記曰：「己丑二次違難穗城，轉徙至香港。適六禾詞人亦來，介而識伯端，旅居無聊，填詞遣興。六閱月得若干闋，附印於《捫蝨談室集》後，藉留鴻爪。後有所作，則另編集也。懺庵記。」又《影樹亭與滄海樓合印詞稿序》：「己丑春杪，自淞江南下，至香港。季裴爲介，始識伯端，相見恨晚。伯端録近作十餘首，並《心影詞續稿》見示。挑燈展卷，一讀一擊節，歎爲海綃翁後，粵詞家無第二人。嗣是月必數見，約結社課詞，酬唱既頻，積詞裒然成帙。」

八月十日，詹安泰致函先生：「伯端先生詞長吟席：承惠佳製，清健絶倫，吟諷再三，惟有拜佩。七夕之作，以弟已先成《拜星月》一解，無能續出，即録求正。《風流子》、《渡江雲》均所愛誦，容爲一一奉和也。聞先生與禾丈等唱酬之樂，不禁神王。賤眷稍事安頓後，擬有港澳之遊。倘得一接光儀，罄聆雅教，幸何如之。即晚和禾丈一詞，并請削定。專此，敬頌道安不具。弟詹安泰再拜，八月十日燈下。」函後附詞三首：《拜星月・七夕和禾丈伯端瑞京》、《惜秋華・六禾丈自香港寄示七夕後風雨連宵之什奉和並簡伯端叔儔》、《齊天樂・奉答禾丈見懷之什並簡伯端詞長》。第一首尾署：「録請伯端詞長正拍。弟詹安泰詞稿。」瑞京，即張瑞京（一九〇〇—一九七七），本年秋將赴臺北，作《浪淘沙慢・別粵中文友》，黄肇沂、胡熊鍔、馮平、鄧圻同、朱庸齋等有詞酬贈。又，十月十一日致函先生：「伯端詞長先生道席：過港承眷注，至感。屢蒙見惠大作，清而不流，厚而不澀，浙常之長，一爐共冶，曷勝歎慕。弟頗思别出生辣一路，由生辣以尋重拙大之義，而才力不勝，迄無所就，甚多愧也！或當再向蒼質處走耳。港中詞老不少，禾丈尤所仰佩。甚思傾聆鴻誨，而集會人多，無緣請益，耿耿此心，如何可言？目下時局甚緊，萬一有變，此調恐永不復彈矣。弟已遷居文明路中山大學北齋十三號，倘蒙賜教，請按新址爲荷。附小詞乞政。匆匆敬頌，履綏不具。弟詹安泰再拜，十月十一日。」函後附詞一首：《水調歌頭・香港陪懺庵六禾仲晉諸老輩及伯端叔儔兄青萍弟讌集菩苑並游太平山淺水灣》，尾署：「里句録呈伯端詞長郢正。弟詹安泰詞稿。」仲晉，未詳。案：邱世友一九九八年致陸鍵東函中所云可參：「函中談詞主别出生辣一路，並由生辣以尋拙重大之義。往歲我曾懷疑無庵詞融常、浙兩派而一之，主清真、夢窗、白石、玉田而出新格。後讀程千帆教授題《無庵詞》絶句云：『本於海綃爲後進，還疑蘭甫是前身。』所疑略釋。因近人陳述叔《海綃詞》出於清真、夢窗而主常派，陳澧蘭甫《憶江南館詞》則學姜、張而用心浙派，尤以學厲鶚樊榭詞神到。函中以拙重大之義爲歸，也是王鵬運幼遐、況周頤蕙風的主張。此二人皆宗常州派，係臨桂勁旅。所以函件很有學術價值。至所附三首慢詞，還未到生辣地步，而清雅中沈鬱可見。」

八月十五日《嶺雅》第六十四期發表李超人《題凝丹嘉陵晚泊圖》。先生也曾作《憶江南・題李超人雙玉簪圖》。李超人，未詳。又，《嶺雅》第六十二期曾發表黎國廉所作《鶯聲繞紅樓・題君璧爲超人作雙玉簪圖》。

八月廿四日，張學華致函先生，略云：「足下意興尚豪，時復倚聲抒嘯。讀大作數闋，調高響逸，情韻尤爲深婉，敬佩。鳳舒、六禾諸君到港，定多酬唱之雅。詞壇勝集，良不易得。弟吟事早廢，此調不彈久矣，荒落竊自愧也！」

秋，王韶生得交先生。

王韶生《劉伯端先生遺著四種序》：「己丑秋，余由穗垣來港，友人馮君毅庵介往訪，候丈於跑馬地私邸，遂納交焉。」

秋，爲黎國廉《玉蘂樓詞鈔》作跋：「余癸丑、甲寅間，旅居香港……然得稍窺詞之窔奥而不致歧趨者，皆丈力也。丈所爲詞，持律至嚴，審音精細，其造詣之深，實非余所能測。今將梓其玉蘂樓集，而先付覽誦。余不敏，謹就所知，略述一二。丈於兩宋詞人格調，類能探討幽窅，搜遺抉奇，發前人之所未見。集中如考證草窗《月邊嬌》、《採緑吟》二詞中凝字、裏字韻，均有創獲。又如宋詞全首葉上聲韻者，近人但知白石《秋宵吟》，而龍洲《西吴曲》、玉田《珍珠令》、李元暉之《擊梧桐》及無名氏之《魚游春水》，亦全協上韻，皆所忽視。丈獨四聲不紊，舉而和之。他作恪依宋詞四聲者，更不勝指數。且有五聲並具者，尤爲難能。至於平仄，則無一不守成調。又如白石之《鶯聲遶紅樓》及《杏花天影》，皆爲譜律所未載。而白石《摸魚子》中二句，一爲『斜河舊約今再整』，一爲『年年野鵲曾並影』，每句下四字皆入平去上，四聲具備，音韻絶妙。

乃清代詞家，竟無用其體者，丈並依和無遺。其他宋詞所存，今孤調未經人用，而集中亦多依和，且嚴整出譜律之上。後之讀者，手此一編，當知正法眼藏之所在。其有功詞學，豈亞前人哉！己丑秋月，劉景堂。」

本年，黎國廉作有致先生函四通。其一：「賜示佳章，可寶之至，佩謝。『春陰』並允賜和，尤感。晁體稍冷，似不必照用，隨尊意另擇可也，且亦不必急。當先將此三首代付報，餘再續付。承詢《無悶》，拙作係用中仙《花外集》體，查夢窗多一字，乃是朱氏所增，云得之明抄本；其實《詞譜》、《詞律》皆祇九十九字，朱氏以前從無此體也。又《醉翁操》怨字讀仄，乃蕙風所創。況云彼諳琴理，用仄尤妙。此朱氏所本，但況他作則仍用平聲，云從辛體。是朱氏二説，似皆不必從，因以前無人如此也。愚見草草奉復，仍乞賜教爲盼，並頌撰安，又頓首。」其二：「昨上一椷，諒登左右。鳳舒適又來一首，因即景再作，録呈大教。前首組織嫌密，此以清空易之。公以爲何如？乞賜教也。又上。適詹無庵來函，并屬致一片奉候。大作寄彼，云渠亦和『荷花生日』一首。並欲得毅老大筆，極端感謝。惟是否能合用，當俟蔚興人來，與商定奉覆。內一條極佳，但可惜蕊字稍異耳！毅老如到港，敬乞公見示，弟甚欲面謝也。能以電話尤盼，星期六日務乞正午惠臨爲盼，餘俟面謝。敬頌伯端詞長大安。六禾上。昨一函補録拙作另詞，公收到否？又及。」毅老，即胡毅。其三：「示悉。謹再抄拙作録下，其實不足觀也。張闇公手録詩文交黃了因刊印，並以其稿贈之。黃裝表成帙，到處覓人題詠。昨來見屬，勉成《浣溪沙》一首，敬以録呈。公與闇老最相得，似亦可作一首，此佳題目也。再下星期六（即九月十號）擬邀量行諸子來舍下，繼竹節聯之興。敬懇我公於是日正午十二時惠臨，並擬約叔儔，惟曾五叔則不必。此公太遲滯，恐與諸人不相合也。前承公允題拙集書後，擬略搜資料，到臨時面呈。敬求大筆，不勝光寵。餘容晤語，敬頌伯端詞長暑安。六禾上，九月一號。」其四：「大作深情婉約，詞學正宗，誦之欣佩。但全首是押庚青入聲韻，而落字則江陽入韻，似宜改之，以歸一律。乞酌之。旬日弟詞興略少，且亦無文友接觸，得瑶章令人興奮。叔儔全無消息，昨晤了因，謂與彼及仲晉常晤。隋齋亦已返港否？天氣甚佳，遲數日又重陽，當有登高之興，但是日星期，未審清暇否？乞示悉，定一日期，最少可在菩苑也。專復。敬頌伯端詞長大安。六禾敬上，廿五。」第三函中「擬邀量行諸子來舍下」云云，事涉竹節雅集。量行，即碩果社招湛銓（一八九四—？）。黎國廉曾作《朝中措·和招量行竹節聯均》。任援道《鷓鴣天·悼念廖鳳舒先生與張叔儔詞長同作》詞序引述張成桂所追憶云：「余避地來港，未晤六禾丈，丈設竹節詩社於九龍塘寓廬，凡吾會城之相知者皆應約往，鳳老亦矍鑠來臨，余始獲再晤。未幾，六禾丈歸道山，鳳老遂於其堅尼地道私邸，再開竹節詩社……鳳老嘗招飲山樓，端翁、希穎、碧城、定華、紹莘、季友、豁厂諸公，及張紉詩女士，即席各成詞一闋，余亦用劉百端先生《念奴嬌》登赤柱峰韻，呈鳳老一闋……未幾，改竹節詩社爲詞社，初僅劉伯端、羅康烈、王韶生、張紉詩及余等六、七人，繼而參加者衆，多至數十人，海外各城堡，多有郵書請益及唱和者，因名其社曰堅，蓋既取其意於其所居之路名，而亦隱示其壁壘實不可拔也。」廖恩燾曾於本年在其寓所影樹亭招待竹節詩社文友，如其《塞翁吟》、《三部樂》二詞題序分別所云：「閏七月十六夜，約六禾、叔儔、伯端、武仲山樓小集，沮風雨不果來，按美成澀調賦寄」「風雨爽山樓之約，晨起成《塞翁吟》一闋，旋得六禾寄示和清真此調，依聲均奉酬」。黎國廉所作《塞翁吟》題曰「依清真體。夏夜苦雨悶吟成調」。

一九五〇年（庚寅）　六十四歲

四月，葉恭綽致函先生：「惠示奉悉。尊詞勁密而仍清空，漸入北宋堂廡矣！玉蕊之逝，誠爲粵中詞壇一損失，吾輩似宜有以張之。執事挽詞殊不可少，遲早望有所作。廖詞猶未出色也。此上伯端詞宗，遐翁上，八日。」《劉伯端滄海樓集》此函後有編者黄坤堯註云：「此函在香港寄出，信封郵戳爲一九五〇年四月十二日。」據可推知其作時。

夏，爲廖恩燾《影樹亭詞集》作序：「吾粵詞家，彊村最推許述叔。余卅年前，因六禾而得讀述叔詞。

去年旅居香港，又因六禾而獲與懺庵爲友，始讀懺庵詞。懺庵長余二十餘歲，恨相見晚。嘗爲余言，昔與述叔論詞，沆瀣一氣。今述叔、六禾皆已殂謝，惟吾懺庵丈年登大耄，而詞與之俱老。所爲詞如《懺庵正續集》、《半舫齋詩餘》、《捫虱談室詞》，皆以次問世，人多能誦。邇復出《影樹亭集》屬序於余。曩者張闇公序陳、黎《秫音集》，謂述叔專於夢窗，六禾致力姜、史。余謂丈詞雖合耆卿、稼軒一爐而冶，實亦導源夢窗。彊村所稱潛氣內轉，能於順逆伸縮處求索消息，非貌似七寶樓臺者所可同年而語。而其驚采奇艷，又得於尋常聽睹之外，江山文藻，助其縱横，幾爲倚聲家别開世界等語。丈詞固早有定評矣。況斯集又與余及六禾唱和爲多，因並舉述叔及余輩四人先後離合之跡以爲之序。庚寅夏月，劉景堂拜撰。」

八月，關賡麟倡立咫社於北京，先生爲社員之一。至一九五三年三月宣告解散，共計雅集三十次。詞作收入油印本《咫社詞鈔》，凡兩册，共四卷。其中，第七集，不限調，限題「稊園梅花香裏兩詩人圖卷」，首唱爲葉恭綽《訴衷情》，先生之作爲《虞美人·題稊園梅花香裏兩詩人圖卷》，署「伯端」。第八集(二)，不限調，限題「遐庵自畫竹石長卷」，首唱爲關賡麟《菩薩蠻·題葉遐庵自畫竹石長卷》，先生之作爲《減字木蘭花·題葉遐庵自畫竹石長卷》。此圖，葉恭綽有題識曰：「畫竹以長卷爲難，余習作十餘年，未曾從事。近目昏手戰，慮此後心手益不相調，試勉爲之，意境似尚融合，但不能工細，觀者略其跡可耳。」(《矩園餘墨》)第十集，限調《惜餘春慢》，限題「送春」，首唱爲關賡麟《惜餘春慢·送春》，先生之作爲《惜餘春慢·送春依魯逸仲韻》。廖恩燾作有《惜餘春慢·送春和逸仲均》。第十二集，不限調，限題「夏閏枝先生刻燭零箋册子」，首唱爲關賡麟《齊天樂·題悔龕師刻燭零箋册子》。先生之作爲《燭影摇紅·丁卯二月江陰夏閏(原作桂)枝先生寓北平麻力胡同時以京師詞人集會其家唱和詞箋及庚子鈔寄秋詞之稿有王半塘朱彊村劉伯崇宋芸子瞻園王夢湘易實甫由甫諸老之作皆一時名雋滄桑後裝裱成册題曰刻燭零箋並詳跋其歲月留爲光宣間詞壇掌故今藏其子慧遠家慧遠能讀父書爲咫社後起之秀攜社徵題爲述其緣起如此》。夏緯明、汪鸞翔《齊天樂》自注分别所云可參：「册尾有先君跋尾，時爲丁卯仲春。舊京遺宿，正重結聊園詞社，距曩日與王朱唱和已近三十年矣」「册中諸人大半昔年師友，同時尚有端木子疇埰、況夔笙周頤乃與半塘老人同賦《薇省同聲集》，册中惜無其跡也」。第十五集，限調《玉京秋》，限題「暮秋郊望」，首唱爲關賡麟《玉京秋・暮秋郊望依九十五字體》，先生之作爲《玉京秋・暮秋郊望》。先生致曾希穎函云：「昨寄舊作數闋，諒邀青及。歸讀碧城所假《篋中詞》，依彊村硃墨圈點，甚爲精細，足見平日用工之處。又日前座中兄謂清真『睡起雙眸清炯炯』及『橋上酸風射眸子』二語不佳，而碧城爲白雲『莫開簾，怕見飛花，怕聽啼鵑』辯護，謂有亡國憂時之感，均有特識，爲僕意想所不及，至足欽佩。僕於詞學六十而後始稍有悟入，遜二君多矣。兹得咫社課題，賦成《玉京秋》一闋，因時地故，感念甚深。録上一粲，並望轉致碧城、定華，暇再約敘。」函後所附即此詞。又致林汝珩另函中評《篋中詞》及蔣春霖詞有云：「惟《篋中詞》校印極劣，常有訛漏。……水雲才雖大，而用字亦有不細之處。如《唐多令》『哀角起重關』與第三句『歸雁聲酸』相接太近，雁聲當被角聲所掩，且令人聞報應接不暇，若改爲哀角厭重關則盡善矣。」又，未收入《咫社詞鈔》者兩首：第十一集，限調《定風波》，限題「摩訶池」，首唱爲關賡麟《定風波・摩訶池》。先生作有《定風波・摩訶池咫社題》。第十七集，限調《玉蝴蝶》，限題「冒疚齋羅浮胡蝶圖卷」，首唱爲冒廣生《玉蝴蝶・辛卯八月一日滬寓來羅浮蝴蝶經宿始來湖帆燈下爲寫照復和屯田此詞填其上余亦繼聲樂章集此調凡五盡和之矣》〈另曾有《八月一日滬寓來羅浮蝴蝶賦長歌》》。先生作有《玉蝴蝶・冒鶴亭居滬濱秋晨有蝶止其室翌朝始去吴湖帆爲寫羅浮仙蝶圖並自題玉蝴蝶五闋來書徵和爲賦一解》，其致林汝珩函中有云：「詠物詞最難，取神太貼則呆，太疏則泛，是以古今聲家咸以東坡楊花、白石蟋蟀、黄中仙蟬爲絶唱，真不謬也。近以冒鶴亭屢催和《玉蝴蝶》詞，此題亦近似詠物，勉賦一解録呈教正。」另廖恩燾作《玉蝴蝶・咫社十七集依聲均屯田第四首題吴湖帆爲冒鶴亭畫羅浮仙蝶降臨圖》，吴湖帆《玉蝴蝶・羅浮蝶次柳屯田韻》尾注云：「冒鶴丈家來仙蝶，屬圖。」又，據《咫社詞鈔》前兩卷卷首所載一九五一年秋編、以齒爲序的「咫社詞鈔作者姓名録」，咫社社員總計四十八人：廖恩燾、汪曾武、彭一卣、汪鸞翔、林葆恒（正月殁）、冒廣生、夏仁虎、夏敬觀、許寶蘅、胡先春、梁啟勳、高毓浵、靳志、傅嶽棻（正月殁）、陳宗蕃、劉子達、王季點、王耒、關賡麟、陳祖基、章士釗、葉恭綽、吴仲言、廖琇崑、宋庚蔭、蔡可權、柳肇嘉、鍾剛中、侯毅（正月殁）、劉景堂、周維華、黄復、諶斐、汪東、陳方恪、謝良佐、劉通叔、張伯駒、陳道量、黄孝紓、唐益公、龍榆生、林儀一、黄孝平、夏緯明、黄畬、張浩雲、孫錚；附「社外和作者」二人：顧散仙、周汝昌。又，《咫社詞鈔》後兩卷卷首載一九五三年夏重編的「咫社同人姓名年齒録」，除夏敬觀（癸巳四月殁）、陳宗蕃（癸巳正月殁）、陳祖基（壬辰十二月殁）、吴仲言（壬辰三月殁）、張浩雲（壬辰九月殁），以及前録中蔡可權未録亦未説明何種情況外，多出姚亶素、吴庠、路朝鑾、程學鑾、陳世宜、沈曾蔭、向迪琮、王冷齋、吴湖帆、張厚載、方朝玉、蕭稾原、郭鳳惠、丁瑗、陳彰等十五人；所附「社外詞侶」，除顧散仙（癸巳三月殁）及前録中周汝昌未録外，多出邵章（癸巳五月殁）、陳應羣、劉文嘉、瞿兑之、丘瓊蓀、陸鳴岡等六人。

冬，與廖恩燾在香港發起組織堅社。社址設於堅尼地道一號廖府，每月一會，至一九五三年冬止。社友另有張成桂、羅忼烈、王韶生、張紉詩、林汝珩、區少幹、曾希穎、湯定華、王季友、任援道等十人。據黄坤堯編《劉伯端滄海樓集・前言》、魯曉鵬《一九五〇年代香港詞壇：堅社與林碧城》考證，社課第一期，以先生《念奴嬌・重九與友約登赤柱峰未赴歲暮獨來不勝俯仰今昔之感誦柳耆卿霜風淒緊關河冷落詞句更難爲懷也》爲首唱。先生又作有《念奴嬌・懺庵招飲山樓同座諸子各呈一闋仍用登赤柱峰韻兼邀紉詩同賦》。廖恩燾作有《念奴嬌・香港赤柱峰余數過其下未登其巔伯端歲暮獨遊賦詞見示媵步其均》、《念奴嬌・伯端工綺語因次均再示此解》、《眼兒媚・慷烈和伯端念奴嬌均索余再賦……》，張成桂作有《念奴嬌》，王韶生作有《念奴嬌・懺庵丈招飲山樓賦呈並柬同社諸子》，張紉詩作有《念奴嬌・廖懺庵招飲山樓伯端疊赤柱峰韻同賦》。第二期，廖恩燾《一萼紅・初春白石韻二期社課》。廖氏又作有《一萼紅・初春集夢窗句再塍一解》。先生作有《一萼紅・初春用白石韻》，羅忼烈作有《一萼紅・堅社社課限用白石韻與懺庵老人伯端丈同作》，王韶生作有《一萼紅・初春雅集山樓鳳老拈此題命賦次石帚韻》，張紉詩作有《一萼紅・初春同伯端懺庵叔儔用白石韻》。第三期，廖恩燾《風入松・清明集方回梅谿句三期社課》。廖氏又作有《風入松・前題和伯端均》、《風入松・再和前均》、《風入松・餘意爲塍一解》。先生與王韶生、張紉詩均作有《風入松・清明》。第四期，廖恩燾《琵琶仙・香港重午依聲石帚四期社課》。先生、張紉詩均作有《琵琶仙・端午》。第五期，廖恩燾《千秋歲・海灣觀浴五期社課伯端依謝無逸作余繼聲淮海戲成》。先生與曾希穎、張紉詩均作有《千秋歲・海灣觀浴》，先生致曾希穎、林汝珩、湯定華函云：「昨談以地名入詞，憶曾賦《憶江南》數首，録呈一粲。又《千秋歲・海灣觀浴》，乃前數課社題，倘能邀公等和作則更妙也。」函後附《千秋歲》及《憶江南》（千峰抱）（官渡晚）（亡國恨）（裙帶路）《促拍滿路花・登太平山感舊》。這是曾希穎首次參加社課。羅忼烈作有《千秋歲・社課香港淺水灣觀浴與懺庵老人同作》。第六期，廖恩燾《過秦樓・石塘晚眺清真聲韻堅社六（原誤作五）期課》，乃其《過秦樓・石塘晚眺堅社六（原誤作五）期課聲均依清真》之修正稿，均存手稿。廖氏又作有《過秦樓・前題再依聲美成簡伯端博諸社侶一噱》、《過秦樓・前題拈李景元聲均復塍一解》。先生所作爲《過秦樓・石塘晚眺感懷》，其致林汝珩函云：「連誦大作《過秦樓》二闋，清辭麗句，瀾翻不盡。後一闋收筆以韓陵、朱崖二事拍合連用，尤見匠心，十分佩仰。拙作殊不貼切，石塘聊寫胸臆，遠不及公等之描寫盡致，甚愧，甚愧。會當約希穎趨府快談。……此次石塘諸作，當以『衣香巷陌』、『海氣樓臺』二句爲壓卷也。又及。」函後附《過秦樓》初稿。王韶生、曾希穎、湯定華、吴肇鍾均作有《過秦樓・石塘晚眺》，張成桂作有《過秦樓》，林汝珩作有《過秦樓・石塘晚眺》、《過秦樓・懺庵再賦石塘晚眺並屬和韻》，羅忼烈作有《過秦樓・聞歌依清真體》。這是林汝珩、湯定華二人首次參與社課。第七期，林汝珩《石州慢・辛卯月當頭夜小集碧城詞館張女士畫牡丹希穎補石懺庵璞翁定華各有題詞並約同社諸子共賦此解》。先生所作爲《石州慢・月當頭夜小集碧城書齋》，其致林汝珩函有云：「前夕飽飫郇廚，深謝，極暢。歸途適憶爲月當頭，鳳老原加入題內，草草賦就，另紙呈教。題曾張畫幅擬不再作，可否即將此詞寫入，請酌示。」一九五二年冬，林汝珩新居落成，月圓之夜再宴請社盟雅集，先生重鈔此一九五一年社課贈之，款識：「辛卯月當頭夕，偕廖懺庵、區少幹、曾希穎、湯定華、張紉詩同集碧城書齋。今又明月當頭，適君新居落成，書舊作爲贈。壬辰冬，景堂。」廖恩燾作有《石州慢・月當頭夕小集碧城書齋……》、《鷓鴣天・紉詩女士畫牡丹希翁補石與璞翁同看戲成》，曾希穎作有《石州慢・月當頭夕小集碧城齋用東山韻》，張紉詩作有《石州慢・月當頭夕集碧城書齋》，湯定華作有《石州慢・辛卯月當頭月夜小集碧城書齋》。第八期，廖恩燾《酷相思・伯端泰西友人某倫敦書來謂別久華文已荒不能作華函祇寫程書舟詞酷相思首句月掛霜林寒欲墜七字伯端以示社侶衆議即據爲社課余步原作均和伯端各一首》。泰西友人，即活雅倫，曾任香港華民政務司，爲先生與其五叔庸的上司。廖氏又作有《酷相思・碧城示社作均戲成一首》。先生所作爲《酷相思》（薄袖天寒初索酒），其致林汝珩函云：「堅社之敘甚暢。歸後細審《酷相思》調，收句兩用疊韻真不易着手，欲仿原作專逞筆調而不換意，易流爲空疏浮滑，若稍事變換而無新意貫之，非板滯即且不能成句。愚意以爲，於輕重疏密之間極宜斟酌。我兄詞筆靈活，當有善法以命新辭也。拙作先成呈教。懺老亦得多闋，想已遥寄矣。」函後所附即此詞初稿。又致林汝珩另函云：「尊作《酷相思》，下闋極佳，命意曲折，而又流轉清麗，詞句渾成，非但遠勝拙作，且壓倒程詞，佩服之至。新年再圖良會。」張成桂作有《酷相思・和書舟》，湯定華、王韶生、林汝珩、曾希穎均作有《酷相思》（林汝珩兩首）。第九期，先生《憶舊遊・余年十五隨母花下課詩適有落瓣拾置卷中顧謂余曰遺汝異日之賞久漸忘懷今檢舊帙忽飄墮書幾色轉淡黄理如蟬翼悲哉此余母五十年前手澤也泫然賦此兼乞堅社諸子同詠其事》。廖恩燾作有《憶舊遊・伯端五十年前……》，林汝珩作有《憶舊遊・璞翁檢舊帙……》，曾希穎作有《憶舊遊・璞翁五十年前……》，湯定華、羅忼烈、張成桂均作有《憶舊遊》，王韶生、張紉詩均作有《憶舊游・伯端丈五十年前……》。王韶生詞今存手稿，題作「敬和伯端詞丈」。第十期，廖恩燾《渡江雲・辛卯除夕花市》。廖氏又作有《渡江雲・次清真韻並依聲再填一解》、《渡江雲・讀伯端作綿麗貼切……》。先生與王季友、張紉詩均作有《渡江雲・除夕花市》，林汝珩、曾希穎、湯定華、王韶生、羅忼烈、吴肇鍾均作有《渡江雲・辛卯除夕花市》。第十一期，廖恩燾《喜遷鶯・春山杜鵑花》。廖氏又作有《喜遷鶯・曩年拈石帚此調賦洋水仙韻與句法迥異吴史諸作認爲姜自度腔重拾一過爲春山看杜鵑花再賸此解以質堅社同人》。先生所作爲《齊天樂・春山探杜鵑花》，其致林汝珩函後附此首初稿手稿，序云：「社友約春山看杜鵑花，並同賦《喜遷鶯》詞。余以抱病，久未成調。聞道花事將闌，倚此相和，不自知其聲之哀怨也。」林汝珩作有《喜遷鶯・春山看杜鵑用梅溪韻》，王韶生、馮霜青、吴肇鍾、黄偉伯均作有《喜遷鶯・春山看杜鵑》，湯定華、潘詩憲均作有《喜遷鶯・春山看杜鵑花》，張成桂作有《喜遷鶯・春山看杜鵑依夢窗過希道家看牡丹韻》，曾希穎作有《喜遷鶯・春山看杜鵑花用竹山韻》，張紉詩作有《喜遷鶯・春山看杜鵑花依夢窗體》。第十二期，先生《南浦・春水》。廖恩燾作有《南浦・偶拈此調賦春水適八期社集伯端提議即據以爲課頽年觸緒絃外感音愁然成詠仍聲依玉笥山人》、《南浦・止庵又痛詆玉田南浦賦春水余謂以絶似夢中芳草喻春水雖極無聊惟和雲流出空山甚年年浄洗花香不了卻佳然視玉笥山人作則小巫見大巫矣余不惴冒昧依中仙聲均成此再質伯端暨堅社同人》、《南浦・伯端拈魯逸體應社課賦春水余讀之擊節貿然步均續貂仍守故習依聲魯作》，林汝珩、王韶生、張紉詩、張成桂、湯定華、馮霜清均作有《南浦・春水》，曾希穎作有《南浦・春水用玉田韻》。第十三期，王韶生《西江月・舞會堅社社課》。先生所作爲《西江月・夜觀跳舞》，廖恩燾作有《玉女摇仙佩・社課以觀舞命題不限調依聲屯田賦此》、《春風嫋娜・前題依聲馮雲月自度曲再成》，曾希穎作有《琴調相思引・觀舞》，羅忼烈作有《金菊對芙蓉・社課觀舞與孅庵伯端二老並希穎韶生同作》，張紉詩作有《春風嫋娜・觀舞》，林汝珩作有《鷓鴣天・觀舞》，張成桂作有《聲聲慢・觀舞》。曾希穎詞今存手稿，尾署：「璞翁詞丈正拍，了庵呈稿。」《詩詞周刊》第四期録入「詞録」，未入「堅社社課」專欄。另有一鈔贈廖恩燾同題手稿，當爲未改正之初稿。案：香港中文大學圖書館藏《詩詞周刊》第一至五期，一九五七年或以後刊行，湯定華（蒂園）主編，社址設湯家，第一期創刊號有香港詩詞周刊社徵稿啟示，云：「爰創辦詩詞周刊，每期刊載詩詞佳章、古今書畫名作及文物真蹟，用以廣藝術之風，詩教之義，庶幾墜緒可尋，斯文有繼。」《詩詞周刊》有個人詩輯及詩詞周刊書畫、詩録、詞録、堅社詞課輯等專欄。堅社詞課輯是在堅社結束後追録詞課，所録詞課序與《堅社詞刊》油印本稍有出入。第十四期，先生《滿庭芳・贈歌者燕芳》。第十五期，廖恩燾《促拍滿路花・送秋依聲清真思情一首堅社暑假後第一期課》、《促拍滿路花・送秋前闋意未盡換均再作仍追聲美成》、《促拍滿路花・前兩解似均未流動戲擬此博伯端碧城暨同社一粲》、《促拍滿路花・送秋晏公生平不作閨幨語余此解未盡仿冬郎體當邀大雅見原耳》，今存呈林汝珩手稿尾識：「閱畢如尊便，請并尊作寄伯端先生，因弟所寄伯翁稿尚未改正字句也。特託。再弟於此調下闋中間處擬得一聯，頗爲愜意，惜已作了四首，不能再作。特録出請教，如兄興致好，可否爲續成之，幸幸。句如下：『銅駝陌外，寸土皆吾舊。祇今都那有。』是有字韻，韻内如獸、守、後、久、袖，又繡、茂、手、秀、晝、走、否、漏、柳等字皆極好湊成佳句也。惟四聲陰陽平均依周作，似不易吻合。」先生所作爲《滿路花・堅社題送秋》，今存初稿手稿。又致林汝珩函所雲可參：「昨在尊齋談詞甚暢。頃得鳳老函，已賦成《滿路花》，十分快捷，可佩之至。」陳一峰作有《滿路花促拍・送秋詞》，張紉詩作有《滿路花促拍・送秋》。第十六期，先生《碧牡丹・木棉》。其致林汝珩函中所云可參：「大作《桂枝香》用意深婉，下闋收筆尤佳，至佩。惟『迴峰』與『高岫』微嫌重複，不如改爲『繞危闌，獨憑高岫』。因太平山頂確有危闌，不妨寫實也。未知高明以爲何如。鳳老重陽後到九龍小住，下會社集何不由兄先邀在尊齋一敘，以星期日爲宜。又乞以下午兩點至四點茗敘時間，俾歸途猶未入夜也，仍候尊酌。……近讀小山《碧牡丹》詞，甚佳。請檢閱，晤時細讀。」廖恩燾作有《碧牡丹·木棉晏小山韻》、《碧牡丹·木棉再仿小山》，湯定華作有《碧牡丹·木棉》，王韶生作有《碧牡丹·詠紅棉》，羅忼烈作有《碧牡丹·社課賦木棉花依晏小山體與伯端丈同作》，區少幹、曾希穎、陳一峰均作有《碧牡丹·紅棉》，張紉詩作有《碧牡丹·□棉》。第十七期，先生《浪淘沙慢·送春》。廖恩燾作有《浪淘沙慢·癸巳送春》、《浪淘沙慢·前題再作》，陳一峰、王韶生、曾希穎、林汝珩均作有《浪淘沙慢·送春》。第十八期，先生《金縷曲·題堅社聲家賦贈燕芳詞册》。第十九期，廖恩燾《聲聲慢·社題落葉除伯端與余外定華和水龍吟粟秋成霜葉飛其他社侶無一人作者伯端書來謂諸人興趣不佳盛衰有時社集應緩舉行等語余恐從此輟焉堅社不堅矣就題再賸此解示同人不知能賈其餘勇否耳》。先生所作爲《水龍吟·落葉和中仙》，湯定華作有《水龍吟·落葉》，王韶生作有《鷓鴣天·落葉》，張紉詩作有《水龍吟·落葉》。第二十期，先生《鷓鴣天·社題秋夜書懷》。先生又作有《蝶戀花·前呈鷓鴣天社作意有未盡再賦此解》，廖恩燾作有《鷓鴣天·秋夜感懷和伯端》三首，林汝珩作有《鷓鴣天·秋日書懷呈懺庵丈》，任援道作有《鷓鴣天·堅社詞課和璞翁秋日感懷》三首，曾希穎作有《鷓鴣天·秋夜感懷》，張紉詩作有《秋夜》。第二十一期，廖恩燾《漁家傲·殘臘堅社課》。先生所作爲《漁家傲·殘臘社題》，劉庸作有《漁家傲·和伯端殘臘社題》，張紉詩作有《漁家傲·殘臘》。第二十二期，廖恩燾《杏花天影·澳門亦曰濠鏡因賑災募款舉行劇歌拳賽揭幕剪綵名伶芳艷芬紅綫女獻花甚盛事也不意演出流血芳伶驚愕暈眩爲之輟唱社課選調白石自度腔遂借以誌憾》。先生所作爲《杏花天影·擬白石道人》，曾希穎作有《杏花天影·和白石道人依璞翁原韻》。又，廖恩燾《江城梅花引·社課不限題友約春遊未赴因而賦感……》，未審究屬某期抑或在二十二期以外。

《碧城樂府序》：「辛卯春，余因廖懺庵丈，始識汝珩。於時並偕曾、王、羅、張、湯諸子，共結堅社。每月集於懺庵丈之影樹亭，各出所作，互相評騭，及研討古今聲家之得失，無汲汲求名之弊，而有唱和應求之樂。忽爾三年，懺庵丈殁，茲事遂廢。」又《清平樂》詞題：「聞希穎、慷烈、湛銓欲相約攜壺憑吊堅社，賦此見意。」又《蝶戀花》詞題：「見影樹花開感懷，索堅社舊友同賦。」又《踏莎行》詞題：「碧城話堅社舊遊，追懷鳳老，約同賦感。」又《浣溪沙》詞題：「再賦一解，約堅社諸子同作。」末一首，今存鈔贈湯定華手稿，《劉伯端滄海樓集》所載題作「遺懷」。

香港中文大學圖書館藏油印本《堅社詞刊》第四、五期附通告有云：「社課請於出題後半月内寄稿來刊爲荷。」該刊僅存第三至六期，其中第五期一九五二年四月一日刊行，其餘三期未標出版日期。

廖恩燾《臨江仙》詞序：「堅社同人，醵資祝余初度，戲以古人姓氏故實，各相符合者，分嵌成詞，敬爲聲謝。序次先後，則信手拈來，迄無軒輊，希曲諒焉。」

曾希穎《蝶戀花》詞序：「璞翁見影樹花開，感懷成拍，索和舊友。因念鳳老影樹亭乃堅社故地，昔曾爲寫圖，今花發人亡，不禁愴然，次韻答之。」

任援道《鷓鴣天・悼念廖鳳舒先生與張叔儔詞長同作》詞序引述張成桂憶記云：「每月社集，舉行一次，與會者各以所成詞互閱，而就正於鳳老及劉伯端先生。鳳老每批郤導窾，無不悉中肯要，與伯端先生持論，亦無不相合也。社課題目及詞調，多由鳳老指定。鳳老詞大率先成，鳳老往往賈其餘勇，社作之外，一題加填至十數闋，其意氣之縱横，意義之深邃，無不斂手讚歎云。」

王韶生《紀香港兩大詞人》：「庚寅冬，鳳舒先生與劉君伯端發起組織堅社，社址暫設於堅尼地道，每月一會，均假其公館舉行。廖宅背負青崖，前臨滄海，山幽谷静，時鳥變聲，而且窗明几浄，四壁圖書，身處其中，有瀟灑出塵之想。兼之鳳舒先生夫人碧桐君雅好賓客，親製美點相餉，更有賓至如歸之樂。鳳舒先生填《念奴嬌》一詞以記其事，小序云：『粟秋、慷烈、韶生、紉詩先後和伯端登赤柱峰均，並約月課一詞，勉成此章應之。」」

羅忼烈《一寸金》詞題：「丙午早春，有懷堅社存歿，傷懺庵、伯端二老，依清真體，並柬希穎。」此首，王韶生有和作《一寸金・和慷烈懷堅社之作》。又《燕山亭》詞序：「十八年前，余與懺庵、伯端二老共結堅社。其後，曾希穎、王韶生諸君相繼來。及二老以次謝世，酬唱久絶。丁未秋杪，選堂兄議結芳洲詞社，夏書枚叔美翁首賦《燕山亭》索和，次韻奉答。」饒宗頤作有《芳洲詞社啟》及《漢宮春・芳洲社課立春和稼軒作》。又《憶廖恩燾・談嬉笑集》一文有云：「大約一九四九年左右，因劉景堂（字伯端）先生的介紹，我開始以小友的身分和廖老先生交遊。……鳳老説：『三人爲衆，我們可以結社了，限定月課至少兩次，不准缺課。』他們兩位算得是優遊林下的閑身，鳳老晚年詞興更濃，幾乎三兩天就有一首，而且愛用吴文英、周密集裏的僻調，依四聲填詞。這樣一來，我可疲於奔命了，三個月後衹能每月交社課一次。幸好一年之後，慕他們兩位之名而請纓結社的詞客漸漸多起來，我偷懶缺課，鳳老也知而不問了。這是後話。那時候，鳳老住在香港堅尼地道一層大洋房，環境幽静，花木扶疏，俯瞰灣仔區的維多利亞海峽，正是閑吟清談的好地方。我和劉先生每月總有一兩回應鳳老的邀請，到他的寓所談詞，拿出新作互相觀摩、評論，一談就是整個下午，吃了晚飯纔散。」

本年，冼玉清請吴湖帆繪《琅玕館修史圖》。吴氏題跋尾署：「玉清女師史席屬寫斯圖，倚清真《四園竹》題後。庚寅夏，吴湖帆。」先生所題《謁金門・題玉清教授琅玕館修史圖》，當作於其後未久。《劉伯端滄海樓集》題作「題冼玉清女士《翠瑯玕館修史圖》」。該圖現藏廣東省文史館，題者尚有冒廣生、龍榆生、吴庠、汪東、沈尹默、林志鈞、陳寅恪、廖恩燾、陳融、鄧之誠、夏仁虎、黄君坦、張伯駒、潘景鄭、柳詒徵、顧廷龍、葉恭綽等二十六家。又，冼氏請畫家所繪《修史圖》不止此卷。

黎國廉、馮漢逝世。黎氏另著有《玉欒樓春燈録》，又曾作《丁香結·依清真體五聲自辛丑後中更十六年詞事銷歇久矣近與伯端朝夕唱酬漸覺故弦重理賦此爲贈》、《金縷曲·依樵隱體闇公濠鏡伯端潯州均寄此調依和卻寄》、《鶴沖天·和伯端太平山登眺》、《石湖仙·依白石體四聲伯端屬題海山入夢圖》、《少年遊·依清真體同伯端叔儔菩苑小飲》、《瑞龍吟·殘夏得劉伯端寄懷之作因感雲林昔日勝遊不可復得用清真韻賦答依清真體》、《浣溪沙·秋日得伯端詞卻寄》、《霜天曉角·本意和伯端》、《清平樂·清明寄伯端》。先生曾作《虞美人·六禾約賦鈴兒花》、《南浦·八月既望六禾示寄懷詹無庵張瑞聲南浦詞有算天涯無地不斜陽之句時瑞聲將有遠行爲之黯然忽忽重陽已過秋意將闌依調和成不自知其聲之掩抑也》。張瑞聲，未詳。馮氏曾贈先生「笙歌清夢詞館，似曾相識燕歸來」印一件（一對）及「侯官」印一件，後者保存了先生的一首佚詩（首句「葭管飛灰懷舊侶」，已輯入《劉伯端滄海樓集》）。

一九五一年（辛卯）　六十五歲

李應林、歐偉國、何明華合併内地十三所基督教教會大學，創辦香港崇基學院。

潘學增、黄相華等發起成立健社。有社集《健社集》二輯及《健社詩鈔》。

冬，自序《滄海樓詞》：「余既敘懺庵丈《影樹亭詞》，丈屬鈔近作滄海樓稿與《影樹亭詞》合刊。余自維後學，遠遜丈詞之精深造詣，然以同聲難得，往跡難追，況重違丈意？謹選自癸未客潯州始……聊識合刊之由。辛卯冬月，劉景堂。」

冬，爲胡毅《絶塵想室詩草》作序，略云：「余於詩素非專研，何能知君詩之深淺。第考之古今名流，或詩以人傳，或人以詩傳，功業文章，互相彪炳，其傳一也。然則君詩固無待刻意爲工，已卓然不朽矣。」

本年，録呈曾希穎《齊天樂·客來爲道故園春事相對汍瀾哀歌成拍》、《念奴嬌·重九與友約登赤柱峰未赴歲暮獨來不勝俯仰今昔之感誦屯田霜風凄緊關河冷落殘照當樓詞句更難爲懷也》、《木蘭花慢·殘春和懺庵》、《三姝媚・擬夢窗》、《六醜・擬清真》等五首詞，尾署：「希穎詞長拍正，璞翁録舊作。」並附函：「昨談甚暢，兹如命鈔舊稿呈教。座中湯君爲後起之秀，知甚用工。若能再研討兩宋名家，成就自不可限量。又聞貴友林君能詞，請鈔示一二，尤盼。」

張學華逝世。先生曾作《浣溪紗・春日山居呈漢三丈》、《木蘭花慢・讀六禾端陽和詞有時序遷流之感翌日適與漢三丈同赴七姊妹酒家歸賦此闋即呈二公》、《摸魚兒・八月十五夜與漢三季裴叔文諸公過小梅村遇雨》、《一萼紅・人日春遊不果獨坐蕭齋偶讀白石道人一萼紅詞不勝感歎即用其韻賦呈漢三季裴二丈》，又曾作《鷓鴣天・爲黄了因題張闇公手録詩文稿》：「衣鉢黄梅有幾人。鄴城第一數家珍。南天二友忘陶柳，異代孤蹤見屈陳。　千古事，四時春。羅浮栩栩夢中身。歸來洗浄浮雲眼，流水桃花不問秦。」黄了因，即前録黎國廉致先生第三函中所云及者，餘未詳。張氏曾作《西子妝・春晚和季裴伯端用玉田韻》、《金縷曲・伯端以詞寄示適余重到澳門兒童西行老懷振觸即用其調爲賦一解》。

一九五二年（壬辰）　六十六歲

吴天任「中華藝苑」諸生及鄭天健弟子成立青社，月凡一會。有社集《青社心聲》。

春，芳艷芬宴請堅社詞人等。獲贈《滿庭芳》詞十餘首，輯成《燕芳詞册》。其中，當有先生（詞題爲「贈歌者燕芳」）與廖恩燾（「社課聽芳伶艷芬歌依聲清真戲作」「再賸此解戲博碧城一笑」）、湯定華（「聽歌者燕芳」）、羅忼烈（「社課歌筵感舊同伯端希穎韶生」）、王韶生（「聽艷孃度曲」）、曾希穎（「聽艷孃度曲」）。另有詩《聽芳孃度曲》）、林汝珩（「聞歌有感」）、區少幹（「聞歌」）、王季友（「聽歌」）及陳一峰（「春夜聽芬孃度曲」）等。王季友詞今存手稿，尾署：「社課録奉碧城社長詞壇，馨廬。」其後，先生與堅社社友等寫贈與芳艷芬相關的詩詞作品尚多。如傅子餘《玲瓏四犯・希翁滿庭芳聽歌一闋詞壇韻事也暑假無俚倚此調之》，劉庸《讀堅社詞友滿庭芳聽艷芬曲詞書後》四首。先生曾作《金縷曲・題堅社聲家賦贈燕芳詞册》：「百囀春鶯舌。是何人、廣寒偷得，夢中殘闋。不是詞仙誰解賞，醉把瓊壺敲缺。算粉黛、才華雙絶。莫倚玉龍尋怨曲，怕空枝、上有啼鵑血。催入破，倍淒切。　迴腸别有愁千結。歎人間、燕歌未了，楚歌相接。今古英雄成底事，彈指聲名俱歇。空聽取、昆池嗚咽。何況尊前兒女恨，向西風、祇共寒窗蟲説。滄海淚，爲誰熱。」又曾作《金縷曲·前題燕芳詞册署别號傖公而懺庵不知余作也擊賞不已並和韻二闋其小序引隨園句云天涯沿路訪斯人余深感其意再賦一解》。廖恩燾所和二詞，恐皆已佚。王韶生曾作《金縷曲·次韻璞翁題艷孃詞册》。梁寒操（君默，一八九九—一九七五）作有《金縷曲·題贈燕芳詞册》。吕燦銘亦有《堅社詞人題滿庭芳詞以贈燕芳女士屬余轉致感而賦此》。據知，將詞册轉交給芳艷芬的可能就是吕燦銘。王韶生又有《觀梁燕芳演戲次季友韻》，曾希穎亦有《季友以亂世嫦娥粵劇見示乃感於歌者芳孃作也讀竟輒憶同社相攜過飲妝閣匆匆又已一歲惘然次韻和之》。王季友原唱未見。先生還有《鷓鴣天·贈梁燕芳》。而先生另所作《踏莎行·芳園夜飲》，以及王韶生所作《踏莎行·題芳園雅集圖》，未審是否也與芳艷芬有關，姑附於此。

十月，三弟璣逝世。劉庸《瑞人前書云歸時當在梅花初放今猶未歸賦此寄臆》、《索居》二詩手稿尾識有云：「壬辰十月十八日，莊姪亡後之六日揮涕附誌。」先生曾作《感懷呈平子叔父兼寄叔莊》。劉璣曾作《睡起寄伯兄廣州》（三首）、《叔文書來謂家兄詞及拙詩堪稱二難答以絶句》。

十二月，高貞白（一九〇六—一九九二）贈先生長子德爵畫兩幅，分别題曰：「見宋人有此畫，爲德爵吾兄仿其意。一九五二年十二月，貞白」「白居易寄題盩厔亭前雙松，貞白寫。一九五二年十二月題贈德爵吾兄，貞白」。

江孔殷、廖景曾、葉佩瑜（葉衍蘭侄）逝世。先生曾作《臨江仙·與廖伯魯别四十年矣歸來以詩相贈倚此答之》。江氏曾作《高陽臺·贈程玉霜用劉伯端韻》。葉氏曾作《和守璞即事》。

一九五三年（癸巳） 六十七歲

壬辰殘臘，吕燦銘題識所繪《煙波垂釣圖》。其一：「煙波垂釣圖。『坐對滄浪有所思。桃花紅漲鱖魚肥。旁人不會空鈎意，卻道沈鱗上釣遲。　山似髻，月如眉。風光相賞後難期。明朝一棹煙波遠，輪與鸕鷀自在飛。』調寄《鷓鴣天》。此劉伯端兄詞也，（屬）已屬壽璜兒（一九一九—一九七五）爲之寫圖矣。興之所至，率筆成此，並題句於上。壬辰殘臘呵凍，吕燦銘並識。」此詞，《滄海樓詞》題作「題壽璜弟寫贈《煙波垂釣圖》」。其二：「『滄海詞人住小樓，久無消息向花陬。閑來忽動煙波興，欲作飄然雲水遊。　喜有菰蒲留遠客，不需薇蕨羡前修。垂綸祇是餐風月，豈爲沈鱗始下鈎。』智惟題句。」此詩，吕氏《復盦樓集》題作《題伯端屬寫煙波垂釣圖》。其三：「此爲余三年來稱心之作。世達仁兄、志賢夫人見而愛之，敬以奉貽。燦銘識。」志賢，于右任侄女。

二月廿九日，五叔庸作《題伯端滄海樓詞》二首：「心影模糊世亦非，歸來滄海更成詞。萬箋休歎生涯薄，且喜驕兒畫哀師。」「透石裁雲手，寒梅瘦鶴身。江山與花月，天例屬詞人。早歲心影詞，晚作滄海語。杯酒量春愁，陳跡接今雨。長世殊今昔，新詞判淺深。青衿同白髮，春日動沈吟。」

三月十七日，致函林汝珩：「尊作輕圓婉美，十分傾佩。惟下闋有一二活字似未緊貼，兹代斟酌，録後候訂，想兄不以爲僭也。此致碧城詞長，弟璞頓首。三月十七日。『能幾星霜，驚心何止滄桑换。故園東望路漫漫，離恨天涯遠。眼底舊情未逭。又誰家、簫聲遞怨。枉教回首，疑是霓裳，夢中吹斷。』」後林氏《燭影摇紅・元夜有懷》修訂稿已按先生建議修改。

春，王韶生作《浣溪沙・癸巳春日有懷璞翁》。

冬，作《浣溪紗・癸巳冬日豁庵出示包倦翁墨蹟後有周止庵跋尾皆精妙無倫所書吴中白真真詩亦娟好可誦絶類坡公烏雲帖書周韶事固不讓杭人多惠也爲賦此解題後以識神往》。

冬，自序《滄海樓詞》：「兩宋詞人，惟東坡、白石變化莫測，古今論者，罕窺其奧。元、明無足數。有清一代，浙、常兩派，迭爲雄長，蜚聲於臺鼎尊俎間，探驪何得，固亦難言。洎乎同光，百年以還，奇才崛起，如蔣、文、王、鄭於浙、常之外，各標新異。彊村晚歲，兼衆美而總其成，猗歟盛矣，然深心微旨，僅見於《宋詞三百首》選，及題清代諸名家詞集後《望江南》二十六闋。後之學者，仍多茫昧，難免歧趨。余生也晚，且僻處遐陬，未獲親聞咳唾。六十而後，自謂於此道，頗有悟入，率爾成聲，得百餘闋。又何敢追較前賢，寸心得失，姑略存之。知我者其在水雲、雲起之間乎？ 癸巳冬月，劉景堂。」

一九五四年（甲午） 六十八歲

上巳，作《蝶戀花·今歲清明逢上巳乃梅溪詞也余少日曾借用爲蝶戀花起句全闋不足録抑亦忘之忽忽四十三年又同日兩逢佳節舊情回首倍覺淒然依調自和一闋仍以此句爲首》。

暮春，作《賀韶生大兄續絃》、《鷓鴣天·甲午暮春陳一峰馮伯熙方育萬同集石塘別館此卅年前歌舞迴腸地也易劍泉以余舊詞爲製離人夢曲譜播諸絃管並付女弟子崔凌霄歌之聲激而怨感余懷者甚深賦此以紀其事》。馮伯熙、方育萬，均未詳。

陳少漢在詩稿上有眉批曰：「甲午暮春，韶生續絃。一日，攜婦到環閣星三茶敍，會各文友。端翁因有此贈。」

靳永棠《易劍泉老師軼事》：「易老師在香港寫過幾首詞曲，計有：《小涼州》、《長門月》、《如花美眷》、《春到人間》等，可能還有，但我已記不起了。這幾首都是有詞有曲，用中州韻唱，配合雙扇舞、盤舞用。他又曾經替老詞人劉伯端先生寫的幾首詞，譜上音樂，也是用中州韻唱。」文載香港《聯合音樂》一九八三年十二月號。

夏，爲張紉詩《儀端館詞》作序：「自漱玉、斷腸，朱古微先生題清代名家詞集，閨閣之選，惟徐湘蘋一人。又譚復堂先生《篋中詞》，則湘蘋而外，益以金、賀、二顧、李、沈、莊、吳、關、鄭十人。雖皆清婉可誦，然有清二百餘年，傳者僅此。彊村翁千古才難之歎，良有以也。余近十年間，始識紉詩。其所爲詞，無脂粉氣，尤爲閨秀中之傑出者。紉詩方今盛年，雖飽經憂患，難免傷心人語。然詞窮而後工，則天之薄於此者，或將厚於彼。紉詩更能潛心探討，一洗近代靡靡之音。進而直叩兩宋之閫，他日成就，寧有限耶？余老矣，所期於紉詩，切於自期。紉詩知余無溢美之辭，故屬爲序，爲綴數言，寄厚望焉。甲午夏，番禺劉景堂。」《鷓鴣天・題張紉詩儀端館詞》亦當作於其時：「敲斷瑶釵燭影寒。故國消息總相關。罷熏小篆餘香短，待織迴文險韻難。人寂寂，淚潸潸。幾回薄袖倚危欄。傷春未了閨中事，千古風流李易安。」

冬，作《鷓鴣天》題《雨屋深鐙填詞圖》：「四十三年一轉頭。不知滄海又横流。故園松菊都荒盡，尺幅幽深着意留。　神既往，事難求。孤檠風雨夜窗愁。詞仙去後無清致，付與籬根蟲語秋。」尾署：「甲午冬，劉景堂拜題。」此詞《劉伯端滄海樓集》未收，當係佚作。圖爲李啟隆（襄文、留庵，一八三九—一九二〇）所繪，題識尾署：「宣統辛亥，憬吾先生命畫，留庵道人並題。」後李尹桑又受命題寫引首：「雨屋深鐙填詞圖。憬吾先生命題。乙卯夏五月，壺父李尹桑。」卷後題跋者，另有沈澤棠（沈世良子）、丁仁長、葉佩瑜、劉承幹、張學華、葉恭綽、馬復、余祖明等十二家。

本年，黄緉曾致林汝珩函有云：「前在抱璞齋承誦新詞，嚮往彌深。曾奉和一闋，久未録寄。」函後所附《蝶戀花》（今歲清明逢上巳），原唱當係先生同調同首句之作。

廖恩燾卒後，本年及下年，先生主持環翠閣週末茶座，唱酬不輟。王韶生作有《環翠閣茶座作》，曾希穎所作《燭影摇紅・紅棉譜就感慨未闌璞翁邀集翠閣選茗談詞爰拈此解並和碧城》亦可參。

吳天任序俞安鼐《自怡悦齋詩》：「余避地南來，亦忝承邀爲書樓任講，因得以親炙討論。暇日輒從丈與陳少漢、李我生（錫予）、劉伯端、馮毅庵、張叔儔、熊魯柯（潤桐，則庵，一九〇三—一九七四）、王韶生、余少飆諸君子，茗集市樓，把杯談藝。丈雖近耋老，而出語滑稽，俳諧雜作，舉座爲歡。」馮毅庵，未詳。先生曾作《贈馮毅庵》、《毅庵約看馬櫻花未赴有詩相調公續爲誦黄土築墻茅蓋屋門前一樹馬櫻花之句賦此感懷並答二公》。前一首，詩題一作「病起不寐，賦呈毅庵二兄」。

廖恩燾（廖仲愷兄）、巢章、鄧萬歲逝世。先生作有《木蘭花慢・挽廖懺庵丈》：「百年人事短。數歲月、半天涯。悵落日回帆，滄溟三淺，經眼都非。催歸。暗傷啼宇，算西湖雖好莫吟詩（丈曾示惠州西湖舊作）。臘盡先收殘稿，一場大夢驚回（丈去年除夕詞有『收拾殘年詞稿』之句，詎知成讖）。尋思。玉縈久離披。君去更悽其。記空山月冷，哀絃夜奏，影樹亭西。當時。謾留一語，悔白頭三度放鶯飛（用丈本事）。佇立斜陽淚滿，馬塍花落誰知。」又曾作《祝英臺近・懺庵爲題心影舊稿賦此答之》：「酒忘形，棋換世，鼎鼎百年去。風露孤檠，心住影難住。可憐尺幅生綃，幾行墨淚，衹留伴、寒蛩淒語。　屢回顧。詞場百感幽單，鶯花倩誰主。塵壁哀絃，零落雁行柱。憑君綵筆新題，春心一寸，待重暖、已灰殘炷。」《蝶戀花・題懺庵捫蝨談室詞集》：「翦翠裁紅情一往。海水天風，入耳非凡響。不運斧斤成大匠。風流千古歸仙掌。　幾度看花閑拄杖。但願花前，歲歲人無恙。若睹旗亭紅袖唱。新聲應遏黄河上。」又曾作《蝶戀花・和懺庵》、《鷓鴣天・讀懺庵祝英臺近撫今追昔感歎成歌》（二首）、《採桑子・元夜和懺庵》、《南鄉子・懺庵寄詞有三放鶯飛應自悔之語賦此慰之》、《採桑子・懺庵碧城了庵爲書年時諸公投贈唱酬之作裝褫成卷自題一闋》、《渡江雲・惜别》、《洞仙歌・題巢章甫海天樓讀書圖》。前一首《採桑子》手稿識曰：「元夜詞擬改數字再呈，此致碧城詞長。」尾署：「璞翁改稿。」《渡江雲》手稿尾署：「懺庵詞丈誨正，景堂呈稿。」又曾將此詞鈔贈林汝珩，尾署：「碧城詞長正拍，璞翁初稿。」趙元禮（幼梅）、廖恩燾、夏承燾、龍榆生、寇夢碧等亦曾有詩或詞爲巢氏題《海天樓讀書圖》。廖恩燾致林汝珩函所云可參：「有天津曹章甫者，亦世家，乞題《海天樓讀書圖》，俞陛青、夏劍丞及京津多人題詠。伯端不願作，似不可强之。吾兄爲目前詞壇唯一巨手，特代乞撰一詞，并附素箋三紙。請撰就潑墨寄，由弟寄津。拙作録呈台鑒以爲先導。」林氏應題之作爲《燭影摇紅・題天津巢章甫海天樓讀書圖》。廖氏曾作《點絳唇・久不晤伯端前題戲成一解卻寄》、《鷓鴣天・伯端石塘晚眺夕飲市樓口占此令依均和之》、《攤破浣溪沙・伯端曩示山花子令即此調述其數年前騎省之戚再寄鷓鴣天一闋蓋重過玉蕊翁觴詠地感而作者讀之黯然拈南唐李主均答其意詞成擲筆欷歔欲涕也》、《採桑子・昨過伯端滄海樓以有别約望門未能投止歸寓得君書索録三十年前舊作粵謳並示此調小令二首和均答之》、《玉樓春・伯端示此調擬小山甚饒神韻旋又示朝中措云人生有酒莫遲留老去對花羞廣其意步前作均答之》、《朝中措・和伯端均》、《渡江雲・和伯端均》、《渡江雲・再次伯端惜别均簡劉世兄》、《水龍吟・次伯端春懷均答區少幹作》、《水龍吟・少幹示原作題云立春奇寒爲百花感賦依均奉酬并柬伯端》、《燭影摇紅・碧城緘附元宵詞少幹亦和作依均繼聲寄伯端索同賦》、《南鄉子・次伯端春日懷少幹均自述》、《南鄉子・酬伯端因簡碧城少幹一峰》。又曾作《祝英臺近・讀劉伯端心影詞正續稿題慢令各一題》：「染烏絲，融蝶粉，詩影夢聲裏。十樣蠻牋，痕殢斷愁幾。鬢霜催老劉郎，桃花應笑，杜陵濺、都非閑淚。　舊歡記。爲伊緣底傷春，春嬌上羅綺。流怨湘絃，芬芳楚騷意。似曾相識啼鵑，銷魂垂柳，早掀盪、干卿池水。」以及《鷓鴣天》：「劫避秦灰問水濱。帽檐猶擁故山雲。眼光换盡棋枰舊，心影凋殘篋稿新。　温李髓，晏周神。老難抛斷是愁根。郎潛鬢入梅谿句，崛起天南更有人。」又致林汝珩函有云：「暑期百無聊賴，成廣州俗話詞四十首，已録稿寄伯端索題一小令或絶句。擬再請吾兄及希穎各題一詞或詩，以增光彩。」

一九五五年（乙未）　六十九歲

陳融逝世。先生曾作《鷓鴣天・顒庵屬賦擷華詞别後詞成寄廣州》，又曾作《鷓鴣天・自題笙歌清夢詞卷》：「粉墨笙歌又一場。人生何處不迴腸。詞心未盡春先老，香夢初消酒不狂。　書咄咄，問蒼蒼。

百年到底爲誰忙。要知踏破芒鞋後，方信天涯即故鄉。」陳氏曾作《謝伯端兄題像》三首，又作有題先生《滄海樓詞續鈔》詩三首：「海涯風雨不曾停，處處銷魂一樣聲。何物可蘇秋士瘠，審音持律遇同情。」「海綃颯麗失朝霞，玉鬘荒涼已暮鴉。幸有一丸滄海月，百年先後總三家。（舊刻嶺南三家爲汪芙生、葉南雪、沈伯眉，今似可援先例。）」「文藻江山一代强，最難嶺外得姜張。中原旗鼓如相待，會聽笙歌清夢長。」此組詩初稿手稿（如第一首首句中「海涯」作「天涯」）尾署：「伯端以近詞見示，賦答。融庵草稿。」或以其中第三首末句之故，《滄海樓詞續鈔》又稱《笙歌清夢詞卷》。又或者是因爲李尹桑曾於一九一三年贈先生「笙歌清夢詞館」印一件：「癸丑六月，茗柯刻爲笙歌清夢詞館主人正。」

一九五六年（丙申）　七十歲

六月，香港聯合書院成立，中文系主任陳湛銓擬聘先生與李景康爲教席，兩人以年事已高推辭。陳湛銓《追紀聯合書院故校長蔣法賢先生》：「（蔣）使主理中國文學系……於是焉廣聘名儒碩學，日夕過從，相與乎商量國故，昭宣大道，提挈來學，藉藝槃才。雖李景康、劉伯端高賢，以耆老體弱，不能俯就教職，亦例必每年踵門拜求，禮聘未闕也。」

九月，自序《詞意偶釋》：「余年二十餘，始學填詞。讀古人名作，祇知其好，順口浪誦，並不知其好處之所在。歷覽古今人詞話及評騭家言，或作提頓留脱、空際轉身之説；或抽出一二句，謂爲詞眼，加以標舉；迄未有討論全闋之神理脈絡者，令讀者如墮五里霧中，難求真諦。更有如周止庵、譚復堂等，既深入主出奴之見，復加以附會鋪張，全無確論，余深病之。五十而後，積漸有悟，恐若輩云云，有乖作者本意；爰於少日讀不能通之名作，寤寐思之，恍然有得。遂搜取五代至南宋詞三十餘闋，要皆深邃幽眇，爲古今人所未能探討者，隨手録出，加以淺釋，以示後學。念古人膾炙人口之詞，何止十倍於斯，要皆本文自明，故不論列。又此編解釋，但求明顯，於行文字句，未暇修飾，讀者諒之。公元一九五六年九月，劉景堂自識於滄海樓。」《詞意偶釋》及《補編》選取五代及宋詞中的四十一首名作（自宋徽宗《燕山亭》以下爲補編，凡八首），重加詮釋。兹擇録（部分或全部）其中數首，以備參酌。如釋李煜《浪淘沙》：此乃被虜北遷後之作。（簾外二句）先點明時序，兼寫淒涼之境。（羅衾句）昔在江南之日，六宫粉黛，夜夜温存。雖五更風雨，而羅衾豈知其寒。今雖有羅衾，而無偎抱之人，故致夢短被他催醒，暗逗下句。（夢裏二句）此句方説入夢，而夢又甚短。一晌之間，因曉寒難耐，忽然夢覺。夢境雖短，乃片刻歡娱，亦足貪戀，豈知此身之是客耶！（獨自二句）乃夢醒之後，方知夢覺之身，仍是獨卧寒衾之中，故自己對自己説，你去憑闌尋覓，即使憑闌，而遠眼被江山阻隔，終不能望見故國也。（别時句）此「别」非泛指人生離别，亦非指舊日去國之離别，乃直指夢覺時之别。一刻之前，夢裏明明相見；而夢覺後，遂成離别。況夢又甚促，故言「容易」。夢覺後再尋不得，故謂之「難」。讀者切勿誤解。（流水句）此應起句。時序遷流，非但春易闌珊，卻已匆匆歸去，如我夢境之不可留。（天上句）李煜本帝王，故此句是他所道，方恰稱其分。實謂方纔夢中故國，仍作帝王，如在天上。不料醒後獨自之身，依然被虜，又在人間也。又，柳永《蝶戀花》（佇倚危樓風細細）：此闋以無可奈何之筆，寫無可奈何之情。尤以換頭處「疏狂」二字著眼。此乃舊日之疏狂，今欲疏狂而不可得，衹賸憔悴而已。萬轉千回，欲言不盡，最堪嚼味。又，蘇軾《水龍吟》（似花還似非花）：題爲「次韻章質夫楊花詞」，可見不是詠楊花，乃是見楊花起興而賦。故此詞全由離人眼中説出，與其他詠物之作不同。（似花二句）此從離人眼中見楊花説起，似念其無人解惜。（抛家三句）以楊花比遊子，思量他抛家傍路，出而不歸，甚是無情。然當其未别時，眷眷相依，又似有情也。（縈損三句）思念之極，以致縈腸柔損，更無可奈何之際，遂嬌困欲眠。（夢隨二句）忽忽入夢，夢中仍不忘所思，故萬里隨風，以尋郎之去處。（又還被句）夢雖成而尋郎不見，匆匆又被鶯聲催醒。（不恨句）直接上文夢醒之後，思之深而怨之至，故翻言不恨此花之飛盡，如遊子之不歸。（恨西園句）所恨者我身如西園落紅，不能復綴枝上耳。（曉來二句）「雨過」

暗指當年無情催別，「遺蹤」即指我與遊子昔日之歡蹤，別後不知何在。（一池句）言楊花落紅，都已不見，所見者惟破碎之浮萍。飄泊無根，包含自己與遊子，都在其中，不必强謂楊花化萍也。（春色三句）春色無多，塵土中之二分是落紅，是自己；流水中之一分是楊花，是游子。此即指當日之遺蹤。（細看來三句）仔細看來，這一分亦不屬於游子楊花，逕直是自己之眼淚。此三句仍從「不恨此花飛盡，恨西園、落紅難綴」句生出。故作迷離惝恍語，愈令人耐思耳！案：鄒穎文輯《番禺林碧城先生藏故舊翰墨選輯》載先生此首賞析文字手稿，與《詞意偶釋》不甚同，可録以參讀：「先還甫云，東坡《水龍吟》綴字趁韻，不知綴字入音作止，去音作連，若作止解，便是出韻。蓋落紅既已辭枝，不能使之復連。讀者須明瞭作者用意，尋得上下闋綫索，方知此句之妙。先又云，『拋家傍路』四字欠雅。更可謂不善讀者，妄加評議。下文當詳論之。詞人詠物之作，多不就正面着筆。蓋物本無情，而人有情。因物興感是謂寄託。本文自明，又不必强爲附會也。東坡此闋，乃以楊花比擬遊子，而就離人眼中寫之。故首句便標明（似花還似非花），可見是人是物兩難分辨。第二句（也無人惜從教墜）謂遊子如楊花之飄盪，除本人之外，更無他人惜之。第三句（拋家傍路）是惜其遠離無着。第四、五句（思量卻似，無情有思）乃別後千思萬想，恨其拋家不顧，卻似無情，而當其未别之先，纏綿絆惹，又似有情，思之不已。以致（縈損柔腸）思既不見，欲不思又不可能。迷離惝恍，倦極而（困酣嬌眼，欲開還閉）遂入夢境，而夢又不分明。欲隨楊花而覓遊子，客不知其去處。故下文云（夢隨風萬里，尋郎去處，又還被、鶯呼起）則夢既無憑，而又驚醒矣。下闋（不恨此花飛盡，恨西園、落紅難綴）乃夢醒之後尋之不得，任其如楊花飛盡無復恨之。所恨者，此身既遭拋棄，如落紅之難綴芳枝。此句最爲着力。若不知此中關鍵，泛作因楊花而説及落紅，下文又無收拾。無怪先還甫譏爲趁韻也。（曉來雨過）四字是指歡娛易盡，正如風雨摧花。（遺蹤何在）是擬二人相聚之迹。（一池萍碎）言楊花已化浮萍，即如遊子之空留夢影。（春色三分）春色總括楊花、落紅。（二分塵土、一分流水）在塵土之二分是落紅，在流水之一分是楊花。則爾我之情盡於此矣。自（細看來）句始方入詠者口氣，點出離人二字。再三嗟歎。故云『不是楊花，點點是離人淚』。以此三句結束全闋。東坡此詞全由江淹《別賦》『居人愁臥』一段融化而出，而句句是楊花，句句是離人。詞至此境，可稱化工。」又，蘇軾《念奴嬌》：（大江二句）上句指地，下句便入懷古。（故壘二句）「故壘」二字，言大江之旁，有千古戰爭所築之壘，其西偏有爲赤壁。東坡時在黄州。黄之赤壁，本非周瑜破曹之處，東坡亦疑其非。但當日以訛傳訛，故云「人道是三國周郎赤壁」，與《前赤壁賦》所云「此非曹孟德之困於周郎者乎」，同一作未肯定之辭。（亂石三句）三句實寫。眼前所見，驚濤經亂石而過，故激起浪花如雪。「崩雲」二字，是狀亂石之險。（江山二句）上句應「大江」，下句應「風流人物」。但前是虛寫，此是實寫。言眼中所見，如在畫中，由三國至今，一時之間，不少傑出人才。既明指周郎，並暗自負也。（遥想三句）直接上闋收句。遥想公瑾當日年少英雄，復得美人匹配。（羽扇二句）「檣櫓」一作「强虜」。既云「灰飛煙滅」，當以「檣櫓」爲是。此謂周郎非但英雄，兼之儒雅，以談笑之間，成此豐功偉績，真無愧稱「風流人物」。（故國句）對此故國，不禁神遊。（多情二句）我欲追蹤周郎神遊故國，又不免爲故國所笑，謂我華髮早生，無所成就，已遠遜周郎，徒自多情耳！（人生句）到此聊作豁達語，謂人生在世，如夢之短，亦如夢之迷。成功與否，同在夢中，匆匆過了，何須撫今追昔。（一尊句）但仍未免有情，聊以尊酒酹兹江月。因江月當時曾見周郎之得意，今日復見我之潦倒，我與周郎今古同情，惟江月知之，故酹之耳！此闋「江」字凡三見。「大江東去」之「江」，是千古之江，屬於地；「江山如畫」之「江」，是我眼中之江，屬於人；「一尊還酹江月」之「江」，屬於月。所用不同，故不嫌重複也。又，秦觀《望海潮》（梅英疏淡）：（無奈二句）少游此時此景，斷非思家，切勿誤解。「無奈歸心」者，乃舊日蘭苑中人，已分春色隨流水而各向天涯。今我重來，追思往事，難以爲情，故雲奈此無可歸著之心，欲隨之而去。但今日鳴笳夜飲，又不便明說心事，是以著一「暗」字，更覺低徊不盡耳！又，周邦彦《蘭陵王》：《貴耳録》云：邦彦因賦《少年遊》，得罪於道君。遂命即日逐出國門，李師師餞之，即席賦此。（柳陰句）柳植堤上，柳直所以陰直。說者謂柳陰何以能直，不知人在柳陰之下平視，仰視便見其直。（煙裏句）柳絲弄碧，是暮春天氣。（隋堤三句）至此方說我在隋堤之上。年年見堤上之柳，非惟弄碧，兼拂水飄綿，以送行人。（登臨句）「故國」指故都，「登臨」接「幾番」。（誰識二句）年年到此登臨，又誰識我爲留滯京華之倦客耶？「誰」字暗指堤柳。（長亭三句）「長亭」乃送別之地，應「隋堤上」。「年去歲來」，上應「幾番」。但折柳贈行，則包含我送人，人送人。故將所折之柳，連續起來，應過千尺之長。（閑尋句）此句最宜注意，係代柳說。因柳慣見來此餞別之人，年去歲來，不知多少。故閑中尋此舊跡，不當屬作者口氣，因美成此時正被押出國門，那復有閑情來尋舊日之蹤跡耶？（又酒趁二句）從前之歌筵，乃我餞人，人餞人，而此番乃人餞我，迥然不同。何得謂之「又」？然就堤柳眼中，則不知誰餞誰？祇是又見有離筵在此張設。祇一「又」字，更能分辨不是作者自己口氣也。（梨花句）此句乃點明目前臨別時序，應照上文「弄碧」「飄綿」，同在暮春。（愁一箭二句）至此離席已經下一「愁」字，方入作者口氣。所愁者催別之風如箭，使半篙逐波遠遊。（回頭二句）「迢遞」者，漸遠也。不知不覺去程過了數驛，回頭望送我之人，已在天北。因我南行，故居人在北也。（悽惻二句）別後之恨，堆積淒然。（漸別浦二句）漸行漸遠，無非寂寞淒涼之境。「別浦」應「波暖」，「津堠」應「數驛」。（斜陽句）以無極春光，逐冉冉斜陽，一應「梨花榆火」。更以「無極」二字，表達惜別心情。（念月榭二句）「念」字應「回頭」。初時祇回望送別之人，今則更念未別時之事。（尋思三句）至此作一總結。所尋思者包括未別臨別無限情事，都如夢境迷離，故我之眼淚，亦暗滴而不分明也。又，姜夔《暗香》：（舊時三句）三句時地人俱點明。「舊時」指往日，「幾番」不止一回也，「梅邊」指舊地。「月色」「照我」「吹笛」，是當時人事。（喚起二句）不惟我吹笛，兼有玉人相伴賞玩。（何遜二句）笛中之曲，必爲自製新詞。「而今」應「舊時」，言漸老而都忘卻。何遜曾賦梅花，用以自況。（但怪得二句）「瑤席」指石湖席上。忽聞花香自「竹外」送來，並未見花，故謂之「暗香」。因此香而追憶舊事，又因舊事而想到舊地也。（江國二句）「江國」即舊地。下文始點明是西湖，自我去後，故雲「寂寂」。（歎寄與二句）石湖在吳縣之南，與西湖相距頗遠，所寄乃情懷也。我欲將因暗香所觸之情懷，寄去舊時吹笛之處，並伴我吹笛之人，但路既遥，而夜雪又積，何能寄達？（翠尊句）此情既不能寄，則對方當不知我相念。而我仍可想像今日別後之西湖，雖有翠尊，無人同賞，故雲「易泣」耳！「泣」一本作「竭」，其義同。然「泣」字與人事相關較佳。（紅萼句）不云玉人憶我，而云梅花憶我。是花是人，迷離莫辨，衹是惆悵而已。（長記二句）仍作梅花口氣。謂無時不記得你與玉人攜手之處。而今風景已殊，但千樹仍壓著西湖碧水而已。（又片片二句）別後經幾番開落，眼前片片殘英，又將吹盡，不知幾時纔能相見，作一問語結束。詞盡而意不盡，令讀者掩卷低徊，黯然神往，真千古絶唱。非白石何能有此詞筆？又，姜夔《側犯》：（恨春句）起句極尋常，若在他人，必接説落花啼鳥，作傷感淒涼之語。（甚春句）此句一接，真變化莫測。因謂起句之春，乃從前之春；而今日之春，又住在揚州，驚其未去也。（微雨句）乃好春時候。（正繭栗句）暗用杜牧之詩「豆蔻梢頭二月初」句，如繭如栗，亦含苞未放，正待詩人著意吟詠。以芍藥況目前所遇之人。（紅橋二句）廿四橋在揚州，都是舊日逢春之地。「行雲」指冶遊。（無語句）今日重來，都非舊識，故初見時相對無語。（漸半脱句）逐漸廝熟，便半脱宮衣，以笑顔相顧。（金壺句）形容花之可愛，即比所見之人。（千朵句）極言人與花之盛。（誰念我三句）我今日鬢已成絲，與此尊俎。又誰知我爲重來之舊客耶？先自嗟歎。（後日二句）往日之春光，不知已歸何處。而我重來，亦成衰老。恐怕後日園林，又變盡眼前景物。將不見圍歌千朵，衹見無數緑陰而已，此又爲花惜也。（寂寞二句）到此寂寞春光，眼前紅紫，都已凋殘，徒令劉郎撫今追昔，自將所見評定甲乙，修成花譜，以貽後人賞歎而已。劉貢父有《芍藥譜》，劉郎當指是。句句是花，句句是人，最堪玩味，而由起句至結，或一句換意，或兩三句換意，皆令人不可捉摸。此在詞中，可稱神品。又，吳文英《六麼令》：此闋全從側面著筆，兼全寫七夕之前後，不作正面賦詠。又對此佳節，何以天上人間，皆極端惆悵，爲千古七夕詞別開生面，讀者最宜注意。（露蛩二句）此二句方面提起，乃言人間秋夜催織正忙，而今宵織女，翻要停機作會。（婺星二句）婺女四星，在織女星之南，因情慵意懶，不羨雙星佳會，惟佇立明河之側，以消極眼光，看他牛女。（不見二句）「絕」作「極」解，「南飛」指烏鵲，因無槎可渡，故極盼烏鵲填河。（雲梁三句）謂即使望到千尺橋成之後，了此一點塵緣，而回首西風，一年一度之歡會，轉瞬又成陳跡，是不勝感歎之意。皆從婺星代説，並非作正面詠牛女也。（那知二句）緊接上文，言天上會少離多，其計甚拙，而人間兒女，那裏知道？猶在南樓北樓，紛紛乞巧，豈不可笑。（瓜果二句）接著又想到年年乞巧，瓜果中庭，而羅池客去，寂寞淒涼。此既一事。（人事二句）在縹緲回廊中，又不知多少癡兒怨女，想到長生殿舊事，山盟海誓，地久天長，問誰見金釵之可據，如《長恨歌》所雲分鈿擘釵，更回首當年私語耶？兩引七夕舊典，仍從旁觀惆悵中寫出。（今夕句）由此句起，上應「露蛩初響」，入作者賦筆。但明明知是七夕，偏著問話道是何夕，這作者本不關懷，陡然憶著今是佳節。（杯殘二句）在此淒涼境地，況又杯殘月墮，但見耿耿銀河，漫天自碧而已。以上言人天今古，同一浩歎，並不樂觀。當細味之，方能領會。上闋明河，是婺星眼中寫出，收句銀河，是從作者眼中寫出。故不嫌重複也。此闋在夢窗集中爲不可多得之選，彊村三百首竟遺不録，可稱憾事。又，李清照《聲聲慢》：（尋尋三句）千回萬遍，俱尋不得，則眼前所處之境，仍是獨自，故道「冷冷清清」。既不堪此寂寞淒清，則情懷慘戚，不待言矣。（乍暖二句）若有人相伴，則天氣之乍寒乍暖，亦不關心。今則感覺將息最難，應上「淒清慘戚」。（三杯二句）既怨風急，復嫌酒尊，實則風未必急，酒未必薄，但我之情懷，不自温暖耳。（雁過也三句）雁過本尋常之事，乃日盼有書來，而雁不代傳，這個雁又是我年年慣見之雁，所以最爲傷心也。（滿地句）纔説「雁過」，又説「黄花」，這黄花因無人相賞，所以堆積滿地。（憔悴二句）滿地黄花，任他憔悴，而我又憔悴，我固不堪摘花，而花亦不堪我摘，故直謂之「有誰堪摘」。（守著二句）到此方點出「獨自」二字，是全篇關鍵。上闋説「曉來」，而此處便説「怎生得黑」。因獨守寒窗，倍覺日長，欲其早些兒黑，以了卻一日。但愈盼而心愈焦急，故問「怎生得黑」耳。（梧桐二句）先説「怎生得黑」，始説「黄昏」。初説「守著窗兒」，再説「梧桐」「細雨」，由侵曉捱到黄昏，復盼天黑，此一日過程，先見雁，復見黄花，又聽梧桐細雨，皆描寫離人眼目所觸，種種皆非。（這次第二句）「這次第」三字，總結一日，祇有一個「愁」字，如何安排消遣得之耶？又，宋徽宗《燕山亭》：（裁剪三句）此直寫所見杏花。（新樣三句）此寫因見杏花而想起新樣靚妝之人。（易得二句）先比興而後感賦，無情風雨即暗指金人之侵犯，以致故宫零落。（愁苦三句）閑院落是寫到北行此院落之閑，所見之杏花怎比得故宫的杏花？但年去年來，已經過幾番春暮，不勝惆悵。下闋轉入情懷。（憑寄句）自與故宫之花之人相别許久，欲將此重重離恨寄與他知。（這雙燕二句）欲付燕子代寄，但燕子不懂人的説話。（天遥三句）即使燕子會得人言，願爲傳達，但又是天遠路長，不知故宫地址，則又無從傳遞。（怎不句）離恨雖然不能寄去，而我之想他怎能放下？（除夢裏句）於萬無辦法之中，祇有夢中有時尋他。（無據句）但夢中縱然相見，醒後絶無憑據。（和夢句）怨極恨極，千迴萬轉，下一決絶語，道是新來和夢也不做了。由「憑寄」起，直至「不做」止，如剥蕉心，層出不窮，真可稱最上乘之詞也。人謂趙佶爲李煜後身。按此云「除夢裏有時曾去。無據。和夢也新來不做」，較後者《浪淘沙》詞「夢裏不知身是客，一晌貪歡」句，更爲悽愴，令人不忍卒讀。其他鑒賞對象還有：李璟《攤破浣溪沙》（菡萏香銷翠葉殘）、鹿虔扆《金鎖重門荒苑静》、晏殊《浣溪沙》（一向年光有限身）、歐陽脩《踏莎行》（候館梅殘）、王安石《桂枝香》（登臨送目）、王安石《千秋歲引》（别館寒砧）、王安國《清平樂》（留春不住）、晏幾道《蝶戀花》（夢入江南煙水路）、晏幾道《木蘭花》（東風又作無情計）、晏幾道《碧牡丹》（翠袖疏紈扇）、晏幾道《鷓鴣天》（醉拍春衫惜舊香）、蘇軾《蝶戀花》（花褪殘紅青杏小）、黄庭堅《驀山溪》（鴛鴦翡翠）、晁補之《憶少年》（無窮官柳）、毛滂《惜分飛》（淚濕闌干花著露）、周邦彦《夜遊宫》（葉下斜陽照水）、周邦彦《解語花》（風消絳蠟）、姜夔《疏影》(苔枝綴玉)、姜夔《杏花天影》(緑絲低拂鴛鴦浦)、姜夔《慶宮春》(雙槳蓴波)、吴文英《花行動》(十里東風)、吴文英《三姝媚》(吹笙池上道)、李清照《浣溪沙》(髻子傷春懶更梳)、錢惟演《木蘭花》(城上風光鶯語亂)、張先《天仙子》(水調數聲持酒聽)、歐陽脩《採桑子》(羣芳過後西湖好)、歐陽脩《浪淘沙》(把酒祝東風)、晏幾道《滿庭芳》(南苑吹花三句)、姜夔《點絳唇》(數峰清苦二句)、張樞《瑞鶴仙》(捲簾人睡起)。茲從略。 又案：先生又有《宋詞三百首詞説》，收藏者湯定華致黄坤堯函中云：「行稿尚在行篋，但須整理，因皆在端翁夜中不寐隨讀隨説而又碎紙記述。整編後當然成一家之言，未嘗不可付印傳世。」該編多從朱祖謀《宋詞三百首》中選詞，也加上了一些自選的名篇，如宋徽宗《燕山亭》、錢惟演《木蘭花》、張先《天仙子》、歐陽脩《採桑子》、《浪淘沙》、晏幾道《滿庭芳》、姜夔《點絳唇》、張樞《瑞鶴仙》等八首。晏殊《浣溪沙》、《清平樂》、歐陽脩《踏莎行》、柳永《蝶戀花》、王安石《桂枝香》、《千秋歲引》、晏幾道《鷓鴣天》、《木蘭花》、姜夔《暗香》、《疏影》、吴文英《六麼令》等十一首重見於《詞意偶釋》。范仲淹《御街行》、晏殊《清平樂》兩首重見於《滄海樓摘録》。大抵《宋詞三百首詞説》乃「初稿」，《詞意偶釋》則爲「定稿」(黄坤堯編《劉伯端滄海樓集·前言》)。 又，先生致林汝珩函中嘗論及姜夔《鷓鴣天·元夕有所夢》一首的賞鑒，可録以附讀：「昨談姜詞，覺有未妥之處。《鷓鴣天·元夕》一闋因鄭叔問謂可與丁未元日感夢之作參看，遂爲所誤，實則兩事無涉。按陳慈首云所夢即《淡黄柳》小喬宅中人也，此説爲是。然則《鷓鴣天》、《淡黄柳》所賦爲一人，《踏莎行》、《杏花天影》所賦又另一人。《淡黄柳》下闋『强攜酒、小橋宅，怕梨花、落盡成秋色。燕燕飛來，問春何在，惟有池塘自碧。』是當時白石重過香巢，而此人已離合肥而去，所以云强攜酒也。《鷓鴣天·元夕》詞當在《淡黄柳》之後。第一句『肥水東流無盡期』謂所思之人一去不歸，且不知其所止何處，故云無盡期。第二句謂當時不合種下無據的相思。第三句謂夢中相見絶不分明，還不如圖畫猶能仿佛其狀。第四句暗字最佳，謂模糊中忽被啼鳥驚醒，再想也不可能。換頭第一句春未緑是説別時所戀之人尚未綠葉成陰，似有相聚希望，但他雖未嫁而我已先老，故謂鬢先絲也。第三句『人間別久不成悲』，是暗用杜詩『死別已吞聲，生別長惻惻』之意，謂雖同在人間不是死別，但魚沉雁杳永不相見，與死別何異。人間二字絕非泛用。第四句『從教歲歲紅蓮夜』，是任他韶光流轉，漸若尋常，縱然兩地各有情懷，亦祇有自家知道，更無從傳達也。此詞初看似甚輕率，細案始知其有曲折不盡之致，真非他人所及。……又《踏莎行》云『別後書辭，別時針綫』，則此人常有音問相通，與《鷓鴣天》所夢絕不相同。此一證也。」又，先生詞中有不少效體用韻宋人之作，可爲其詞學取向之一證：《山亭宴・雲林春集和六禾用張子野韻》、《翠樓吟・連日雨滯雲沈春懷惱亂倚白石調寫之》、《碧牡丹・山居早起寒意侵人門外落葉如掃禿樹無花似不知春光之至情懷絲亂追憶前歡偶讀小山碧牡丹詞按調聊歌一闋》、《西子妝・暮春感懷用玉田韻》、《滿路花・和清真韻》、《丹鳳吟・和清真韻》、《金縷曲・效龍洲體再用前韻》、《霜葉飛・重九登高和六禾用夢窗韻兼寄伯陽》、《龍山會・秋晚訪周壽臣山村和六禾用趙虛齋韻》、《千秋歲・賦折枝梅用淮海韻》、《解語花・立春舟中用夢窗韻同六禾》、《一萼紅・人日春遊不果獨坐蕭齋偶讀白石道人一萼紅詞不勝感歎即用其韻賦呈漢三季裴二丈》、《鶯啼序・感懷用夢窗韻》、《玉京秋・秋日郊行用草窗韻》、《水調歌頭・醉歌擬稼軒》、《鷓鴣天・春思擬六一》、《六麼令・歸來兩度餞春均媵以詞今歲先得六禾賦寄春盡之章頓觸舊懷黯然相和並同用小山韻》、《高陽臺・和懺庵七夕白石道人摸魚兒詞序云戲吟此曲蓋欲一洗鈿合金釵之塵今擬仿之第恐未能工耳》、《玉樓春・擬小山》、《六醜・擬清真》、《一萼紅・初春用白石韻》、《洞仙歌・夜坐中庭月斜露冷讀坡公洞仙歌但屈指西風幾時來卻不道流年暗中偷換句漸覺悲哉秋之爲氣也爰就眼前景物依調寫之》、《側犯・秋雨依白石體》、《水龍吟・落葉和中仙》、《水龍吟・歲晚感懷擬稼軒》、《浣溪紗・擬山谷》、《杏花天影・擬白石道人》、《浪淘沙・秋日過舊游誦六一浪淘沙詞今年花勝去年紅可惜明年花更好知與誰同句感不絕於余心依調寫之》、《謝池春慢・立夏用李端叔韻》、《惜餘春慢・送春用魯逸仲韻》。

秋，作《丙申秋日爲潘鑑兒賦贈慧兒》。潘鑑、慧兒，均未詳。劉庸曾作《答蘅静蕙纕書問足疾》。

本年，章士釗來港，以何焯賢爲介，與先生唱和甚樂。如本年十月一日，先生即作《鷓鴣天・一九五六年十月一日山居小飲贈章行嚴即席》。章氏曾有和先生《踏莎行・章孤桐爲題滄海樓圖並及空桑夢語詞卷賦此答之》同調之作：「幾度詞來，家風雙絶。改之清綏辰翁拙。卻憐滄海日明樓，賓王不出情詞歇。吏部文章，伊誰風月。中間小謝蓬萊客。荆公老眼任模糊。跨韓躡孟空談屑。」

本年，自寫《空桑夢語》詞卷，序曰：「垂暮傷春，昔賢不免。賈島詩云：『三月正當三十日，春(風)光別我苦吟身。共君今夜不須睡，未到曉鐘猶是春。』是欲留不得也。又誰知春光未老而春夢先闌，黯然銷魂，將有甚於島詩者矣。倚聲尋拍，先後得小詞凡六闋，都爲一卷，書以藏之。後之讀者興同情之感，或當爲余浩歎也。」其後又續賦《浣溪紗》二首，合共八首，今爲湯定華收藏。又曾作《鷓鴣天・自題空桑夢語詞卷》：「經眼韶光急起追。春詞賦罷又秋詞。蜜仍甜處蜂先懶，夢欲闌時碟不知。銀燭冷，繡簾垂。眼前人事酒中悲。菊花開盡淵明老，回首西風又一時。」《自題空桑夢語詞卷》二首：「夢覺空桑日已斜，新詞低唱浣溪沙。百年同是人間客，休爲春光惜落花。」「春光如夢事如煙，蝴蝶飛飛更可憐。待到他年尋墨淚，不須回首已潸然。」以及《鷓鴣天・客問空桑夢語迷耶覺耶倚此答之》：「覺後空桑也自疑。雖然是夢總依依。心期未必同涪叟，語業何勞問秀師。賡短拍，唱秋詞。黄花明日蝶相思。尊前事事堪回首，況是繁絃入破時。」

一九五七年(丁酉)　七十一歲

元日(一月三十一日)，章士釗作《丁酉元日》。其中，「況兼遷客擅詩餘」句下自注：「趙赤邕、劉伯端輩。」「聯翩酬唱憑中介」句下自注：「各種酬唱大抵倚何焯賢爲樞紐。」此詩行書紙本題識：「一九四九年、一九五〇年及一九五六年共三冬，吾皆在港。遷客指趙叔雍、劉伯端輩，微妙交遊指于右任，中介指何焯賢,二劉詩詞皆由彼轉。」

三月,爲章士釗《章孤桐南遊吟草》作序,略云:「余四十年前讀孤桐先生文章,即心儀其人,恒以滯跡炎陬,未獲識面爲恨。邇者國是既定,百廢具舉,先生乘興南遊。去歲冬,始於朋儔尊俎間得承謦欬,快慰平生。……先生古體有韓之豪,而近體又得蘇之趣,散原、海藏而後,海内詩人誰與争先。……一九五七年三月,番禺劉景堂。」又爲章氏此集題簽:「章孤桐先生南遊吟草。劉景堂題。」

春,作《丁酉春日呈叔文兄》。

春,作《浣溪紗》(兩腋生風夢亦涼)題《思舊閣試茶圖》,尾署:「賓甫三兄屬題《思舊閣試茶圖》。丁酉春日,劉景堂。」此詞,《劉伯端滄海樓集》題作「爲馬賓甫題鬥茶圖」。李洸曾作有《題思舊閣鬥茶圖爲馬賓甫》。圖爲李耀辰所繪,款識尾署:「壬辰冬日,爲彬甫三丈寫,李研山。」劉承幹爲題引首。題跋者另有熊潤桐、馮印雪、曾克耑、屈向邦等數家。

季夏,黄肇沂作《八聲甘州·不晤叔儔九年矣丁酉季夏把袂市樓云將之南洋倚聲敘别次韻和答並柬滄海》。

自本年八月號開始的一年時間内,香港《文藝世紀》月刊連續發表署名「璞翁」的《五代兩宋名家詞淺釋》。(據鄺健行、吴淑鈿編《香港中國古典文學研究論文目録(一九五〇—二〇〇〇)》)此「璞翁」當即先生。

閏中秋(十月八日),作《水龍吟·閏中秋》。林汝珩有和作《水龍吟·丁酉閏中秋和璞翁》。《水龍吟·閏中秋》「五八徂年」句下自注:「庚子閏中秋距今五十八年。」

九月,自序稿本《空桑夢語》:「此皆年時所作,既不命題,又無次第,口占手録,共得《浣溪紗》廿四闋,《鷓鴣天》廿六闋,别爲一卷,顔曰《空桑夢語》。後之讀者,顧名思義,知我罪我,又奚辭焉。丁酉年九月,璞翁自識。」林汝珩題《木蘭花慢·題璞翁空桑夢語詞卷》一首：「海桑回首處，休更問、夢和醒。似曉蝶迷蹤，飛鴻踏雪，一晌無憑。多情。賸留綺語，想遊仙應是遇飛瓊。枉把柔腸寸寸，换來華髮星星。新聲。愁譜瘞花銘。遥夜正凄清。有細雨寒砧，小樓怨笛，共訴飄零。芳盟。舊題宛在，又桃花開落幾清明。倘問銀箋灑淚，翻憐底事干卿。」曾希穎題《瑞鶴仙·題璞翁空桑夢語》一首：「空桑留夢語。笑牽腸仍在，飛花飛絮。郵亭短長路。是劉郎前日，舊經行處。紅吟緑賦。漫追尋、蛛塵罥户。算而今、錦幅裁成，未了倦蠶殘緒。分付。療愁藥盞，贈影燭臺，暗銷更鼓。人間情侣。但空有、月如故。料姮娥深解，天涯情味，惟有幽單最苦。水樓寒、强起披衣，自修斷譜。」案：《劉伯端滄海樓集》所收《空桑夢語》爲第三本，録《浣溪沙》二十一首，《鷓鴣天》二十首。

歲暮，作《渡江雲·丁酉歲暮賦寄章孤桐》。後手書此詞贈三子天澤、媳張虹，尾署：「辛丑十月，劉伯端。」

一九五八年（戊戌）　七十二歲

胡毅（胡漢民堂弟）逝世。胡氏曾作《和伯端春感原韻》、《冬宵不寐重步伯端春感原韻》、《贈伯端叔莊昆仲》、《答伯端》、《曹園消夏步伯端原韻》、《淺水灣玩月步伯端韻》、《和伯端歲暮原韻》、《歲暮得伯端詩成二絶句並寄協之都門》（二首），又曾作《讀心影詞並題仙山入夢圖仍用伯端歲暮原韻》：「文以風華擅，情緣境地遷。細吟紅葉稿，想見俊遊年。綺夢如今覺，仙山何處邊。由來雲鶴侣，游戲自翛然。」

一九五九年（己亥）　七十三歲

陳沅逝世。陳氏曾作《香港歲暮感懷和劉伯端原韻》二首，載其《韻古樓詩集·乙丑卷》。

五月，爲林汝珩《碧城樂府》作序：「辛卯春，余因廖懺庵丈，始識汝珩……忽爾三年，懺庵丈歿，兹事遂廢。君以他事相絆，不能專致力於詞，恒以爲憾。君方當盛年，不謂相會無多，又溘然長逝。詞場零落，每一念至，何時可言。君家人搜集遺稿，共六十餘闋。以余知君較深，屬爲序言。君詞近清初浙派，輕清不滯，勝近代之學夢窗而不到者遠矣。余何足知君，僅叙交游始末，並感舊神傷而已。己亥五月，劉景堂。」

本年，遷居跑馬地，吟事漸疏。晚年所交往者，除本譜前後所述及者外，尚有蘇錫文（松治，有詳，一八八九—一九四五）、關志雄（君風，一九三六— ）等。關氏曾於一九六八年創辦香港詞曲學會，著有《宋音卷》、《張炎詞源謳曲旨要考釋》等。案：先生曾作《鵲橋仙・閏七夕和芝田六禾》、《高陽臺・折枝桃花呈文老》、《夢過緣寄醒後得句索方三郎和作》、《齊天樂・秋夜聽玉京度燕子樓曲其聲甚怨爲賦此解》、《浣溪紗・黎女士屬題寒梅小院圖》、《清平樂・秋夜聽雷子才與諸友以胡琴琵琶洞簫合奏》、《漁家傲・春日訪蔡大山居》。芝田、文老、方三郎、玉京、黎女士、雷子才、蔡大，均未詳。又，先生曾寫有一行書八言聯：「簫女夜歸，帳棲青鳳；鏡娥妝冷，釵墜金蟲。」取自宋翁元龍《風流子・聞桂花懷西湖》。題署：「達英仁弟屬，劉伯端。」達英，未詳。

本年，題寫所作《踏莎行・題梁羽生説部白髮魔女傳傳中夾叙鐵珊瑚事尤爲哀艷可歌故並及之》於上年出版的《白髮魔女傳》底頁：「家國凋零，關山離別。英雄兒女真雙絕。玉簫吹到斷腸時，眼中有淚都成血。　郎意難堅，儂情自熱。紅顔未老頭先雪。想君定是過來人，筆端如燦蓮花舌。」梁氏《筆・劍・書：梁羽生散文選》中《魔女三現・懷滄海樓》一文所録，「凋零」「關山離別」「定是」分別作「飄零」「江山輕別」「亦是」，當係初稿。又，《魔女三現・懷滄海樓》文中有云：「這首詞可説是我這部小説最好的詮釋，小説的故事梗概、人物性格和悲劇的癥結所在他都寫出來了，令我不能不興知己之感。」梁氏《筆花六照》中《與武俠小説的不解緣》一文也有相類似的記載。

冒廣生、胡熊鍔、俞安鼎、覃孝方、周長齡、林汝珩逝世。先生曾作《唐多令・讀叔文花埭春遊詩感賦》、《洞仙歌・十六夜月色清明與季裴叔文散步海灘便欲乘舟重訪小梅村不果昨宵月負人今宵人負月矣因賦短闋兼呈漢丈》、《霜葉飛・叔文示詞纏綿悱惻有感余懷再用夢窗韻以廣其意》、《法曲獻仙音・過荒園聞梵音同六禾叔文》、《滿庭芳・新居極山林之勝喜與六禾叔文結鄰暇日賦此柬二公索和》、《龍山會・秋晚訪周壽臣山村和六禾用趙虚齋韻》、《鷓鴣天・桃花和碧城詩意》。末一首，附於先生致林汝珩函：「前誦尊作長句，有同情之感。弟不能詩，近得《鷓鴣天》賦桃花一闋，聊以當和。」俞安鼎曾寄劉璣詩三首，並致函論詩，均載其《俞叔文文存》。林氏曾作《鷓鴣天・和璞翁》、《臨江仙・寄酬璞翁》、《南鄉子・步璞翁韻酬影樹亭主人》、《蝶戀花・和璞翁》。

一九六〇年（庚子）　七十四歲

正月初七日，覆函羅忼烈：「傾得手教，欲再集詞社，尤所企望，但地點時間均待商量，因憶去春湯定華兄亦曾提議，並賦《卜算子》一闋示意，弟依原韻答之云：『花月换朝昏，擾擾人間世。漫説春光不肯留，我亦無留意。　歌罷翠樽空，點滴都成淚。若向詞場問後期，寂寞斜陽裏。』老懷蕭瑟，於兹可見，今既足下偕湛銓兄有此雅興，俟晤叔儔、希穎、韶生，詢得同意，再當奉報。」此詞，《劉伯端滄海樓集》題作「賦答湯定華，並依原韻」。

二月初九日，先生未刊日記手稿記「黄（節）陳（洵）交惡」事（據黄文彬《關於「黄陳交好」和「黄陳交惡」》，載《收藏・拍賣》二〇〇八年第三期）。

五月，馬復致函先生：「端翁侍者：荷賜示新舊騷詞，咸足與北宋諸賢抗手。當今此事推表之言，真無愧色。復於詞學爲門外人，唯風味如何，甘苦如何，優劣如何，未嘗不解。如雅製送郎君北上東游之沈痛，『離魂隨汝知何處』，讀之泣下。如答定華之《卜算子》『漫説春光不可留，我亦無留意』，又『若向詞場問後期，寂寞斜陽裏』，衰年如復，正同此感。其他如賦子瞻述古金籠雪衣、楊花贈别諸作，傷心人語，然微近淒戾，又爲復四十年前與一女郎別寫照也。倘良晤時，爲兄陳之。謹復，祗叩動定。弟復白，五月九晨。」

作《踏莎行·送殿兒赴英倫》。今存本年手書詞箋，尾署「璞翁」。

秋，與鄭天健言詞社事。

鄭天健一九六五年序《海聲》第一輯：「憶庚子之秋，詞壇巨擘滄海先生嘗詔余曰：『海隅詩社以十數，而詞社不一見，子盍拾墜緒，張異軍？吾老矣！無能爲役。』余笑應之曰：『鄭何能爲？』端翁滋不懌，蓋慮斯道之終淪也。」

張樹棠（蔭庭，生年不詳。張學華子）、李景康逝世。先生曾作《木蘭花慢·爲李鳳坡賦所藏銅雀臺瓦硯》、《踏莎行·爲李鳳坡題紅白梅花圖卷》。李景康所作《念奴嬌·銅雀臺瓦硯》載《碩果社第五集》。

一九六一年（辛丑）　七十五歲

十月，爲俞安鳳、安鼐昆仲《三十六溪花萼集》作序，略云：「伯陽詞近清代浙派，可與粵東葉南雪、汪芙生、沈伯眉三家比美。予詞得力於伯陽啟迪爲多。……伯陽詩學義山。逮其暮年北上，與羅癭公、黃晦聞唱和，詩格稍變，謂之與年俱進，亦無不可。叔文民國後去國，來茲坐皋比五十年，教學相長。所存詩不多，稍遜伯陽，然亦自有面目，異於流俗。……公元一九六一年十月，番禺劉景堂時客香江，年七十五。」又爲題寫集名。又，「姪婿」余祖明於一九七三年「孟冬上澣」爲作跋，有云：「今夏内姪女壽韶銜内兄澤民命催促。因並伯歟丈所遺，從事排比。又廣年時千歲宴十週年紀念刊所爲公傳附入，召商付梓，題曰《三十六溪花萼集》。蓋申前與劉伯端丈所議。劉丈與二老交契，曾慨然命筆爲序，而伯端丈亦墓有宿草矣。」

本年，作《題師韓兄書畫遺集》：「故人墓草已芊芊，回首春風五十年。今日題君書畫集，摩挲老眼倍潸然。」此詩，刊於《馮師韓先生書畫集》（沈尹默封面題簽「馮師韓書畫集」）卷首，尾署：「劉伯端，時年七十五。」

李耀辰、梅蘭芳逝世。先生曾作《鷓鴣天·李研山爲寫滄海樓填詞圖賦此謝之》：「絶藝闢天老更成。風光如畫畫如生。葱蘢春樹環孤島，瀲灧晴波映短屏。　邀海客，話蓬瀛。人生能見幾回清。詞成便欲乘風去，嫋嫋餘音入杳冥。」此詞今存手稿，題作「李研山爲寫《滄海樓填詞圖》，悠然對此，便有浩歌歸去之思，賦此爲謝」。案：梅氏能詞，如今尚存世的五首詞札——包括《減字木蘭花·共寄庵談感而賦此即以奉呈》四首及《浣溪沙·用易安詞韻》一首，尾署：「己卯嘉平月，梅蘭芳書於申江。」寄庵，或並非汪東。

一九六二年（壬寅）　七十六歲

春，作《壬寅春日賦寄熊公續》。先生又曾作《浣溪沙·與熊公續話舊事》、《鷓鴣天·贈熊公續》。

四月，與王韶生論詞：「沈子培贈文道希《渡江雲》：『十分春已去云云。』朱彊村《憶江南》題文道希詞云：『拔戟異軍成特起，非關詞派有西江。兀傲故難雙。』是指雲起軒詞之特起，直似山谷，故其自序引陶詩『兀傲差若穎』。而朱古老承認其兀傲之處，並世無雙，蓋許之至也。今讀沈詞，與道希所作如出一源，故表而出之，以貽後之讀者。壬寅四月，晴窗多暇，録寄韶生社友。劉景堂。」

本年，作《浣溪沙·題孫芳女士秋芳詞稿女士時在星洲》：「世事滄桑五十年（五十年前與尊翁孝和同學）。故人海外掌珠圓。秋芳冷艷勝春妍。　翠袖聯吟懷舊侶（聞與紉詩多贈答之作），玉釵敲斷寄新編。湘蘋而後無人傳。」孫芳、孝和，未詳。陳君葆（厚基，一八九八—一九八二）曾藏有《秋芳詞稿瀛海詩鈔合集》一册。

闗賡麟、劉峻、張成桂逝世。先生曾作《滿庭芳·贈小雲北上兼寄孝方》、《沁園春·贈小雲》、《十六字令·張叔儔和鄭叔問謁金門行不得留不得歸不得三闋張紉詩又賦十六字令行歸二闋余今拈行留歸三字依紉詩調兼和叔儔》（三首）。張氏曾作《醉蓬萊·孤村遠眺再疊前韻並寄六禾丈伯端兄》。

一九六三年（癸卯）　七十七歲

香港新亞書院、崇基學院、聯合書院等三所中文專上學院合併組成香港中文大學。

壬寅年除夕（一月二十四日），作《壬寅除夕一峰先得長短句賦此和之》。

雷基磐《莘園吟草》出版。葉恭綽爲封面題簽。先生所作《憶江南·題莘園吟草》當在此前後：「雲海外，蘊藉得詩人。聞道莘園春事好，收將花月入蠻箋。萬里好音傳。」

春，寫贈余祖明《踏莎行》（三月韶華）。後刊於余氏所輯《近代粵詞蒐逸》卷首，尾署：「少帆兄正。癸卯春日，劉景堂。」此詞，《滄海樓詞續鈔》首句作「三月韶華」，有詞題：「夢過緣寄別館，前賦絶句，意有未盡，歌以繼之。」

九月三十日（十一月十五日），逝世於香港。先生卒後，吳天任挽曰：「把盞挹清言，幾日黄壚成隔世；倚聲歸絶響，九秋滄海尚迴瀾。」另張紉詩、湯定華、曾希穎、吳肇鍾等分别作有挽詞，依次爲《木蘭花慢·輓劉伯端先生》：「寫薰蘭素簡，寄滄海、舊詞心。悵雲鎖山空，城連水逝，早罷登臨。枯琴。半生自撫，算人間萬古有遺音。彈指天荒地老，不成桃李春陰。　侵尋。歲月去來今。歌哭當長吟。奈暮闌拍遍，聲家摇落，此意先沈。寒林。晦明盡改，唤魂歸，可有杜鵑禽。重過南塘月下，一樓回首蕭森。」《水龍吟·輓伯端丈》：「眼中滄海瀾停，辭林玉樹埋幽土。空桑絃絶，心燈影渺，遺音淒苦。清瘦周侯，驚寒滿奮，斯人真去。問榛蕪天地，聲家耆老，今餘幾、塵寰住。　舊社山南休溯。便多年、相從風雨。死生契闊，無端歌哭，哀詞同賦。墨賸霜腴，箋留笛譜，書梨誰主。更招魂過後，重愁酸淚，灑西州路。」《瑣窗寒·去秋伯端謝世獨歌無聽不能爲懷春來倚此聊寫人琴之慟》：「壓酒雲停，侵歌雨咽，遺春無計。黄壚卧處，怕覓隔年車軌。怨天涯、遲合斷萍，白頭滿眼浮生事。況佇琴日晚，成連去後，百重煙水。　誰理。旗亭醉。料玉唱依然，故人都異。芳辰易感，莫問東風何世。賸籬邊、空繞落英。爨桐自賞聲暗倚。

（去秋伯端曾約共賦籬菊。）付新來、斷袂零襟，又染西州淚。」《瑣窗寒・伯端逝世半年矣春又將晚倚聲寄思不盡西州聞笛之感》：「小水沈雲，疏花泫露，劫塵猶凝。江湖轉側，信有清詞難贈。坐闌干、斜照漸低，素懷耿耿留深影。歎春來無那，文章世業，衹供多病。　流景。堪重證。便裂竹崩絃，愛才如命。高樓煮茗，勝盡糟床醽甋。算東風、依舊放歌，有誰更與支頤聽。但鄰家、短笛悽悽，月落瀛洲冷。」末一首，載《碩果社第九集》。又，羅忼烈曾將先生手稿裝裱成長卷，曾希穎寫畫《堅社舊遊圖》作卷首，以爲紀念。劉庸因此去函羅氏致謝云：「復承眷念伯端亡姪，擬將其手稿裱爲長卷，以誌永懷，更得希穎姻兄作《堅社舊遊圖》置諸卷首，二君厚誼因感。」

呂燦銘逝世。先生曾作《減字木蘭花・題攀車奉母圖爲呂智帷》。黄肇沂、黎國廉亦曾有詩、詞爲呂氏題《攀車奉母圖》。呂氏曾作《邊緣歌贈伯端（近十年來余流浪海隅日夕晤對縱談文藝倩余作滄海樓填詞圖即執筆立成並題句云滄海歸來意未平小樓花近夕陽明似將無限傷春事換作伊涼變徵聲伯端領之別館笙歌所賞識於香草美人之外者有同嗜焉曾遇凌波仙子贈詩曰一笑凌波更欲仙占春宜在百花先未須扶起華清浴隔座吹香已破禪囑余繪水仙花圖紀之並有小序小令卷首題凌波妙跡現尚藏黄氏家也不悟者蚩爲迷惘實則遊戲於邊緣之外伯端固智慧之人在余則五十年來久知一霑實相煩惱隨之一切繁華莫不如是從不敢墮入塵網伯端引爲知己贈余詩曰與君同是邊緣客春月秋花舊話長……伯端近有小恙屢邀余至滄海樓話舊更以用邊緣客三字小章見貽振觸往事相顧欷歔余本不能詩感喟特深因賦長歌報之略其詞而會其意可也）》、《題劉伯端屬寫滄海樓填詞圖》。

後一年，馬復（馬慶餘父）、鄧芬逝世。先生曾作《書懷次武仲先生韻》、《呂鄧張爲寫水仙圖賦此答之》。後一首尾注云：「呂智帷、鄧誦先、張叔儔各爲作《水仙圖》。」馬氏曾作《喜子平伯端見過》、《題滄海樓圖爲劉伯端》（三首）。

後二年，趙尊嶽、冼玉清逝世。先生曾作《摸魚子・曇花俗稱一現因其夜半始開侵晨即謝也叔雍先賦徵招倚此寄之》。

後四年，馬孝讓（馬復弟）、吴肇鍾、詹安泰逝世。先生曾作《減字木蘭花・爲馬賓甫題海綃翁重陽詞卷》、《蝶戀花・和詹無庵》。

後五年，葉恭綽逝世。

後六年，馮平逝世。馮氏爲雪社主要成員。其他社員有：馮印雪（馮平弟）、梁彦明（卧雪）、劉君卉（抱雪、草衣）、周佩賢（宇雪）、趙連城（冰雪。馮秋雪室）、黄沛功（奉宣）等。雪社二十世紀二十年代初創立於澳門。今有《雪社作品彙編》行世，包括《詩聲（雪堂月刊）》、《雪社》、《雪花》、《六出集詩鈔》、《緑葉》等。

後七年，四月五日，五叔庸卒。劉庸曾作《蓀嫂蘅姪行時伯端贈鷓鴣天相送汝珩見之亦黯然神傷》（二首）、《蝶戀花・伯端廿四歲時上巳日適逢……感和一闋》、《讀伯端傷春詞》、《鷓鴣天・蕙纕以水仙與桃花孰佳詢端姪伯端爲鷓鴣天詞答之率和一闋》、《約端姪入西灣十一月十五日》、《春日柬叔文鉏經伯端叔莊》、《港居柬約伯端叔莊同賦》、《貽端姪歲暮》、《伯端悼亡三年矣沈憂猶積秋日復爲哀餘之詩四疊韻慰之》、《依韻和伯端春日過從之作》（三首），又曾作《鷓鴣天・讀伯端滄海樓詞》：「海已横流客不歸。根株相守復相逢。量愁應是春杯淺，風雨重門欲語誰。　無限事，可勝悲。輸心猶有水雲詞。十年家國滄桑淚，灑向千秋自不知。」章士釗《答劉子平三首》其二「海内詞人數二劉」句下自注：「二劉者，君與其從侄伯端。」又《爲劉伯端題滄海樓卷子》三首其一「百年同調二劉親」句下自注：「二劉者，伯端與乃叔子平。」據黄坤堯《香港詩詞論稿》，庸詞尚存十二首。余祖明《近代粵詞蒐逸》曾選録其詞二首：《鷓鴣天・讀伯端傷春詞哀感動中曾詠一絶意未盡復成此闋》、《踏莎行・碧城見予水族箱題詠贈以踏莎行詞謹和一闋》。

前一首中「記曾杯酒任量愁」句下自注：「四年前伯端傷春詞有『掩寂寞風雨重門，任杯與量，且消今夕』句，予甚愛之。」林汝珩曾作《踏莎行・子平丈有詠水族箱詩辭意甚美誦後即拈此解寄之》、《踏莎行・答子平丈仍用前詞結句》。陳鴻慈曾作《次韻劉子平丈風訊之作》（二首）。

後八年，易劍泉逝世。

後九年，陸丹林、張紉詩、夏緯明逝世。先生曾作《題陸丹林楓園憶鳳圖》。張氏曾作《明月逐人來・秋心老卻風滿小樓得伯端和重陽長句聞擱詩筆二十餘年矣賦此酬之》，又曾作《鷓鴣天・和伯端秋日重題空桑夢語詞卷原韻二首》：「花種天臺事欲追。春燈樓閣鷓鴣詞。無雲可伴青山老，一字難安短夢知。霜葉倦，夜簾垂。錦心閑寫衆生悲。西風吹上梁間月，應是沈吟獨起時。」「試馬坪前樹過樓。笙歌禪悦等閑收。詞心一縷如雲變，滄海無波共月流。　花照座，鬢先秋。不須琴斷始言愁。空桑夢語疑鵑化，我亦思歸且暫休。」

後十年，章士釗逝世。先生曾作《踏莎行・章孤桐爲題滄海樓圖並及空桑夢語詞卷賦此答之》：「鏡裏花枝，夢中蝴蝶。唾壺敲碎清歌歇。高樓日日倚斜陽，等閑過盡芳菲節。　吏部文章，翰林風月。雲煙落紙成三絶。摩挲老眼看題詞，衹君知我腸千結。」章氏曾作《爲劉伯端題滄海樓卷子》三首題先生《滄海樓詞續鈔》：「不出里門黎簡民，百年同調二劉親。仲容更擅青雲器，海内詞壇後勁人。」「温情細楷浣溪紗，珠淚拋殘對月華。自寫陳詞自欣賞，再看微有夢痕加。」「先後三家壯五羊，百年詞客共飛揚。海綃玉䆊雖飄散，滄海樓高日月長。」第三首「先後」句下自注：「陳述叔《海綃詞》、黎季裴《玉䆊詞》並伯端《滄海詞》爲後三家。」

後十一年，黃強逝世。先生曾作《莫京書問舊事賦此寄之》、《江樓茶罷寄莫京》。

後十二年，陳一峰、曾克耑、黃肇沂、鄭天健逝世。先生曾作《鷓鴣天・題陳一峰初曦樓》、《臨江仙・

陳一峰賦詞有長恨金籠失雪衣之句倚此調之》、《憶江南・題曾履川家學叢編》，又曾爲陳氏《一峰詞存》題寫集名。《臨江仙》二首初稿手稿題作「一峰賦懷人之詞，其聲甚怨，倚此和之」。陳氏曾作《減字木蘭花・和伯端》、《和伯端遺興春夜雲華樓觀舞》、《鷓鴣天・和伯端》、《詠水仙花和伯端》。黄氏曾作《虞美人・鈴兒花和伯端》。

後十三年，陳寂逝世。陳氏曾任中山大學教授。今有《枕秋閣詩文集》行世。

後十四年，陳少漢逝世。先生曾作《和少幹自題癡人説夢長短句韻兼寄少漢》、《芳草・賦牡丹落瓣》。後一首詞題，陳少漢抄本作「賦牡丹落瓣舊作，偶檢殘稿得之，塗竄過半，存以見意」。陳氏曾從先生學詞，又曾贈先生馮彊所治「前度劉郎，伯端」印一件（一對）：「伯端詞丈清玩，少漢敬贈。丙申十月馮康侯刻。」

後十六年，妹蘅静、盧鼎、王季友逝世。先生曾作《鷓鴣天・送蘅静妹東渡》、《題蘅静畫》。劉庸曾作《得蘅静書作答》。盧氏曾作《蝶戀花・伯端詞人四十三年間兩度用梅溪詞今歲清明逢上巳入蝶戀花率和一闋料老去潘郎絃斷聲沈不能成調矣》。王氏著有《宋詞選講》、《芝園詞話》。

後十七年，任援道逝世。先生曾作《鷓鴣天・春日酒家樓遇豁庵定華余以先有他約未及酬酢賦此謝之》。又，余祖明編《廣東歷代詩鈔》由能仁書院出版，其《别録》卷下選録先生詩一首：《和鉏老送春並次原韻》。

後十八年，何焯賢逝世。先生曾作《臨江仙・何焯賢有北平看花之約賦此以報》、《滿江紅・春感》。後一首稿本，陳少漢録有何焯賢致先生函，云：「行老對《滿江紅・春感》大表滿意，對兄心境謂爲已無衰敗之象，他心甚安。且謂書法與太炎先生晚年所寫一樣，觀此如對故人，深感興趣，當珍藏之。」又，施蟄存於本年四月十八日復函黄坤堯有云：「《詞學》至今還未確定印刷廠。《經典釋文》聽説已出，但尚未見，書店説没有來，托人在北京買，也至今未有回音。《支機集》已編入《詞學》第二集發表，將來饒先生可以得到印本，故現在不去複印寄上了，請代爲通知饒先生。《滄海樓詞鈔》收到，謝謝，其詞甚佳。《草堂餘意》複印件亦收到，果然無法用。……《釋文》一到就寄上。」

後十九年，甄陶、區少幹逝世。先生曾作《水龍吟・春懷和區少幹》、《南鄉子・春日懷少幹》、《鷓鴣天・區少幹寄詞有相思縱有無憑準譜得新詞付與誰之句次韻答之》、《臨江仙・碧城招飲少幹希穎即席賦詩余醉歸倚此爲和》、《憶江南・偕少幹舞院夜歸》(三首)。甄氏曾作《浣溪紗・中主此情惟有落花知滄海樓不曾相賞已相違句真能解吾胸中鬱結拾綴成篇亦杯酒之借也》，黄華表(二明，一八九七—一九七七)序甄氏《袖蘭館詞》有云：「予生素不善交遊，鮮與此土文士相接。然所知識，如劉景堂伯端，其《滄海樓詞》，置之江左，尚未見有足當之者。伯端往矣，嗣又見歐陽韶氏《聽蟬吟室詞》，……竊以爲海綃翁、滄海樓主之外，未有先之者。」區氏曾作《鷓鴣天・石塘陶然和伯端》。

後二十年，朱庸齋、黄繩曾逝世。又，《廣東文獻》第十三卷第一期(一九八三年三月三十一日)發表王韶生一九六八年所撰《廣東詞人與香港之因緣》一文，其中評先生詞有云：「《浣溪紗・春日看賽馬》一首云云。香港賽馬，與滬上賽馬，不知孰爲先後？然此時此地，旖旎春光，則賴此詞而傳矣。秀句如繡，顧盼生姿，恍如讀蘭成《春賦》。《慶宫春・春日偕季新丈登太平山晚眺歸飲酒家與季丈別十六年矣明日季丈復有遠行倚此相贈》一首云云。車笠舊盟，歷久不渝。寫情寫景，並臻佳妙，此詞亦可傳也。《六州歌頭・雨游青山寺》一首云云。感物造端，情志深美，豈非所謂登高能賦者耶！『我見青山多嫵媚，料青山見我亦如是。』庶幾物我雙忘者矣。……《鷓鴣天・小飲石塘》一首云云。此詞雖惆悵切情，然曠達之懷，要自可見。《滄海樓詞鈔》中，以《鷓鴣天》詞調最多，且擅勝場，猶王静安之《苕華詞》以《蝶戀花》擅勝場也。《浣溪紗・宋王臺懷古》一首云云。此詞與《宋臺秋唱》之懷古詩堪伯仲矣。然懷古之地相同，懷古之人不同，且其時復不同，則其感慨所在，亦有以異矣。又《鷓鴣天・題不匱室雙照樓手寫詩詞合册》云云。

此詞弔往傷離，對於世事，要未能恝然忘懷。烈士暮年，壯心不已。伯端丈生平有用世之志，然知之者鮮矣。《踏莎行·送殿兒赴英倫》一首云云。文生於情，情生於文，覽之悽然，令人增天倫之重。《擲破浣溪紗·懺庵贈詞賦答一首》云云。吾粵現代詞家，自以懺庵、伯端、季裴、述叔爲大宗，此詞足以盡之矣。」案：蘇澤東編《宋臺秋唱》三卷（收入《近代中國史料叢刊續編》第八十三輯），由張學華題簽，首載「真逸（陳伯陶）《丙辰九月十七祀趙秋曉先生生日次秋曉生朝觴客韻》、《秋曉先生生日並祀偕隱諸公次前韻》二詩並《賀新郎·秋曉先生生日前詩意有未盡再次秋曉生朝答陳新綠韻》、《賀新郎·再次前韻祀秋曉偕隱諸公》（二首）。

後二十一年，盤珠祁逝世。先生曾作《鷓鴣天·答海外友人書問》。此首，陳少漢抄本題作「寄贈盤珠祁美國」。

後二十二年，曾希穎、温中行逝世。先生曾作《瑞鶴仙·了庵爲題空桑夢語詞卷依韻答之》：「故人酬綺語。料多情同是，未參泥絮。浮生夢中路。便空桑三宿，豈留人處。崔郎漫賦。笑春風、紅桃映户。問重來、悄撫孤絃，怎寫萬千離緒。　分付。空花眼界，喝棒聞根，市燈譙鼓。無眠愁侶。尋鏡影，各非故。算拗蓮作寸，牽絲難絶，誰識中心更苦。待他年、淚檢生綃，爲花再譜。」其致林汝珩函所附此詞手稿題作「自題空桑夢語次了庵韻」。又曾作《鷓鴣天·與了庵談詞寫此爲贈》。曾氏曾作《應天長·填詞不寐寄璞翁》、《高陽臺·春盡日和伯端》、《臨江仙·秋思和璞翁》、《渡江雲·聽曲江廋惘然自酌天涯百感倦旅尊前賦寄碧城璞翁》、《水龍吟·春懷和璞翁元韻》。黄建忠《潮青閣詩詞序》：「追其（指曾希穎）壯年，辟地芳洲，始爲倚聲之作。時港中詞壇老輩廖懺庵，劉伯端與結堅社，振風雅於海外，騁文字於尊前。先生所爲詞，廖、劉兩老莫不擊節心服，推爲奇才。」温氏曾作《鷓鴣天·呈伯端丈》，尾注有云：「丈季父子平、介弟叔莊均能文。」

後二十三年，陳湛銓逝世。陳氏曾作《初五日渡海追懷吴唯庵師傅李鳳坡劉景堂二老來歸即賦》、《追憶劉伯端景堂》，著有《詞學講義及選注》。

後二十四年，容啟東逝世。容氏曾在香港私塾接受中文教育，師從先生與陳知孚（子褒，一八六二—一九二二）等。又，許衍董編《廣東文徵續編》（第三册）由香港廣東文徵編印委員會印行，選録先生《滄海樓詞自序》、《三十六溪花萼集序》二文。

後二十六年，次子壽爵逝世。

後二十七年，余祖明、長子德爵逝世。余氏《廣東歷代詩鈔》卷七録有劉璣《劍蘭》一首。劉庸曾作《示德爵》。

後二十八年，先生夫婦骨灰移祀於景田觀音山凌雲寺。

後二十九年，吴天任逝世。先生曾作《浣溪沙・題吴天任荔莊詩稿》：「去國蘭成事可哀。春風南海片帆來。新詩千首篋中攜。要向太平山上住，更將好句壓崔嵬。一沈吟處一呼杯。」

後三十二年，勞天庇逝世。勞氏曾作《讀滄海樓詞贈劉伯端》：「省識詞人老去心，水雲雲起倘同音。百年俯仰渾無著，一卷滄桑費獨尋。刻意傷春生太瘦，循聲量恨海難深。天涯明月逢寒食，多恐聞鵑更不禁。」

後三十三年，三子天澤逝世。

後三十四年，香港回歸。又，臺北「中央研究院」中國文哲研究所籌備處印行吴熊和等編《清詞别集知見目録彙編》，著録劉景堂詞集一種：《心影詞》一卷，民國九年石印繡詩樓叢書本。然失收三種：一九五二年香港鉛印本《影樹亭詞滄海樓詞合刻》、一九五三年香港綫裝宋體字排印本《滄海樓詞鈔》以及一九六七年香港劉德爵手鈔本影印本《滄海樓詞》。第一種，鄧萬歲署耑。末一種，包含《心影詞》、《海客詞》、《滄海樓詞》、《滄海樓詞別鈔》、《滄海樓詞續鈔》、《空桑夢語》等。後兩本，有陳融所題封面「滄海樓詞鈔」。案：葉健青、彭振平編《國史館總書庫圖書目録》所著録之東雅印務公司版《滄海樓詞鈔》，即此末一種手鈔本影印本，惟出版時間定爲一九五九年。此本稍後再經《詞學》第四輯所載《港臺版詞籍經眼録》著録，則又定其出版時間爲一九八〇年，有評云：「其詞小令版逕五代北宋，慢詞亦力追片玉，雅韻欲流，卓然大家。」

後三十五年，王韶生逝世。先生曾作《賀韶生尊兄新居落成》。王氏曾作《蝶戀花・甲午春三月鳳老病殁香江越半月余賦悼亡忽忽已三年矣適璞翁示新作感事懷人泫然不知涕淚之何從也遂繼聲焉》、《念奴嬌・陪伯端丈游東蓮覺苑》，又序柳城謝永年《瀛海詞集》有云：「余生也晚，已不及見諸賢（指王振、王鵬運、況周頤）。迨避地海隅，從廖懺庵、劉伯端二丈遊，捧手受教，獲聞緒論，校正聲律，恍然於向之未始有得也。」又曾作《劉伯端先生遺著四種序》：「劉景堂先生伯端飲譽嶺南，乃現代名詞家也，其造詣直抗衡潘飛聲蘭史、陳洵述叔而無遜色。己丑秋，余由穗垣來港……遂納交焉。稍後丈與廖先生懺庵組織詞社，一時詞流相繼入社。余不揣其淺陋，亦附驥焉。丈前有《心影詞》、《滄海詞》兩集行世，晚年更手録其《空桑夢語》、《滄海詞續鈔》、《詩聯》、《海客詞》四種藏於家。然其精力所貫注者，則爲《續鈔》九十五首，字裏行間塗乙與改易者甚衆。其篇中眉批有『少漢案』者，則陳君少漢所加案語；其附注箋釋部份，用毛筆書寫者，仍出劉丈之手也。余謂伯端丈胸襟曠達，似魏晉間人，篇中所引述事物，造語空靈，抒情真切，回腸盪氣，哀梗頑艷，比比皆是，可稱洵美矣。今方君寬烈於書坊購得，謀付影印，藉廣流傳，灼然示人以軌範，亦文壇之佳話也。是爲序。」此書似未版行。

後三十八年，潘小磐、鄭棟材逝世。潘氏曾作《謝劉伯端丈贈滄海樓詞集》：「雷貫廿祀，雲披一朝。方欣玉尺之裁，更荷金荃之贈。孤村繞水，淮海爲絶妙之詞；墜雨辭雲，小山多傷心之作。捧宜日息，享以媚香。藏示子孫，比諸瑰寶。謹謝！」載其《餘庵文存》卷三。鄭氏曾贈先生彭侶所治「劉景堂，伯端」印一件（一對）：「鄭棟材贈伯端先生，彭侶。」劉璣曾作《送鄭棟材兄赴英國》。又，黄坤堯編《劉伯端滄海樓集》版行，汪中（雨庵）題耑。集内《滄海樓摘録》凡三十三則，其中詞論二十二則。茲録數則以備參酌：其一，「兩宋小令，同是寫一情一景，而北宋人用筆曲折，故覺其意多而深，令人咀嚼有味。南宋人多平鋪直敘，故覺其意少而淺，令人一覽無餘。茲舉一例如下。歐陽脩《木蘭花》、韓瞟《浪淘沙》兩闋，皆是別後懷人之作。歐詞第一句由千頭萬緒，念茲在茲，陡然下筆，實已非常，而以下句句皆由此句生出，非但鉤連細密，且又婉曲纏綿。茲再申明其説。此別與尋常之別，不用行人出門之後，飄流無定，故不知其遠近。此翻用白居易詩：『忽憶故人天際遠，計程今日到梁州。』故倍覺惆悵。又與東坡詞『十年生死兩茫茫。不思量。自難忘』詞意相同，謂非有意憶他，直是放他不下，其不知情生於文、抑文生於情也。第二句『觸目淒涼多少悶』，此非見景生情，乃係因情觸景。故第三句第四句『漸行漸遠漸無書，水闊魚沈何處問』，始説明不知遠近之故。他既無書寄來，愈去愈遠；我又無計寄書與他也。下闋又應『觸目淒涼』句，風竹之聲，暗用唐詩『隔墻風動竹，疑是故人來』，既明知他不能來，故萬葉千聲，無非增恨，到此無可奈何之際，欲欹單枕，於夢中尋之。單字是著眼處，切須留意。但總是不能成夢，直至燈燼天明，輾轉反側，由日至夜，由夜至曉，既不能抛卻，又無可奈何，真能寫盡懷人之苦。」其二，「朱服《漁家傲》下闋云：『九十光陰能有幾。……而今樂事他年淚。』余謂當解金龜以拚醉時，已堪揮淚，何時他年之回憶，謂爲樂事，毋乃牽强耶？」其三，「王中仙《齊天樂》詠蟬云：『餘音更苦。甚獨抱清商，頓成淒楚。』更苦二字，已説盡淒楚之意，何得又云頓成，大有語病。學者宜深思云。」其四，「又中仙《眉嫵》賦新月云：『歎慢磨玉斧，難補金鏡。』張皋文云：『碧山詠物，有君國之憂。』此言南渡後河山破碎，不勝感歎；與詠蟬之『鏡暗妝殘』，同一寄意。但題爲新月，不愁不圓，何得謂之難補。此亦有認題不真之病。」其五，「北宋詞人黄山谷另開一派，彊村三百首詞選載其《鷓鴣天》、《定風波》二闋，筆鋭而詞健，確與他人不同。是以彊村《憶江南》題雲起軒集後云：『非關詞派有西江。』所謂西江者，即指山谷而言。余尤愛其《驀山溪》贈衡陽妓陳湘雲云云。此真非他人所能道出。與之同時有賀方回，山谷喜其詞筆類己，故有詩稱許雲云：『解道江南斷腸句，衹今惟有賀方回。』此即指所賦《青玉案》也。彊村三百首宋詞選方回十一闋之多，尤重其《天香》一闋，謂爲横空盤硬語，詞云云。三百首中，惟此闋有評語，可謂難得之至。而王静安《人間詞話》云：『北宋名家。以方回爲最次，其詞如歷下新城之詩，非不華贍，惜少真味。』較之彊村之推許方回，則可見静安之無識耳。」其中「選方回十一闋之多」，是就重編本《宋詞三百首》而言。事實上，初版《宋詞三百首》中還選了被重編本删去的一首《更漏子》（上東門）。其六，「范仲淹《御街行》：『紛紛墜葉飄香砌。……長是人千里。』按疏星淡月，方見銀河；若云月華如練，則長天一碧，那有銀河。此亦物理不細之處，學者當以爲戒。」又，爲提高青年學子的文學鑒賞能力，杜祖貽與先生幼子殿爵共同主持「現代文學名篇」編纂計劃，並邀請羅忼烈、劉述先等擔任顧問，經長時間的搜集、篩選，從清末民初至現代的文學作品中選出六十四篇，輯成《現代文學名篇》兩册《一編》及《二編》，於本年出版。《一編》以坊間所見現代文學選集中常選作品爲主，共收録二十六課。《二編》取材自百年來學術、文教、政治及科技界著名人物的作品，白話與文言兼收，共選録三十八篇成二十五課。每課均備正文部分和參考部分，正文部分包括作者介紹、題解及注釋，參考部分計有作者、題解補充等資料。據香港公共圖書館藏《杜祖貽文庫目録》，《二編》第二課《詩詞選二》中收有先生《憶江南》、《浣溪沙》詞二首。

後三十九年，黄坤堯編《番禺劉氏三世詩鈔》由香港學海書樓出版，爲先生與劉庸、劉璣、劉德爵詩作的合刊本。

後四十年，四女夢來、劉秉衡逝世。劉氏曾作《萬年歡·重臨香港訪舊不遇和劉伯端宗長韻》。

後四十一年，黄坤堯《香港詩詞論稿》由香港當代文藝出版社出版。其中如《香港番禺劉氏四家詩説》、《芳艷芬與燕芳詞册》等文，考論頗爲翔實。

後四十二年，劉夢芙發表《「五四」以來詞壇點將録》（載《中國詩學》第十輯），點先生爲「四寨水軍頭領八員」中之「天壽星混江龍李俊」：「伯端爲香港詞壇老輩，身歷滄桑，羈棲海角，畢生專力爲詞，頗負盛譽。冒廣生云『《海客詞》婉約微至，繼軌姜、張，倚聲家正宗也』，葉恭綽以爲『得力於中仙、叔夏』，詹安泰雲『清而不流，厚而不澀，浙常之長，一爐共冶』。論者又以其與陳述叔、黎六禾爲嶺南詞人三鼎足。余總觀其作品，實出陳、黎兩家之上。蓋陳、黎屬夢窗詞派，黎尤飣飣雕鏤，轉傷真氣。劉詞則善以清暢華美之語，達真摯綿邈之情，哀樂無端，沁人心腑，不似陳、黎之晦澀，如霧裏看花，終隔一層也。伯端早期作品或有似姜、張處，中晚年後融治兩宋諸家之美，自成高格。持較大陸詞家，有似中州張伯駒，如周汝昌評張詞之得一『整』字，此才情、功力兩到之渾化境界，非詞壇名手人人可詣焉。」

後四十四年，徐晉如《大學詩詞寫作教程》由廣西師範大學出版社出版。所附《詞範》中，《鷓鴣天》、《踏莎行》二調分别以先生所作「野店孤村愁夜闌」「畫角傳商」二首爲範例。

後四十五年，楊子才編《民國五百家詞鈔》由綫裝書局出版，選録先生詞一首。又，陳永正《嶺南詩歌研究》由中山大學出版社出版，選録先生詞二首。又，劉夢芙編《二十世紀中華詞選》由黄山書社出版，選録先生詞四十五首，劉庸詞一首。

後四十六年，羅忼烈、梁羽生逝世。羅氏曾題簽「劉伯端手書詞稿」，尾署：「丁丑秋日，忼烈署。」先生曾作《臨江仙·忼烈寄示玉京秋詞多哀怨倚此和之》。又，周篤文編《婉約詞典評》由遼寧教育出版社出版，選録先生詞一首。

後四十七年，幼子殿爵逝世。其《老子》、《孟子》、《論語》三書英譯，被譽爲譯壇權威之作。

後五十年，湯定華逝世。湯氏曾作《水龍吟·清明寄璞翁》、《摸魚子·曇花賦和璞翁》、《永遇樂·郊園小集璞翁未至歸後賦此寄之》、《齊天樂·華商會所談詞同希穎伯端子平少幹諸公》。

後五十一年，李遇春編《現代中國詩詞經典》由華中師範大學出版社出版，選録先生詞八首。

後五十四年，雷基磐逝世。

後五十五年，饒宗頤逝世。饒氏曾作《西江月·璞翁句云衹憐九十春光好换得些兒惆悵依韻和之》。

（作者單位：廣西科技師範學院文化與傳播學院）

張茂炯致葉恭綽信札七通考釋

丁小明　趙友永　整理考釋

内容提要　張茂炯致葉恭綽書札七通，作於一九三二年間，内容主要爲兩部分：一爲向葉恭綽講述或詢問選源及任選者情況；二爲編選者的具體分工情況。一九三二年底，葉恭綽任南京國民政府鐵道部長，時僅月餘即離任去職，從此退出政界，定居上海，專心文事。通過對這七通書札的考釋，可以真實還原葉恭綽民國時期編選《全清詞鈔》的部分細節，亦能得知張茂炯與葉恭綽在學術上的互動，爲葉恭綽學術、生平研究提供新材料。

關鍵詞　張茂炯　葉恭綽　信札

《全清詞鈔》作爲一部清詞總集，由近代葉恭綽編，凡四十卷，收入三千一百九十六家詞作八千二百六十多首，所收詞人有由明入清者，亦有由清入民國者，以之置閨秀、方外之後，作附存。一九七五年由中華書局在香港第一次少量印行，一九八二年中華書局又在大陸出版修訂本。編者另有序與後記，述纂輯緣起。全書有《引用書目》及《作者索引》，頗便學者。

本書編者爲葉恭綽（一八八一—一九六八），字裕甫，又字玉甫，也作玉父、玉虎、譽虎等，號遐庵；晚

本文係國家社科基金項目「上海圖書館藏顧廷龍先生友朋信札整理與研究」（項目編號：一八BTQ〇四〇）的階段性成果。

年別署矩園、比德堂，號遐翁、遐庵。廣東番禺人，原籍浙江餘姚。葉衍蘭之孫。畢業於京師大學堂。民國中歷任交通部次長、郵政總局局長、交通總長、鐵道部長等職，一九四九年後歷任中央文史館副館長、北京畫院院長等職。祖父葉衍蘭，咸豐進士，與譚獻爲詞友，著有《秋夢黛詞鈔》，收入本書第二十四卷。葉恭綽本人是北洋「交通系」政要，政事之餘，尤好詞學，爲近現代著名詞人，尤致力清詞之搜集。民國十八年（一九二九），葉恭綽曾與朱祖謀等組織詞社，與龍榆生創辦《詞學季刊》。著作主要有《遐庵詩》、《遐庵詞》、《遐庵匯稿》、《矩園餘墨》、《葉恭綽畫集》等，編有《廣篋中詞》、《全清詞鈔》、《廣東叢書》等。

信札作者爲蘇州詞人張茂炯（一八七五—一九三六），字仲清，號懺盦、君鑒，江蘇吴縣人。張茂鏞弟。光緒三十年（一九〇四）進士，宣統時任度支部司長，宣統元年官鹽政院總務所長，民國初任職財政部鹽務署。五十歲以後，杜門無事，始刻意爲詞。著有《艮廬詞》一卷，續一卷，外集一卷。民國二十年（一九三一）石印本。《艮廬自述詩》一卷，一九三四年版，石印本。《詞綜補遺》録其詞五首。《全清詞鈔》録其詞六首。《艮廬詞自序》云：「所爲詞喜拈僻調，調必依四聲。」葉恭綽云：「《艮廬詞》審律甚嚴，而絶無粘滯膚廓之病，當在鄉先輩紅友、順卿之上。」

一九三〇年左右，謝玉岑、葉恭綽、龍榆生皆曾有過彙輯有清一代詞作想法，由於種種原因，謝、龍二人終未能實行。〔三〕葉恭綽於一九二五年卸職寓滬，酷嗜倚聲，博搜沉佚。一九三〇年九月，葉恭綽加入漚社，同年，發起成立《清詞鈔》編纂處，雖以朱祖謀爲總編纂，然具體事務仍由其負責。《全清詞鈔》編選工作始於一九二九年，編選過程中，漚社成員多有助力，勛勞卓著。〔四〕編纂處共有編纂四十餘人，當時海上詞人、文獻學名家大都參與此事，盛況經前。編纂人員具體分工及其流程，可據葉恭綽《全清詞鈔·例言》窺知其大略：

> 是編工作，始自一九二九年，倏逾廿載。其間採訪、選録，以迄編次校訂，多賴同好諸君。自彊村先生

以次，如夏閏枝孫桐……吴湖帆萬、……吴瞿庵梅、張艮盧茂炯、易大廠孺、石弢素淩漢、盧冀野前、王佩諍謇……、饒子伯子宗頤、石子矩孫秉巽。其間綜覽鑒定彊村翁致力至勤。搜羅選録，張艮盧程功稱最。手鈔至廿册。〔五〕

由例言可知，如《全清詞鈔》此類偉業，實非葉氏一人之力所能爲，乃是同好諸君共同襄助所成。其中，蘇州詞人「艮盧」張茂炯被葉氏譽爲「程功稱最」者，張茂炯無疑是葉氏編著《全清詞鈔》時的得力助手。至於葉、張之間就編著《全清詞鈔》的互動過程，則由於「文獻不足徵」之故而無從得見。慶幸的是，現藏上海圖書館的「葉恭綽友朋信札」中收有張茂炯致葉恭綽信札七通，其主要内容就是圍繞《全清詞鈔》的編撰而進行的，顯然，這批信札對我們還原《全清詞鈔》部分的編撰過程有著不可替代的史料價值。有鑑於此，我們嘗試整理這批信札並解讀其中事實，以爲《全清詞鈔》研究提供新的資糧。

一

……尊函當即往取，候讀後再行奉復。詞鈔事得公主持，仍前進行，甚善甚善！嘉定王西莊鳴盛有《謝橋詞》〔六〕，其曾孫之翰有《紫萸香館詞鈔》〔七〕，係民國後其後人排印本，想插架必已有此書矣。順以奉詢。敬頌撰安。張茂炯拜啟。

考釋：

此爲殘葉，前半部分不可得見。饒宗頤《全清詞·順康卷序》云：「清詞選輯之業，造端於朱彊村，實在庚午（一九三〇）之年。朱老既謝世，葉丈承其遺緒，旁搜賡功，聲氣所被，網羅彌富，積稿增至一百零四册。」〔八〕朱祖謀一九三一年（十二月三十日）過世後，編輯工作由葉恭綽主持，據文中「詞鈔事得公主持」言語可知，此信當作於一九三二年間。據張元濟民國三十七年作《番禺葉氏遐庵藏書目録序》可知，葉恭綽爲官之餘，藏書亦富，詞類尤其所嗜：「此外有清人詞集類爲從事清詞鈔之選，輯備一代風俗之史。若别集、總集通行者咸列插架，並有罕見秘笈爲海内所無」〔九〕，故張茂炯云「想插架必已有此書矣」。

二

玉甫先生撰席前輩：

前奉手教，碌碌未及復，至謙。佩諍〔一〇〕因保古事，賢勞特甚。巍成〔一一〕亦以教務，仆仆蘇中間，故於詞鈔事均未能著手，現在巍成藏詞已由炯擔任抄録，已十得八九。聞湖帆〔一二〕月内將來蘇，届時擬仍托其帶上也。佩諍藏詞亦當代任一部分，以副盛意。兹又假得《竹葉庵集》一種，爲乾隆時詞人，吴縣張塤〔一三〕撰。此集傳本不多，不知前處已有人任選否？乞查示爲盼。再，巍成藏詞内有《冰甌館》一家，無撰人姓名，據題詞中稱其人爲長洲王嘉福〔一四〕號二波。二波以蔭襲武職官揚州久，疑此亦揚州人。之壻，然借王氏家譜查考，亦未載二波女適何人，竟無從得其姓名。不知吾公知其人否？順以奉詢，敬請撰安。前録各詞，如已叢抄完竣，乞將原稿擲還。敝帚自珍，幸勿見責。

張茂炯謹啟

考釋：

王謇（佩諍）長於版本目録、金石之學，又精熟吴中文獻、掌故。一九三一年，《吴縣志》總纂吴蔭培去世，李根源繼任總纂，便邀王謇任修志局委員會委員，助纂「金石卷」。從此，王謇足跡遍佈吴中，全方位勘探考察吴地碑刻，還與李根源一起參加了「吴中保墓會」，制止亂掘亂盗古墓葬，保護文物。〔一五〕信札中云王謇「因保古事，賢勞特甚」，當指此事。「湖帆」當指吴湖帆。葉恭綽《徬宋詞痕序》（一九五三）中有記：「嗣於一九二八年秋南下居滬，始識吴君湖帆，吴君工書畫，多藝能。」〔一六〕由此可知三人交遊情況。據《吴湖帆年譜》，吴湖帆長居上海，一九三二年春、秋兩造蘇州，信中所云「月内將來蘇」當是此時。〔一七〕編選之時，葉恭綽廣泛聯繫南京、北京、天津、上海、廣州、杭州、蘇州等地詞學家，共同參與清人詞集、詞選篩選、抄録、校訂工作〔一八〕。由信札可知，蘇州一處，有王謇、顧建勳（巍成）皆擔任選抄工作，而由張茂炯負責匯總，再經郵寄或他人轉交至上海葉恭綽處。吴湖帆多次往返蘇滬之間，傳遞相關信箋、書籍等物什。葉恭綽曾致信（以下簡稱葉恭綽信）云：「連日欲走談，未果。兹有致張仲清一紙，望寄去。」（第一〇三通）〔一九〕托任詳情，葉恭綽信云：「仲清選詞處已告公渚具函，請再另函相托。又：已囑公渚送上空白徵求函廿份，請隨時填用可也。」（第一二九通）酬勞方面，葉恭綽信云：「仲清來書詢鈔詞給值事，弟前已復之，不知何以未收到。（以下請告仲清先生）此間鈔費係每千二角五至三角，蘇地或可稍省。惟鈔寫務用處中格式，以免複寫之煩。」（第一一六通）

又云「現在巍成藏詞已由炯擔任抄録，已十得八九」，所提及《竹葉庵集》、《冰甌館》二詞集，可覘《全清詞鈔》選源及顧建勳藏書情況。據王謇《續補藏書紀事詩》第八八條「顧建勳（巍成）」云：「望齊臺下燕營巢，五百清詞稿校抄。更有師門龔氏子，熊蘇志付渾淆。」後有解説云：「顧巍成（建勳），藏清人詞五百餘種，與寒家『澥粟樓』略相埒。葉遐庵（恭綽）撰《清詞抄》，遍借海内外公私藏擷取，我兩家即居其十之一，則爲公私藏家所向未著録者也，可以自豪矣。巍成藏書，經、史、考據亦間有之，集部亦與詞相儷，而子部較少。餘則特多札記書耳。巍成身後，默然無聞，不知散去否也？……『燕營巢』，巍成書齋名，言得書之難如燕泥之艱於銜成也。」〔二〇〕葉恭綽信云：「王佩諍藏詞目可由臺從帶滬，……蘇地諸詞流所作，望就近徵取，蓋籍公在蘇催促，遠勝函索也。」（第一二三通）葉恭綽編選《全清詞鈔》多有依仗王謇、顧建勳「燕營巢」藏書，此處可輔證其説。王、顧而外，蘇州藏書家葉恭綽亦有留意，葉恭綽信云：「旅蘇鄧孝先、宗子戴二君藏詞聞頗多，可否設法鈔一目録？曹君直元忠之《雲瓿詞》能代覓得否？」（第一一九通）又云：「宗、鄧及他家藏詞目亦望設法取得，此皆爲蘇地選詞用，不過非見其目不能定重複否，此屬不能省之手續，非有他也。又此舉於彙編詞學書目亦有助益。從者何時歸滬，弟恐在此過陰曆年矣。仲清函祈轉。」（第一二〇通）又云：「王佩諍處弟三函去，不得覆，望一詢之。此請大安。恭綽上（附《桂遊録》四册。請以一册送佩諍，一册送張仲清，一册送宗子岱，一册送鄧孝先。）」（第一三七通）後文「原稿擲還」、「敝帚自珍」等語，可知張茂炯亦富藏詞。張茂炯故後，葉恭綽信云：「張仲清之子現住蘇州何處，王佩諍現在何處，均盼查示。因有書件須還彼也。」（第一七八通）張塤、王嘉福詞，《全清詞鈔》各入選二首。

三

玉甫先生閣下：

前奉惠書，適有湖州之行，未及即復，歸後擬將尊函送交佩諍。蒙交來此集廿七種，恐其中或有尊處已選過者，特將詞目另紙開呈，乞檢核示復，以免重複。香谷詞[二一]知已入選，因聯想及宜興徐焕琪[二二]名致章，光緒戊子舉人，浙江知縣。、儲印波[二三]名鳳瀛，光緒癸卯舉人，浙江運副。兩君均已作古，儲有《蘿月詞》，未見全稿，僅於《樂府補題後集》[二四]見其數首。徐有《拙庵詞》，係排印本，香谷序之，稱其入民國後始爲詞。如兩君者應否入選，乞卓裁。匆匆，即請撰安。

張茂炯謹啟

考釋：

「另紙開呈」見後文所列舉詞集目録。此處所云「香谷詞」當指蔣兆蘭之詞。蔣兆蘭，字香谷，著有《青蕤庵詞》，未聞其詞集有另名。民國九年（一九二〇），徐致章同蔣兆蘭創立「白雪詞社」，成員有程適、儲鳳瀛、儲藴華、徐德輝、儲南强、任緣道等，計社友八名，均是宜興人。至一九二三年秋盟主徐致章辭世爲止，前後持續兩年有餘，社集之作先後結成《樂府補題後集》，故而張茂炯有此「聯想」。張茂炯此處以徐「入民國後始爲詞」爲慮，意在年限不合選詞標準，可補證葉恭綽詞鈔凡例之言。蔣兆蘭、徐致章、儲印波詞，《全清詞鈔》各入選一首。

四

玉甫先生閣下：

前奉教祗悉，《蓼齋詞》〔二五〕已與佩諍説及，日後當由伊處經手也。昨晤潘博山、景鄭昆仲〔二六〕，知其新得詞兩種，一爲《山煙摟草》〔二七〕嘉慶時江陰閨秀湯百純著，亦名《玉琴餘韻》。，一爲《二十四橋吹簫譜》〔二八〕道光時江都孫宗禮著。。未知此二書尊處已有人選過否？乞核明示復，以免重複。此頌撰祺。

張茂炯謹啟

考釋：

潘景鄭從吴梅學詞，故而得以結交張茂炯。潘景鄭《著硯樓書跋》云：「艮廬丈以名進士蜚聲吴中，曾掌鹽務，公正不阿。鼎革以後，優遊文史，日益詩酒自遣；邑中有適社，爲諸老暢敘之所，每當薄暮黄昏，詩龍酒虎，聲徹户外。余年弱冠，侍霜厓師列席其間，飫聞緒論，丈不以其淺陋，謬謂孺子之可教。值禊命題，輒許追隨唱和，有所作，爲之指疵不倦。」〔二九〕由此可知，潘氏兄弟也曾參與編選《全清詞鈔》。據《吴湖帆年譜》，一九三二年四月二十七日，潘氏兄弟曾於吴梅處與吴湖帆相見，或爲詞鈔之事。〔三〇〕李雯、湯百純、孫宗禮詞，《全清詞鈔》分别入選九首、三首、一首。

五

玉甫先生閣下：

前聞華誕，曾以俚詞爲壽，即托湖帆帶上，並附詞鈔二册，諒均邀鑒。頃顧巍成兄又檢出詞三種，一爲《扁舟載酒詞》〔三一〕江藩著，一爲《漚塵詩餘》〔三二〕亦稱《戴簡恪公遺集》，戴敦元著。一爲《還印廬詞存》〔三三〕，徐球著，未知已有人任選否？乞示爲盼。再，前詢《冰甌館詞鈔》，現已查出爲張午橋〔三四〕丙炎所作，知念附及。此請吟安。

張茂炯謹啟

考釋：

一九三一年十月適逢葉恭綽五十壽辰，各方人士皆來祝壽，張氏「以俚詞爲壽」當在此後。所謂「俚詞」，《艮廬自述詩》、《艮廬詞》及《續集》不載，待考。光緒四年（一八七八），張丙炎在母親去世後回揚州，營建豪宅居住，名曰「榕園」，又稱「冰甌仙館」。〔三五〕榕園後歸丁蓋臣（光緒間捐監生，授知縣，官至侯補知府。上海開埠後棄官經商，從事洋務），即今揚州丁氏園〔三六〕。江藩、戴敦元、徐球、張丙炎詞，《全清詞鈔》分别入選五首、一首、二首、三首。

六

玉甫先生閣下：

手教祇悉，想清恙必已霍然，念念。王佩諍兄任選名家詞，已爲代選數十家，有三册交湖帆矣。頃佩諍又交來詞集九家，云係新購得者，爲前單所無，未知能否與尊處接洽，有無他人選過？兹將詞目另紙開呈，乞查示爲盼。其中《暗香疏影齋》〔三七〕一家，但署「白石志潤倚聲」，無序跋可考，集中有與寶竹坡〔三八〕唱和之作，疑是旗人，名志潤，號白石，不知然否？又《夢蝶生》〔三九〕一家，無撰人名字，以其詞考之，大約是嘉興人，曾宦山西，被議後改官兩淮，與丁萍緑〔四〇〕至和、杜小舫〔四一〕文瀾同時。吾公知其人否？順以手詢，亦祈示及。此頌撰綏。

張茂炯謹啟

考釋：

葉恭綽《清名家詞序》（一九三六）云：「余曩者有《清詞鈔》之輯，欲網羅有清一代之詞，擇尤選録，經營五載，所輯蓋五千餘家，以矜慎從事，猶未勒成，復欲選其最者，爲《清六十家詞》，以確有本源，能自立門户者爲限，牽於人事，亦未成書。海寧陳乃乾先生，承學好古，今之汲古閣、知聖道齋也。頃出其清閟所藏清詞，擬付印廣傳，先以百家爲一集，詞宗碩匠，大致無遺，表一代之宏規，存百年之文獻。與吾所擬者，正復相去無幾。後生可畏，先我著鞭。此書出，而余之《清六十家詞》，殆欲焚筆硯矣。」〔四二〕由此可知《名家詞》初由王佩諍任選，可補葉序所無。

葉恭綽《全清詞鈔後記》（一九五二）云：「二十年來，余所得諸家詞集之原稿，又多已毁失，其中手稿或絶版者不少，藉此或可存什一於千百也。」〔四三〕

葉氏另有幾個關於清詞文獻著作之構想，如《清詞正聲集》、《清詞存目》、《清六十家詞》，然均未能實現。志潤、寶廷、錢官俊、丁至和、杜文瀾詞，《全清詞鈔》分别入選一首、一首、一首、十首、四首。

七

玉甫先生閣下：

日前寄上相片一張，諒已邀鑒。清詞又録成兩册，俟有便人，當托帶奉。初擬就此結束，以符尊處舊曆年底之限，惟佩諍昨又交來二十餘家，趕録不及，止得聲請展限矣。此二十餘家，未知佩諍曾否與尊處接洽，有無他人選過，兹將詞目另紙開呈。祈即核明示復，以免重複。至尊處此次選詞，共得詞目若干家，已選若干家，若有未選者若干家，便中乞示一二，俾知大略，至盼至盼。再，前次手詢之《夢蝶生詞》，頃已查悉其人爲錢官俊，字枚臣，浙江嘉興人，知注附及，敬請撰安。

張茂炯拜啟

考釋：

此「二十餘家」「詞目」詳情見後文。民國初肇，政府改用公曆，然清遺民仍多衍用舊曆，以彰顯其宗奉、持守。百姓沿襲習俗，慶賀新年尚多喜用舊曆。葉恭綽非以遺民自居者，信中所云「舊曆年底之限」，應是沿用以年關爲限而已。

需要説明的是，張茂炯致葉恭綽信札中展示蘇州地區的詞學同好如何積極回應葉恭綽選編《全清詞鈔》的號召，並緊密地配合具體徵選工作，由此也證實了葉恭綽《例言》之説，「是編初就南京、北京、天津、杭州、蘇州、廣州、上海七地，著手搜集單行詞集，就地選鈔匯寄，以上海爲總匯。自各圖書館以至私家藏本，悉加訪求。繼復搜集罕見之總集、選本，加以採録」[四四]，可知具體流程是不爭之事實，而蘇州一地詞鈔選録事宜，張茂炯無疑當是具體負責人。

附録　詞集目録

暗香疏影齋詞抄　白石志潤(一)　　味塵軒詩餘　李文瀚(一)

耨雲軒詞　馬汾(三)　　清安室詞　張清揚(一)

銅梁山人詞　王汝璧(二)　　醉園齏臼詞　蔣蕚(二)

替竹庵詞　蔣彬若(一) | 夢蝶生詞　無撰人　抄本(一)
亭秋館詞　許禧身閨秀(一) | 蓼齋詩餘　李雯　抄本(九)
小羅浮館詞　趙封瀓(五) | 蓉渡詞　董以寧(一)
泊鷗山房詞　陶元藻(三) | 繞竹山房詩餘　朱文治(二)
養一齋　潘德與(三) | 樂圃吟抄　張玉穀(二)
楓江草堂集　朱紫貴(四) | 東洲草堂詩餘　何紹基(一)
東海漁歌　顧春(五) | 五十弦錦瑟樓詞　江都郭寶珩(二)
雪波詞　靈川蘇汝謙(二) | 小梅花館詞　海鹽吴廷燮(三)
紅豆山房詞　番禺何振(一) | 蓬霜輪雪詞　四明陳康祺(二)
嬰山小圃集　平湖張誠(〇) | 清芬集　耐廠詞　高要馮詠芝(〇)
倚樓詞　趙植庭趙詞已於《尊酒消寒集》中録過數首，兹是專集，擬再録數首。(六)
曼香詞　吕儁孫(三)
句婁詞　方愷趙、吕、方三家合爲一册，稱《三家詞録》。(二)
雲起樓詞　婺源齊學裘(一) | 銀藤花館詞　休寧戴延介(二)
錢存梅遺稿　錢陸靖(二) | 樓雲山館詞　甘泉黄錫禧(二)
翠娛樓詞　吴江金文城(〇) | 經遺堂集　江都韋佩金(二)
海紅花館詞　吴江鄭璜(二) | 清夢軒詩餘了璞方外(二)
瑶華閣詞　錢唐袁綬此詞已收《百家閨秀詞》，諒已選。(二)
湘痕閣詞　錢唐袁嘉閨秀(二) | 棲香閣賸稿　白門李藻閨秀(二)

棠香閣詞　禮泉楊世謙（二）　晚陰詞　馬平楊霖（〇）

按：此即前文所云「另紙開呈」之「詞目」。張茂炯下有小字注釋，講明選詞細節，以供葉恭綽參考。葉恭綽信云：「外詞目一束祈代致王佩諍先生爲幸。」（第一一七通）葉恭綽曾有一個宏大的計畫，擬編纂「清詞四書」：《清詞存目》、《清詞選》、《全清詞鈔》及《清百家詞》，但因時間和精力之緣故，其他三書皆未見出版。《全清詞鈔》將所有入選者姓名、字號、籍貫、仕履及相關詞學之著述作了著録，爲清詞研究者提供了一條搜集清詞文獻的重要綫索，張茂炯選詞目録手稿，更是彌足珍貴的第一手清詞文獻目録。發掘此類手稿，可進一步探究葉氏詞學思想及其編書宗旨。書目之後括弧及數字爲筆者所加，意指入選《全清詞鈔》詞篇數目。上述詞集，唯張誠、馮詠芝、金文城、楊霖四家未有入選。

〔一〕馮乾編校《清詞序跋彙編》第四册，鳳凰出版社，二〇一三年，第二一三三頁。

〔二〕沈辰垣等編《御選歷代詩餘》附《篋中詞　廣篋中詞》，浙江古籍出版社，一九九八年，第七二〇頁。

〔三〕傅宇斌《現代詞學的建立》，商務印書館，二〇一三年，第八八頁。

〔四〕馬強《葉恭綽詞學述論》，《南陽師範學院學報（社會科學版）》，二〇一七年第七期，第六一—六二頁。

〔五〕〔四三〕〔四四〕　葉恭綽編《全清詞鈔》，中華書局，一九八二年，第五頁，第二〇六八頁，第五頁。

〔六〕王鳴盛（一七二二—一七九七），字鳳喈，號禮堂，又號西莊，晚號西沚，江蘇嘉定（今屬上海）人。乾隆十九年（一七五四）進士，授翰林院編修，二十三年（一七五八）擢侍讀學士，明年充福建鄉試正考官，擢内閣學士兼禮部侍郎。後左遷光禄寺卿。丁内艱，不復出。事具《清史稿》、《清史列傳》及江藩《國朝漢學師承記》。幼從沈德潛受詩，後從惠棟問經義，遂通漢學。鳴盛精研《尚書》，於經術、史學均有成就，於詩詞亦甚用力，爲乾嘉樸學之重要學者。撰有《十七史商榷》、《尚書後案》、《蛾術編》、《西莊始存稿》、《耕養齋詩文集》等，有《謝橋詞》一卷。

〔七〕王之翰（一八一七—一八四八），原名慶雲，字仲翔，號申甫，江蘇吴縣（今屬蘇州）人。諸生，王鳴盛重孫，汝翼次子。林則徐奇其才，招入官廨讀書，以内命侄女妻之。林則徐評其文稱：「本隆萬之法，行天崇之才，更能於國初諸家破其藩籬而蹊徑獨闢者。」肄業金陵鍾山、惜陰書院。此集凡十六首，輯入《先澤殘存》，民國九年北京排印本。

〔八〕南京大學中國語言文學系《全清詞》編纂研究室編《全清詞·順康卷》，中華書局，二〇〇二年，第一頁。

〔九〕潘景鄭初編，顧廷龍重編《番禺葉氏遐庵藏書目録》，上海私立合衆圖書館，一九四八年，綫裝排印本。

〔一〇〕王謇（一八八八—一九六九），江蘇吴縣（今屬蘇州）人。原名鼎，字佩諍，號瓠廬，晚署瓠叟。年輕時從沈修爲師，後又列章太炎、金松岑、黄摩西、吴梅諸大師門下，學業日進。民國四年（一九一五）從東吴大學文科畢業後，即從事教育工作，曾任振華女中教務長、副校長。二十六年（一九三七），移居上海，曾任震旦大學、大同大學、東吴大學教授。新中國建立後，王佩諍任華東師範大學教授及上海市文物保管委員會編纂。學問淵博，善治周秦諸子，長於版本目録、金石之學，又對崑曲情有獨鍾。現代藏書家。著有《續補藏書紀事詩》、《鹽鐵論札記》、《海粟樓書目》、《（宣統）吴縣志補正》、《再補金石學録》、《吴中金石志》、《草隸考》等。

〔一一〕顧建勳（一八八一—？），字巍成，號瓠齋，江蘇吴縣（今屬蘇州）人。一九二八年春，在蘇州與吴梅、蔣香谷等締結詞社「琴社」。一九二九年七月，與好友吴梅、鄧邦述、張茂炯、吴伯淵等八人結「六一詞社」。室名「燕營巢」，藏書豐富，以清詞集爲著，達五百餘種。撰有《遼金元文學史》等。

〔一二〕吴湖帆（一八九四—一九六八），初名翼燕，後更名萬，字遹駿，又東莊，別署湖帆，蘇州人。晚清重臣、文字學家、收藏家、考證家吴大澂文孫。幼承庭訓，喜鐘鼎和篆書，家藏法帖古畫甚富，故得以見博識廣，摹小領悟。客寓上海後，與陳子清合辦書畫事務所，因精鑒賞又工書畫篆刻，故掉鞅藝壇。曾將所藏銅印編爲《畫餘就印存》一卷。其詩詞雅秀自然，發人清想。其齋室名有「寶董閣」、「梅景書屋」、「醜簃」等。有詞集《佞宋詞痕》。

〔一三〕張塤（？—一七八九），字商言，一字商賢，號瘦銅，又號吟鄉，別號石公山人、小茅山人。江蘇吴縣（今屬蘇州）人。十歲能詠初寒詞，少與蔣士銓齊名。清乾隆十四年（一七六九）進士官内閣中書，曾任四庫全書編校。乾隆四十二年，畢沅倡修方志，次年即受顧聲雷之聘，修乾隆《興平縣誌》。曾與洪亮吉、黄景仁、翁方綱、蔣上銓等共結都門詩社。喜考訂金石書畫，詩木秀健，出入山谷。著有《竹葉庵集》、《林屋詞》、《碧簫詞》及傳奇《督亢圖》、《中郎女》（已佚）等。散曲現存小令五首、套數一套，見《碧簫詞》。

〔一四〕王嘉福（一七九五—？），字穀之，號二波，江蘇長洲（今屬蘇州）人。王芑孫次子，嗣於叔王翼孫爲子。襲封雲騎尉，官至江蘇儀征靖江營守備。幼負絶人之資，與其長兄王嘉祥、弟王嘉禄被目爲「三鳳」著述甚豐，詩近三千首，詞亦不下千首，然皆隨手散棄」。道光十四年（一八三四）其姻親張安保與蔣士凝、王僧保等爲之選編《二波軒詞選》四卷，每卷收詞一百二十餘首，總數逾五百。其中有道光十四年以後之作，殆爲付梓後所增。張序謂其詞「哀感頑豔，悦魄蕩心。」王序謂「集中率多豔懷綺語，纏綿往復，如不自勝，然皆性情之所結撰而成者也。」

〔一五〕葉志明《藝奪天工》，鳳凰出版社，二〇一五年，第一三四頁。

〔一六〕〔四二〕葉恭綽《矩園餘墨》，遼寧教育出版社，一九九七年，第九四頁，第一七三頁。

〔一七〕〔三〇〕王叔重、陳含素《吴湖帆年譜》，東方出版中心，二〇一七年，第一三二頁，第一三一頁。

〔一八〕陸昭徽、陸昭懷《書如其人　回憶父親陸維釗》，上海書畫出版社，二〇一三年，第六六頁。

〔一九〕何聞輯《葉恭綽致吴湖帆尺牘（續）》，《新美術》二〇〇一年〇二期，第五〇—六三頁。下同，僅隨文標注尺牘編號。

〔二〇〕倫明等《辛亥以來藏書紀事詩》，北京燕山出版社，一九九九年，第二〇三—二〇四頁。

〔二一〕蔣兆蘭（一八五五—一九三二），字香谷，一字蘭笙。蓴子，竹山（蔣捷）後裔。增貢生。曾參加寒碧詞社，鷗隱詞社，晚年客居於蘇州，以授徒爲業，後寓居上海，與況周頤、朱孝臧等爲友。著有《青蕤庵詩》、《青蕤庵詞》和《詞説》。

〔二二〕徐致章（一八四八—一九二三），字百平，號拙廬，宜興宜城（今屬無錫）人。同治十二年（一八七三）拔貢生，光緒十四年一八八八）中舉，爲浙江候補知縣，歷任浙江湯溪（今金華富陽）、里安等縣代理縣知事，光緒二十年任直隸州（今京、津、河北）特用同知和浙江鄉試同考官。宣統元年（一九〇九）告老還鄉。善於賦詩，著有《拙廬詩草》四卷。

〔二三〕儲風瀛（一八七〇—一九二七），字印波，江蘇宜興（今屬無錫）人。光緒二十九年（一九〇三）癸卯科舉人，曾任兩浙鹽運副使，著有《蘿月軒詩詞稿》。

〔二四〕《樂府補題後集》甲編一卷，乙編一卷，民國年間白雪詞社刊刻。民國九年（一九二〇），詞人徐致章發起白雪詞社，社友蔣兆蘭、程適、儲鳳瀛、徐德輝，共五人。後復增儲藴華、儲南强、任援道三家。每月聚首分題詠物，借寫民國初期神州陸沉的慘痛現實及亂世情懷，取名《樂府補題後集》，「蓋欲上繼碧山、草窗、玉田、玉潛諸賢遺軌，爲風雅綿一綫之傳。雖才或弗逮，不敢與宋賢抗，而志操純白，心跡湛然，抑未必與宋賢異」（蔣兆蘭序）。民國十年，刊刻甲編。八家之外，又增「同聲」二家，計得詞一百四十七首，分集而列，凡二十五集。各集多則十餘闋，少則三四圖不等，與宋《樂府補題》相似。民國十二年徐致章下世，詞社遂散。

〔二五〕《蓼齋詞別集》，清李雯著，一卷。有順治十四年（一六五七）刊《蓼齋集》本，詞集作附録一卷。另有陳乃乾輯民國二十六年（一九三七）上海開明書店《清名家詞》排印本，較爲通行。李雯（一六〇八—一六四七），字舒章，號蘿齋，江南青浦（今屬上海）人。少與陳子龍、宋徵輿齊名，稱「雲間三子」。明崇禎十五年（一六四二）舉人。順治初，廷臣交薦，授弘文院撰文、中書舍人，充順天（今北京）鄉試同考官，以父喪歸。著有《蓼齋集》，刻於順治十四年（一六五七），附《蓼齋詞》一卷，陳乃乾輯入《清名家詞》，而與陳子龍、宋徵輿合刻之《幽蘭草》中，尚有一卷未輯入。

〔二六〕潘承厚（一九〇四—一九四三），字温甫，號博山，别號蘧盦。江蘇吴縣（今屬蘇州）人。潘祖同孫，亨穀子。兄弟五人，承厚爲長子，承弼爲次子。少學詩詞，兼工繪畫。先後在家鄉組織電汽公司，協理田業銀行。一九三八年於上海創設通惠銀號。潘景鄭（一九〇七—二〇〇三），原名潘承弼，曾用筆名寄漚等。少時曾向吴梅學習詞曲，後向章太炎學習訓詁。曾擔任國學講習會講師、《制言》雜誌編輯，對訓詁、目録、金石、詞曲等，均有研究。後轉入圖書館事業，專長於文學典籍版本的研究和考證。後任上海圖書館研究員，兼任中國古籍善本書目編輯委員會顧問。著有《日知録補校》、《著硯樓書跋》及《著硯樓讀書札記》、《詞律校異》、《詞選箋注》、《圖書金石題跋》等多種。

〔二七〕《山煙樓草》，詩詞合集。二卷。湯百純（一七七〇—一七九六）撰。百純字清芬，一字石華，江蘇江陰（今屬無錫）人，其父湯裕之曾官山東巨野知縣。十八歲嫁陳詩觀，早卒。本集卷上爲詩，名《石華小草》；卷下爲詞，名《玉琴餘韻》，録詞三十三首。有李兆洛序，陳詩觀跋。

〔二八〕《二十四橋吹簫譜》二卷、《外卷》一卷，收詞一百零九首。道光十三年刻，有黄承勳、潘宗鄴序。孫宗禮（生卒年不詳），字定夫，江蘇江都（今屬揚州）人。道光十四年（一八三四）舉人，十六年恩科進士。官廣東澄邁縣知縣。黄氏謂其詞「清空綿邈之旨、沉鬱離合之致」，「非粗豪塗澤者可比。可謂一洗側豔之習，獨標雅正之體者矣」。謝章鋌云：「詞亦流轉，但言外無味，不耐尋繹，蓋學南宋而未至者」（《賭棋山莊詞話》續編四）。

〔二九〕潘景鄭《著硯樓書跋》，古典文學出版社，一九五七年，三〇八頁。

〔三〇〕《扁舟載酒詞》一卷，光緒十二年江巨渠補刻《江氏叢書》本。江藩（一七六一—一八三〇）字子屏，號鄭堂，自號竹西詞人，晚號節甫老人。江蘇甘泉（今屬揚州）人。監生。曾師事余蕭客、江聲，爲惠棟再傳弟子，爲當時知名學者。深通訓詁，尤長考據學。阮元督漕淮安時，聘爲麗正書院山長。又曾募資鐫刻己作。一生著述頗多，有《周易述補》、《漢學師承記》、《爾雅小箋》等。詞作有《扁舟載酒詞》五十首，其同門顧廣圻評曰：「善用宫律而辭何兼美」，「清真典雅，流麗諧婉，追《花間》之魂，吸《絶妙》之髓，專門名家，未能或之先也」。著述頗多，詞作有《扁舟載酒詞》五十首。

〔三一〕戴敦元（一七六八—一八三四），字士旋，號金谿，浙江開化（今屬衢州）人。乾隆五十八年（一七九三）進士，官至山西布政使、刑部尚書。薨於位，贈太子太保，予謚簡恪。遺著有《古今體詩集》八卷、《漚塵詩餘》二卷。

〔三二〕《還印廬詞存》一名《環翠樓詞》。一卷，五十九首。徐球撰。道光九年（一八二九）刊，長興朱紫貴審定，編入《還印廬集》。徐球

（一七八九—一八二七），字尹輔，號詠梅，浙江德清（今屬湖州）人。自幼秉承家學，詩文金石兼工。未冠補諸生，久困科場二十餘年。其詩文學行深得時賢許宗彦、戴敦元等人稱賞，與奚疑、朱紫貴等唱酬，詞學於鄉前輩嚴元照。惜天不永其年，病亟時，不忘結句，彙聚其所作編定《還印廬集》，授汪眉春、朱紫貴代爲審定。

〔三四〕張丙炎（一八二六—一九〇五），原名世錚，字午橋，號榕園，晚號遁翁。張安保之子，道光二十四年（一八四四）舉人，咸豐九年（一八五九）進士。由翰林院編修出知廣州廉州府。後知肇慶，繼升道員，加鹽運使銜。後丁母憂，優遊林下者二十年。喜吟詠，富收藏，晚年工篆書。著有《榕園叢書》，詞有《冰甌館詞鈔》一卷。

〔三五〕朱軍編著《揚州書院和藏書家史話》，廣陵書社，二〇一二年，第一〇二頁。

〔三六〕韋艾佳《東關名園》，南京師範大學出版社，二〇一二年，第七九頁。

〔三七〕志潤（一八三七—一八九四），字伯時，一字白石，號雨蒼。他塔拉氏，隸鑲紅旗。官四川綏定府知府、嘉定知府並官京曹十餘年，時與寶竹坡等名流結詩社，由志潤編爲《日下聯吟》詩詞八卷。端方稱其「尤善爲長短句」，文悌也稱其「妙工填詞」。吴崟稱其「詩宗元白，詞近蘇辛」。志潤幼耽吟詠，仕途不得志，而詩詞之作甚豐，遺作達三十册，經其弟志鋭求人選出十之六七，編成《寄影軒詩鈔》六卷，詞一卷（《暗香疏影齋詞鈔》）。今見《詩鈔》僅四卷。

〔三八〕寶廷（一八四〇—一八九〇），清滿洲鑲藍旗人，初名寶賢，字少溪，號竹坡，後改字仲獻，號難齋。同治七年（一八六八）進士，授翰林院編修，累官至文淵閣直閣事、禮部侍郎等職。敢於直諫，名震朝野。其詩集名《偶齋詩草》，兩函二十册，共三十三卷。另有奏議、文集、《偶齋詞》等著作。

〔三九〕錢官俊（一八二四—一八七七），字枚臣，號心庵，又號愛廬、能軒、夢蝶生、藹六，浙江嘉興（今屬嘉興）人。道光二十九年（一八四九）拔貢，由山西知縣改僉判，發兩淮。精書畫，工花卉，筆致超逸，有陳淳遺意。著有《石鏡山房集》詩，《夢蝶生詞》四卷。

〔四〇〕丁至和（一八一一—一八八三？），字保庵，一作葆庵，號萍綠詞人，江蘇江都（今屬揚州）人。著有《萍綠詞》（又名《十三樓吹笛譜》），平生於詞學最深，著有《萍綠詞》二卷，於夢窗、草窗，兼有其勝。秀水杜文瀾爲刊板行世。」丁至和初幕游大江南北，從癸丑到丁巳（一八五三—一八五七）這段時間，一直漂泊在江淮東臺、泰州一帶，「客杜觀察小舫幕中」，與小舫、鹿潭結交，切磋詞藝，互相唱和。一八六一年，文瀾爲其刊刻《萍綠詞》，與《採香詞》、《水雲樓詞》並稱「曼陀羅華閣三家詞」。

〔四一〕杜文瀾（一八一五—一八八一），字小舫，浙江秀水（今屬嘉興）人。諸生。少孤貧，得舅氏教，爲幕多年。入貲爲縣丞，從征湘桂苗猺，積軍功，署兩淮淮北監掣同知、海州分司運判，改通州分司運判等，累升至兩淮鹽運使，加布政使銜。有幹才，得曾國藩稱賞。杜氏爲咸同年間泰州、興化、東臺地區詞羣之核心人物。深諳音律，推譽萬氏《詞律》及戈氏《詞林正韻》，認爲「詞仍當以韻律爲主」，與蔣春霖等唱和，而工力相當。所作「詞清筆婉，言外殊多感慨」。（謝章鋌《賭棋山莊詞話》）著有《古謠諺》、《平定粵寇紀略》、《江南北大營紀事本末》、《曼陀羅華閣瑣記》等。刻有《曼陀羅華閣叢書》，詞有《採香詞》四卷。又撰《憩園詞話》六卷，爲清代詞學重要著作，並著有《詞律校勘記》二卷、《詞律補遺》一卷，重刊吳文英、周密二家詞集，後附己作八十餘首。

（作者單位：華東師範大學古籍研究所；華東師範大學中文系）

夏承燾致蔣禮鴻書札輯考

樓　培　整理考釋

夏承燾，字瞿禪，晚號瞿髯，別號謝鄰、夢栩生，浙江永嘉（在今温州）人。一九〇〇年出生，一九八六年逝世。一九一八年畢業於浙江省立温州師範學校，一九一九年入南京高等師範暑假學校。一九三〇年起歷任之江大學、無錫國學專修學校、太炎文學院、浙江大學教授。一九四九年後任教於浙江師範學院、杭州大學，兼任中國科學院文學研究所特約研究員。夏先生的詞學研究博大精深，著有《唐宋詞人年譜》、《唐宋詞論叢》、《月輪山詞論集》、《姜白石詞編年箋校》、《瞿髯論詞絶句》、《天風閣詞集》、《天風閣學詞日記》等，後人編爲《夏承燾集》、《夏承燾全集》。他是傳統詞學走向現代詞學過程中的重要人物，被譽爲「一代詞宗」。

蔣禮鴻，字雲從，浙江嘉興人。生於一九一六年，卒於一九九五年，爲當代著名語言學家、敦煌學家。早年就讀於之江文理學院（後改名之江大學），受業於徐昂、鍾泰、夏承燾諸先生。後任教於之江大學、藍田國立師範學院、中央大學、浙江師範學院、杭州大學。沉潛文史，兼長詩詞，尤精於文字訓詁與古書校釋，著有《商君書錐指》、《敦煌變文字義通釋》、《義府續貂》、《古漢語通論》、《懷任齋文集》等。

本文係浙江省哲學社會科學重點項目（17NDJC003Z）、浙江省人文社科研究青年項目基金項目（19YJC51024）、浙江省教育廳課題（Y201533719）的階段性成果。

盛静霞，蔣禮鴻夫人，字伴鶩、弢青，江蘇揚州人。一九一七年出生，二〇〇六年辭世。一九三六年考入中央大學中國文學系，受教於汪辟疆、吴梅、汪東、盧前等名教授，尤致力於詩詞創作，汪東稱其與沈祖棻前後齊名。盛氏亦曾在中央大學、浙江師範學院、杭州大學任職。有詩詞集《頻伽室語業》，與蔣禮鴻《懷任齋詩詞》合刊。又曾與夏承燾合著《唐宋詞選》，與人合編《宋詞精選》。

今承蔣盛哲嗣蔣遂老師高義，將家藏夏承燾致蔣禮鴻書札及手批盛静霞《碧篠詞》借予過録整理，即綴輯成文，略作考釋，以饗同好。

夏承燾致蔣禮鴻書札

（一）

雲從仁弟如晤：

春間自滬返温，過樂清依天五居三月，一度遊雁蕩。記曾有一函奉藍田。昨接心叔如皋函，亦云久不得湘書。頃讀唐先生重慶函，乃知弟已入蜀。是藍田師院遷渝？抑弟辭湘師就蜀校？鍾山先生在湘？在蜀？皆至企念。燾蟄居永嘉，一切粗遣，各舊游過從如常。之江遷邵武，迄無來信，聞但設商學院，用人甚少，亦未去書往詢。心叔近忽被無妄之災，十月七日飯後甫出門，爲僞兵所執，挾至營舍。心叔謹告以可殺不可辱。不聽。鞭撻甚厲。痛極時誦《孟子》「孟施舍、曾子養勇」一章以自解。其夫人聞聲尋至，不得入。鄰人憤集，乃釋歸。卧三日稍能起坐，又數日右手乃能執筆。廿日作來書云，步履仍未復，竟不知何故至此。心叔函自謂平日慕亭林「寧隘毋不恭」之語，曾有小印曰「寧夷毋惠」，被執時因《孟子》之文觸思，北宫黝不如孟施舍守約，又不如曾子守約，即孟子之意原許伯夷，雖云「君子不由」，而「不得中行而與」，其間亦自有所擇也。又謂横逆之來，他日恐有甚於此者，於此亦得自試矣云云。燾誦其書，感爲出涕。前月天五常語我，欲招心叔來雁蕩爲入林之侶，予念路途不易，彼又有老母妻女，今看情況如此，則如皋必不能久居，來温州謀教席固甚易，但此間近海，明春恐不免又有驚擾。燾亦惴惴爲後計，頃擬去書問其肯單身來否，或先來温，再爲後圖。若此間明年尚能苟安，可徑往雁山爲久居計矣。鍾翁處請代致候。即承孟晉。

承燾手具

十一月七日

函中所涉人物，天五即吴鷺山（一九一〇—一九八六），心叔即任銘善（一九一二—一九六七），唐先生即唐圭璋（一九〇一—一九九〇），鍾山先生、鍾翁即鍾泰（一八八八—一九七九）。

這通書札作於一九四二年十一月七日。《天風閣學詞日記》當日有記：「發圭璋重慶航空復，告明春温州如不能寧居，將跋涉西行，問中央大學何時開課，彼中生活程度何如。附去雲從函，告心叔被擄，予欲招其單身來温。」[一]關於任銘善、唐圭璋事，《日記》前一日有詳細説明，可爲參證：

得心叔十月廿日信，知十月七日遇無妄之災。讀信畢，幾爲之出涕。信略云：近以口輔宿疾就醫，日往返數里爲常。七日飯後甫出門，爲僞兵所執，亟挾至營舍。生徐告以可殺不可辱。不聽。鞭撻甚厲，卒不知何所取怨，以至於此。極痛時，高誦《孟子》「孟施舍、曾子養勇」一章以自解。素君聞聲尋至，不得入。鄰人憤集，乃釋歸。卧三日，稍能起坐。又數日，右手乃能執筆。至今步履仍未復也。尚幸醫者敷治甚捷，否則終爲狼籍人。然體膚雖傷，其中甚定，知此類非人，不可理喻。又思蛇豕蠭蟻，固不擇人而噬，亂時自有此等事，無可計較，故神氣甚全，未嘗受病，不足繫念也。平日甚慕亭林「寧隘毋不恭」之語，曾有小印曰「寧夷毋惠」。又曾掇明人「和風未學油油惠，清節寧希望望夷」二語，寫滬寓壁間。……偶拈月輪樓詞語曰：遠山無際緑，秋夢一城寒，頗是近來情景，恨此間無人可爲書之齋壁也云云。心叔患難之中，不屈不迫如此，真令人敬畏。其生平諤諤不阿，在淪陷區中至可危，又有老母妻女，不能招之來温，念其困苦之狀，爲之心神不寧。予前寄《念奴嬌》詞，忘記中有違礙字句否，如心叔坐此受撻，尤令人疚歉，當亟作書候之。

得圭璋九月廿四重慶沙埕〔坪〕壩五十四號書，謂聞予避地南陽，悲喜交集。謂予如往重慶，各校無不爭迎。中央大學汪辟疆先生亦盼予能往共事，旅費可由校供給。此情可感。惟體弱憚遠行，不敢冒險以往耳。圭璋附來天香一詞。〔二〕

一九三七年抗戰全面爆發，翌年之江大學遭日軍炸毀，轉至上海租界復課，夏承燾亦隨之赴滬任教。一九四二年，之大因局勢緊張暫時停辦，夏氏於五月回到故鄉，曾在温州中學短期執教，至十一月底奔赴浙江大學龍泉分校。蔣禮鴻於一九三九年因鍾泰之召前往藍田師院任教，一九四二年因與中央大學國文系助教盛静霞交往，又從淪陷區千里迢迢來到重慶，亦任教於中央大學。從這通書札可見夏先生前此尚未知悉其事。「記曾有一函奉藍田」，即《日記》當年十月二日所云：「發心叔如皋書、雲從藍田書，寄《念奴嬌》詞。」〔三〕其時蔣禮鴻已離開藍田，該信似未收到，而收到夏先生十一月七日這通書札後，他很快作出回應。《日記》十一月二十日：「得雲從信，以九月十九日離湘入蜀，就（中央大學）師範學院教席，甚以永嘉消息爲念，並問予四聲平亭稿。」〔四〕夏先生十二月初到達龍泉浙大，並填有《浣溪沙》詞一闋，小序稱：「壬午冬，應龍泉浙大聘，維舟麗水，懷心叔、雲從。」〔五〕《日記》十二月七日：「作圭璋、雲從重慶書，告來龍泉，附去《浣溪沙》詞。」〔六〕可惜這通書札今日未見，不復可問。

（二）

雲從如晤：

得四月十六日書，並讀佳篇。久不見雲從詩，孟晉如是，真可畏佩。承詢考據、詞章之業，鄙言無礙兼治，吾弟鍥而不舍，可望爲陳蘭甫，凌氏《梅邊吹笛譜》不足擬也。於吾弟不爲諛詞，惟心叔能會此耳。前句去書招心叔南來，迄今消息杳然，不知已在途否。鍾山先生昨來一書，謂暑中將來嚴州運藏書。聞鄉人管繞溪君亦在中大，弟識其人否？ 晤樸山先生均候。叔儻先生請代致意。即承起居，不次。

承燾手具

玉樓春

龍泉學舍，生計日艱。

筇枝拈起偏思睡，酒盞覆空難得醉。已驚明日是餘春，未信初心如逝水。 年年錯料芳菲事，一夜平蕪千萬里。終憐高處夕陽多，不悔危欄輕命倚。

好事近

歲盡日，瓶梅始吐，和聲越、養癯。

喚起忍寒人，當面數峯玉立。商略幾番風雪，做一枝春色。 西湖東閣莫傳箋，心事北山北。自有暗香一闋，够十年吹笛。

蝶戀花

留別滬上講友生，酒間誦陳蒼虬來去堂堂之句。

留得尊前相見面，且盡離杯，莫問愁深淺。來去堂堂非聚散。北風心事南飛雁。 我有家山東海岸。八表歸來，奇翼林間滿。辛苦路長兼日短，天涯愧汝隨陽伴。（自注：謂滇蜀友人。）

里詞寫似雲從仁弟哂政。

承燾未定稿

（鈐「夏承燾」白文印）

洞仙歌

滬市見賣盤梅，掩抑可憐，念西湖紅萼，有天末故人之感也。

燈唇酒眼，唤芳魂不起。猶憶前游隔煙水。咲初歸金屋，便改冰姿，渾不管、容易東風换世。　湖山香影曲，譜入紅簫，不是玉人舊宫徵。仙羽欲何歸，黄月樓臺，但夜夜、暗塵哀吹。莫問我天涯歲寒心，忍滿面風霜，與春廻避。

此首尚自憙，便中一示圭璋先生，以爲如何。

承燾俶稿

（鈐「夏承燾」白文印）

這通書札作於一九四三年五月十日。《天風閣學詞日記》當日有記：「發雲從復，附去近詞數首，囑示圭璋。」〔七〕《日記》該月七日稱：「接雲從重慶柏溪中央大學分校函，附來一律詩，大好。謂有人勸其暫輟考據之業，以治詩詞者，問予爲決去從。此君鍥而不舍，可爲陳蘭甫、《梅邊吹笛譜》，非其倫也。」〔八〕

夏先生在之江任教時已對蔣禮鴻青眼有加，一九三七年二月二日日記稱：「近日男生一蔣禮鴻，女生一（熊）化蓮，國文系翹楚也。」〔九〕欣賞之情溢於言表。不久，嘉興、杭州相繼淪陷於日寇之手。夏先生介紹大四學生蔣禮鴻到家鄉温州平陽鄭樓的浙江省立温州師範學校，擔任一年級國文教師。蔣禮鴻啟程之日爲一九三八年二月十七日，夏先生日記中有云：「此子讀書不可限量，而外才甚拙，初出涉世，甚望其一路順利也。」〔一〇〕果不其然，未過多久，《日記》四月廿一日載：「接雲從函，謂亂世來依，比爲潘次耕之於顧亭林、黄仲則之於邵叔宀。乞予作一詞相贈。雲從古拙，懷才抑抑。其執教鄭樓，又爲羣小所排，前日來談，謂欲往漢口依其表兄矣。」〔一一〕五月七日：「午後，雲從自鄭樓來，謂不日往滬。」〔一二〕五月十三日：「午，雲從來，定明早乘船往上海。夜，（梅）冷生爲其餞行，（劉）貞晦翁、（孫）孟晉諸人同席。十時餘方攜行李上船。此君絀於外才，不及任心叔。温州師範教職，半途不終，亦坐忠厚被欺，可恨也。托攜去心叔復書、（龍）榆生介紹信及（李）培恩書。托雲從留意上海住宅，海澨事急，或須避滬也。」〔一三〕蔣禮鴻赴上海之大完成學業，取得文學士學位，其後在之大、藍田師院、中央大學等院校任教。

上面這通書札就是夏先生給蔣禮鴻中大來信的回復。函中所云陳蘭甫、凌氏即清代著名學者陳澧、凌廷堪。管繞溪君即管雄（一九一〇—一九九八），樸山先生即夏定域（一九〇一—一九七九），叔儻先生即伍叔儻（一八九七—一九六六），聲越即徐震堮（一九〇一—一九八六），養癯即孫傳瑗（一八九三—一九八五）。夏先生對蔣禮鴻以陳蘭甫相期，寄望遠大。至一九八六年二月，郭在貽先生書贈條幅「有所不言，無所不知」，並跋曰：「右爲沈子培評陳蘭甫語，見於文廷式《純常子枝語》。茲值吾師雲從先生七旬壽誕，謹書以頌之。」（蔣遂藏）師長寄語，弟子讚頌，兩相對照，跨越四十餘年光陰，能不令人感慨萬千！

所附《玉樓春》詞，初稿成於一九四三年四月六日，見《天風閣學詞日記》，「拈起」原作「拈得」，「覆空」原作「翻空」。〔一四〕晚年收入《天風閣詞集》時，仍從《日記》舊本，但又將「不悔」改「不怕」。〔一五〕《好事近》填於同年二月三日，原序爲「歲盡瓶梅初吐，和聲越」，首句原作「相守歲寒心」，「風雪」原作「風雨」，「莫」原作「漫」。〔一六〕《天風閣詞集》本題作「同聲越作梅詞」，首句取「喚起忍寒人」，「風雨」不改，「漫」改「莫」，另改「做」爲「作」。〔一七〕《蝶戀花》在《日記》中改成於一九四二年三月廿六日，原序：「將歸雁蕩，諸從游張宴爲別，錢君仲聯並賜長句，念陳蒼虬來去堂堂之語，足成俚詞奉報。」「且盡」原作「且引」，「北風」句原作「歸心指點高空雁」，「歸來」原作「飛還」，「天涯愧汝」原作「念他無限」。〔一八〕《天風閣詞集》本序作：「將歸雁蕩，諸從游餞別。夢苕翁并貺長句。念陳蒼虬『來去堂堂非聚散』句，足成俚詞奉報。」「且引」依舊，「北風」句改「歸心指點南飛雁」，末句仍爲「念他無限」。〔一九〕最後一首《洞仙歌》改動最多，初稿成於一九四二年一月廿二日，《日記》中稱：「作洞仙歌市梅詞，亦爲白門人士發也。」原序：「滬市見賣盆梅，念西湖紅萼，有天末故人之思也。」「猶憶」句原作「夢裏前游墮煙水」，「咲」原作「怎」，「東風」原作「尊前」，「湖山」原作「西湖」，「紅簫」原作「瓊簫」，「玉人」原作「幽人」，「仙羽」原作「雙鶴」，「夜夜」原作「一片」。[二〇]《天風閣詞集》本一仍《日記》。[二一]

這幾首詞均作於抗戰時期，從《日記》到書札再到《天風閣詞集》的不同版本，可以看到夏先生修改詞序、推敲文辭的痕跡，同時也能折射出時代風雲變幻下的詞人心態。例如《洞仙歌》「爲白門人士發」，正是諷刺「初歸金屋，便改冰姿」、投靠南京汪僞政權的變節者，他還曾將此詞寄給女詞人丁寧（懷楓，一九〇二—一九八〇），勸她莫再赴南京，《日記》一九四二年六月廿七日：「發懷楓復。諷其在鄉設帳授女學徒，自贍一身，勿重赴白下。某君四出邀人，或迫於府主之命，然不當牽連摯好。附去洞仙歌盤梅詞及鷓鴣天二首。天五謂懷楓見此，當不能重墜深淵。」[二二]這裏的「某君」應指夏先生故友龍榆生，龍氏號忍寒，與《玉樓春》詞中「唤起忍寒人」句實有微妙之關係。《蝶戀花》詞序中的錢仲聯和龍榆生皆曾與汪僞政權有染，故夏先生的前後點竄亦是煞費苦心。

（三）

萬里涉江來，傳唱採秋新曲。留蓋翠鴛風日，憶小窗橫幅。（自注：舊戲作芙蕖小軸，題句云：不辭風日炙，留取蓋鴛鴦。爲雲從索去。）　明年歸去住西湖，黄月滿梅屋。和我舊山雙曲，添一枝橫竹。（自注：雲從在永嘉時，嘗和予《暗香》詞。相約重到杭州時，補填《疏影》。）

《好事近》小詞，寫似雲從、弢青賢伉儷粲政。

夏承燾

（鈐「瞿禪」朱文印，「夏承燾」白文印）

檢《天風閣學詞日記》，這通書札作於一九四三年十二月九日：「作雲從復，附去一詞。」即此《好事近》，惟「梅屋」《日記》作「樓屋」，餘皆同。〔二三〕夏先生復信今佚，僅存該詞。因蔣禮鴻、盛静霞於一九四三年十月在重慶訂婚，故作此賀詞，並以「雲從、弢青賢伉儷」相稱，更有抗戰早日勝利、「明年歸去住西湖」的美好祝願。

（四）

好事近

萬里涉江來，傳唱採秋新曲。留蓋翠鴛風日，憶小窗橫幅。（自注：往年戲作扶蘖小幀，題句云：「不辭風日炙，留待蓋鴛鴦。」爲雲從索去。今成佳兆矣。）明年歸去住西湖，黄月滿梅屋。和我補填《疏影》，添一枝橫竹。（自注：雲從在永嘉，嘗和予《暗香》梅詞，約重到杭州，再爲《疏影》。他日當邀弢青共和也。）

里詞寫似雲從、弢青賢伉儷粲正。 夏承燾

（鈐「瞿禪」朱文印，「夏承燾」白文印）

此札與上一通近似，乍看之下令人困惑，參以《天風閣學詞日記》一九四四年二月三日：「重寫《好事近》詞，寄雲從。」即可釋疑。兩者稍有不同。收入《天風閣詞集》時，題作「寄雲從伉儷重慶」，「採秋」改「採蓮」，「補填《疏影》」改「新詞《疏影》」，「橫竹」改「橫笛」。〔二四〕

（五）

洞仙歌 題《中州集》

與聲越、心叔談金源遺事，靖康、建炎間，北方遺老當有抱首陽之操者，遺山書中竟無一字。感慨近事，寄孟劬翁北平。

扶風歌斷，數孤亭野史。千載幽并幾奇士。看瓊華艮嶽，自換斜暉，都不管、栗里山中甲子。寶岩清夢了，一老閑閑，來領英游閲朝市。回首四山鵑，啼過青城，還黯説、洛陽花事。更誰念、江南老龜堂，正盼鳳招麟，幾番横涕。（自注：放翁《北哀》詩「何當擁黄旗，徑涉白馬津。窮追殄犬羊，旁招出鳳麟」，爲北土左衽作也。）

㕚青、雲從伉儷正之。

承燾初稿

此札用「國立浙江大學龍泉分校用箋」，具體寫作日期於《天風閣學詞日記》無考，然《洞仙歌》詞初作於一九四四年二月二日，《日記》當日有載，並述緣起：「夕讀放翁悲北詩一首，乃念中州人士者。因與聲越、心叔談中州集，靖康、建炎間，北方當有抱首陽之操者，惜無人爲之表揚。臨睡作洞仙歌一首未成，殊自愛。念張孟劬先生久無消息。」比較該詞，「看」原作「任」，「四山」原作「亂山」，「更誰念」原作「可知有」，「幾番」原作「爲君」。〔二五〕收入《天風閣詞集》時全同《日記》舊本。〔二六〕夏先生二月三日「改洞仙歌未成」，二月四日「改定洞仙歌讀中州集詞」，〔二七〕二月十三日與廿三日分别寄此詞與梅冷生、詹安泰，〔二八〕但未見有寄與蔣禮鴻的記録。然而參考上一通書札，寫寄於二月三日，我們可以推測或許同時也附上了這首《洞仙歌》。

詞序中的孟劬翁即張爾田（一八七四—一九四五），與夏先生多有詞學交流，其爲人堅守民族氣節，鄧之誠《張君孟劬别傳》稱「倭人設東方文化會，續修《四庫全書提要》，重幣聘君，君峻拒之。君本殷頑，倭方納遜帝，乃推中夏之義，不與倭並存，何其壯也！晚遂與之誠同教授於燕京大學，爲研究院導師」。〔二九〕夏先生將他視爲「抱首陽之操者」，隱含了對見利忘義、屈膝變節者的諷刺和批判。

附：夏承燾手批盛静霞《碧篠詞》

一九四六年秋，盛静霞任之江大學國文系講師，教大一語文。一九四七年，蔣禮鴻因故被中央大學解聘，也回到之江任教。盛静霞早就慕名夏承燾先生乃當代詞學大家，又是夫君蔣禮鴻最爲親近的恩師之一，便將自己所填詞精華一册名《碧篠詞》者呈請審閲。夏先生《天風閣學詞日記》一九四七年十一月廿五日：「早閲盛静霞詞卷，爲評泊一過。最愛其《鷓鴣天》云：近來處處成酣睡，何必佳人錦瑟旁。《蝶戀花》云：的的心膏煎復煮，信他一刹能明汝。望其能躬行實踐，乃是真詞人。」〔三〇〕

《碧篠詞》用皮紙綫裝，長二十五釐米，寬十八釐米。凡十四頁，共選録詞二十八首，由蔣禮鴻恭楷手抄。封面書「碧篠詞」，附有淺筆「雲從選録孖青詞」七字。蔣氏曾有《以孖青詞卷呈瞿禪師，係一詩》：「湖邊老都講，是我舊業師。隱幾對湖水，爛漫多文辭。至今湖上煙，拂拂紙上馳。我生苦魯鈍，效顰百不宜。有婦解塗鴉，下筆稍離離。願師與拂拭，三沐三薰之。他年續薪傳，或在此蛾眉。」〔三一〕其中（十五）《憶故人》、（二十三）《浪淘沙》、（二十四）《踏莎行》三首曾刊於一九四八年六月出版的《之江文會》第一期。有十二首未收入《頻伽室語業》，可補文獻之闕。盛静霞的前後修改，亦可見詞人之刻苦經營。夏先生之批點，吉光片羽，彌足珍貴。

（一）

南鄉子　梅影

一片亂雲低，滿院横斜漸漸移。幾度分明花在手，淒迷，惹得空香滿素衣。　畫角入疏幃，十二闌干月向西。午夜夢回清似水，依稀，曾伴芳魂到剡溪。

夏先生墨批：「剡溪似與梅無涉。」並用藍筆改「剡溪」爲「九嶷」。盛静霞後改末句爲「枕畔衾邊枉費

疑」，又用朱筆改回夏先生審定者。然收入《頻伽室語業》時，一仍舊稿。〔三二〕

（二）

浣溪沙　紀夢

霧失千山水浸空，縞衣飄漾五更風。小橋白石路斜通。　一片佩聲和露墜，滿身花影似紗籠。稀星殘月有無中。

（三）

《頻伽室語業》中「墜」作「墮」，〔三三〕其餘同。

轉應曲

風勁，風勁，窗外鳥啼蟲應。空帷羅袂生寒，鹹綫琴書坐閑。閑坐，閑坐，自拍自歌自和。

（四）

《頻伽室語業》中詞牌名作《調笑令》，〔三四〕其他皆同。

鷓鴣天

才識浮生已上場，幾番絃管換淒涼。梧桐未落先敲夢，杜宇無聲更斷腸。　杯已盡，劍空長，從教淺醉作輕狂。近來處處成酣睡，何必佳人錦瑟旁。

夏批：「上片嫌衰颯，似與下不稱，幸再改。」並將「更」改「亦」，「從教」改「好留」。最後兩句密加圈點以表讚賞，批示：「是何意境，能躬行實踐，乃是真詞人。」正與《日記》相符。盛靜霞又曾改「淒涼」爲「悲涼」，收入《頻伽室語業》時，則仍舊稿。〔三五〕

（五）

踏莎行　用美成韻

落日蒼茫，平沙纖軟，畫圖故國頻頻見。秋花滿地作淒涼，殘山賸水難渲染。　錦帙生蟫，征衣綻綫，年來漫説鄉愁遠。小樓四壁起驚風，聲聲歸雁攙蘆管。

夏批：「結句當有遠韻，此嫌聲調不長。」盛静霞改末句爲「一天哀怨誰能管」，後又朱筆删去，恢復原句。此首《頻伽室語業》未收。

（六）

浣溪沙　和祖棻韻

不去尋思怕斷腸，緑楊煙裏是家鄉。滿湖醇碧醉韶光。　四壁風聲人入夢。一燈棋子指生涼。此時往事怎生忘。

《頻伽室語業》本全同。〔三六〕祖棻即沈祖棻。

（七）

虞美人　和儀璋韻

飛塵往事匆匆換，沉恨應難轉。無端哀樂總堪驚。又是風嘘，萬竅吐悲鳴。　披衣不慣通宵寐，月色清於淚。蜕絲一寸尚千回，惆悵年年，遼雁誤心期。

盛静霞改「風嘘萬竅吐悲鳴」爲「匣中孤劍吐悲鳴」。收入《頻伽室語業》時同舊稿。〔三七〕汪儀璋，女，作者同學至友，畢業於揚州中學、中央大學，曾任教揚州師範學院。

（八）

蝶戀花　和圭璋師韻

自是三生才一遇，一度驚波，從此天難曙。夢裏依然無片語，一年孤苦難回怒。　長任風風還雨雨。幽恨誰知，自懺其中苦。的的心膏煎復煮，信他一刹能明汝。

夏先生最後兩句字字圈點，批曰：「至情語，不多得。」此處「明」有雙關義（照明、使汝明白），獲得夏先生激賞，與《日記》所載相符。盛静霞又曾改「一年」句爲「初應是相逢伊誤」，改「誰知」爲「難言」。收入《頻伽室語業》時，「一度」改「驀地」，「一年」句改「斷紅雙靨嬌成怒」，「還」改「和」，「誰知」依舊。〔三八〕圭璋師即唐圭璋。

（九）

滿江紅

慘瘴悽煙，秋江上，闌珊意緒。空見説，年年牢落，狂豪自許。歷劫蟲沙原一瞬，浮雲白日看看暮。掩孤燈，把劍自摩挲，聽風雨。　人間恨，天知否，今古事，從何訴。正紛紜堯跖，揚塵碾土。四海更無裾可曳，一氈剩得愁能賦。喜天涯，猶有醉爲鄉，朝朝去。

「四海」句夏批：「此等喪志語，不應有。」或受夏先生影響，此篇未收入《頻伽室語業》。其實任銘善、蔣禮鴻先後有《滿江紅》之作，〔三九〕盛静霞該首乃和詞。

（一〇）

菩薩蠻　和企冰紀夢

淡煙流水瀟湘路，匆匆一霎愁無數。巷口夕陽斜，相逢即是家。　月明孤夢暗，風入疏羅幔。和淚聽殘更，故園無此聲。

「相逢」句夏批：「此句意嫌未透，試改其起首二句，當能令此句生色。」「風入」句夏批：「此韻率。」盛静霞後改起首二句爲「煙迷故苑雙棲處，飄零燕子飛無路」，「風入」句改「花影當窗亂」。《頻伽室語業》本從舊稿，惟「幔」作「慢」，〔四〇〕似是手民之誤。企冰乃黄懿嫻字，其人生長揚州，曾就讀揚州國專，從女詞人丁寧學詞，著有《無是軒詩詞稿》，風格偏於清新婉約。

（一一）

前調

一簾絲雨春如夢，淚痕愁壓青衫重。無處説悽涼，雕鐫百轉腸。　鏡鸞羞自認，萬象都成恨。何處是天涯，天涯尚有家。

此首《頻伽室語業》未收。

（一二）

甘州　春霜

三月某日驟寒，繁霜，因拈此題，雲從詞先成。

是依稀殘月下章臺，孤飛到天涯。便低拴燕翼，輕鉤山黛，暗勒蘭牙。幾杵疏鐘未散，一帶謝橋斜。認得鞋尖鳳，又漸濃些。　早已冬衣典盡，甚淒風一夜，淚綻冰華。渺鄉關春夢，都被曉寒遮。想中流，伊人宛在，放蘭橈，何處訪蒹葭。驚雲重，坐愁羈旅，喚酒人家。

《頻伽室語業》本，「雲從詞先成」改「步雲從」，「拴」作「栓」，似是手民誤植，「綻」改「迸」，「想中流」四句改「記温馨，千紅怨煞，柳絲斑，隔水誤蒹葭」，「雲重」改「翻覆」。〔四一〕

（一三）

鷓鴣天　月

棲向深庭第幾枝，霏霏一地冷於詩。驚回玉枕纏綿際，坐到星河黯淡時。　人瘦削，露清淒，一襟幽思怯因依。蒼涼碧海愁歸去，十二峯頭路漸迷。

「霏霏」句夏先生有圈點。盛靜霞後改首句爲「灑向高梧最上枝」，「露清淒」改「夜淒其」。此首《頻伽室語業》未收。

（一四）
木蘭花　白沙鄉村師範學校藕池小亭
層陰窣地清無暑，一曲淩波隄上路。含猶未放葉都香，擎不成圓珠作雨。　晚來寂寂聞花語。似説清涼憑領取。月移人影漸分明，印入水心幽杳處。
此首《頻伽室語業》未收。
（一五）
憶故人　病中寄雲從
還掩秋衾，背人羞揾相思淚。絪緼偏是藥罏香。且自沉沉睡。　忍説鸞儔鳳契，不思量都成憔悴。教人禁受，幾日温馨，這般滋味。
此首《頻伽室語業》未收。
（一六）
意難忘　和雲從蝶枕詞三首
合縷絲長，甚盈盈織就，栩栩成雙。嬌多那是態，輕極不成狂。匀細粉，鬥新妝，認宿世攜將。依稀見雪消姑射，雲煖瀟湘。　天孫借與霓裳，向兜羅枕上，消領風光。幻來蟬鬢影，分得玉肌香。春似海，月微茫，正花吐蘭釭。消魂處，文衾乍展，妬煞鴛鴦。
此首《頻伽室語業》未收。
（一七）
一痕沙
脈脈自拈金綫，心共粉衣零亂。繡得一些些，又窺他。　記得春風模樣，出自那人心上。一捻可憐腰，怎生描。

夏先生詞牌名下批：「詠小題要有大氣象。」此首《頻伽室語業》未收。

（一八）

好事近

催促和新篇，點綴還忙雙翅。放慢鏤金絲綫，且尋思一字。　迷離翻被綺懷紛，含咲一相視。縱有天孫機杼，怕心情不似。

《頻伽室語業》本有詞題「繡蝶枕」，其餘皆同。〔四二〕

（一九）

鷓鴣天　用唐長孺先生韻

一轉盈盈眸底瀾，萬千言已上眉端。試攜月下凝霜腕，卻弄玲瓏臂上環。　良夜永，袷衣單。憑將温語卻輕寒。金鳳抵死催人去，知否瑶臺夢又還。

末句「又」字夏先生改爲「未」。收入《頻伽室語業》時，「試」改「待」，「又」依舊。〔四三〕

（二〇）

菩薩蠻　和旭初師

淚花冷落鴛鴦褥，春風猶作求凰曲。見也不多時，如何無見期？　珍珠流鳳燭，自煖熏鑪玉。夜夜漏聲遲，此情誰得知？

夏先生改「猶」爲「懶」，並批示：「與下二句呼應。」詞尾又批：「末篇多質是詞一忌，須後片更勝。」盛静霞曾將下片改爲：「低鬟人映燭，灩灩霞生玉。曾共漏聲遲，此情惟汝知。」又用朱筆改回原樣。收入《頻伽室語業》時，則從舊稿，惟「自煖熏鑪玉」句改「淚漬香腮玉」。〔四四〕旭初師即汪東。

（二一一）

定風波　雨中與雲從共繖過白堤

急雨斜風隄上秋，一枝蓮葉覆鴛儔。風骨如君原可愛，無奈，在儂傘下要低頭！　濕透袷衣都不管，指點，煙中西子令人愁。潑墨誰能摹國色？奇絶，卻從黤黯見風流！

夏先生在詞題後添「戲作」二字。《頻伽室語業》本改「奇絶」爲「奇極」，其餘皆同。〔四五〕

（二一二）

蝶戀花　和李祁姊

閑悶閑愁人似醉，過眼韶華，漸漸朱成翠。已是芳音沉碧海，舊香常在紅羅袂。　月影花陰渾不記。酒漬衣塵，認得消魂地。一枕醒來都是淚，夢中舟泛芙蓉水。

此首《頻伽室語業》未收。李祁曾任教浙江大學外語系，亦擅寫古詩詞。

（二一三）

浪淘沙　寄雲從南京兼懷祁姊

樓外已雙扃，斷没人行。跫跫自數一聲聲。踏盡空樓千萬遍，也算歸程。　江上月孤明，風起前汀。論詩常記一燈清。（自注：去歲祁姊居此樓，余嘗夜訪之。）猶有幽人芳躅在，未是伶俜。

《頻伽室語業》本自注改爲：「去歲余居此樓，祁姐嘗夜訪之。」〔四六〕祁姐即李祁。

（二一四）

踏莎行

單枕寒生，疏窗風驟，淒淒一夕教人瘦。五更才得夢兒成，夢中又到分襟候。　雪黯江天，雁沉長書。寸心已碎書來後。衹能掩淚不開緘，開緘須濕行行透！

夏批：「末句用轉語當更好。」盛静霞曾改末句「須」爲「怕」。收入《頻伽室語業》時，「教」改「數」，其餘一從舊稿。[四七]

（二五）

小重山

細語留香沁齒牙，小庭風不斷，漾窗紗。銀河偷向枕函斜。良夜永，同夢到瑶華。　郎臂印紅緺，曉來猜不透，遍尋拏。阿儂貪睡太無邪。雲鬢畔，落下鳳仙花。

此首《頻伽室語業》未收。

（二六）

憶江南

春已去，人在最高樓。靨影幾曾留寶鏡，眼波常似繞簾鉤。那得不知愁。

此首《頻伽室語業》未收。

（二七）

綺羅香　杜鵑

血已凝喉，聲還挾淚，催墮落花如雨。咽咽淒淒，啼得殘春更苦。斷征夢，焰冷青燈。警孤魂，鬼嘘新墓。一聲聲又到三更，無窮幽怨盡情吐？　堪憐惟此一句，不管漫天劫火，教人歸去。唤起疏風，千壑萬崖相助。知多少，薄倖拋分，遍天涯，斷腸羈旅。謝殷勤，能感東夷，曰歸愁日暮。

該詞收入《頻伽室語業》時改動較大，兹全引如下：「一徑濃陰，三弓淺水，花雨草煙深處。鎮日悲啼，重怨不分朝暮。斷征夢，焰冷青燈。耿長夜，暈生銀兔。是誰招冤魂飛來，無窮幽怨盡情吐？　黄昏聲急更苦，血淚紅争劫火，行人無路。唤起疏風，千壑萬岩相助。客腸回，是處消魂，溪橋漲，幾家閉户？

謝殷勤，漫勸東姨，不如歸海去！」〔四八〕

（二八）

鳳簫吟　蟻

亂紛紛，牆陰草際，鴻蒙不礙微生。附緣非自喜，借誰羽翼，但坐羨飛騰。食微雖易飽，也奔波、整日無停。檢剩核殘肴，一年且樂豐盈。　營營。血天腥地，息存何易，那避貪名。探花和蝶夢，定巢憐燕語，總不勝情。轉移經幾度，趁閑來、睡足新晴。又報説，掀翻寸壤，槐穴將傾。

此首《頻伽室語業》未收。

詞卷末夏批：「以作家相期，故多刻核之評，諒之勉之。瞿禪僭注。」

〔一〕夏承燾《天風閣學詞日記》，《夏承燾集》（六），浙江古籍出版社、浙江教育出版社，一九九七年，第四二八頁。
〔二〕夏承燾《天風閣學詞日記》，《夏承燾集》（六），第四二七—四二八頁。
〔三〕夏承燾《天風閣學詞日記》，《夏承燾集》（六），第四二一頁。
〔四〕夏承燾《天風閣學詞日記》，《夏承燾集》（六），第四三一頁。
〔五〕夏承燾《天風閣學詞日記》，《夏承燾集》（六），第四三五頁。
〔六〕夏承燾《天風閣學詞日記》，《夏承燾集》（六），第四三六頁。
〔七〕夏承燾《天風閣學詞日記》，《夏承燾集》（六），第四八九頁。
〔八〕夏承燾《天風閣學詞日記》，《夏承燾集》（六），第四八九頁。
〔九〕夏承燾《天風閣學詞日記》，《夏承燾集》（五），第四九〇頁。
〔一〇〕夏承燾《天風閣學詞日記》，《夏承燾集》（六），第八頁。
〔一一〕夏承燾《天風閣學詞日記》，《夏承燾集》（六），第二〇頁。
〔一二〕夏承燾《天風閣學詞日記》，《夏承燾集》（六），第二五頁。

〔一三〕夏承燾《天風閣學詞日記》,《夏承燾集》(六),第二五—二六頁。
〔一四〕夏承燾《天風閣學詞日記》,《夏承燾集》(六),第四七八頁。
〔一五〕夏承燾《天風閣詞集前編》,《夏承燾集》(四),第一七六頁。
〔一六〕夏承燾《天風閣學詞日記》,《夏承燾集》(六),第四六〇頁。
〔一七〕夏承燾《天風閣詞集前編》,《夏承燾集》(四),第一八〇頁。
〔一八〕夏承燾《天風閣學詞日記》,《夏承燾集》(六),第三七九頁。
〔一九〕夏承燾《天風閣詞集後編》,《夏承燾集》(四),第三一二頁。
〔二〇〕夏承燾《天風閣學詞日記》,《夏承燾集》(六),第三六四—三六五頁。
〔二一〕夏承燾《天風閣詞集前編》,《夏承燾集》(四),第一五九頁。
〔二二〕夏承燾《天風閣學詞日記》,《夏承燾集》(六),第四〇三頁。
〔二三〕夏承燾《天風閣學詞日記》,《夏承燾集》(六),第五二四—五二五頁。
〔二四〕夏承燾《天風閣詞集後編》,《夏承燾集》(四),第三二五頁。
〔二五〕夏承燾《天風閣學詞日記》,《夏承燾集》(六),第五三五頁。
〔二六〕夏承燾《天風閣詞集前編》,《夏承燾集》(四),第一七六頁。
〔二七〕夏承燾《天風閣學詞日記》,《夏承燾集》(六),第五三五—五三六頁。
〔二八〕夏承燾《天風閣詞集前編》,《夏承燾集》(四),第五三七、五四〇頁。
〔二九〕張爾田著,段曉華、蔣濤整理點校《張爾田集輯校》,黄山書社,二〇一八年,第五〇四頁。
〔三〇〕夏承燾《天風閣學詞日記》,《夏承燾集》(六),第七三八頁。
〔三一〕蔣禮鴻、盛静霞《懷任室詩詞·頻伽室語業》,香港天馬圖書有限公司,二〇〇四年,第五〇頁。
〔三二〕蔣禮鴻、盛静霞《懷任室詩詞·頻伽室語業》,第一二四頁。
〔三三〕蔣禮鴻、盛静霞《懷任室詩詞·頻伽室語業》,第一二六頁。
〔三四〕蔣禮鴻、盛静霞《懷任室詩詞·頻伽室語業》,第一二七頁。
〔三五〕蔣禮鴻、盛静霞《懷任室詩詞·頻伽室語業》,第一二七頁。

〔三六〕蔣禮鴻、盛静霞《懷任室詩詞·頻伽室語業》,第一三〇頁。
〔三七〕蔣禮鴻、盛静霞《懷任室詩詞·頻伽室語業》,第一六三頁。
〔三八〕蔣禮鴻、盛静霞《懷任室詩詞·頻伽室語業》,第一九七頁。
〔三九〕蔣禮鴻、盛静霞《懷任室詩詞·頻伽室語業》,第一三七—一三八頁。
〔四〇〕蔣禮鴻、盛静霞《懷任室詩詞·頻伽室語業》,第一三九頁。
〔四一〕蔣禮鴻、盛静霞《懷任室詩詞·頻伽室語業》,第一七一頁。
〔四二〕蔣禮鴻、盛静霞《懷任室詩詞·頻伽室語業》,第二〇五頁。
〔四三〕蔣禮鴻、盛静霞《懷任室詩詞·頻伽室語業》,第二〇九頁。
〔四四〕蔣禮鴻、盛静霞《懷任室詩詞·頻伽室語業》,第二一三頁。
〔四五〕蔣禮鴻、盛静霞《懷任室詩詞·頻伽室語業》,第二二七頁。
〔四六〕蔣禮鴻、盛静霞《懷任室詩詞·頻伽室語業》,第二三一頁。
〔四七〕蔣禮鴻、盛静霞《懷任室詩詞·頻伽室語業》,第一九一頁。
〔四八〕蔣禮鴻、盛静霞《懷任室詩詞·頻伽室語業》,第一七二—一七三頁。

(作者單位:杭州師範大學人文學院)

霍松林與施議對論詞書

雷淑葉　輯録

霍松林字懋青，齋號唐音閣，甘肅天水人。一九二一年九月二十九日（辛酉秋分前六日）出生於本縣之霍家川，二〇一七年二月一日（丁酉立春前二日）於唐音閣辭世。南京中央大學國文系畢業。西安陝西師範大學文學研究所所長、教授、博士生導師。曾從汪國垣（辟疆）、陳世宜（匪石）、盧前（冀野）學爲詩詞曲，而於填詞最獲前輩讚賞。志學遊藝，成績斐然。風騷一代，世所推重。有《松林詩》、《松林詞》、《文藝學概論》、《唐宋詩文鑒賞舉隅》以及《唐音閣詩詞集》、《唐音閣文集》等著作行世。今輯録霍松林致施議對函十五通，並附施議對致霍松林函四通，以供同好。

一

議對同志：

手書及《徵集書》收讀，喜慰無以。《當代詞綜》成書，誠爲詞壇盛事。遵囑選録拙作十數首，供採擇。解放後不常作，故只録四首。解放前作者，經陳匪石、汪辟疆、李宣龔（拔可、墨巢）、陳石遺（《近代詩鈔》鈔其詩甚多）諸先生審定，皆有評語，惜「文革」中抄家時被焚掠，所餘無幾。遵囑鈔數條，備參考。

抗戰期間，四川曾出《雍園詞鈔》一書，録當代著名詞人作品。弟手頭所有者亦被抄，南京大學程千帆

本文係廣州市哲學社會科學發展「十三五」規劃「粵港澳大灣區視野下的澳門文學書寫研究」（2018GZYB131）的階段性研究成果。

先生處或可覓得。

夏老自五十年代前期即相熟，曾約請來陝講學，遊華山，後未果，然有詞，弟曾次韻奉和。第四次文代會期間去拜望，神志尚清楚；近來何如，甚繫念。希代問候。

盼覆，即頌

著祺

霍松林

一九八三年五月二日

代問白燁同志好。來示寄　西安陝西師大四十一號信箱。

二

議對同志：

手札讀悉。小傳容以後改寫，集評亦當補寄。估計專集編成，約在何時，盼見告，以便按期交卷。瞿翁既「審定詞集，仍甚清楚」，甚希將拙稿轉奉，請審定，倘能寵以評語，不勝榮幸，且即可輯入「集評」；如親筆書寫有困難，便請無聞先生代筆。

陳匪石先生（名世宜，號倦鶴），其《宋詞舉》爲解放前「大學用書」，正中書局版。其《詞論》聞唐圭璋先生已收入《詞話叢編》。《倦鶴詞》未正式出版，聞前數年上海文史館有油印本，我未見到。陳先生無子，有女數人，其一名陳莒，解放前在重慶某銀行工作，解放後迄未取得聯繫。請向上海文史館詢問，我也打算多方詢問。《雍園詞鈔》中即收有陳先生的詞，但晚年所作應不在其内。

汪辟疆先生是詩人，未見有詞作。程千帆先生正爲汪先生編集子，請問程先生手中是否有汪先生的詞。

李宣龔先生（字拔可，號墨巢）也是詩人，有《碩果亭集》。他是商務印書館的負責人之一，解放時尚住在上海。亦請與上海文史館聯繫。

盧冀野先生以曲名，也作詩、詞。他與唐圭璋先生同學、同事，唐先生當可提供有關資料。

「五四」以來堪稱「名家」的詞人，請夏老、唐圭璋先生、程千帆先生等提供一個名單，找到他們的集子。此外，重要的詩詞刊物（包括大報的副刊，如《中央日報》的《泱泱》——解放前數年由盧冀野先生主編、《和平日報》的《今代詩壇》——解放前數年由成惕軒主編），也應搜集。

餘容後敘，順頌

著祺

霍松林

一九八三年五月十八日

西北詞人，所知有限。于右任先生的詞，似應特別重視。聞屈武（民革負責人）同志（于的女婿）手中有於右任先生晚年手定的詩詞全集，請設法借閱。

三

議對同志：

五月廿三日手札讀悉。已覓得《陳匪石先生遺稿》油印本，甚好。拙詞先選出近四十首，油印，現寄上一本。前鈔寄者，《鶯啼序》三、四兩句及《滿江紅》平調中個別字句，請按油印本改後再呈瞿翁審閱、加批。

下午即上車赴廣州開會，匆覆，即頌

夏祺

霍松林

一九八三年六月十日

《文學評論》每期都給我寄一本，但都誤寄西北大學（印好的簽條上，地點誤爲西北大學），請轉告相關同志，改寄陝西師大四十一號信箱。

四

議對同志：

手書讀悉。遵囑已將拙詞油印稿寄瞿翁及吳聞先生，附信說明鄙意。您如看到吳先生，可一提，並請她協助夏老加評，不勝感激。

半月前，將拙詞油印本寄唐圭璋先生，昨得手示及評語。因年事已高，腦力衰退，故未每首加評。只有總評，録如下：

大作一往豪雄，讀之神王。

松林同志爲吾鄉前輩詞家陳匪石先生高弟，淵源有自，功力彌深。所作氣象開闊，豐神俊朗，語摯情真，至足感人。

唐圭璋讀後記。七月三日

夏老處《陳匪石先生遺稿》油印本，能借我一閱否？

敬禮

霍松林

一九八三年七月七日

五

議對同志：

三月十日函收讀。於《當代詞綜》外，另出《詞林真跡》更屬盛舉，囑録拙作，甚感榮幸，過些時即寄上。用紙長寬比例如何，只寫一頁，抑數頁，希示知。

大作述評（《建國以來詞學研究述評》）已拜讀，極精當，功力、才華，欽遲無已。詞學復振，可預卜也。匪石先生長女陳蕓已與我取得聯繫，已將《倦鶴近體樂府》及《舊時月色齋詩》手稿寄我，惟尚未收到；收到後擬複製數頁寄上，以便編入《真跡》（《詞林真跡》）。《宋詞舉》（附聲執）已由金陵書畫社出版，其出版説明及唐圭璋先生跋，可供寫匪石先生小傳之用，過數日擬寄贈一册。

《當代詞綜》中，匪石先生詞及拙詞，可各收幾篇（或不超過多少字），盼明示。以便選録奉上。前寄拙詞（附評語、小傳）希退回，另選録。油印本《松林詞》分贈師友之後，陸續收到好幾位專家的評語，擬選擇若干附入。匪石先生詞無評語，也無門生評老師作品的先例，只好付之闕如。

油印本《匪石先生遺著》二册，過數日即璧還，待與其他材料一並掛號郵寄。

餘後敘，敬頌

吟祺

霍松林

（一九八四年）三月廿八日晨

六

議對詞兄：

掛號件收到。大作壽瞿翁詞雄深雅健，才華、功力，可見一斑，讀之不勝喜慰。業師匪石先生《宋詞舉》（附聲執）一册奉上，出版説明及唐圭璋先生跋，可供寫小傳時參考。前惠借油印本二册璧還。拙著《唐宋詩文鑒賞》一册附上，毋吝教正。

拙詞、匪石師詞，當遵囑選録、加評、寫傳，争取於五、六月間交稿（附墨蹟）。倘嫌遲，亦可提前，希來函示知。

順頌

吟祺

霍松林書

四月廿八日午（一九八四年）

七

議對詞兄：

手書及大作均讀悉，甚喜慰。大作筆致活潑，極有才情，功力亦深厚，不意中年中有如此才人也。甚佩！甚喜！解放以來，不講此道者久矣，此間連略知門徑者亦難遇，更不言創作也。

匪石師詞、小傳、集評已摘出，間附我個人的意見，並提供有關情況。此稿先寄上海，請有關同志改定。侍寄回後即寄您。我自己的，也已摘出，過數日一並寄（奉）。兹先寄上先師手稿《木蘭花慢》一頁及我用毛筆書寫的拙詞數首，請過目。我的都未寫好，任選一紙吧！

後談，即頌

著祺

霍松林

六月十九日（一九八四年）

八

議對詞兄爲晤：

暑假先赴雁北講學，繼赴蘭州參加唐代文學學會，會後遊敦煌，出古陽關，觀渥窪池，回校已開學矣。暑前録取唐宋元明清兩專業十個研究生，今已報到，將由我一人指導，古籍所又辦講習班，頗忙亂。十月間，程千帆先生邀我參加博士生論文答辯，十一月，又須參加復旦大學中日學者《文心雕龍》研討會。因此，長沙之會，雖屢承主事者函邀，恐難應命，失卻與兄把晤機會，不無遺憾。會後倘能來西安一遊，當掃榻以待。

先後兩函俱讀悉，至感欣慰。兩小傳極簡明，增删數字，供參酌。拙作《念奴嬌》結尾爲韻脚所縛，原不愜意，承指出「壓不住陣脚」，「孤」字欠穩，皆切中肯綮，感佩無已。今將末句改過，未知略勝原作否？另紙抄録，切盼代爲指教改易，萬勿客氣。應試一詞及此詞，兄已有評語，何不列入，其他各首，亦盼賜評。

即頌

著綏

霍松林書

一九八四年九月五日

兩小傳附還，盼回信。

附録一：陳匪石小傳

陳匪石，原名世宜，號倦鶴，江蘇南京人。生於一八八四年（清光緒十年），卒於一九五九年，享年七十五歲。少穎悟，十餘齡入邑庠。留日兩年。歸國後入南社，參預辛亥革命。其後從業於新聞界，並在南北各大學兼授中國文學。抗戰後回南京，任中央大學教授，又轉南林學院中文系，任教授兼系主任。解放後爲上海文物管理委員會通信編纂。匪石學識淵博，法律外，文字、音韻、考據、校勘，無所不通，而詞學則尤所專精。早年從學於張次珊、朱孝臧，後參加如社、春音社，與並世諸名家酬唱切磋。論學詞，主張由南宋上溯北宋，而終以五代與唐，庶幾沿流求源，由博返約。論填詞，既强調感物而發、無形流露，又極重視煉句煉意、謀篇布局（霍松林《匪石先生傳略》）。其自爲詞，不偏南北，不主一家，吸收衆長，融會貫通，自臻上乘。論者以爲「朱彊邨、況蕙風以下，殆罕其儔」，信非虚譽（唐圭璋：《〈聲執〉校點後記》）。著有《舊時月色齋詩》、《倦鶴近體樂府》及《聲執》、《宋詞舉》等。又有文集及《讀宋元詞記》、《宋十二家詞選》、《唐五代宋元詞略》等，尚未整理刊行。

附録二：霍松林小傳

霍松林，甘肅天水人。一九二一年九月生。南京中央大學中國文學系畢業。長期從事高等學校教學、研究工作。現爲陝西師範大學中文系教授、名譽系主任、古籍整理研究所所長。幼年隨其父讀經史百家之書，亦習倚聲。大學期間從汪辟疆、胡小石、陳匪石、盧冀野治詩、詞、曲，常在《泱泱》、《今代詩壇》發表作品。其後與陳匪石同赴南林學院講學，唱和於花溪之濱。匪石治詞，以妍雅婉約爲宗。松林少年氣豪，又值外患方殷，壯懷激烈，故偏嗜豪放之什。及聞師説，乃悔少作之流於喧豗淺露而删其泰半，力求兼採兩宋各大家之長而自運爐錘，於駿邁處求含蓄，剛健中含婀娜，以自成家數。又以爲情境有别，題材各異，個人風格，亦不應只具一種面目，必須千門萬户，變化無窮。所作「情文俱勝」，「豪放、婉約，兩擅其美」（萬雲駿《與霍松林論詞書》）。有《松林詩》、《松林詞》及《文藝學概論》、《唐宋詩文鑒賞舉隅》等十餘種著作行世。

附録三：施議對致霍松林函

霍先生著席：

七月二十一日惠函頃由京轉來，遲覆爲歉。大作及《倦鶴詞抄本》二種均已拜悉，至感。五月間所寄掛號件，内有匪石先生手稿並所賜條幅數件，晚曾於六月間奉書致謝，並附上匪石先生手稿復印件一種，恐已郵誤，很對不起。

詞稿二種皆甚佳，可以定稿。小傳略加調整，補正後乞退下。

倦鶴集評擬採録徐、鍾、柳三則，先生及唐老二則融入傳中。先生所撰各則單評，全部照録。《滿庭芳》(懷松林羊城)一則稍長，擬改作本事。也照抄録。

大作集評，唐、繆、施三則照録，萬一則融入傳中，其餘暫保留，待全書合編時調整。二稿入選篇數，暫定二十五篇。

拙編收詞，以好詞多收爲原則，不平均分配，當行詞家照收照録，一般詞家逐字逐句審核，以免收入不合格品。入選篇數最多二十至二十五首，以下遞減，多數在五首以下，個別詞家選三十首。分二輯出版，一輯一百五十家，一百首，年内可望交稿。

因時間匆促，二稿均未能細心拜讀。先生解放前諸什各家評語甚妥，解放後四首，也不同凡響。應試一首，融情入景，至善至美，神化之筆，令人飄然欲仙。劫後登臨一首，設身處境，直欲寫活坡公，自抒感慨，亦甚真切，一氣讀下，十分痛快。只覺末了以「惜分珍秒」結，似壓不住陣脚。又，「孤」字似不太穩，「負」又去聲，不知有何本？上片「人物奇物」，當是「人間奇物」筆誤。

以上意見，未經認真思考，請賜　教。

晚七月底返閩渡假，十月初赴長沙韻文會議，然後北旋，長沙之會，望撥冗參加，極盼拜晤請益。

耑上。即頌

吟安

晚　施議對　上

一九八四年八月十四日

九

議對詞兄：

昨寄掛號信，内附兩小傳及拙詞，想已入覽。拙詞末數句，屢改終不愜意。前寄稿「玉宇澄清，金甌再造」，大而空，缺乏興象，故又改爲「倚陌花繁，芳郊樓起」，不知以爲如何？倘能代改數句，不勝感激。此篇結尾之難，在「月」字句難於妥貼，因前面所寫「登臨」乃日間之事，頗難歸到月上。

餘後敘，即頌

時綏

霍松林書

一九八四年九月九日晚

附録一：《念奴嬌》原稿

庚申之秋，隨錢仲聯、王季思、周振甫諸公遊赤壁，次東坡韻。

九泉根屈，問蟄龍知否，人間奇物。貝錦居然織詩案，誰破烏臺鐵壁。遠斥黄州，兩遊赤鼻，筆底奔濤雪。天狼未射，鏖兵空羨英傑。　吾輩劫後登臨，浪平江闊，萬櫓争先發。磨蝎休嗟曾照命，正道滄桑難滅。玉宇澄清，金甌再造，稻黍連窮髪。好天良夜，浩歌無負風月。

附録二：《念奴嬌》修訂稿

庚申之秋，隨錢仲聯、王季思、周振甫諸公遊赤壁，次東坡韻

九泉根屈，問蟄龍知否，人間奇物。貝錦居然織詩案，誰破烏臺鐵壁。遠斥黄州，兩遊赤鼻，筆底奔濤雪。天狼未射，鏖兵空羡英傑。　吾輩劫後登臨，浪平江闊，萬櫓争先發。磨蠍休嗟曾照命，正道滄桑難滅。綺陌花繁，芳郊樓起，稻黍連窮髮。好天良夜，浩歌無負風月。

一〇

議對同志：

寄西安函及托千帆先生轉送函皆收讀。欣悉種切。大著《詞與音樂關係研究》將問世，爲你所取得的成就祝賀。長沙之會，遵囑當争取參加，圖一良晤，一切容面談。

匆復，並頌

撰祺

霍松林

一九八四年十月廿一日晨

於金陵飯店二一二室

明日答辯，二十四日即飛西安。

吴世昌先生是我的老師，乞叱名問安。

一一

議對吾弟手握：

久不得音信，忽奉手札及賀年片，欣喜無量。兄能定居香江，且得肥缺，真有辦法！小兒有明獲復旦

文學博士，其妻獲華中師大法學博士，均回西安社科院……大著《當代詞綜》將問世，可喜可賀。拙作入選者，是否當日所送之全部？評語是否齊備？收入《唐音閣吟稿》者偶有修改處，評語也多，乞費神對校。兄能賜評更好。小傳中頭銜，能參照「附寄件」增改，尤所企盼。「附寄件」中幾個洋頭銜，盼能補入，更體面些。去年春，拙集由臺北駿發出版有限公司繁體直行印行，改名《唐音閣詩詞集》，待稍暇即奉寄求正。

餘後敘，敬頌

吟安　並祝

新年快樂！

霍松林書

一九九一年十二月二十六日

一二

議對教授吾兄爲晤：

您好：春節過得好！年前手書及賜寄大著《博士之家》均讀悉，事冗遲覆爲歉。全書皆讀過，特別是記師生緣各篇，吴（世昌）先生是我的老師，夏（承燾）、黄（壽祺）兩位亦皆熟稔。故讀得很細，了解了許多以往不甚清楚的事，受益匪淺也。

《詞綜》《當代詞綜》載數十年詞壇代表作，由詞學專家選編，可備一代詞史，傳世無疑，盼能細校精印，先睹爲快。三月二十日前後「回歸頌」終評在五羊城舉行，弟忝爲評委會主任，届時前去，未知彼時能見面否？

即頌

吟祺

一九九七年二月十五日　霍松林

附録：施議對致霍松林函

霍老詞宗著席：

三月四日惠函接奉多時，因忙著雜事，稽遲奉答，時在念中。承允爲拙作《詞體結構論》撰序，至感厚意。此事可從容爲之，不必那麼「學術化」，所以，還是等材料到位時，當行即行，更能顯示光彩。因此，請不要將此事特爲放在心上。到時從心所欲，寫一點感受，就非常好了。目前，因出書困難，對拙文諸篇，也作了些調整。準備先行出版論文集，分四卷：宋代詞卷，當代詞卷，作品鑒賞卷，書評序跋(卷)。今年出一卷，而《詞體結構論》一書，擬暫挪後，有關篇章，將陸續寄奉　斧正。

《當代詞綜》於九二年已付排，責編説丢失一卷，印刷廠不承認，僵持不下。現作妥協，不管有無丢失，先出書再説。真丢失了，留下人名再作續編追補。日内擬將樣稿據此校對，争取早見書。

在此任教，也讓學生習作，將來看看能否爲學生出一個專集，也可作教材使用。複印件數片謹奉斧正。

耑此，即頌

著祺

晚　議對

六月十三日(一九九六年)

一三

議對詞兄吟席：

手書及大著數種奉悉，謝謝。《當代詞綜》前言縱論近百年詞，資料詳備，論斷精闢。三期之敘述，三體之分析，皆深中肯綮。三代名次之排列，亦大致確當。想經多年之經營，始克有此，非一蹴可得也，甚佩用力之勤。弟名亦忝列其中，甚感激，然不知視爲第三代乎？第四代乎？

陳老師列第一代中，極當。有兩點建議：一、陳老師原名世宜，字小樹。後任《中華新報》、《民國日報》等多種報紙記者，著文反袁（世凱），被通緝而不屈，遂取《詩・柏舟》「我心匪石，不可轉也」之義，改名匪石，此後迄未再用原名，故前言及小傳中，均以用匪石爲宜。二、前言第七頁「三十年代南北各大學都有詞學教授」一段，未及匪石先生。按自一九一九至一九二七年，陳先生兼任北京中國大學、華北大學中文系教授，授詞學，《宋詞舉》即當時講稿，一九二七年南歸上海，任持志大學中文系教授，亦授詞學。抗戰時在重慶修訂，一九四七年正中書局出版，在中央大學講宋詞，即用此爲教材。一九二七年五月所寫《敘》中謂：「以與諸生講習，命之曰《宋詞舉》」，當是任中國大學教授時所作。按一九二七年正在「三十年代」範圍，故應補入陳先生講授詞學內容。

《澳門日報》連載《敏求居説詩》對詩壇現狀諸弊燭照無遺，每與鄙見不謀而合，惜我不敢形諸文字，如兄之勇無不敢也。涉及中華詩詞學會有關問題時似稍涉偏激，或因曾預編務，與人事糾葛有關所致也。

《宋詞正體》乃煌煌大著，正在研讀。東北之會被邀而未成行，失去一次晤談機會，極可惜，大作兩首，已送《陝西詩詞》矣。昆明之會，曾去參加，寫了幾首七絶，附上一閲，聊記遊蹤，無甚詩味也。

今年河南開杜甫研討會，屆時當奉上請柬，盼能見面。即頌

撰祺

霍松林

一九九七年十一月三十日

附録一：施議對致霍松林函（一）

霍教授詞宗著席：

久無奉書請安，不知各況，甚以爲念。澳門詩會（澳門中華詩詞學會）理事長馮剛毅兄忙於商務，職位由晚承接。一致通過，聘請先生擔任學術顧問，乞俯允。十月間研討會，亟盼前來一聚。回歸出版專集，望賜佳作並代爲徵稿。

耑此，敬頌

吟安

晚　議對

二月四日（一九九九年）

附録二：施議對致霍松林函（二）

霍教授著席：

久無奉書請安，時以爲念。日前接奉　先生八十壽辰「紀念文集」，至爲欣喜。早在兩年前已接邀請函，並且準備趨府恭賀。因此間情況較爲複雜，擔任行政職務，十分拖累，就顧不上。很是過意不去。

尊集十分寶貴，尤其自述、治學二輯，切實記録。不僅爲世紀學界樹立典型，而且新身經歷，更加可供效法。而其餘各輯，亦地位影響之體現。晚學未能參與，拜讀之後，如有習作，另呈　斧正。

近一二年，做了不少工作。一年副院長，現不再擔任。詩詞學會倒有些活動。每年一次研討會。十二月間，將舉辦「返回古典與走向世界」國際術研討會，望偕同師母南來一聚。此間詩友，都極盼望。將發函奉邀。

耑此，即頌

吟安

晚 議對 上

三月二十一日(二〇〇一年)

一四

議對兄如晤：

久失函候，然時在念中。大著《當代詞綜》問世，承惠寄一部四册，感激之至。連日披覽，大家名家之作，俱已紬繹，真可謂美不勝收！況積多年之力成此巨帙，其有功於藝林者甚大，可敬可佩可賀！版式、印刷、紙質、裝幀皆佳，惟以電腦簡體變繁體等原因，錯字時有發現，建議仔細校勘，以備再版時改正。

匪石先生詞承入選二十六首，於各大家中評語最多，頗見特色。拙詞承採入十三首，評語亦多，共破費十五頁，俱見厚愛，銘感無已。代校出須改正者數處：(一)頁一八三六《點絳唇》「畫闌閑憑」之「憑」，原稿作「凭(皮孕切，去聲)」，與「静」、「境」、「徑」、「哽」、「影」協韻；誤排「憑」，今人讀平，便少了一個韻腳。史達祖《雙雙燕·詠燕》結句「日日畫闌獨凭」之「凭」與「定」、「影」、「信」等協韻，與拙詞同。(二)頁一八三九《滿庭芳》換頭「浮楂」之「楂」押韻，應改「，」爲「。」。(三)頁一八四一《玉燭新》「裹門才叩」之「裹」，應改爲「里」。(四)頁一八四五《浪淘沙慢》第三行「響漏冷燈昏」之「響」，改爲「向」。

西安、長沙、澳門暢談甚樂，至今記憶猶新。澳門別後承打電話告陽光，陽光至珠海接我與老妻住深圳文豪賓館數日，遊覽各景點並至翠亨村訪中山故居，但自此以後迄未得陽光消息，未知近況如何，甚以爲念。

書價匯兑麻煩，容托人代購。如欲重訪西安，請告知，有適當學術會議時即發出請柬。我尚未退休，仍帶博士生。次子有明在日本信州大學任教授六年，歸來後在我校任文學院副院長、博士導師。有機會主辦學術會議。

餘容後敘，即頌

著綏

松林

二〇〇三年十月二十日

（輯録者單位：廣州大學人文學院）

詞苑

金縷曲　徐公培均詞丈千古

濠上詞隱

徐培均先生，江蘇建湖人。一九二八年出生。一九五六年入讀復旦大學中文系。畢業後於上海戲劇學院詞曲研究班進修。民國四大詞人之一龍榆生入室弟子。二十世紀中國第四代詞學傳人。所撰《淮海集箋注》及《李清照集箋注》，爲世紀詞學提供兩大傳世力作；所著《歲寒居吟艸》，録存長短句歌詞近二百闋，有句有篇，亦時出佳章。丁酉年冬，「第九屆全國秦少游學術研討會暨北宋文化與秦少游高峰論壇」在上海華東師範大學召開。承朱惠國詞兄邀約，有幸與多年未見老友徐公培均先生相聚，暢敘甚歡。會議商定，「第十屆國際秦少游學術研討會暨秦少游與高郵文化高端論壇」將於己亥年冬在秦觀故里高郵舉行。期待與徐公再度相聚。不意先生竟於中秋前三日遽歸道山。迴思以往，殊深痛惜，因賦此曲，以寄哀思。己亥中秋後二日於濠上之赤豹書屋。

一剎流光逝。記年前、相攜滬上，佳期準擬。詞手昔時稱秦七，城北繼宗今世。思慕久、景行行止。聲學豔科同檢討，少知之、我自一家耳。音律協，主情致。　俊朋故里煙霞會。好山看、詩成意到，情懷如水。玄妙劇談誰堪與，浪快風高無悔。弓欲掛、扶桑以外。料得天頭秋三五，共蟾盤、海角聞仙珮。西向望，暗垂淚。

貂裘換酒　香港珠海學院「古典體詩教學、創作與研究國際學術研討會」有感，並呈與會諸君子　前　人

又泊黄金岸。好樓臺、星光歷歷，悠悠河漢。恰是蠻疆初荷月，十里長街香滿。佳客至、筵開閬苑。昔日盟鷗今何處，與傳杯、消息尋都遍。憑一脈，總難斷。　南來自古飄零慣。算多番、成王敗寇，城頭旗换。潮落潮生人間世，眼底江天高遠。負北郭、芳園路轉。紅葉漫題新詩有，共征鴻、閑看雲舒卷。無孔子，並墳典。

賀新郎　癸未秋與詞學諸友謁陳子龍墓　蔣哲倫

秋野華亭路。悵西風、衰荷困柳，老葵枯黍。敗草荒塋埋忠骨，手撫殘碑淚注。恨不見、南園蟾兔。自古英雄憐佳麗，況伲儂恩怨心相訴。攜素腕，探春去。　詩書琴畫同寒暑。甚良緣、星翻斗落，鵲橋難渡？人去樓空腸斷處，男兒猶存壯語。補金闕、非君誰與？萬頃太湖悲歌徹，看凜然大義終成汝。調玉瑟，唱《金縷》。

漢宫春　月背探測　前　人

皓月清澄，想廣寒後殿，藏有深宫。捫參歷井，躡步脅息撫胸。銀河鵲渡，問前人、誰睹真容？齊仰望、星雲璀璨，何時共御蒼穹！　大漠頓飛紅焰，送嫦娥四妹，一箭雄風。尋仙探幽覓寶，破霧穿虹。先行玉兔，恰相迎、互拍交融。荒苑裏、栽棉種薯，嫩苗萌緑儲冬。

浣溪沙　三八節插花　　　前　人

未著春衫已入春。柳煙初織草微薰。東君不負緑羅裙。　秀色無邊花獨豔，人生有限老彌珍。插紅拈翠惜芳辰。

臨江仙　合歡花　　　前　人

閑裏踏莎尋勝，岸邊偶見新濃。茸花寂寂半羞紅。初霞匀粉面，雉尾翠裾風。　長恨合歡無覓，今朝幸遇蓬宫。花開花落自從容。蟬鳴松影重，獨坐對芳叢。

西河　謁文廷式墓用周美成《金陵懷古》韻，墓地在萍鄉楊岐山中　　　胡迎建

傷歎地。百年舊事誰記？九州涌動革新潮，風波驟起。冥鴻遠遁氣難平，望瀛臺在危際。　孽龍恣，寶劍倚。幽州落日難繫。歸來荆棘埋銅駝，夢回故壘。羅霄山下霧茫茫，絮飛花落粘水。　大才枉把駿骨市。書空咄，魂歸蒿里。墓碑叩拜知何世。忒愁人、濕泪沾襟，忽聽悽咽啼鵑，深山裏。

西河　憑弔八大山人出家處介崗燈社遺址，再步北宋詞人周美成「金陵懷古」韻　　　前　人

埋恨地。屠城腥血誰記？身逃介崗鶴林中，風波不起。佛經黄卷伴青燈，家園杳在天際。　翻白眼，無劍倚。藏舟何處能繫？對花濺泪夜深沉，夢回故壘。拈毫涂抹慨無窮，蘭姿梅影臨水。　到今畫價百萬市。剩詩叢，如墜謎裏。追憶艱難時世。祇教人、俯仰嘘唏，尋覓巨匠踪痕，殘墟裏。

行香子　紀念《詩詞之友》創刊廿年　前人

信步披襟。呼酒頻斟。待雷雨、更聽龍吟。汀蘭馥馥，叢樹森森。看勻春色，流春韻，醉春霖。　嚶鳴求友，磋切同心。爲風雅、一片情忱。琢詞煉句，編磬敲音。正花成果，燈成市，石成金。

浣溪沙　甲午初夏晤蟄堪詞兄天津　黄思維

主課輪流入詠歌。導師評點幸如何。也因結社畏風波。　千里神交今始晤，一時青鬢各成皤。雪泥鴻爪慨尤多。

鴻雪社始於一九九〇年，終於一九九二年。導師有繆鉞、孔凡章、周汝昌、沈軼劉、周退密、張珍懷、陳機峰諸先生。

臨江仙　和慶雲先生初至高郵　前人

千古運河留一塔，風光絶勝汀州。少游當日憩邗溝。丹鉛勘罷，坐覺晚雲收。　此地幾番開盛會，引來多少朋儔。文游臺畔動新謳。前賢繼踵，餘響入天流。

一九五六年，大運河拓寬，鎮國寺塔當其衝。後周總理批示「讓道保塔」，幸免拆除也。

踏莎行　乙未立冬，謁無錫惠山秦觀墓　前人

曉霧迷空，寒風掠樹。驅車瞻拜龍圖墓。晚年身世百憂中，不平猶似山間路。　國士無雙，詞壇有數。發揮天地多佳句。隨公後代子孫來，相尋前哲經行處。

元豐二年(一〇七九)，少游同蘇軾、參寥遊惠山，各有詩紀之。

伴登臨　漁梁村遊感

程觀林

依山傍水漁梁景，古道石階。茶廬玄絶。暢賞吟抒贊秀傑。　壩村古雅撩人眼，文寶雕牒。觸目連疊。蔚起逢時古堰喈。

漁梁壩位於黄山市歙城附近，始建於唐代，重建於明代，距今一千四百年，是我國古代著名的水利工程，歷來被譽爲「江南第一都江堰」。

國香慢　戊戌大寒前一日訪午夢堂臘梅，傳葉小鸞所植也，起拍引小鸞梅花詩

周　秦

瘦影横窗。借一天清氣，四壁瑶光。垂髫葉家憐女，撲蝶迴廊。興至應聲詠絮，撫絲桐、獨坐神傷。堂前燕歸未，二八嬌娃，懶試新妝。　韶華能幾度，乍寒枝驚鵲，曉陌飛霜。流連舊夢，小立分湖石旁。畫裏玉人何處，剩鳳簫、吹亂幽香。飄零不堪問，開在春先，休道輕狂。

惜秋華　己亥重陽遊燕鳴島步夢窗韻

熊盛元

燕壘香留，對滄波、但欲閑舒幽抱。鏡幻素娥，雲鬟黛眉相照。秋深夢也淒迷，任宛轉、禽聲紛擾。低徊，翠嵐中、羨煞風流欹帽。　休歎洞天老。看肥萸瘦菊，霜前仍好。倚淡靄、悲已盡，斷鴻初到。收將萬劫煙塵，又恐他、海深舟小。難了。問新愁、又添多少。

鵲踏枝　己亥中秋隨筆

劉夢芙

白露初涼蛩語静。難得今宵，天際浮雲凈。碧海盈盈飛玉鏡。瓊樓依約嬋娟影。　冷看人間，不管蒼生病。一任千秋詞客詠。冰心豈受殷勤贈。靈藥曾偷顏駐永。

解佩令　女兒香

段曉華

匀灰裊篆。吹蘭作霰。採仙根、炎風薰遍。自結靈心，把一縷、春痕輕撚。似霞窗、琴絲長短。枝垂東漢。花開東莞。置幽懷、古香千片。陟彼山椒，接暝天、鷗帆歸晚。繞相思、夢摇歌遠。

凌波曲　本意借穎廬採蓮韻

龐　堅

尋舟喚舟。沿流漱流。臨風想象洲頭。歎重來未由。　魂輕夢稠。雲迴霧收。多情莫上層樓。怕荷裳殉秋。

湘月

魏新河

己亥竹垞生日，偕雪庵、宛居、樂軒訪南山甘露院故址，循項蓮生舊跡，越小嶺至虎跑，即次其韻

惠崇小幅，是何年化作，江上秋影。舊院殘鐘，待譜入、一帶微茫煙景。萬木爲雲，雙溪釀雨，護此無人徑。檀欒深處，碧雲上下千頃。　追念此地幽人，前生小晏，想癡頑天定。宿業傷心，算自有、異代同懷修領。第一花前，第三泉下，詩思分秋冷。湖山都睡，莫教鄰笛吹醒。

踏莎行

潘樂樂

擫笛危亭，垂楊小港。春雲靄靄鳴雙槳。當時那解惜芳華，風前片霎紅流蕩。　微雪飄襟，疏燈摇浪。怊然莫倚空欄望。倚欄日日見舟來，煙波曲老誰猶唱。

東坡引　謁藤花舊館，用秋扇韻

鍾錦

一家人廿口。都歷波濤久。依然白髮江湖走。推辭休到酒。推辭休到酒。春秋不老，精魂不朽。紫藤紅棠付誰手。尋來欲問閑窗牖。乘風歸去否。乘風歸去否。

竹枝　竹山墓在宜興福善寺，其上遍竹枝，因折一枝歸

前人

竹山墓上竹枝青。曾伴僧廬風雨鳴。要向詞人分逸致，折來恰合曳秋聲。

章臺柳　陳卧子墓同秋扇作

前人

雲間友。花間偶。同與一抔傳不朽。遠指秋波到夕陽，小紅樓畔仍眠柳。

鬲溪梅令

馮永軍

競妍紅萼碧溪東。爲誰容。長是低迴照影倚晴空。如聞空谷跫。落花逐夢去無蹤。怨東風。轉眼千山落木又霜濃。幾時能再逢。

鷓鴣天　甲午八月既望，車中有感東坡「細思城市有底忙」之句而賦此闋

曾慶雨

無住冰輪輾故痕。車流共此競如奔。華燈總使迷千目，眉睫何嘗滯一塵。收繾綣，對紛紜。茶煙淡後啜涼温。天風偶撥心弦動，引籟參差若有聞。

水調歌頭　社集同題家山之詠，起以宋王以寧同調首句

張文勝

大別我知友，年少久周旋。分吴坼楚，騕裹北走化龍眠。深谷哀猿驚鶴，絶巘長松飛瀑。天柱聳高寒。日月懸其上，轉瞬兩跳丸。　宣南雪，江南雨，嶠南煙。人生流落，中歲何處認鄉關。侵曉髫髦入學，薄暮羊牛下括，春夜動啼鵑。一晌青吾夢，歸去已無田。

鷓鴣天　聽《八月桂花香》主題歌《塵緣》有感

徐　源

仿佛商聲起樹間。香浮金粟滿吟肩。襟涼眉月初三夜，思入銀筝第四絃。　聽斷續，釀悲歡。繁花落盡路漫漫。去來頃裹人間路，只抵山僧指一彈。

虞美人　經舊苑

陳　偉

風蒲不記當時語。零落天涯去。年華水樣又成冰。到底雲來雲去是無憑。　鎖庭微雨晴難逗。看到眉心瘦。花奴依舊唤卿卿。一帶紅橋紫蔓不勝情。

河傳

周濟凱

妝鏡。花影。念今誰省。聽雨瀟瀟。杏粱雲氣，依舊暗滴芭蕉。是紅衰謝橋。　占香自取流光怨。歌宛轉。可也曾腸斷。問琴絲辛苦，夢把芰荷看。已堪憐。

鷓鴣天　己亥元夕

王希顏

圭角平生省未磨。謫身塵海愧經過。業因費累羞安佛，詩到難降恐是魔。　憐素履，負鳴珂。憑人齒冷笑如何。今宵且待明明月，要藉清光養太和。

華胥引

前　人

枕上聽《富士山下》惝怳入夢，仿置萬櫻花下，絳雪點襟，拂之不去，遂醒，悵然若失，乃賦此闋，依清真四聲

霞搴瑶圃，煙活雲階，四分艷雪。醉目迷離，歌塵縹緲思暗結。一晌欄角貪歡，是寫春蝴蝶。心曲婆娑，伴人猶有團月。　何事芸窗，任迴風、頓驚寒葉。趾離難據，冰懷今誰搵熱。幾縷幽情拚斷，賸鏡壺光缺。休檢緗匳，紺珠應恨新血。

清鄭海藏《櫻花》詩：「花光如水水欲逝，開到四分方絶世。」

齊天樂　己亥重登泰山

劉孟奇

十年前事隨雲變，青青岱宗無恙。舄鳳聲成，笻龍夢醒，飛躡丹梯千丈。天門漸朗。攬齊魯河山，盡歸微掌。帶礪盟寒，倩誰重辟太初象。　崖邊老松欲語，勸人都莫問，封禪遺想。蝕土秦碑，侵苔漢簡，一例空嗟塵漲。臨風悵惘。怕蒿里歌中，萬魂來往。忽有仙音，碧霞宫外響。

吴則禮存詞小考

渠嵩烽

北宋詞人吴則禮詞存世雖然不多，但風格多面，堪稱佳作，對後世的文學影響亦超過其詩歌。唐圭璋先生編《全宋詞》，據《北湖集》收録吴詞二十五首，另附《醉落魄·梅花》和《雨中花·詠揚州梅》兩首存目，著録爲無名氏詞。唐先生案語説明：「此下原有《醉落魄》『梅花似雪』一首，乃《梅苑》卷十無名氏詞，不録」，又，「此下原有《雨中花》『夢破淮南』一首，乃無名氏作，見《梅苑》卷四，不録。」經筆者考證，《北湖集》中的這兩首詞，當爲吴則禮所作。

首先來看《醉落魄·梅花》一詞。吴則禮《北湖集》存二十七首詞中，僅有兩首《醉落魄》。一首爲作者存在争議的《醉落魄·梅花》，一首爲作者没有争議的《醉落魄·又賞殘梅》。第一，從詞題和詞意來講，《醉落魄·又賞殘梅》云：「大家且恁同攀折。餘蕊殘英，偏稱淡籠月。當初相見花初發。如今花謝人離缺。」其中的景物描寫完全符合「殘梅」的意象特徵，並回憶初來賞梅之時梅「花初發」，如今只有「餘蕊殘英」。而《醉落魄·梅花》一詞中「如今月上花争發」的描寫就恰恰符合作者初來賞梅時梅花盛開的繁華景象。《醉落魄·梅花》一詞的首句爲「梅花似雪」，《醉落魄·又賞殘梅》的首句爲「梅花褪雪」，僅一字之變來寫梅花的盛衰並表明時間的承接關係。「又賞殘梅」的「又」字顯然表明前已賞過梅花，且很可能有前作。此詞《梅苑》卷十録爲無名氏詞，其詞題卻作「賞殘梅」，詞題與詞作所表達的内容存在差距，顯然是在收録時因各種原因而導致的舛謬。就此而言，《梅苑》對此詞作者的判斷不可遽信。第二，從兩詞用韻來看，

《醉落魄·梅花》與《醉落魄·又賞殘梅》用韻完全相同。兩詞押韻同爲「雪」、「悦」、「折」、「月」、「發」、「缺」、「别」、「節」八字，一字不爽。按照上述詞意之承接，兩詞應是吴則禮前後賞梅時分别所作，且後詞仍用前詞之韻。所以，就兩詞的詞題、詞意及用韻來看，《醉落魄·梅花》當爲吴則禮所作。

再來看《雨中花·詠揚州梅》一詞。《梅苑》卷四録爲無名氏詞，無詞題，而《北湖集》中詞題爲《詠揚州梅》。詞中既言及梅花「暗香初發」，又言及「揚州二十四橋」等景物，與《北湖集》之詞題頗爲切合。《梅苑》所録此詞的首句爲「夢破江南春信」，而《北湖集》中作「夢破淮南春信」。北宋後期揚州屬淮南東路，不屬江南東路，且吴則禮晚年閑居地北湖(今屬江蘇盱眙)亦在淮南東路，故「淮南」一詞成爲吴則禮詩歌中描寫周圍風物時使用頻率較高的一個方域詞，《北湖集》作「夢破淮南春信」更符合客觀現實。再者，從用詞和用典習慣來看，是詞與吴則禮詞風頗似。除其中的「暗香」、「疏影」、「横斜」等吴則禮常用詞不論，其他如「梁苑相如」、「何郎風味」亦是吴常用之典。尤其「生怕有，江邊一樹，要堆輕雪」一句中的「江邊一樹」四字，更是被他廣泛使用。如《和臘梅詩》中「江邊一樹垂垂花」句，再如《水龍吟·秋興》中「月底蓬門，一株江樹」句。由以上分析，《雨中花》也應是吴則禮所作，且詞題當作「詠揚州梅」。

孔凡禮先生《全宋詞補輯》一書依明早期鈔本《詩淵》補《全宋詞》佚詞共計四百多首。其在書前《關於〈詩淵〉和〈詩淵〉中的宋詞佚詞》的引言中介紹了《詩淵》的大致情況，稱：「這是一部具有類書性質的書。全書分天、地、人幾大類，以人爲主，大類之下，又有許多細目。其第一册至第二十四册是詩，間有少量的詞。其第二十五册，則是祝壽的詩詞。」孔凡禮先生所補十四首吴則禮詞便是從《詩淵》第二十五册祝壽詞中輯出。其中，《絳都春》(餘寒尚峭)、《點絳唇》(柏葉春醅)、《點絳唇》(何處君家)三首後分别加有案語，指出這三首詞亦見《全宋詞》之毛滂詞。筆者通過查對《全宋詞》發現，除以上三首詞外，《小重山》(鶴舞青青雪裹松)、《清平樂》(娟娟月滿)、《清平樂》(瀛洲春酒)、《清平樂》(雪餘寒退)四首詞亦見於《全宋詞》毛滂詞。由此可見，《全宋詞輯補》所補十四首吳則禮詞，有七首與毛滂詞互見。這七首互見詞，其中有五首在毛詞中有詞題。《絳都春》（餘寒尚峭）在毛詞作《絳都春・太師生辰》，而《清平樂》（娟娟月滿）在毛詞作《清平樂・太師相公生辰》，《小重山》（鶴舞青青雪裏松）在毛詞作《小重山・家人生日》，《點絳脣》（柏葉春醅）與《點絳脣》（何處君家）在毛滂詞中均作《點絳脣・家人生日》。

吳則禮《北湖集》中有一首唱和詩《次毛澤民曾公卷韻》，詩曰：「毛侯曾子有新句，鳴籟素秋相與清。吾若邯鄲甘退舍，君如秦楚正連衡。一尊鴻雁到時酒，萬里江湖別後情。魚目驪珠固非敵，搴旗況已慴先聲。」從詩題和詩意來看，應是有毛滂與曾紆唱和詩在先。周旭在《毛滂年譜新編》（廣西師範大學二〇一一年碩士論文）一文中，繫載大觀二年（一一〇八）毛滂事：「正月，以京官身份參加元會大典，作《水調歌頭・元會曲》等詞」。而在其下所列大觀二年毛滂編年詞中，除《水調歌頭・元會曲》外，還有《絳都春・太師生辰》、《清平樂・太師相公生辰》、《清平樂》（瀛洲春酒）、《清平樂》（雪餘寒退）。這四首詞爲與吳則禮互見詞，且前兩首有明確詞題。四首詞所描寫的內容大致相同。即在春寒料峭的正月時節，向太師祝賀生辰，充滿粉飾太平、阿諛諂媚之辭。太師指蔡京。據《宋史》卷二一二《宰輔表三》載：「大觀二年戊子，正月乙未，蔡京自太尉、左僕射門下侍郎，魏國公，加太師。」而據蔡京之子蔡絛《鐵圍山叢談》卷三寫及蔡京「生慶曆之丁亥，月當壬寅，日當壬辰，時爲辛亥」句得知，蔡京生日在正月。而同書卷二就載明毛滂獻祝壽詞一事：「大觀政和年間，天下大治，四夷向風……昔我先人魯公（蔡京）遭逢聖主，立政建事以致康泰，每區區其間，有毛滂澤民者有時名，上一詞（一云『上十詞』）。甚偉麗，而驟得進用。」據此得知，毛滂因向蔡京獻祝壽詞而受獎掖並得仕進。而在大觀二年，是吳則禮遇赦北歸潤州的第三年，其岳父曾布在前一年即大觀元年（一一〇七）八月病死潤州。曾布的人生轉折點即因與蔡京交惡，而後屢遭貶謫，竄落各地，與其近一生富貴顯達之光景相比，晚景可謂無比淒涼。同時遭遇牢獄之災或編管流放的還有他的子婿和門人，這其中就包括一直侍隨其左右的女婿吳則禮。吳則禮因其岳父曾布在與蔡京交惡中的失勢而走入了人生的最低谷。《九朝編年備要》卷二十六載崇寧元年十月元祐黨案事：「罷元祐皇后之號，復居瑤華宮，且竄治韓忠彥、李清臣、黃履、曾布、曾肇、豐稷、陳瓘、龔夬等有差。閻守勤以下編製者又十三人。」又《宋史全文》卷十四載此事：「哲宗升遐之初，曾布遣子紆、婿吳則禮往來閻守勤、裴彥臣之家，秘傳消息，張庭堅力抵瑤華爲非辜，而器鄒浩之直。詔，任伯雨、張庭堅並除名勒停編管，紆、則禮並勒停，永不收敘。」大觀二年，吳則禮雖已遇赦北歸，但並無官任，而是閑居北湖，貧寒度日，加之其岳父曾布新死，故依吳則禮當時的處境和身份是不太可能參加當年正月的元會大典的，也不太可能爲蔡京寫出如此諂媚露骨的祝壽詞。既然吳則禮與曾紆因曾布與蔡京交惡失勢而遭貶黜，而毛滂又如此逢迎諂諛蔡京，那如何解釋吳則禮在《次毛澤民曾公卷韻》詩中所提及毛滂與曾紆兩人「秦楚正連衡」的親密關係呢？其實，毛滂在曾布未失勢流貶之前，亦曾通過結識曾布之子曾紆，進而得見曾布，並受器重。而當時的曾布剛剛拜爲右丞相，正值其政治生涯的最高峰。據周明《毛滂年譜新編》繫元符三年（一一〇〇）毛滂事：「秋，客汴京旅社。以名士爲曾布子曾紆結識，進而獲見曾布，頗受器重。」同年作《上曾太尉書》兩篇，並作《次韻曾公衮》、《抒懷寄曾公衮》（曾公衮即曾紆，又字公卷）諸詩。所以，由這首詩所反映出的毛滂與曾家的親密交往情況，與毛滂作賀壽詞諂諛蔡京這一情況並不抵牾，而是毛滂在不同時期刻意巴結逢迎權臣的表現。所以從詞題、筆風和情感等各方面來講，這四首詞當爲毛滂所寫。而這七首互見詞中的另外三首，在毛滂詞中均能見到詞題，詞題均爲「家人生日」。詞風秀麗温婉，不似吳則禮詞慷慨激昂或清空雅正之風，而與毛滂其他詞作格調一致。再者，吳則禮《北湖集》中亦有《鷓鴣天·曹丞相誕日》三首同題祝壽詞。按宋無曹丞相，疑爲曾丞相。當爲吳則禮在元符三年（一一〇〇）年其岳父曾布拜相後所作。雖然亦多讚美曾布之辭，如「永遇英雄際會時，垂天鵬翼逐雲飛」，「綸巾羽扇五湖間。自憐季子貂裘敝，來與機雲相對閑」，「垂紳屢轉龍墀日，接膝潛回黼座春」等句，詞風剛正，大氣從容，毫無温婉諂媚之態。綜合以上原因，筆者認爲這七首互見詞非吴則禮所作。

（作者單位：上海大學文學院）

讀詞漫筆(續)

蔡國强

三七　晁補之的《玉蝴蝶》有奪字

晁補之《玉蝴蝶》前段首均云：「暗憶少年豪氣，爛南國、蓬島風光。」「爛」字後當脱落一「遊」字，爛遊，也就是「漫遊」的意思。其理由有四：其一，「爛南國、蓬島風光」七字的文理不通；其二，依律本均應該是十四字，現存宋賢諸家都是六字一句、四字兩句的填法，晁氏突然十三字，顯然不合；其三，前後段校，後段首均爲「清狂揚州一夢，中山千日，名利都忘。」也是十四字；其四，校之宋人諸詞，第七字起的平仄律應該是⊙○◎●，一三位平仄不拘，第二字必平，第四字必仄，因此，如果是四字句，「爛」字不可能在第二字，即，脱字必在本四字句的第二字，而非第一字。

此外，還有一個重要的原因是，本詞有讀柳耆卿詞後而填的痕跡，就前段而言，不但與柳詞字字平仄相合，而且不少關鍵字都相同。我們不妨引用兩詞的前段來比較：

是處小街斜巷，爛遊花館，連醉瑶卮。選得芳容端麗，冠絶吴姬。絳脣輕、笑歌盡雅，蓮步穩、舉措皆奇。出屏幃。倚風情態，約素腰肢。（柳永）

本文爲國家社科基金重大項目「明清詞譜研究與《詞律》、《欽定詞譜》修訂」（批準號：18ZDA253）階段性成果。

暗憶少年豪氣，爛南國、蓬島風光。醉倚吴王宫殿，不解悲涼。舞猶慵、小腰似柳，歌尚怯、嬌語如簧。好林塘。玳筵留住，彩舫攜將。（晁補之）

在這兩段文字中，都有醉飲的描寫、歌舞的描寫、美女的描寫乃至嬌語的描寫，因此，從耆卿的詞中摘取一個現成的「爛遊」，應該是非常順理成章的事。

三八　周邦彦的《荔枝香近》，八字句還是九字句

周邦彦的《荔枝香近》「照水殘紅」篇，前段尾拍與衆不同，别家均爲二字逗領起字句，惟其爲一字逗領七字句，詞如下：

照水殘紅零亂，風唤去。盡日測測輕寒，簾底吹香霧。黄昏客枕無憀，細響當窗雨。看兩兩相依燕新乳。　樓下水，漸緑遍、行舟浦。暮往朝來，心逐片帆輕舉。何日迎門，小檻朱籠報鸚鵡。共剪西窗蜜炬。（《全宋詞》五九頁）

這裏，「看兩兩」句雖爲八字，但其餘諸家和周詞則均非八字：方千里作「深澗、斗瀉飛泉溜甘乳」、楊澤民作「相與、共煮新茶取花乳」、陳允平作「金泥、帳底雙虬自沈乳」，因此，無疑周詞在宋末的時候尚未脱字，方、楊、陳所見到的還是九字句，比如是「還看、兩兩相依燕新乳」，而後世本句脱落了一字，是無疑的。

三九　周邦彦别首《荔枝香近》脱落嚴重

周邦彦别首《荔枝香近》的前段，則存在一個非常嚴重的脱誤，先看原詞：

夜來寒侵酒席，露微泫。舄履初會，香澤方熏，無端暗雨催人，但怪燈偏簾卷。回顧，始覺驚鴻去雲遠。　大都世間，最苦唯聚散。到得春殘，看即是、開離宴。細思别後，柳眼花須更誰剪。此懷何

處消遣。（《全宋詞》六〇四頁）

這一首《荔枝香近》與前一首相校，可看出除了前段中間及後段開頭外，基本相同，所以兩者應該就是同一個詞調。雖然《欽定詞譜》對這首詞並未提出疑義，認爲「《荔枝香》有兩體，七十六字者始自柳永，《樂章集》注『歇指調』，有周邦彥、方千里、楊澤民、陳允平及吴文英詞可校。七十三字者始自周邦彥，有方千里、楊澤民、陳允平和詞及袁去華詞可校，一名《荔枝香近》。」但是，本詞如果視爲文字脱落，則與柳永體（亦即周邦彥「照水殘紅」詞體）應該並無什麽區別。爲便於分析，引柳詞如下：

> 甚處尋芳賞翠，歸去晚。緩步羅襪生塵，來繞瓊筵看。金縷霞衣輕褪，似覺春遊倦。遥認，衆裏盈盈好身段。　擬迴首，又佇立、簾幃畔。素臉紅眉，時揭蓋頭微見。笑整金翹，一點芳心在嬌眼。王孫空恁腸斷。

首先，我以爲前段句讀因爲奪字而有不準確處，目前的第五句中，「暗」字應該是一個韻腳，因爲無論是柳永詞還是周邦彥的「照水殘紅」詞，前段第二十三字都是韻腳所在，而「暗」恰好就是第二十三字，叶前「泫」字，因此，其爲韻腳無疑。認爲他是韻腳，並非湊巧，是有律法上的依據的，因爲本詞爲近詞，按照張炎的説法，近詞前段當有三均，如果「暗」字非韻，那麽前段三均的結構就變得非常畸形：中均奇大，尾均孤拍，顯然是很典型的一種因爲奪韻而造成的架構了。

其次，「舃履初會香澤」可視爲一拍，但是，柳詞的「來繞瓊筵看」五字，對應周詞別首的「簾底吹香霧」，平仄如一，但對應本詞的「方熏無端暗」，第二字顯然就不律了，這個「熏」應該是另一個仄聲字之誤。理由不僅是因爲柳詞、周邦彥別首都是仄聲，該句都是律句，而且三詞都屬同一宫調歇指調，所以韻律上無端脱落一個韻腳，也不應該有如此大的差異。

第三，就目前的文句來看，「舃履初會，香澤方熏，無端暗雨催人，但怪燈偏簾卷」四句在詞意的表達上也是雜糅的，一個「但」字，不知如何轉起，種種不流暢的跡象，都使人感覺到是因爲這四句中文字的舛誤、脱漏而造成的。

四〇　從周邦彦的《華胥引》説「托」結構常被忽略

在第三條中我們談及了一個新的概念「托」，這是詞創作中的一個重要韻律加强方式，也是一個被今人普遍忽略的寫作手法。在周邦彦的《華胥引》中，我們又可見到這樣的一種忽略，其詞如下：

川原澄映，煙月冥濛，去舟如葉。岸足沙平，蒲根水冷留雁唼。别有孤角吟秋，對曉風嗚軋。紅日三竿，醉頭扶起還怯。　離思相縈，漸看看、鬢絲堪鑷。舞衫歌扇，何人輕憐細閲。點檢從前恩愛，但鳳箋盈篋。愁剪燈花，夜來和淚雙疊。（《全宋詞》六〇四頁）

今天所有的標點本，基本上都是如此句讀，其一個重要失誤，在前段的第二均中抹殺了「托」結構的存在。由於這樣的抹殺，至少産生了如下幾個缺憾：

其一，韻律平仄失諧。按照這樣的句讀，「蒲根水冷留雁唼」成了平平仄仄平仄仄這樣一個大拗句，第二第三兩個音步皆仄，不律失諧。所以，平仄律已經暗示第八字後有一個讀住。

其二，詞意理解失誤。這十一個字，在詞意上應該是前八字與後三字形成兩個不同的語義單位，即「留雁唼」並不是僅僅與「蒲根水冷」四字有關，而是與前八字構成一個詞意關係。

其三，句拍分析失當。從句拍的角度分析，第二均應該是由兩個四字句和一個三字句構成的三拍，要細分的話，前兩拍才是一個緊密單位

其四，修辭手法失落。前八字是一個四字驪句，宋人除趙必瑑外，均如此填，如方千里的「乳鴨隨波，輕蘋滿渚，時共唼」、張炎的「露委殘釵，煙梳高髻，曾戲折」等。其中最有意思的是，奚㵒將前段第二第三

均填成了「翦翦天風，飛飛萬里，吹浄遥碧。想玉杵芒寒，聽珮環無跡」，這顯然可以看出，他在將周詞的「别」字理解爲了韻腳的同時，也是將前八字理解爲四字對偶兩句的。

由此不難看出，「托」結構一旦被忽略，無論是韻法、文法還是修辭上，都會造成偏差甚至錯誤，而上述四個方面的缺憾，也可以認爲是每首詞當其中「托」結構失落後都會産生的普遍現象。

四一　周邦彦的《品令》其實是《一斛珠》

《品令》是一個非常奇特的詞調，這個詞調《欽定詞譜》共收録了十二體，各調之間往往句法迥異，這在詞譜中是很少的。目前《欽定詞譜》所規範的調式，按首拍字數的不同可以分爲三大類：三字起拍一類、四字起拍一類、五字起拍一類。總體上給我的感覺，就是這個《品令》實際上應該是由多個不同的詞調合成的，例如三字一拍起調的，我認爲實際上就是《思越人》，可詳見「趙長卿的《品令》實際上是《思越人》」條。而四字一拍起調的體式中，梳理一下即可明顯地看出有調式截然不同的兩種，一種是五十五字體，一種是六十四字體，應該也是多調誤合而成，我認爲五十五字體《品令》實際上就是《一斛珠》。

五十五字體《欽定詞譜》共收周邦彦、陳允平、王行三體，我們先來看周邦彦的詞：

夜闌人静。月痕寄、梅梢疏影。簾外曲角闌干近。舊攜手處，花霧寒成陣。　應是不禁愁與恨。縱相逢難問。黛眉曾把春山印。後期無定。腸斷香銷盡。（《全宋詞》六一二頁）

然後我們再來看他的《醉落魄》，也就是《一斛珠》：

葺金細弱。秋風嫩、桂花初著。蕊珠宫裏人難學。花染嬌荑，羞映翠雲幄。　清香不與蘭蓀弱。一枝雲鬢巧梳掠。夜涼輕撼薔薇萼。香滿衣襟，月在鳳凰閣。（《全宋詞》六二〇頁）

兩者細加比較，有如下差異：其一，後段第二句後者多二字，而《一斛珠》本句七字爲定式，《品令》則絶無七言一句的；其二，後段第四拍《一斛珠》不叶韻，這也是該調的特征，而前者周詞、王詞都叶韻；其三，前段第三、四拍和後段第一、四拍，兩者的平仄句法不同。這些差異的存在是一些很有趣的現象，但都有合理的解釋可以把他們説清楚。

首先，「夜闌人静」詞中少二字的問題，實際上就衹是一個文字脱落的問題而已，這一點我們用揚無咎的詞可以説明。揚無咎曾和過不少美成的詞，包括這一首「夜闌人静」，其詞是這樣的：

水寒江静。浸一抹、青山影。樓外指點漁村近。笛聲誰噴，驚起賓鴻陣。往事總歸眉際恨。這相思、□□誰問。淚痕空把羅襟印。淚應盡。争奈情無盡。（《全宋詞》一一七九頁，據毛校本《逃禪詞》，調名仍爲《品令》）

揚詞與原詞相校，依律，前段第二拍「影」字前或奪一「倒」字，後段第四句「盡」字前或奪一「啼」字，補足後可見兩者如一，所以，唯一的差異就是後段第二拍了。這兩個脱字符是意味深長的，從《欽定詞譜》所録的陳允平和美成詞來看，這一句作「歎淒涼誰問」，也是五字，可以猜測在宋末的時候，陳允平所見的這一句可能已經脱了二字了。因此，我疑心揚無咎的這兩個字就是人爲以爲誤多而塗抹掉，以求合一的。這樣，後段第二句脱字符幾乎就可以説是爲美成添的，這兩個脱字，在汲古閣本《逃禪詞》中則是「情味」，也就是説，揚無咎看到的這一句還是七個字的，而這，才是周詞的本來面目。

但是，如果周詞原句是「縱相逢、□□難問」，那麽和他的《醉落魄》中「一枝雲鬢巧梳掠」還是句法不同，略有小異，但這個問題則可以視爲是美成的一種韻律上的改良，而非異調問題。爲證明這一點，我們可以《一斛珠》的前段爲例作爲證明：前段第二句原本也是律句，李煜的填法是「沉檀輕注些兒個」，這是目前所能見到的最早的句法，其後周之前的晏幾道、張先、歐陽修、蘇東坡及黄庭堅等等莫不如此，但周邦彦則改爲了「月痕寄、梅梢疏影」，前段可以如此，後段句法的改變自然也就在情理之中了，揚無咎能填成

「這相思、情味誰問」就是音律上允許的鐵證。

其次，關於後段第四拍不叶韻的問題，也不是什麽調式變異的大事，而僅僅是一個修辭性質的閑韻而已，甚至可以看做就是一個白脚撞韻而已。這一點從王行的詞前後段第四句都押韻來看，也可得到反證。實際上，在一些宋代詞人的眼裏，周邦彦的這個「定」字本身就不是一個韻脚，所以陳允平這一句填爲「嚼花拚醉」，並不叶韻，揚无咎雖然也叶韻，但是違反了和詞規則的「盡」，本質上也没有將「定」視爲韻脚。所以，這一處的差異，也是完全可以忽略的。

最後，關於前段第三、四拍和後段第一、四拍句法不同的問題，這本身就不是區别調式的元素，同樣，也並不能證明相反的句法就是《品令》的標識。

總而言之，《欽定詞譜》所收録的三體，周體、陳體本爲一體，而明朝的王行詞原本没有做範本的價值，他本身也必是依美成詞而來的，三者的區别僅僅在一個原本就可有可無的閑韻上。綜合這些理由，我們完全可以斷定，所謂四字一拍起調的《品令》，實際上就是一個張冠李戴的僞調而已，如果補足二字，它就是《一斛珠》。

四二　周邦彦《看花回》中的衍文

蕙風初散輕暖，霽景微澄潔。秀蕊乍開乍斂，帶雨態煙痕，春思紆結。危弦弄響，來去驚人鶯語滑。無賴處，麗日樓臺，亂紛歧路思奇絶。　何計解，黏花繫月。歎冷落、頓辜佳節。猶有當時氣味，掛一縷相思，不斷如髮。雲飛帝國，人在天邊心暗折。語東風，共流轉，謾作匆匆别。（《全宋詞》六二一頁）

《看花回》慢詞的前段第二拍，諸家均爲四字一句，《全宋詞》所據吴訥本《唐宋名賢百家詞・片玉詞抄補》獨爲五字一句，應該是一個不太可信的句子，就詞意來看，「澄潔」就是一種狀態，也不應該有「微微澄潔」這樣的表述。故「微」字很可能是衍文。

四三　周紫芝的《雨中花令》並非令詞，而是殘闋的慢詞

周紫芝有《雨中花令》，其全詞如下：

山雨細，泉生幽谷，水滿平田。雪繭紅蠶熟後，黃雲隴麥秋間。武陵煙暖，數聲雞犬，別是山川。
嗟老去、倦遊蹤跡，長恨華顛。行盡吳頭楚尾，空慚萬壑千岩。不如休也，一庵歸去，依舊雲山。
（《全宋詞》八八八頁）

這首詞就其現有的規模來看，前後段各爲三均，如果沒有殘缺，那就是一個近詞，而非令詞，當然，「令」的概念到宋代已經有點亂了，有些「令」實際上已經成了慢詞了，如《百字令》、《勝州令》等，而像《採蓮令》、《甘州令》這樣的則也是前後各三均的近詞。

但是周紫芝的這一個應該例外，我斷定它就是一個前後段都殘缺了首均的慢詞，而非近詞。如果添上這兩均詞，那麼其詞和劉褒的《雨中花慢》就一般無二了。我們且引入劉詞研究：

縹蒂緗枝，玉葉翡英，百梢爭赴春忙。正雨後、蜂黏落絮，燕撲晴香。遺策誰家蕩子，唾花何處新妝。想流紅有恨，拾翠無心，往事淒涼。
春愁如海，客思翻空，帶圍只看東陽。更那堪、玉笙度曲，翠羽傳觴。紅淚不勝閨怨，白雲應老他鄉。夢回羈枕，風驚庭樹，月在西廂。（《全宋詞》八八八頁）

兩相對照，周詞的前段，也就是劉詞「正雨後」之後的三均，周詞的後段，也就是劉詞「更那堪」之後的三均，惟一的區别衹是劉詞「想流紅有恨」一拍五字，而周詞則是「武陵煙暖」四字，平仄上則周詞的「數聲雞犬」與劉詞的「拾翠無心」相反。但是這兩處都屬於合理的變格：《雨中花慢》前段第八拍不用領字的四

字句句法是一種常見的填詞格式，如東坡的「空悵望處」、趙長卿的「做成恩愛」、蔡伸的「斷無錦字」等等都是，而前段第九拍的平仄音步不同，也是填詞中慣見的方式，如東坡的「天香染袂」、葉夢得的「冰膚洗盡」、趙長卿的「如今贏得」等等，就都是填成平平仄仄的。

那麽，是不是有可能《雨中花近》就是《雨中花慢》減去兩均而成的呢？就目前所見的唐宋詞來看，這也是不可能的，因爲所有的令引近慢之間，完全都没有任何瓜葛，僅僅衹是借用一個調名而已，就寸光所及，尚未見有短詞加均或長詞減均而形成别一詞調的衍變事例。如果説只有這麽一個孤例，那也太不可靠了。

四四　李清照《怨王孫》的句讀問題

帝里春晚。重門深院。草緑階前，暮天雁斷。樓上遠信誰傳。恨綿綿。　多情自是多沾惹。難拚捨。又是寒食也。秋千巷陌，人静皎月初斜。浸梨花。（《全宋詞》九三二頁）

李清照的這首詞實際上就是《河傳》，因爲填的是韋莊的體式，所以調名跟著韋莊在《尊前集》中用的《怨王孫》。韋莊的這一個體式，是宋人最喜歡的，所以用得最多。但是這個調式有一個特征，就是前後段尾均中的兩拍，往往都會有句中腹韻插入，如本詞的「斷」、「傳」、「斜」。今人對此每每忽略，因此前後段尾均十三個字，常常就被讀成四字一句、六字一句、三字一句，包括韋莊的詞在内，亦莫不如此。我們可以舉韋莊的兩個典型例子説明：

玉鞭金勒，尋勝馳驟輕塵。惜良辰。……歸時煙裏，鐘鼓正是黄昏。暗銷魂。

花深柳暗，時節正是清明。雨初晴。……香塵隱映，遥望翠檻紅樓。黛眉愁。

這是《全唐五代詞》中的句讀，但依據《河傳》這種小令的基本規律，每一均的初始狀態就是一出一對的兩拍構成，所以應該是：「玉鞭金勒尋勝，馳驟輕塵惜良辰。……歸時煙裏鐘鼓，正是黄昏暗銷魂。」「花深柳暗時節，正是清明雨初晴。……香塵隱映遥望，翠檻紅樓黛眉愁。」簡單地説，就是在没有標點符號的時代，這兩均的第六個字都應該有一個讀住，這個認識非常重要。因爲作爲研究詞的人來説，唐宋時期的字本位才是根本，而不能用明清時期的句本位來分析。

這首詞在句讀上的第二個問題，是前段缺了一個重要的元素——首均的均腳失落。詞中的均，是一個重要的結構單位，祇是今人多已不知不識，所以失落均腳也就時有發生。李清照這首詞中，如果前段第三句的「前」不以韻腳看待，那麽就不得不將「斷」字視爲均腳。這樣，一則在形式上前後均極不協調；二則「樓上」二字無所依；三則「樓上」屬下後句法失律，音律自然就失諧了。這樣整個前段就成了很畸形的一個樂段了，這對今天理解、研究古詞，都是具有重要意義的。當然，在「均」已經成了古董的時候，表面上或許不會有什麽影響。

根據這樣的道理，李清照這首詞的前後段尾均，正確的句讀就應該是：

帝里春晚。重門深院。草緑階前。暮天雁斷。樓上，遠信誰傳。恨綿綿。　多情自是多沾惹。難拚捨。又是寒食也。秋千巷陌人静，皎月初斜。浸梨花。

（作者單位：杭州師範大學人文學院）

編輯後記

詞的創作方法討論，是詞論研究的一個重要方面，但由於多種原因，近年此類研究文章較少，十分遺憾。本輯刊發湘潭大學劉慶雲教授《詞作中相反相成藝術辯證法的運用》一文，主要討論詞作柔和剛、淺和深、輕和厚、諧和莊的辯證關係，以期引起關注。

詞學書札是珍貴的詞學文獻，本刊一直非常重視。本輯刊發三組詞學書札，除了張茂炯致葉恭綽的書札爲上海圖書館收藏外，夏承燾先生和霍松林先生的書札均保存在私家手中。我們相信，私家收藏的此類書札尚多，如不及時收集、整理與刊載，時間一久，有散佚的危險，因此呼吁詞學研究者與愛好者多加留意，並能賜予本刊發表。

劉景堂爲民國時期較爲活躍的嶺南詞家，但長期以來，學界對其研究偏少，本輯發表謝永芳教授《劉景堂年譜》，一方面介紹劉氏的生平與創作情況，另一方面也希望大家關注此類詞家，撰寫他們的年譜，以補詞學史之缺。

編者　二〇一九年十月

稿約

本刊各欄歡迎惠稿，并請參照如下體例排版：

一、來稿要求格式規範，專案齊全。按順序包括：文題、作者姓名、工作單位、内容摘要、關鍵詞、社科基金號（如有）、正文、附注。

二、作者姓名：署真名，多位作者之間用空格分隔。在篇尾處加作者簡介，按順序包括：姓名（出生年月），性别，籍貫，工作單位，職稱，學位。

三、内容摘要、關鍵詞：用五號仿宋體；關鍵詞之間用空格分隔。

四、正文繁體横排（正式刊印時由出版社統一改爲直排），用五號宋體。文中小標題用四號黑體。如在正文中引用其他文獻的段落或句群，且需另起一段列出者，該段請用五號仿宋字體打印，並請首尾各收縮兩格。

五、標點：詞調名、書名、篇名用書名號。全文録詞只用三種標點：無韻句用「，」點斷；韻句用「。」點斷；逗處用「、」點斷。

六、附注：本刊注釋一律採用尾注形式，以中文數位順序編碼，用方括號標引。譯著須標明原著者國別，並在國別外加方括號。要求按順序準確標明：作者，書（篇）名，出版社，出版時間及頁碼，如是刻本須標出版本與卷數。

中文注釋格式示例如下：

[一]王昶編《明詞綜》卷四，遼寧教育出版社一九九七年版，第五六頁。

[二]鄒祗謨、王士禛合選《倚聲初集》二十卷前編四卷，清初大冶堂刻本。

［三］［日］村上哲見《〈楊柳枝〉詞考》，載王水照、保苅佳昭編選《日本學者中國詞學論集》，上海古籍出版社一九九一年版。

［四］謝桃坊《張炎詞論略》，《文學遺産》一九八三年第四期，第八十三頁。

［五］楊義《詩魂的祭奠》，《中華讀書報》二〇〇一年十一月二十八日，第三版。

如有不同注釋引自同一出處，請如下示例標注：

［六］［一一］［三五］胡適《〈詞選〉自序》，《胡適古典文學研究集》，上海古籍出版社一九八八年版，第十頁，第十三頁，第十九—二十頁。

來稿請務必附上作者聯繫地址及郵政編號、作者電話、手機和電子信箱，以方便聯繫。

本刊審稿期限爲三個月，收到投稿後，我們會安排初審、復審、終審，最終形成「同意發表」「修改後發表」「不發表」三種意見。若爲「同意發表」或「修改後發表」，則會有編輯與您進一步溝通；若爲「不發表」，則回復《退稿通知》。本刊不允許一稿多投，故在接到本刊《退稿通知》前，請不要另投他刊。

本刊不收取版面費。來稿如被録用，發表後敬致薄酬，聊表謝意。

來稿請寄：上海市閔行區東川路 500 號華東師範大學中文系《詞學》編輯部，郵編 200241；同時將電子稿發至：cixue1981@126.com

圖書在版編目(CIP)數據

詞學. 第四十二輯/馬興榮,朱惠國主編. —上海:華東師範大學出版社,2019

ISBN 978-7-5675-9913-0

Ⅰ. ①詞… Ⅱ. ①馬…②朱… Ⅲ. ①詞(文學)—詩詞研究—中國 Ⅳ. ①I207.23

中國版本圖書館 CIP 數據核字(2019)第 285260 號

詞學 第四十二輯

主編 馬興榮 朱惠國
責任編輯 劉效禮 時潤民
審讀編輯 劉 凌 時潤民
裝幀設計 高 山
出版發行 華東師範大學出版社
社址 上海市中山北路 3663 號 郵編 200062
網址 www.ecnupress.com.cn
客服電話 021-62865537
行政傳真 021-62572105
門市(郵購)電話 021-62869887
門市地址 華東師大校內先鋒路口
網店 http://hdsdcbs.tmall.com
印刷者 崑山亭林彩印廠有限公司
開本 890×1240 32 開
印張 15
字數 419 千字
插頁 4
版次 2019 年 12 月第 1 版
印次 2019 年 12 月第 1 次
書號 ISBN 978-7-5675-9913-0
定價 48.00 元
出版人 王 焰